国家社科基金重大招标项目
上海市促进文化创意产业发展财政扶持资金项目

文化观念流变中的英国文学典籍研究
British Literature midst Changes in the Idea of Culture

总主编：殷企平

卷 五
文化观念拓展时期的英国文学典籍研究

The Idea of Culture in British Literature:
*Volume Five — **Expansion***

胡 强 等著

上海外语教育出版社
SHANGHAI FOREIGN LANGUAGE EDUCATION PRESS

图书在版编目(CIP)数据

文化观念拓展时期的英国文学典籍研究/胡强等著. —上海：上海外语教育出版社,2020
(文化观念流变中的英国文学典籍研究/殷企平主编)
ISBN 978-7-5446-6590-2

Ⅰ.①文… Ⅱ.①胡… Ⅲ.①英国文学-近代文学-文学研究 Ⅳ.①I561.064

中国版本图书馆 CIP 数据核字(2020)第 231736 号

出版发行：**上海外语教育出版社**
（上海外国语大学内）　邮编：200083
电　　话：021-65425300（总机）
电子邮箱：bookinfo@sflep.com.cn
网　　址：http://www.sflep.com
责任编辑：奚玲燕

印　　刷：苏州市古得堡数码印刷有限公司

开　　本：710×1000　1/16　印张 34　字数 521 千字
版　　次：2020 年 12 月第 1 版　2020 年 12 月第 1 次印刷

书　　号：ISBN 978-7-5446-6590-2
定　　价：120.00 元

本版图书如有印装质量问题，可向本社调换
质量服务热线: 4008-213-263　电子邮箱: editorial@sflep.com

总　序

　　学界对于"文化"观念的研讨方兴未艾,在过去的几十年中,专门探究"文化"的论著可谓汗牛充栋,可是在英国的语境中梳理文化观念发展轨迹的工作,一直不尽如人意。最令人遗憾的是,这些工作多着眼于抽象的理论概念梳理,或者说观念史的演绎,而较少介入文学典籍的研究。我们认为,文学典籍的研究实在不可缺席,因为它能提供对文化状况的细腻、丰满的把握,并且有助于充分阐释文学典籍在引领文化走向、塑造共同价值方面所发挥的作用。偏重抽象的理论概念梳理,忽视文学典籍的研究,这种不合理倾向有其背景,即学界对所谓"大观念"有一种痴迷。如克利福德·格尔茨(Clifford Geertz,1926—2006)所说,当今世界常常会"有一种大观念(grande idée)的突然流行",而且"一些观念往往带着强大的冲击力突现在知识图景上。顷刻之间,这些观念解决了如此众多的重大问题,似乎向人们允诺它们将解决所有的重大问题,澄清所有的模糊之处"。[①] 姑且不论这种言论是否真有道理,我们至少不难想到,所谓"流行的大观念"必须是恰当的,否则不可能解决问题,遑论"重大问题",也不可能澄清模糊认识,遑论"澄清所有的模糊之处"。由此可知,对文化观念的研讨,必须做到恰当,而这个"恰当"离不开对文学维度的深入研究。

　　撇开上述缺憾不提,现存相关研究的时间跨度也不甚理想,不是局限于某个时代,就是拘囿于少数代表人物。即便在这种被框定的范围内,不少专论也是貌似举其荦荦大端,却难免标举不全,甚至有严重的破绽。例如,莱斯利·约翰逊(Lesley Johnson)的《文化批评家:从马修·阿诺德到雷蒙德·威廉斯》(*The Cultural Critics: From Matthew Arnold to Raymond Williams*,1979)一书虽然较多地讨论了英国历史上的一些文化批评家,但充其量只是文化理论意义上的断代史,而且在论及19世纪的文化批评家时,只是浮光掠影

---

① 克利福德·格尔茨:《文化的解释》,韩莉译,南京:译林出版社,2014年,第3页。

地涉及托马斯·卡莱尔(Thomas Carlyle, 1795—1881),并且完全忽略了查尔斯·金斯利(Charles Kingsley, 1819—1875)。再如,杰弗里·H. 哈特曼(Geoffrey H. Hartman, 1929—2016)在《文化的重大问题》(*The Fateful Question of Culture*, 1997)中追溯文化主义的思想源头时,虽然具体讨论了马修·阿诺德(Matthew Arnold, 1822—1888),但是对卡莱尔和约翰·罗斯金(John Ruskin, 1819—1900)等重要作家的分析过于简短。又如,西蒙·杜林(Simon During, 1950—   )编纂的《文化研究读本》(*The Cultural Studies Reader*, 1999)收录了各路名家有关"文化研究"的作品,但其中提到阿诺德和威廉·莫里斯(William Morris, 1834—1896)等文学/文化思想家的寥寥无几且着墨轻浅。

相对而言,雷蒙德·威廉斯(Raymond Williams, 1921—1988)的《文化与社会:1780—1950》(*Culture and Society: 1780—1950*, 1958)和《漫长的革命》(*The Long Revolution*, 1961)是迄今为止最详细也最经典的关于英国文学的文化主义传统的研究。威廉斯最重要的发现是,19世纪思想史的一个重要产物是关于文化观念演变的假说。不过,他的研究有一个缺陷,即在选择研究对象时轻视乃至漏掉了许多对19世纪文化观念发展史做出重要贡献的文学家,如沃尔特·司各特(Walter Scott, 1771—1832)、简·奥斯汀(Jane Austen, 1775—1817)和艾尔弗雷德·丁尼生(Alfred Tennyson, 1809—1892)等;就文化观念在20世纪的发展而言,其所涉作家则更加不够全面。同时,威廉斯仅侧重对文化观念的发展做宏观把握,虽然旁征博引,但是较少对具体文本做细致的研究。

在观念史研究方面,特里·伊格尔顿(Terry Eagleton, 1943—   )的《文化的观念》(*The Idea of Culture*, 2000)和《文化》(*Culture*, 2016)是两部绕不开的力作。《文化的观念》在梳理了各种文化观念之后指出,无论在前现代还是后现代时期,文化都与社会生活密切相连。该书的最大优点是指出在19世纪初,"文化观念开始从'文明'的同义词转变成它的反义词",[①]并对这一转变过程做了分析。在《文化》中,伊格尔顿进一步对上述过程做了饶有趣味

---

① Terry Eagleton, *The Idea of Culture*, Oxford: Blackwell, 2000, 9.

的描述,并精到地指出"文明如今只关乎事实,而文化却追问价值"。① 伊格尔顿的观点超越了阿瑟·O. 洛夫乔伊(Arthur O. Lovejoy,1873—1962)、昆廷·斯金纳(Quentin Skinner,1940—)和以赛亚·伯林(Isaiah Berlin,1909—1997)等人,但是后三者的贡献也都具有里程碑意义。洛夫乔伊在《存在巨链——对一个观念的历史的研究》(*The Great Chain of Being: A Study of the History of an Idea*,1936)中指出,在西方思想传统中存在一些基本的"观念单元"(unit-ideas),即"在个体或一代人思想中起作用的、或多或少未意识到的思想习惯",而观念的最具活力的部分,往往活跃在富有想象力的著作中。② 这一论断实际上为本丛书的文学典籍③研究提供了学理上的依据。在洛夫乔伊工作的基础上,斯金纳进一步指出,"观念单元"并非固定不变的,因此更有价值的工作是追溯这一概念定义在具体历史语境中不断发生的变化。④ 伯林则认为不能把观念局限在具体的历史环境中,因为伟大的观念具有自身的生命力。⑤ 所有这些研究都能为我们提供借鉴,但它们毕竟不等同于本丛书立足于文学典籍所做的研究。

本丛书名为"文化观念流变中的英国文学典籍研究",关键词为"文化观念"和"文学典籍",因此有必要先对此二者做以下界定:

1) 本丛书所说的"文化观念",是限定在文学典籍视域中的文化观念,特指文学典籍中所体现的、具有针对现代文明的批判内涵的、支配一个民族总体生活方式的思想观念。在西方思想语境中,"文化"一词的含义有其逐渐展开与深化的过程,其基本脉络是从物质走向精神、从个体走向社会两种向度的延伸和转变。早在18世纪,欧洲启蒙思想家们就从社会变迁和历史发展的角度,直接或间接地论述了"文化"与"文明"这两个概念以及它们在语义上既紧

---

① Terry Eagleton, *Culture*, New Haven and London: Yale University Press, 2016, 10.
② 诺夫乔伊:《存在巨链——对一个观念的历史的研究》,张传有、高秉江译,邓晓芒、张传有校,南昌:江西教育出版社,2002年,第5页。作者 Lovejoy 现在多译为"洛夫乔伊",本书亦取此译法。外国人名翻译常因人因时而异,本丛书多遵循现行规范,对已出版的文献则尊重原状,如实著录。后文同类情况不再一一说明。
③ 关于"文学典籍"的含义,请参见本序下文中的定义。
④ Quentin Skinner, "Meaning and Understanding in the History of Ideas," *History and Theory* 8, No. 1 (1969): 35 - 36.
⑤ 贾汉贝格鲁:《伯林谈话录》,杨祯钦译,南京:译林出版社,2011年,第24页。

密相连、又相互抵牾的关系。在英国,"文化"(culture)一词最早使用于1420年,① 但是其语义跟如今广为使用的"文化"不尽相同。不过,在18世纪之前的英国,文化观念虽然还未正式形成,但是其内涵早已处于孕育期,并经历了漫长的萌芽/生发阶段,这一现象在文学作品中尤为明显(这也是本丛书着眼于文学典籍的原因之一)。自19世纪以降,由于卡莱尔和阿诺德等人的不懈努力,"文化"一词越来越具有针对现代文明的批判内涵,因而常被用来指涉人类完善自身的一种状态或过程,或者指涉人类精神领域的实践和成果,更指涉个体和社会大众的生活方式。广义的观念史,常常也被译为思想史,与英文 history of ideas 或 intellectual history 对应,而狭义的观念史则类似范畴史或概念史。本丛书取其折中,在宏观层面上力求通过对文学典籍文本的整理与阐释,辨梳文化观念的关键词如何借由文学典籍文本意义的衍射,来反映其思想内涵和发展过程的复杂性、多样性和矛盾性;同时也在微观层面上着力于描述文化观念及其范畴,以及它们对文学典籍生成的潜在规定和形塑影响。

2) 本丛书所说的"文学典籍",是指受到"文化观念流变"这一关键词限定的、在文化观念流变中发生重要作用的文学典籍。它有别于文学经典,是一个比文学经典宽泛的概念;它不限于单纯的文学作品,而是拓展到与文化观念相关联的文学领域。凡是与文学相关的、在阅读史和社会发展史上有重大影响的、具有重大文化价值的文献,都是我们考察的对象。因此除了文学作品,它还包括文学批评著作、文学理论著作、文学流派宣言、文学刊物中的特写、文学传记,甚至包括文学翻译著作。所有这些典籍,既延续着本土文化的血脉和基因,又吸纳着外来文明的元素和精华。总之,文学典籍具有文化史和思想史的坐标原点价值,反映着一个广阔的领域,包孕着一个民族的历史、文化、风俗、道德、思想等多重文化观念,以及文学赖以作为媒介和手段的、记录着丰富文化资料的语言文字。

本丛书题目中的"文化观念流变"即"文化观念史"。顾名思义,本丛书侧重于"文学典籍"和"文化观念史"这两个关键词的互补、互释与互证:一是在

---

① "culture," in *Oxford English Dictionary*, 2nd ed., on CD-Rom (v. 4.0), Oxford: Oxford University Press, 2009.

欧洲思想史的背景下,在英国文化观念的系谱学演进历史中,来探讨英国文学典籍的生成、表现和发展;二是从英国文学典籍的整理、重释与研究入手,捕捉相关文本细节所衍射的文化观念以及它们所构成的思想语义场。这一研究不仅需要分析把握文学作品的细节,也需要把目光投向中西方近年来文化史研究的相关知识学背景。在设计框架和推进落实的过程中,我们注重文学作品的文本细节与相关文化理论的契合与互释,以期通过文本细读和观念细察,在爬梳文化观念流变的过程中勾勒作家、作品的"点",文学思潮与社会思潮的"线"以及英国社会变迁的"面",使三者深度结合,进而在整体感知与微观"厚描"之间保持一种思想上的张力,呈现一种学科互涉的知识学新景观。

近年来,新文化史研究在西方史学界方兴未艾,其研究思路为文学、社会学、心理学等关联学科的发展提供了新的范式借鉴。剑桥大学历史学者彼得·伯克(Peter Burke,1937—)致力于历史学与社会科学的沟通,采用跨学科的视角,在传统文化史研究的对象、方法和视域等方面多有挖掘,开拓了新的研究空间。在伯克看来,文化史在20世纪下半叶的复兴,得益于"内部研究"和"外部研究"两种方法的有机结合。前者"着眼于在本学科范围内来解决一系列问题",而后者则更倾向于"把历史学家的实践跟他们所生活的时代联系在一起"。[1] 伯克认为,以往文化史研究成果斐然,但"遗漏了某种难以捉摸却又非常重要的东西",而新文化史倡导的内部研究路径恰恰提供了一种"弥补手段",即强调"复数形式'文化'的整体性",这在一定意义上克服了"当前历史学科的碎片化状态"。[2] 与此不同,外部研究对当下学科拓展的意义则在于"它将文化史的兴起与政治学、地理学、经济学、心理学、人类学和'文化研究'等领域中发生的广泛的'文化转向'联系了起来",使得新文化史的研究兴趣"日益"转向了"特定群体在特定时代和特定地点所持有的价值观"。[3]

什么是新文化史视域中的文化?伯克认为,在人文社会学科"文化转向"的大背景下,"要把什么东西说成不是'文化',反倒变得愈来愈困难"。[4] 关于

---

[1] 彼得·伯克:《什么是文化史》,蔡玉辉译,北京:北京大学出版社,2009年,第1页。
[2] 同上,第2页。
[3] 同上。
[4] 同上,第3页。

如何以新文化史的视角观照文学典籍所折射的观念生成与变迁，伯克的《什么是文化史》(What Is Cultural History?，2004)一书不无启发作用。在伯克看来，经典是指"某一特定文化里的'经典书写'和'文化书写'"，也就是指"所有具有读写能力的读者拥有的'共同知识及其联想物'"；文学作品和"文化术语"的"经典化"，其目的在于帮助读者以阅读为阶梯，以沉淀观念为思想进路，成为"新文化体里的好公民"。[①] 对此，我们所要加以补充的是，任何真正的文学典籍——不一定是人们刻板印象中的"经典"——都是一种文化书写。

在国内学界，早在1998年，常金仓就指出，文化史研究的目的就是"从大量的事实中捕捉、发现、确定文化现象"。[②] 2011年，黄兴涛在《文化史的追寻——以近世中国为视域》一书中把文化史研究定位为一种"研究省思"。[③] 在他看来，所谓"省思"，即指一种包含三个层面的"深度追求"：

其一，一般性研究聚焦于"相对单纯的文化人物和事件"，虽然"综合度相对较低"，"却是进一步深化研究的基础"。[④]

其二，文化史研究更重要的命题在于"从各文化因素和门类的相互联系的视野中找出一些有意义的、相通相贯的共像和问题"，进而"揭示文化内部各因素的关系实态"，由此研究者务必具备"广博的知识储备和把握文化整体的能力"。[⑤]

其三，文化史的研究理路应该是从"文化与社会政治、经济的互动关系"和"对具体的文化现象和问题的解析中"展现"对文化时代精神的揭示及其文化社会功能的把握"。[⑥]

可以说，上述"深度追求"呼应了彼得·伯克的一个重要观点，即文化史研究应从"辩证的角度考察文化与社会之间的关系"。[⑦] 此外，上述三个层次的梳理还凸显了当下文化史研究"更注重揭示思想观念、文化价值的社会化过程、对社会的渗透和影响"这一趋向，[⑧] 这无疑对本丛书的思路设计和细节推进具

[①] 彼得·伯克：《什么是文化史》，第164页。
[②] 常金仓：《穷变通久：文化史学的理论和实践》，沈阳：辽宁人民出版社，1998年，第39页。
[③] 黄兴涛：《文化史的追寻——以近世中国为视域》，北京：中国人民大学出版社，2011年，第1页。
[④] 同上，第4页。
[⑤] 同上。
[⑥] 同上。
[⑦] 同上。
[⑧] 同上，第5页。

有启发作用。

在西方知识学系谱中,观念史与文化史关联密切,其研究成果和范式特质在西方学界积淀已久。在伯克看来,"1800年至1950年这一时期可称为文化史的'经典'时代",这一时期的文化史学家更多关注的是"艺术、文学、哲学、科学等学科中杰出作品的'典范'",这些经典作品也由此构成了观念形成与观念传播的"伟大传统"。① 在中国学界,较早引入观念史研究的学科是政治学和历史学。在《观念史研究:中国现代重要政治术语的形成》一书中,金观涛、刘青峰将观念史研究定义为"研究一个个观念的出现以及意义演变的过程"。② 在他看来,"观念"一词"最早源于希腊的'观看'和'理解'",观念即指"人用一个(或几个)关键词所表达的思想"。③ 人们通过这些特定的关键词来"表达某种意义",并在与他人沟通的过程中"使其社会化",从而"形成公认的普遍意义",以期在更为广泛的社会语境中"建立复杂的言说和思想体系"。④ 金观涛、刘青峰认为:一方面"观念作为意识形态的组成要素,比意识形态更基本",研究者"只有厘清观念的起源,才能理解意识形态的形成和演变";另一方面,"观念作为用关键词表达的可社会化的思想",研究者要分析其形成和变迁,"就必须去探讨表达该观念的关键词的出现,并分析其在不同时期的意义"。⑤

文化观念的内涵非常丰富,其梳理需要一种跨学科的知识积淀和学术视野。在历史学家爱德华·帕尔默·汤普森(Edward Palmer Thompson,1924—1993)看来,"'文化'是一个笨重的词,它把如此多的属性纳入一个平常的包裹,实际上可能混淆或掩饰了应该在它们之间加以辨别的东西"。⑥ 在伊格尔顿眼中,"'文化'最先表示一种完全物质的过程,然后才比喻性地反过来用于精神生活"。⑦ 汤普森对文化观念的分析提醒我们应注意文学研究和文化研究在内涵与方法之间的平衡,而伊格尔顿的观点则启发我们应整体把握"文

---

① 彼得·伯克:《什么是文化史》,第7页。
② 金观涛、刘青峰:《观念史研究:中国现代重要政治术语的形成》,北京:法律出版社,2009年,第3页。
③ 同上。
④ 同上。
⑤ 同上,第5页。
⑥ 爱德华·汤普森:《共有的习惯》,沈汉、王加丰译,上海:上海人民出版社,2002年,第11页。
⑦ 特瑞·伊格尔顿:《文化的观念》,方杰译,南京:南京大学出版社,2003年,第2页。

化"一词在内容语义上的流动性,注重物质层面和精神生活的互释关联。

随着文化史研究领域的深化与拓展,"观念的文化史"研究也以其"杂糅"的特质松动了传统文学研究的学科边界束缚,在一定意义上实现了文化与文学在观念聚焦中的有机贯通。为进一步实现这种贯通,我们选择了以下10个关键词来勾勒文化观念的主要内涵:"转型焦虑""愿景描述""共同体形塑""审美趣味""心智培育""文学语言的创造""民族良心""道德伦理传统""工作/生活方式"和"秩序诉求"。这些内涵的萌芽、生长、成熟、拓展和裂变都可以在相关时期的文学典籍中得到印证。本丛书内容还涉及另外一些关键词,如"进步""财富""身体""性别""认同""地理""景观""精神""物质""阅读""传统""记忆"和"情感"等。可以说,对上述关键词在文学典籍中的复现进行重点研究,有助于重新勾勒文化观念在文学史中的嬗变轨迹。近年来,西方学界也有不少从文化史的视角来研究文学的尝试,蒂姆·阿姆斯特朗(Tim Armstrong)的《现代主义:一部文化史》(*Modernism: A Cultural History*,2005)即是一例。作者将文学上的现代主义和社会历史语境重新进行深度连接,从时间、新媒体、市场、消费、身体、自我、政治美学、感知、科技、种族、他者、帝国、审美情趣等文化史研究视角勾勒了现代主义的知识形态和文学谱系。在阿姆斯特朗看来,现代主义与现代性互为主体,近来的研究趋势是"将现代性放在文化范畴中","放在一切受文化影响的人类活动中来加以规定和诠释"。[①] 随着"后现代"和全球化的演进,学科"公认的界限已被打破","代之而起的是互为交融和相互关联",在这样的社会与知识语境中,"我们所理解的文化领域是由各种互为关联的活动所组成"的,因此,"对现代主义的研究势必与文化领域紧密相连"。[②]

在研究过程中,我们得益于人类学家格尔茨和新历史主义批评家斯蒂芬·杰伊·格林布拉特(Stephen Jay Greenblatt,1943—   )提供的成果,前者的"厚描"理论和后者的"自我形塑"理论对于提升本丛书理论高度依然具有很重要的学理价值。在盛宁教授看来,所谓"厚描",即"把人置于他所处的环境

---

① 蒂姆·阿姆斯特朗:《现代主义:一部文化史》,孙生茂译,南京:南京大学出版社,2014年,序第1页。
② 同上。

之中、对他和他所处文化机制的关系反复加以描述",而"自我形塑"则意味着"在阐释文学作品所可能包含或表现的历史意义时,必须将文学作品纳入某种特定历史时期的生活范式"。① 格尔茨、格林布拉特和阿姆斯特朗的观点似乎都印证了一种新研究范式的出现,这种范式转型恰如彼得·伯克所言:"思想的创新常常是在躲避边界警察和跨进其他领土时取得的成果。"② 朱丽·汤普生·克莱恩(Julie Thompson Klein,1944—)在《跨越边界——知识、学科、学科互涉》(*Crossing Boundaries: Knowledge, Disciplinarities, and Interdisciplinarities*,1996)一书中指出,科际整合与知识碰撞已经成为一种新的学术潮流,"学科互涉"和"边界跨越"的趋势引领了传统研究的自我创新,有效地推动了人文社科领域中很多新概念和新范式的诞生。克莱恩在对文学的学科互涉问题进行了知识谱系考察之后,进一步指出,文学与历史是一种"毗邻关系",新历史主义既是一种"特殊的实践",也是一种"普遍的趋势",在很多学术著作中所体现的"不同联系和定位的融合"反映了近年来"知识的重大转向",这个转向意味着文化已不再是一个"单纯、连贯、整体性的系统",而是一个"倾向性、碎片性、冲突性的领域"。③ 克莱恩同时强调:"文学文本是历史、社会、政治和经济环境的产物,这些东西一度被认为是'外在于'文本,而现在必须将文本重新纳入其中。"④ 本丛书的撰写及前期研究也遵循了类似的思路。

雷蒙德·威廉斯指出,"文化"一词在19世纪的社会语境中蜕变出一种新的含义,既意味着"对自然成长的照管""社会智性之发展"以及"艺术的整体状况",也包括"物质、智性、精神等各个层面的整体生活方式"。⑤ 本丛书借鉴威廉斯对文化的这个定义,侧重从文学典籍的生成语境出发,考察文化观念与"整体生活方式"在文学作品中的互动,分析文化观念、语义变迁、话语转型和文学生产的深层关联,以期推动文学与历史学、社会学等相关人文学科之间的对话,通过点、线、面结合的跨学科研究,尝试深化对英国社会/文化的整体性

---

① 盛宁:《人文困惑与反思》,北京:生活·读书·新知三联书店,1997年,第151页。
② 彼得·伯克:《什么是文化史》,第136页。
③ 朱丽·汤普森·克莱恩:《跨越边界——知识、学科、学科互涉》,姜智芹译,南京:南京大学出版社,2005年,第200页。
④ 同上。
⑤ 雷蒙·威廉斯:《文化与社会:1780—1950》,高晓玲译,长春:吉林出版集团有限责任公司,2011年,第4页。

把握,推动"静态"的传统文学研究走向一种更具流动感的文化"实践"。

前文提到,本丛书内容涉及的关键词之一是"进步",意在指涉"进步"的异化和社会转型。在经历了19世纪相对漫长的一个稳定期的基础上,欧洲主要国家在20世纪初进入了相对的"太平盛世"。以法国为例,社会有机体虽然"有着各种弊端",但其"总体表现还算令人满意"。[①] 一方面,国家"体制似乎逐步稳固,国家的经济、殖民和外交地位尚未遭到挑战";另一方面,"法兰西文明的魅力又将大量的文人与艺术家引向了在当时堪称光明之城的巴黎",[②] 整个法国呈现出一种活力和自信。在奥地利作家斯蒂芬·茨威格(Stefan Zweig,1881—1942)看来,"太平盛世"意味着"一切都那样稳固,在自己的位置上不可动摇","在既有的秩序中,一切都不会变"。[③] 这是一个"理智的时代",理性是生活的主宰,"一切极端的、暴力的事情都不可能发生"。[④] 这种"太平盛世"似乎赋予了生活一种"真正的价值",也是"大众一致的生活理想"。[⑤] 茨威格显然把握到了那个时代最深层的社会心理结构——"人们深信自己一生都能阻止任何厄运闯进生活",这类想法如此普遍,如此深入人心,既代表了一种"令人动容的信念",又意味着社会心态上一种"巨大而危险的自负"。[⑥] 在当时的很多欧洲人看来,时间的车轮刚刚驶过了几十年,"一切邪恶和暴力均被消灭","对于这种不断'进步'的坚信"在当时已经变成一种近乎牢不可破的"宗教信仰","普遍的繁荣已经越来越明显,越来越迅速,越来越丰富",以致"人们相信这'进步'已胜于相信圣经"。[⑦] 在画家威廉·冈特(William Gaunt,1900—1980)的眼中,此时的英国"生活费用不高,而且日渐兴旺",似乎和法国一样,也在经历着一个"镀金的时代";但是与这种"兴旺"相伴而生的却是一种"虚假的娱乐升平",人们情绪浮躁,精神领域里有很多东西"显得分外空洞,没有风

[①] 米歇尔·维诺克:《美好年代:1900—1914年的法国社会》,姚历译,长春:吉林出版集团股份有限公司,2017年,第378页。

[②] 同上。

[③] 斯蒂芬·茨威格:《昨日世界:一个欧洲人的回忆》,史行果译,北京:作家出版社,2017年,第2页。

[④] 同上。

[⑤] 同上。

[⑥] 同上,第3页。

[⑦] 同上。

骨,也缺乏目标"。①

通观18世纪以来的欧洲社会历史,"进步"是对人们生活产生最大影响的观念之一,可是在进入20世纪之后,这一观念却面临着语义的分裂和多重的思想纠缠。人们既崇尚享乐却又"焦灼不安",因为前面有一个"并不理解的过去",而后面却必须要面对一个"难以应付的未来"。② 不仅是英国,整个欧洲当时都面临着社会与文化转型的问题。社会转型必然带动文化观念的变化,而文化观念的变化也势必触发牵引社会转型的进程,这两者以何种方式在文学作品中构成了一种相互形塑的逻辑关联?这也是本丛书力图聚焦的一个问题。在社会学中,转型的"型"是一个"结构的概念",它包含三个层面:"社会与自然的关系""社会内部人与人的关系"以及"社会与其自身心理的、精神的和思想的关系"。③ 在社会学家看来,所谓"转型",也就是从一种结构类型向"另一种通常是更为高级的结构类型"的转变。④ 从社会与自然的关系来看,传统社会指的是"自然形成"的社会;从社会内部人与人的关系来看,传统社会指的是"各种各样自然形成的有机体、共同体社会";而从社会与自身关系来看,传统社会则是建立在心理、精神和思想三重维度上的"具备某种心理原型和共同心理的神圣社会"。⑤ 就此意义而言,社会转型也就是指"从自然形成的、神圣的共同体社会向文明创造的、世俗的政治社会的结构转型"。⑥

可以说,社会转型是现代社会学对历史进程的一种描写和判断,而"转型社会"则是指"介于传统社会与现代社会之间、处于结构性转型中的社会"。⑦ 对这种转型的回应就是一种文化,而且常见于文学典籍之中。社会转型是一个十分缓慢的过程,其漫长的轨迹则留在了文学作品里。前文所说的"太平盛世"和"镀金时代"并非一蹴而就,而是经历了几个世纪的准备阶段,而文学典籍在每个阶段都有相应的回应,这就是本丛书要从中世纪写起的原因。

"太平盛世"和"镀金时代"这两个词的内涵非常丰富,不仅概括了英、法两

---

① 威廉·冈特:《美的历险》,肖聿译,南京:凤凰出版集团,2005年,第238—239页。
② 同上。
③ 路杰:《转型社会的权威认同》,北京:国家行政学院出版社,2015年,第12页。
④ 同上。
⑤ 同上,第17页。
⑥ 同上。
⑦ 同上。

个主要欧洲国家在19世纪末、20世纪初的那种或隐或现的社会演进特质,也充分折射出一种个体对社会现实的精神感受和价值判断。这种感受和判断意味着,在大多数民众的心中,相信"进步"——从18世纪之前就开始慢慢形成的观念——已经成为一种具有主导性的社会心态。随着工业化、商业化和殖民化的进一步发展,英国社会的现代化程度不断提升,这些变化一方面佐证了"进步"一词在新时代的持续有效性,同时也迎来了文化思想界饱含质疑的反思。如诺斯洛普·弗莱(Northrop Frye,1912—1991)所说,这是一个"革命和嬗变的时代","一切过程都在加速运转"。① 在弗莱的眼中,这种"加速运转"本身也包含着时代的悖论,"任何想从过眼烟云似的景观中辨认出什么的努力,它本身就有一种使它过时的效应,因为一旦你们确认这是什么东西,它实际上就已经隐入过去了"。② 在论及变革对社会心理的影响时,弗莱指出现代世界"普遍存在着一种对于变化的惊恐情绪","事情的进展太快了,转瞬即逝,根本来不及细看"。③ 这种感受就像中世纪"狂奔逐猎"的传说,"死者的灵魂必须整日整夜地向前飞奔,却又不知该上哪儿去。谁如果体力不支而掉队,顿时就会化为齑粉"。④ 弗莱把这种对"进步"景观的感受和心态概括为一种"进步的异化",它意味着伴随着文明的进步,人类最终却迎来了无处安放自己灵魂的文化困境,"总有什么在催逼着你往前赶,越来越快,越来越快,致使你最终感到绝望"。⑤

波兰社会学家彼得·什托姆普卡(Piotr Sztompka,1944—)指出,自启蒙运动以来,西方语境中"进步"一词的外延和内涵得到了进一步的扩充与丰富,呈现出非常"复杂的现代意义"。⑥ 在社会学研究中,"阐释进步观念的演变过程"具有丰富的思想内涵,既是为了发现"现实与愿望、存在与梦想"之间的"永久鸿沟",也是为了探寻"人类状况的根本特征"。⑦ 在《社会变迁的社会学》

---

① 诺斯罗普·弗莱:《现代百年》,盛宁译,香港:牛津大学出版社,1998年,第7页。
② 同上。
③ 同上,第8页。
④ 同上。
⑤ 同上。
⑥ 彼得·什托姆普卡:《社会变迁的社会学》,林聚任等译,北京:北京大学出版社,2011年,第23页。
⑦ 同上。

(*The Sociology of Social Change*，1993)一书中，什托姆普卡梳理了进步观念在西方历史中的语义演进。在他看来，"进步观念"最早可以追溯到古希腊和犹太教传统：一方面，古希腊人对社会的"进步与改善"有着自己的体认和思考；另一方面，犹太教也始终强调"神意和天意"关于人类发展的进步逻辑。"两条思想线索"碰撞汇流，形成了"犹太-基督教传统"。这一传统赋予了"进步"一词最早的知识形态和思想内涵，同时也把进步观念变成了"基督教相信天意的一种世俗化观点"。① 到了中世纪，进步观念和"思想领域"以及"乌托邦"产生了新的关联，开始成为一种面向未来世纪的愿景想象。进入启蒙运动之后，"进步"一词延续涵括了以往不同时期的语义积累，同时也在历史、文学、宗教和科学的综合维度上凸显了自身在观念史层面上的与时俱进。在1795年出版的《人类精神进步史表纲要》(*Esquisse d'un tableau historique des progrès de l'esprit humain*)一书中，孔多塞（Marie Jean Antoine Nicolas de Caritat，Marquis of Condorcet，1743—1794）把人类历史分为"十个时代"，并以历史哲学家的眼光梳理了从部落时代到科学复兴这一漫长过程中人类社会进步的诸多变化。在他看来，历史学的作用在于能"预见人类进步""指导进步"和"促进进步"，② 而"进步取决于人类理性的发展"，因此人类也有充分的理由"对未来寄予无穷的信心和希望"。③ 孔多塞还强调，"理性进步"和"科学与技术的进步"应"保持并驾齐驱"，④ 这种"人类不断进步"的观念带有浓郁的乐观主义色彩，并奠定了启蒙运动的基调，同时也对19世纪以后的现代进步观念产生了重要的影响。

在进入19世纪以后，"进步观念已成为常识"，不但"被哲学普遍接受"，而且也逐步"融入文学、艺术和科学"之中，逐渐辐射与沉淀为一种为普通大众所接受的主流价值取向。也正是在这一时代语境中，"浪漫的乐观主义精神和相信人类的理性和力量相伴而生"，人们开始接受并相信"科学和技术可以无限

---

① 彼得·什托姆普卡：《社会变迁的社会学》，第24页。
② 孔多塞：《人类精神进步史表纲要》，何兆武、何冰译，北京：生活·读书·新知三联书店，2003年，第9页。
③ 同上，译者序第3页。
④ 同上，第191页。

扩展和进步"。① 在什托姆普卡看来,19世纪的这一充满乐观基调的进步观不仅渗入人类精神生活的各个微观层面,同时也在宏观维度上整体形塑了对未来社会的愿景。不过,随之而来的是对进步论的怀疑。1881年,英国人麦布里奇发明了世界上第一架电影放映机,这台机器改变了世人记录时空的方式,也对人类的情感与思想交流产生了深远的影响。1887年,德国社会学家斐迪南·滕尼斯(Ferdinand Tönnies,1855—1936)出版了《共同体与社会》(Gemeinschaft und Gesellschaft)一书,阐明了"共同体"与"社会"这两个概念在人类文明史框架中各自的发展形态和内在关联。什托姆普卡指出,对于梳理"进步"一词的语义系谱而言,滕尼斯此书的重要贡献在于它肯定了"早期传统共同体美德","预期"了"对进步的普遍失望",同时也表达了对社会变迁中"进步本性"的"怀疑",以此提醒人们关注"发展的副作用"。② 滕尼斯在书中指出,在世纪之交,社会学研究中的"共同体概念"已经"深深地浸入普遍的意识之中",已经成为现实生活中"生机勃勃的感情的中心点"。③ 不过,在社会生活实践中,工业文明和城市文明对传统共同体的瓦解作用也愈发明显。在大城市里,怀着"金钱欲、享受欲"的人们聚集到一起,"艺术追逐着面包","对传统事务的依恋松弛了","家庭制度也陷入衰落与瓦解";少数人凭借"意志的力量","在一个十分狭小的圈子里崭露头角,兴旺起来",而更多的人则沉浸在"生意"之中,在"利益"的驱动之下"远走他乡,分道扬镳"。④ 在滕尼斯看来,西方社会已经走入一个"鼓励竞相挥金如土的世界",这个社会"千方百计"要确保的是"资本家和商人的利益优先于一切需求","追求享受"不仅变得很普遍,而且似乎已是"天经地义",在这样的现实包围中,人的精神世界正在一步步走向衰退和荒芜,走向"毁灭和死亡"。⑤

滕尼斯的上述观点可以被视为对孔多塞进步观的回应。后者的核心是基于对知识进步的理性崇拜,但是在《人类精神进步史表纲要》出版后的一百年

---

① 彼得·什托姆普卡:《社会变迁的社会学》,第24—25页。
② 同上,第26页。
③ 斐迪南·滕尼斯:《共同体与社会:纯粹社会学的基本概念》,林荣远译,北京:北京大学出版社,2010年,第34页。
④ 同上,第74、262、264页。
⑤ 同上,第265页。

里,法国思想界对此反思的声音不绝于耳,并且在 1908 年乔治·索雷尔(Georges Sorel,1847—1922)出版的《进步的幻象》(*Les Illusions du Progrès*)一书中达到了高潮。新旧世纪之交,西方社会对未来世界充满着乐观与美好的愿景,而索雷尔却对延续了一个世纪的线性进步理论进行了系统的反思。在该书英译者约翰·斯坦利和夏洛特·斯坦利(John and Charlotte Stanley)看来,该书以其"反理性主义激进立场迎合了当时的风气",呈现出两种矛盾交织的思考面向。一方面是大西洋彼岸的美国后来居上,经过近两百年的发展与"扩张",国力蒸蒸日上;在"自由理性主义"的浸润之中,进步观念对于这一时期的美国人似乎具有"某种特别的魔力"。[①] 政治家们热衷于"我们所取得的巨大'进步'",而普通人也把进步当成"生活的几大目的之一"。[②] 那一时期的美国社会主流都乐于相信"新的发现都会有益于大众","人类理性的运用可以增进人类的福祉"。[③] 但是另一方面,在西方文明发源地欧洲大陆,很多文化圈中的知识人对于进步观念却意外地表现出一种冷静和淡漠。在这些人看来,"理性和科学并没有给人类带来解放,反倒奴役、贬低了人类"。[④] 1889 年,为了庆祝法国大革命一百周年,并赶超 1851 年伦敦世博会的耀眼光芒,法国人建成了埃菲尔铁塔。铁塔展现了 19 世纪进步观念下人类技术革命的伟大成功,但铁塔的建设也伴随着莫泊桑等三百多位法国文化名人的反对。1900 年,也就是铁塔建成后的第 11 个年头,第 9 届世界博览会在巴黎如期召开,再一次向世人展现了西方最新的工业成果和科技进步。这次博览会与往届不同,它第一次展示了很多殖民地"落后"而新奇的文化风俗;在特定的历史语境中,"先进"和"落后"并置,文明和原生态混杂,让会展充斥着一种居高临下的反差、猎奇和怪异。在熙熙攘攘的观会人流中,高耸的埃菲尔铁塔似乎变成了一种极具机械蕴意的新景观,变成了展示西方文明与进步的人造幕布;它所包含的"进步"意象在工业、商业、科技、殖民、环幕电影等交织而成的语境中起到了二律背反的作用,促使世人对西方文明进程进行反思。

[①] 乔治·索雷尔:《进步的幻象》,吕文江译,上海:上海人民出版社,2003 年,英译者导言第 8 页。
[②] 同上。
[③] 同上。
[④] 同上。

《进步的幻象》是进入20世纪后西方出版的第一本反思进步逻辑的著作。索雷尔通过该书分析了"进步"这一观念如何"发轫并且盛行于一个技术性的时代"。① 在他看来,"进步观念"之所以在21世纪显得如此重要,就在于它已经变成了一种"居主导地位"且同时"具有深远政治后果"的"意识形态"。② 对此,什托姆普卡也有相关的论述。他强调进步并非一个"超然、客观、纯描述性的概念",而是"属于价值观范畴","总是相对于一定的价值观而言的"。③ "进步"话语之所以在20世纪呈现出一种动摇与衰落、一种"觉醒和幻灭",一方面是因为这个观念本身就有"各种不协调、矛盾和不合理之处",另一方面是因为在经验层面也存在着一些"与其极为矛盾的历史事实"。④ 从社会学的角度来看,"进步"一词的核心逻辑其实是一种"反思性的观念",正是在与社会现实的多向互动之中,这种观念"在明显的繁荣期盛行,在问题期衰落"。⑤ 什托姆普卡此言呼应了索雷尔对进步观念的批判,切中了"进步"话语与社会变迁之间的关联实质,也为分析20世纪上半叶西方社会的文化矛盾和转型危机提供了独特的视角。

　　埃里克·霍布斯鲍姆(Eric Hobsbawm, 1917—2012)是20世纪享誉思想界的史学大家,他的系列著作考察了英国和欧洲现代历史的重要变迁,分析了西方现代化进程的演进规律和思想特质。《断裂的年代:20世纪的文化与社会》(*Fractured Times: Culture and Society in the Twentieth Century*, 2013)一书立足于世界史的学科框架,以独特的杂糅视角勾勒了西方世界在20世纪的整个发展历程。细密的史料爬梳以及对历史碎片中关键概念的廓清,使得该书呈现出一种独特的思想深度和知识学广度。在霍布斯鲍姆看来,20世纪是一个"失去了方向的历史时代",其社会表征就是一种文化"断裂":"欧洲资本主义在19世纪确立了对全球的统治,并通过武力征服、技术优势和自身经济的全球化改变了世界;但与此同时,它还带来了一整套强大的信仰和价值观,并自然而然地认为这套观念比其他的都优越。这一切加起来构成了

---

① 乔治·索雷尔:《进步的幻象》,英译者导言第10页。
② 同上。
③ 彼得·什托姆普卡:《社会变迁的社会学》,第27页。
④ 同上,第28、31页。
⑤ 同上,第31页。

'欧洲资产阶级文明',而这个文明在第一次世界大战结束后却再也没有恢复元气。"① 霍布斯鲍姆认为,如果要对欧洲历史和社会进程中的这种文化断裂有更深层次的把握,研究者还需要结合共同体的观念来进一步辩证思考。在霍布斯鲍姆看来,"19世纪社会学家提出的'共同体'或'社会'的概念填补不了这个浩大的虚空",这种断裂的后果之一即是一种社会心理和时代精神上的"认同危机"。② 这种认同危机意味着人类在如下一系列问题上陷入了困境:"我们在这个虚空中的位置是什么?我们在实际生活中处于人群中的什么地位?我们属于谁?属于什么?我们是谁?"③

从观念史的层面来看,霍布斯鲍姆的"文化断裂"也可以具体细化为一种"话语断裂"。在霍布斯鲍姆看来,产生断裂的原因大致可以归结为三点:1)"20世纪的科学和技术先是改变了、后又摧毁了过去谋生的方法";2)"西方经济的迅猛发展催生了大规模消费的社会";3)"大众作为选民和消费者获得了决定性的政治发言权"。④ 也正是"在这三重打击下,旧有的社会制度已完全无力招架"。⑤ 小说家E. M. 福斯特(E. M. Forster, 1879—1970)曾以颇带感性的文字描写了这种断裂感。在他眼中,维多利亚时代的英国"调子是温和的,地平线上悬浮的黑云也只有巴掌那么点儿大,可以说是快乐时光"。⑥ 在那个年代,人们"讲究博爱行善",言谈举止中都"洋溢着人文主义精神和知性的好奇心",大家都相信"人人各不相同且理应各不相同,对社会的日渐进化也深信不疑";而时至今日,"一切都大变特变了",生活再也不可能如以往那样"舒适惬意",旧日的"世界观"已经"危危欲坠于深渊悬崖的边缘"。⑦ 在福斯特看来,这种断裂感让人无所适从,变得焦虑和茫然,要想"成功地"应对这种"现代的挑战",就必须"调和新的经济概念和古老的道德原则"。⑧ 福斯特指出,19世纪下半叶以来的自由主义学说虽然在经济上取得了巨大成功,夯实了"进

---

① 艾瑞克·霍布斯鲍姆:《断裂的年代:20世纪的文化与社会》,林华译,北京:中信出版社,2014年,第Ⅴ—Ⅵ页。
② 同上,第208页。
③ 同上。
④ 同上,第Ⅸ页。
⑤ 同上。
⑥ 福斯特:《现代的挑战》,李向东译,北京:作家出版社,1998年,第58页。
⑦ 同上,第59页。
⑧ 同上。

步"话语盛行的物质基础,但同时也"导致"了"供求盲目和弱肉强食的资本主义丛林竞争"。① 在一波波社会变迁和观念大潮的冲击之下,很多人"已经不适应现在的物质世界",而传统的道德信仰则有可能为这"大乱之世"中"主义间的冲突"和"忠诚的分裂"找到某种救赎的良方。② 福斯特痛心于英国传统生活中那些"不可替代之物毁于一旦",他呼吁"为了世界不至于土崩瓦解",社会主流必须重扬精神生活的旗帜,务必在"新的经济关系"中,为艺术与人性的连接、为那些长期以来被物质文明所"轻蔑"的共同体元素"保有一席之地",唯有这些积极元素的维系、平衡和发展,才有可能使人类在不断的反思中"与野兽划出界线",从而在思想和文化层面"脱离原始的黑暗"。③

福斯特对上述"断裂"所做的回应,只是无数英国文学家所做回应的一个典型例子。前文提到,"进步"话语在 20 世纪呈现出了一种动摇与衰落,其原因在于进步观念本身就充满了矛盾,尤其是在经验层面存在着与其极为矛盾的历史事实。事实上,"进步"话语光环的褪去还有一个更重要的原因,这就是历代文学家对它的推敲和质疑。这不光是"19 世纪英国小说的最强音",④ 而且不同程度地体现于不同时期、不同体裁的英国文学作品。对"进步"话语的推敲,就是对现代化/现代性的回应。英国是最早见证现代化的国家,也最早见证了现代性——与现代化相匹配的现代价值体系。童明曾经巧妙地用"赋格"一说来形容现代性以及质疑它的思辨策略。与现代化相匹配的"现代性"是以工具理性、科学主义、客观知识主体论以及以鼓吹"无限进步"的宏大叙述为特征的现代价值体系,而童明所说的"现代性赋格"则多见于文学著作,二者"恰如赋格音乐中的主题和对题,一问一答,相互追逐"。⑤ 鉴于童明的相关研究几乎不涉及英国文学,而是以探讨法国、俄罗斯和德国的个别代表性作家为主,因此我们有必要延伸这一话题,在英国文学领域找到突破性空间。

本丛书审视的对象,正是上述"赋格音乐"中的对题,即英国文学家/批评

---

① 福斯特:《现代的挑战》,第 59 页。
② 同上,第 61 页。
③ 同上,第 62—63 页。
④ 殷企平:《推敲"进步"话语——新型小说在 19 世纪的英国》,北京:商务印书馆,2009 年,第 3 页。
⑤ 童明:《现代性赋格:19 世纪欧洲文学名著启示录》,桂林:广西师范大学出版社,2008 年,第 1 页。

家持续不断地从文化观念的视角对现代文明及其价值体系发出的质询。作为一种文化传统,对现代性的反思至少可以追溯到18世纪。如罗伯特·康·戴维斯(Robert Con Davis)和罗纳德·施莱伏尔(Ronald Schleifer)所说,18世纪就已经存在着一种"与启蒙理性'秩序'相对的文化秩序",[①] 但是更确切地说,"文化"的种子早在资本主义萌芽时期就已经理下了,因而我们的视野将扩大到中世纪的一些作品,如《农夫皮尔斯》(*The Vision of Piers Plowman*, 1370—1390)和《坎特伯雷故事集》(*The Canterbury Tales*, 1387—1400)等——朦胧的文化意识早在那里就有迹可循了。也就是说,本丛书的研究范围远远超出了前文所说的威廉斯和约翰逊等人的著述。更具体地说,本丛书共由6卷组成,其总体框架如下:

卷一为《总论》,着眼于英国整个现代化转型时期文化观念和英国文学典籍之间互动关系的综述。本卷还负有一个前勾后连的使命,即引导本丛书其他各卷论证以下核心观点:就最主要的文化命题而言,伟大的英国文学家们在不同时期给出了相同的答案,即生活质量不在于发达的工业、诱人的科技经济指标,而在于共同体的和谐,在于精神与物质的互补和平衡。

卷二为《文化观念**萌芽**时期的英国文学典籍研究》,承接《总论》卷,追根寻源,展现早期英国文化观念和文学典籍之间的互动关系。时间跨度从中世纪后期开始,一直到1688年"光荣革命"。这段时期跨越了英国的近代早期(early modern)时期,是英国文化观念流变中的现代性和个人主义的源起时代。本卷的出发点之一,是承接《总论》卷中梳理的关键词,后者所代表的文化内涵有不少已经萌发于这一时期。例如,因田园文明向商业文明过渡而产生的"转型焦虑",早在杰弗里·乔叟(Geoffrey Chaucer, 1342—1400)的作品里就已经初现端倪。

卷三为《文化观念**生长**时期的英国文学典籍研究》,时间跨度从1688年"光荣革命"开始,一直持续到1815年英法战争结束前后,刚好跟所谓"漫长的18世纪"相吻合。自中世纪末期开始萌芽的文化观念在这一历史时期内快速生长,在农业文明和工业文明的撞击中不断修正、融合并且成形。继弗朗西

[①] Robert Con Davis and Ronald Schleifer, *Literary Criticism: Literary and Cultural Studies*, New York: Longman, 1998, 322.

斯·培根(Francis Bacon, 1561—1626)和托马斯·霍布斯(Thomas Hobbes, 1588—1679)之后，经验主义哲学在英国大放异彩，约翰·洛克(John Locke, 1632—1704)、乔治·贝克莱(George Berkeley, 1685—1753)和大卫·休谟(David Hume, 1711—1776)等人的本土哲学思想脉络深刻地影响了英国文化的构成，这种情况一直持续到19世纪二三十年代。自此之后，外来的德国浪漫主义哲学和文学思潮经由卡莱尔等人极大地影响到英国的文化观念与思想构成。就文化观念的流变而言，18世纪的文坛巨擘塞缪尔·约翰逊博士(Dr. Samuel Johnson, 1709—1784)和亚历山大·蒲柏(Alexander Pope, 1688—1744)等人与英国启蒙运动时期以来的洛克和沙夫茨伯里(Anthony Ashley Cooper, 3rd Earl of Shaftesbury, 1671—1713)等人一脉相承，为推崇理性与注重道德的文学传统注入了强大动力。新古典主义的长期盛行、18世纪前期小说的兴起和18世纪后期浪漫主义的崛起分别成为这一历史时期之内文化观念在英国快速生长与嬗变的征兆。除"转型焦虑"以外，其他一些关键词(如"审美趣味"和"心智培育")所指涉的文化内涵在这一时期渐现雏形。例如，塞缪尔·泰勒·柯勒律治(Samuel Taylor Coleridge, 1772—1834)已用"培育"来表示他心中的文化，而威廉·柯珀(William Cowper, 1731—1800)和威廉·华兹华斯(William Wordsworth, 1770—1850)甚至直接使用了"文化"一词。卷三对这些文化内涵雏形的揭示和分析，为卷四描写文化观念的成熟起了铺垫作用。

卷四为《文化观念**成熟**时期的英国文学典籍研究》，时间跨度基本与维多利亚时期吻合。这一卷重点探讨两个问题：1) 英国文化观念的成熟期为何是在维多利亚时期？2) 维多利亚文学家们是如何扩充文化观念内涵，从而助推其进入成熟期的？解答这两个问题的关键在于论证如下观点：就"文化"和"文明"观念而言，必须有众多文人学者致力于它们的语义区分，才能确保文化观念的成熟；恰恰是在维多利亚时期，几乎所有优秀的文学家都承担起了给"文化"和"文明"分家的工作，都奋起批判独尊"事实"的文明，都表达了含有价值诉求的文化思想。这一时期的文学家们对文化的观照，已经更自觉地表现为对秩序/共同体的诉求、对人类生活总体方式的观照、对人的全面发展状况(各种禀赋和潜能的协调发展)的观照，也表现为对追求单向度发展的"进步"

话语的强烈质疑。

卷五为《文化观念**拓展**时期的英国文学典籍研究》，聚焦从爱德华时期到二战结束之前英国文学与文化观念之间的互动。跟上一卷所关涉的历史时期相比，此时文化观念的内涵和外延更为丰富，而且有了一些新的特点。这一时期，英国社会的思想格局经历了世纪末的转变以及各种新思潮的碰撞与洗刷，而两次世界大战更是对英国民族的文化心理与身份意识产生了深远的影响，因此文学家们的文化之旅更加艰难。他们在上一时期文学家们所做工作的基础上，继续拓展文化观念的内涵，如对转型焦虑、共同体意识、文化身份和审美趣味的深度探索等。例如，伊丽莎白·鲍温（Elizabeth Bowen，1899—1973）的《心之死》（*The Death of the Heart*，1938）所呈现的转型焦虑，包含了趣味和伦理两个层面，是对转型焦虑的深度挖掘。鲍温等人继承了上一时期查尔斯·狄更斯（Charles Dickens，1812—1870）等人质疑"进步"话语的传统，而这一传统在二战之后又由格雷厄姆·斯威夫特（Graham Swift，1949—　）等人予以继承（见卷六）。由此，本卷承前启后的作用也得以彰显。

卷六为《文化观念**裂变**时期的英国文学典籍研究》。这一时期的文化观念受到了后现代主义思潮和经济全球化浪潮的强烈冲击，以致新一代作家必须回应这一冲击，而这种冲击和回应导致了文化观念的裂变。例如，关于"共同体"和"英格兰特性"的观念出现了多样化和多重性的趋向，甚至出现了"反文化"这样的一些术语。此时文学家们的文化诉求和道德关注呈现出有别于上一时期的新特点。也就是说，文化观念的新变迁影响了当代的英国文学典籍，从而得到了后者的反映和折射。剖析两者间的互动关系，尤其是它们在战后全球化背景下的互动，构成了本卷的主要任务之一。如何在经济高速发展的形势下营造共同文化？英格兰特性是否还存在？英国文学如何再现英格兰特性？这些都已成为英国知识界普遍关注的话题，也是本卷要回答的问题，而回答这些问题的同时，也是在对以上各卷做出呼应。特别值得一提的是，在众多当代优秀文学家的努力下，一种更加包容、更富有弹性的英格兰特性得以形成，而种族已经不再是（作为文化身份的）英格兰特性的标识。例如，在V. S. 奈保尔（V. S. Naipaul，1932—2018）的笔下，一些国外移民逐渐抵达并融入了英国文化，甚至比原居民更熟悉其所在地，更具有共同体情怀。更值得注意的是，像彼得·阿克罗伊德（Peter Ackroyd，1949—　）这样的一些作家用出色的创作表明：杂糅拼贴并非"后现代"的专利，而是英国文化遗产的一部分；正视多元化/多样性未必意味着混沌，而杂糅/包容可以成为一种绵延不绝的民族传统。另外，阿克罗伊德和奈保尔等人都重视语言的建构性，但是他们的语言不但没有解构传统，反而因其本身的稳定性成为维护与更新传统的力量。这一切对于所有面临建设多民族共同体任务的国家都具有深刻的启示意义。

　　在上述每卷的正文①之后，都附有与之相对应的代表性文学典籍的汉语译文，或首译，或重译。在英国文化观念史中，不少意义重大的文学作品尚未译出，而已经问世的译作有些则存在较多质量问题。本丛书的翻译部分（见各卷附录）旨在弥补上述缺陷，并为各卷的阐述提供更宽厚的佐证基础。②

　　最后，还有必要强调一下本丛书各个关键词的关联性。如前文所述，本丛书用以勾勒文化观念主要内涵的关键词分别是"转型焦虑""愿景描述""共同体形塑""秩序诉求""审美趣味""心智培育""文学语言的创造""民族良心""道德伦理传统"和"工作/生活方式"。它们彼此之间都有着内在的联系，甚至密不可分。例如，对于社会转型的焦虑除了是对上述"进步"话语的回应之外，还意味着人类的工作/生活方式（因转型）出了问题，或者说"礼崩乐坏"——社会秩序混乱，伦理道德败坏。本丛书所说的"文化"既因为"转型焦虑"而发生，又必须提供走出焦虑的途径，如描述各种愿景，包括共同体愿景、乌托邦愿景或者关于美好社会秩序的愿景等。而这些愿景的实现离不开心智的培育、民族良心的锻造和民族特性的构建以及提倡理想的工作/生活方式等。对于所有这些文化内涵的关联性、复杂性和丰富性，非文学典籍不足以充分表达。这就是本丛书的题目赖以立足的理由。

　　总之，从中世纪后期开始，英国文学伴随着近代社会的转型而演变；几个世纪以来的英国文学既是这一社会转型进程的产物，又积极影响着这个进程。从《乌托邦》（*Utopia*，1516）到《一九八四》（*1984*，1949），从莎士比亚到石黑一雄（Kazuo Ishiguro，1954—　），英国文学不断对侧重物质文明的现代价值体

---

① 本丛书部分正文章节已作为阶段性成果发表过。
② 本丛书（包括正文和附录）未注明译者的汉语译文为笔者自译，不再一一注明。

系发出质疑,通过展望理想的共同体生活,逐渐形成一个强大的文化主义传统。大量的文学典籍在争论与创新中以丰富多彩的文学意象不断地影响着民族的想象,打造着英国的公共文化,成为民族核心价值体系的建设者与守望者,帮助英国在世界各民族中相对顺利地完成了社会转型。

当代中国在现代化进程中处于重大的历史转折时刻,习近平总书记强调指出:"文化是一个国家、一个民族的灵魂","文运同国运相牵,文脉同国脉相连"。[①] 如今,建设"文化强国"这一目标已上升为我国的国策。在这样的时代背景下,对文化观念流变中的英国文学典籍进行充分的梳理、阐释和评价,以期提供借鉴,已经成为他山之石的当然之选。

殷企平　胡　强

[①] 习近平:《在中国文联十大、中国作协九大开幕式上的讲话》(2016年11月30日),《人民日报》2016年12月1日第2版。

本卷撰写分工说明

（按姓氏拼音排列）

安　宁：第二章（第一节）　失落中的真实：康拉德《阴影线》中的有机共同体
毕懿晴：第八章（第二节）　博雅教育与文学中心：利维斯的大学共同体思想
曹　波：第八章（第五节）　贝克特小说与"深层共同体"的解构
陈　丽：第三章（第一节）　《美妙的新世界》：共同体形塑与乌托邦愿景
管南异：第六章（第一节）　文化分裂与秩序失落：《好兵》对乡绅文化的反思
郭　星：第八章（第三节）　托尔金与"中土神话"的共同体愿景
胡　强：总序（合写）
　　　　绪论（第一节、第二节）　20世纪上半叶英国文学的观念背景
　　　　第七章（第三节）　思想惰性与智识缺席：切斯特顿随笔对共同体文化的忧思
　　　　结语　从文化观念到社会变迁
黄　鑫：第六章（第四节）　精神共同体的回归：《苏格兰人的书》中的生活方式
李菊花：第三章（第二节）　佩内洛普·菲茨杰拉德的早期文学创作与共同体形塑
李兰生：第一章（第一节）　友情·婚姻·民族：《尤利西斯》中的共同体焦虑
刘赛雄：第二章（第二节）　"有机体的腐朽"：《托诺-邦盖》中的命运共同体
　　　　第五章（第三节）　转型社会中的心智焦虑：《爱情与路维宪先生》中的时代关切
罗　旋：第一章（第五节）　"局外人"：劳伦斯的共同体焦虑
吕爱晶：第八章（第四节）　菲利浦·拉金早期诗歌中的"非英雄共同体"思想
潘　建：第四章（第三节）　伍尔夫与妇女文化共同体构建

彭 禹：	第四章（第二节）	《寻欢作乐》中的身体关怀和伦理共同体
	第七章（第一节）	心智培育与绅士文化：毛姆《人生的枷锁》中的文化之维
	第七章（第二节）	消费文化与毛姆《刀锋》中的审美"趣味"
秦 丹：	第八章（第一节）	燕卜荪与剑桥语义批评共同体
邱 高：	第五章（第一节）	智性存于张弛之间：伍尔夫《幕间》中的心智培育
盛小弟：	第六章（第五节）	"荣华的丧钟敲响起来"：《有产业的人》中的生活方式批判
孙 琳：	第五章（第二节）	公民教育：吉卜林《勇敢的船长》中哈维的心智培育
王丽明：	第二章（第四节）	格雷厄姆·格林的文学书写与想象共同体
王艺欣：	第二章（第三节）	威尔斯的《昏睡百年》与技术共同体
文 蓉：	第三章（第四节）	"找家"的书与《霍华德庄园》中的共同体重塑
吴泽庆：	第六章（第三节）	疏离与和谐——奥登诗歌的共同体建构
向祎玮：	第六章（第二节）	荣誉的异化：《荣誉之剑》中荣誉共同体的探寻
许娟娟：	翻译 附录	《英国社会史 1914—1945》（第十五章："艺术、科学和文化"）
许淑芳：	第二章（第五节）	《缅甸岁月》："帝国共同体"想象及其危机
殷企平：	总序（合写）	
	第一章（第二节）	转型焦虑：文化观念流变中的《心之死》
	第三章（第三节）	《好伙伴》与共同体形塑
曾 魁：	第一章（第三节）	转型焦虑的双重回应：R. S. 托马斯的"反田园"与"阿布酷歌"
赵 晶：	第一章（第四节）	《荒原》中的共同体：缺失焦虑与重构愿景
周 丹：	第四章（第一节）	叶芝的身份追寻与共同体想象

目 录

绪　论　20世纪上半叶英国文学的观念背景 …………………… 1
　　第一节　战争、社会变迁与文化观念　3
　　第二节　消费社会与新生活方式　15

第一章　转型焦虑与共同体危机 …………………………………… 29
　　第一节　友情·婚姻·民族：《尤利西斯》中的共同体焦虑　32
　　第二节　转型焦虑：文化观念流变中的《心之死》　43
　　第三节　转型焦虑的双重回应：R. S. 托马斯的"反田园"与"阿布酷歌"　56
　　第四节　《荒原》中的共同体：缺失焦虑与重构愿景　70
　　第五节　"局外人"：劳伦斯的共同体焦虑　88

第二章　社会变迁与共同体想象 …………………………………… 101
　　第一节　失落中的真实：康拉德《阴影线》中的有机共同体　104
　　第二节　"有机体的腐朽"：《托诺-邦盖》中的命运共同体　118
　　第三节　威尔斯的《昏睡百年》与技术共同体　128
　　第四节　格雷厄姆·格林的文学书写与想象共同体　138
　　第五节　《缅甸岁月》："帝国共同体"想象及其危机　148

第三章　共同体意识与共同体形塑 ………………………………… 165
　　第一节　《美妙的新世界》：共同体形塑与乌托邦愿景　168
　　第二节　佩内洛普·菲茨杰拉德的早期文学创作与共同体形塑　181
　　第三节　《好伙伴》与共同体形塑　193
　　第四节　"找家"的书与《霍华德庄园》中的共同体重塑　204

第四章　身体伦理与身份共同体 …………………………………… 215
　　第一节　叶芝的身份追寻与共同体想象　218
　　第二节　《寻欢作乐》中的身体关怀和伦理共同体　229

第三节　伍尔夫与妇女文化共同体构建　239

第五章　心智培育与时代症候 ························ 249
第一节　智性存于张弛之间：伍尔夫《幕间》中的心智培育　251
第二节　公民教育：吉卜林《勇敢的船长》中哈维的心智培育　262
第三节　转型社会中的心智焦虑：《爱情与路维宪先生》中的时代关切　271

第六章　生活方式与文化分裂 ························ 281
第一节　文化分裂与秩序失落：《好兵》对乡绅文化的反思　284
第二节　荣誉的异化：《荣誉之剑》中荣誉共同体的探寻　302
第三节　疏离与和谐——奥登诗歌的共同体建构　311
第四节　精神共同体的回归：《苏格兰人的书》中的生活方式　321
第五节　"荣华的丧钟敲响起来"：《有产业的人》中的生活方式批判　331

第七章　审美趣味与共同体文化 ······················ 343
第一节　心智培育与绅士文化：毛姆《人生的枷锁》中的文化之维　346
第二节　消费文化与毛姆《刀锋》中的审美"趣味"　355
第三节　思想惰性与智识缺席：切斯特顿随笔对共同体文化的忧思　363

第八章　文学共同体与文化愿景 ······················ 375
第一节　燕卜荪与剑桥语义批评共同体　378
第二节　博雅教育与文学中心：利维斯的大学共同体思想　388
第三节　托尔金与"中土神话"的共同体愿景　399
第四节　菲利浦·拉金早期诗歌中的"非英雄共同体"思想　411
第五节　贝克特小说与"深层共同体"的解构　424

结语　从文化观念到社会变迁 ························ 437

主要参考文献 ···································· 441

附录　《英国社会史 1914—1945》（第十五章："艺术、科学和文化"）········ 477

索引 ··· 501

绪 论

20世纪上半叶英国文学的观念背景

本丛书的总序曾梳理了从孔多塞到索雷尔、再从滕尼斯（Ferdinand Tönnies，1855—1936）到霍布斯鲍姆的文化观念的变迁历史，这一梳理不仅铺垫了本卷写作的知识语境，也构成了本卷展开的思想背景。在这个语境与背景中，20世纪上半叶英国文化观念嬗变的核心线索就是：" 危机概念"已取代进步概念，成为"20世纪的主题"。① 本卷题目是"文化观念拓展时期的英国文学典籍研究"，关键词即为"文化观念""拓展时期"和"文学典籍"。首先，我们有必要结合1900年至1945年间英国的历史语境，在相关文化理论和文学作品的多向梳理中分析这三个关键词的内涵，以及它们相互的逻辑、语义和思想关联，分析20世纪上半叶英国文学的观念背景，或者说该时期文学创作所折射的文化观念变迁。

第一节
战争、社会变迁与文化观念

两次世界大战对20世纪上半叶英国文化观念的影响极为深远。英国画家威廉·冈特（William Gaunt，1900—1980）在《美的历险》（*The Aesthetic Adventure*，1945）一书中写道，战前的英国充满着享乐主义的味道，而一战的爆发，等于"在社会的肌体上豁开了一条深长而溃烂的伤口"。② 在奥地利作家茨威格（Stefan Zweig，1881—1942）的眼中，围绕战争"所发生的种种事件、灾

---

① 彼得·什托姆普卡：《社会变迁的社会学》，林聚任等译，北京：北京大学出版社，2011年，第32页。
② 威廉·冈特：《美的历险》，肖聿译，南京：凤凰出版集团，2005年，第237—238页。

难和考验,都远远超过了以往任何时代",每个人的"内心深处都被欧洲大陆上连续不断的火山爆发般的动荡所震撼",人类一边享受着前所未有的物质进步,一边"无奈地见证了有史以来理智所遭遇的最惨痛的失败和野蛮获得的最疯狂的胜利";在战争机器的蹂躏之下,"道德是如此倒退",人们眼睁睁地看着自己"从精神的高处坠落"。①

在历史学家布里格斯(Asa Briggs,1921—2016)看来,从维多利亚时代开始,一直到战前的爱德华时代,英国社会都呈现出了一种"共同经验的延续性",但是一战的爆发却"中断"了这种延续性,"并挑起了社会分层"。② 战争就像一个引爆器,这种引爆效应即如思想家托尼·朱特(Tony Robert Judt,1948—2010)所言,当时的欧洲世界很少有人会预见到"世界的彻底崩溃"以及随之而来的"经济和政治灾难"。③ 在战争年代,"对变化的恐惧,对衰退的恐惧,对陌生人和不熟悉的世界的恐惧"叠加在一起,以一种野蛮的方式很快"腐蚀"了"公民社会植根其上的信任和独立"。④ 战争的爆发带来了形形色色的"新元素",它们以各种方式"注入和平时期统治英国的技术型、职业化公务员精英阶层"。⑤ 往昔岁月中那种"固化的社会阶级、教育机会、性别差异、政治投票权"也随着社会的变迁"继续松动",这些变化极大地拓展了人们对文化观念的认知空间,使得整个社会在文化观念上呈现出"解放时代"的新特征。⑥

战争的残酷性以一种极端的方式凸显了"国家共同体"观念的重要性。在肯尼斯·摩根(Kenneth O. Morgan,1934—)看来,在一战爆发前夕,"英国似乎面临着文明世界的自由民主即将解体的危险,而政府及其政策措施又因为无力控制紧张局势而显得捉襟见肘"。⑦ 这种尴尬的局面随着战争的爆发出现了新的变化。面对危机,全国上下在短时间内"被一种共同的目标团结起来",凝聚人心、共同抗敌不仅是一种响遍大街小巷的口号,也很快变成了渲染

---

① 斯蒂芬·茨威格:《昨日世界:一个欧洲人的回忆》,史行果译,北京:作家出版社,2017年,"前言"第1—2页。
② 阿萨·布里格斯:《英国社会史》,陈叔平、陈小惠等译,北京:商务印书馆,2015年,第305页。
③ 托尼·朱特:《沉疴遍地》,杜先菊译,北京:中信出版社,2015年,第6—7页。
④ 同上,第7页。
⑤ 肯尼斯·摩根:《20世纪英国:帝国与遗产》,宋云峰译,北京:外语教学与研究出版社,第138页。
⑥ 同上,第138—139页。
⑦ 同上,第131页。

民族情绪、维系共同体稳定的一种文化机制。① 二战的规模比一战更大,也更激发了"战时团结、平等的牺牲精神",这使得英国社会的不同阶层"有史以来第一次有了交汇"。② 从文化意识形态来看,一战和二战的区别可以从民众对"社会变革甚至是革命的热情"中窥见一斑:一战的结果是"政府致力于回归传统的价值观和意识形态",而二战后"英国社会中理想与现实之间的距离比则小得多"。③ 由于平民参战规模的不同,二战期间"人们对文化的渴求比一战期间要广泛得多"。④ 为了鼓舞士气,文化宣传、文化动员和文化渗透变成了战时一种极为重要的意识形态手段,这一变化唤醒了民众的爱国意识和团结精神,凝聚了国家和民族的共同体情怀,同时也以一种令人振奋的情绪表达了对胜利的期待。在这些由战争所引发的种种社会剧变中,知识阶层以及新的文化传播方式在引导文化观念的拓展和塑形方面扮演了非常积极的角色。

从系统论的角度来看,战争带给英国社会的影响是多重的。一战期间,战争机器激发的国民认同意识使得"帝国的概念比以往任何时候都更为膨胀",自信与乐观成了参战初期民众的普遍心态。而另一方面,受制于国内经济和政治气候以及国外民族主义运动的兴起,帝国也"日益变得难以维系"。⑤ 摩根指出,一战"留下的遗产"是一个"更加统一但却更加孤立的英国",其"庞大的帝国角色已经无法应对战后世界的广泛变化"。⑥ 在大卫·雷诺兹(David Reynolds, 1952—)等历史学家看来,1914年一战开始时,与实行征兵制度的其他欧洲国家不同,英国实行的是志愿兵役制。英国卷入一战,其本质上似乎是基于某种"道义",在这场号称"保卫自由和文明原则的战争"中,"慷慨地为其他国家的自由而战"的参战口号不仅赋予了英国独特的角色定位,也使得战后国人对这场战争的价值认知"变得异常的酸楚"。⑦ 这场大战一方面以其史无前例的死亡人数让人们认识到了帝国的虚伪和现代文明的野蛮,同时也通过战后利益的重新划分让大英帝国的规模达到了历史的高峰。各殖民地在

---

① 摩根:《20世纪英国》,第131页。
② 同上,第180页。
③ 同上,第185页。
④ 布里格斯:《英国社会史》,第347页。
⑤ 摩根:《20世纪英国》,第143页。
⑥ 同上,第144页。
⑦ 大卫·雷诺兹:《长长的阴影》,徐萍、高连兴译,北京:北京联合出版公司,2017年,第380页。

卷入战争机器的同时,也进一步强化了"与母国共享身份的同一性",这使得帝国暂时摆脱了分崩离析的命运。① 在帝国内部,战争也遏制了爱尔兰、苏格兰和威尔士等地的分离主义倾向,"创建出了一种新的英国观"。从今天文化史研究的角度来看,一战还被赋予了一种独特的文化反思内涵。这种反思即如雷诺兹所言,一战是英国历史上"第一次真正意义上的文化战争"。② 战前几十年英国国力的大幅提升和教育水平的普遍提高,使得参战的普通士兵具备了较好的语文读写能力,他们留下的关于战争的大量文字为全面反思战争提供了极为宝贵的史料。

一战期间,英国文坛涌现了一批青年诗人,特定的历史语境赋予了他们的诗歌创作一种独特的时代风格。鲁伯特·布鲁克(Rupert Brooke,1887—1915)是剑桥学子,在1914年完成的《战士》("Soldier",1915)一诗中他写道:

如果我死了,要这样想我:/躺在异域某个角落的我/也永远是英格兰人。那里/富饶的大地埋藏着一粒更肥沃的尘土;/一具尸骨,生于英格兰,长于英格兰,育于英格兰,/曾给他花朵让他去爱,给他道路让他漫游/英格兰的身体,呼吸英格兰的空气,/由故乡的水洗净,被故乡的阳光祝福。/想到这颗挣脱了所有罪恶的心,/永恒意志中的脉搏,依旧/把英格兰赋予的思维带回;她的景象与声音;如她的节日般幸福的梦;/朋友的笑声;亲切的举动,/在英格兰的天空下,内心一片安宁。③

布鲁克的诗浸润着英国浪漫主义的传统,看似平静却蕴含深邃的激情,在死亡与生存、理想与现实、故土与异域的多重缠结中抒发了对家乡英格兰的无限眷恋,以及对生命价值的哲学思考。阿尔弗雷德·豪斯曼(Alfred Houseman,1859—1936)专长于古典学,但他的诗多以现实生活为主题,字里行间流露着一种无奈与悲伤。在《军队的步伐在街上响》("The Street Sounds to the

---

① 雷诺兹:《长长的阴影》,第380页。
② 同上,第383页。
③ 鲁伯特·布鲁克:《独自流浪在沉默的边缘——鲁伯特·布鲁克诗全集》,江鑫鑫译,海口:南海出版公司,2017年,第129页。

Soldiers' Tread",1896)中,他这样写道:"朋友,咱们没见过面,/天涯隔着几重,/地角和地角隔那么远,/咱无缘再相逢。/你的心事啊我的心事,/不能停步来吐露,/但不管醉与醒、生与死,/当兵的,我为你祝福。"①战争毁灭了家园,"从心理上和道德上给英国人的记忆和人生打上了深刻的烙印",也"极大地影响了整整一代的文学作品"。②狄兰·托马斯(Dylan Marlais Thomas, 1914—1953)是战时最优秀的英国诗人,他的诗歌表达了一种田园乡村和野蛮战争之间的撕裂。在《空袭之后的哀悼》("Ceremony after a Fire Raid",1937)中,他以沉痛的笔调这样写道:"我们,/这些哀悼者,/哀悼着,/在朝向无休止的死亡焚烧的街道,/一个才出生几小时的孩子,/带着皱巴巴的小嘴,/烧焦在坟墓黑色的胸膛上,/母亲挖呀挖,她的手臂上流着熊熊的烈火。"③而在随后的一首《羊齿山》("Fern Hill",1945)中,他的诗风更蕴藉着一种对逝去时光的感伤:"此刻我青春无忧,声名显赫,四周谷仓座座,/幸福的庭院深深,我一路欢歌,仿佛农场就是家园,/阳光也曾一度年轻,/时光让我嬉戏,/蒙受他的恩宠金光闪耀,/我是猎手,我是牧人,年轻灿烂,牛犊们应着,/我的号角歌唱,山岗上狐狸吠声清脆而苍凉,/圣溪的鹅卵石里,/传来安息日缓缓的钟声。"④两相比较,我们可以感受到诗人对现实的那种深切忧思。

在雷诺兹看来,英国在一战和二战中扮演了不同的角色,介入的程度不同,战争在观念层面对国民心态的影响也有差异。在一战中,英国本土没有受到直接入侵和轰炸,对于大多数没有亲历战争的人来说,一战似乎变成了一种国门之外的"故事形式",而且主要是"关于战壕和诗人的故事"。⑤ 这意味着在"二三十年代的英国",社会、政治和国民心态"都比欧洲大陆的那些邻居们要稳定得多"。⑥ 在布里格斯看来,一战中的"很多士兵是在群众的欢呼声中甘情愿走上战场的,有的人甚至对战争抱有浪漫主义的幻想"。⑦ 哲学家罗素

---

① 飞白编译:《樱花正值最美时:英国维多利亚时代诗选》(下册),长沙:湖南文艺出版社,2015年,第217页。
② 摩根:《20世纪英国》,第133页。
③ 狄兰·托马斯:《狄兰·托马斯诗选》,韦白译,长沙:湖南文艺出版社,2012年,第228页。
④ 狄兰·托马斯:《狄兰·托马斯诗选》,海岸译,北京:外语教学与研究出版社,2014年,第251页。
⑤ 雷诺兹:《长长的阴影》,"序言"第3页。
⑥ 同上,第2页。
⑦ 布里格斯:《英国社会史》,第329页。

(Bertrand Arthur William Russell,1872—1970)也"惊讶地发现",在进行战前动员的时候,不仅"普通的男女对战争的前景都很高兴",就连一些文化人士"都持异常激烈的好战态度"。①罗素毕生从事反战事业,他对战争的前景"满怀恐惧",但更令他"恐惧"的是英国社会"近百分之九十的人"在谈及战争可能带来的"屠杀"时竟然似有一种"极大的快乐"。②罗素以一种沉痛的口气说道,这种"向野蛮倒退"的心态让人如此难以理解,以至于让他"不得不修正对人性的看法"。一方面,对于那些"将遭到杀戮的青年人",罗素的内心充满了"绝望的爱惜之情",而另一方面,对于那些政治家,他则充满着愤怒,感到"怒不可遏"。罗素仿佛看到了在战争硝烟中,伦敦的那些大桥"塌陷、沉没","整个城市像晨雾一样消逝"。③罗素的文字和战争诗人的诗行在独特的历史语境中形成了一种互文关系,不仅深刻反映了英国国民面对战争的复杂心态,同时也预言了战争对社会共同体巨大的精神伤害。

一战之前,紧张的国际形势一定程度上化解了爱尔兰、苏格兰的民族分裂危机,民族矛盾暂时让位于爱国情绪,这也为当时英国社会共同体精神的建设营造了一种特殊的氛围。罗素曾说,他"热切地期望德国人战败","对英国的爱"是自己"所具有的最强烈的感情"。④希莱尔·贝洛克(Hilaire Belloc,1870—1953)在《英格兰之恋》("The Love of England",1912)一文中这样写道:"人类一般来说都爱国,然而爱国却不是一般的名目就可以形容的。"⑤热爱英国首先意味着爱上英国的风景,爱上那些隐秘在"沼泽、丘陵和山岭"之间的"非常古老的城镇",而"安适的秩序井然的小城镇"赋予了传统一种恒久的魅力,也带给共同体一种美好的愿景。⑥在贝洛克看来,在"珍视"英国"伟大之处"的同时,爱英国不仅意味着热爱"这片土地",热爱这里"生长的万物的气味",更是"受英国的滋养,以英国为榜样,在英国的土地上繁荣兴旺"。这种情感沉淀在每个人的内心深处,已经发展成一种"固定、重复的东西",已经凝聚

---

① 伯特兰·罗素:《罗素自传》(第二卷),陈启伟译,北京:商务印书馆,2015年,第2—3页。
② 同上,第4页。
③ 同上,第4—5页。
④ 同上,第5页。
⑤ 希莱尔·贝洛克:《无所谈,无所不谈——贝洛克随笔》,黄金山译,上海:东方出版中心,2009年,第235页。
⑥ 同上。

为一种"独特的力量",这种力量意味着假定英国在"一次决定性的战役中战败",那么每一个人都会以极大的热忱自问"那时候我该做什么"?①

贝洛克的"自问"与小说家劳伦斯(D. H. Lawrence,1885—1930)的作品都表达了一种对战争的深刻反思,文字背后都凝结着一种对国家命运的深刻忧思。《英格兰,我的英格兰》(*England, My England*, 1922)是1913—1922年间劳伦斯创作的短篇小说集,与文集同名的《英格兰,我的英格兰》以一战前后为背景,通过一对青年夫妇的感情生活勾勒了劳伦斯对英国特性、精神生活、传统文化、战争苦难等多重主题的思考。在故事开篇描写自然环境时,映入我们眼帘的是"灼热的阳光""火一样生机勃勃的植物""阳光灿烂的园子""野性的英格兰"这样的词眼。在刻画男女主人公的外貌轮廓时,我们会看到"年轻、美丽、一身的活力""一团燃烧的火苗儿""优雅的步子""盛开的红花儿""身体健壮,沉静而不失激情""像英格兰弓箭手一样优美"和"漂亮的一对儿"等描写,但是随着故事情节的发展,我们也会读到"难以觉察的区别""肉体的爱""一个无关紧要的角色""露出一脸凶相""被压抑的生命""毫无感知""激情的旋风席卷而过""完全熄灭""尊严的坟墓""意志上已经是个修女""诅咒他的存在""飘忽不定的努力"和"一种挫败与徒劳"等语句。妻子是"古英格兰人的后裔",丈夫是"老实乡村家族的后代",故事以愉快的色彩起笔,但是在主人公夫妇逐渐陷入情感困境的过程中,劳伦斯非常自然地引入了战争的话题,这种叙事上的巨大反差让作品中个人、家庭和民族命运等元素有了一种互为关联的隐喻联结。② 故事最终以男主人公死于战场而结束。人物独特的家世和战争话题的渗入,赋予了小说一种放大的历史象征意义,让作品产生了一种颇具情感压抑效果的社会审美特质。

传统媒介在20世纪上半叶继续产生着巨大的文化影响力,而广播、广告、电视等新元素对新兴文化观念的传播也效果明显。英国广播公司(British Broadcasting Corporation,BBC)成立于1922年。1932年,BBC的《帝国服务》(*Empire Service*)栏目开播。1936年,BBC开播全球第一个电视服务。在

---

① 贝洛克:《无所谈,无所不谈》,第236页。
② D. H. 劳伦斯:《英格兰,我的英格兰:劳伦斯中短篇小说选》,黑马译,上海:上海三联书店,2011年,第84—115页。

二战中，BBC 以其"保守"和"稳妥"的风格表达了对"上帝、国王、家庭、生活的连贯性和民族传统的持久性"的"尊重"，①这种尊重代表了一种文化机制上的稳定性，既满足了人民在动荡年代的心理需求，也体现了一种文化观念与文化生产的互动关联。与切斯特顿(Gilbert Keith Chesterton, 1874—1936)、萧伯纳(George Bernard Shaw, 1856—1950)同时期的希莱尔·贝洛克也擅长随笔，他的作品具有深厚的本土关怀。在《巴黎与东方》("Paris and the East", 1912)一文中，他分析了欧洲的紧张时局，批判了战争的残酷与野蛮，表达了对共同体文化陷入危机的忧虑。在他看来，减少"市民的责任和自由"，就是"加快每一种毁灭的趋势"；由于卷入战争的漩涡，"共同的信仰"受到了"如此沉重的冲击"，但依然是"这个文明的黏合剂"。② 回顾西方文明的历史，"欧洲从未像现在这么不自知，从未像现在这样自由放任毁灭的力量"。③ 如果人们都听任这种"邪恶"的力量"骄横跋扈"，那么终有一天，"机械性的洪流"和"混乱无序的巨大商业"将使得人类文明成为荒原，而"暴得的财富"和"频繁而规模空前的战争"也将"粉碎曾经形成欧洲的一切"。④

　　一面是失控的机械文明与战争机器，一面却是人们内心之中对于传统和平淡生活的无限眷恋，这是一种充满着撕裂的挣扎感，在这种夹缝般的社会现实中，英国广播公司的系列节目具有了一种情绪稳定剂、情感安抚剂和共同体意识黏合剂的文化功能，这一文化现象折射了西方文明在面临巨大危机时的精神困境，也凸显了新兴文化观念通过新兴媒介在特定历史语境中的文化建构力量。

　　就 20 世纪上半叶英国文化观念的整体流变而言，一战与二战期间的过渡性阶段值得引起特别的关注。一战结束之后，人们渴望回归宁静与和平，怀念繁荣富足的战前岁月，另一方面却为一种幻灭与无方向感所困扰。与求新求变的社会心态相呼应，艺术领域中出现了一种"反叛与解放"的思潮。这股思潮汇聚着前卫、讽刺与焦虑的情绪，既推动了"当时无形无根世界的试验探索

---

① 摩根：《20 世纪英国》，第 184 页。
② 贝洛克：《无所谈，无所不谈》，第 239 页。
③ 同上，第 241 页。
④ 同上。

氛围"的形成,①也为这一时期的文化发展打上了独特的观念标识。这种过渡性的"氛围"恰如餐前的开胃酒和产后的甜点,既是正餐的内容,也塑造了正餐的整体风味。在文化史的观念层面,它所传递的信息微妙而意蕴深长。在小说家 E. M. 福斯特(E. M. Forster,1879—1970)看来,这个过渡期就像是一个"漫长的周末",其中"20 年代是战后的回声和渐渐的远离,而 30 年代则是在忧虑战争的同时被卷入战争。20 年代趋向欣赏生命和理解生命的含意;而 30 年代同样强调理解生命,但是抱有一个特殊的目的:保卫文明"。② 在这个过渡时期,生活方式、社会心态、精神面貌、情感结构和价值取向的种种变化显而易见,原来一些不合时宜的观念现在变得习以为常,两性话语与社会行为变得更为前卫和开放,而传统的那种崇尚稳定的家庭观念变得愈发敏感而脆弱。

《衰落与瓦解》(*Decline and Fall*,1928)是伊夫林·沃(Evelyn Waugh,1903—1966)的第一部小说,出版于 1928 年,这一时间节点与帝国内外的历史语境似乎存在着某种彼此映射的互文关联。从外部来看,这一年的 8 月 27 日,美、法、英、意、比等 15 国在巴黎签署了《凯洛格—白里安公约》("关于废弃战争作为国家政策工具的普遍公约"),这一公约体现了特定历史语境中大国霸权、和平主义潮流与人类发展愿景的多重碰撞与角力。从帝国内部来看,8 月 30 日,剑桥大学毕业生尼赫鲁回到印度,领导创立了印度独立联盟(India Independence League),开始了殖民地由内而外瓦解帝国版图的新阶段。在这种大背景下,描写英国国内社会生活的《衰落与瓦解》一出版即以其极具明晰的时代指向、隐喻性的标题和浓厚的社会批判色彩引起了评论家的高度关注。作者沃将讽刺笔法与孤儿潘尼费瑟的叙事视角融合在一起,让作品的价值观危机主题得到了酣畅淋漓的表达。战争与宗教、公学与保守、大学与权贵、绅士与商人、休闲与消费、信仰与堕落,这些浸没在特定社会语境中的语汇杂糅在一起,以一种矛盾乃至冲突的方式呈现了别样的时代景观和观念症候。

两年之后,沃出版的另一部小说《邪恶的肉身》(*Vile Bodies*,1930)延续了这种讽刺与批判的写作风格。在近年来流行的文化研究中,身体并非一种单

---

① 摩根:《20 世纪英国》,第 152 页。
② E. M. 福斯特:《现代的挑战》,李向东译,北京:作家出版社,1998 年,第 251 页。

纯的物质存在，它既是一种重要的文化符码，也是折射文化观念变迁的一个隐喻窗口。一战之后成长起来的那批人中，有一群迥异于传统风格的青少年，他们外表光鲜时髦，汇聚着各种时尚的观念，将身体的符码功能张扬到了扭曲和荒诞的程度，而在内心深处，他们却无法摆脱精神上的脆弱与虚无。在他们身上，体现了一种与时代语境相契合的精神撕裂感，体现了一种消费社会中快速蔓延的个人主义倾向。青少年的天真与故作世故的伪成熟、心智的浅薄与肉身欲望无节制的发泄，无所事事与无意义的"喧嚣与愤怒"，这种种文化观念的冲撞和分裂构成了他们在世上随波逐流的时代哀曲，也为战后精神共同体的重建敲响了警钟。

《幕间》（Between the Acts，1941）构思于1938年4月，1941年2月完成手稿，3月作者伍尔夫（Virginia Woolf，1882—1941）自杀，7月小说正式出版。这些事关作品的时间散点似乎都以互文的方式折射出某种历史语境的契合。故事发生在1939年6月的某一天，在英格兰一个传统的村庄里，乡绅奥利弗一家的情感纠葛与村民排演露天历史剧交织在一起，构成了作品的两条叙事主线。小说出版三个月之后，二战正式爆发，这一特定的时间细节赋予了作品独特的时空背景。故事一开始，作者交代了主要人物及其生活的环境：这个家族在镇上生活了"有好几百年"，乡绅奥利弗曾是"政府派驻印度事务处的官员"，而"古罗马人筑的大道""伊丽莎白时代的专员宅邸""拿破仑战争时期留下的""拜伦的诗集"这些文本细节更是提醒读者不要被故事开篇那种看似安静的叙述所欺骗。① 古老的乡村，生活平淡而悠长，时间仿佛有停滞之感，而多次飞过头顶的飞机扮演了一个闯入者的角色，不仅打破了乡村的宁静，也以其现代机械意象撕破了传统乡村共同体的连接纽带。在充满着压抑感的叙事背景中，奥利弗夫妇的感情生活也暗流涌动，颇不平静。奥利弗太太到了一把年纪却对"恋爱"一词有了新的理解，一方面是对那位"失意、寡言"却又"浪漫"的乡绅农场主产生了"感情"，另一方面却是在"维系我们的一切终将逝去"的喃喃自语中感到与现实世界的日渐疏离。这位妇人不明白"究竟是什么样的感情"搅得自己"心绪不安"。② 她的内心世界与当时的局势一样，充满着不确定

---

① 弗吉尼亚·吴尔夫：《幕间》，谷启楠译，北京：人民文学出版社，2003年，第1—2页。
② 吴尔夫：《幕间》，第9—10页。

与混乱的失重感。可以说,"心绪不安"这个词以点带面地形成了小说的第三条伏线——家庭生活的变化、战争的迫近、对现实的倦怠牵拉出小说背后一块巨大的历史幕布。故事的结尾是这出历史剧的剧终,蕴意极为深刻:曲终了,而人却不散,演员们继续"滞留在舞台上""不愿意退场""他们都还穿着演出服装,每一个人继续扮演着尚未演完的角色"。① 之所以"不愿意退场",是因为上文所说的那不安的心绪,也就是本丛书一再强调的"转型焦虑",无非此时的焦虑又染上了一层新意。换言之,经由伍尔夫之笔,文化观念中转型焦虑这一内涵又蒙上了一层战争的阴影。

从结果来看,战争带来的经济损失和家园破败都比不上亲人的离世。共同体的核心是人,人的生命构成了共同体存在与发展的基础。罗素曾在自传中写道:"一个月前,欧洲还是一个各民族和平礼让的大家庭;如果一个英国人杀死一个德国人,他会被处以绞刑。而现在如果一个英国人杀死一个德国人,或者一个德国人杀死一个英国人,他就是一个有功于国家的爱国者。"② 罗素以平静而悲悯的文字刻画了被卷入战争机器之后人性的那种无力、痛苦与绝望。从某种角度而言,战争是一种欲望的表达,战争源于政治野心和物质争夺而生的集体焦虑,这种焦虑体现了现代文明的悖论一面,同时也以其扭曲惨烈的方式极大地改变了人们的审美和趣味。作为一种意识形态,战争思维很多时候比战争本身对人的心智、文学形态和语言塑造有着更为深刻的影响。战争具有民族性,战争的进退胜败都体现了特定历史时期民族精神的某一侧面,都使得民族性的思想命题在一种极为复杂的历史语境中得到了多维与立体的审视、反思和塑形。

如何理解战争、文学和文化观念的复杂关系,雷诺兹的观点颇具启发意义。在他看来,要把握20世纪上半叶英国历史与文化的整体发展格局,必须"修正"那种"传统的、以英格兰为中心的关于战争的观念","必须"把这一时期的英国社会"放在欧洲语境中来进行观察",唯此才能保持一种"对历史大背景的感知能力"。③ 这一观点让我们跳出了国别断代史研究的边界束缚,使得课

---

① 吴尔夫:《幕间》,第191页。
② 罗素:《罗素自传》(第二卷),第40页。
③ 雷诺兹:《长长的阴影》,"序言"第I、IV页。

题在共同体文化的维度上具有了新的研究起点。就国际政治而言,一战巩固了大英帝国已经脆弱的地理版图,但这种虚弱的强大在二战后迅速走向了瓦解。从女性问题的视角来看,战争带来了阶级、性别和文化身份的"大融合",对于"消除过去几十年来限制妇女的性别障碍"而言,这种融合也"产生了巨大的压力",使得妇女"在较广泛的领域也得到了大量新机会"。① 从城乡关系来看,战争把城市推向了前线,变成了机械武器的试验场。在战争中,乡村变成了避难所,共同体的传统精神纽带面临破裂。战争也是一场扭曲人性的残忍"游戏",宗教、商业、消费、岛国、贵族、财产、法律、信任、个人、心灵、良心、政治、伦理、道德等共同体关键词被捆绑在一起,以一种复杂而奇特的方式重构了社会格局的新形态。对普通民众来说,加入战争,为战争服务以及承受战争的后果既变成了一份无法逃避的工作,也变成了一种突如其来的生活方式。在毁灭性的战争武器面前,阶级的差异变得相对弱化,这种弱化折射着社会秩序内在结构的断裂和调整。战争也是高度组织化的社会行为,它以一种暴戾的方式使得友善的公共空间、公共文化和公共服务开始变得极端匮乏。在战争机器的碾压之下,人的存在变得无足轻重,女性、家庭、友谊这些命题变得弥足珍贵,荣誉、自由、爱国、勤业变成了人们内心深处最脆弱的信仰。战争无情地改变了旧的社会秩序,也以其野蛮的方式重塑了新的社会结构。在这个过程中,社会流动、社会分层、社会变迁、社会转型成为战后所有人都必须面对的现实问题。

在罗素看来,在战争所展现的"疯狂""愤怒"和"灰飞烟灭"背后,其深层核心是一种"巨大的民族贪婪和民族仇恨的力量",这种反文化的丑陋力量不仅让人们"用贪婪的目光在报纸上扫视着屠杀的消息",也让人在读到无辜青年被机枪扫射时却"欢呼庆祝"。② 面对文化的毁灭和人性的沦丧,罗素痛心的是"在一股巨大的仇恨洪流中,理性和仁慈已被消灭净尽",他的自传燃烧着愤怒,他不知道那些"一直热爱和平"的"仁厚居民"为什么会在几天之内"陷入原始的野蛮状态",在"转瞬间"听凭"仇恨和嗜血的本能自由放纵起来"。③ 罗素

---

① 摩根:《20世纪英国》,第138—139页。
② 罗素:《罗素自传》(第二卷),第40—41页。
③ 同上,第40页。

的文字穿透战争的硝烟,在时间的长河中始终闪烁着一种人性的悲悯和共同体的精神力量,这种力量可以说与当代理论家特瑞·伊格尔顿(Terry Eagleton, 1943—)的文化定义有着内在的情感交集。在伊格尔顿看来,文化的功能就是"从宗派主义的政治自我中蒸馏出我们共同的人性,从理性中赎回精神,从永恒中获得暂时性,从多样性中采集一致性";"文化既意味着一种自我区分,又意味着一种自我治疗。通过这种治疗,我们倔强、世俗的自我不是遭到了废除,而是被一种更为理想形式的人性从内部来加以改善"。① 伊格尔顿对"共同人性"的强调与罗素对战争的人性反思都体现了一种对人存在价值的终极思考,彰显了人文主义传统在20世纪历史逆境中的光芒。

第二节
消费社会与新生活方式

分析英国文化观念拓展时期的特点,不妨参考布里格斯的相关研究成果。后者曾经强调,随着"进步"观念和商品消费的进一步聚合,主导传统社会的那种"大众的道德经济"已逐渐"让位于市场和工厂的政治经济",在社会快速变迁的历史进程中,普通人实际上更为看重的已不是那种代表着某种社会区隔的"优雅或美好",而是随处可见的"廉价"产品。② 布里格斯所言抓住了分析英国文化观念拓展时期的一个切入点,在势不可挡的商业化大潮中,文化本身变成了一种可循环的资本,商品成了一种正在快速流通的消费符码,人们的趣味和对时尚的理解也随着这一社会进程发生了巨大变化。20世纪初,引领全球新一波大潮的是美国的消费文化。1909年,哈里·塞尔弗里奇(Harry Gordon Selfridge, 1858—1947)在挺进伦敦商圈之前,已经在美国芝加哥经营多年,代表了美国新型商业模式的新锐。1909年,塞尔弗里奇百货公司在伦敦

---

① 特瑞·伊格尔顿:《文化的观念》,方杰译,南京:南京大学出版社,2003年,第8页。
② 布里格斯:《英国社会史》,第233页。

最繁华的牛津街开张,正式"宣告美式文化进军英国"。① 虽然在筹备阶段也曾遭到伦敦商界的抵制,但塞尔弗里奇百货公司所代表的新观念和新模式却标志着"展现欲望的时代已经到来",英国由此"告别刻苦耐劳的岁月",迈向了"享乐的大众消费社会"。②

消费社会带来了商品的丰盛和物质的繁荣,也带来了人心和人性的巨大变化。这种变化归结到观念层面,其本质就是一种以欲望逻辑为核心的生活方式。在后现代思想家鲍德里亚(Jean Baudrillard,1929—2007)看来,较之于传统社会,消费社会最大的变化就是"不再生产神话了",一旦"单纯的丰盛取代了(以灵魂为交换)带来黄金和财富的魔鬼",消费社会也就成为"自身的神话"。③ 这种新的神话所崇尚的是一种充满着物欲感的肉身存在,它塑造了一种新的生活方式,改变了人在社会中的角色定位和人在精神生活中的价值认同,其本质就是一种拜物教的物质信仰。在《沉疴遍地》(*Ill Fares the Land*,2010)中,朱特曾经这样说过:"我们今天的生活方式有某种根本性的谬误",即把"追求物质上的自我利益变成了一种美德",而这种"追求"很多时候也变成了"我们唯一幸存的集体目的意识"。④ 鲍德里亚和朱特对物质主义的哲学反思折射了人类在20世纪所面临的文明困境。这个困境的一面是德国思想家齐美尔(Georg Simmel,1858—1918)所界定的以算计和冷漠为核心的"现代都市性格",另一面即如小说家康拉德(Joseph Conrad,1857—1924)在《海隅逐客》(*An Outcast of the Islands*,1896)中所言:"这种孤寂无法穿透,然而又显而易见,无从捉摸,而又恒久不变;这种孤寂坚不可摧,围绕着、包裹着每一个灵魂,从襁褓直到坟墓。"⑤

布里格斯认为,从社会结构的变化来看,如果把对18、19世纪英国社会的描述"完全集中在贫困或者财富的问题上",那会使后来的研究者"误入迷津"。⑥ 在他看来,在上层和下层之间,英国社会在现代化的过程中还存在着

---

① 辜振丰:《欧洲摩登:美感与速度的现代记忆》,北京:三联书店,2011年,第61页。
② 同上,第62页。
③ 让·鲍德里亚:《消费社会》,刘成富、全志钢译,南京:南京大学出版社,2008年,第199页。
④ 朱特:《沉疴遍地》,第1页。
⑤ 约瑟夫·康拉德:《海隅逐客》,金圣华译,南京:译林出版社,2000年,第191页。
⑥ 布里格斯:《英国社会史》,第225页。

"大量的'中间大众'",这一部分中间阶层也开始慢慢形成一种具有独特阶级内涵和文化特质的生活方式和精神趣味。维多利亚中后期以来,中产阶级的发展壮大说明了英国社会阶级新格局的形成,对这一新兴阶级的文化品格的思辨也成了当时公共文化建设中的热点话题。在《消逝的中产阶级》("The Disappearing Middle Class",1906)一文中,切斯特顿一方面强调了中产阶级今天已经变得"十分壮大",但另一方面他又哀叹"去哪里寻找正统的中产阶级?",他担心"这个真实而独立的阶级正在消失"。① 在他看来,老一代的中产阶级"凡事讲究规矩,为人也都一丝不苟""恪守尊卑有序的传统",虽然"或许有些无趣",但没有那种"透着不协调、不得体"的"恶俗";而新一辈的弊病则在于"容易满足、不思上进",只有"负面的推翻和摧毁",却少见"正面的改造和革新"。② 切斯特顿的随笔针砭时弊,批判中糅合着审思,犀利中流露着对国家与民族的真挚热爱。作为与切斯特顿同时期的作家,约翰·普里斯特利(John Boynton Priestley,1894—1984)的随笔似乎更为细腻,在表达社会批评的同时也常常渗透着一种对生活方式变迁的敏感。

普里斯特利在《大众化价格》("At Popular Prices",1932)一文里,描写了消费社会的商品丰富和消费平民化带来的观念变化。一个"钱包里装着十八便士的姑娘"就可以摆出一副"伊丽莎白女王"的"派头",用餐时"随意享用美味佳肴",而费用只需"六便士或一先令",旁桌的人"全都穿得整齐体面",少见以往作品中那种非富即贵的"特殊人物"。③ 菜单上"密密麻麻"的菜品折射着选择的丰富,而"各种味道的冰激凌"则为"富有特色"的"工业文明"写下了欲望时代的注脚。作者在文中感叹,在 19 世纪,这些人没法"享受"这些"奢侈"和"花样",他们只能去"昏暗的小咖啡店和小饭馆",因此大家都应为"富有"的"新文明"而感到"温暖"。但是接下来作者笔锋一转,文辞旋即带上了一种讽刺和质疑:"一切是那么虚假!"普里斯特利随后列举了"新文明"的细节:大理石是赝品,百八十种菜单名目并非货真价实,服务态度难保细节,服务员工作

---

① G. K. 切斯特顿:《改变就是进步?——切斯特顿随笔》,刘志刚译,上海:东方出版中心,2010 年,第 12 页。
② 同上,第 11—13 页。
③ 约翰·普里斯特利:《普里斯特利散文选》,林荇译,天津:百花文艺出版社,2009 年,第 60 页。

繁重、营养不良,饭店经理卑躬屈膝,又仗势欺人,年纪大的顾客面带愁容,年纪轻的粗俗轻浮,面对这种种"新文明"背后的反差,作者以一句"我们是胜还是负?"点破了此文的主题,表达了进入一个全新时代后人们心中的那种不适、矛盾与徘徊。①

进入新世纪之后,随着生活水平的提高,"休闲"一词开始进入人们的日常生活,并逐渐固化成为一种观念形态和阶级特质。切斯特顿的随笔总是先人一步,时代风气的新变化总是跃然于他的笔端。他的《论悠闲》("The Ideal of a Leisure State",1925)一文第一次为这种新生活元素作出了文化界定和观念定位。在切斯特顿看来,"社会结构确实决定着一个人闲暇的性质"。"闲暇"一词受制于财富、阶级、教育、性别和趣味等多重因素,既意味着"数量"的概念,也具有一种关联生活价值的"质量"内涵。② 在《趣味的变化》("Changes in Taste")中,切斯特顿有感于"最现代"的青年人对维多利亚时代的"嘲笑",围绕艺术品的时尚之争,表达了对坚持传统与习惯变化两种观念之间的一种文化辩思。在他看来,"维多利亚时代"虽已渐行渐远,但其时代精神远未过时,如果新时代真有所谓"最现代的人",那么这种人应是"道德上的老式人物"和"艺术上的新奇人物"的平衡结合。③

在《旅行的意义》("The Meaning of Travel")中,切斯特顿的笔调变得更为忧虑而感伤,一方面他分析了"旅行"一词所显现的新时代内涵,另一方面他也指出,物质进步虽然让国人有了更好的生活条件,但是许多"极具地方特色的好东西"和"个性化的标记"却已无奈地在"商业大潮"中"消失殆尽"。④ 在切斯特顿看来,"真正的旅游已经不复存在了","过度集中的现代商业遮蔽了旅行的本义,浇灭了游客猎奇的欲望"。⑤ 在新世纪,虽然旅行已变成一种较为平民化的休闲方式,"游走四方"也日渐成为一件"十分惬意的事情",但在追求"物质享受"的同时,国人更应该体认的是"旅行"一词所蕴含的"重要的精神价

---

① 普里斯特利:《普里斯特利散文选》,第61—65页。
② G. K. 切斯特顿:《切斯特顿散文选》,沙铭瑶译,天津:百花文艺出版社,2009年,第45页。
③ 同上,第84—85页。
④ 切斯特顿:《改变就是进步?》,第233页。
⑤ 同上,第234页。

值"和"超越物质本身的深刻内涵"。① 可以说,切斯特顿这些随笔继承了英国传统随笔的批判精神,以其强烈的问题意识映射了社会转型过程中的种种心态纠结和观念矛盾,同时也敏锐地把握住了文化观念拓展时期的思想脉动,折射了文学变迁和观念演进的互动关联。

《托诺-邦盖》(*Tono-Bungay*,1909)完成于 1908 年,是威尔斯(Herbert George Wells,1866—1946)社会小说的代表作,堪称解读消费文化的经典文学文本。爱德华和乔治叔侄二人靠贩卖假药"托诺-邦盖"发财成了巨富,随后又在残酷的市场竞争中一败涂地。正如威尔斯在书中所言,这部诞生于"伟大时代"和"无聊时代"中的作品不仅触及了"大范围的社会层次",也展现了广阔的"英国社会有机体的横断面",堪称一部"现代商业传奇"。② 小说中有很多关于新的消费文化观念的细节描写,折射了消费文化对文化观念变迁的深刻影响。"我们打消了通过省吃俭用……来生活的迷梦";"保险赌博……先交一百镑,就可以买下价值一万镑的东西";"现代赚钱的总趋势就是要预见什么东西可能成为抢手货,就让人搞不到它,然后乱抬价格,大发横财";"股票市场气象学……波谷时买进,波峰时卖出";"交通工具在发展,把殷实的中产阶级家庭送出伦敦";"广告牌出奇地挑动着人的感官与好奇心";"他的采购变成了一种热病……向无限的财富挺进……不安分的欲望在他身上蠢动……越来越咬啮着他的心……一年之内他买了五辆新汽车,一辆比一辆速度快,功率大……养成了一种为旅行而旅行的狂热"。③

这些充满新奇气息、刺激着读者心理认知的描写把股票、广告、火车、汽车、大型游轮、电报和电话等新元素熔于一炉,展现了一幅万花筒般的新世纪生活图景。1912 年 4 月,"泰坦尼克"号从英国开始了她的处女航,目的地是美国纽约。虽然巨轮以沉没而告终,但这艘悲剧性的巨轮在特定的文化场域中也变成了一种观念符号,既代表了新兴有闲阶层享受新的消费方式的梦幻之旅,也承载了普通人移民新大陆的人生梦想。巨轮之大之新,已超越传统意义上的交通工具,变成了一种文化观念的载体,变成了在飘摇于矛盾现实与美好

---

① 切斯特顿:《改变就是进步?》,第 233—234 页。
② H. G. 威尔斯:《托诺-邦盖》,蒲隆译,北京:外国文学出版社,2002 年,第 3、283 页。
③ 同上,第 21、72、83、96、112、295 页。

愿景之间的一种欲望符号。《托诺-邦盖》中频繁出现的广告意象也使人联想到1909年塞尔弗里奇百货公司在伦敦开埠受阻的往事。新店开张遭到民众的冷遇,一度生意萧条,但最后却扭转局面并落地生根,靠的是以改变民众观念为先导、以大规模刊登广告吸引顾客的营销手法。小说中的这些细节描写内涵丰富,与现实生活中发生的故事互文互释,折射出时代变迁的观念嬗变,预示着一个全新消费时代的到来。在这个新时代,收音机、汽车、火车旅行、海边度假、跨洋游轮、电影、世界博览会等新鲜语汇,都变成了"富裕""富有"的代名词,变成了一个阶级向另一个阶级攀登的文化标识,变成了鲍德里亚所言的"幸福符号的累积",变成了一种具有"无比威力"的"标志"信仰。①

作为最早的殖民帝国和工业化革命的先驱,英国对外文化的输出一直处于强势地位,但是在19世纪末,美国文化的快速崛起逐渐改变了这种文化传播的格局。美国在世纪之交的迅速强大,不仅意味着经济国力的强盛,也意味着美国文化以其新的精神内涵和文化趣味开始对欧洲进行反向的文化输出。这一时期的英国文学敏感地捕捉到了英国传统文化观念在新世纪的式微,也预见了新世纪美国消费文化的强势入侵。这些文学作品以或隐或显的方式描写了美国文化如何"改变了欧洲人的消费习惯和品味",改变了"欧洲人对自身的看法",同时也以复杂的心态记录了美国文化在"传播美国理念"的同时如何"完成了对欧洲的改造"。②

在《英伦的美国化》("The Americanization of England",1922)一文中,切斯特顿痛心于英国文化的"完全失语",分析了"英国的迅速美国化"带来的巨大文化冲击,强调了"民族记忆和民族认同"对于维系传统共同体文化的独特价值。③ 在切斯特顿看来,英国也是个"独立的民族",有着"自己的独立的民族传统与价值",英国人不能跟在美国人后面"亦步亦趋"。纽约的"摩天大楼和高空广告牌"虽然让人印象深刻,但美国的"粗俗文化"和"金权政治"同样也容易让人走向迷失。④ 切斯特顿之所以对"把纽约搬到伦敦来"的想法不以为然,

---

① 鲍德里亚:《消费社会》,第8页。
② 维多利亚·格拉齐亚:《不可抗拒的帝国:英国在20世纪欧洲的扩展》,何维保译,北京:商务印书馆,2017年,封三。
③ 切斯特顿:《改变就是进步?》,第151页。
④ 同上,第152页。

是因为在那些"容易仿照、拷贝"的物质文化背后,他看到了"知性的讽刺与幽默"的可贵,看到了这种从诗人乔叟开始延续至今的"传统"在日益同质化的消费社会中更值得"捍卫"的理由。① 进入新世纪后,英国社会的城市化渐入高潮,传统的乡村文化不断在新商业语境中受到挑战、侵蚀乃至颠覆,以电话、广播和电影为代表的城市文化的快速发展极大地影响了这一时期英国文化观念的现实形态。在分析美国对欧洲的文化影响时,格拉齐亚(Victoria de Grazia,1942—)指出,在20世纪30年代末,美国电影"在经济价值上位列美国所有出口商品中的第四位",也是在全球范围内"流通最广的美国商品之一,仅次于吉列牌剃须刀和福特牌汽车"。② 美国电影之所以"在文化上令人焦虑",在情感上让人难以割舍,一方面在于它"跨越了国界",巧妙地"避开了政治控制",既有"商业"用途,又是一种"文化产物",另一方面还在于它"渗透进了社区",拉近了普通人的心理距离,"悄悄地渗入了私人生活",不仅进入了"人的无意识思想层面",而且"侵蚀"了欧洲传统社会中"高高在上的、学院式的文化"与"通俗的大众文化"之间的"坚硬界线"。③

需要指出的是,一些"'传统'的影响"及其价值与那些快速发展的新文化形态同向而来,并在这一时期的英国社会生活中仍然"普遍存在",而且在很多领域表现得"比当时出现的新事物更为深刻"。④ 新世纪里的新变化接踵而至,而传统所依存的共同信念和共同基础依然在社会生活的深层中保持着稳定性。对于20世纪初的英国人而言,过去的维多利亚时代是一个极具"特色"的时代,这个时代不仅意味着"一切矛盾"以及矛盾的"调和",也意味着国民心态中的那种"自我意识与自豪感"的延续。⑤ 一战之后的英国仍然是一个"明显的基督教国家",虽然教会"仍然认同中产阶级价值观、家庭、社区以及正统的爱国主义",但大主教"宣扬回归传统道德秩序"的声音似乎变得"越来越苍白无力",宗教"对影响历史进程的无能为力"意味着"道德标准的旧裁判者的权威"

---

① 切斯特顿:《改变就是进步?》,第152—153页。
② 格拉齐亚:《不可抗拒的帝国》,第352页。
③ 同上,第353页。
④ 布里格斯:《英国社会史》,第292页。
⑤ 同上,第294页。

也受到了前所未有的挑战。① 在另一方面,社会分层表现得更加明显。工业化、城市化和商业化使得人口流动加快,职业选择更趋多样化,而受教育人口的增多则使得以往固化的社会结构也呈现出新的特点。中产阶级的壮大带动了休闲文化、郊区文化的发展,与此相映照的却是乡村文化的衰退。"表面上,英国乡村生活保存了自身不变的传统面貌",但是"乡村小镇的活力荡然无存""社会鸿沟比以往任何时代都要大"。② 庞大的产业工人群体使得工人阶级越来越重视自己独特的文化归属感。在布里格斯看来,此时的英国社会在观念形态上呈现出了一种对立、包容与妥协的混杂特质。

考察一种文化观念的变迁,观念所依附的介质是一个很重要的分析视角,这些介质及其负载的文化功能作用独特,搭建了一座座理解社会变迁与观念嬗变的桥梁。对于新世纪而言,火车是从旧时代轰鸣而来的机械巨人,也是新文化观念的载体。最初发明火车主要是为了提高运输能力,促进交通和产业的更快发展,而随后乘车舒适感的提升和铁路系统的进一步完善则促进了旅游与休闲产业的快速发展,使得火车以往的那种机械意象生发出了很多新的文化内涵。作为工业文明的一种象征符码,铁路在其普及化的过程中对文化观念的变化产生了深远的影响。铁路不仅推进了技术革命,也在普及化的过程中推动了新的文化观念的形成,堪称"文明在各方面取得进步的最强有力的世俗工具"。③ 进入新世纪之后,对于欧洲国家而言,火车与铁路已经变成习以为常的景观,越来越多的人开始通过乘坐火车尝试新的生活方式,这也为新型通俗小说的流行提供了物质基础。

在阿加莎·克里斯蒂(Agatha Christie,1890—1976)20世纪上半叶创作的几部畅销小说中,相比传统马车那狭小逼仄的空间,火车相对宽松的车厢还为新的公共阅读空间的产生提供了条件。在阿加莎的那些推理作品中,火车既是人与事碰撞冲突的背景,也是设置悬念、推进故事走向高潮的工具。铁轨的方向牵引着读者的思考,而站点之间的时间区隔也暗示着故事的转承起伏。《蓝色特快上的秘密》(*The Mystery of the Blue Train*,1928)和《东方快车谋

---

① 摩根:《20世纪英国》,第152—153页。
② 同上,第157页。
③ 克里斯蒂安·沃尔玛尔:《铁路改变世界》,刘嫄译,上海:上海人民出版社,2014年,第38页。

杀案》(Murder on the Orient Express, 1934)销量惊人，获得了巨大的市场成功，读者在体验悬念与紧张的同时也感受到了一种前所未有的阅读快感，火车所代表的新时空观念和消遣方式以其特有的文化冲击力推进了文学创作在商业市场上的新成功，同时也以速度逻辑为核心推动了一种进步主义文化符码的快速普及。从这一角度来看，克里斯蒂作品的热销既是新型通俗小说的商业成功，也是新阅读体验以及新的文化产业在新世纪的市场胜利。这种"畅销书"模式在毛姆(William Somerset Maugham, 1874—1965)、格林(Graham Greene, 1904—1991)的异国小说和间谍小说中得到进一步的延续，并逐渐变成一种阅读习惯与出版潮流，一种英国式的小说传统由此诞生，这种出版传统与收音机、广播、广告、电影、电视等新媒体一道，共同推进了20世纪英国通俗文化的兴起与繁荣，为文化观念在这一时期的拓展写下了时代症候的注脚。

19世纪下半叶以来，铁路逐渐取代了传统的运河，成为最重要的机械文明符号。铁路提升了运力，加快了商品的流通，使得商业活动更为活跃，而密布的铁路网也使得人口流动和社会迁徙成为常态。这一切使得铁路具有了一种超乎寻常的"金钱力量"，它不仅改变了人们对时空观念的理解，更为重要的是在社会结构上"破坏了已经建立的生活节奏"，"向人们已经接受的社会关系提出了挑战"。[①] 铁路向乡村的延伸，意味着"铁路接通了外部，没有出门旅行的人反而成了少数"，乘火车逐渐变成了一种"时髦"和一种新的文化观念和生活方式。较之于传统的交通工具，火车不仅更为方便，更为重要的是，车站车厢与铁路站台所构成的场域变成了一种新的共同交往平台，不同经济基础和社会背景的人借由这个新平台有了相互交流和审视的机会。铁路线延伸得越远，人们互通交汇的"眼界"也愈发开阔，火车"意外地成为社会进步的强大力量"，它不仅加快了不同社会阶层的交流碰撞，更重要的是形塑并拓展了新的文化观念，改变了英国人"生活方式的经济和社会格局"。[②] 这种文化内涵上的多维改变恰如克里斯蒂安·沃尔玛尔(Christian Wolmar, 1949—   )所言，火车一方面"让社会所有阶层一起去旅行""极大地推进了真正友爱的社会关系"，而另一方面又通过车厢级别等"不同的舒适标准"界定了"新的差别待

---

① 布里格斯：《英国社会史》，第274页。
② 沃尔玛尔：《铁路改变世界》，第161—162页。

遇",在努力消弭阶级差别的同时,"为等级制度的继续存在推波助澜"。①

普利斯特利的随笔《人满为患》("Too Many People, and Other Reflections")颇为经典,描写了火车对伦敦之拥挤繁华的独特作用。在作者笔下,逛伦敦也已无甚乐趣可言,目之所及,"人潮蜂拥而来,大批大批往前挤","熙熙攘攘的人群"中"人声嘈杂,摩肩接踵"。正当作者寻思着"他们从何而来?"时,却发现去伦敦的火车已"挤得够呛",而回乡村的火车"依然挤得很不舒服"。② 文中的这一细节值得玩味,也为文化史研究提供了一种文学文本的细节支持。车站的拥挤繁忙反映了城际与城乡之间更大规模的社会流动,折射了旅游、休闲、大众化以及通勤式工作等新生活方式背后的观念流变。与此同时,铁路对社会格局的影响还更为深远,有铁路的城市和无铁路的城市、有铁路城市的铁路沿线也出现了一些贫富差距很大的社会区域,这种以铁路意象为主轴的景观对比在爱德华时代的社会小说中逐渐演化成了一种灰色调和压抑性的背景描写。

进入新世纪之后,汽车开始逐步进入家庭生活,两种现代交通方式互为补充,搭建了一个更具流动性的公共交往空间,这个新空间推进了共同体文化对内和对外的交流,也促进了共享共同文化资源的可能。从科学史和文化史的角度来看,时间是多维的概念范畴。随着科学的进步,"时间"一词衍生出多重文化蕴涵,"准时"也从一种传统意义上的时间安排逐渐变成了一种文化上的品行观念。在商品的消费链中,准时意味着农产品的保鲜;在人际交往过程中,准时意味着对社会契约的实践;在生产流水线上,准时意味着工作效率的进一步提高和产品服务的高度标准化,这一切以时间为核心元素的新要求聚合在一起,以一种逻辑向心力的方式将传统的生活逐渐推演成一种全新的存在。恰如沃尔玛尔所说,在维多利亚时代晚期,作为一种"非同寻常的发明",火车影响了"生活的各个方面",而汽车的出现和普及则"巩固和加强了铁路所引发的改变"。③ 在沃尔玛尔的分析中,火车和汽车同为具有加速功能的机械,但后者作为一种新的交通工具,则意味着以家庭为中心的消费时代的来临。

---

① 沃尔玛尔:《铁路改变世界》,第167页。
② 普里斯特利:《普里斯特利散文选》,第66—68页。
③ 沃尔玛尔:《铁路改变世界》,第159页。

在布里格斯看来，如果说"铁路时代"的特征是"把社会资本从诸如置业的活动中吸引到运输业"，那么"汽车时代"则是"把私人资本和收入从购置必需品吸引到了娱乐消遣中"。① 布里格斯所言切中了社会变迁中观念形态上的一种转变，它意味着以汽车为主导符号标志（如自行车、电报、广告、电影、广播、电视等）开始快速进入人们的日常生活，使得传统社会中那种呆板静止的"日常生活"在新兴事物的推促中具有了一种流动的文化意识形态功能。更多的人走出了家门，火车、汽车、游轮和飞机等多种交通工具的组合选择极大地改变了出行交通和消遣休闲的内容和方式，新的体育活动孕育体现着新的文化内涵和道德信仰，市场经济不断强化着商业竞争精神，家庭的情感功能也随着社会思潮的涌动而呈现出新的维度，社交活动呈现出前所未有的个性化和多样性，乡村体验从与城市的简单对立逐渐蜕变成一种怀旧的乌托邦，阶级的固化有所弱化，而随着大众教育的普及和读写文化的盛行，社会流动呈现出与文化观念的深度互动。商业利润与公共服务普及之间的矛盾如何调适？宗教衰微与个人在社会角色中的道德责任如何平衡？教育改革与社会分层之间的深层矛盾如何化解？对未来的种种焦虑与对现实的困惑纠缠在一起，慢慢演化成一种复杂的社会心态，它影响改变着人们对生活意义的理解，推动并促进了文化观念新内涵的形成，也形塑了社会新的价值观。

新的艺术形式、新的装修风格、新的传播媒介不断涌现，一方面传递出消费社会产品富足和鼓励消费的时代信息，另一方面也在文化观念的层面促进了一种全新的"趣味追逐"。在传统社会里，咖啡厅是为数不多的具有公共交往功能的文化空间，而随着交通的便利和流动人口的增多，车站、大饭店和大型百货公司也开始承接新的文化交往功能，照相机、电话、广播、电视、平面广告、现代舞、畅销小说这些新文化产品的快速普及，更是拓展了人们对未来社会愿景的想象力，构成了20世纪上半叶英国文学经典性形成的语境背景。这些新生活元素一方面牵引出各种新文化观念的出场与碰撞，另一方面也见证了种种新的趣味追逐和新生活方式的推广。习性、文化资本与场域是法国哲学家布迪厄（Pierre Bourdieu，1930—2002）关注的焦点，而这些焦点围绕"趣

---

① 布里格斯：《英国社会史》，第281页。

味"一词在布迪厄的社会批判理论中得到了更为细致的"厚描"。在布迪厄看来,资本主义社会的"趣味"可分为"正当趣味""中产阶级趣味"和"大众趣味"三类。以大众趣味为例,在《非凡小人物——反对、造反及爵士乐》(*Uncommon People: Resistance, Rebellion and Jazz*, 1998)一书中,历史学家霍布斯鲍姆(Eric Hobsbawm, 1917—2012)就谈及 1870—1914 年间英国工人阶级形成的历史及其相伴而生的生活、休闲、运动方式的变迁。在作者看来,进入 20 世纪之后,英国社会"最惊人的转型是工人阶级的休闲和假日活动的模式"。在这种变化的潮流之中,足球不仅变成了一种"无产阶级的运动项目",更代表了一种"男性的足球文化"。[①] 如果把生活方式和新文化观念加以综合省察,我们会发现趣味既是审美判断的一个"关键术语",也具有"社会学意义上的阶级区分功能"。[②] 不同社会阶层的人"在不同的习性约束下带着不同的积极的特性进入不同的场域",而每一阶层都有"不同的表达自己身份的方式与方法","最直观的表现"也就体现在"对生活方式的选择、对美学特质的认同等方面"。[③] 以布迪厄的视角来审视 20 世纪上半叶的英国文学与文化的互动关系,我们不难发现传统文学研究中一些被遮蔽的观察点。

弗莱(Northrop Frye, 1912—1991)在论及"神话叙述"时指出:"每一个时代都有一个由思想、意象、信仰、认知假设、忧虑以及希望组成的结构,它是被那个时代所认可的,用来表现对于人的境况和命运的看法。"[④]从不同的学科视野出发,文化观念的内涵与外延也呈现出共性与差异并存的定义难题,而弗莱的这一观点切中了社会时代、现实境况与人的命运所形成的结构性观念体系。也正是从人的本质维度出发,文化观念开始成为一种生产力,有效地影响并牵引着社会的不断发展和变革。在弗莱看来,文化一词有三层意思:第一,"作为一种生活方式的文化";第二,"作为历史遗留下的记忆或习俗"的"共享的传统";第三,在"文学、音乐、建筑、科学、学术以及实用艺术"的"追求"过程中由

[①] 艾瑞克·霍布斯鲍姆:《非凡小人物——反对、造反及爵士乐》,蔡宜刚译,北京:社会科学文献出版社,2015 年,第 105 页。
[②] 范玉吉:《审美趣味的变迁》,北京:北京大学出版社,2006 年,第 164 页。
[③] 同上。
[④] 诺斯洛普·弗莱:《现代百年》,盛宁译,沈阳:辽宁教育出版社,1998 年,第 74 页。

"一个社会真正创造出来的文化"。① 从弗莱对文化的三重定义反观上文所述,20世纪上半叶英国文化观念的拓展即可理解为一种积极的开拓性,一种兼容并蓄的杂糅,一种传统与新派的纠结,一种大国国势在危机时局中的矛盾,一种对未来愿景的挣扎与期待。

---

① 弗莱:《现代百年》,第90—93页。

第一章

转型焦虑与共同体危机

本章关键词为转型焦虑和共同体危机。《尤利西斯》(*Ulysses*,1922)是乔伊斯(James Joyce,1882—1941)穷八年之功写成的一部鸿篇巨制。第一节聚焦《尤利西斯》中的共同体危机,从友情、婚姻、民族三个层次分析乔伊斯对历史、社会与人生的深刻思考,阐述作品所体现的对"人类真正的、持久的共同生活"的种种焦虑。在英国文学与文化观念的互动史上,伊丽莎白·鲍温(Elizabeth Bowen,1899—1973)是一位不容忽视的人物。她用写小说的方式,丰富了文化观念的内涵,可是这一点至今未得到足够的重视。其代表作《心之死》(*The Death of the Heart*,1938)体现了文学与文化观念发展史的一种互动,这种互动体现了转型焦虑与共同体文化演进上的深度契合。

长期以来,批评界忽视了对 R. S. 托马斯(Ronald Stuart Thomas,1913—2000)诗歌中的焦虑与社会转型之间的关联。在作者看来,托马斯的诗歌中的焦虑主要是对工业化和旅游业导致威尔士乡村共同体瓦解的焦虑,反田园和"阿布酷歌"(Abercuawg)是他的诗歌应对这种转型焦虑的两种方式。与传统的田园诗和乌托邦的逃避主义态度相比,托马斯的反田园和"阿布酷歌"更具现实关怀和颠覆性。"阿布酷歌"愿景不仅体现了托马斯在一个不稳定的转型时期为自己和威尔士人寻找家园的努力,也是他为整个现代世界构建理想的人类地理和共同体的表现。

T. S. 艾略特(T. S. Eliot,1888—1965)曾参与了20世纪20年代对英国文化共同体缺失现象的话语讨论,其代表作《荒原》(*The Waste Land*,1922)贯穿了对传统秩序缺失和社会转型的双重焦虑。在《荒原》中,艾略特提出了重建以基督教为核心的英国文化共同体的愿景,这一指导性文化思想是艾略特后期文化批评和诗歌创作的核心。通过研究《荒原》中的共同体主题,有助于我们深入挖掘艾略特在20世纪上半叶英国文化共同体建构中的贡献,探讨诗歌所承载的深层次文化含义。

劳伦斯一直以来都是一个颇具争议的作家。从早年接受教育而脱离其原生家庭所在的劳工阶级，到成年后无法融入伦敦中上层文化知识界，再到后来被视为间谍而去国流亡，劳伦斯似乎都无法融入自己所在的环境，他的作品始终充斥着某种颇具生命意识的矛盾张力。乡村"局外人"、城市"局外人"和国家"局外人"这三个维度折射了时代症候的情感纠结，体现了转型时期英国公共生活领域中的集体精神焦虑。

第一节
友情·婚姻·民族：《尤利西斯》中的共同体焦虑

《尤利西斯》是乔伊斯穷八年之功写成的一部鸿篇巨制。关于这部"我们时代的文学丰碑"①和"世界文学最典型的小说"②，他自己有过一句成了名言的戏言："我在此书里设置了许许多多的谜语和难题"，它们足以"让教授们忙乎数个世纪，为弄清楚我的意思而争论不休"。③ 那些"谜语"与"难题"着实让学者们忙碌了近一个世纪。九十多年来的乔伊斯研究表明，《尤利西斯》是一部百科全书式的"立体之书"，它看上去酷似古希腊神话中那位变幻莫测的海神普罗透斯，有一副多变的面孔并能随时改变自己的面貌，④每一次对它的阅读几乎都会发现新的意义。对于本卷来说，《尤利西斯》的"新意义"就是它的文化意义，即它与文化观念发展史的互动，尤其是它所体现的共同体焦虑。

《尤利西斯》是一个关于三个主要人物——布卢姆、斯蒂芬、莫莉——在爱

---

① S. L. Goldberg, *James Joyce*, Edinburg: Oliver and Boyd, 1962, 94.
② Jennifer Levine, "*Ulysses*," in *The Cambridge Companion to James Joyce*, ed. Derek Attridge, Cambridge: Cambridge University Press, 1990, 142.
③ Richard Ellmann, *James Joyce*, Oxford: Oxford University Press, 1982, 521.
④ 在乔伊斯设计的《尤利西斯》写作提纲中，第3章的标题就叫做"普罗透斯"（Proteus），这在某种程度上预设了这部作品在主题意蕴上的不确定性这一重要特征，不过，后来他在审读书稿校样时又删除了每一章的标题。其中的缘由无人知晓。

尔兰首都都柏林一天里的故事，他们在 1904 年 6 月 16 日早晨 8 时至 17 日凌晨的所见、所为、所遇、所感、所思、所忆、所欲、所惑等，构成了这部小说的主要叙事元素。然而，在这看似简单的情节结构的背后，却蕴含着乔伊斯对宇宙、世界、人类、国家、历史、社会、爱情、人性、道德、伦理、宗教等方面的诸多思考，这些都涉及文化观念的内涵，尤其是"共同体形塑"这一内涵。可以说，《尤利西斯》最珍贵的文化意义在于作者所关注的友情、婚姻、民族等"意味着人类真正的、持久的共同生活"①，以及书中围绕共同体而呈现的种种挥之不去的焦虑。

一、友情共同体的焦虑

众所周知，"友情"是人世间最美好的情感之一，是维系共同体的重要纽带，也是古今中外文学家们极为重视、孜孜探索的一大主题。就拿乔伊斯来说，他在短篇小说《遭遇》("Encounter"，1914)里描绘了主人公与另一人物马奥尼在郊外"历险"时建立起来的同学情。类似的例子有很多，如《车赛之后》("After the Race"，1914)里爱尔兰青年吉米·多伊尔和来自美国、加拿大、匈牙利的三位花花公子之间所谓的"兄弟情谊"，《一片小云》("A Little Cloud"，1914)里小钱德勒与加拉赫之间似是而非的"故旧情深"，以及《两豪侠》("Two Gallants"，1914)里勒内汉与科利披着"友情"外衣狼狈为奸、骗取女佣钱财的故事。又如，《一个青年艺术家的画像》(*A Portrait of the Artist as a Young Man*，1916)表现了斯蒂芬与大学同学达文、克兰利之间若即若离的同窗情愫。再如，在三幕剧《流亡者》(*Exiles*，1918)中，理查德·罗恩与罗伯特·汉德之间貌似心心相印的"知己情怀"。然而，在这些关于"友情"或真或幻、或反讽或荒诞的描述中，乔伊斯的作品所折射出的更多是他对友情共同体的种种焦虑。在《都柏林人》(*Dubliners*，1914)的第 11 篇故事《悲痛的往事》("A Painful Case")中，这些焦虑便通过主人公达菲先生对爱情与友情的一番思考和几番对比，以愤世嫉俗的方式表达得淋漓尽致："男人与男人之间不可能有爱情，因为其中肯定没有性的交往；而男人与女人之间不可能有友谊，因为其中肯定有

---

① Ferdinand Tönnies, *Community and Civil Society*, ed. Jose Harris, trans. Jose Harris and Margaret Hollis, Cambridge: Cambridge University Press, 2001, 19.

性的交往"。①

  以是否"有性的交往"为参数来否定同性间"爱情"和异性间"友情"的存在,这种举隅法式的表现手法体现了乔伊斯传达其焦虑的重要话语特征。然而,在《尤利西斯》中,他的表达方式则变得更为巧妙、深沉、隐晦、开阔,也更具戏剧性、更艺术化。例如:在小说第一章"忒勒玛科斯"(Telemachus)的开篇,他就把读者带进了一种充满着"友情"张力的戏剧氛围。那是1904年6月16日清晨,在都柏林郊外、靠近海湾的那座颇具历史、文化象征意义的马泰楼碉楼(Martello Tower)里,三个年轻人——青年艺术家斯蒂芬、医科大学生马利根、英国年轻民俗学者海因斯——开始了一天的生活。碉楼是斯蒂芬花钱租用的住所,他的两位"友人"不请自来地与其"共享"这座住所。那天日出时分,"仪表堂堂、结实富态的壮鹿马利根从楼梯口"走上了碉楼顶,"他端着一碗肥皂水,碗上十字交叉地架着一面镜子和一把剃刀","披一件黄色梳妆袍……被清晨的微风轻轻托起,在他身后飘着。他把碗捧得高高的,口中念念有词",②一边对着周围的群山、原野、大海作三次祝福,一边招呼斯蒂芬,并刷牙刮脸。然后,三人在室内吃早餐,交谈,打趣,之后又去海湾游泳,最终斯蒂芬应马利根所求,交出碉楼钥匙和两个便士后怅然离去。乔伊斯这番极具喜剧色彩的描述旨在揭示这样一个主题:那个装腔作势、嘟嘟囔囔模仿天主教神父主持弥撒仪式,骨子里根本瞧不起斯蒂芬的马利根,与热衷于收集爱尔兰民谣、民俗素材的海因斯一道,在承载着爱尔兰民族历史、文化记忆的那座碉楼里反客为主,以"朋友"的名义榨取斯蒂芬的思想资源和艺术灵感,贪婪地"消耗"三人之间所谓的"友情"带来的种种物质和精神"红利",迫使斯蒂芬成为一名侍候"二主"的卑贱"仆人"(《尤》30),尽管他的理想是追求思想独立和精神自由。显然,这里的"二主"指的是马利根与海因斯,前者充当天主教意识形态的化身,后者影射大英帝国殖民统治。"二主"以"友情"之名,行操纵/利用"友人"之实,他们压根儿就不是斯蒂芬真正的朋友,而是彻头彻尾的"篡夺者"

---

  ① 原文参见 James Joyce, *Dubliners*, New York: Penguin, 1992, 108。汉译参见詹姆斯·乔伊斯:《都柏林人》,徐晓雯译,南京:译林出版社,2003年,第97页。故事标题和译文都稍有改动。
  ② 参见詹姆斯·乔伊斯:《尤利西斯》(上、下卷),金隄译,北京:人民文学出版社,1994/1996年,第1页(上、下卷分别于1994年和1996年出版)。本节所引《尤利西斯》汉译均出自该书,后面出自该书的引文,将随文标出该书名称首字和引文出处页码,不再另注。

(《尤》35)。他们夺走了碉楼的钥匙,霸占了斯蒂芬的寓所,三人的"友情"共同体有名无实,既无共同的生活方式和审美情趣,也无共同的思想价值和情感基础。

二、婚姻共同体的焦虑

在"布卢姆日"的清晨,如果说友情共同体的坍塌是困扰斯蒂芬的一大主因,那么,在同一天早晨,婚姻共同体的岌岌可危则成了布卢姆难以排遣的郁闷之源:"一种烦躁不安和惆怅之感①轻轻地沿着他的脊梁骨往下爬,越爬越显沉重。会发生的,会的。阻止。没有用的:无法可想……他感到背上那爬动的烦躁不安扩大了。现在采取什么行动都是没用的。嘴唇被吻,吻人,被吻。丰满的发黏的女人嘴唇。"(《尤》103)在这里,令布卢姆感到忧心忡忡的是那天下午四点,与他共同生活了二十多年的结发妻子莫莉即将与情人鲍伊岚幽会、私通,面对这种肆无忌惮的情感背叛,布卢姆居然束手无策,无奈只能选择离家出走。对布卢姆这种狼狈不堪之情近乎自然主义的描写,十分真切地呈现了乔伊斯对婚姻共同体的种种焦虑。

其实,对婚姻共同体的思考与探索几乎一直是乔伊斯作品中的一个重要主题。在《都柏林人》中,《一片小云》里的小钱德勒、《彼此般配》("Counterparts",1914)里的法林顿、《死者》("The Dead",1914)里的加布里埃尔在他们的生活中都遭遇到类似的婚姻窘境。小钱德勒在一家律师事务所从事文员工作,他"嗓音轻柔""举止文雅",受过良好的教育,一直怀揣着当作家的梦想,希望"用诗行表达出自己灵魂中的忧郁"。② 但是,他的妻子安妮不但对他的文学梦毫无兴趣,而且还常常为一些家务琐事和他闹别扭。这样的生活使小钱德勒沦为了婚姻的"终身囚徒"。③ 无独有偶,法林顿也是一个律师事务所里的小职员,他工作懒散,能力平平,在事务所里被人呼来唤去,郁闷无比,出了差错还不肯跟老板认错和道歉,最终陷入被炒鱿鱼的境地。在家里,他的"老婆是个面相尖刻的

---

① 此处原文为 regret,金译本译为"遗憾的感觉",根据原著上下文语境,笔者认为还是译做"惆怅"为佳。
② 参见乔伊斯:《都柏林人》,第 59 页。标题与内容的译文都稍有改动。
③ 同上,第 73 页。

小个子女人,在丈夫清醒的时候欺凌丈夫,在丈夫喝醉的时候被丈夫欺凌"。① 这种充满着家庭暴力,缺乏互尊、互爱、互怜、互信的婚姻关系是否会破裂,答案似乎不言自明。《死者》中的加布里埃尔·康罗伊是一位大学教师,与妻子格雷塔结婚多年,育有一儿一女,偶尔也携带家小去欧洲大陆度假,家庭生活可谓殷实而惬意。然而,在某一年主显节晚上,莫肯姨妈家的那场聚餐给他们的感情蒙上了一层阴影。在晚宴上,一位嘉宾演唱了一首名为《奥赫里姆姑娘》的西爱尔兰民歌,格雷塔聆听之后黯然神伤。原来,在她的少女时代,有一位叫米迦勒·富里的西部小伙深爱着她,而这位小伙就是唱着这首歌曲,在一个寒冷的雨夜伫立于她的窗下向她表白爱情。不幸的是,几天之后这位痴情儿郎因淋雨感染伤寒不治身亡。聚餐之后回到酒店,格雷塔向丈夫吐露了埋藏在心底数年的这段感情经历:"他死了……他死时才十七岁……我想他是因我而死的。"② 听完妻子的这番倾诉,加布里埃尔陡然觉得"自己是一个滑稽可笑的人物",因为"他满脑子都在回忆他们共同生活的那点点滴滴的隐秘,满怀着柔情、喜悦和欲念,而她却一直在心里拿他和另一个做比较"③。颇为反讽的是,死者(米迦勒·富里)比生者(布里埃尔·康罗伊)对妻子(格雷塔)反而更具吸引力,更令她魂牵梦绕、难以忘怀。这对夫妻间的那种婚姻共同体看似温馨体面,而实际上却几乎被抽空了情感根基,成为维持婚姻关系的一种摆设。④ 这一婚姻共同体的名存实亡透露出了《死者》背后的深意和弦外之音。

如果说,在《死者》中危及婚姻共同体的"祸根"是死者不散的幽魂,那么在《尤利西斯》中,给布卢姆和莫莉的婚姻共同体蒙上阴影的却是死者和生者的因素兼而有之。像芸芸众生的婚姻一样,布卢姆和莫莉的结合原来也是有爱情基础的。恋爱之初,在莫莉的心目中,布卢姆是一个忠厚、善良、谦逊的君

---

① 乔伊斯:《都柏林人》,第 84 页。译文稍有改动。
② 同上,第 205 页。译文稍有改动。
③ 同上。译文稍有改动。
④ 在《詹姆斯·乔伊斯〈死者〉中的有机和不运作的共同体》中,皮拉尔·维勒-阿尔盖兹对这对夫妻的婚姻共同体进行了颇为详尽的探讨。参见 Pilar Villar-Argaiz, "Organic and Unworked Communities in James Joyce's 'Dead'," in *Community in Twentieth-Century Fiction*, eds. Paula Martin Salvan, Gerardo Rodriguez Salas, and Julian Jimenez Heffernan, New York: Palgrave Macmillan, 2013, 48 - 66.

子,他"对老太太彬彬有礼的甚至对跑堂的和要饭的都不端架子"(《尤》998)。不仅如此,他还是一个有血有肉、充满了浪漫情怀、懂得如何讨女人欢心的男人。求爱的那一天,他与莫莉躺在都柏林郊外豪斯山上的杜鹃花丛中,"他穿的是灰色花呢套服戴着那顶草帽我就是那天弄到他求婚的我先还嘴对嘴给了他一点儿葛缕子蛋糕那是一个闰年和今年一样真的十六年过去了我的天主呀那一吻可真是长差点儿把我憋死过去真的他说我是一朵山花真的我们就是花朵女人的身体全都是花朵真的他这辈子总算说出了一个真理还有太阳今天是为你放光真的我就是因为这个才喜欢他因为我看得出他理解或是感觉到女人是怎么一回事……"(《尤》1059)然而,光阴似箭,世事纷扰,就在婚后第五年,他们的婚姻共同体开始出现裂痕。那一年,他们的第二个孩子——儿子茹迪(Rudy)——出生后 11 天就不幸夭折。丧子的痛苦折磨着夫妇俩,莫莉很长一段时间处在郁郁寡欢之中,她对夫妻间的房事失去了兴趣(最后一次房事发生在 11 年前的 1893 年 11 月 27 日),在情感上也开始疏远、厌恶并排斥布卢姆。尽管他对她细心体贴、百般呵护,但情形却始终没有改观。

然而,对布卢姆和莫莉的婚姻共同体构成致命打击的主要还是生者:莫莉本人和她的情人鲍伊岚。在乔伊斯的笔下,莫莉是一个歌唱演员,她漂亮、妩媚、丰满、性感、多情,充满着幻想,性格上还有些叛逆;她既是塞壬(Siren)、瑙西卡(Nausicaa)、喀耳刻(Circe)、《奥德赛》(*Odyssey*)中的卡吕普索(Calypso),又是一位不贞的珀涅罗珀(Penelope);她代表《易经》卦象中的阴爻,体现的是"雌性原理"(the female principle);[①]她是感性、力比多(libido)、本我和潜意识的化身。她的情夫鲍伊岚年轻、潇洒、风流倜傥、精力旺盛,在都柏林是出了名的花花公子,是一个"又有钱又时髦可以随意挑拣女人的头面人物"(《尤》1032)。他既是男歌手又是演出经纪人,并且经常与莫莉同台演出。久而久之,两人在长期合作中产生了暧昧之情,鲍伊岚对莫莉眉来眼去,莫莉对鲍伊岚也心存好感,于是,在"布卢姆日"这一天,他们约定在埃克尔斯街 7 号(布卢姆家)共赴云雨之欢。对于"顾家的男人"布卢姆来说,在自己的家里

---

① Declan Kiberd, "Notes," in *Ulysses* (Annotated Student Edition), by James Joyce, London: Penguin, 1992, 1182.

发生这样的事情实在是莫大的羞辱与不幸。其实,他早就察觉到了妻子与鲍伊岚之间的私情,并且也知道他们幽会的时间与地点,因而完全可以果断、坚决地将情敌挡在门外。然而,他却选择了懦弱、逃避和"漂泊",宁愿背着"乌龟"(cuckold)的骂名被人奚落、嘲讽、讥笑和指指点点。他的窝囊、胆怯和畏畏缩缩与盖世英雄奥德修斯恰成鲜明的对照。

熟悉《尤利西斯》的读者都知道,这部作品是对《奥德赛》的戏仿,但两部作品演绎的却是迥然相异的"个体故事"。① 在荷马笔下,奥德修斯离家外出征战十年,又漂泊十年,历尽千辛万苦才重抵家园;妻子珀涅罗珀悉心地守护着家园,坚贞不屈,恪守妇道,在儿子忒勒马科斯和其他大臣的协助下,毅然决然地拒绝并击退了一批又一批求婚者,一直苦苦等到丈夫归来。这部史诗显然讴歌了英雄主义和坚守贞操的美德,它之所以引人入胜,成为西方千百年来不朽的文学经典,一个重要的原因在于它成功地塑造了一个守身如玉的忠贞之妻,并以此为基础构建了一种自"神权时代"②以来被普遍认可的妇道价值观和守护婚姻共同体的理想。《尤利西斯》则是反其道而行之,用喜剧和反讽的笔调描写一对中年夫妇如何应对婚姻危机的种种行为和心路历程。在乔伊斯的笔下,布卢姆是一个毫无英雄气质的"小人物",他对妻子悉心照顾,呵护有加,面对妻子的出轨却选择回避、离家出走,不愿(不是不敢)与自己的情敌正面冲突,直到奸情发生数个小时之后才重返家园。布卢姆的这种"大度"和"包容"在常人看来似乎有些滑稽和不可理喻。与《奥德赛》相比,这样的故事丝毫没有传统英雄史诗的色彩,故事中的女主人公完全是一个无视传统妇道的"荡妇",与贞妇珀涅罗珀相去甚远。

然而,"戏言中常有真情"(《尤》513,641,1027)。乔伊斯的戏仿并非廉价的搞笑,而是要质疑、挑战、解构和颠覆《奥德赛》中比比皆是的那些过时了的

---

① Adriana Cavarero, "Narrative against Destruction," *New Literary History* 46, no. 1 (2015), 1.

② 当代美国批评家哈罗德·布罗姆借用维柯在《新科学》中阐发的人类历史循环论,将西方文学发展过程分为"神权""贵族""民主"与"混沌"四个阶段,荷马史诗《奥德赛》显然属于神权时代所创作的一部"西方正典"。参见哈罗德·布罗姆:《西方正典:伟大的作家和不朽作品》,江宁康译,南京:译林出版社,2011年,第1、438页。

史诗规范""古代戎马英雄主义神话""性征服中可悲的大男子气概",①以及看似无懈可击的妇道观(符合男权社会意识形态)。② 在他看来,被荷马史诗化了的那种婚姻共同体理想太遥远、太虚幻,珀涅罗珀也显得过于完美而不太可信,远不如莫莉来得自然、真实。金无足赤,人无完人,人性中普遍存在着恶的一面,每个人都会犯错,人类的婚姻生活也是如此。与其虚构一个十全十美的忠贞之妇的神话,不如去直面现实世界中不完美、有缺陷、会犯错、甚至不道德的人生,去书写那些残缺却真实可信的婚姻共同体中的男男女女。尽管《尤利西斯》并没有就布卢姆和莫莉的婚姻危机给出明确的解决方案,但是在小说的末尾,通过莫莉的意识流和内心独白,乔伊斯实际上已经暗示:布卢姆以他的善良、冷静、镇定、睿智和超乎常人的大度、包容重新赢得了妻子的爱,挽救了濒临坍塌的婚姻共同体。在莫莉的心目中,布卢姆比鲍伊岚懂规矩、更有教养,而后者的"天生禀性就是什么也没有"(《尤》1051);布卢姆比鲍伊岚更具阳刚之气,更有生命力;他就像豪斯山顶上的杜鹃花、茉莉花、天竺、仙人掌和玫瑰花,③在莫莉的心中重新怒放,再次成为她钟情的"一朵山花"——"我的山花"(《尤》1060)。最后,莫莉出轨的心灵终于重返爱情的家园,她和布卢姆的婚姻共同体最终得以保全。

三、民族共同体的焦虑

《尤利西斯》是一部复调小说,它有多重主题,其中之一是对民族共同体的焦虑。这种焦虑困扰着乔伊斯的一生,它犹如穿越都柏林城的利菲河,曲折、幽深、绵延不绝而又充满着波澜。

乔伊斯的大半生都是在流亡中度过的,直到客死异乡,然而,他对祖国的深情和眷恋却从来都没有因为"去国"而减少。爱尔兰是一个历经七百多年殖

---

① Declan Kiberd, "Introduction," in *Ulysses* (Annotated Student Edition), by James Joyce, London: Penguin, 1992, x.
② 乔伊斯在1915年春写给胞弟斯坦尼斯劳斯的一封信中说:"然而,我深信英雄主义的整个体系现在与过去始终都是一个十足的谎言,个体的激情是一切事物——包括艺术与哲学——的原动力,没有其他东西能够替代它。"参见 Richard Ellmann, ed., *Selected Letters of James Joyce*, London: Faber and Faber, 1975, 54.
③ 布卢姆的姓氏英文为Bloom,蕴含"鲜花""开花"和"怒放"之意,乔伊斯巧用一词多义,预设了《尤利西斯》的这一结局。

民统治的民族,大英帝国在政治、经济、文化上实施的一系列殖民政策严重地摧残了她的文化传统,使这个原本享有"圣贤之岛"之誉的民族丧失了自己古老的民族语言,逐渐沦为了"一个叫做爱尔兰的新英格兰"。① 对于爱尔兰民族的命运,早在1907年,在一篇用意大利语写的题为《爱尔兰乃圣贤之岛》的长篇讲演稿中,乔伊斯就表达了一种交织着自豪、惋惜、哀其不幸而又怒其不争的复杂之情。在他的眼中,爱尔兰拥有辉煌的过去,在公元初年,这个小岛"就是真正的思想和神圣中心",从那里出发,一波又一波的"爱尔兰人作为隐士和朝圣者,作为学者和智者,把知识的火炬从一个国家传递到另一个国家";"那时的爱尔兰是一座巨大的神学院,来自欧洲不同国家的学者云集于此";"像爱尔兰这样一个远离文化中心的岛屿,居然能够出类拔萃成为一所使徒学校,这似乎有些不可思议"。② 但是,令他深感焦虑的是,爱尔兰古文化已经不再辉煌,她的黄金时代"在8世纪随着斯堪的纳维亚部落的入侵而终止";英格兰人的征服进一步加剧了爱尔兰的衰落,"爱尔兰不再是欧洲的一支思想劲旅",她的"圣俗文化已走向式微"。③ 更令人痛心的是,"事实上,英国人入侵爱尔兰都是在一位本土国王反复祈求之下实现的"。④ 数个世纪的外族入侵、征服和殖民统治给爱尔兰带来了巨大的灾难与不幸,但同时也把她变成了一个多元杂糅的民族共同体。这个"想象的政治共同体"⑤糅合了"古老的凯尔特血统、斯堪的纳维亚、盎格鲁-撒克逊和诺曼种族因子",后来加入进来的"新教徒甚至比爱尔兰人还要爱尔兰化",他们与"丹麦人、袋人(Firbolgs)、西班牙人(Milesians)、诺曼入侵者和盎格鲁-撒克逊移民一起组成了一个新的整体",共同"捍卫新爱尔兰民族反抗大不列颠暴政的事业"。⑥ 这个"新的整体"就像是"一块巨大的织物,上面交织着一些最相异的成分",因此,"要在这块织物上去

---

① Declan Kiberd, *Inventing Ireland: The Literature of the Modern Nation*, London: Vintage, 1996, 15.
② James Joyce, "Ireland, Island of Saints and Sages," in *The Critical Writings of James Joyce*, eds. Ellsworth Mason and Richard Ellmann, New York: Viking, 1959, 154–155, 157.
③ Ibid., 159, 161.
④ Ibid., 162.
⑤ 本尼迪克特·安德森:《想象的共同体:民族主义的起源与散布》(增订版),吴叡人译,上海:上海人民出版社,2011年,第6页。
⑥ Joyce, "Ireland, Island of Saints and Sages," 161, 166.

寻找一根纯洁无瑕、不受邻线影响的线是徒劳无益的"。①

爱尔兰在漫长的历史过程中形成的种族多元杂糅性决定了这个民族的命运,同时也对几个世纪以来特别是19世纪、20世纪爱尔兰人反抗大英帝国殖民统治、争取民族独立的斗争产生了深远影响。在乔伊斯成长的年代,爱尔兰的社会、政治、宗教矛盾尖锐而突出,天主教与新教、激进民族主义与温和民族主义、本土文化和英国文化、各派政治势力、各个阶级之间的冲突和较量使这个民族陷入了一种混乱和无序状态。这种乱象在他心灵上打下了不可磨灭的烙印,这些印迹后来以文学的形式艺术地呈现在他的作品中。例如,在《都柏林人》的《委员会办公室里的常春藤日》("Ivy Day in the Committee Room",1914)和《一个青年艺术家的画像》中,围绕着"我们的无冕之王"——著名政治家帕内尔(Charles Stewart Parnell,1846—1891),通过描写20世纪初某一"常春藤日"(10月6日,即帕内尔的忌日)发生在一间民族主义党委员会办公室里的事件,和某一年的圣诞节发生在斯蒂芬家庭晚宴上丹蒂与凯西先生、老代达勒斯的争吵,乔伊斯生动地揭示了后帕内尔时代爱尔兰偏激、狭隘、媚俗、混乱、耽于内耗的政治生态。帕内尔是19世纪下半叶活跃在民族自治运动中的政党领袖,一位温和的民族主义者。他倡导以和平、非暴力的方式寻求民族独立,但是由于他的英爱(Anglo-Irish)、新教背景和个人私生活方面的问题,天主教阵营里的激进民族主义者趁机将他赶下政治舞台,投入监狱,导致其抑郁而终。在《委员会办公室里的常春藤日》中,乔伊斯借用故事中的一位人物海因斯所写的一首挽歌,对那些爱尔兰激进民族主义者的丑陋嘴脸进行了猛烈抨击:"他死了,我们的无冕之王已死。/啊!爱琳,忧伤悲痛地哀悼吧,/是一群邪恶之徒置他于死地,/是一群现代伪君子将他践踏。/……他梦想过自由女神,/(啊!那只不过是一场梦。)/当他奋力勇夺这尊偶像之时,/奸诈之徒使他失之交臂。/可耻啊!那些卑鄙怯懦之手,/将自己的君王击倒,带着亲吻/把他出卖给那些乌合之众,/一群摇尾的神甫——那不是他的亲朋。"②

---

① Joyce, "Ireland, Island of Saints and Sages," 161, 165.
② James Joyce, *Dubliners*, 294-295.

最激进、最偏执、最狭隘和最保守的民族主义者当属《尤利西斯》中的"公民",他崇尚暴力革命,似乎只对爱尔兰文化情有独钟。在"布卢姆日"的下午,他端坐在都柏林小不列颠街一家酒吧的一角,一边喝着吉尼斯黑啤,一边津津乐道地大谈特谈"无敌会啦、老卫队啦、六七年的好汉们啦、谁怕九八年啦……希尔斯兄弟啦,伍尔夫·埃米特啦,为国牺牲啦"①(《尤》466)。对于争取民族自治的温和斗争方式,他一点都不感兴趣,总是"听一样驳斥一样"(《尤》479)。"公民"对一切非爱尔兰文化和非爱尔兰族类都嗤之以鼻。在他看来,英国人"不是欧洲人",而是一些"背时的婊子养的厚耳朵杂种后代""在欧洲的不论什么地方,你都见不到他们的痕迹,也见不到他们的语言的痕迹",他们"没有音乐,没有艺术,没有值得一提的文学。他们仅有的那一点文明,是从咱们这里偷去的"(《尤》494);"在那些杂种崽子生下来以前,我们就已经和西班牙,和法国人,和弗莱芒人有贸易了,戈尔韦就已经有西班牙麦芽酒,葡萄酒般幽暗的水道上已经有葡萄酒船了"(《尤》498);法国人都是"一帮子舞蹈教师",他们是"欧洲的祸根子","对于爱尔兰,从来就不值一个臭屁";"普鲁士人和汉诺威人"也不过是些"吃腊肠的杂种"(《尤》502);犹太人都是一些"半阴半阳"和"非驴非马的角色"(《尤》488),"他们一来到爱尔兰,就把爱尔兰弄得到处都是臭虫了",他们"骗农民的钱""骗爱尔兰穷人的钱"(《尤》491,492),还"把邻人弄得一无所有"(《尤》506),"这就是犹太佬,一心只顾天下第一"(《尤》517)。在"公民"的心目中,世界上只有爱尔兰才是最优秀的民族,其他民族都是劣等民族,无论如何也不能与爱尔兰相媲美。这显然是一种狂妄自大、唯我独尊的民族沙文主义价值观,其背后折射出一种恐外、仇外、排外、自满和不自信的病态心理——幽闭恐惧症,这对于塑造健康、合理的民族文化身份和构建独立、自主的民族共同体十分有害。

《尤利西斯》创作于爱尔兰赢得民族独立的前夜。乔伊斯深知,爱尔兰人中一定有不少这样的"公民",他们都是一些眼光闭塞的"独目巨人"(Cyclopes),只"看得见别人眼睛中的灰尘,看不见自己眼睛里的房梁"(《尤》495),压根儿就不可能成为未来建设爱尔兰共和国的优秀公民。反之,在布卢

---

① 这些都是爱尔兰历史上武力抗击殖民统治的著名事件。

姆的身上,我们能够寻觅到与"公民"迥然不同的可贵品格。布卢姆是一个混血儿,他的父亲是犹太人,母亲是爱尔兰人,乔伊斯"以巨大的同情心书写了这个犹太人";①"他既是一个完整之人又是一个好人",②作为一位爱尔兰种族多元杂糅性的代表,他糅合了"犹太人、基督徒、无神论者、撒玛利亚人、西方人、东方人"的相关禀性。③ 更为难得的是,布卢姆对爱尔兰民族共同体有着强烈的忧患意识,对民族的本质有着深刻、独特的认知。在他看来,所谓的"民族就是生活在同一个地方的同一群人",或者"生活在不同地方也行"。当被问及他属于哪个民族时,他毫不犹豫地回答:"爱尔兰……我是在这儿出生的。爱尔兰。"(《尤》504)显然,布卢姆对自己的爱尔兰民族身份充满着自信,他甚至比小说中的那些爱尔兰人更像爱尔兰人,他才是真正能够体现爱尔兰民族文化身份的现代英雄尤利西斯。

第二节
转型焦虑:文化观念流变中的《心之死》

在英国文学与文化观念的互动史上,鲍温是一位不容忽视的人物。她用写小说的方式,丰富了文化观念的内涵,可是这一点至今未得到研究界足够的重视。以她的代表作《心之死》为例,近十年来学界的相关研究虽有增无减,却大都沿袭早先的套路,即从心理学的角度切入,剖析小说女主人公波西娅"心之死"的原因;虽然也有不少研究者提及小说的社会、历史和文化维度,但是重视程度远不如心理维度。一个典型的例子见于《剑桥指南:英国小说家》(*The Cambridge Companion to English Novelists*, 2009),其中有一章专论"鲍温

---

① Ellmann, *James Joyce*, 709.
② Frank Budgen, *James Joyce and the Making of Ulysses*, New York: Harrison Smith and Robert Haas, 1934, 17.
③ Neil R. Davison, *James Joyce*, Ulysses, *and the Construction of Jewish Identity*, Cambridge: Cambridge University Press, 1996, 165.

这位伟大的心理小说家",并把分析的重心放在鲍温笔下的"情感生活"。①该章作者库尔森虽然承认情感生活产生于"家庭、阶级和文化综合而成的母体",②但是在具体分析波西娅"心之死"的过程中,则一味地遵循弗洛伊德的心理分析法,进而把波西娅不幸遭遇的根本原因归结在安娜(波西娅的嫂子)身上——安娜早年丧母,心理遭受重创,因而身患抑郁症,导致她容不下天真无邪的波西娅。用库尔森的原话说,"安娜容不下波西娅,这是一种病症;病因则是成年女子跟丧亲童年之间的脆弱协议"。③

我们认为,除了安娜的心理创伤,上述病症的根子还要从更深厚的文化土壤中去发掘,即鲍温塑造波西娅这一形象,讲述她的心路历程,除了具有心理意义之外,还具有更深层次的文化意义。更确切地说,如果我们把《心之死》看做文学与文化观念发展史的一种互动,并从中探寻鲍温的文化思想,就更能把握波西娅"心之死"的深层次原因。基于这一观点,本节以下将从文化观念的重要内涵——转型焦虑——写起。

一、转型焦虑中的浮生百态

英国的文化观念史,可以看做英国社会在经历现代化转型过程中的焦虑史。雷蒙·威廉斯(Raymond Williams,1921—1988)在《文化与社会》(*Culture and Society*,1958)一书中指出:"文化一词内涵的演变记录了人们对历史性变化的反应,即对我们的社会、经济和政治生活中的重大历史性变化做出的重要而持续的反应。该词内涵演变的本身好比一种特殊的地图,从中我们可以探索那些变化的性质。"④此处所说的重大历史性变化是什么呢?从《文化与社会》全书的内容来看,最大的变化莫过于社会的转型,即农业文明向工业文明的转型。虽然威廉斯对文化观念演变的追踪紧扣社会转型这一线索,但是他没有直接使用"转型焦虑"一语,不过我们可以在哈特曼的相关论述中发现"焦虑"一词:"到了穆勒、阿诺德和罗斯金的时代,出自对于文明

---

① Victoria Coulson, "Elizabeth Bowen," in *The Cambridge Companion to English Novelists*, ed. Adrian Poole, Cambridge: Cambridge University Press, 2009, 378.
② Ibid.
③ Ibid., 385.
④ Raymond Williams, *Culture and Society*, London: Chatto and Windus, 1958, xvi-xvii.

的肤浅及其悖逆自然的效应的焦虑,开始赋予'文化'一词以新的价值含义。"① 也就是说,穆勒(John Stuart Mill,1806—1873)等人给文化观念植入了新的重要内涵,即对于工业文明的焦虑。这种"对于这种机械式文明的焦虑"持续不断地"渗入了文化概念内涵的演变过程中"。② 这部气象峥嵘的焦虑史,持续到20世纪,从未中断。许多英国文人都加以续写,鲍温就是其中一位。

《心之死》呈现的故事,从头至尾凸显着焦虑的特征。乍一看去,这种焦虑似乎只有私人属性,实际上却具备了社会属性。

让我们先从波西娅说起。她16岁那年父母双亡,被迫去了同父异母的哥哥托马斯家,由于寄人篱下,因此毫无归属感。最让她焦虑不安的是嫂子安娜的所作所为,几乎时刻让她不适。例如,波西娅刚到兄嫂家时,全身披孝(母亲刚去世),并打算继续戴孝,可是安娜强行给她换上了新衣服。从表面上看是在示好,实际上却伤害了波西娅对母亲的感情。书中有这样一幕,贴切地衬托出波西娅和兄嫂之间的关系:"他们三人就像围坐在一个画就的、不会燃烧的火炉旁;你向它伸出手去,却不能取得半点的温暖。"③ 在这样的家里,波西娅"变得不敢长时间地看人。她的目光在哪里都不受欢迎;只要跟哥嫂的目光接触,就会立即引发惊慌,因而她的目光从此多了一丝不安"。④ 如果家里有聚会,"从客厅退席都成了一种煎熬":"她像螃蟹似地横着行走,绝不敢背对着其他人(笔者按:指安娜及其客人),仿佛他们都是王室成员似的。"⑤ 兄长托马斯对她也好不了多少。他在跟她谈话时,常常"瘫坐在椅子里","头慢慢地转着,目光显得不安、不情愿,颇似一只动物在别人把东西硬塞给它时的神情"。⑥ 在这样的家庭里生活,叫波西娅怎能不产生焦虑? 给她最后一击的是,她发现安娜竟在背地里偷读她的日记,这导致她心灰意冷(此前她一直努力接

---

① Geoffrey H. Hartman, *The Fateful Question of Culture*, New York: Columbia University Press, 1997, 207.
② 殷企平:《"文化辩护书":19世纪英国文化批评》,上海:上海外语教育出版社,2011年,第7页.
③ Elizabeth Bowen, *The Death of the Heart*, New York: Vintage Books, 1959, 158.
④ Ibid., 49.
⑤ Ibid., 27.
⑥ Ibid., 31.

近兄嫂),决意离家出走。

　　从上述情节来看,安娜确实是迫使波西娅心死的元凶,因而就有了学界在安娜身上寻找题解——"心之死"的含义——的众多尝试,也就有了库尔森的解释(见本节引言)。然而,书中"心死"的不只是波西娅,也不只是安娜,心怀焦虑的也不只有她俩,否则库尔森的观点即可成立。细心的读者会发现,小说里几乎人人都生活在焦虑中,并且心死的也大有人在。上文有关托马斯和安娜的几个例子已经表明,他们不仅给波西娅带来了不安,而且自己的举动和神色都显示着不安,这些都暗示着他们心神焦虑的底色。不但如此,他们家的座上宾——他们是波西娅"新家生活"的一部分——也都总是处于一种戒备状态,也就是焦虑状态,这让波西娅十分不解:"她的家庭生活(她的新家生活)给她带来层层困惑:她发现这里的人总是警惕地戴着伪装。她不解地问自己:人们为什么言不由衷,由衷不言?"[①]其中最典型的是艾迪。他一方面暗地里跟安娜调情,并经她帮助在托马斯的广告公司里谋得一份工作,另一方面又骗取了波西娅纯真的爱情。他貌似左右逢源,其实一刻也不得安宁,这在他和波西娅的一段对话中有所流露(从他给后者的"忠告"开始):

　　"……把内心全锁住;把一切藏起来!连眼睛也不眨一眨,决不!"
　　"就当是在搞阴谋?"
　　"我们就等于阴谋。连续地密谋,一刻也不要停止。"
　　她神情焦虑,不由得问道:"那样的话,你和我不就一点儿时间都留不住了吗?"
　　"留下来做什么?你什么意思?"
　　"我是说留点儿时间给我们自己。"
　　他横扫一切似地说道:"阴谋——它是一场革命:它就是我们的生活。所有的人都跟我们作对,所以我们要隐藏,要深藏不露。"[②]

此处"焦虑"一词耐人寻味:艾迪丑恶的人生观腐蚀了波西娅的纯真,使她焦

---

① Bowen, *The Death of the Heart*, 60.
② Ibid., 107.

虑,同时也暴露了他自己的焦虑症——他觉得所有的人都在跟自己作对,这种焦虑显然已经焦虑得无以复加。书中还有一段异曲同工的描述:

> 温得萨大街(笔者按:托马斯和安娜就住在那里)的每个人都沉溺于不可告人的心事,不管这心事的严重性如何。电话铃也好,门铃声也好,邮递员的叩门声也好,都给人以不祥的心理暗示,哪怕这些声音还离得很远……某些东西编辑着奎恩(笔者按:指托马斯·奎恩)家的生活——像艾迪这类人的行为,明显对那里的生活起着某种遏制或威慑作用。①

这种焦虑并不局限于奎恩一家,也不局限于他们(包括艾迪在内)的社交圈,而是弥漫于鲍温笔下的整个英国社会,这在波西娅对伦敦生活的观察和体验中可见一斑:

> 显而易见的是,因生活而忧心忡忡的远非莉莲(笔者按:波西娅的同学)一人:波西娅发现到处是心事重重的人。自从来到伦敦,她观察到的生活让她绝望——人们总是有所企图,总是忙忙碌碌,总是一往无前;甚至那些在桥边停留的人,也都带着目的;就连小鸟的飞翔也显得不那么潇洒,而是目的性明确。……所到之处,她都会遇见警觉的目光……所看到的每一个眼神、每一个举动和每一个物体都带有政治的严肃性……②

至此,我们已经可以断定:书中人物经历的焦虑并非仅仅具备私人属性,而是普遍存在的,因此具备社会属性。这种焦虑可以看做当时英国社会情感结构的一部分——按照威廉斯的说法,"情感结构可以被界定为流动中的社会体验"。③《心之死》中呈现的诸多焦虑其实就是这种社会体验。那么,造成这种焦虑的根本原因是什么呢?换言之,是相对于什么而产生的焦虑呢?

---

① Bowen, *The Death of the Heart*, 181.
② Ibid., 60.
③ Raymond Williams, *Marxism and Literature*, Oxford: Oxford University Press, 1977, 133.

答案就在书中。前文提到了波西娅所在的奎恩家庭及其社交圈，以及伦敦大街上匆匆赶路的人们，这些其实就是一个竞争社会的缩影——连驻足桥边的人都无暇观赏风景，甚至连小鸟儿都似乎卷入了竞争的行列。托马斯在跟布鲁特少校的一次交谈中，就曾吐露过因竞争而焦虑的心迹："没有什么比竞争和忧虑更让人瘫痪了，我们大家都有这样的感受。具有讽刺意味的是，其他所有人都以为我们布尔乔亚阶级过得很好，所以个个都向我们捅刀子。"①作为布尔乔亚（亦即我们如今所说的"小资"或中产阶级）的一员，托马斯的钱财来自新兴的广告产业（他的广告公司开得很红火），这在故事中有着重要的象征作用：托马斯代表了在工业文明进程中崛起的资/中产阶级，而新兴的广告产业标志着社会转型的新阶段。这一新阶段的特点，由书中两类人物的遭遇得以凸显：一类以布鲁特少校为代表，另一类以艾迪为代表；他俩都尝试去托马斯的公司谋职，结果艾迪如愿以偿，而布鲁特则未能如愿。至于个中缘由，书中有这样的交代："奎恩和梅里特的公司只要时髦和潇洒……他们可以启用无数个艾迪，却容不下一个布鲁特"，这是因为（在托马斯的眼里）"人就像车那样，都有型号，都会过时；布鲁特少校是 1914－18 型号的，如今已被市场淘汰了"。② 跟"时髦和潇洒"的艾迪相比，布鲁特至少还存有几分真诚——他在波西娅寂寞时，曾送去玩具，以示爱心；在她离家出走后，至少表示了同情，但是他一直未找到工作。艾迪则毫无真诚可言，"他信奉彻底实用的人生观；凡是跟人打交道，他都要有利可图，否则他可没有时间"。③ 正因为如此，当波西娅离家出走，走投无路时，他竟无动于衷。艾迪之所以"没有时间"，是因为在一个讲究竞争的转型社会里，不一往无前地匆匆赶路，就有可能像布鲁特那样被淘汰。换言之，艾迪的"没有时间"，折射了弗莱在其《现代百年》(*The Modern Century*, 1967)中所说的一种"狂奔逐猎"般的心态，即现代人常感到"总有什么在催逼着你往前赶，越来越快，越来越快，致使你最终感到绝望。这种心态，我称之为进步的异化"。④ 这种"进步的异化"其实就是转型焦虑的一种症候。

---

① Bowen, *The Death of the Heart*, 98.
② Ibid., 93－94.
③ Ibid., 68.
④ 弗莱：《现代百年》，第 8 页。

小说中还有一个值得深究的细节：托马斯其实并不喜欢艾迪，甚至对后者跟安娜之间的暧昧关系有所察觉，但是他俩居然能长时间地共事，甚至常常形成宾主关系（艾迪是奎恩家的常客）。这一现象看似奇怪，其实不怪；他俩苟合，是价值观使然——他俩都信奉上文所说的"实用人生观"。一言以蔽之，他俩之间就是一种生意关系，或者说是当年卡莱尔（Thomas Carlyle，1795—1881）所抨击的"现金联结"（cash-nexus），即一种"由竞争供求关系的哲学来说明"的人际关系。① 这种关系不仅见于托马斯和艾迪之间，而且见于他跟几乎所有人之间。下面这段叙述可以为证："……生意造就了他——托马斯——的虚假立场……一种连他自己都讨厌的顽固状态。他只能从生意夹缝中看世界，看到的都很怪诞——不管是人脸，还是景观，都被夹缝给压扁了。生活习惯让他的眼界变得狭窄，变得虚假。"②

上述"生意"及其价值观还主导着托马斯和安娜的婚姻。安娜嫁给托马斯，是因为后者能为她提供舒适的物质环境，但是由于没有爱情作基础，因此他俩同床异梦，即便在出游（找乐子）时也难逃内心的焦虑，如他们去法国旅行途中的情形："他俩胳膊肘挨着胳膊肘，可是各自的脸上却带着恐慌的神情，好像在逃难一般。"③安娜跟婆婆（奎恩太太）之间也毫无感情可言，就如女管家玛切特所说，"奎恩太太和托马斯太太唯一合拍的地方，就是她们知道什么东西值钱"。④ 此处的"合拍"还暗示托马斯太太（安娜）的心计：她一直觊觎着婆婆的家产；后来她果然如愿以偿——用她自己的话说："托马斯的妈妈死后，她的钱直接由我们继承了。"⑤就凭这"唯一合拍的地方"，即现金联结，安娜至少没有虐待/伤害婆婆。然而，她却伤害了波西娅，其原因在她跟圣·昆丁的一次交谈中有所披露："要是奎恩先生当初除了波西娅以外，给我们也留下一部分遗产的话，那情形就不会那么诡异了。可是他死了以后，所有的财产都落入了伊琳（按：波西娅的生母）手中，而她死了以后，又由波西娅继承了所有的遗

---

① 托马斯·卡莱尔：《文明的忧思》，宁小银译，北京：中国档案出版社，1999年，第54—55页。
② Bowen, *The Death of the Heart*, 93.
③ Ibid., 158.
④ Ibid., 83.
⑤ Ibid., 11.

产——这可是每年几百英镑的收入啊!"① 这可谓一语泄露天机:安娜忌恨波西娅,归根结底,还是钱财/"生意"在作怪。更确切地说,她和波西娅无形中有着一种竞争关系——她俩实际上是奎恩先生那笔遗产的竞争者,只不过波西娅无心,而安娜有意罢了。

至此,我们对安娜伤害波西娅的原因有了另一种解释:围绕金钱的角逐侵蚀了人的心灵(这也是小说题目"心之死"的含义),也侵蚀了安娜和波西娅的关系。在其背后,有着深刻的历史文化原因,即"现金联结"成了转型时期英国社会的主流价值观。换言之,波西娅的心之死,以及鲍温笔下众多人物的心之死,都折射出哈特曼所说"文明的肤浅及其悖逆自然的效应"(参见本节第一段)。对这种肤浅和效应的焦虑,正是鲍温书写的对象,从中我们可以瞥见她的文化思想,以及她跟文化观念史的互动。

二、趣味背后的伦理焦虑

《心之死》呈现的转型焦虑,还有其趣味和伦理层面。

加拿大学者柯廷(Mary Elizabeth Curtin)的论文《"恐怖的雅趣":伊夫林·沃和伊丽莎白·鲍温笔下的室内装潢者与设计伦理》("'Ghastly Good Taste': The Interior Decorator and the Ethics of Design in Evelyn Waugh and Elizabeth Bowen", 2010)在这方面能够为我们提供启示。该文对安娜伤害波西娅的原因也进行了探究,其分析始于趣味和伦理的角度。柯廷注意到安娜讲究趣味,附庸风雅,并因此而自负,可是波西娅恰恰冒犯了她在"趣味方面的权威"。② 柯廷强调,有一条线索通向"安娜对波西娅愤怒的确切原因":"安娜是在趣味格调领域里流露(对波西娅的)敌意的。"③ 确实,书中有许多安娜嫌波西娅"不上品位"的例子,如她在圣·昆丁跟前的抱怨:"她对物体冷漠得反常。例如,她会把任何帽子像一个旧信封那样摆弄。"④ 我们在上一节中提到,安娜在波西娅戴孝期间为她买了新衣服,可是后者并不欣赏,这在安娜看

---

① Bowen, *The Death of the Heart*, 10–11.
② Mary Elizabeth Curtin, "'Ghastly Good Taste': The Interior Decorator and the Ethics of Design in Evelyn Waugh and Elizabeth Bowen," *Home Cultures* 7, (2010), 15.
③ Ibid., 14.
④ Bowen, *The Death of the Heart*, 5.

来是没有趣味,可是她无视了波西娅对母亲的感情——安娜此时讲究趣味,实在是可怖至极。对此,柯廷有一段切中肯綮的评论:

（安娜对趣味的讲究）暴露了安娜的要害:她是一个伦理盲。对于他人,安娜除了冷漠还是冷漠。她冷酷无情,爱操纵他人,却忍受不了波西娅对物件的"冷漠"——她无法想象竟有人会无视派头和格调。对安娜来说,"高雅的趣味"就是合乎道德的,理由是这趣味维护了雅致物品的价值;因此,波西娅不讲究趣味,也就成了一种道德变态。①

柯廷的贡献在于她把趣味和伦理结合起来考察——她透过"高雅趣味"的表面,看到了伦理的沦丧。她还有另一个大贡献,即把安娜"雅趣"背后的伦理危机放在社会历史语境中考察。她把目光投向了 20 世纪 30 年代的"趣味狂潮"(the mania for taste)——在英国政府、工业艺术学院和设计产业协会等组织的推动下,英国经历了一场旷古空前的"趣味编码"(codification of taste)运动;成百上千的专家通过建筑期刊、家庭杂志和装潢手册等给全国大众洗脑,推崇所谓的"趣味规范化""趣味标准化"或"基于共识的趣味文化"。② 不无讽刺意味的是,本应空灵的趣味一经规范化和标准化,就被放逐了,异化了。柯廷高度评价鲍温,理由是她"倚重室内装潢者这一喻象,借此凸显当时人们如何狂热地追求理性化、客观化的'高雅趣味',以及它所掩盖的精神空虚"。③ 安娜就是这样一种喻象:她在婚前从事的职业就是室内装潢;虽然她做得并不成功,但是她一直延续了从室内装潢业习得的"雅趣",并以此为荣。柯廷对此有过一段评述:

事实上,我们在与波西娅这一人物相遇之前,就已经被引入她的卧室了——安娜在波西娅到达之前,已经精心地把它装修了一番。她给房间挂上了新窗帘,摆上了她认为能取悦一个少女的些许物件,但是她没有更换墙纸,

---

① Curtin, "Ghastly Good Taste", 15.
② Ibid., 7-19.
③ Ibid., 7.

就像是在提醒波西娅：她只不过要逗留一年而已。①

这段评述尖锐地点出了安娜的要害：她讲究趣味，却缺乏真诚——不更换墙纸，这一细节表明她并不真心欢迎波西娅，而且巴不得后者快些离开（安娜其实不情愿接纳波西娅，只是在跟托马斯争吵后才勉强同意她借住一年）。至于这趣味和真诚脱节的原因，柯廷也有所分析："趣味狂潮"在当时席卷了英国，安娜只是其中的一个泡沫，在其背后则是"对于国家竞争力的焦虑，伴随着日益增长的消费主义"。②柯廷还有一句话更直截了当："到了20世纪30年代，'高雅趣味'已是一种赚钱的商品。"③这样的分析可谓鞭辟入里。

柯廷所说的"对于国家竞争力的焦虑"，其实就是转型焦虑的一部分。鲍温对这种焦虑的回应，也就是延续了当年卡莱尔、穆勒、阿诺德（Matthew Arnold，1822—1888）和罗斯金（John Ruskin，1819—1900）等人对转型焦虑的回应。如果说卡莱尔等人开启了针对转型焦虑的文化批评语境，那么鲍温的写作标志着这一语境的持续生命力。遗憾的是，柯廷未能把《心之死》放在这一大语境中加以考察。有鉴于此，我们有必要在这方面做更深入的发掘。

若要把握鲍温跟上述文化批评语境之间的关联，还得从《心之死》中的一个细节说起——托马斯在跟安娜的一次交谈中这样说道："我们的生活方式无可救药。"④此处讨论的"生活方式"，显然是一个文化命题。威廉斯在《关键词》（Keywords，1976）一书中曾经归纳出"文化"一词最常见的三种含义，其中之一就是"一个群体、一个时期、一个民族乃至全人类的某种特定生活方式"。⑤ 把文化看做生活方式的观念，至少可以追溯到卡莱尔、穆勒和阿诺德等人的活动时期。他们笔下的焦虑，归根结底，是因生活方式畸变而产生的焦虑——社会转型导致人类的生活方式变形了，扭曲了，如前文提到的"现金联结"，以及趣味和伦理/真诚脱节，等等。鲍温在《心之死》中重提生活方式，显

---

① Curtin, "Ghastly Good Taste", 14.
② Ibid., 7.
③ Ibid.
④ Bowen, *The Death of the Heart*, 36.
⑤ Raymond Williams, *Keywords: A Vocabulary of Culture and Society*, Flamingo: Fontana Press, 1983, 90.

然是介入了上述文化批评语境。然而,对于她在这方面的贡献,学术界显然重视不足。例如,伊格尔顿在其先后出版的《文化观念》(*The Idea of Culture*, 2000)和《文化》(*Culture*, 2016)中,对阿诺德等人(主要涉及他们跟文化观念史的互动)辅以浓墨重彩,对鲍温却只字未提。不过,这两本书都肯定了詹姆斯(Henry James, 1843—1916)在文化观念史上的地位,如《文化》一书中就特别强调詹姆斯通过小说创作,促进了"作为艺术的文化"与"作为值得尊重的生活方式的文化"之间的互动,尤其强调詹姆斯小说的质地来自"包括教养、习俗、习性和语言惯用法在内的、精编细织的生活形态"。① 那么,詹姆斯在文化思想方面是否对鲍温产生了影响呢? 如果是,那么他就构成了连接鲍温与卡莱尔、阿诺德等人的重要环节。

在《英国小说家》(*English Novelists*, 1942)一书中,鲍温曾对詹姆斯大加赞赏,其原因恰恰与后者对趣味和伦理道德之间关系的处理有关。她特别欣赏詹姆斯"让精致的外表接受道德拷问",并指出了他笔下恶棍的一个特点:"凡是他塑造的恶棍,其所作所为,比压迫或威胁他人更坏——他们暗中为害,腐蚀性无可估量。在他笔下,纯真的人物总是在危险区域里行走,受到祸害的是精神,而很少是肉体。"② 正是在这一点上,鲍温跟詹姆斯极其相似。《心之死》里的"恶棍"没有一个像凶神恶煞,反而都具有精致的外表,可是他们都暗中为害,其腐蚀作用往往是在"高雅趣味"的掩盖下发生的。前文提到的购衣事件——安娜在波西娅戴孝期间为她购置新衣——就是一例。书中类似的例子还有许多,如"治家有方"的安娜自诩"趣味卓越",③从家具到摆设,从服饰到谈吐,"没有一样是不讲究外观的"。④ 不仅是安娜,她的丈夫及其社交圈子都有一个光鲜的外表,但是背后却只有私利和心计。托马斯的一次内心独白就很能说明问题:"社交活动,无非是有漂亮光泽的私利。在闲聊的背后,你会感到无情的压力。"⑤艾迪是另一个典型:"他总显得和蔼可亲,可是这面目跟他的

---

① Terry Eagleton, *Culture*, New Haven and London: Yale University Press, 2016, 17.
② Elizabeth Bowen, *English Novelists*, Glasgow: W. M. Collins Sons and Co. Ltd., 1942, 42.
③ Bowen, *The Death of the Heart*, 27.
④ Ibid., 23.
⑤ Ibid., 93.

精神从来都没有关联。"①正因为如此,"他所有的趣味……都带有反道德色彩"。② 在一个健康的社会里,人们的高雅趣味与其所信守的伦理价值是一致的。然而,在安娜、托马斯和艾迪这类人构成的世界里,趣味和伦理是背反的,这也就导致了本节标题中所说的"伦理焦虑"。

在伦理焦虑中行走,就是"在危险区域里行走",或者说受困于具有"无可估量的腐蚀性"的生活方式(见上引鲍温的评论)。在《心之死》中,波西娅、布鲁特和玛切特等人物的纯真都受到了腐蚀。书中有这样一段描述:"纯真经常陷入虚假的境地,其频率如此之高,以致内心真诚的人们也学会了言不由衷。他们找不到能恰如其分地表达自己心意的言语,因而只能听凭别人曲解自己。他们形单影只,若试图与人交往,就只能妥协,听凭实情变样——因焦虑而走形,因想要传递温暖而走形,因想要感受温暖而走形。对他们来说,我们的情感系统简直太腐败了。他们必然会出错,然后就会有人指责他们撒谎。"③波西娅就陷入了这样一个境地。她周围的人都言不由衷,这意味着她若要与之交往,就只能妥协;即便她主观上不想妥协,客观上也必然会妥协,因为真诚地对待虚假,虚假也就成了真诚。在这样的困境中,她只能把真诚付诸日记,寄情于坚守这最后一片净土。然而,这块净土也遭到了侵蚀——安娜偷看了她的日记。也就是说,波西娅的纯真全无栖身之地,更无托付之处。就肉身而言,她的心并没有死,死去的是她那颗真诚的心,这是小说题目《心之死》的又一层意思。

小说题目还有另一层意思:若需趣味和伦理水乳交融,须有一个中介,即纯真的心灵,又或是真诚的情感。在《心之死》中,安娜等人追求趣味,这说明他们尚存些许理智,然而灵魂/情感早已不复存在。书中圣·昆丁对波西娅的一次表白就很能说明问题:"我们试图彬彬有礼,善待他人,却感受不到这样做的必要性。事实上,我们缺乏彼此关心的强烈意愿——没有自然生发的意愿来互相关心……"④与此相仿的是安娜的一次"坦白"——她在跟托马斯争吵时

---

① Bowen, *The Death of the Heart*, 203.
② Ibid., 298.
③ Ibid., 110.
④ Ibid., 270.

提醒后者:"你只不过要我看上去很爱她罢了。"① 此处"她"指的是波西娅。当初托马斯受父亲遗嘱之托,决定收留波西娅一年,而安娜曾予以抵制,不过最后还是接受了托马斯的决定。这一细节表明,从理智的角度来看,托马斯和安娜都接受了传统的伦理价值(无论是主动还是被动),即儿子/媳妇要遵从父命,并力图在表面上做得好看——遵从礼节、礼仪和礼貌,注重外观,这和对于事物品质/得体性的鉴赏力一样,都属于趣味的范畴(同时也属于伦理范畴)。然而,从情感的角度来看,他俩的行为(如接纳波西娅)缺乏内心的情感支柱。这让人想到18世纪以来西方文化史上一场旷日持久的思想交锋:以康德(Immanuel Kant,1724—1804)和边沁(Jeremy Bentham,1748—1832)为代表的一些哲学家、社会改革家在推行其伦理纲领时,抹杀了本应有的快乐元素(如助人为乐)和情感因素,只强调冷冰冰的道德义务(全由理性驱动);与之对立的则是哈奇森(Francis Hutcheson,1694—1746)和休姆(David Hume,1711—1776)等思想家,他们主张情理交融,认为"一个有德行的人有一个标志,即能从仁慈和文雅中收获乐趣"。②

在上述两大思想阵营中,前者认定"人要么遵从道德义务,要么为一己之悦而行动,两者必居其一",用伊格尔顿的话说,这其实是顺应了"肆虐的个人主义",或者说"一种没有灵魂的契约文化,一种只有法律义务的文化"。③ 在《心之死》中,安娜和托马斯等人遵循了契约和义务,却缺乏灵魂般的情感支撑,因而导致上文所分析的种种伦理危机。前文提到,书中有一个波西娅和兄嫂围着火炉取暖的场景,这本来是伦理纽带的生动象征:一家人共享天伦之乐,处于中心的炉火意味着伦理关系有个中心,即温馨的爱心和情感。然而我们发现这炉火只是画就的,根本没有暖意,此处的寓意不言而喻。让我们再补充一个例子:安娜曾经反思过自己与波西娅的关系,并把自己的感受描述为"打不开的水龙头",④这分明是在说她想爱波西娅,可就是爱不起来。究其原因,无非是前文所说的情理背反——理智虽存,情感全无。在这种情况下,即

---

① Bowen, *The Death of the Heart*, 36.
② Terry Eagleton, *Trouble with Strangers: A Study of Ethics*, Oxford: Wiley-Blackwell, 2009, 56.
③ Ibid., 56.
④ Bowen, *The Death of the Heart*, 263.

便有尽(道德)义务的意愿,也不会有一丝一毫的愉悦。《心之死》中的这类细节,可以看做当年休姆思想的回声。就像后者从理性主义者手中"拯救了整个愉悦范畴",并"使愉悦重归伦理思想的中心位置"那样,[①]鲍温也呼唤着愉悦的回归、心灵的回归、情感的回归。

以上分析表明,《心之死》跟文化观念史形成了互动。通过讲述波西娅的故事,鲍温续写了由休姆、卡莱尔、阿诺德和詹姆斯等人开写的文化观念史,拓展了文化观念的内涵,如(社会)转型焦虑,尤其是揭示了这种焦虑的趣味和伦理层面。唯其焦虑重重,实则是生活方式,亦即文化,出现了问题。

作为结束语,我们不妨借用鲍温在《一种生活方式》("A Way of Life",2008)一文中的一段话:"在这转型时期,我们身处危机,承受着压力。这是个黑暗的转型期,因为它充满了错综复杂的问题,但是我们必须正视这些问题,并加以澄清……当务之急,是为不列颠民族重建生活理念,感知并坚守我们'生活方式'的要素。如果我们必须无畏地作出牺牲,那么我们在拒绝作出无谓牺牲时也必须同样勇敢。之所以如此,是因为我们懂得一个道理,即我们不仅仅为面包而生活。"[②]

第三节

转型焦虑的双重回应:R. S. 托马斯的"反田园"与"阿布酷歌"

批评界已经注意到当代威尔士诗人 R. S. 托马斯诗歌中的焦虑,但很少有评论家明确将这种焦虑与社会转型联系起来并进行详细研究。克里斯托

[①] Eagleton, *Trouble with Strangers*, 56.
[②] Elizabeth Bowen, "A Way of Life," in *People, Places, Things: Essays by Elizabeth Bowen*, ed. Allan Hepburn, Edinburgh: Edinburgh University Press, 2008, 390-391.

弗·摩根（Christopher Morgan）认为托马斯诗歌中的焦虑主要是语言异化（linguistic alienation）所导致的对"个人身份"的焦虑，是他在"英格兰化（anglicised）的文化"和"威尔士语文化"之间挣扎而导致的文化身份危机，并认为这种危机是他诗歌的"源泉"。①尽管摩根意识到语言异化或文化异化不是导致托马斯焦虑的唯一原因，但他明显忽视了这种焦虑与社会转型之间的关系。而且，将文化异化视为托马斯诗歌的源泉，很容易导致读者误认为他是个狭隘的民族主义者，他的"威尔士的食人魔"（Ogre of Wales）②这种公众形象便是佐证。更糟糕的是，有论者由于不明确托马斯焦虑的对象，而误认为他是个逃避主义者。特里·吉福德（Terry Gifford）认为"R. S. 托马斯的诗歌尽管表现了他在荒凉的威尔士田野和山区的焦虑，但最终是一种逃离与自然世界和现代世界复杂关系的田园避世主义"。③吉福德作出这种有失偏颇的定论，是因为他没有认识到托马斯焦虑的具体对象，因此未能看到他的诗歌为化解这种焦虑所做出的积极努力。

我们认为，托马斯诗歌中的焦虑最主要是对于社会转型的焦虑，具体而言，是对工业化和旅游业导致威尔士乡村共同体瓦解的焦虑。在自传体诗集《回声慢慢》（*The Echoes Return Slow*，1988）中，托马斯写道："在一个消解一切/的世界中，有哪些确定性/给自我。"（32，15—17）④这几行诗可以说是马克思（Karl Marx，1818—1883）对维多利亚现代性的经典描述——一切坚固的东西都烟消云散了——的诗歌旁注，⑤是一种典型的现代性焦虑。对于托马斯来说，威尔士就是乡村，乡村不仅是他个人和民族身份认同的基础，还是他实现与上帝交流的场所。城市化和工业化带来的是一种心理上连根拔起的失落感，乡村共同体的瓦解导致了托马斯家园感和归属感的缺失，这是他焦虑的根

---

① Christopher Morgan, *R. S. Thomas: Identity, Environment and Deity*, Manchester: Manchester University Press, 2003, 3-4.
② Daniel Westover, *R. S. Thomas: A Stylistic Biography*, Cardiff: University of Wales Press, 2011, 69.
③ Terry Gifford, *Pastoral: The New Critical Idiom*, London: Routledge, 1999, 76.
④ R. S. 托马斯:《R. S. 托马斯晚年诗选：1988—2000》，程佳译，重庆：重庆大学出版社，2014年，第28—29页。
⑤ Karl Marx and Friedrich Engels, *Karl Marx and Friedrich Engels: Selected Works*, 3 vols., trans. Samuel Moore, Moscow: Progress Publishers, 1969, 1: 111. 马克思的这句名言后来成了马歇尔·伯曼（Marshall Berman）的现代性研究经典著作《一切坚固的东西都烟消云散了——现代性体验》（*All That Is Solid Melts into Air: The Experience of Modernity*，1982）的主标题。

本原因。从托马斯最初几部诗集《田间石头》(*The Stones of the Field*, 1946)、《一亩地》(*An Acre of Land*, 1952)、《岁末之歌》(*Song at the Year's Turning*, 1955)、《稗草》(*Tares*, 1961)中可以看出,他的诗歌创作既是社会转型所引发的焦虑的产物,又是对其的回应。

托马斯诗歌中的"反田园"笔法和"阿布酷歌"——一种乌托邦愿景——也受到了评论界的广泛关注,但是尚未有研究明确将这两者与转型焦虑联系起来进行详细探讨。我们认为,托马斯的"反田园诗"和"阿布酷歌"是回应乡村共同体瓦解所引起的焦虑的两种手段,不仅反映了他抵制工业化和旅游业的政治诉求,而且体现了他构建理想的人类地理和共同体的乌托邦冲动。分析托马斯诗歌中的转型焦虑,以及他回应焦虑的策略,这有助于我们深入理解他积极为人类探索理想社会的努力,揭去一些批评家强加在他身上的"狭隘的民族主义"和"逃避主义"等标签。

一、乡村共同体的瓦解:托马斯的转型焦虑

20世纪初,威尔士经历了巨大的社会转型,乡村共同体不断瓦解。作为一名乡村牧师,托马斯自1942年担任蒙哥马利郡(Montgomeryshire)莫那文(Manafon)的牧师起,就一直生活在威尔士乡村,亲身经历了乡村的衰落。要探讨托马斯的诗歌如何回应这种社会转型所引发的焦虑,首先得明确在他的诗歌中是什么因素造成了乡村共同体的瓦解。现代化所导致的乡村瓦解,历来都是英国文人深感焦虑的重要原因,也是他们浓墨重彩的领域。虽然英国是世界上最早进行工业革命的国家,也是世界上第一个主要生活在城市的国家,但是乡村作为一种"根本的生活方式"[①]却在英国文化中占据核心地位,"很多评论家认为英格兰—英国文化中的主导情感是反城市的,英格兰—英国民族身份的力量,其真正源泉在乡村"。[②] 这种乡村情结反映在英国文学传统中便是对工业化和城市化及其相关生活方式和价值体系的焦虑和质疑。换言之,托马斯的诗歌剑指工业化和旅游业。

---

① Raymond Williams, *The Country and the City*, New York: Oxford University Press, 1973, 1.

② Paul Ward, *Britishness since 1870*, New York: Routledge, 2004, 55.

一方面,工业化的扩张导致了乡村人口的减少与乡村的凋敝。诗歌《不见了?》("Gone?")展现了工业化的扩张和农业机械化的入侵所造成的乡村衰落:

> 他们将在未来某个场合,
> 看在被鞭笞的耕地份上,
> 说:这就是普利瑟赫的家乡?
> 如今没什么可以展示:树篱
> 连根拔除,墙不见了,一个移动的民族
> 乘着拖拉机
> 匆匆来去(1—7)①

诗中被鞭笞的耕地、被连根拔除的树篱以及繁忙的拖拉机折射出的是威尔士乡村的深刻危机。自19世纪开始,威尔士的采矿业和制造业就重组了威尔士的经济结构,农业在威尔士经济中的重要性急剧下降。工商业的繁荣所提供的就业机会和相对较高的工资吸引着大批农村劳动力离开乡村,到城市和威尔士南部矿区谋生,导致乡村地区的人口不断减少。根据《威尔士历史:1906—2000》(*A History of Wales: 1906 - 2000*, 2000)的记载,在19世纪初,威尔士人口80%以上居住在农村,而到了1911年左右,只有不到20%的人口居住在农村地区,威尔士基本上完成了从农业社会向工业社会的转型。此外,农业机械化的发展也减少了对农业劳动力的需求。"在1959年,威尔士每20英亩的耕地就有一辆拖拉机……在1942年到1960年之间,威尔士的拖拉机的数量增长了6倍。"②工业化和农业机械化导致乡村人口严重流失,共同体遭到重创。托马斯在莫那文担任牧师期间,目睹了乡村的衰败。当他在山区散步的时候,他发现大量房舍被遗弃,"荨麻在破门的缝隙中生长/房屋空空立在艾拉山谷中/披着阳光的屋顶上有些洞/田地重新在变成荒

---

① 托马斯:《R. S. 托马斯诗选》,第708页。个别地方译文略有改动。
② D. Gareth Evans, *A History of Wales: 1906 - 2000*, Cardiff: University of Wales Press, 2000, 145.

沼"。① 他认为这些离开乡村、去往城市寻求更好的物质生活的人背离了自己的文化传统。面对这群忘本的威尔士农民，托马斯对威尔士的未来充满了深深的忧虑。

另一方面，旅游业的发展也导致传统乡村共同体的瓦解。社会的发展和转型往往会引发生活方式的相应变化。自现代以来，人们的休闲方式发生了巨大变化，这种变化在乡村旅游的兴起中可见一斑。彼得·曼德勒（Peter Mandler，1958—　）精辟地指出：一个居住在乡村的国家没有必要到乡村去度假，19世纪初以前温泉城镇（spa town）一直都是休养的首选之地。到1851年，当整个国家以工业为主导时，城市居民对乡村的喜爱登峰造极。② 工业化和城市化是这种乡村旅游的物质基础，不仅刺激了精神需求，而且提供了技术条件。乡村旅游在20世纪发展更兴旺，此时工业化和城市化进程高歌猛进，给现代人带来了深深的异化感、碎片感和焦虑感，他们将乡村作为缅怀前现代有机社会、抒发怀旧情结的对象。并且，随着闲暇时间的增多以及第二次工业革命以后现代交通技术的发展，火车、轮船和汽车得到普及，地理流动性（mobility）增强，旅游不再是上层阶级的特权，大众旅游（mass tourism）开始兴起。1929年，英国政府出资支持创立首个全国旅游委员会，1938年法案规定了工人带薪休假的权利。二战后的经济紧缩年代并没有阻止恢复国内旅游业的强大需求，1947年英国政府创立英国旅游与度假委员会。③

威尔士乡村受到城市中产阶级的青睐，旅游业得到大力发展，"1948年10月27日，首个全国性的旅游组织在威尔士成立"。④ 威尔士之所以受到英格兰城市游客的青睐，很大程度上是威尔士作为英国的一个地域（region）和内部殖民地（internal colony）⑤的双重身份决定的。在西方民族国家的建构中，

---

① 托马斯：《R. S. 托马斯诗选》，第51页。
② Peter Mandler, *The Fall and Rise of the Stately Home*, New Haven: Yale University Press, 1997, 72.
③ Victor Middleton and L. J. Lickorish, *British Tourism: The Remarkable Story of Growth* (2nd edn.), Oxford: Elsevier Ltd., 2007, xix - xx.
④ Ibid., 159.
⑤ 关于威尔士作为内部殖民地这一说法，参见 Michael Hechter, *Internal Colonialism: The Celtic Fringe in British National Development*, 1536-1966, Berkeley and Los Angeles: University of California Press, 1975.

地域往往被视为低劣于大都市中心的文化标准;在殖民征服中,殖民地往往被认为是低劣于殖民者的现代性模式。在怀旧的英格兰城市中产阶级眼里,威尔士成了前现代社会的代表,威尔士乡村因此被视为治疗都市现代性痼疾的药方,成了英格兰城市居民的游乐空间。

旅游业导致很多乡村共同体被转化成旅游业基础设施,尤其是度假别墅,迫使很多本地居民背井离乡。在诗歌《陌生人》("Strangers")中,语者愤慨地对这些陌生游客说道:"我们不喜欢你们的白色小屋。/我们不喜欢你们的生活方式。/那些乡民罪孽较轻,他们/穿着你们不要的绿色罩衣。/他们骄傲地走了,/只留下脚步的/干床,那里有草,/或记得一张脸。"①内德·托马斯(Ned Thomas, 1936—)谈到了英格兰人购买威尔士度假别墅对威尔士共同体的破坏:度假别墅的购买者将当地年轻的夫妇挤出了市场。② 作为英格兰的第一个殖民地,威尔士在1536年被兼并之后,便一直遭受英格兰的经济剥削和政治压迫,面对这些富裕的英格兰中产阶级带来的压力,在经济上处于劣势地位的威尔士农民被迫离开乡村地区。更糟糕的是,旅游业在破坏传统共同体的同时并不会推动新型共同体的形成,涌入的游客不会成为威尔士地方共同体(local community)的积极参与者,因为这种乡村旅游没有建立城市与乡村之间的积极联系。游客最终会离开乡村这一游乐空间,回到城市。威尔士的这种夏季旅游业导致乡村一年里大部分时间都是空荡荡的。托马斯对旅游业深恶痛绝,当桑德斯·刘易斯(Saunders Lewis)等极端的民族主义者纵火烧毁英格兰人在威尔士乡村的度假别墅时,作为牧师的托马斯并没有进行谴责,反而表示支持。正是旅游业对乡村共同体的破坏引发了他的焦虑,促使他在诗歌中大力抵制旅游业及其代表的消费主义和商业主义价值观。

二、"反田园":转型焦虑的另类回应

托马斯对转型焦虑的回应,还突出地表现在他的"反田园"笔法上。所谓"反田园",指的是"调动或指涉田园诗的传统手法,而目的是要暗示或宣告这些传统的局限性,或者说它们十足的虚假性。如果说田园诗暗示乡村生活给

---

① 托马斯:《R. S. 托马斯诗选》,第295页。
② Ned Thomas, *The Welsh Extremist: A Culture in Crisis*, London: Gollancz, 1971, 14.

人以自由,那么反田园诗宣称乡村就是监狱,而乡民犹如奴隶"。① 托马斯写下了不少这样的"反田园诗",其根源在于他的文化情怀。

  物质现实的变化往往会引发相应的文化想象,尤其是在不稳定的过渡/转型时期,文化想象和历史想象的力量便变得尤为迫切。面对人类社会从农业文明向工业文明的转型所产生的焦虑,英国文学传统中的文人骚客往往以浪漫的乡村牧歌来应对这种焦虑。怀旧的田园牧歌提供了一种历史连续性和共同体的幻象,成为转型焦虑的安慰剂,为新兴的城市中产阶级弥合现代性所引起的精神失落和人性分裂提供了途径。在这种社会历史语境中,与罪恶的渊薮——城市——形成鲜明对照的纯朴的乡村被抬升到神话的地位,在文化话语中被再现成了一个伊甸园般的场所。正如一位学者所言:"工业化及其造成的社会共同体的瓦解促成了没有阶级、种族、性别冲突的田园牧歌般的英国乡村意象的产生。"②然而,这种田园牧歌遭到了不少批评家的批判,如特里·吉福德的如下评论:"田园景象对自然的颂扬太过简单化,因此是对乡村生活现实的理想化。"③这种理想化导致了乡村的去政治化,最终是种逃避主义。托马斯也认为"这样的意象/是供纯粹的臆想/玩赏的"(《看羊》"Looking at Sheep" 5—7),不仅歪曲了民族历史,而且迎合了英格兰人对威尔士的刻板印象。因此,面对社会转型引发的焦虑,托马斯虽然怀旧式地转向乡村寻求安慰,但是他并没有将乡村理想化,而是以现实主义式的反田园诗直面威尔士乡村生活的凄苦、农事劳作的艰辛与乡村风景的暗淡。我们认为,托马斯的反田园诗是对威尔士乡村的再政治化,隐含着他反对工业化和旅游业的政治诉求与现实关怀。

  首先,托马斯将以"伊阿古·普利瑟赫"(Iago Prytherch)为代表的、在穷山恶水中艰难求生的威尔士农民打造成民族英雄,来达到抵制工业化的目的。在这些诗歌中,贫瘠不堪的土壤、"被土地的艰难/剥夺了爱、思想和体面"④的农夫等非人化的图景占据了威尔士乡村生活的前景。乔纳森·阿利森

---

① Jonathan Allison, "Patrick Kavanagh and Antipastoral," in *The Cambridge Companion to Contemporary Irish Poetry*, ed. Matthew Campbell, Cambridge: Cambridge University Press, 2003, 42.
② Floriane Reviron-Piegay, *Englishness Revisited*, Newcastle: Cambridge Scholars Publishing, 2009, 13.
③ Gifford, *Pastoral*, 2.
④ 托马斯:《R. S. 托马斯诗选》,第 67 页。

(Jonathan Allison)认为,"如果田园暗示乡村生活的自由自在,那么反田园则宣称乡村生活是牢笼,农民像奴隶一般劳作"。① 托马斯的反田园笔法,不是为了说明乡村生活的艰辛,而是通过展现乡村生活的艰辛来反衬普利瑟赫的坚毅品质,后者在工业化浪潮的席卷下仍然坚守在乡村。他作为威尔士民族的榜样,表明坚守威尔士的乡村传统,比物质追求更重要。这一形象的寓意毋庸置疑,即抵制英格兰的工业化殖民。无独有偶,在诗歌《一位农民》("A Peasant")中,诗人—语者对威尔士人如是说:

> 这就是你的原型,他,一季又一季,
> 与雨的围攻抗衡,与风的消耗战对峙,
> 保卫他的种群,一座坚固的堡垒
> 即便在死亡的混乱中也牢不可破。
> 记住他吧,因为他也是战争的胜利者,
> 奇妙的星空下不朽如一棵树。②

托马斯认为,普利瑟赫这类农民是威尔士人的"原型"和榜样,他坚定地"站在古老的生活的一边"(《记录在案》"For the Record" 15),日复一日地在乱石密布的田间辛勤劳作,尽管"年复一年。母羊在挨饿/没有奶,因为没有新草/我也在挨饿"(《那个山民说》"The Hill Farmer Speaks"7—9)。然而,他仍然坚守在荒凉的威尔士山区,赢得了这场对抗物质主义、消费主义和市场价值观的战争,这种坚毅的品质甚至连死亡都无法打败。托马斯除了直接批判英格兰之外,更多的是谴责威尔士人自己民族意识的淡薄。他认为尽管是英格兰造成了威尔士工业化的扩张和乡村的瓦解,但是威尔士自己是一个没有骨气的、姑息养奸的"萎谢(impotent)之族",③对于捍卫自己的民族,他们并不积极,反而像诗歌《拖拉机上的辛迪兰》("Cynddylan on a Tractor",2012)中的同名主人公一样,欣然接受工业化的入侵,充当了威尔士现代化进程的帮凶。这使得

---

① Allison, "Patrick Kavanagh and Antipastoral", 42.
② 托马斯:《R. S. 托马斯诗选》,第 20 页。
③ 同上,第 81 页。

托马斯非常气愤,于是在诗歌《小调》("Minor",2012)中质问威尔士的和平主义:"我们从容和平地(pacifically)/走向自己的毁灭?"① 面对威尔士民族的麻木和忘本,托马斯将民族复兴的希望寄托在了普利瑟赫这种坚守威尔士乡村传统的农民身上,认为他如果能够"据大地的法则/定下你的生活和信念,那么你当是/那个新社会(new community)的第一人"。② 这个"新社会"或许就是托马斯一生都在寻找的威尔士乌托邦"阿布酷歌"。因此,托马斯的怀旧是表面上的,或者说不是倒退的冲动,而是旨在重塑当下社会现实的文化策略。

其次,托马斯通过反田园式的威尔士乡村风景来抵制旅游业的侵蚀。在旅游工业的符号制作中,作为现代性他者的威尔士乡村的自然风光成了一个风景如画的、没有所指的能指,供文化消费。托马斯试图以反田园笔法来抵制旅游业的发展,其意图在诗歌《威尔士山乡》中表现得最为明确(诗人—语者对游客说道):

> 太远了,你看不见
> 吸虫、腐蹄病和肥蛆
> 噬食着细骨上的皮。
> 羊群在法德文隘口吃草,
> 像往常一样浪漫地排布在
> 荒凉的石头背景上。③

这一诗节充当了一种反观光指南——谁会愿意在一个布满"吸虫、腐蹄病和肥蛆"的地方旅游?如诗中"你们看不见""像往常一样"和"浪漫"所示,诗人采用反田园书写,一方面是为了解构旅游指南中广泛流通的关于威尔士乡村风光的商品化的、非真实的类像(simulacrum)④,另一方面也是为了通过讽刺英国文学经典中关于威尔士的浪漫主义陈词滥调来达到抵制文学旅游(literary

---

① 托马斯:《R. S. 托马斯诗选》,第 793 页。
② 同上,第 37 页。
③ 同上,第 51 页。
④ "类像"是法国社会学家鲍德里亚(Jean Baudrillard)用以分析后现代社会的一个核心术语,指的是后现代文化中广泛复制的、极度真实但没有任何本源和所指的图像或符号。

tourism)的目的。

威尔士乡村旅游业的繁荣,除了旅游业对游客需求的迎合之外,浪漫主义文学的推波助澜也不可忽视。韦恩·托马斯(Wynn Thomas)指出:"要了解威尔士,只需看它的风景——经典的英国浪漫主义文学的殖民主义表征是将威尔士描述为缺乏本土文化趣味,仅仅因其风景而变得宝贵的国家。"①它们将威尔士再现成一个充满异域风情、风景如画的景区,以满足资产阶级对异域文化的猎奇心理。关于异域的文学构成了一种虚拟旅游,而它一旦招来读者,就会促进真正的旅游。文化地理学家迈克·克朗(Mike Crang)指出:"文学作品不能被视为地理景观的简单描述,许多时候是文学作品帮助塑造了这些景观。"②浪漫主义文学和艺术便是文学旅游的典型例子:华兹华斯(William Wordsworth,1770—1850)和雪莱(P. B. Shelley)的诗歌,透纳(J. M. W. Turner)的绘画,拉德克利夫(Ann Radcliffe)的哥特小说,司各特(Walter Scott)的历史小说以及其他作家和艺术家的作品对威尔士乡村及其周围的河流、山脉等自然景观(如丁登寺、雪墩山等)的浪漫主义再现,将这些地方变成了英格兰读者渴望"到此一游"的风景名胜,在威尔士旅游业的发展过程中起了很大的推动作用。例如,华兹华斯的名诗《丁登寺》就将这个地方及其周围的自然景观变成了闻名全英国的旅游胜地。"到1813年,到威尔士和苏格兰乡村或者湖畔地区欣赏自然风景的旅行就成为英国上层阶级文化如此重要的一部分,以至于很难相信,大约五十年前这些地方都是闻所未闻的。"③随着浪漫主义文学的经典化,这种文学旅游推动着一代又一代的读者兼游客来到威尔士。R. S. 托马斯试图通过反田园书写来解构旅游业和文学话语中关于威尔士的刻板形象,从而阻止旅游业的发展对威尔士乡村造成进一步破坏。

三、"阿布酷歌":另类的乌托邦愿景

面对工业化和旅游业所代表的现代性对威尔士乡村共同体的冲击,托马

---

① M. Wynn Thomas, *R. S. Thomas: Serial Obsessive*, Cardiff: University of Wales Press, 2013, 40.
② 迈克·克朗:《文化地理学》,杨淑华、宋慧敏译,南京:南京大学出版社,2003年,第55页。
③ Austin Kelley, *Romantic Tourism: Wordsworth, The Lake District, and Middle-Class Leisure*, PhD Dissertation, Durham: Duke University, 2005, 102.

斯不仅通过反田园诗这把利剑对工业化和旅游业进行积极抵制,而且还设想了更为理想的社会形态。上文提到的诗歌《伊阿古·普利瑟赫》("Iago Prytherch")中的"新社会"——"阿布酷歌"——便寄托了他的这种乌托邦愿景。尽管 70 年代以后,托马斯越来越关注上帝,但是"阿布酷歌"仍是他诗歌的一个焦点,正如 S. J. 佩里(S. J. Perry)所说:"阿布酷歌作为另类的生活方式的一个符号,在托马斯后期的作品中占据中心地位。"①

在 1976 年威尔士"民族诗歌音乐艺术节"(National Eisteddfod)上,托马斯作了题为《阿布酷歌》的演讲(后来转成散文),其中描述了"阿布酷歌"这个乌托邦空间:"无论阿布酷歌会是什么样子,它都是绿树成荫,花团锦簇,阡陌交通,清溪碧流,布谷欢唱。我愿意为这个地方做出牺牲,甚至放弃生命。"②很显然,托马斯所设想的这个乌托邦是一个未受现代性污染的乡村乌托邦。他不仅憧憬这一愿景,而且深入威尔士地区,去寻找尚未受到工业化和旅游业入侵的地方。然而,在托马斯一路向西、越来越深入威尔士山区时,他看到的却是一番令他感到悲哀的景象:"林立的天线/仿佛悄悄入侵的舰队/未被察觉,锚定在这些/得到资助的山间。"③现代化的触角已经遍及威尔士的每一个角落,即便是穷乡僻壤也早已打上了资本主义、殖民征服与旅游业的烙印。于是,他在诗歌《阿布酷歌》中发出了叹惋:

> 阿布酷歌!在哪?
> 阿布酷歌在哪,在那个
> 有布谷鸟唱歌的地方?
> 我问那些教授。
> 喏!在这,喏!在那;
> ……
> 我

---

① S. J. Perry, *Chameleon Poet: R. S. Thomas and the Literary Tradition*, Oxford: Oxford University Press, 2013, 89.
② R. S. Thomas, *Selected Prose*, Bridgend: Poetry Wales Press, 1983, 158.
③ 托马斯:《R. S. 托马斯诗选》,第 708 页。

> 看着河水的表面，
> 但是我要寻找的地方
> 并未映现在那。①

经历了对威尔士现实的幻灭后，托马斯的"阿布酷歌"也变成了一个看似神秘的、"难以捉摸的欲望对象"。② 在诗歌的后半部分，他写道：

> 缺席让我们更加确定
> 我们需要什么。阿布酷歌
> 现在不在这，而在那，而且
> 那是一个不可界定的点
> ……
> 我是个寻觅者，
> 在时间里寻找
> 超越时间的东西。
> 它无处不在
> 又无处可寻；
> 之前不多于
> 之后，然而总是
> 即将存在；持久是
> 思想上的，它摆脱了，正如
> 伯格森所言，思想
> 永恒的退化。③

此处，"阿布酷歌"是一个既不在这又不在那的空间。作为一个被定位在"之

---

① 托马斯：《R. S. 托马斯诗选》，第691页。
② Rory Waterman, *Belonging and Estrangement in the Poetry of Philip Larkin, R. S. Thomas and Charles Causley*, Surrey: Ashgate Publishing Limited, 2014, 25.
③ 托马斯：《R. S. 托马斯诗选》，第692—693页。

外"(beyond)领域的空间,它彰显的是与英格兰主导的工业文化的差异,占据的是阈限空间(liminal space),位于英格兰霸权文化和威尔士弱势文化之间的间隙。借用霍米·巴巴(Homi K. Bhabha)的话来说,作为"之外"的"阿布酷哥""表示空间距离,标志着进步,许诺未来;但如果不回到'当下',我们超越障碍或界线——即到'之外'的行动(going beyond)——的暗示便是不可知的、不可再现的……"①也就是说,"阿布酷歌"试图超越当下,超越以工业化和旅游业为主导的殖民现实,但是又与现实难分难解,作为英格兰霸权体制内的一个他者,不断动摇其稳定性。因此,"阿布酷歌"并不是处在遥远的时空中,而是当下的一股颠覆性的政治力量。换言之,"阿布酷歌"是一种文化/政治实践与愿景的结合体。

托马斯将"阿布酷歌"视为一种具有颠覆性的"缺席"(absence)和"无处可寻"(nowhere),这表明他的乌托邦思想具有前瞻性,或者说预示了当今空间理论家们对乌托邦概念的重新定义。"乌托邦"一词原本由两个希腊词汇 *eu-topia* 和 *ou-topia* 合成,前者指"美好的地方",后者指"乌有之地"(nowhere)。之前的理论家赋予"乌有之地"纯粹消极的含义——脱离现实、纯粹的臆想。然而,在米歇尔·德·塞托(Michel de Certeau,1925—1986)看来,这种"缺席"和"乌有之地"赋予了乌托邦独特的政治力量。他认为城市漫步"使城市本身成为一场居无定所(lacking a place)的广泛社会经历",但正是这种"乌有之地或梦想之地"的持续创造使得我们能够抵抗总体化的城市生活。② 与此相仿,路易斯·马林(Louis Marin,1931—1992)也认为乌托邦不是一个乌有之地,而是一个"处于表面区域之外的空间",一个"他者世界",或者说是一个"介于历史和地理之间的、没有固定地点的空间"(in-between space without place)。③ 简而言之,这些理论认为乌托邦所包含的"乌有之地"并不是纯粹的臆想,而是在当前社会结构内部创造"他性"(otherness)。这种"他性"意味着它实际上就在日常空间和实践领域的内部,类似于福柯(Michel Foucault,

---

① Homi K. Bhabha, *The Location of Culture*, London and New York: Routledge, 1994, 5–6.
② Michel de Certeau, *The Practice of Everyday Life*, Berkeley: University of California Press, 1984, 102–103.
③ Louis Marin, *Utopics: A Spatial Play*, London: Macmillan, 1984, 57.

1926—1984)所说的"异托邦"(heterotopia),既处于主导空间秩序的内部,又对其进行抵抗,是一种反霸权力量。

托马斯认为,"阿布酷歌"必须从不断"干预当代的发展"这种意义上来设想,①并且"是一个不断生成的事物,而不是一个一劳永逸地被冻结的事物"。② 这不仅说明乌托邦是一个位于现存秩序内部的、具有颠覆性的"他者空间",而且说明乌托邦是马林所说的不断变化的、动态的"过程"(process),③因而不是一个遥不可及的、静止的理想世界。换言之,"阿布酷歌"是一个从当下与未来、理想与现实之间的间隙空间处诞生出来的他者空间,一个在现存社会结构内部不断生成的差异空间。作为一个持续不断的过程,"阿布酷歌"挑战了僵化的空间秩序意识形态,瓦解了总体工业体系的稳定性。它标志着与传统乌托邦愿景决裂、寻找另类乌托邦的冲动。尽管"阿布酷歌"保留了传统意义上的乌托邦所隐含的"更好的社会"这层意思,但是它不把这个更美好的社会看做一个静止的空间,而是看做一个开放的过程,定位在不断变化的、动态的日常空间中。

在散文《阿布酷歌》中,托马斯继续写道:

> 但如果人口拥挤,现代化、千篇一律的房屋林立于无数街道,每座房子都有车库和电视天线,要是这样一个地方又当如何?混凝土和柏油公路每年的扩建导致树儿、鸟儿和花儿日益减少……即便威尔士语成为这些人的语言,即便他们为他们所生活的技术和塑料(plastic)时代的每一项发明创造都杜撰了一个威尔士单词,难道这是一个值得去创造、值得为之做出牺牲的地方吗?④

这段话表明,即便威尔士的文化民族主义运动取得了成功,托马斯也认为自己无法找到文化真实性(cultural authenticity)。对于他来说,乡村才是真实的威尔士特性(authentic Welshness)的本质符号,而只有通过"阿布酷歌"这一现代

---

① Thomas, *Selected Prose*, 132.
② Ibid., 131.
③ Louis Marin, "Frontiers of Utopia: Past and Present," *Critical Inquiry* 19, no. 3 (1993), 417.
④ Thomas, *Selected Prose*, 158.

性内部的他者空间,现代世界才能走向理想的社会。

殷企平曾经指出:"就过去三百多年的人类社会而言,文化诞生于焦虑:社会转型引起的焦虑,或者说机械文明引起的焦虑……我们强调文化是对于社会转型的焦虑时,同时也暗示了文化的功能,即化解这种焦虑的功能。"[①]托马斯的诗歌完美地体现了这一文化命题,它们既是社会转型焦虑的产物,又是对这种焦虑的回应。作为对转型焦虑的另类回应,托马斯的反田园诗体现了一种独特的、将威尔士乡村政治化的策略,不仅颠覆了英格兰人对威尔士的刻板印象,建构了具有民族特性的乡村意象,而且表达了他抵制工业化和旅游业的文化/政治诉求。与传统田园诗对乡村的去政治化和逃避主义态度相比,托马斯的反田园笔法传递出一种更强烈的现实关怀。

托马斯的"阿布酷歌"是一种建设性的愿景,一种化解转型焦虑的愿景。作为一个持续不断的过程,"阿布酷歌"就位于日常空间,以其"他性"从内部不断颠覆总体化的英格兰工业资本主义体系。托马斯的反田园笔法和"阿布酷歌"是现代性反思的产物,是一种文化策略。他对威尔士的关怀实际上也是对整个现代文明的文化忧思。"阿布酷歌"不仅是他在一个不稳定的社会转型期寻找家园的努力,也是他描绘的人类共同体愿景。

第四节
《荒原》中的共同体:缺失焦虑与重构愿景

研究艾略特的论著可谓汗牛充栋,但是他对英国文学与文化观念互动史的贡献还有待于深入研究。不久之前,马克·曼甘那鲁教授(Marc Manganaro,1955—)提出,艾略特对于人类学思想的运用"创造了新的'文化'观念。"[②] 在

[①] 殷企平,《"文化辩护书"》,第9页。
[②] Marc Manganaro, "Mind, Myth, and Culture: Eliot and Anthropology," in *A Companion to T. S. Eliot*, ed. David E. Chinitz, Malden & Oxford: Wiley-Blackwell, 2009, 90.

更近的论文专集《〈荒原〉九十年》(The Waste Land at 90, 2011)中,派塔·彭达教授(Petar Penda)探讨了《荒原》中虚无主义的文化观。① 尽管这些研究都涉及了艾略特的文化观,然而我们应该看到,他深受英国文化传统即文化共同体(Cultural Community)的影响,其诗歌中体现的并不是单纯的"新文化"或虚无主义文化观念,而是通过大量引用传统文化经典,激起英国读者的文化共同体情怀,为摆脱当时人们普遍存在的焦虑感寻找一条可行途径。但是目前的艾诗研究缺乏从文化共同体角度所作的解读,因而往往忽略他诗作的文化主题。事实上,从艾略特的代表作《荒原》到其后期的巅峰之作《四个四重奏》(Four Quartets, 1945),贯穿始终的主线就是对共同体缺失的焦虑,以及对共同体重构的愿景。目前学界对该主线的研究还远远不够,因此我们有必要深入挖掘艾略特诗歌的共同体主题,进而揭示其在英国文化观念流变中的作用。

《荒原》中的用典、七种语言的并用、佛教思想和人类学知识的交叉出现,都是常见的研究对象。然而,学者们往往忽视这样一个事实:《荒原》中无论是浩繁的典故,还是数种语言的穿插运用,无论是宗教思想的渗透影响,还是人类学知识的隐喻,都可以归结为艾略特对20世纪上半叶英国乃至整个欧洲共同体缺失问题的焦虑以及重建共同体的迫切愿望。因此,分析《荒原》中的共同体主题,有助于我们厘清诗歌背后隐藏的深层次文化问题。

一、《荒原》中的传统秩序缺失焦虑

艾略特的"传统"和"秩序"观是其最广为传播的概念。在论文《传统与个人才能》("Tradition and the Individual Talent", 1919)中,艾略特集中论述了其传统观:

> (传统)不是继承得到的,你如要得到它,你必须用很大的劳力。首先,它含有历史的意识,……历史的意识不但使人写作时有他自己那一代的背景,而且还要感到从荷马以来欧洲整个的文学及其本国整个的文学有一个同时的存

---

① 详见 Petar Penda, "Cultural and Textual (Dis)unity: Poetics of Nothingness in *The Waste Land*," in The Waste Land *at 90: A Retrospective*, ed. Joe Moffett, Amsterdam & New York: Rodopi, 2011, 133-145.

在,组成一个同时的局面。……也就是这个意识使一个作家最敏锐地意识到自己在时间中的地位,自己和当代的关系。①

上引文字说明艾略特的传统观是一种动态发展的有机文学整体观,这一文学有机整体的影响力深远,可以说任何一部伟大的文学作品都是在该传统影响下的创作,同时也是该整体的有机组成部分。根据艾略特的理解,单独一部作品本身很难具有真正的伟大意义,只有把它放置在文学的整个传统体系中考量,其作用与价值才能彰显出来。

艾略特对传统的关注与他对秩序的关注是分不开的,这种秩序不仅仅限于文学世界,也涉及西方文化的历史发展,因此具有重要的研究意义。早在其论文《传统与个人才能》中,艾略特就指出了文学秩序的特征与价值所在:

现存的艺术经典本身就构成了一个理想的秩序,这个秩序由于新的(真正新的)作品被介绍进来而发生变化。这个已成的秩序在新作品出现以前本是完整的,加入新花样以后要继续保持完整,整个的秩序就必须改变一下,即使改变得很小;因此每件艺术作品对于整体的关系、比例和价值就重新调整了;这就是新与旧的适应。②

可见,艾略特的文学秩序指的就是文学共同体,而且该秩序与传统紧密相连。文学秩序与文学传统一样,也是一个有机整体,其组成部分与整体的关系是相互依存的。新的文学个体的加入将会使整个秩序稍微地发生改变,而且各部分之间的关系、价值或者比例等方面也会发生稍微的改变,因此该秩序(即共同体)是一个有机整体。然而,当时英国乃至欧洲混乱的社会秩序影响了文学秩序的存在,因此艾略特一直在诗歌和评论作品里揭露混乱的社会和文化状态,并且致力于构造一种他认为理想的文化秩序,这一点在他的批评文章《〈尤利西斯〉:秩序与神话》("*Ulysses*, Order and Myth", 1923)里有明确的说明:

---

① T. S. 艾略特:《传统与个人才能》,卞之琳译,《传统与个人才能:艾略特文集·论文》,陆建德主编,上海:上海译文出版社,2012年,第2—3页。

② 同上,第3页。

艾略特认为，乔伊斯在《尤利西斯》中使用神话，其目的是在"构造当代与古代之间的一种连继性并行结构的过程中"尝试的，而且该尝试是"一种控制的方式，一种构造秩序的方式，一种赋予庞大、无效、混乱的景象，即当代历史，以形状和意义的方式"。① 可以说，艾略特的《荒原》就是这样的一种成功尝试。

艾略特的传统和秩序观与滕尼斯和威廉斯关于"共同体"概念的解读可谓不谋而合。滕尼斯在其著作《共同体与社会》(Community and Civil Society, 1887)一书中明确地把"共同体"的本质界定为"现实的和有机的生命"，②威廉斯也认为共同体"就好比是一个有机体：新的一代以自己的方式对它所继承的那个独一无二的世界作出反应，在很多方面保持了连续性（这种连续性可以往前追溯），同时又对组织进行多方面的改造（这可以分开来描述），最终以某种不同的方式来感受整个生活，把自己的创造性反应塑造成一种新的感觉结构"。③ 在《传统与个人才能》中，尽管艾略特没有明确使用"共同体"这一术语，但是其表达的思想与滕尼斯和威廉斯的"共同体"观念的基本内涵是一致的，因为艾略特表达了"诗歌是自古以来一切诗歌的有机整体"这一核心概念，④而且艾略特也强调了"传统的方式"不"仅限于追随前一代，或者限于盲目地或胆怯地墨守前一代成功的方法"。⑤ 这样看来，三者都强调整体的有机性，拒绝僵死的机械性聚合观，反对脱离整体（即"共同体"）看待单个文学作品和个人的某种成就。艾略特这一共同体思想在《荒原》诗歌中通过引用莎士比亚(William Shakespeare, 1564—1616)、多恩(John Donne, 1572—1631)、狄更斯(Charles Dickens, 1812—1870)等英国文学家作品的章节段落得以体现，而且通过援引瓦格纳歌剧中的思乡之曲，以及莎士比亚式的具有浓郁地域色彩的拉格音乐，进一步加强了诗歌中文化共同体的概念，因为"通过音乐来想象共同体，这是英国文学史上的一大特色"。⑥

---

① 艾略特：《艾略特诗学文集》，王恩衷编译，北京：国际文化出版公司，1989年，第285页。
② 斐迪南·滕尼斯：《共同体与社会：纯粹社会学的基本概念》，林荣远译，北京：商务印书馆，1999年，第52页。
③ 威廉斯：《漫长的革命》，倪伟译，上海：上海人民出版社，2013年，第57页。
④ 艾略特：《传统与个人才能》，第6页。
⑤ 同上，第2页。
⑥ 殷企平：《英国文学中的音乐与共同体形塑》，《外国文学研究》，2016年第5期，第67页。

艾略特在随后的论文《批评的功能》("The Function of Criticism",1923)中明确指出,他心目中的文学是"有机的整体",而且认为"个别文学作品、个别作家的作品与之紧密联系而且必须发生联系才有意义……一种共同的遗产和共同的事业把一些艺术家自觉或不自觉地联合在一起:须承认这一联合绝大部分是不自觉的"。① 后来艾略特对"共同体"的关注逐渐从文学领域扩展至整个文化领域,艾略特在其后期的著作《关于文化的定义的札记》(*Notes towards the Definition of Culture*,1948)中也明确了他所说的"文化"乃是"共同生活在一个地域的特定民族的生活方式",而且他心目中的"文化"是"某种必须不断生长的东西"。② 这种说法可以看做艾略特对共同体观念的一个明确表述。

在这一思想的指导下,源于秩序破坏而产生的焦虑感就成了其代表性诗歌《荒原》的一个主题。《荒原》中的秩序混乱主要体现在宗教秩序的混乱和伦理道德秩序崩溃两个方面,而由此产生的焦虑感正是《荒原》着力描绘的重要现代场景。艾略特一生都很关注宗教和伦理道德问题,这与其家庭影响有极大的关系。艾略特家族一直致力于唯一神教教义的宣传,其祖父的讲经布道曾为爱默生所赞叹。艾略特的祖父对艾略特家族包括艾略特本人影响深远,以至于艾略特在后来的回忆中多次谈到祖父和家庭的影响。家庭和共同体是有密切联系的,共同体中的很多共同感受、共同观念等都是通过家庭影响传递的。正如艾略特晚年所说,"文化传播的基本渠道是家庭,因为没有任何人能完全逃出其从儿时环境中所获得的那种文化,或完全超越这一文化层次"。③ 关于家庭在共同体中的作用,滕尼斯也有过如下论述,足可以清晰表明两者之间的关联性:在滕尼斯看来,在家庭生活中,"死者被视为看不见的圣灵加以崇拜,仿佛他们还大权在握,还在他们的人的头上庇护着,统治着,因此共同的畏惧和崇敬就更加可靠地维系着和平的共同生活和劳作"。④ 尽管后来

---

① T. S. 艾略特:《批评的功能》,罗经国译,《传统与个人才能:艾略特文集·论文》,陆建德主编,上海:上海译文出版社,2012年,第14页。
② T. S. 艾略特:《基督教与文化》,杨民生、陈常锦译,成都:四川人民出版社,1989年,第202页。
③ 同上,第117页。
④ 滕尼斯:《共同体与社会》,第66页。

艾略特抛弃了家族成员所信奉的唯一神教,但是从其家族继承来的对宗教秩序的渴望一直是他终生的关注点,这一点在《荒原》和后来的《四个四重奏》中都是一个重要主题。在《荒原》中,宗教秩序的混乱主要体现在教堂和宗教行为日益成为金融商业的附庸和牺牲品,以及由此导致的宗教约束力降低的现象。我们知道,《荒原》里最中心的城市意象是一战后的英国首都伦敦,因此研究伦敦市内教堂的日益商业化和宗教力量的衰微有助于我们探讨这一话题。作为一个细心的观察者,艾略特敏锐地察觉到了一战前英国经济的不协调发展,以及海外殖民地的扩张给伦敦带来的表面富裕,但是紧随这种虚假富裕感而来的则是环境的急速恶化和思想的日益麻木。在《荒原》中,艾略特用沉痛而尖锐的语调描绘了这一时期伦敦人的生存现实,突出强调了伦敦内城(the City of London)教堂的日益商业化倾向,并且这种倾向一直延续到20世纪上半叶。

《荒原》中提到了一处位于伦敦内城威廉王大街的圣·马利·吴尔诺斯教堂(Saint Mary Woolnoth),它重建于伦敦大火之后,与伦敦建筑史上著名的克里斯托弗·瑞恩爵士(Christopher Wren,1632—1723)有关。通过查阅当时的伦敦地图和相关材料,我们可以看到,圣·马利教堂位于郎巴德大街和威廉王大街的交界处,是个砖石的梯形建筑,下方就是伦敦内城银行街地铁站的出口,是个处于内城繁忙地段的教堂。而且这座教堂位于艾略特工作的劳埃德银行对面,艾略特必然很熟悉它,因为《荒原》中有这样的诗行:"那里报时的钟声/敲着最后的第九下,阴沉的一声",而艾略特对此的注释是"这是我常见的一种现象"。[①]

圣·马利·吴尔诺斯教堂所处的郎巴德大街在伦敦内城相当有名,历史悠久,是著名的银行街,街上有赫赫有名的英格兰银行。郎巴德大街是为了纪念12世纪就在那里建立公司的郎巴德借贷机构而获命名的,而这家借贷机构在威尼斯和热那亚早有分支。从地名的历史角度来看,郎巴德大街是不折不扣的伦敦内城金融借贷中心,这一情况从12世纪一直延续到20世纪初。按照罗伯特·戴伊教授(Robert Day)的解释,圣·马利·吴尔诺斯教堂是银行

---

① T. S. 艾略特:《T. S. 艾略特诗选:荒原》,赵萝蕤、张子清等译,北京:北京燕山出版社,2006年,第62页。

家和银行职员的教堂,开放时间与其他教堂不同,充分迎合了银行从业人员工作间隙舒缓精神干涸与苦闷的需要。① 20 世纪的现实情况也再次印证了该教堂与金融借贷机构的紧密关联。艾略特所熟悉的、沉闷的教堂钟声宣示了内城职员(包括艾略特本人)一天单调乏味工作的开始,也是其宗教约束力与影响力降低的外在表现。原本致力于形塑特定共同体精神的教堂,因为迎合银行家和高利贷机构而变得面目全非,失去了特有的文化价值;而这些借贷机构一定程度上也损害了英国的经济共同体,使得贫富差距进一步拉大,社会矛盾日益加深。

更令艾略特焦虑的是圣·马格纳斯殉道堂(St. Magnus Martyr),它同处内城,历史同样悠久,主要服务于广大劳动人民,但是由于它妨碍了伦敦电车的道路,竟然被当局列为拆除对象。与它同时被拆除的还有其他 18 座内城教堂,其最终目的是为内城日益扩大的金融中心和办公楼腾出空间。因此,圣·马利·吴尔诺斯教堂和圣·马格纳斯殉道堂在《荒原》中具有纵向的指针作用,显示了伦敦内城许多教堂日益成为急速扩大的工商业的附庸或牺牲品的倾向。随着宗教作用的降低和教堂日益商业化的趋势日益明显,基于传统基督教观念建立的文化和宗教秩序濒临崩溃的边缘,英国传统的文化共同体受到了极大冲击,引发了许多文学家、批评家的焦虑感。

艾略特痛苦地意识到宗教和社会道德的沦丧使得现代人思想麻木,只追求片刻的感官刺激,这种焦虑感在《荒原》中有两处明显的例证,一处是丽儿与友人的对话,另一处是小打字员与小房产经纪人的苟合。《荒原》中的丽儿是一个已婚的工人阶级妇女,已经生育了五个孩子,其丈夫供职于军队。丽儿的朋友劝说丽儿抓紧时间镶假牙,让她看上去漂亮一点儿,以保证丽儿的丈夫不会因为讨厌她的面容而出轨:

埃尔伯特不久就要回来,你就打扮打扮吧。
他也要知道给你镶牙的钱

---

① Robert A. Day, "The 'City Man' in *The Waste Land*: The Geography of Reminiscence," *PMLA* 80, no. 3 (1965), 285–291.

是怎么花的。他给的时候我也在。
把牙都拔了吧,丽儿,配一副好的,
他说,实在的,你那样子我真看不得。①

生活的艰辛使得丽儿非常苍老,连她的丈夫都不愿看她的面容,而且埃尔伯特很快要从战场上回来了,想要好好"痛快痛快",也就是满足自己的欲望。与她丈夫想要痛快痛快的心态相比,丽儿牙齿已经掉光,面容苍老,已经失去了青春和活力,这似乎让埃尔伯特难以忍受,因此丽儿的朋友提醒她说"你不让他痛快,有的是别人"。②这样看来,丽儿身体健康的下滑和年轻面容的消失(尽管她只有 31 岁)成了她维系与埃尔伯特关系的障碍,她的丈夫很可能会去找别的女人痛快,其结果是丽儿不得不面对婚姻失败的事实和被丈夫抛弃的命运。令人悲哀的是,她为家庭的付出并不能保证丈夫的爱,因为她的丈夫只想快活快活,因此丽儿的悲剧既是她个人的悲剧,也是整个社会的悲剧。婚姻关系是共同体中的一种重要关系,婚姻关系沦为满足感官刺激和欲求的行为,是社会道德沦丧的一个重要表征,而《荒原》中关于丽儿的诗行则是对这一现象的深刻揭露,其背后反映了对这种有损婚姻共同体现象的焦虑和遣责。

如果说丽儿的个人遭遇是婚内共同体缺失所造成的,那么关于一个女打字员的描述则体现了对婚外男女关系沦丧的另一重焦虑。艾略特对婚外两性关系的态度非常保守,尽管他与妻子维维安的婚姻并无多少幸福可言,但他依然忠于自己的妻子。对于艾略特来说,与婚外女性发生不道德的关系,是他的性格和教养所不能允许的。因此,他对只满足于肉体的短暂愉悦而完全忽视道德约束的行为始终持批判态度,这一点可以从《荒原》第 3 诗节的一个女打字员部分得到证实。诗中对那个小职员和女打字员之间的肉体关系有详尽的描述,在这里,我们没有读到人与人之间的言语交流,连眼神交流也没有,他在无声中侵犯了她,而她的反应是既不反抗,也不表示欢迎,这种冷漠的态度竟然令那个小职员非常满意,因为"他的虚荣心并不需要报答"。③从艾略特的观

---

① 艾略特:《T. S. 艾略特诗选》,第 50 页。
② 同上。
③ 同上,第 53 页。

点来看,这两人之间的关系只能算是动物之间的配对,也许比配对更糟糕,因为动物配对基本是出于维系种群的自然需要,而这两人之间的关系显然不以生育后代为目的(除丽儿以外,荒原上的众人已基本失去生育能力),因此他俩的关系就越发令人感到触目惊心。

综上所述,《荒原》中的一个重要主题是对共同体秩序缺失的焦虑,它主要体现在传统宗教力量的式微、宗教日益商业化的倾向和社会伦理道德的崩溃,而共同体秩序的缺失是社会转型时新旧世界的断裂所致。

二、《荒原》中的社会转型焦虑

艾略特目睹了一战的惨烈场景,亲身经历了战争引起的经济崩溃、民不聊生的境况。下面我们援引一组艾略特写给他母亲信件中的几个数据,从具体的生活支出来看一看战后伦敦消费水平的急剧上涨:

(1920年7月3日)

签房租协议时除了支付房租外,还要支付200到500镑押金。他们说涨价不合法,可是房租涨了40%了。①

(1920年7月27日)

我们发现生活花费一直在涨,甚至是我们现在住的这个小公寓马上要涨50%的房租了。其他东西涨得更凶。②

英国经济的低迷和高昂的生活费用,使艾略特夫妇这样的中产阶级都捉襟见肘,更不用说广大的工人阶级了。贫富差距的进一步拉大使得社会矛盾日益激化,导致了一系列激进社会运动的兴起。对于艾略特这样的知识分子来说,他们清楚地意识到由战争机器和机械化文明带来的破坏性作用必须得到重视,由此引发的社会焦虑也必须得到疏解,而文学或许为这一目的提供了一个可能的途径。

---

① T. S. Eliot, *The Letters of T. S. Eliot*, rev. ed., vol. 1, 1898–1922, New Haven: Yale University Press, 2011, 473.

② Ibid., 473.

《荒原》中的社会转型焦虑首先体现在对机械力量和知识的滥用上,这一点从其题词中可得一窥。《荒原》最早的题词并不是我们大家现在常见到的版本,而是引自康拉德(Joseph Conrad,1857—1924)《黑暗的心》(*Heart of Darkness*,1899)中的一段文字:

"他是否把他一生的各个细节,诸如欲望、诱惑和屈服等等,都重新体验了一番呢?他低声地对某个偶像、某个幻影喊了一声——他喊了两次,那喊叫并不比一声喘息更大些——吓人啊!吓人!"①

艾略特在信中告诉庞德,这段文字是他"能找到的最合适的题词,也具有很强的阐释性"。② 为什么这个题词是最合适的呢?这就要说到《黑暗的心》的主题思想了。科兹原本是一个英国青年,也曾接受过良好的教育。他到刚果去,原本是为了所谓"教化当地土著居民"的殖民使命,可是科兹在巨大的利益诱惑面前丧失了自己的良知与道德,完全沦为金钱的奴隶,成了彻头彻尾的魔鬼。更可怕的是,科兹利用了现代机械即武器的力量,迫使当地居民臣服于他,同时他也利用所掌握的科技知识,使得那些居民相信他是神一样的人物,因而不敢反抗他的残暴与剥削。这种对机械力量和科技知识的滥用,造就了一个似乎很成功的殖民者形象,也导致了科兹的自我毁灭,因此科兹在临终前不断呼喊着:"吓人啊!吓人!",这是他对自己一生的总结,也是对世人的警告。

这段题词使我们看到了人类知识的两面性:尽管知识是人类进步不可或缺的部分,但是如果使用不当,就具有破坏性。小说中的科兹和其他所谓"文明的"欧洲人,利用已经掌握的枪炮知识,用武力或者诡计迫使当地居民收集象牙,为自己带来巨大的经济利益。先进的生产技术和发明原本应该用来为人类创造更多更美好的财富,现在却被用来当作奴役人的工具,偏离了它原本的价值和作用。在科兹手里,机械文明的知识是他突破共同体约束、攫取巨大经济利益的手段。然而他没有意识到,在这一过程中,他自己已经成为受机器

---

① 约瑟夫·康拉德:《青春——康拉德小说选》,方平等译,上海:上海译文出版社,1997年,第584页。
② Eliot, *The Letters of T. S. Eliot*, 629.

主宰的奴隶,在吞噬共同体中其他人的劳动成果时也被共同体所抛弃,最终在哀叹中痛苦地死去。

《荒原》中对机械力量的批判在描绘城市工业化进程时格外具有代表性。美国批评家休·肯纳(Hugh Kenner,1923—2003)认为艾略特是一个城市诗人,①这一点从《荒原》中众多的国际都市中可得到证明。《荒原》中的时间因素横贯了几乎整个欧洲历史,但不是毫无重点地描绘所有的国家或大城市。诗歌主要围绕的是英国首都伦敦,但是并不局限于某个时期的伦敦,而是从伦敦建立之初到20世纪初的整个城市历史,而且这种历史的纵向性是通过不同时期的伦敦图景来展示的。从一定意义上说,上自罗马占领时期,下至20世纪一战以后,《荒原》展现的是一幅浓缩版的伦敦历史与发展导引。诗歌中的历史当然不等同于历史文献记述里的史实,但是文学中的历史因素有其重要的价值和作用。如张江先生所说,"历史是民族文化记忆的载体,它不仅包括已经发生的成为符号的人与事,也进入到当下的现实之中。它在现实生活中无处不在,以价值的方式引导社会生活。有关历史的文学叙事,通过对历史的一次次重新梳理,审视现实,面向未来,获取进步的智慧并凝聚文化共识"。② 对伦敦历史的诗歌描述有助于激发英国国民的民族认同感,增强他们的共同体意识,同时也与诗歌中所描绘的现代伦敦的肮脏形成强烈反差,有助于深化对社会转型焦虑的认识。

毫无疑问,《荒原》的中心意象是伦敦,但并不是繁荣、富裕的伦敦,而是混乱、冰冷的伦敦,造成这一现象的一个主要原因是伦敦工业化的畸形发展。电车的使用带给人们极大的便利,大大拓展了城市的空间。然而,工业进程的机械化发展也带来了城镇的污染,使得人们越来越依附于机器。《荒原》中关于战后伦敦的描绘格外令人印象深刻:

---

① Hugh Kenner, "The Urban Apocalypse," in *Eliot in His Time: Essays on the Occasion of the Fiftieth Anniversary of* "The Waste Land", ed. A. Walton Litz, Princeton: Princeton University Press, 1973, 27.
② 张江:《文学不能"虚无"历史》,《文学评论》,2014年第2期,第5页。

电车和堆满灰尘的树。
海勃里生了我。里其蒙和邱
毁了我。在里其蒙我举起双膝
仰卧在独木舟的船底。①

并无实体的城,
在冬日破晓时的黄雾下,
一群人鱼贯地流过伦敦桥,人数是那么多,
我没想到死亡毁坏了这许多人。
叹息,短促而稀少,吐了出来,
人人的眼睛都盯住在自己的脚前。②

此处,我们可以感受到电车的轰鸣,以及笼罩城市的巨大烟雾,原本宁静、整洁的乡村城镇变得吵闹肮脏,我们很难把满是灰尘的树和华兹华斯笔下的水仙花联系在一起,黄雾中的乡村只能让人越发感到不安。

英国人对于宁静乡村的向往是一种共同的情怀。正如威廉斯所说,"英国人对乡村的态度,以及对乡村生活的态度,却一直不变,其韧性不同凡响。……正因为如此,直到整个英国社会已经绝对城市化以后,在整整一代人的时间里,英国文学主要还是乡村文学。即便是到了20世纪,在这个城市化、工业化的国度里,一些以前的观念和经验仍然有影响"。③ 在英国人看来,宁静乡村的树木、河流、庄稼等代表的是自然、纯真乃至美德,而同工业文明相关的喧嚣的工厂、机器或金融机构等则是单调、肮脏的所在。刘易斯·芒福德(Lewis Mumford,1895—1990)曾经指出,英国工业文明的无序性发展导致了自然环境和人类生存环境的极度恶化,铁路的出现为这一现象的持续发酵推波助澜:

---

① 艾略特:《T. S. 艾略特诗选》,第54页。
② 同上,第47—48页。
③ 雷蒙·威廉斯:《乡村与城市》,韩子满、刘戈、徐珊珊译,北京:商务印书馆,2013年,第2页。

矿山的环境原先只局限在矿址所在地周围,但从19世纪30年代起,由于有了铁路,就波及各处。只要那里有铁轨通了火车,那里就有采矿工业和矿渣残滓。原始技术时期开挖的运河,沿河有水闸、桥梁、收通行税的关卡小屋、整齐的河岸、轻滑的驳船,对秀丽的乡村风景增添了新的优美景色;而19世纪工业技术时期的铁路给大地带来了巨大的伤痕和裂口:大部分路堤在很长时间内没有种上树,大地上的伤痕也没有及时治疗。奔驰的火车头直奔城镇中心,带来了噪声、烟尘和硬渣,许多城市的优美地方,如爱丁堡的王子公园,由于铁路的侵入而受到污染和损害。①

英国工业的无序性发展所导致的生存环境、自然环境的极度恶化,在《荒原》中首先表现为数次出现的黄雾意象。伦敦人对"雾"的记忆,至少可以追溯到罗马占领时代。据彼得·阿克罗伊德(Peter Ackroyd,1949—)考证,伊丽莎白女王本人就曾抱怨过伦敦充满煤炭味道的大雾。到了维多利亚女王时代,随着工业的快速发展和环境的进一步恶化,雾已经成了难闻的黄褐色臭气。狄更斯在《荒凉山庄》里对此也有过描述。尽管20世纪后英国大范围的污染性大雾天气有所减少,但是在20世纪最初的20年里,伦敦的大雾依然是常见的景象。污染性大雾在1952年演变成致命的雾霾,导致了数千人的死亡。② 因此,伦敦的大雾不仅仅是一种自然景象,更是一种人为的工业化产物,其可怕后果在伊丽莎白女王时期就已经显现了出来,并一直持续到二战以后。

工业文明对乡村生活的破坏使得英国的共同体也遭受了巨大打击,喧闹肮脏、贫富差距日益拉大的现实使得英国的社会矛盾进一步激化,人们越来越依附于控制他们的工业机器,思想变得日益麻木。这就是《荒原》所要描绘的伦敦景象。与之相呼应的是艾略特在《基督教与文化》(*Christianity & Culture*,1939)中的警告:"建立在私人利益原则和破坏公共原则之上的社会组织,由于毫无节制地实行工业化,正在导致人性的扭曲和自然资源的匮乏,

---

① 刘易斯·芒福德:《城市发展史——起源、演变和前景》,倪文彦、宋俊岭译,北京:中国建筑工业出版社,1989年,第334页。

② 具体请参见 Peter Ackroyd, *London: The Biography*, New York: Anchor Books, 2003, 426-434。

而我们大多数的物质进步则是一种使若干代后人将要付出惨重代价的进步。"① 工业化社会打破了原有的以农耕关系为基础的共同体,很多时候把人与人之间的关系硬生生转化成"现金联结",这一点从《荒原》中手持"见票即付"券的士麦那商人、布雷德福的百万富翁、内城中冰冷森严的银行街和在贫困线上挣扎的伦敦下层工人身上可见一斑。

在英国工业化进程中,越来越多的农民失去土地,成了只有依靠出卖劳动力才能生存的工人。到了维多利亚中期,大量失地农民涌入城市,城市化进程进一步加快。1901 年,80% 的英国人口已经城市化,与此同时,农业经济在国民收入中的比例也急剧下降到 6.4%。② 然而,英国的城市化进程与社会的和谐发展之间出现了巨大的断层,城市工人阶级的生活并没有随着经济的发展得到同步稳定的提高,相当一部分人属于收入最低的阶层,社会矛盾日益激烈。在维多利亚中期确立的所谓"自由贸易"也为社会阶层的进一步分化推波助澜,城市中产阶级和乡村原本的上层土地所有者在"自由贸易"的旗帜下迅速发展壮大,逐渐占领了生产业、批发业、会计业、广告业,甚至是银行业(小型的银行)。在《荒原》中那个头戴礼帽的布雷德福的百万富翁也许就是在这一时期迅速积累了大量财富。

工业化后的英国还加大了对殖民地或他国的经济控制。《荒原》中提到的那个士麦那商人意象或者可作为一例。士麦那是土耳其西部的一个港口,曾经是奥斯曼帝国一个重要的海港城市。随着奥斯曼帝国中央集权的崩溃,英法等国在襄助土耳其的借口下与俄国开战,开始了争夺巴尔干半岛控制权的战争,最终土耳其得以苟延残喘,而英国也巩固了其在土耳其的经济利益。

英国有产阶级的财富迅速积累,而被迫离开乡村土地的农民则成了靠出卖劳动力才能维生的工人,雇主与雇员之间仅剩下纯粹的金钱关系。这种纯粹的"现金联结"以牺牲共同体中的多数成员为代价,满足了少数人对财富的攫取,并使成员间的差距急剧拉大,导致社会矛盾异常激化。对于这种转型焦虑,艾略特和其他文学家们开始思考化解焦虑的手段,而文学作品或许提供了

---

① 艾略特:《基督教与文化》,第 46 页。
② H. C. G. Matthew, "The Liberal Age," in *The Oxford History of Britain*, ed. Kenneth O. Morgan, Oxford: Oxford University Press, 1988, 529-533.

重构共同体愿景的思想平台。

三、《荒原》中的共同体重构愿景

以上从两个方面分析了《荒原》中表现的共同体缺失焦虑。如果它仅限于揭示这种焦虑，那么其价值恐怕会大打折扣，毕竟化解焦虑才是读者更加关心的内容。对于秩序缺失焦虑和社会转型焦虑的化解，从社会学角度看，艾略特寄希望于重建基于基督教传统的共同体，这一点在《荒原》和他的批评文章中均有大量例证；从文学角度看，艾略特则十分关注语言在化解焦虑方面的作用。有鉴于此，本节将从这两个方面来探讨《荒原》中的共同体重构愿景。

宗教和信仰在共同体中都具有重要的意义。滕尼斯就曾明确指出："共同体的意志形式：具体表现为信仰，整体表现为宗教。"[①]说到《荒原》中的宗教，也许很多人会认为艾略特希望用东方的佛教作为重构共同体的宗教途径。尽管艾略特声称在创作《荒原》时一度曾想要改信佛教，但是这与重构英国共同体的宗教途径并不是一回事。首先，艾略特的家族成员都是虔诚的唯一神教信徒，虽然唯一神教由于抵制"三位一体"的基督教观念，在很长一段时间被斥为异端邪说，但是它毕竟是基督教的一支，而且唯一神教也遵从基本的基督教教义，信奉《圣经》。尽管艾略特后来抛弃了家族的信仰，但是家庭对他的影响长期存在，这一点在上文中讨论过，在此不再赘述。其次，从公元7世纪开始，基督教就已是英国共同体意识中的一个重要部分，因此艾略特不会把他一度想要改信的佛教作为重塑英国共同体的途径。

尽管在创作《荒原》时，艾略特还没有加入英国国教，但是《荒原》中随处可见的来自《圣经》的引文却可以作为基督教思想对艾略特具有深远影响的一个佐证：诗中至少有八处来自《圣经》的隐喻，其中七处来自《旧约》。这种情况也许暗示了艾略特在引用《圣经》时，心里十分关注古老秩序的形成过程，亦即古老共同体的建立过程，这为他描绘心中的英国共同体愿景提供了指引。借用《圣经》的隐喻，《荒原》直接描绘了共同体遭到破坏的场景，而这对于20世纪20年代的英国人来说也许再熟悉不过了：

---

① 滕尼斯：《共同体与社会》，第321页。

> 人子啊,
> 你说不出,也猜不到,因为你只知道
> 一堆破碎的偶像,承受着太阳的鞭打
> 枯死的树没有遮荫。①

艾略特的原注把我们的视野引向了《旧约·以西结书》第 6 章第 6 节:"在你们一切的住处、城邑要变为荒场,邱坛必然凄凉,使你们的祭坛荒废,将你们的偶像打碎,你们的日像被砍倒,你们的工作被毁灭。"②随后借用《圣经》典故,《荒原》似乎也给出了解决这一问题的出路:首先"我应否至少把我的田地收拾好?"③当然这里的"田地"并不仅仅指自然意义上的土地,而是自己分内的所有事务,也就是先把自己家里的事务处理好,这是构建共同体的一个基础。其次,借用所罗门王的箴言,要求人们遵照法和制度,只喝自己池子里的水和自己井里的活水,不要离弃活水的水源,不要私自开凿根本不能储水的池子。通过这个比喻,《荒原》似乎指出如果要重建共同体,所有成员都要遵循共同准则的约束,不能损害共同体其他成员的权益,这样才能维护共同的利益。诗中的"活水"既可以指共同体的共同利益,也可以指共同体中的共同意识或者信仰。

重建以基督教传统为基础的共同体这一设想,是艾略特几十年的关注点。在他后来的评论文章中,对于这一问题有更加深入的探讨。艾略特把宗教看成"某一民族的整个生活方式。这种生活方式在这个民族的人的一生中,在其每天的生活中,甚至在其睡梦中都存在着,而这种生活方式也就是该民族的文化"。④ 艾略特认为,高度工业化的现代社会使得人们日益脱离传统,疏远宗教,并且变成了群氓,⑤因此需要重塑以基督教传统为基础的共同体。他在论文集《什么是基督教社会》(*The Idea of a Christian Society*,1939)里提到了两种观点:一是呼吁重回理想的早期状态,二是完全接受现代社会的种种问

---

① 艾略特:《T. S. 艾略特诗选》,第 46 页。
② 《新旧约全书》,南京:中国基督教协会,1989 年,第 758 页。
③ 艾略特:《T. S. 艾略特诗选》,第 58 页。
④ 艾略特:《基督教与文化》,第 103 页。
⑤ 具体内容请参见艾略特的《基督教与文化》第 15 页的描述。这里的"群氓"一词并非我们通常意义上的"大众",因为"群氓"一词带有明显的贬义,因此曾有学者批评艾略特代表的是上层社会的"高眉"趣味。

题,让基督教适应新的变化。艾略特无意树立一块早期社会自我封闭的群体像作为重建共同体的模板,而且他也反对忽视基督教的教化作用,完全接受现行状态,让基督教进行自身变革的做法。在他看来,重建现代共同体的基本途径是以基督教的传统重塑现代社会,突出基督教自身的约束力,并在教育中大力推行基督教和古典文学教育。须顺带一提的是,艾略特心中的基督教指的是英国国教,因为他说过:"在说到教会与国家时,我心里想到的只是英国国教会。"①也就是说,艾略特是以英国国教重建英国共同体为关注对象的。

在强调基督教对重建共同体的作用时,艾略特没有忘记关注文学共同体的建构,并且认为两者的关系是相辅相成的。作为一位诗人,艾略特一直把文学共同体的建构与诗歌的创作联系在一起,并且相信诗歌对共同体的建构意义重大。在他看来,"从长远看,诗的影响会波及语言、感受性、社会成员的生活方式、一个社区的全体成员以至整个民族"。② 在建构文学共同体时,语言的作用就凸显了出来,这是因为"默认一致的真正的机关是语言本身,默认一致就是在这个机关里发展和培育它的本质,人们用表情和声响表示,相互告知和感受到痛苦与快乐、惧怕与愿望和所有其他的感情和情绪的激动"。③ 艾略特对于语言在文学中的作用十分重视,他在写给约翰·奎因的信中就明确说明了语言包括字距、标点符号等对诗歌感觉和意义的影响。④ 艾略特对文学语言十分敏感,他曾撰文批评欧里庇得斯的英文翻译者乔治·默里教授(George Gilbert Murray, 1866—1957)在翻译中因对原文字词的含义理解有误所造成的翻译谬误。艾略特强调诗歌语言"不能过分偏离我们日常使用和听到的普通的日常语言。无论是轻重音型的还是音节数型的、有韵的还是无韵的、格律的还是自由的,诗都不能同人们彼此间交流所使用的不断变化的语言失去联系",⑤而且"诗的质量同样依赖于人们使用语言的方式:因为诗人必须从周围人们实际使用的语言中提取他自己的语言,并用来作为他创作的材料"。⑥

---

① 艾略特:《基督教与文化》,第 35 页。
② 艾略特:《艾略特诗学文集》,第 245 页。
③ 滕尼斯:《共同体与社会》,第 72 页。
④ 关于《荒原》中字词的重要性,请参见赵晶:《〈荒原〉中地素的符号学研究》,《外国文学研究》,2016 年第 1 期,第 42—50 页。
⑤ 艾略特:《艾略特诗学文集》,第 178 页。
⑥ 同上,第 245 页。

具体到《荒原》这首诗歌,我们不能忽略诗歌里的多种声音,这些声音包括不同语言、不同阶层的日常用语,而声音的重要性在《荒原》原本的标题中得到了突出体现。按照艾略特原本的设想,他为这首诗歌取名为《他用多种声音念警察报告》("He Do the Police in Different Voices",1971),其突出点之一就是"声音"。那么"声音"到底在《荒原》里起什么作用呢?"声音"是语言的一种特质,语言最本质的作用是帮助人与人交流沟通,而人与人的交流是维系共同体的必然要求。人的语言与受教育程度、社会阶层、家庭背景、个人经历等有极大的关系,因此人的语言又可以反映出一个人的经验层面。例如,伦敦下层妇女在小酒馆的对话充满了伦敦的土语,语法也极不规则,话题围绕的是镶牙、堕胎等内容;与之相对的是上流贵族或者中产阶级之间的对话,其语言规范,语法标准,但是话题往往透着无趣与感伤。艾略特相信,一个民族的人民最深沉的感受都在用本民族语言所创作的诗歌中,在这个共同体中,无论是哪个阶层,具有何种感受力的人,都可以在感情上有某种相通之处,即具有共同意识和共同感受,而其他民族、讲其他语言的人却很难有相同的感受。[①]

《荒原》的结尾处这样写道:"这些片段我用来支撑我的断垣残壁。"[②]艾略特在评价多恩时也用到了类似的字眼,他说多恩"只是像鹊子那样,随意捡起那些把亮光闪进他眼里的各种观念的残片,嵌入自己的诗篇罢了",[③]也许他深刻地感受到他与多恩一样,都生活在一个思想体系破碎的时代,因此他努力在诗歌中重构他理想的文化共同体,以此来化解上述种种焦虑。《荒原》结尾的三个词语"舍己为人""同情""克制"往往被理解为艾略特对佛教心向往之的证据,然而,当我们用重建共同体的视角去看待这三个词时,就会豁然顿悟:它们何尝不是通往理想共同体之路呢?在《荒原》中,艾略特表达了对英国文化传统秩序缺失的焦虑,指出了英国工业的无序发展对英国共同体的巨大破坏作用。《荒原》也描绘了重构英国共同体的愿景,并且指出了宗教和语言在重构共同体中的重要作用,这一主题在艾略特后期的代表性诗歌《四个四重奏》中得到了更具体的阐释。

---

① 具体请参见艾略特:《艾略特诗学文集》,第242页。
② 艾略特:《T. S. 艾略特诗选》,第58页。
③ T. S. 艾略特:《莎士比亚和塞内加的斯多葛主义》,《传统与个人才能:艾略特文集·论文》,陆建德主编,上海:上海译文出版社,2012年,第171页。

第五节
"局外人"：劳伦斯的共同体焦虑

一直以来，劳伦斯都是一个颇具争议的作家。正如他的传记作家约翰·沃尔深（John Worthen）所言，劳伦斯终其一生都与他的生活环境格格不入，是个"局外人"。① 他的"不群"往往被赋予个人成长内涵，或者被归结为他内心的矛盾和不安。然而，如果我们把这置于更大的历史语境，就会发现劳伦斯的内心焦虑实际上是时代的症候，体现出转型时期英国人面临共同体危机而产生的焦虑。

从 19 世纪 60 年代一直到二战结束，英国经历了沧桑巨变。经济上，城市化逐步推进，托利党主张"放任主义"（lassez-faire），引入了国际贸易竞争机制，加剧了农村的萎缩，直接导致以乡村共同体为基础的社会秩序产生断裂。政治上，第一次世界大战后英国的社会阶层也面临巨变，贫富差距加大，阶级进一步分裂。女权运动、工人运动、殖民地独立运动撼动了传统的社会共识，加深了共同体裂痕。战争中形成的民族主义国家认同感成为连接民众的新纽带，传统的乡村共同体开始向国家共同体过渡。新式基础教育的普及，广播、电影等新的信息传播媒介的出现，宗教影响的式微，也造成了共同体组织方式的变化。转型期的变化引发普遍的社会焦虑，并融入当时英国人的集体无意识。因此，劳伦斯作品中焦虑的触发点并不是他个人的成长经历，而是他所处时代人们所共有的对建立共同体的普遍求索。

新的共同体，据本尼迪克特·安德森（Benedict Anderson，1936—2015）所论，是一种想象，需要借助能够将"过去及其与现在或远或近的关系沟通"②的新

---

① John Worthen, *D. H. Lawrence: The Life of an Outsider*, London: Allen Lane, an imprint of Penguin Books, 2005, xxvi.

② Jessica Berman, *Modernist Fiction, Cosmopolitanism, and the Politics of Community*, New York: Cambridge University Press, 2001, 19.

方式来实现。对艾略特来说,这种新方式是通过文学与传统的互文来将整个欧洲文学和本国文学"组成一个共时的局面";[①]对伍尔夫来说,新的方式意味着在语言层面消解边界,并在小说中构建"社会连接的新方式";[②]而对劳伦斯来说,则是直接呈现各种价值之间的相互冲突和碰撞。精神上的撕扯让劳伦斯的作品呈现出直观的焦虑,而蕴含其中的不安与敌对恰恰让故事在持续不断的危机中具有了生命的张力。劳伦斯小说中蕴含的共同体焦虑,可以依据其小说的创作历程划分为乡村"局外人"、城市"局外人"和国家"局外人"三个阶段。

一、乡村"局外人"

劳伦斯的早期小说,如《逾矩者》(*The Trespasser*, 1912)、《儿子与情人》(*Sons and Lovers*, 1913)、《菊馨》("Odour of Chrysanthemum", 1911)和《普鲁士军官》("The Prussian Officer", 1913),甚至包括《虹》(*The Rainbow*, 1915)与《恋爱中的女人》(*Women in Love*, 1920),大部分都以乡村生活为故事背景。它们在创作手法和思想上都明显属于爱德华时代(the Edwardian Era),[③]展现了人们在乡村共同体退出历史舞台过程中的挣扎。劳伦斯在其晚期写作的一些散文中透露了来自乔治·爱略特(George Eliot, 1819—1880)和托马斯·哈代(Thomas Hardy, 1840—1928)等维多利亚小说家的影响,[④]由此可见劳伦斯的文脉传承。比这更直观的是,爱略特和哈代所探索的乡村问

---

① T. S. Eliot, "Tradition and the Individual Talent," in *The Norton Anthology of Theory and Criticism* (2nd edn.), ed. Vincent B. Leitch, New York: W. W. Norton & Company Inc., 2010, 958.

② Berman, *Modernist Fiction, Cosmopolitanism, and the Politics of Community*, 20.

③ "爱德华时代"是指1901年至1910年英国国王爱德华七世在位的时期。这一时期的文学作品致力于展现对传统价值的拷问。例如,高尔斯华绥(John Galsworthy, 1867—1933)就是通过讲述福尔赛家族的兴衰史,来批判职业资产阶级的毁灭性占有欲;H. G. 威尔斯则专注于科幻题材,探讨了科技在未来社会将扮演的作用;福斯特显现了僵化麻木、自我压抑的中产阶级。总的来说,爱德华时代的文学遵循的是维多利亚时期的现实主义和自然主义传统,一定程度上沿袭了狄更斯、爱略特和哈代的风格和主题。

④ 劳伦斯在晚期发表的散文《我在哪个阶级》中提到,他母亲是乔治·爱略特的忠实读者,鉴于劳伦斯早年与母亲的亲密关系,他也应该对爱略特的小说有所了解,并受其影响。(See James T. Boulton, ed., *Late Essays and Articles*, New York: Cambridge University Press, 2004, 36.) 同时,劳伦斯曾对哈代作品有过详尽的分析,这说明他曾经潜心研读过哈代作品。(See Bruce Steele, ed., *Study of Thomas Hardy and Other Essays*, New York: Cambridge University Press, 1985, 7-128.)

题,劳伦斯也在其小说故事中给予了密切关注。

威廉斯在《乡村与城市》(*The Country and the City in the Modern Novel*, 1973)中指出,爱略特的小说描述了乡村共同体从可知社群到不可知社群的转变,而不可知社群产生的原因在于社会不同阶级之间以及各阶级内部重要关系的改变,其直接表现便是爱略特作品中叙事者声音和人物语言之间"明显的断裂"。实际上,"语言的断裂"并不仅仅是小说艺术创作手法的问题,更是教育普及带来的个体身份认同困境。① 在传统的英国乡村共同体中,教育——即智力和审美趣味的发展和培养——和宴会、俱乐部、骑马打猎一样,是上层阶级的特权。但在19世纪末期,中产阶级进一步壮大,带来了教育的普及。70年代政府通过了一项教育法案,规定在没有教会学校的地方必须成立教育理事会(Education Board),而理事会有义务在当地开办学校,为民众提供基础教育和职业教育,由此崛起的市立大学(civic university)也逐渐取代了牛津大学和剑桥大学的传统教育。② 普及基础教育之后,对中下层市民进行的智性和审美的培养,导致他们归属意识产生错位,个人面临重塑道德历史的问题,而焦虑和不安便源于此。③

哈代的作品展示了"传统的生活同受过教育的人的生活之间关系的问题;传统的感情和观念同受过教育的人的感情和观念之间关系的问题"。④ 不论爱略特还是劳伦斯,都在其作品中对此有相似的回应。⑤ 劳伦斯在其早期具有较强自传性质的小说中,对萦绕家庭内部的焦虑有细致呈现。在《儿子与情人》中,男主人公保罗的父亲是一个没文化的矿工,与受过教育、修养较好的母亲以及其他家庭成员有较大差异。这种差异首先通过语言直观呈现,父亲说着一口粗俗的土话,而母亲和孩子们则使用标准语言。语言上的差异暗示出精神层次的不同,也正因为如此,他们的隔阂不可弥合:

---

① 威廉斯:《乡村与城市》,第271页。
② See Kenneth O. Morgan, ed., *The Oxford History of Britain*, New York: Oxford University Press Inc., 2010, 550.
③ 参见威廉斯:《乡村与城市》,第238—239页。
④ 同上,第271页。
⑤ 同上。

父亲和其他任何一个家庭成员之间的沟通都是不可能的。他是一个局外人。他身上没有任何灵性。①

这种隔阂逐渐引发不可调和的家庭矛盾。作为家庭的供养者，父亲却无法与家人之间有亲密的情感互动，于是便通过家暴发泄情绪上的不满。母亲承受着不幸的婚姻，而孩子们则"分担着母亲的焦虑"，在父亲下班回来之前忍受着"紧张的氛围"。② 这种紧张与焦虑逐渐侵蚀他们的灵魂，成为内心挥之不去的阴霾。

然而，父亲在工作的环境中则呈现出截然不同的精神面貌：

他真正感到融入的时候是回到工作中，与自己人在一起，那时他才感到快乐。偶尔，傍晚的时候，他会修理一下靴子、水壶以及他下井用的水瓶。那时，他总是需要人打打下手，而孩子们也乐于帮忙。他们和他在工作中联结起来，在真正做事的时候，而那时，他才是真正的自己。③

此处，"真正的自己"一语值得关注，它说明父亲的归属感并非源自家庭，而是其工作和工作环境。由此可见，父亲的生活方式和价值体系属于传统的乡村共同体。正如劳伦斯所述，体力劳动在存在论上属于更自然的世界，人与人之间的联结是靠血性、身体接触，而不是靠意识来实现的。④ 与此不同，在教育的体系中，人与人的联结是靠思考来实现的，因此小说中父亲和母亲，以及其他家庭成员之间的冲突不只带有私人属性，而是结构性的矛盾，具有普遍的社会意义，或者说是社会焦虑的体现。

迈克尔·贝尔（Michael Bell）在小说《虹》中发现了类似的矛盾：整个布朗温家族中的所有男性和女性都展现出两种不同倾向，"男性投入农场生活，而

---

① D. H. Lawrence, *Sons and Lovers*, London: Penguin Books Ltd., 1995, 63.
② Ibid., 61.
③ Ibid., 63.
④ Boulton, *Late Essays and Articles*, 39.

女性则渴求更大的世界"。① 我们也可以在其他一些劳伦斯早期小说中观察到类似的家庭矛盾，其中的女主人公与《虹》中的女性相似。比如，《菊馨》中的伊丽莎白总是质疑自己家庭生活的意义，认为"这只会给自己造成损害"；《肉中刺》中的女仆终于通过逃兵找到了生活的意义，小说结尾劳伦斯赋予她乔伊斯式的顿悟，竟与士兵去美国的愿望相关；《白色袜子》中的威斯登夫人不顾丈夫的反对一直保留着白色袜子，只因这是她与婚外世界发生过交集的见证。② 贝尔认为，小说中的男女差异不是粗浅的性别概述，而是象征着两种不同的生命能量，类似于荣格所发现的蕴藏于男性和女性中的两种心理潜能。贝尔的阐释颇具启发性，但是未能触及问题的实质。实际上，两性心理，当其涉及对待生活意义的看法时，更多是社会文化塑造的结果，因此产生差别的社会文化因素要大于个体的生理因素。因此，结合前文论述可以看出，劳伦斯小说中的两性冲突是转型时期社会阶层变化带来的共同体焦虑及其在家庭内部的体现。不过，随着劳伦斯的个人成长，他对这种焦虑的探讨不再局限于乡村社会的家庭，而是着眼于更大的社会范围内的人际关系。这也是下文要讨论的内容。

二、城市"局外人"

城市化造成农村人口的大量减少和城市人口的暴增，而城市人口的原子化导致陌生人社会的形成。城市中的社会组织规模和复杂性增加，不可能再以乡村的可知社群来构建共同体，因此形成了安德森所说的"想象的政治共同体"。③ 国家共同体基于民族主义，但民族国家的概念，当它在可以形成连接国民的纽带时具有相对性，需要有一个明确的他者作为对立面来确定自我。由于"国家"涉及的人口基数极大，其内部人员之间的连接只能通过意识形态来确立，即需要一个想象的环境和触发点。因此，想象的国家共同体似乎只有在殖民地范围内或战争状态下，借助于更具即时性、覆盖范围更广的新的信息传播媒介，才可充分发挥作用。19世纪的八九十年代提供了这种历史语境。首

---

① Michael Bell, *D. H. Lawrence: Language and Being*, New York: Cambridge University Press, 1991, 75.
② See D. H. Lawrence, *The Prussian Officer and Other Stories*, London: Penguin Books Ltd., 1995.
③ 安德森：《想象的共同体》，第6页。

先,社会达尔文主义"适者生存"的理念不再只适用于个人,而是开始影响市场领域,加剧了国家之间的竞争。由此,英国国内的民族主义精神得到强化,大众传媒也随之广泛宣传勇敢和开拓的男性气质。其次,一战爆发后,民族团结、齐力抗敌的情绪高涨,加之战时特定的国家集权状态的作用,促使国家共同体成为当时英国社会的新共识。① 然而,国家共同体毕竟只是一种"想象",它无法像乡村共同体那样直接渗入日常生活,并有明确的实体指涉对象。因此,当触发想象的社会氛围不再强烈,甚至不复存在时,国家共同体很多时候便难以成立,社会又需要新的共识来重建共同体。果不其然,一战后期以及随后的一段时期里,整个英国又陷入了共同体焦虑。

这一时期,劳伦斯小说中的共同体焦虑就不再只表现为乡村共同体中家庭内部成员之间的价值冲突,而是更进一步探讨如何建立人与人之间关系的问题。在劳伦斯看来,具有实质意义的共同体(非想象的国家共同体)之所以难以形成,最大的障碍便来自个体之间关系建立的失败。

传统的共同体由于实在与可知,有利于其中成员形成共识,并在此基础上建立共同目标,采取共同行动。如果传统共同体变成一种怀旧式的共同理想,它便如狄更斯所描述的那样,人们"将像出于同一个根源、对同一个家庭的父亲负有同一个责任、并为同一个目标而努力的人们一样,专心致志地把这个世界建设成为一个更好的地方!"②然而,想象的国家共同体是基于城市中的陌生人社会,在这种场域中即便能形成任何共同目标,也是相对于他者而言。并且,由于陌生人社会中人际往来缺乏时间凝聚的深度,彼此之间的信任度低,同时人的身份复杂多样,整个社会呈现出一种较难认知的、隐晦的状态,自然也就难以形成共识和共同目标,人与人之间也总是步调不一致。小说《虹》中那段描述安娜和威尔·布朗温在麦田拾麦穗的精彩情节,便是对上述社会现实(各走各的路)的隐喻:

她总是赶在他来到之前离开,他一来她就走,他一走,她就回来。他们难道就永远不碰头吗?会的,渐渐地,他心中低沉的声音会传向她,与她共鸣,将她吸

---

① See Morgan, *The Oxford History of Britain*, 567, 584, 587.
② 查尔斯·狄更斯:《董贝父子》,吴辉译,南京:译林出版社,1991年,第463页。

引过来跟他碰头,直到他们走到一起,就像麦捆一样窸窸窣窣,相依相碰。

……为什么他们之间总隔着一段距离呢?为什么他们不在一起呢?为什么她从月光中走出来要踟蹰、要躲着他呢?为什么他也躲着她呢?他的心在不停地打着小鼓,冥冥地,他的意志淹没了一切。①

这里,"总隔着一段距离"暗示了威尔与安娜的婚姻注定无法同步。与他们相对比的是父辈汤姆和莉迪亚的婚姻:他们遵循旧的乡村生活模式,汤姆外出务农,莉迪亚在家料理家务。家庭分工造就了他们身上不同的生命力属性,他们的结合是男性生命力和女性生命力的圆满合并,最终形成生命的"元一"。② 这样的男女关系作为社会细胞,集合起来则构成了有机的社会共同体。而进入现代社会之后,由于性别角色的变化,原来的生命力结合难以形成。这一变化的文化动因便是妇女运动。妇女在接受教育,特别是职业培训之后,不再充当家庭妇女。她们走出家庭,进入职场,也获得了男性行动的生命力和流动性。由此,女性的性别特质改变,女性气质(feminity)需要重新定义。男人和女人在脱离了传统处境之后,思想与感情也必然随之发生改变。在新的两性格局中,世界充满了不可预见性,欲望与可能获得的机会之间产生剧烈冲撞,直接后果便是婚姻选择的艰难性与爱的能力的破坏。而在工业时代,婚姻只是保留了一些形式上的社会功能,并不能体现生命的冲动,正如《恋爱中的女人》中杰拉德所感到的那样:

他没有继承现成的秩序和生活观念。人类统一的生活观念似乎正随着父亲死去了,那似乎把一切都集中起来的力量似乎也随着父亲崩溃了,每个部分随时都会分崩离析。③

---

① D. H. 劳伦斯:《虹》,黑马、石磊译,上海:上海文艺出版社,2015年,第118—119页。
② 劳伦斯一直强调的男性生命力和女性生命力与其说是一种性别观点,不如说是一种存在论观点。他认为,生命由两种形式组成,运动的意志(Will-to-Motion)和向内的意志(Will-to-Inertia),男性代表运动的意志,总是在行动,而女性代表向内的意志,是运动的中心,为其提供稳定性和永恒性。因此,男女需要以性的方式结合才能够形成完整而完满的生命力,而他们的孩子则是神性的凸显。(See Steele, *Study of Thomas Hardy and Other Essays*, 7-128.)
③ D. H. 劳伦斯:《恋爱中的女人》,黑马译,南京:译林出版社,2016年,第241页。

劳伦斯其实已经意识到社会分裂的根源在于女性角色的变化。在他看来,女人们"像丝绸蚂蚱一样停靠在每一个工作上,占领工作间,像活跃的大型蚂蚁一样在职场上玩耍"。① 昆虫的譬喻充满敌意,也将人去人性化,很显然是站在当时普遍的男性思维角度来看待新女性。这表明,男性无法给予新女性人性角度上的情感认知。与女性投身变化的积极性相比,男性充满畏惧,因此在新女性面前也变得软弱起来。劳伦斯小说之所以大多以女性为主要角色,突出她们强势的一面,并以成长母题铺展情节发展,其实是因为女性代表了变化和革新。劳伦斯也一再重要以公正的眼光看待女性角色的变化,或者说,他认为女性从来就没有变过,因为人本身都是雌雄同体:"古时无性,我们是混合体,每个人都是一个混合体"。② 传统的两性需要互补,而新的两性关系存在错位,两种都会给人与人之间关系的建立带来压力,劳伦斯书写的正是这种压力以及随之而来的焦虑。旧的性别体系已经打破,而新的女性角色应该是什么面貌?对此,劳伦斯似乎也没有答案,并在他后期的几部小说中把焦点转向男性共同体。比如在《袋鼠》(*Kangaroo*,1923)和《羽蛇》(*The Plumed Serpent*,1926)两部小说中,劳伦斯对工人运动中的工人社团以及以军队形式建立起来的小型共同体中的男性手足之情(brotherhood)进行了深入探讨,然而学界却常常把这简单解读为劳伦斯的同性恋倾向或者厌女倾向,由此也忽视了劳伦斯深刻的思想内涵。因此,确切地说,这是劳伦斯在面对新的两性关系带来的不确定性时所产生的对未知的焦虑,也是在传统的基于婚姻家庭的共同体形式越发难以维系之后对新的共同体形式的探索。

三、国家"局外人"

一战之后,劳伦斯带着失望离开欧洲大陆,开始流亡生涯。随着生活范围的拓展,他的共同体理想也在调整。他的关注点从家庭内部冲突,转移到人与人建立关系的不可能,最终发展为构建理想共同体的探索。他晚期的几部"领袖"(leadership)小说,如《亚伦的手杖》(*Aaron's Rod*,1922)、《袋鼠》和《羽蛇》,都是在尝试探索如何建立新的共同体。

---

① Boulton, *Late Essays and Articles*, 103.
② 劳伦斯:《恋爱中的女人》,第 219 页。

小说《袋鼠》基于劳伦斯在澳大利亚短暂逗留期间的见闻写成，主要讲述了澳大利亚的一次工人运动。工人运动实际上是在社会主义理论框架之下重塑共同体的一种尝试。马克思在《资本论》中提出，资本对人自然天性的异化某种程度上也是对传统共同体瓦解的注解，而异化对每个个体的首要影响是使其丧失与他人建立连接的能力。① 马克思对此开出的"药方"是阶级斗争，消灭私有制，建立无产阶级政权。在此影响下，工人运动如火如荼，阶级斗争成了社会的主旋律。斗争加剧了阶级对立，使原本便不稳固的国家共同体进一步分裂。由于一战之后欧洲社会对战时政策和社会文化的全面反思，国家权威遭遇了前所未有的危机，国家共同体的存在基础被撼动。同时，战争的毁灭性让人们开始质疑上帝，宗教对人们的影响大幅萎缩。宗教和民族主义原本是组成英国共同体的重要纽带，而他们的影响式微，预示了共同体的崩塌。② 可以看到，一战后的整个西方社会面临前所未有的文明危机，各个国家和地区关注的要点也变成在转型时期如何重新将人们连接在一起的问题。正是在这一背景下，小说《袋鼠》展示了澳大利亚工人运动及其建构社会主义共同体的努力，同时记录了劳伦斯对此的观察和反思。

在《袋鼠》中，男主人公萨索莫斯和夫人从英国来到澳大利亚后，首先认识了邻居高尔特夫妇，并在与他们的交往中认识了威廉·斯特劳瑟斯先生。在后者的积极活动之下，萨索莫斯与工人运动领袖——袋鼠——有短暂交往，并由此对悉尼的工党运动有了深入了解。起初，袋鼠从他的过往经历了解到他反对自由主义、反对民主的政治立场，便邀请他参加他们的活动。因为工人运动的理论基础是反对私有制，而资本主义民主作为私有制的产物，也被认为不利于人类共同发展。在袋鼠看来，作为民主国家的澳大利亚尤为如此：

---

① 弗洛姆在《爱的艺术》中，以马克思的异化理论为基础，从社会心理学的角度阐释了资本主义对人的情感异化。他认为，当人变成一种商品之后，他会"体验到自己的生命力实际是一笔资本，这笔资本在既定市场条件下要给他带来最大的利润"。在这一条件之下，人们的性格努力地适应进行交换、接受和消费的要求，所有的一切，包括精神，也成了"交换的消费的对象"。（详见艾里希·弗洛姆：《爱的艺术》，李建鸣译，上海：上海译文出版社，2011 年，第 101—106 页。）

② 在《想象的共同体》中，本尼迪克特·安德森大致总结了西方文明自中世纪以来所经历的三种共同体形式：宗教共同体、帝国共同体和民族国家共同体。他指出，宗教通过建立一个单一的、拥有特权地位的表象系统，提出了一套自洽的认识论和存在论体系，并以拉丁语为媒介，建立了一个人人共有的有关世界的概念。因此，它对人类社会具有某种"不自觉"的整合性。（参见安德森：《想象的共同体》，第 9—18 页。）

>……他们很多人在灌木丛里孤独了许久呀!
>
>……作为民主国家,总是外在的东西要多一些。什么全是外在的,犹如玉米秆一样空虚。这里的生活让人难以避免:与灌木丛和洪水啦之类的东西做斗争,为物质需求和生活便利而斗争,拼得一塌糊涂,使得内心世界全然外露,一个个都变成了贪心十足、粗壮无比的玉米秆了。①

因此,他试图通过工人阶级的运动来扭转社会的"空心"状态,建立新的精神纽带,即工人兄弟之间的伙伴情感:

>我们这个社会是建立在家庭基础上的——男人对妻子、儿女或父母、兄弟的爱。家庭是我们社会的细胞,同样是其局限之所在。惠特曼说,下一个更伟大、更无私的细胞应该是同志爱,即男人和其伙伴之间神圣的关系。②

然而,这种伙伴情感需要特定社会环境来触发。一旦这种社会环境消失,或者当他们的斗争取得了成效,他们也就随之失去"目标",甚至可能分道扬镳。所以,工人阶级的"同志共同体"即便建立起来,最终也会和国家共同体一样面临同样的命运。而且,澳大利亚和英国还有很大不同:作为一个新兴移民国家,它的人员成分更为复杂,彼此之间也缺乏共有的历史和传统文化,正如小说中所述,"澳大利亚比英国工人阶级的动态更难以捉摸,空虚感更为深重"。③ 因此,袋鼠领导的"同志共同体"昙花一现,袋鼠也死于运动的骚乱与暴动。

《袋鼠》的结局一定程度上体现了当时欧洲社会对工人运动所可能导致的动乱与无政府主义的担忧,体现了对"新的共同体该如何建立"这一问题的普遍焦虑。劳伦斯也表达了他的质疑,同时还提出了应对的策略,即通过宗教的黏合作用和权威的领导来夯实新基础,增加共同体的稳定性。他的这一理念在《羽蛇》中得以全面施展。

《羽蛇》中对共同体的探索并不仅仅是劳伦斯的个人构想,也是他在墨西

---

① D. H. 劳伦斯:《袋鼠》,周雅珍译,济南:山东文艺出版社,2015年,第116页。
② 同上,第175页。
③ 同上,第177页。

哥游历期间观察的结果。随着帝国的殖民主义扩张,共同体还发展出了另一趋势,即世界主义共同体。到了20世纪,完成工业化的国家内部城市化的比例相对稳定,并伴随着殖民活动开始向外扩张,由此,原本存在于帝国主义国家内部的城市与乡村的格局逐步发展成了帝国中心和殖民地的格局。殖民地扮演了乡村的角色,成为被入侵、改变和征服的对象。而破碎的乡村社会不仅只是局限于帝国内部,还包括了拉丁美洲、亚洲和非洲的各个经济体。工业化进程以及相伴而行的全球扩张,使得资本主义的危机变成了全球危机,全世界都面临着如何建立满足共同利益和进行共同控制的问题。劳伦斯的墨西哥经历便是属于这一世界潮流的一部分。他以墨西哥的战后改革为基本素材,结合自己的理念书写了一个共同体重建运动的故事。

在故事中,劳伦斯重拾了自己关于生命力的理念,认为人与人之间的关系应该回到原始的两股生命力量的结合,并认为墨西哥的传统文化具有这种存在论的意涵。正如威廉斯所指出的那样:

工业主义及其财产和占有形式一直被视为死亡的标记。但在劳伦斯的一系列作品中,同这些死亡标记对立的并不是一个农耕社群;而是一种原始主义,有时这种原始主义会被赋予某种社会的或历史的根基,就像新墨西哥印第安人的原始主义一样,但它更多的是一种与自然过程直接接触的生活形式而为人所知——动物、飞鸟、花朵、树木,还有人的身体,赤裸裸的探求和关系。[①]

此处劳伦斯的观点十分鲜明:要恢复人的原始生命力,就要首先恢复人与自然的直接接触,进行最简朴的生活,主要通过劳作来实现。在《羽蛇》中,西普理阿诺对他的军士进行的日常训练包括让他们"自己洗衣、做饭,不停地打扫兵营、粉刷兵营的建筑",还建造了一个大花园,"在里面种菜,不论哪里,只要有水,他们就植树"。[②] 同时,他也将他们组织起来学跳舞。舞蹈起源于北方老印第安人,通过跳这种舞可以"获取力量",因为生命隐含的力量、地球蕴藏的

[①] 威廉斯:《乡村与城市》,第366页。
[②] D. H. Lawrence, *The Plumed Serpent*, New York: Vintage Books, 1992, 363.

潜力都在他们的目标之中。①

汉娜·阿伦特（Hannah Arendt，1906—1975）在《人的境况》(*The Human Condition*，1958)中论述道，自然只有在进入了人的世界后才表现出盛衰的特征，而劳动是人与自然的互动，人需要将自己生命的节律调整到与自然一致，成为"自然循环运动的一部分"。马克思将这一过程称为"人与自然的新陈代谢"。从历时的角度来讲，"新陈代谢"包含着生育和繁殖的内涵。劳动的生产力与自然的繁殖力类似，体现出人"与其他生物共有的乐趣"，并且是"人唯一能在自然规定好的循环中，心满意足地转动的方式"。② 因此，如果说生产意味着人的异化，劳动则是人直接融入自然且最富有生命力的生活方式。舞蹈也是让人在节律中达到天人合一的活动。劳伦斯在美洲游历期间对印第安舞蹈产生了极大兴趣，认为和欧洲舞蹈相比，印第安部落的舞蹈更凸显共性和社群性，舞蹈中的个体和整个部落通过一致的步调和节奏进入自然世界。人没有身体和灵魂的区分，并与神、与重生的力量结合在了一起。③ 不难看出，劳伦斯笔下的劳动和舞蹈都具有某种哲学意涵：生命的存在论与本体论水乳交融，重新赋予共同体更加有机的生命力。同时，劳伦斯又创造西普理阿诺这样的领袖人物，并以宗教为依托来增强其内部的凝聚力。从这一点来看，劳伦斯继承了阿诺德以来的对群氓/无序的恐惧。如前文所述，劳伦斯对城市原子化的陌生人社会中的个人主义具有深刻的恐惧，认为一战如此巨大的破坏性就源于此。他还认为，要建立一个新的、具有生命力的社群，就必须依靠宗教来树立根基，也要靠领袖来指明方向，"革命是应该有方向、有领导的，不论如何短暂"。④

总的来说，劳伦斯小说中的矛盾冲突是对他所处时代的共同体焦虑的回应。他希望能够找到一条新的人际纽带，将文明再度恢复到共同体状态中。不过，他采取的方式大体上跟浪漫主义一派，并秉承了维多利亚小说处理乡村

---

① D. H. Lawrence, *The Plumed Serpent*, New York: Vintage Books, 1992, 363.
② 详见汉娜·阿伦特：《人的境况》，王寅丽译，上海：上海人民出版社，2009年，第77页。
③ See D. H. Lawrence, *Mornings in Mexico and Etruscan Places*, Harmondsworth: Penguin Books, 1960, 52—71.
④ 劳伦斯：《袋鼠》，第267页。

生活题材的传统。当然,劳伦斯并未局限于回顾,他将其扩展成了某种复兴与革命,但其中又夹杂着他自身对新型社会中的民主、教育和劳工运动的不安。因此,劳伦斯的共同体焦虑又打上了他个人的印迹。一言以蔽之,劳伦斯的共同体焦虑可以用威廉斯的话来总结:"土地的歌,乡村劳动的歌,还有对生命各种形式——我们同它们一起分享这个物质世界——感到快乐的欢愉之歌,它们是那么重要,那么动人,我们不能乖乖地放弃它们,把他们出卖给与真正的、重要的独立和复兴为敌的狂妄之徒。"①

---

① 威廉斯:《乡村与城市》,第 373 页。

第二章
社会变迁与共同体想象

本章的关键词是社会变迁和共同体想象。康拉德作为经典作家的地位毋庸置疑，但是，以往对康拉德的研究，多倾向于探讨他对传统的质疑和批判以及对现代孤独性的描摹，鲜有学者专门探讨康拉德作品中对共同体的多元呈现和思想考量。《阴影线》(*The Shadow Line*，1917)被公认为"康拉德创作生涯后期的杰作"，被认为是对过去生活的精心细察和对以往作品的再度书写。透过这部作品，可以探析康拉德对19世纪末20世纪初转型时期的英国社会问题的思考，以及对社会愿景的展望。

在《托诺-邦盖》这部作品中，乔治·威尔斯以主人公爱德华的名字做喻，再现了爱德华时代英国中产阶级的生活方式和精神面貌。小说标题以假药名称命名，与文本中多次出现的"腐朽""癌症"及"荒芜"等字眼遥相呼应，烛照了岌岌可危的社会共同体现实，传达了威尔斯对商业病态与社会衰退的担忧。以共同体文化为切入视角，从失衡的乡村、"混乱"的都市和失序的城郊三个层面分析《托诺-邦盖》，可以感受威尔斯对英国传统的地域共同体和精神共同体的质疑，领悟威氏对英国社会精神共同体命运的忧思。

威尔斯见证了欧洲社会由盛而衰的转变。他从迅猛发展的技术客体着手，描绘出宏伟的"机械时代"中的反乌托邦愿景对现实英国社会的侵犯。《昏睡百年》(*When the Sleeper Wakes*，1909)是威尔斯的一部经典反乌托邦科幻作品。在他的笔下，《昏睡百年》呈现出一个怪异扭曲的未来世界，但是这样的描写却有着维多利亚晚期英国社会的影子。《昏睡百年》描绘的是未来反乌托邦式的社会，透过这种扭曲的社会，展现出一个错位的共同体。这部作品所确立的反乌托邦形式对叶夫根尼·扎米亚京(Yevgeny Ivanovich Zamyatin，1884—1937)、乔治·奥威尔(George Orwell，1903—1950)、阿道司·赫胥黎(Aldous Leonard Huxley，1894—1963)等人产生了重要影响。通过模拟英国社会机械以及技术的疾速发展，威尔斯描绘了一个审美趋向高度一致的未来世界。在他所塑造的技术共同体内,阶级冲突成为英国社会不可调和的矛盾,人民丧失了对美好愿景的想象力,冰冷的机械衬托出人们智识的缺乏。在他的反乌托邦作品《昏睡百年》中,为了唤起人们重拾辩证反思,从而击碎未来世界中科技共同体的虚假繁荣,主人公格雷厄姆经历了从自我救赎到拯救世界的过程。这种对人们在"机械时代"面临的精神囚禁的描写,不仅体现了威尔斯个人的文化反思,更是 19 世纪英国转型时期社会变迁的现实映照。

格雷厄姆·格林(Graham Greene,1904—1991)的《文静的美国人》(*The Quiet American*,1955)在一定程度上代表了战后英国社会对帝国共同体的追忆与精神想象,折射出 20 世纪上半叶英国"文学共同体"在文化观念拓展时期的新发展。奥威尔的第一部小说《缅甸岁月》(*Burmese Days*,1934)根据其作为殖民地官员的亲身经历写成,被认为"是 20 世纪英国作家创作的最重要的反帝国主义小说之一"。在这部作品中,作者对殖民地官员和殖民地人民的帝国想象以及这种想象所遭遇的危机做了生动展示。比安德森早半个世纪,奥威尔对官方民族主义的海外表现形式做了深刻剖析。借助弗洛里的胎记以及由胎记引发的悲剧命运,奥威尔表达了这样一个疑问:当共同体从血缘、空间、语言、生活方式、趣味、心智培育等方面设定秩序时,是否会损害个体生命的丰富性,从而破坏共同体本身所要求的有机性?有序和有机这一对矛盾,是任何共同体建设都要面对的,它像一条寻找平衡的钢丝,自始至终颤动在奥威尔的小说创作之中,形成了奥威尔小说独特的思想魅力。

第一节
失落中的真实:康拉德《阴影线》中的有机共同体

以往对康拉德的研究,多倾向于探讨他对传统的质疑和批判以及他对现代人孤独性的描摹,而对于他是否也尝试构建理想的社会形式,即共同体形式,则关注得不够。

殷企平认为,"优秀的文学家/批评家大都有一种'共同体冲动',即憧憬未来的美好社会,一种超越亲缘和地域的、有机生成的、具有活力和凝聚力的共同体形式"。① 康拉德就带有这种冲动,他的部分小说可以看做 19 世纪末 20 世纪初在文学领域中进行共同体建构的典范。原因是深刻的:康拉德的创作主要是基于他在波兰的少年经历,以及作为远洋水手环球 20 载的航海历程。一方面,他的生命扎根于有亲密家庭关系、浓厚文化气息和强烈宗教氛围的波兰传统共同体生活;另一方面,他又得以乘科技发展、帝国殖民和国际贸易空前繁盛之便,遍览世界各地文明与传统的冲撞。幼年生命的根基与成年世界商业贸易生活中的历练,赋予了他双重的视角,使他既能够反观传统共同体生活的利与弊,又能思索并批判全球化语境下人们在精神和文化上的矛盾。然而,鲜有学者专门探讨康拉德作品中对共同体的多元呈现和思想考量。仅以其后期代表作《阴影线》为例,虽然"共同体"(community)②及其相关词——如"团结一致"(solidarity)、③"互相依存"(interdependence)、④和"集体主义"(collectivity)等⑤——散见于几位批评家的论述之中,但并没有评论者就该小说中与"共同体"有关的话题展开专门的论述。

虽然《阴影线》曾被看做"康拉德创作生涯后期的杰作",⑥但学界对它的评价总体上是毁誉参半。不过,如果我们引入滕尼斯的"共同体"概念,对《阴影线》做深入的考察,就能发现一个鲜有人问津、却十分值得探讨的问题:英国社会发展的不和谐以及现代社会无法根治的死结,是怎样集中体现在康拉德这部作品中的?透过这部作品,我们可以探析康拉德对 19 世纪末 20 世纪初转型时期的英国社会问题的思考以及对社会愿景的展望和描摹。那么,《阴影线》中展现的是一种什么样的共同体形式呢?它是否有别于传统的共同体生

---

① 殷企平:《主持人的话》,《杭州师范大学学报》(社会科学版),2015 年第 4 期,第 78 页。
② Edward W. Said, *Joseph Conrad and the Fiction of Autobiography*, New York: Columbia University Press, 2008, 196.
③ Ian Watt, *Essays on Conrad*, Cambridge: Cambridge University Press, 2000, 161.
④ Keith Carabine, "Introduction to *Three Sea Stories*," ed. Keith Carabine, Hertfordshire: Wordsworth Classics, 1998, xxx.
⑤ Jeremy Hawthorn, "Introduction to *The Shadow Line*," by Joseph Conrad. Oxford: Oxford University Press, 2012, xiv.
⑥ Allan H. Simmons, "The Shadow Line," *Oxford Reader's Companion to Conrad*, ed. Owen Knowles, Oxford: Oxford University Press, 2001, 384.

活？它与现代人的生存方式又是一种什么样的关系呢？对类似问题的思考和解答潜行于《阴影线》的叙事中。

一、海上共同体

《阴影线》是个看似晓畅的小故事，讲述一个年轻人第一次做船长，在经历艰苦磨难之后，终于带领船员到达目的地的过程。但如果把这个看似简单的故事，放回到创作的背景中去，就会发现这个过程不仅复杂厚重，而且承载着深刻的寓意。用康拉德自己的话说，它寓含"精神意义"。[1] 这部小说创作于 1915 年，而在 1914 年第一次世界大战爆发时，康拉德带着残疾的妻子和两个未成年的孩子回到了波兰，并在返回英国的途中滞留奥地利，度过了非常煎熬、绝望的一段时间。辗转回到英国之后，康拉德心悸祖国，却又束手无策，英国对俄国在波兰问题上的纵容，尤其让他心痛不已，复杂的国际形势和强烈的爱国情感迫使他通过文字来排解心中的愤懑之情；另外，康拉德虽然是一个有深刻洞察力的作家，身处一战却让他一筹莫展，整个世界格局的变化让他看不到未来的方向，这也使得他试图通过文学创作来把握人类生存的真实；而最让他揪心的，是自己年仅 17 岁的长子奋勇参战，当他站在铁路的一边目送儿子远去时，他深切感到作为父亲的无奈与无助，这也使得他拿起笔来，希望写一部作品献给奋战在前线的儿子和他的同龄人。在这样一部作品里，康拉德试图探讨：人之所以为人的实质是什么？在极端条件的考验下，是什么使我们存活？作为生活在历史中的父辈，什么是可以交到孩子们手中、让他们传承下去的东西？正如评论家们已经关注到的，这部小说集中阐发的是"共同体""团结一致""互相依存"的信念，或许在康拉德看来，正是这样一些信念，可以帮助人们穿越一战带来的苦难。

在西方知识界，比较集中探讨共同体概念的哲学家要首推滕尼斯。[2] 他年长康拉德两岁，比康拉德晚去世 12 年，两人可以说是同时代的人。滕尼斯的代表作《共同体与社会》出版的时候，康拉德正好 30 岁，取得了船长资格。没

---

[1] Frederick R. Karl and Laurence Davies, eds., *The Collected Letters of Joseph Conrad*, vol. 5, Cambridge: Cambridge University Press, 1989, 458.
[2] 殷企平：《西方文论关键词：共同体》，《外国文学》，2016 年第 2 期，第 70—79 页。

有证据表明康拉德读过这部作品,但是,排除他们作为社会学家和文学家所采用路径的不同,两个人对社会的洞察和思索,实则展现了惊人的相似之处。他们以不同的方式剖析社会的问题所在,探讨可能改进的方向,并追寻到相似的答案。用《共同体与社会》的核心观念来观照和解读《阴影线》,有助于在文本与语境的互文解读中理解作家其人其作的深层次文化内涵,并进而揭示康拉德对同时代共同体形塑的独特贡献。

根据滕尼斯对共同体的论述,可以抽离出共同体的三个基本特性:1) 它以家庭生活为基础;① 2) 它倚重习惯和传统;② 3) 它的成员之间互助依存。③ 在古代的农业社会,以土地为基础,逐渐形成了以家庭、村落和小镇为单位的共同体,它们的核心是家庭生活,村子和小镇则可以被看做是家庭的扩展和延伸。在这样的共同体内部,因为习惯的力量,人们形成共同的生活方式、道德准则和宗教,这就构成了该共同体的内核,即它的传统。作为共同体成员的个体,一方面受着传统的约束,另一方面又从中汲取个人生存和发展的力量,而人与人之间的关系可以是建设性的,也可以是毁灭性的。滕尼斯探讨的是人与人之间相互帮助、相互救助、相互服务、互惠往来的一种互动关系,从而构成共同体生活的有机性。

康拉德对于人与人之间互助有机关系的探讨,有其独特之处,因为他经常把海洋作为人物活动的场所,在这个舞台上探讨人的本质及其生活:"一切都能在海上找得到……冲突、和平、传奇、最显著的自然主义、理想、厌倦、反感、启示,等等。"④海上的生活考验着康拉德笔下的人物,"把(他们)内在的价值、脾气的棱角和本质的纹理暴露在日光下"。⑤ 如果说在农业社会,家庭构成社会的基本单位,那么在康拉德的海洋小说里,船则是船员们漂泊的家。年幼失去双亲、自我放逐的康拉德更是在《阴影线》中借年轻船长之口,做了一种透彻的表白:除了水手兄弟,"我没有其他家人"(I had no other family)。⑥ 而且,

---

① Tönnies, *Community and Civil Society*, 228.
② Ibid., 207.
③ Ibid., 33.
④ Joseph Conrad, *A Personal Record*, Cambridge: Cambridge University Press, 2002, 109.
⑤ Joseph Conrad, *Lord Jim*, New York and London: W. W. Norton & Company, 1968, 7.
⑥ Joseph Conrad, *The Shadow Line*, *Three Sea Stories*, ed. Keith Carabine, Hertfordshire: Wordsworth Classics, 1998, 204.

这艘漂浮的家有它悠久的传统、稳固的价值体系,这在康拉德的《文学与人生札记》中,曾有过相关的论述:

  他们付出更大的生命力代价,承受着由于高度的警惕和决心带给人的近乎难以忍受的压力,在有增无减的危险中,坚定地从事着先辈的事业。他们在海上来回穿梭着,履行着永恒不变的任务:同样的人,同样顽强的心,对严格传统的同样忠诚,是纯朴的劳动者创造了这一传统……①

此处提及的"先辈的事业"和"严格传统",其实指的是英国的商船传统。它始于 1600 年的英国东印度公司,历经两百多年的发展,到了 19 世纪末,已经有了一套极为完备的价值体系,宣扬责任、劳作和忠诚,呼应着维多利亚时期的主流价值观。

  在《阴影线》中,年轻的船长在登上船的一瞬间,便对这种传统有了清晰而深刻的认识。当他坐上船长的椅子,盯着对面镜子里的自己时,心智好像一下被打开了,意识到了传承的力量和他作为一个船长历史性的位置和责任:

  一个接一个的人曾经坐过这把椅子。我是突然明白了这样一种想法的,好像它一下立在了我的脑子里似的,而且,犹如每一个人都在这装饰华丽的四面墙之内留下了点什么,就像是有一个复合的灵魂、一个船长的灵魂突然对着我的灵魂低语,告诉我海上长久的日子、焦虑的时刻。②

康拉德曾写有《信心》一文,他在其中宣称:是"海员们撑起了帝国大厦",③"一个水手一生中最希望的事就是'确定他的位置'"。④ 此处,原本焦躁不安、对未来茫然无措的船长,突然意识到了自己的位置,认识到了在历任船长铸就的海上王朝里,他成了新的一员,需要继承传统赋予他的力量与责任,而且也应该

---

  ① 约瑟夫·康拉德:《文学与人生札记》,金筑云、姚媛等译,北京:中国文学出版社,2000 年,第 224 页。笔者根据原文对译文有所改动。
  ② Conrad, *The Shadow Line*, *Three Sea Stories*, 196.
  ③ 康拉德:《文学与人生札记》,第 229 页。
  ④ 同上,第 236 页。

在"四面墙之内留下点什么",这让这位年轻人完成了一个重大转变:从一开始的以自我为中心,转向对海上共同体的体认。如果说成长是一种模糊的界线,投下阴影,那么一个年轻人对阴影的穿越,完成的就是一种自我的塑造、对自我身份的把握,这可以被看做自我历史创造的过程。对《阴影线》的主人公来说,在完成自我塑造的同时,还在塑造着船长作为一种历史的身份,把船长这样一种意义和责任通过自我的努力,诠释并传承下去,这种接受和传递的过程既是被动的,也是积极而有意义的。换言之,虽然每一个船长所接受的训练和承担的职责相似,但是处在某一具体历史时刻的人能够赋予这个时刻独特的意义,同时构成他本身存在的独特性和价值。这是一个个体在两个层面上的历史存在。

由此可见,每一艘航行在海上的英国商船,都是一个漂浮的共同体,有它在历史和传统中的位置。小说中的船长,通过就任船长一职,接受并传承着英国的商船传统,为它服务,受它滋养,完成着自我塑造以及船长这一历史角色的个体性塑造。这样看来,康拉德笔下的商船,作为一个漂浮在大海上的封闭体,是一个有历史传统的共同体。这位年轻船长把船称做"家",把船员称做"亲人"(kin),①他们彼此协作,互相救助,共同营造有机的海上共同体生活。

二、崇高共同体

年轻船长登上要指挥的船之后,发现在灿烂的阳光下,漂亮的船体散发着光泽,有两位船员正在非常专注地工作,认真清洗着转向器,他忍不住向他们投去"深情的目光"(affectionate glance)。② 滕尼斯认为,从事同一种职业或技艺的人之间由于共同的知识、技能和职业操守而很容易达成彼此了解和心意相通。③ 上述两位船员表现出的水手品质,一下唤起了船长的同理心,让他心中生出一种"水手间的情谊"(the fellowship of seamen)。④ 对此,康拉德也曾做过专门的论述:

---

① Conrad, *The Shadow Line*, *Three Sea Stories*, 206.
② Ibid., 191.
③ Tönnies, *Community and Civil Society*, 44.
④ Conrad, *The Shadow Line*, *Three Sea Stories*, 179.

人们在辛勤工作中,产生了人们共同命运的同情意识,产生了对造就伟大工匠之千锤百炼的忠诚,产生了我们称之为荣誉的操行感,产生了对职业和理想主义的热爱……①

这种基于对同一种职业的理解和热爱而具备的友情,随着小说的发展不断加深,让船长和船员们彼此了解,相互尊重,逐步形成强大的协作精神,让船上的共同体生活充满凝聚力,帮助他们穿越死亡的考验。然而,水手中间,也有异类,比如该船的前任船长,曾试图带领整艘船驶向灭亡,这就是为什么当年轻船长向大副了解船的历史状况时,大副做出了这样的回答:

他说,就像一个人一样,一艘船需要机会来展现最能干的自己,而这艘船,从他上船以来,从来就没有过机会。②

这样一句评论,好似奠定了小说的核心要义,即不管是船还是船上的人,都在等待一个机会,以做到最好的自己,而整个加在一起,成为海上的理想共同体。不过,间隔在眼前和这个目标之间的,是疾病和海上无风的困扰,这对于帆船来说,无疑是致命的,无怪乎船长在绝望之际发出无声的呐喊:"我第一次指挥的却是生不逢时的船啊。"③但是,康拉德的描写往往是充满悖论和张力的,正是在人类面临天灾人祸的终极考验时,人最根本的特性反倒被激发出来,绽放人性的光辉。在船因无风动弹不得,船员们被热带病一个个击倒的时候,船上发生了悲剧性的一幕:船长发现唯一能够帮助他们对抗疾病的奎宁被人置换了。船不能动、疾病蔓延,整艘船被死亡气息笼罩,当船长需要人手干活时,他看到的不是船员,而是被发烧折磨成"鬼魂"(spirit)④的水手,精神的力量支撑着他们像皮影一样完成最基本的操作。就是在这种极端考验的情况下,人在肉体被降到最低的时候,灵魂反而得到升华,抽离出人最本质的东西,而作为

---

① 康拉德:《文学与人生札记》,第 220—221 页。
② Conrad, *The Shadow Line*, *Three Sea Stories*, 194.
③ Ibid., 243.
④ Ibid., 231.

当时的船员,他们存在的意义就是秉持水手的操守、尽职尽责,带船到终点:"商船船员的工作就是使交付于他们的船只在海上从一个港口移到另一个港口。"①船长这样评价他的船员们:

> 生病造成的损耗反倒是把船员们平平的相貌理想化了,有些脸上现出出人意表的高贵,有些则表现出了坚强……我问自己:是他们灵魂的品格还是富有想象的同情使得他们如此美妙,如此让我至死铭记。②

可以看出,对水手这一职业的理解和热爱,唤醒了船员们身上高贵的品质,强有力地把他们凝聚在一起,共同对抗死亡的威胁并穿越它。这样一种共同的水手气质彼此激荡,让水手们都做到最好的自己,具备了一种崇高的品性。正如卡莱尔所说,"一切真正的工作都是神圣的",③它"激发到人最深的内心,唤醒他所有的高贵"。④

以这样一组理想化的群像为背景,小说突出刻画的是兰瑟姆这个人物形象。他的仪表、举止、能力都无懈可击,但是有一颗脆弱的心脏,就如装在胸腔里的定时炸弹,任何过激的情绪或过度的操劳,都有可能把它引爆。就是在这种情况下,兰瑟姆义无反顾地肩负起照顾所有船员的责任,在最危急的时刻,他不顾心脏的负荷,干起了船员们干的重体力活,在他身上,船长看到了理想水手的化身:

> 他身上完美的水手品质被唤醒了。他无须指令。他知道如何行事。每次努力、每个举动都是一次持续的英雄主义行为。我无法去看这样一个被激活了的人。⑤

兰瑟姆身上所代表的完美水手品质有哪些呢?小说用了近二十个形容词、副

---

① 康拉德:《文学与人生札记》,第 223 页。
② Conrad, *The Shadow Line*, *Three Sea Stories*, 224.
③ Thomas Carlyle, *Past and Present*, New York: The Macmillan Company, 1927, 209.
④ Ibid., 205.
⑤ Conrad, *The Shadow Line*, *Three Sea Stories*, 241.

词和名词来描写这个人物,而其中的几个词更是反复出现,如"聪明"(intelligent)、"可靠"(unfailing)、"忠诚"(faithful)和"同情"(sympathy)。这些品质又可以被集中概括为忠诚、责任和同情心。在他身上,始终散发着优雅和慈悲的气息,他"随走随播撒安慰",①有学者甚至把他比做基督。② 正是兰瑟姆这样的水手,把船经营得像家一样温暖,让众船员在绝望的处境中团结一致,最终到达目的地。船长和他的船员们,面对天灾人祸的考验,通过互惠互助,反倒是建立起了一种海上崇高的共同体生活。在这个共同体里面,每个人都得到了人尽其能的机会,将个体的人性和能力发挥到极致。

是什么使得船长与船员之间形成如此紧密的合作,并且激发彼此做到最好呢?或许可以借用滕尼斯的理论来作一阐释:水手这一职业把船长和船员们紧密联系在一起,让他们彼此"理解"(understanding),③进而做到"和谐一致"(concord),④或者说具备了"家庭精神"(family spirit)。⑤ 滕尼斯认为,"理解"意味着熟知彼此,并且愿意分享对方的痛苦与快乐,就如小说中船长与船员之间长时间的同甘共苦,逐渐形成彼此间的"友情"(friendship)⑥一样。滕尼斯进一步区分了"友情"与"亲情"或"邻里之情"的不同,友情主要源于相同的职业或心智态度,大家是为了一个共同的目标而彼此协作,这样构成的共同体被滕尼斯称做"心智共同体"(Gemeinschaft of mind),以区别"血缘共同体"(Gemeinschaft by blood)或"地缘共同体"(Gemeinschaft of place)。⑦ 滕尼斯认为,与其他两种共同体相比,心智共同体最真实地体现人的本性,是最高形式的共同体,并且它能够教育并引导生命个体。在《阴影线》中,年轻船长一上船,就对这种心智共同体深有领悟:

……(这个船长的)王朝;的确不是以血统传承,而是以它的经验、训练、责

---

① Conrad, *The Shadow Line*, *Three Sea Stories*, 238.
② Hawthorn, Introduction to *The Shadow Line*, xvii.
③ Tönnies, *Community and Civil Society*, 47.
④ Ibid., 33.
⑤ Ibid., 48.
⑥ Ibid., 43.
⑦ Ibid., 42.

任观念和神圣而质朴的看待生活的传统观点而传承。①

可以看出,船长意识到了以职业为基础的海上共同体的独特之处,它通过训练、责任观、生活观等理念把船员们凝聚在一起,帮助他们营造出崇高的海上共同体生活。

由此可见,在海上,船作为一艘漂浮的共同体,它的核心是海员的职业操守和优良传统,对这种操守和传统的共同理解让船员们心性相通、彼此协作,从而形成一个有机的整体,又通过各尽所能,彼此激发,使这种以心智相连的共同体具备了崇高的属性。而这种"崇高的属性"正是爱德华时代的英国所日渐缺少的:

> 人人都在理智而又疯狂地追逐着物质利益,人性的纯朴善良、心灵的和谐完整不得不屈从于获取利益的狂热冲动,人们再也无法从古老的宗教信仰中找到精神和灵魂上的慰藉,在享受物质繁荣的同时他们也不得不承受着文化心态上的失衡和失去信仰后的孤独。②

而早在半个多世纪前,卡莱尔就对这种现象进行了鞭挞,并提出了救赎的宗教,即"工作伦理"。卡莱尔认为,如果生存是一片"散发着恶臭的泥沼",那么工作则是"自由流淌的清渠",奋力向前,催生"最深处青草的根芽",化泥沼为"丰收的绿原"。工作是"生命的旨归""工作就是生命"。③ 这种观点,曾得到康拉德倾声相和,他在《传统》的开篇即援引达·芬奇的文字:

> 工作就是规律。好比闲置的铁会风化成一堆废铁,又好比平静的池水会蜕变成死水、臭水,没有行动,人的精神也会僵死,失去它的活力,不再会促进我们在这世上留下我们的印迹。④

---

① Conrad, *The Shadow Line*, *Three Sea Stories*, 193.
② 参见胡强:《康拉德政治三部曲研究》,北京:中国社会科学出版社,2008年,第83页。
③ Carlyle, *Past and Present*, 205.
④ 康拉德:《文学与人生札记》,第220页。

可以看出,卡莱尔和康拉德都把"工作"看成个体和人类自我救赎的有机力量,是诊治他们社会弊病的良方。而且,他们都认为工作也是了解自我、完善自我的途径。① 在《阴影线》中,正是工作把船员们高贵的品质激发出来,对抗死亡,完成自我救赎,让他们和他们的海上生活具备了崇高的品性。

三、共同体的失落

然而,康拉德又是不同于卡莱尔的,后者一味地推崇工作与英雄崇拜,而康拉德在很多时候则能够站到事物的背面,对其进行反观和质疑。② 例如,在《阴影线》中,他清醒地看到:在崇高的背后,尚潜藏着不和谐的因素。在小说中,船一入港,完美的、如基督般散发着爱和温暖的兰瑟姆,就提出要解除合同并下岗。这个要求如此突兀,看似之前的恩情一笔勾销,再好的合作也只不过是逢场作戏,终将落个曲终人散的下场。当然,他辞职的原因是因为脆弱的心脏,但这更是让兰瑟姆这个人物具备了象征意义。首先,船上堪称崇高的共同体生活主要归功于他;其次,他脆弱的健康状况又好似暗喻这片刻的美好难以持久。那么,美好为何变得如此脆弱呢?这实则体现了现代共同体生活很重要的一个特点。在滕尼斯看来,与农业社会的共同体生活不同,商业社会中人与人之间关系的维系不再是具有很强稳固性的血缘和土地,而变成了合同关系。虽然共同体因子——如人与人之间的互助——仍可能在商业社会中存留,却很微弱、无法持久,更不可能成为主流的价值观念。③

正如马修·阿诺德所说,资本主义社会片面重视"机器文明和外在文明",而忽略"人的塑造",导致整个社会"缺乏纪律、感情冷漠、物质至上"。④ 类似的现象在康拉德笔下亦多有体现。他生活在一个科技迅猛发展的年代,新的发

---

① 卡莱尔认为,"当世的福音是知道你的工作,去做它"(Carlyle, *Past and Present*, 203),而且"人通过工作完善自己"(Carlyle, *Past and Present*, 204)。康拉德也曾借马洛之口阐发类似的观点:"我喜欢工作所包含的——那个让你发现自己的机会。"(Joseph Conrad, *Heart of Darkness*, New York and London: W. W. Norton & Company, 2006, 29)

② 对康拉德和卡莱尔的比较研究,参见 Alison L. Hopwood, "Carlyle and Conrad: *Past and Present* and 'Heart of Darkness', " *The Review of English Studies* 23, no. 90 (May, 1972), 162–172; Michael John DiSanto, *Under Conrad's Eyes: The Novel as Criticism*, Montreal & Kingston: McGill-Queen's University Press, 2009; Richard Niland, *Conrad and History*, Oxford: Oxford University Press, 2010.

③ Tönnies, *Community and Civil Society*, 34.

④ 阿伦·布洛克:《西方人文主义传统》,董乐山译,北京:群言出版社,2012年,第126页。

明变革着人们的生活,在听觉(电话、留声机、收音机)、视觉(望远镜、照相、电影)和出行(汽车、巴士、飞机)等方面改变着人们的生活以及观看/理解世界的方式。① 虽然现实中的康拉德跟许多文学家、哲学家一样,②积极追踪科技的发展并在生活中加以运用,但在创作小说的时候,则表现出更为复杂和批判的态度。火车、电报、新科技已经在他的作品中反复出现,但对人物的生活和命运并没有造成多少好的影响。例如,《黑暗的心》(*Heart of Darkness*,1899)里面残断的铁路犹如被压榨的黑人的肢体,没有效用;《进步前哨》("An Outpost of Progress",1897)里的凯耶兹曾是个电报员,但并没有给非洲带来丝毫的进步;《莫斯托罗莫》(*Nostromo*,1904)里的古尔德,虽然将新的开采技术引入萨拉科,却没有创造真正的福祉。另外,在康拉德的整个创作中,最为感人的一处刻画大概是《青春》中的船长太太,她充满了人性的柔和。这位老妇人给年轻的二副修补衣物,带给整艘运煤船家一般的温暖,但当年轻人送她乘火车离去的时候,发生了这样的一幕:

"你是个好小伙;我看到了你对约翰……彼尔德船长……是多么的……"火车突然启动。我向着老太太摘下帽子:我再也没有见到过她……③

这里,火车体现的是速度和效率,但也把人情剪断了,剥夺了人情自然表达的机会。善良的老太太没能说完自己的话,就被带走了,而再好的人际关系,也在瞬间终结,即使她像妈妈一样地照顾了年轻的二副,那也只如昙花一现,两人永远未能再见。这在以血缘和土地为基础的农业共同体生活中,是很少发生的。因此,这样一个场景,实际上象寓了现代人际关系的典型特征:短暂而难以为继。

康拉德自身的经历,也体现了现代社会深刻的矛盾性。从舅父写给康拉德的信件来看,在舅父生前,支票和汇款源源不断地从乌克兰汇往英国和世界

---

① Matthew Rubery, "Science and Technology," in *Joseph Conrad in Context*, ed. Allan H. Simmons, Cambridge: Cambridge University Press, 2009, 238.
② 参见阿伦·布洛克对达·芬奇、歌德等人的论述。
③ Joseph Conrad, "Youth," in *Selected Short Stories of Joseph Conrad*, ed. Keith Carabine, Hertfordshire: Wordsworth Classics, 1997, 69-94.

上任何康拉德有可能到达的地方,维持着他"俄罗斯伯爵"式的生活方式。而这些汇票来源于塔德乌什舅舅土地上农民的辛苦劳作,还有一部分来自庞大的家族里各位亲属留给康拉德或他母亲的遗产。可以说,是乌克兰传统的共同体生活不断给周游世界的康拉德提供营养,但是他却舍弃了它,去追求海上更为自由的空气和生活。在波兰,宗教和政治以及爱国运动总是紧密联系在一起,康拉德从出生起就因为父母狂热的爱国宗教政治活动而坐牢,并遭流放。他对这些传统价值及其观念产生的痛苦结果终生咀嚼,尤其对母亲的早逝无法释怀。[1] 在 14 岁那年,他就完全放弃了信仰,背离了相对闭塞的传统共同体生活,但也没有全然拥抱国际贸易驱动下的海上商业生活,而是对它的弊病抱持清醒的认识。一方面,他认可英国商船传统的价值观念,如责任、忠诚和劳作,并极力加以宣扬;另一方面,他又清楚地看到追求财富、消费和享乐是全球化的趋势;传统的价值观念已如杯水车薪,无法解决所有现代人的问题。

此外,《阴影线》还透露了现代人的另一个顽疾,即无所不在的孤独感,这在船长身上有集中的体现。一上船,他就感受到强烈的压迫感,意识到指挥船的重任终究需要一个人承担,这样一种孤独无助的感觉随着船上形势的恶化而有增无减。为了逃避孤独的重压,他诉诸日记,而无法对任何人倾诉。即便在每个船员抛出性命帮他,他被他们的精神深深感动时,他还眼望舵手说出了这样的话:"他孤身一人,我孤身一人,每个人在自己的位置上只身存在。"[2]最灿烂的人性绽放之下,仍有一个冰冷的角落,覆盖着什么都无法融开的坚冰。这样的话,也呼应着《黑暗的心》里马洛对人生的感叹:"我们活着,就如同做梦的时候一样……独自一人……"[3]滕尼斯认为,传统的共同体生活,依靠习俗、传统、宗教的力量把人们捆绑在土地上,而现代社会国际化的商业贸易,要在

---

[1] 兹德兹斯洛·内德这样评价康拉德的母亲:"她享有美人的盛誉,接受了出类拔萃的教育,是个精神高度紧张,而且富有献身精神的人,对自己要求颇高。"从她写给丈夫的信来看,她"冰雪聪明,是一个有着深沉爱意、意志坚强的人"。她在信中这样评价自己的儿子:"康拉德成长得很帅。他有颗金子的心……""我觉得咱们的康拉德将会有一颗超乎寻常的心。"康拉德还不到七岁半的时候,他的母亲就被艰苦的放逐生活摧折了;若是有这样的一位母亲在世,康拉德会长成什么样呢? 这颇令人遐想。参见:Adzislaw Najder, ed., *Conrad's Polish Background: Letters to and from Polish Friends*, London: Oxford University Press, 1964, 6.

[2] Conrad, *The Shadow Line*, *Three Sea Stories*, 232.

[3] Conrad, *Heart of Darkness*, 27.

理性和科学的精神下制定法律,让人成为自由活动的主体,这一方面给了个体的人自由和空间,但也容易滋生孤独和贪欲。①《阴影线》中的老船长和《黑暗的心》里的库兹就是摆脱了一切束缚的典型,并最终走向灭亡。在滕尼斯看来,现代商业社会在理性化、科学化、自由化的同时,也迎来了道德和人性的堕落。② 但当它试图通过复兴习俗、道德、宗教来重振社会风气的时候,又与它追逐财富、享乐、效率的精神相违背,这就构成了现代社会的精神死结,犹如无法根治的癌症,要新生就必须戕杀本身的生命力。

那么,出路在哪里呢?滕尼斯认为,希望寄托在包含了共同体精髓和观念的种子身上,通过它悄悄地生发,孕育出堕落中的希望。③ 在《阴影线》中的贾尔斯船长身上,我们看到这粒种子的光芒。就如年轻船长反复察觉到的那样,"(贾尔斯船长)散发着仁慈的光辉"。④ 他就像一只忙碌的蜘蛛,用仁爱之心编织人与人之间的有机联系:先是帮助年轻人得到了最需要的船长职位,又轻轻地解除旅馆管事的后顾之忧、救他一命;因为他的存在,周围人的生活变得不同。世界需要的就是这样的人,这样的人多了,网便被织起来了,新的有机生活就建立起来了,这是一幅康拉德设想中的愿景。

共同体在现代生活中已经失落,但它又是现代生活中唯一的真实(reality)。⑤ 滕尼斯论证了这一点,康拉德的《阴影线》也影射了这样一种认识。

以上分析表明,滕尼斯和康拉德都在寻找人类存活的火种。滕尼斯运用哲学、社会学的方法,考察将人们聚集在一起生活、工作、不分离的情感和动因,即有机的共同体生活。但是,他的考察有其历史性,即他把共同体与农业社会相连,看它在商业社会的破解和微弱的延续,寄希望于它作为火种的力量,生成将来新的文明。这样一种思路,让我们也看到了黑格尔和马克思的影响。与滕尼斯不同,康拉德凭借艺术家的想象,完全超越了历史的片段与地

---

① Tönnies, *Community and Civil Society*, 202.
② Ibid., 230.
③ Ibid., 231.
④ Conrad, *The Shadow Line*, *Three Sea Stories*, 245.
⑤ Tönnies, *Community and Civil Society*, 232.

域,他的共同体情怀包括了全人类。只要有人的地方,只要人们坚信彼此的关联,就能够建设有机的生活,这体现了艺术的浪漫想象。

康拉德的一生都致力于揭示人类生存表象下亘古不变的真理,即人类生存的实质。在他看来,这一实质就是人类的团结一致(human solidarity),[①]它支撑着人类同甘共苦。颇具讽刺意味的是,康拉德的海员职业推进了瓦解传统共同体的国际贸易和商业生活的发展,而他又通过文学创作披露这种社会发展方式的弊端,从中寻找共同体的因子,再用它来作为维系社会发展和人类生存的根,他试图抓住的是一种失落中的真实。就这一意义而言,《阴影线》非常完美地体现了康拉德及其时代的复杂性。

在《阴影线》中,我们看到崇高的水手品质把船员们凝聚在一起,形成了有机的海上共同体生活,但这种生活非常短暂,随着任务的结束而终结。尽管如此,康拉德仍然看到了它的重要性,把它看做现代人生存的希望,加以刻画和宣扬。从中我们看到康拉德对同时代道德伦理传统的思考和批判以及对社会愿景的描述。一言以蔽之,他的写作拓展了文化观念中的伦理关怀、共同体形塑和愿景描述等内涵。

第二节

"有机体的腐朽":《托诺-邦盖》中的命运共同体

《托诺-邦盖》是英国作家乔治·威尔斯的社会小说代表作。故事的叙述者乔治·庞德莱沃出生卑微,随叔叔爱德华·庞德莱沃开拓假药帝国,成就了自己的"辉煌"人生。威尔斯用自己的名字和其所处的爱德华时代为小说主要人物命名,通过展现"原原本本的人生",对那个时代"法律、传统、习俗和观念

[①] Joseph Conrad, Preface to *The Nigger of the "Narcissus"*, New York: W. W. Norton & Company, 1979, 145.

的事物"进行了全景式的描绘,①通过小说的形式与当时的文化观念展开了深度的思想互动。威尔斯在书中多次使用"腐朽""癌症"和"荒芜"等字眼,这些词汇与以假药命名的小说标题遥相呼应,折射了看似欣欣向荣、实则岌岌可危的"英国庞大社会有机体"(the great social organism of England)(69)的衰落命运。

小说中所提及的"社会机体"可以说就是社会学意义上指涉的"共同体"(community)。《托诺-邦盖》中的故事引发了读者对如下问题的思考:传统语境中宁静平和的英格兰乡村,为何变得无法忍受?乔治身为商业巨子,本可以享受财富积累带来的荣耀,为何总是心有万千愁绪?城郊能否成为主人公道德理想的栖息地?在威尔斯细腻的笔触之下,读者不仅可以领略到世纪之交英国社会生活的变迁百态,也可以感受作者对社会共同体精神与文化发展的重重忧思。

一、失衡的乡村共同体

《托诺-邦盖》更像是一本回忆录小说,主人公乔治历经保守的乡村时光、喧嚣的城市生活之后,抛开了所有的荣耀与烦恼,徐徐展开回忆的画卷,平静地述说着自己一路而来的人生经历。故事起源于乔治母亲帮佣的布莱兹欧弗山庄,乔治小时候跟随母亲居住于此。这个山庄始建于18世纪,是一座法式城堡。它与传统的英国乡村非常相似,与周围的村居合围形成了一个村落,"吸收了农村的一切"(21),似乎变成了"村庄共同体"的标志。② 在乔治的回忆中,山庄因地就势、布局巧妙,经过一个多世纪的发展,已成为风景如画、生态万千的自然景观,这里的人与环境相处和谐,生机勃勃之中呈现出一种有机共同体的繁荣景象。

然而,在时势变迁之中,秀美的乡村像是一颗精美而脆弱的小珠子,不堪重击。当工业文明的印记悄然"按上它的身体"(9),原本旖旎的景致逐渐变成

---

① 威尔斯:《托诺-邦盖》,第5页。小说译文主要参阅蒲隆译本,少量内容经笔者修订。文中凡引自该小说的内容,本节正文中只标页码不再另注。参阅 H. G. Wells, *Tono-Bungay*, New York: Random House, 1935.

② Jerome Blum, "The Internal Structure and Policy of the European Village Community from the Fifteenth to the Nineteenth Century," *The Journal of Modern History* 43, (1971), 541.

了丑陋不堪的厂房,留下一些"漂亮的青枝绿叶"杵在泥潭中"闪光",那些美好的印象便成了乔治记忆中"珍贵的蓝宝石"(21)。曾经恬静如画的田园遭到了霜冻般的摧残,换成了工棚林立、煤烟弥漫的昏暗景象,现实的"肮脏""邋遢"让人不堪忍受。用乔治的话来说,英格兰地区的肯特郡,乃至整个英国广阔的乡村都是"由一个接一个的布莱兹欧弗组成"(47),英国乡村的原生态风貌就是这样在工业化的浪潮中逐渐成了"消失的画面"(9)。从历史进程来看,工业革命带来了前所未有的社会进步,同时也带来了巨大的环境危机,乡村农庄慢慢被"工业主义的喧嚣"所笼罩,社会演进在进步主义的主线中呈现出一种充满悖论的发展格局。①

自然生态陷入困境与传统村庄共同体的精神危机存在着某种隐性的关联。布莱兹欧弗山庄的核心人物是老态龙钟、无儿无女的德鲁夫人,与她相伴的是年纪相当、同样膝下无子的萨默维尔表妹。两人自知来日无多,但仍然醉心于大庄园中奢华的生活。从英国村庄发展的历史来看,庄园的领主是村庄共同体的领导者,其责任在于保持并维护"事关村民的利益"。② 然而在威尔斯的笔下,布莱兹欧弗山庄的领导人已不复传统意义上的那种意气风发和公正严明,她们虚弱萎靡的样子倒像是住在"大壳子"里的"干透的果仁"(10)。老庄主德鲁夫人的日常生活极为无聊,或接待几个访客,或是抚弄爱犬,读些低俗小说,更多的时候是整天待在厅房里,无所事事,这些描写显露人物精神贫乏和思想空洞。她们只是继承了祖产而享有尊贵的身份,庞大的地产和巨额的财富让她们占据着村庄的核心位置,同时也享受着统治一方的地位。作为村庄共同体的精神领袖,尽管浓妆过后的面容仍显精致,生活上也尊享荣华,但她们的生命已日薄西山,早已失去了维系与管理庄园共同体的能力。

没有一儿半女可继承财产,远亲于是也就被排上了继承人的名单。异母兄妹阿尔奇·加维尔和阿特丽丝·诺曼底尽管出身贫穷,但因为是德鲁夫人的远亲,便有了到访山庄的机会,一时半会也享受了山庄中阔少爷和娇小姐的

---

① William J. Scheick, *The Critical Response to H. G. Wells*, London: Greenwood Press, 1995, 83.
② Christopher Dyer, "The English Medieval Village Community and Its Decline," *The Journal of British Studies* 33, (1994), 410.

虚荣。尽管这种来访机会只是一年一次,但他们一到山庄便立刻拥有了尊贵的身份。从威尔斯隐晦的细节描述中不难看出,德鲁夫人对其远亲奥斯普雷勋爵的家人这般殷勤,并不是她打算提早安排身后之事,更不是对底层亲戚心生同情和怜悯,而是希望借由这些穷亲戚的定期露面让世人知道,自己并不是孤立于世的老朽,山庄也不是一幢孤零零、无声无息的老房子。山庄中摆设的家具精美厚重,显露出往昔岁月的繁复传统,也体现出她灵魂深处那种无法摆脱的矛盾。她对整个山庄拥有着绝对的控制权,这种权力太过于稀松平常,早已不能为她的生活增添多少趣味,但是通过"控制、折磨一群合格的继承人",她似乎又给自己无聊的晚年生活找到了点新乐趣(33)。

　　老德鲁夫人身份意识很强,当自己的继承人与仆人发生矛盾时,她毫不含糊地站在了自己人这一边。小乔治受到阿尔奇的挑衅,继而发生了冲突,老夫人并未像传统中的领主那样维持公正,而是对小阿尔奇偏袒有加。这一方面显示出村庄首领高高在上的姿态,另一方面也以其道德上的威权维护了贵族与仆人之间森严的等级秩序。德鲁夫人并不关注事件的起因,仅仅凭借乔治"犯上作乱"的罪状便将责任划清,痛斥了乔治并要求其赔礼道歉。乔治的母亲不问缘由,和主人一道教训了儿子,还将他送出山庄。小插曲背后所凸显的是一种深刻的权力机制,村庄领主对村庄日常事务并不热心,更无力主持公道,她所关心的只是自己的脸面。乔治的母亲本性懦弱,为人又胆小怕事,面对主人家威严的等级"调教",她无力应付,只能委曲求全。她的蛮横与斥责重创了儿子的自尊,也撕裂了家庭内部最为牢靠的母子"共同体"纽带。①

　　随着现代化的进程,英国村庄共同体成员之间的关系开始变得日渐松散,个人很难从共同体中获得持续的安全感和归属感。不管是地域共同体,还是精神共同体,英国乡村已难复往昔那个"快乐的英格兰"。爱德华时代的英国为一种进步话语的乐观氛围所笼罩,但在社会深层结构之中却是愈演愈烈的观念纷争与社会冲突。在这种变迁加速的语境之中,不稳定性因素与日俱增,英国乡村仿佛已深陷衰退的泥潭,种种信号传递出英国社会出现更大危机的可能。这一时期的小说常常会呈现出两种截然相反的社会图景,一种是在"悠

---

① 滕尼斯:《共同体与社会》,第53页。

长的夏日午后",贵族阶级仍然沉浸在维多利亚时代的余晖之中,吟诵着悠闲的颂歌;另一种却是人们的价值观念不断发生碰撞,社会治理面临失序的危机。① 威尔斯通过对山庄意象的勾勒和对生活方式的细描不断提醒读者:传统乡村秩序早已出现裂变,绅士阶级在不断没落,村庄共同体的延续已难以为继,社会共同体秩序面临巨大的转型考验。

二、"混乱"的城市共同体

乔治年少执拗,冲突过后不肯向权贵低头,不得不离开山庄。转瞬之间,他似乎失去了传统意义上地域共同体与精神共同体的双重滋养,像大多数乡下青年一样,只能背井离乡,流向充满"刺激生活"的都市(279)。乔治投靠到了叔叔爱德华的门下,希望以新式理念敲开新生活的大门。可惜他的"吹嘘"式营销在保守的乡镇中没有起色,只好再次举家搬到伦敦。在这个"文明的中心",乔治渴望能大显身手,施展自己的才干。从19世纪初开始,工业革命逐渐分解了村庄共同体的物质结构,改变了传统的城乡结构模式,城市化进程日趋加快。爱德华·庞德莱沃是转型时代幸运儿的代表,一方面享受着19世纪"经济自由"所累积的发展福利,②另一方面也见证了这个时代"自由主义英国的离奇死亡"。③ 威尔斯以敏锐的眼光在作品中刻画了城市化进程中普通人在社会流动中的命运变迁,在继承和发展狄更斯现实主义传统中续写了现代城市文学的新篇章。他的笔下充满着人物命运与社会矛盾的碰撞与交织,也以厚重的批判精神刻画了转型时期"城市经验的认知和交流"。④

作品中的神药"托诺-邦盖"是自由经济体制下的异化产物。药的配方绝非某个家族的祖传,也不是科技研发的新产品,只不过是爱德华"从一本旧烹

---

① David Powell, *The Edwardian Crisis: Britain 1901-1914*, London: Macmillan Press, 1996, vii.
② 钱乘旦、陈晓律:《在传统与变革之间:英国文化模式溯源》,南京:江苏人民出版社,2010年,第79页。
③ 艾瑞克·霍布斯鲍姆:《帝国的时代:1875—1914》,贾士蘅译,南京:江苏人民出版社,1999年,第214页。
④ Williams, *The Country and the City*, 154. 如果说奥斯汀的小说代表了英国文学"古老而延续至今的乡村传统",传递出传统的共同体经验,那么狄更斯的小说则开创了英国文学的"城市传统",传达的是现代"共同体"经验,实现的是"城市及经验的认知与交流"。另见刘进:《文学与"文化革命":雷蒙德·威廉斯的文学批评研究》,成都:巴蜀书社,2007年,第210页。

饪书中搞到的"山寨方子(140),他之后又随意添加了几味调料和香精,用以强化药品刺激神经的效果。用爱德华自己的话来说,药方的好坏不是决定商业成败的关键,"用最贵的瓶子去兜售最贱的东西"才是发财致富的快速通道(148)。显而易见,爱德华关心的根本不是药品的疗效,而是产品热销后所能产生的巨大商业利润。对于爱德华来说,广告这一新的"现代手法"功能强大(144),不仅能将成本低廉的产品推销出去,还能带来意想不到的声名与地位。滕尼斯曾对世纪之交的广告用语有过分析。在他看来,一定程度上而言,谎言似乎在现代商业体制之内是被允许的,撒谎者或许并不是在存心欺骗,而只是为了"激起人们的购买欲望"。① 有了金钱开道,托诺-邦盖的广告在城市中大行其道。无论是街道广告牌,还是报纸广告、招贴画,甚至连那些代表着英国思想文化阵地的权威刊物,都成了他揽持顾客、售卖药品的宣传领地。广告编织了一个又一个谎言,让假药堂而皇之地出现在大众的公共视野,由此也加速了庞氏家族财富共同体的形成与膨胀。

在这个财富共同体中,爱德华一度处在核心的位置。他被当作"时代的象征"和"世界的主宰",备受消费者的推崇(299)。威尔斯笔下的爱德华体现了商品社会中一种极善钻营的特质,这种特质塑造了那个时代不少城市新移民的性格底色,也折射了消费社会中由商业广告所推动的那种"工商业革命性的变革"(168)。在这部小说中,爱德华是假药骗局的始作俑者,而妻子苏珊则是他的共谋。她知道丈夫生产销售的是假药,却以"没有禁止出售假药的法律"为幌子不断助推丈夫的欺骗行为(156)。在她的巧舌攻势下,乔治放下所有道义上的顾虑,加入了这个没有道德底线的商业共同体。爱德华夫妇的唯利是图体现了新的世纪商业社会的某种集体性格——在物欲上不断追求财富的增长,在道德上总是力图摆脱"共同体生活的束缚"。② 这种唯利是图体现了某种被扭曲的价值观念,也折射了转型时期共同体智识的集体缺失。在小说中,假药骗局出现的时间耐人寻味。它出现在爱德华夫妇离开传统的乡镇共同体之后,萌芽于他们进入全新的城市共同体之前,这种"丑恶现象"反映了"社会转

---

① 滕尼斯:《共同体与社会》,第185页。
② 同上,第92页。

型状况"在观念史和思想史研究中的特殊价值。① 爱德华凭借谎言便能日进斗金,假药企业不仅是那个时代"混乱共同体"(this irrational muddle of a community)(238)的产物,也体现了思想界对盛行于那个年代的进步话语的一种反思。

叔侄俩的关系通过协同工作来联结,属于工作伙伴之间的精神共同体,然而他们的这种联结是通过欺诈来维系的,充其量只是一种假面共同体。爱情代表着真诚和纯洁,也是"社会所关切的最重要的问题"(173)。可是在小说中,乔治和玛丽恩之间从一开始便是相互利用和欺骗,他们的婚姻体现了另一种假面共同体的堕落。玛丽恩为了俘获如意郎君,故意去图书馆学习,其假装知性的目的不过是为了制造邂逅的机会,捕获一段机心设计的姻缘。玛丽恩出身贫苦,渴求金钱,一心把未婚夫婿当做"可求的财产"(175);而乔治年少热血,充满对异性的渴望。两人的结合从一开始就缺少真实的情感基础,只是一种各取所需的欲望满足,自然也更谈不上精神共同体的伴侣感受。

在小说中,两人婚礼的细节描写耐人寻味。婚礼本该是一对新人"进入生命完美的共同体"的时刻,②然而,这场婚礼却演变成了一则"下作的广告"(192)。乔治的确讨得了未婚妻一家的欢心,但前提是他"切合实际"地悉数遵从了对方的要求。小题大做为的是向全世界证明他对玛丽恩的倾心爱慕,但颇感讽刺的是人们对这场华丽的婚礼似乎兴趣不大。大家关注的焦点是同时进行的另一场葬礼。没人关心喜气洋洋的婚礼队伍,也没人留心让出一条通道,车队穿行于嘈杂的车流,只能"跟在一辆讨厌的垃圾车后面蠕动着"(196)。众人淡漠的反应反衬出这场盛大婚礼的荒诞,暗示着这对新人永远无法步入身心交融的婚姻共同体。在现代城市共同体之中,爱情、婚姻与家庭无一不刻有金钱的印迹,人与人之间缺乏应有的理解和包容。威尔斯借主人公乔治之口,向读者展示了这"自由"之城背后的物化属性。无论是亲属之间的精神共同体关系,还是互为毗邻的地理共同体关系,在物质利益面前,都在物欲的腐蚀之中逐渐演化成一种简单的现金联结。威尔斯以其独特的视角让读者领悟

---

① 殷企平:《想象共同体:〈卡斯特桥镇长〉的中心意义》,《外国文学》,2014年第3期,第47页。
② 滕尼斯:《共同体与社会》,第44页。

到,充斥着物化利益的商业社会看似流通有序,但早已不是"一个真正的'共通体'"。① 在物质进步的洪流之中,"一种井然有序的结构"看似在都市生活中不断发展壮大,但这种结构的实质所体现的却只是一种充满"弊病的进程"(104)。威尔斯的讽刺犀利而深刻,他聚焦从商业理性中不断衍生而出的种种生存焦虑与躁动心态,他笔下的人物呼应了那个年代英国文化观念的流变,也表达了对转型时期各种社会病症的思想忧虑。

三、"千军万马齐奔荒原"

随着故事情节的展开,庞德莱沃家族被历史的车轮带入了城镇化进程之中。在社会转型的漩涡里,现代人如何寻找安身之所?怎样才能觅得理想的精神寄托?这两个问题不仅变成了乔治自我拷问的起点,也呈现出一种集体层面上的社会焦虑。创业之初,爱德华在乡镇的生意难见起色,金融风暴的打击也几乎让他一贫如洗,只得委身于廉价的城郊住所,使他内心充满着一种对现实的愤懑。而一旦暴富,城郊独立住所不仅成了他显摆阔气的首选,也成了特定财富阶层彰显身份地位的文化符码。事实上,作为连接乡村与城市的结合点,郊区既是城乡生活方式的交界点,也是各种社会思想和文化观念碰撞的区域,也正是在这里,"旧秩序"与新社会被巧妙地"结合起来"(288),呈现出一种渗透着微观权力特性的文化张力。

对于进城寻求发展机会的乡下人来说,城郊是方便进城的廉价住处,也是了解陌生之城的切入窗口。穷困拮据的爱德华夫妇初来乍到,租住在简陋而老旧的地下室里。这里的大门"疮疱斑斑",走廊"又窄又脏"(94),缺乏修缮所显露的不仅是一种外观上的破败,更有一种疏于维护背后的秩序混乱。"临时凑合的家"由随意拆分的隔间组成(95),既无美感,更谈不上实用。房东只关心房租的定期进项,对其他事情不闻不问。这种房屋设计具有明显的过渡性质,暴露出商业社会在经济行为中的一种"短视",其"肮脏"不堪的一面也折射了速度至上、急于求成的观念时弊和思想隐忧。在城市化进程中,经济效益被摆在了首要位置,城市建设缺乏必要的规划,城市的快速扩张导致人口的急速

---

① 莫里斯·布朗肖:《不可言明的共通体》,夏可君、尉光吉译,重庆:重庆大学出版社,2016年。

汇聚,城市逐渐变成了狂野的巨人,"无计划、无意图"所刻画的不仅是建筑扩张的精神底色,更突显了转型社会那种失序无根的社会心态(107)。中下层阶级的住房得不到有效关注,贫民阶层被无情的现实抛入那种逼仄的格子间,这或许就是小说中所描写的那个时代"有识群体"(an intelligent community)的荒诞本质(95)。① 从其结局来看,爱德华这个人物体现了一种复杂的矛盾性,也表达了威尔斯对社会权贵与暴富阶层的批判。"有识群体"名不副实,新的住宅群沦为"愚蠢的社区"(a foolish community)(97)。而更具讽刺意味的是,爱德华凭借虚假广告发财致富,摇身一变成了这个时代的"幸运儿",他的经历让人愤怒、唏嘘与感慨,同时在思想观念的更深层次上也折射出了以物欲膨胀为根基的"伪共同体"的虚妄本质。

为了更快地融入上层社会,爱德华下意识地在公开场合不断强化自己的"风度派头",刻意磨砺自己的"处世本领"(268),上流社会的那一套把戏对他来说已慢慢变得信手拈来。住所从破败不堪的廉租房最后变成了大古堡,居所的变化为"向前走,向上爬"的财富之路写下了虚荣与功利的注脚(255),同时也见证了"庞氏帝国"走向财富顶峰的过程。远郊的大古堡虽然阔大气派,但是难掩"古老""干瘪"与"陈腐"的气息,更无法满足他对自我形象的下一步商业形塑(296)。爱德华决定开山造地,打造一座鸡冠山庄,以一幢维特来庄园式的"20世纪现代住宅"来为自己的商业帝国的宣传造势。② 三千多工人进进出出,工地灯火通明,使这个原本宁静的山谷一下子变得热闹非凡。这充分显示了爱德华的假药帝国巅峰时期的经济实力,但是那种喧嚣与杂乱也为"庞氏帝国"的最终崩溃埋下了伏笔。

在伦敦这个"世界的心脏",爱德华·庞德莱沃创造了一个"代表性的历史案例",③一跃成为爱德华时代金融新贵的代表人物。但是极具讽刺意味的是,

---

① 原文中 an intelligent community 按上下文的意思,应该理解为"有识群体",而非"有识之士"或"知识分子群体"。参见原文 Wells, *Tono-Bungay*, 86.
② 惠特克·赖特(Whitaker Wright, 1846—1904)是爱德华时代一个臭名昭著的金融家兼冒险家,他大手笔打造了恢宏的维特来庄园(Witley Park),在金融证券投资中失败,被法院判处欺诈罪,判决当场自杀。参见 Ingvald Raknem, *H. G. Wells and His Critics*, Trondheim: Sentrum Boktrykkeri, 1962, 257–261.
③ 杰罗姆·汉密尔顿·巴克莱:《青春的季节——成长小说:从狄更斯到戈尔丁》,郑利萍译,济南:明天出版社,2014年,第137页。

庞大的工程还没有完工就迎来了主人公的破产，凌乱堆放的砖头和脱落的胶泥显露出故事凄凉的结局。在这个关口，在科学研究上已小有成就的乔治，却放弃了继续攀登科学高峰的初衷，为挽救"庞氏帝国"而带领探险小队远征非洲。为了给鸡冠山庄工程筹措资金，他计划在非洲盗采稀有矿物考普。在探险途中，他偶遇一名土著，却因害怕其通风报信而将对方无情射杀，掩埋尸体时乔治没有表露半点惭愧和惊慌，在他眼中，杀人已变成"一件稀松平常的工作"(372)。这个细节显露出深长的道德意味，暴露出乔治在物欲潮流中的心态变化，这个变化具有人格"定性"的内涵。在物欲暴利的引诱之下，他已从商业欺诈的共谋变成了非洲大陆的殖民入侵者，变成了道德共同体的叛徒。船只满载掠夺品扬帆起航之际，放射性极强的考普彻底腐蚀了木质的船体。船只从破裂到沉没不过瞬间，却带走了鸡冠山庄最后一丝复兴的希望。船只随着漩涡沉入海底，这一幕与开建鸡冠山庄时的热闹形成了极大的反差，也再一次复现了小说所蕴含的"荒芜"主题。

考普是具有商业开发价值的矿物材料，它的放射性对人体而言意味着致癌，对社会进程而言则意味着一种"腐蚀""干朽"和"化解"。小说结局这个细节对于共同体研究具有深刻的启发意义。原子会衰变，人类社会也可能会因为"古老文化的衰败"而走向沉沦(365—366)。威尔斯重视传统文化的价值，更看重财富阶层与文化精英对社会进步的道德责任。小说主要人物的命运体现了他对不择手段的商业观念的批判，也体现了他对私利膨胀之下个体走向荒诞的悲悯。在他看来，道德沦丧不仅预示了个人与社会关系的扭曲与瓦解，更意味着社会"有机体的腐朽"(69)。非洲之行"劳而无功"，兴于假药的"旁氏帝国"最终轰然倒塌，鸡冠山庄的烂尾楼依旧看得出设计者的宏大用心，也曾获得过无数人的仰慕，到头来却只能是孤独地立于城郊的荒原。这"千军万马齐奔荒原"的一幕让小说呈现出一种深刻的反思性(427)，爱德华处心积虑，构建的是一座矗立在沙堆之上的商业帝国，而这个欺诈帝国的最后崩塌似乎也印证了批评家戴维·洛奇(David Lodge，1935—   )对世纪之交英国的预言："从维多利亚晚期走向爱德华时代，英国注定要走向荒芜。"[①]

[①] David Lodge, *Language of Fiction: Essays in Criticism and Verbal Analysis of the English Novel*, London: Routledge and Kegan Paul, 2001, 232.

在《托诺-邦盖》中,威尔斯没有刻画英国小说界所流行的"绅士"形象,反而采用"一锅大杂烩"的书写方式(5),描述了现实生活中的"平民"故事。[①]。威尔斯没有沿用现实主义的现成结论去过滤和刻画生活的真实。相反,他更像一个逆水行舟的船长,在历史的河道上,拨开社会现实的重重迷雾,用深刻的笔触描述了那个变革时代的变迁实况。威尔斯的文笔无疑丰富了这一时期文化观念的历史内涵。关于这部作品的书名,威尔斯曾属意为"荒原"(Waste)。"荒废"意象(waste, wasted or wasteful)在这部小说中出现也多达 16 次。荒芜意象蕴含深刻,体现了一种充满异化感的情感结构,就像是"肿瘤增生过程中"催生出的一个个"肿块"或"脓疱",让整部小说呈现出一种"癌症"般的社会症候(107)。

从传统村庄共同体的失衡到现代商业共同体的混乱扩张,通过这些现代社会的文化标识,威尔斯向读者传递了一种浓烈的变迁信息。在威尔斯的视野里,社会的无序发展与人的精神幻灭在特定的时空语境中互补互释,在纠缠碰撞中不断强化着小说所呈现的那种深刻的社会批判。这部作品延展了威尔斯社会小说中的文化张力,呈现出对社会秩序的诸多深度思考。威尔斯作为转型社会的观察者和参与者,无论是通过科幻小说还是社会讽刺小说,他始终表达着一种对动荡与冲突的思想隐忧。在《托诺-邦盖》中,他并未对英国现实开出明确的治病良方,但却为看似繁荣的爱德华时代号准了潜藏在社会表皮之下的精神脉搏。时至今日,威尔斯精心构筑的这个故事依然能为读者提供诸多充满着思想洞见的启示。

第三节

威尔斯的《昏睡百年》与技术共同体

学者帕特里克·帕林德(Patrick Parrinder, 1944—   )认为,英国科幻作

[①] Jefferson Hunter, *Edwardian Fiction*, Cambridge: Harvard University Press, 1982, 58.

家威尔斯是促使科幻文学从科学冒险故事进化为现代科幻小说的关键人物。科幻作家詹姆斯·冈恩(James Gunn，1970—　)在其《过眼烟云：英国科幻小说》的前言部分提出，"威尔斯创造了现代科幻小说"，他开创了后续科幻文学中"大多数重要的主题"，如时空穿越、外星人入侵、隐身人、畸形怪兽等。[①] 在具有反乌托邦色彩的小说背景下，威尔斯并不满足于对科学技术未来发展的幻想和预测，他时常流露出对转型时期英国社会发展的忧虑。这种深藏于科幻形式下的、深刻的人文情怀，使得他的科幻文学作品具有超越故事情节的深意。在学者哈罗德·布罗姆(Harold Bloom，1930—2019)看来，威尔斯像哲学家一样，用他所学的所有知识影响我们，这种思想的宽度是"其他任何作家所不能带给我们的"。[②]

自柏拉图《理想国》(*Republic*，380BC)之始，对"共同体"意象的探寻便在西方社会传承下来。滕尼斯认为，共同体里的生活是亲密的、单纯的，而社会生活则有着公众性："人们在共同体里与同伙一起，从出生之时起，就休戚与共，同甘共苦。人们走进社会就如同走进他乡异国。"[③]在他看来，共同体意味着情感的凝聚，是带有感情色彩的，而社会则完全是客观的、理性的、不带感情色彩的。在相同的共同体内，人与人之间紧密地连接在一起，成为一个牢固的整体。另一位社会学家齐格蒙特·鲍曼(Zygmunt Bauman，1925—2017)也给共同体做了如下定义："共同体是一个'温馨'的地方，一个温暖而又舒适的场所"；"在共同体中，我们能够互相依靠对方"。[④] 共同体不单意味着人们在一起共同生活，组成一个整体，更喻示着心灵距离的拉近。威廉斯也认为，与"社会"这个词汇相比，"共同体"更使人具有心灵上的亲近感。

《昏睡百年》是威尔斯的一部经典反乌托邦科幻作品，它呈现出一个怪异扭曲的未来世界，但是其中却有着维多利亚晚期英国社会的影子。威尔斯描绘的是未来反乌托邦式的社会，透过这种扭曲的社会，展现出一个错位的共同体。这部作品所确立的反乌托邦形式，对扎米亚京、奥威尔、赫胥黎等人产生

[①] 詹姆斯·冈恩：《过眼烟云：英国科幻小说》，郭建中主编，北京：北京大学出版社，2008年，第2页。
[②] Harold Bloom, *Edwardian and Georgian Fiction*, Philadelphia: Chelsea House, 2005, 50.
[③] 滕尼斯：《共同体与社会》，第52—53页。
[④] 齐格蒙特·鲍曼：《共同体》，欧阳景根译，南京：江苏人民出版社，2003年，第2—3页。

了重要影响。通过模拟英国社会机械技术的疾速发展，小说展示了一个审美趋向高度一致的未来世界。这种对人们在"机械时代"面临的精神囚禁的描写，不仅体现了威尔斯个人的文化反思，更是 19 世纪英国转型时期社会变迁的现实映照。

一、"时间机器"与共同体幻象

威尔斯出生于英国社会中下阶层家庭，他曾经尝试过各种类型的职业，如记者、社会学家、历史学家、作家，等等。在伦敦的科学师范学校学习期间，威尔斯受到托马斯·赫胥黎的科学人文主义以及达尔文的进化论的影响。转型时期的英国社会，各阶层之间矛盾加剧，冲突不断，这让威尔斯深信社会是优胜劣汰的有机体，"世界是充满你死我活抗争的场所"。[①] 科幻小说正是威尔斯改良社会和抒发其政治理想的武器，"激进性"和"革命性"是他写作的鲜明特征。他的成名作《时间机器》(The Time Machine，1895)出版于 1895 年，至少六次易稿。同时这部小说也为威尔斯奠定了时间旅行文学先驱的地位。[②] 科幻批评家亚当·罗伯茨(Adam Roberts，1965—)认为这部作品中蕴含了"斯威夫特式的讽喻"，[③]而伯纳德·伯冈兹(Bernard Bergonzi，1929—2016)则认为这部"世纪末"的书中映射出"哈代式的绝望"。[④]《时间机器》堪称威尔斯最优秀的作品，小说中对人类未来命运的悲观预想以及对人类未来社会的建构与展望，始终贯穿于威尔斯的其他科幻作品中。

小说中，时间旅行者(the Time Traveler)乘坐时间机器在第四维度"时间"上驰骋，来到公元 802701 年的未来时空。在未来世界我们看到，人类社会结构沿着贫与富两个阶层进一步异化为"埃洛伊"(Eloi)与"莫洛克"(Morlock)这两种生物。"埃洛伊"有着很好的相貌、上等的生活环境。"非常漂亮优雅，但又脆弱得难以言表"，他们就像"漂亮的肺病患者"，已经丧失了劳

---

① 亚当·罗伯茨：《科幻小说史》，马小悟译，北京：北京大学出版社，2010 年，第 144 页。
② Paul J. Nahin, *Time Machine Tales: The Science Fiction Adventures and Philosophical Puzzles of Time Travel*, New York: Springer, 2016, vii.
③ 罗伯茨：《科幻小说史》，第 145 页。
④ 布莱恩·奥尔迪斯等：《亿万年大狂欢：西方科幻小说史》，舒伟等译，合肥：安徽文艺出版社，2011 年，第 148 页。

动能力,智力和体能都已经退化。① "莫洛克"凶悍野蛮,终日在地下的机器旁辛勤劳动,他们已经丧失了人类的外貌,演化成为"像猿一样古怪的小动物,样子特别,耷拉着脑袋",而且能够像"蜘蛛人"一样灵活地攀岩走壁。② 传统批评家认为这种新奇的人物设定"是对英国阶级结构的一种反思"。③ 发人深省的是,每到夜晚,"莫洛克"便会从地表钻出,爬上地面寻找食物。他们的食物正是"埃洛伊"。后者是资产阶级的化身,丧失了劳动能力,成为劳动者"莫洛克"豢养的食物。两个阶层的力量完全颠倒了过来,并且"一方成为另一方的'牲畜'",④这不得不说是一种绝妙的讽刺。

和凡尔纳对各种机械发明详细的内部构造描写不同,威尔斯似乎刻意在这一方面为读者空出想象的留白。他没有耗费诸多笔墨在时间机器具体的运转原理上,只在适当的位置作出相应的描绘。在乘坐时间机器逃离公元802701 年后,时间旅行者转而来到了几千万年后的地球。迎接他的是更加不可思议的景象,除了巨型的螃蟹和白蝴蝶之外,整个世界的其他生物都已经全部灭绝。巨大的白蝴蝶"叫声是那样凄凉",像怪兽一样的巨蟹则有着"长长的触须""金属似的"眼睛、"难看的大螯上粘着海藻黏土"。⑤ 在小说的末尾,所有的高级哺乳类动物都已经沦为海陆两栖类"巨大螃蟹"的猎物,而"巨大的螃蟹"又被有毒的地衣植物所制服。在这样倒退的生物演变方式背后,作者描绘了与进化论相悖的食物链结构。

威尔斯笔下的未来,有着美好的物质生活环境,时间旅行者在 802701 年看到的是,"整个世界已经成了一座花园",空气中"没有蚊虫",地上"没有杂草和菌类","到处都是水果和芳香怡人的鲜花"。⑥ 这使得时间旅行者一度认为,自己"找到了田园牧歌式的共产主义"。⑦ 不但"预防性医疗的理想已经实现,

---

① H. G. 威尔斯:《时间机器》,青闰译,南京:译林出版社,2012 年,第 21 页。
② 同上,第 43 页。
③ 罗伯茨:《科幻小说史》,第 145 页。
④ 达科·苏恩文:《科幻小说变形记:科幻小说的诗学和文学类型史》,丁素萍等译,合肥:安徽文艺出版社,2011 年,第 258 页。
⑤ 威尔斯:《时间机器》,第 80—81 页。
⑥ 同上,第 29 页。
⑦ 苏恩文:《科幻小说变形记》,第 264 页。

疾病已经根除",而且"人类的住所富丽堂皇,衣着光鲜亮丽"。① 埃洛伊人没有从事任何艰苦的工作,也没有任何斗争的迹象,一切阶级斗争、社会斗争都消失了。芒福德在《技术与文明》(Technics and Civilization,1934)中提出,技术以及机器的进步,最终目的不仅是控制自然界,更欲将其割裂分解,重新融入正待完善的社会机械体系中。②

  这些美好的景象并不是因为"埃洛伊"人的努力奋斗和勤劳智慧,相反,他们的智力严重退化了,虚幻的共同体被现实所打破。时间旅行者预期未来世界"人在知识、艺术和各个方面都会难以置信地超过"现实社会,③但是智力低下的埃洛伊人让时间旅行者大为失望,他感到自己白造了这台时间机器。作为来自维多利亚时期的发明家,时间旅行者一方面鄙视没有劳动能力、生活奢华的"埃洛伊"人,另一方面也惧怕来自地底、已经异化为兽类的"莫洛克"人。克利斯托夫·考德威尔(Christopher Caudwell,1907—1937)认为,"处于两个新物种之间位置"的时间旅行者正是威尔斯本人的化身。④ 威尔斯同样在上层阶级的颓废和下层阶级的粗鄙之间摇摆不定。

  在《时间机器》的结尾部分,作者提出了更为深层的思考:"人类的进步不容乐观",整体社会文明在无限累积后会不可避免地倒塌,从而"毁灭创造者"。⑤《时间机器》沿着莫尔《乌托邦》的反方向发展,创造了一种伟大的范式。需要指出的是,在末日来到之前,作者仍然保留了对美好共同体的心愿和憧憬。在时间旅行者身旁那两朵已经枯萎的奇异白花,"它们会证明,即使精神和体力已经离去,感激之情和彼此温情仍会活在人们的心里"。⑥

二、技术迷狂与共同体瓦解

  "反乌托邦"(dystopia)是"乌托邦"(utopias)的反面描写。根据约翰·克鲁特(John Clute,1940—)和彼得·尼克斯(Peter Nicholls,1939—2018)在

---

  ① 威尔斯:《时间机器》,第29—30页。
  ② 刘易斯·芒福德:《技术与文明》,陈允明、王克仁、李华山译,北京:中国建筑工业出版社,2009年,第47—52页。
  ③ 威尔斯:《时间机器》,第23页。
  ④ 苏恩文:《科幻小说变形记》,第264页。
  ⑤ 威尔斯:《时间机器》,第90页。
  ⑥ 同上。

《科幻百科全书》(*The Encyclopedia of Science Fiction*,1979)中的考证,dystopia 一词最早由穆勒在 1868 年的议会演讲中使用。① 1830 年至 1890 年,英国各阶层都为"上帝般的发明家以及机械制造商"所取得的成就而惊叹。② 在 19 世纪 40 年代,蒸汽动力取代了传统的人力、畜力。迅猛发展的工业化在给欧洲带来生机的同时,也改变了人们看待世界的方式。资本主义政权在科学技术的助力下急速发展,而这种过快发展反而使得资本主义本身产生了裂痕。机械社会体系在技术的不断发展中完善,随之而来的是人文主义与精神信仰的退场。技术的发展并没有为未来描绘出美好图景,而是增添了失望和恐惧。

在 1897 年的夏天,威尔斯开始构思一部和《时间机器》以及《世界大战》(*War of the World*,1898)相同类型的科学浪漫主义(*Scientific Romance*)小说,它就是《昏睡百年》。这部小说在 1910 年以《睡者醒来》(*The Sleeper Awakes*)的名字重新发行,并对文本中的一些口头表达做了约六千字的削减。③ 如果说《时间机器》是反乌托邦的开端和尝试,《昏睡百年》则沿着这条路线继续对未来社会的特大型城市加以刻画,使这种反乌托邦类型的小说初具规模。出版于 1899 年的《昏睡百年》被认为是威尔斯最优秀的反乌托邦小说之一。该作品通过描写主人公格雷厄姆(Graham)昏睡 203 年后在未来世界的所见所感,刻画出一幅信仰丧失、精神倒退的未来图景,展现出科技经济高速发展下,人性被机器所抑制的扭曲状态。

小说的主人公格雷厄姆是维多利亚时期一名普通的伦敦人。犹如瑞普·凡·温克尔(Rip Van Winkle)一般,延续了两百余年的睡梦将他带入 22 世纪。同时,威尔斯并未着重描写格雷厄姆的沉睡机制和苏醒原理。小说中仅提到"格雷厄姆确实处于一种怪异的状态,即处于某种迷睡的松弛期,但这种迷睡,在医学上是前所未有的"。④ 当他睁开眼,迎接他的是巨大的身份转变与

---

① John Clute and Peter Nicholls, *The Encyclopedia of Science Fiction*, London: Granada, 1979, 680.
② Herbert Sussman, *Victorian Technology Invention, Innovation, and the Rise of the Machine*. New York: Greenwood Press, 2009, 3.
③ Bernard Bergonzi, *The Early H. G. Wells: A Study of The Scientific Romances*, Toronto: University of Toronto Press, 1961, 140.
④ H. G. 威尔斯:《昏睡百年》,王松年译,西安:太白文艺出版社,1999 年,第 137 页。

文化冲击——从一个普通人转变为拥有大半个世界的权力阶层。这个机械化的新伦敦完全抛弃了旧有的生产方式，计量单位、语言口音、词汇表达和交通运输等都与过去彻底不同。22世纪伦敦的物质生活达到新的高度，巨型广告牌、巨大的建筑物、奔流不息的宽阔车道替换了宁静的乡村与小镇，电子立体影像则全面取代了纸质媒介书本。在网络媒体即将取代传统纸媒的现代社会，威尔斯小说的设定与今天的现实环境有着惊人的重合。这样一个"放荡不羁、享乐至上、生机勃发、难以捉摸"的世界，同时也是"物欲横流的世界"。[1] 格雷厄姆发现，自己的财产由管理委员会经营，这个委员会由12名成员组成。他们用各种金融手段使这些财产不断增值，成为一笔难以想象的庞大财富，最终购买了大半个世界的所有权。格雷厄姆的突然苏醒并不受管理委员会欢迎。为了不让他接触人民群众，管理委员会甚至软禁了他，这推进了他与未来权力阶层进一步的矛盾。

虽然科技进步，物质丰富，但与维多利亚时期相比，未来世界贫富差距和阶级冲突加剧，小说中格雷厄姆几次提到自己看过爱德华·贝拉米（Edward Bellamy，1850—1898）的著作《回顾》（*Looking Backward*，1888）。22世纪并没有"理想国"，也没有"社会主义国家"。[2] 未来社会的英国街道和房屋变得比维多利亚时期更加宽敞时，上层阶级却变得更加骄奢淫逸。格雷厄姆看到"城市高楼林立，街上人海如潮"，同时也感受到了"怨声载道的气氛"。[3] 他不禁怀疑，自己所处的未来英国，"却有着'非英国'的陌生感"。[4] 巨大的城市建筑群掩盖不了人们信仰的丧失和心灵的空虚，"这些人在文明的进程中比维多利亚女王时代的人前进了两百年"，他们应该比前人"更人道"，但传统道德准则反而被视为思想的陈规陋习，"难道人道除了是一种节操也是一种陋习吗？"[5]

经过观察，格雷厄姆发现自己实际上只是政权的象征，他的一言一行都受到管理委员会的束缚。在起义工人们的援助下，他逃出了委员会软禁自己的地方，并与奥斯特罗格一起推翻了委员会，建立了新的政府。不过，新的政府

---

[1] 威尔斯：《昏睡百年》，第169页。
[2] 同上，第171页。
[3] 同上。
[4] 同上。
[5] 同上，第175页。

又陷入同样的问题。格雷厄姆通过暗访地下工厂,了解到奥斯特罗格在本质上仍然是一名政客。奥斯特罗格认为劳动者就是愚蠢的野兽,没有让这些工人获得平等自由的必要,他们只是他的政治筹码。这些人有着和《时间机器》中莫洛克人相同的命运:因为长期在地下劳作,他们皮肤已经出现了白化现象,得了严重的工业病。他们一旦离开劳动公司的监管,就将一无所有。一旦穿上蓝色的工人服装,就要在地下工厂里干到死。技术的疯狂发展,改变了未来人类的育儿方式,亲子结构的亲密家庭关系被冰冷的机械臂瓦解。"那手臂、肩膀和乳房具有逼真的立体效果,关节和质地同样栩栩如生。"①抚摸着婴儿细嫩皮肤的是机器人结实有力的机械臂,还有程式化的逗弄方式。劳动人民的子女由机器奶妈带大,成人后这些孩子会面临同样的命运,穿上象征下层阶级的蓝色工人服装。这些孩子一旦达到成人标准,便被未来心理催眠技巧改造,成为最守时、最可靠的"机器看管人"。② 这样的设定,使得未来社会的工人更具悲剧色彩,技术的发展剥夺了个人的自由意志,将不同个体之间的个性色彩粉刷成同样的蓝色。

三、共同体塌陷与现实映射

威尔斯"是在发明氨爆炸药的那一年出生的",在去世之前"他亲眼见证了原子能时代的出现"。③ 多数批评家认为威尔斯的科幻作品政治理想太浓厚,但同时他们也承认这些作品具有时代性。"机器的发明是应人们萎缩的信念和动摇的生活冲动而生的。"④在第 23 章,格雷厄姆做最后的讲演时,威尔斯借主人公之口呼吁:"宏大的城市,辽阔的疆域蔚为壮观,是我们那个时代从未梦想过的。我们从未为此而奋斗过,然而它出现了。但是在这宏伟之下的芸芸众生如何呢?民众的生活又如何呢?一如既往。忧伤和劳碌,在禁锢和无望中挣扎,在权力和财富的蔑视下苟活,在放纵和罪恶中沉沦。原有的信仰已经消失、改变,而新的信仰……有新的信仰吗?"⑤

---

① 威尔斯:《昏睡百年》,第 281 页。
② 同上,第 257 页。
③ 奥尔迪斯等:《亿万年大狂欢》,第 171 页。
④ 芒福德:《技术与文明》,第 52 页。
⑤ 威尔斯:《昏睡百年》,第 308 页。

在第 2 章中,格雷厄姆在昏睡之前就热衷于"狂热的政治活动",并且是一个"狂热的激进分子"和"典型的自由主义者"。① 从某种程度来说,主人公的革命行为正是威尔斯本人内心想法的写照。在最后一次战斗中,格雷厄姆将自己的所有财产留给了人民,亲自驾驶飞机对抗奥斯特罗格派来的黑人空军部队。最终,格雷厄姆奋勇击退奥斯特罗格,但是他本人驾驶的飞机也被击中,因而坠机身亡。在这部小说中,威尔斯倾注了对未来的预测和担忧,但他并未给出一个明确的解决方案。威尔斯的反乌托邦世界,在《时间机器》中孕育,在《昏睡百年》中已蔚然成型。威尔斯自己也表示,《昏睡百年》是沿着《时间机器》的线索,在特大型城市的背景之下推导而来。22 世纪的伦敦更加广袤,也更加拥堵,丰富先进的物质外壳下包裹的是绝望和空虚的内核。比起 19 世纪受摆布的撒克逊农民,这些未来工厂的蓝衣工人在精神上更为穷困和无助。

威尔斯对他所生活的时代提出警示,对未来则充满忧虑之情。随着农田、土地的开垦,人类形成了初级的共同体——家庭。这种基于农田和土地维持的共同体被资本的流动打破。滕尼斯认为,这种基于原始农耕劳作之上的人际关系是共同体的胚胎形式。在机械和技术的冲击下,这种形式的共同体遭到侵占和无情的破坏。小城市周围的土地和农田被吞并,从而形成了更大的城市。200 年过去后,伦敦变得更加雄伟壮丽,但是"城市已吞噬了人性","人类进入了一个新的发展时期"。② 回顾整个 20 世纪,威尔斯在文中所虚构的英国社会有着惊人的现实预见性。芒福德认为,"与社会机械的进步相伴随的是文化的消解和衰退"。③《昏睡百年》中描述的荒废的农田和到处竖立的巨大广告牌并不是威尔斯的空想。他用一颗被蛀虫噬空的种子,为被金钱侵蚀的英国社会做了最形象的比喻。

威尔斯的小说主人公,大多是中下阶层的普通伦敦市民。科技发明给他们带来的是不断被侵蚀的日常生活,这在达科·苏恩文(Darko Suvin, 1934—   )看来,"表现了一种帝国文明的内心意识的不安"。④ 威尔斯在《世界大战》第 1 卷

---

① 威尔斯:《昏睡百年》,第 140 页。
② 同上,第 227 页。
③ 芒福德:《技术与文明》,第 103 页。
④ 苏恩文:《科幻小说变形记》,第 236 页。

第 1 章中也写道:"尽管塔斯马尼亚人具备人类的所有特征,但是还是在一场由欧洲移民发动的种族灭绝战争中被屠杀得一个不剩。我们自己残酷无情,绝非仁慈之信徒,又怎么能责怪火星人同样心狠手辣地发起战争呢?"①无论是《昏睡百年》,还是先前的《时间机器》,威尔斯都力图在书中表达这样一种担忧:未来的英国社会乃至整个世界,可能会变得比维多利亚时期更糟糕。威尔斯小说中所承载的威尔斯式(Wellsian)的世界观却改变了后世读者看待世界的方式。在他笔下,共同体理想成了失落的信仰,富人阶级为了自身利益所连接的共同体,和弱势群体联结起来的共同体"明显包含着不同的生活体验"。② 完整的共同体被割裂开来,成为两个完全不同的部分。对于这种现象的担忧,其实是一种文化情怀,它贯穿于《昏睡百年》的始终。

威尔斯描写的虽然是 22 世纪,却处处体现着当时维多利亚时期英国的影子,如党派间的争斗、巨大的贫富差距、在资本主义飞速发展下人们内心信仰的缺失等。威尔斯在小说中刻画出技术迷狂的未来新伦敦,体现出他对资本主义社会过快发展背后人性异化的忧虑。正是这种深刻的人文情怀,使得他的科幻小说独具现实批判色彩。在《昏睡百年》中,他描绘出英国社会金钱至上、精神贫乏的图景,同时期望唤醒人们对世界发展的反思与忧虑。苏恩文认为,威尔斯的早期科幻作品"比社会主义的乌托邦主义者的思想更令人痛苦,比马克·吐温的影响更加持久"。③

在技术不断革新的同时,威尔斯始终关注机械社会背后的"新野蛮主义"问题。他描写的星际战争,对人类社会未来的终极思考,对乌托邦的逆向探索,不但是对科幻小说新的创作意象和主题的探索,更是对当时维多利亚时期英国社会问题的聚焦。他将社会小说的思考和哲理引入了科幻小说,拓展了科幻小说的边界和深度。正是对社会活动和政治的关心,造就了威尔斯科幻作品中独特的问题意识和思辨精神。滕尼斯认为,共同体分为三种方式。第一种是精神共同体,精神上的相互关怀、感激和结合是"真正

---

① 苏恩文:《科幻小说变形记》,第 236 页。
② 鲍曼:《共同体》,第 71 页。
③ 苏恩文:《科幻小说变形记》,第 249 页。

的人和最高形式的共同体"。① 第二种是因为人所创造的财产而结合的共同体。第三种是出于对神的崇拜和信仰而聚合的共同体。这三种共同体以密切的方式连接在一起。在《昏睡百年》中,无论是管理委员会,还是奥斯特罗格政府,他们没有和人民在精神上形成连接,只是一种基于财产和土地利益的连接。这样的共同体无疑是不牢固的。而在最后的演讲中,格雷厄姆表示,他所有的财产乃至生命全部都留给人民。他对世界的拯救并不是出于私欲,而是对美好共同体的维护,体现了"相互之间的共同的、有约束力的思想信念作为一个共同体自己的意志"。② 尽管格雷厄姆最后没有完全获得胜利,但是他仍然没有放弃建立一个重回信仰时代、充满仁爱、人与人之间身体和心灵都紧密结合在一起的共同体理想。正如格雷厄姆以自我牺牲的方式将他的世界和财产留给了人民,时间旅行者在最后仍然保留着象征希望的小白花。同样,在反乌托邦的故事背景下,威尔斯始终对共同体抱有美好的憧憬。

第四节
格雷厄姆·格林的文学书写与想象共同体

20世纪上半叶对于英国来说,是一个危机重重的时代。英国社会的思想格局经历了进化论、进步主义、物质主义、实用主义等思潮的碰撞与洗刷,特别是帝国的衰落、城市化进程的加剧以及世界大战造成的重创,对英国民族的文化心理与身份意识产生了深远的影响。格林的作品在表层的情节之下就隐藏着这样深层的思想结构。跨国关系、宗教、道德、人性、"拯救第三世界",③与"新土地"上生活的人休戚与共,皆为格雷厄姆想象20世纪英国文化共同体的

---

① 滕尼斯:《共同体与社会》,第65页。
② 同上,第71页。
③ 张颖:《越南战争中的美英关系——以约翰逊·威尔逊政府为例》,《国际论坛》,2005年第4期,第27—33页。

书写主题。就题材而言,格林既关注冷战时期的国际政治问题,也使用以天主教信仰为主的宗教题材;他的小说覆盖越南战争、海地独裁、南非种族隔离、拉美的贫困和压迫、共产主义世界与资本主义世界的对垒等世界几乎各个角落所发生的重大事件。因此,格林的书写旨在回应社会变革和战争灾难所带来的文化困境,并着力表现作家本人的创作观、英国观以及对英国文化共同体的思考。

共同体与文化批评息息相关,因此,共同体的概念显得尤为关键。共同体的概念有多重解读。例如,殷企平教授持"构建共同体有赖于想象"的观点。① 这一观点在康奈尔大学教授安德森的专著《想象的共同体》中有迹可循,书中写道:"共同体需要想象,这是'因为即便是在最小的民族里,每个成员都永远无法认识大多数同胞,无法与他们相遇,甚至无法听他们说故事,不过在每个人的脑海里,存活着自己所在共同体的影像'。"② 格林的《文静的美国人》《问题的核心》(*The Heart of the Matter*,1948)和《人性的因素》(*The Human Factor*,1978)等作品摹写了战后英国文化流变的脉动,想象了格林所处年代的共同体。换言之,格林的作品是对英国社会转型过程中重大文化问题(如共同体的建构)作出的回应,甚至提出了试验性的对策。格林的文化共同体概念包含了他对英国的对外关系、道德、人性和宗教的理解以及"格林之国"这别具一格的文学共同体意象。

一、跨国关系视角下的共同体批评和想象

格林常被称为"天主教作家"(尽管他向来不同意这个称呼),有时又被称为"政治作家"。格林自己也说:"当我写政治题材时,我可能是一个政治作家,但这不适用于我所有的作品。"③ 更适合他的可能是下面的定位:"……我必须找到一种宗教,好用来衡量我的罪恶。"④ 这番话说明格林首先是一个时刻想着

---

① 殷企平:《"文化辩护书"》,第 5 页。
② Benedict Anderson, *Imagined Communities: Reflections on the Origin and Spread of Nationalism*, London: Verso, 1991, 6.
③ 详见杨志堂译:《英国作家格·格林谈政治小说》,《外国文学动态》,1980 年第 1 期,第 20—22 页。
④ 同上。

衡量自己的人。他笔下的人物生活在一个经过仔细调整设定的道德体系之中,他们逐渐沦落,或者说没有变得善良的真正出路,而只有或多或少陷入邪恶的无数途径。然而,这种精心勾勒的道德维度往往受到忽视。更容易被忽视的是,格林对道德的关注敏感地表达了他对社会转型的焦虑,担心"良善、道德、克制"等传统价值观崩塌,从而导致共同体缺失。

在格林的小说中,如同在亨利·詹姆斯(Henry James,1843—1916)的小说中一样,人性的各种变化都被放到工作台上供解剖分析。人在面临战争、死亡、损失和爱情等困境的时候,常常凭抽象的性格特征来给自己定义,如"我心地仁慈,而他却玩世不恭"这样的界定,但是如格林作品所显示的那样,"人性并不是黑白分明的,而是灰黑色的"。① 当然,格林并不是第一个注意到这种情况的小说家,而且他笔下的灰色美妙地具有各种不同的层次。例如,《文静的美国人》中颇有深意的三人组合就可以放在这片灰色的区域内:越南女人凤老实地为金钱所驱使,英国资深记者福勒超然物外,美国新生代记者派尔则想法单纯。小说是要鼓励读者把这三个人加以比照,把他们的嘲讽、希望、个人的沦落比较对照,却又根本不让读者对他们的性格做出令人满意的最终评价,并以这样一种方式来强调书中出现的复杂紧要的场景。在这种笔法背后藏有格林的创作意图,即对战后英国文化共同体构建过程进行反思和想象,尤其是在跨国关系层面上的批评和想象。

《文静的美国人》被广泛认为是一部政治小说,虽然成书于 1955 年,但它却是格林早在二战后就对英国文化共同体的想象和预测,是格林以记者身份四次访问越南后写就的。小说主人公托马斯·福勒和格林一样,也是 60 年代在越南的英国战地记者。有些评论家认为,这是格林素来不喜欢美国(好战)的又一次表现。在格林的自传《逃避之路》(*Ways of Escape*,1980)中,他曾经这样写道:"当《纽约人》杂志最终注意到我这部小说时,评论人谴责我指控我们'最好的朋友'(美国人)残杀无辜,理由是我把西贡主要广场上那次大爆炸的责任推到了他们身上。"②可见,格林是不喜欢美国的,他不喜欢的是美

---

① Robert Stone, Introduction to *The Quiet American*, by Graham Greene, New York: Penguin Classics, 2004, xi.
② Graham Greene, *Ways of Escape*, London: Bodley Head, 1980, 135-136.

国的自由主义价值观。格林对跨国关系的共同体想象所推崇的是英国式的克制。在《文静的美国人》中,他极具说服力地点明并批判了美国扶植一支外国第三势力的理论。例如,在小说的第 3 部第 2 章里,主人公福勒曾经对派尔说过这么一段话:

> 我们是老殖民主义国家的人民,派尔,可是我们从现实中学到了一点儿东西,我们学会了不玩火。第三势力这股力量——它是从书本上来的,就这么回事儿。泰将军不过是手下有几千人的一个土匪头儿;他并不代表民族民主主义。①

尽管美国评论家们大都攻击《文静的美国人》,但是随着历史事件的发展,尤其是第二次越南战争结束后,评论家们多半改变了对这部作品的看法。一个贫穷的第三世界小国,硬是打败了世界上最富有的大国,这恰好印证了格林在书中所下的结论,其前瞻性达到了令人惊讶的地步。其实,这不仅表明了格林对人类状况的敏锐洞察力和惊人分析力,而且反映了他基于战后跨国关系而构建的英国文化共同体的理想性,后者明显优于美国的自由主义理想。

就《文静的美国人》而言,"良善、道德、克制"是贯穿小说的价值观主线,也是格林对英国文化共同体的憧憬。作品中的人物陷入了一场看似没有尽头的战争,表现出道德上的彷徨与困惑。格林把人物安排在战场上,而战场上发生的任何事情都是无法确定的。尽管如此,凤和福勒还是在越南相遇了,这是(至少在福勒看来)他能指望的最大福分。他们所获得的是进退维谷中一个窄小的立脚点。"我是一个极其相信炼狱的人",格林有一次在采访时说,"炼狱在我看来,具有意义……你会有一种活动的感觉。我无法相信一个只是消极被动的幸福天堂"。② 信奉上帝的派尔进入了福勒的炼狱:他凭借一套关于越南的冠冕堂皇的叙述来到当地,并不择手段地迫使越南去合乎他的那套理论。但在这本小说中,并非只有派尔一个人始终采用一些为个人利益服务的、令人误解的说法。派尔有他对福勒的描述,而福勒也有他个人对派尔的描述(这是

---

① Greene, *Ways of Escape*, 17.
② 侯维瑞、李维屏:《英国小说史(下)》,南京:译林出版社,2005 年,第 689 页。

《文静的美国人》主导地位的描述),一种错误的、超过实际情形的描述。在他们各自的描述背后,是格林在文学实践中构建英国文化共同体时关于跨国关系的编织与想象。

为抒发共同体想象起见,格林借福勒之口褒奖英国人的智慧,而贬抑美国人的简单。尽管彼时的英国早已日落西山,然而这也正说明格林还残存着些许信念,抑或是寄予了理想,臆想着英国继续在国际舞台上发挥大国的影响力,从而在文学创作中推行英国文化共同体的所谓"良善、道德、克制"等价值观。

然而,格林在文学领域内打造英国文化共同体反映了问题的实质,即福勒和派尔对凤的姿态具有同样的性质,他们对凤的描述都带有殖民主义的色彩。他们所叙述的种种传闻都是偏狭的,其中夹杂着个人的需要。换言之,福勒和派尔都没有意识到未来跨国关系中的和谐性和平等性。不过,这两个人物的优越感在某种程度上也说明了格林对英国文化共同体影响力的自知以及对英国对外关系的敏锐观察。更直截了当地说,这种优越感映照出了格林内心深处自卑与自大的矛盾与彷徨。他在描绘这种矛盾心理的发展过程方面,从内部的微观世界(两个坠入情网的人)发展到地缘政治学的宏观世界,对每个环节及其后果是持保留态度的。他知道一个国家会爱上另一个国家,会和它产生瓜葛,也会对它感到厌倦,使它伤心痛苦。综上所述,格林对英国文化共同体的想象里隐含着英国对战后世界秩序的复杂心态和一定意义上的扬弃。

二、想象中的"人性"共同体

尽管《文静的美国人》不是宗教主题的作品,但是这丝毫不影响格林对信仰和人性的探讨。正如上文所分析的那样,该小说极好地印证了个人的动机是跟政治联系在一起的,宛若一对孪生物。个人的动机源于人性,而格林所阐述的宗教观是讲人性的。故事中有关于福勒读前妻信件的描写,刚好可以用来论证我们的上述观点。福勒一边看信,一边连续地反思:

有谁能怪她挖我的伤疤来进行报复呢?当我们不快活的时候,我们难免会伤害到他人。

> 伤害是在占有中形成的：我们的身心都太狭小了，不能占有另一个人而不自鸣得意，或是被别人占有而不感到羞耻。
> 我心想，"你多么得意啊，自己是超然的，你是记者，不是社会撰写人。你在幕后造成多大的混乱啊。"①

此处，个人和政治之间的复杂关系巧妙地呈现。喜爱外国，跟喜爱那里的女人，被作为互有关联的现象得以呈现（在格林被问到他来越南的原因时，他回答说，"那部分是由于美貌的女人——真是不同寻常"②）。书中表现的还有一种复杂的心理，即既要爱人自由，又要其顺从自己的愿望和意志，这同样适用于派尔和凤及其国家的那种相互矛盾的关系。

在上述象征性的三角恋中，凤在某种程度上代表越南，同时显示出她独特的自我。她是一个穿着白衣裳的姑娘，跳舞跳得比派尔好；她蜷缩在床上，阅读有关安妮公主③的详细报道。她不暴露自己的意图，喜欢在各处出没；她在卡狄娜街有着她自身的未受侵犯的生活，"购买丝巾，喝喝奶昔"，④待在福勒无法看到的地方，从而拒绝了读者希望她成为整个国家化身的那种自然要求。我们感受到一个真实灵动、透着生活气息的女人，而不只是一个派尔想要从福勒手中窃取的概念上的女人。福勒所进行的一部分战斗就是要保护凤身上所有的本质，不让其受到派尔言辞的影响。因为，作家在想象英国文化共同体时，始终把凤当做是一个个体的人，一个女人，因而在凤的身上填进了"人性"的关怀。然而，福勒只取得了初步的成功。有些时候，福勒十分想抹去真实的情形，即为了不让凤受到派尔对她所持观念的影响，他对凤所做的保护反而导致他自己成为讽刺的对象。当小说似乎由一种较为笼统的第三人称叙述的时候，福勒的第一人称叙述/评论往往要比格林自己的评论更警觉地意识到具有殖民色彩的思维方法及其危险："因为嗓音也有颜色，黄色嗓音唱歌，黑色嗓音像漱口，我们的嗓音只是说话。"⑤格林自身需要作出进一步完满的、富有想象

---

① Graham Greene, *The Quiet American*, New York: Penguin Classics, 2004, 28.
② Ibid., 32.
③ 安妮公主（Princess Anne, 1950—　），英国女王伊丽莎白二世之女。
④ Greene, *The Quiet American*, 46.
⑤ Ibid., 179.

力的飞跃,才能构想出凤觉得福勒所应当具有的口气。这种微妙的叙事方法,彰显了格林的自嘲:他发现自己在憧憬英国文化共同体时带有优越感,即对于美国人的优越感。也就是说,《文静的美国人》是一部洞察人性的作品。书中有对派尔这个人物的如下剖析也是一个很好的例子:

上帝在上,希望你明白你在这儿感谢什么事。哦,我知道,你的动机是好的,它们总是好的……但愿你有时候也有几个不好的动机。那么也许你会对人稍微多一点儿理解。这句话对你的国家也适用,派尔。①

这段引文清晰地表明格林更关注人,而非不讲人性的宗教信仰,这也正是格林的共同体价值体系的核心所在。那个文静的美国人派尔信奉一种宗教激进主义:他认为应该具有信仰,需要不择手段。与派尔相比,福勒至少相信世上并不存在一种值得去为之杀人的信念,他是有人性、讲道德的"良善"之人。

当派尔问福勒是否有什么信仰时,福勒说:"哦,我可不是什么伯克利的信徒。我相信我的背这会儿是靠着这堵墙。我相信那边有一支轻机枪。"②格林擅长用具体的细节来讽刺派尔那种浮夸的、平淡的、毫无个人感情色彩的信念。在格林看来,魔鬼就存在于具体的细节之中,而赎罪也存在于此。他完美地描绘日常的细节,而且极富人情味儿:

……他开朗、利落、爽直地笑了——是军人的一个简洁的微笑。
……大炮的火花像一只大钟的时针那样在天边转来转去。
我常常在书上读到人们恐惧时刻的思想:想到上帝,想到家庭,或是想到一个女人。我佩服那些人的控制力。我这时什么也没有想到,就连头上的那扇活板门也没有想到:在那几秒钟内,我不再存在:我完全给吓倒了。③

---

① Greene, *The Quiet American*, 64.
② Ibid., 176.
③ Graham Greene, *A World of My Own — A Dream Diary*, Harmondsworth: Reinhardt Books, 1992, 97.

这段引文证明格林在涉及信仰（引文中提到了"上帝"）时也能洞察具体的人性，体察人的"良心"，由此他关于"人性"共同体的想象可见一斑。

也就是说，即便在格林的宗教小说中，人性也始终是第一位的。他笔下的人物哪怕是宗教的烈士，也会有许多平常人的弱点，如无法拒绝酒精或是女色的诱惑（如同生活中的格林本人）。在格林看来，宗教是文化的载体，而信仰宗教的人首先应该是有人性的。唯有在宗教问题转换为普遍人性问题时，书写这样的宗教题材才有意义。从这一点来讲，格林确实是通过其宗教小说传达他的英国文化价值观的。他的小说里充满微妙复杂而难以厘清的"人性的因素"，①不经天主教的"窄门"，②如《问题的核心》里的悲悯和无力感。小说主人公斯考比原是个极守规矩的天主教徒，二战期间他在一英属西非殖民地服务，恪守职责，于浮世名利无所求，循例升迁的机会失去了也不烦恼。然而，周围的世界硬生生地将他拖进烦恼之中。首先是与妻子之间的危机：为送精神压抑的妻子去南非度假，他向一个叙利亚商人举债而受制于人。后来，他帮助一流落该地的年轻寡妇海伦，主要是出于同情而非情欲。妻子回来后，他苦恼万端地挣扎于两个女人以及自己的罪恶感之间。最后，侍奉他多年的忠仆被杀，致使他精神崩溃，服毒自杀。斯考比怀有"悲悯之心"，是个有同情能力的人，也因此更清醒地意识到"一己的无奈"。③ 他并无拯救世界的宏愿，问题是他对妻子和海伦却一点儿也不能提供真正的帮助，相反只能让自己陷入更深重的罪恶感之中。通过斯考比的故事，格林揭示了建构共同体的艰难。

《问题的核心》和《文静的美国人》都表明，格林在想象英国文化共同体时带有明显的"格林印记"——人性。读者在阅读中，自然地跟随格林进入"更重要的内心世界"；身份、职业这些外界东西都失去了重要性。俗世之人如战场上的士兵、黑社会人物，也许是格林世界中距离普通人最远的，然而《问题的核心》和《文静的美国人》分明在告诉读者：作品中的主人公就其内心而言，与常人无异；不仅如此，他们的特殊领域甚至还可以呈现为"一种生活方式"，同时也折射出格林的"人性"共同体愿景：故事中的人物（无论如何特别）不失其特殊性，而又是可以

---

① Graham Greene, *The Human Factor*, London: The Bodley Head, 1978, 5.
② Ibid., 38.
③ Graham Greene, *The Heart of the Matter*, New York: Penguin Books Ltd., 1978, 107.

理解的普通人;一切的一切,都充满"人性的因素",都关乎"问题的核心"。

三、格林之国——文学共同体意象

格林是一个了不起的文学国度缔造者,这个国度可以称为"格林之国"(Greeneland)。① 格林是一个持续逃离家乡的人。1934 年,正值 30 岁,徒步旅游了纳米比亚,据此写了游记《没有地图的旅行》(*Journey Without Maps*,1936),预告了他日后的游走历程。此后,他的长篇小说便由他的行走、张望和书写联合完成:《权力和荣耀》(*The Power and the Glory*,1940)是墨西哥,《问题的核心》是塞拉利昂,《文静的美国人》是中南半岛,《哈瓦那特派员》(*Our Man in Havana*,1958)是古巴,《喜剧演员》(*The Comedians*,1966)是海地,《麻风病例》(*A Burnt-Out Case*,1960)是他所言"形状就像人的心"的非洲腹地刚果,而晚期的《吉诃德阁下》(*Monsignor Quixote*,1982)则当然只能转回欧陆的西班牙。这就是"格林之国"的由来,意思是格林小说足迹所至的全数土地总和。

"格林之国"的总面积可能不逊于殖民鼎盛时期的日不落帝国,但它不是通过欺骗、谈判、征战和杀戮缔建起来的,而是由一个了不起的小说家凭借书写的方式,在伟大的文学地图中熠熠浮现起来的。有关这个史无前例的小说之国,他宣称:"这是仔仔细细、正正确确描绘出来的中南半岛、墨西哥和塞拉利昂。我不但是小说家,我还当过报社的特派员。"②格林的这番话不仅说明他要描写一个文学意义上的"格林之国",而且反映出他内心根深蒂固的一种恐惧:毕竟在他足迹所至的那些"边缘国度"之间,一直清晰地浮现着另一个无关小说的书写谱系,即过去数百年中由行商、传教士、冒险家、军人和民族志作者所联手完成的谱系,它深烙着英国帝国主义以自我为中心的殖民印记。格林真正怕的就是后者,所以他才刻意强调自己的书写是真实的,为的是要和数百年来以欧洲观点为中心、任意扭曲涂写其他异质社会的帝国主义书写传统划清界限。

---

① Christopher Hitchens, Introduction to *Our Man in Havana*, by Graham Green, New York: Penguin Classics, 2007, iii.
② Hitchens, Introduction to *Our Man in Havana*, 113.

只是，格林终究是外来的人——对于这一点，写过格林评传的约翰·斯珀林(John Spurling，1936—)说得好："格林描写的这些事实本身可能并不那么正确，但经过作者的挑选和组合，造成了所谓典型的'格林风貌'。"①外来者的书写，基本上总是一种宏观的、整体性的掌握，而疏漏于真实细节的理解和感同身受，但是格林的书写却不然。他跟康拉德一样，有着一双洞烛幽微的眼睛，甚至比康拉德更有这方面的优势。这个优势一方面源于时间延迟的自然效应——格林创作的时间晚了几十年，也就是多了几十年西欧对于这些遥远国度的累积了解；另一方面，这又是帝国霸权历经转移的几十年，让这些国家的政治体制、经济发展、社会结构、生活方式乃至文化思维承受了不同的冲击，呈现出相异的轨迹变化，这无疑给格林提供了更丰富的观察和反省线索。

此外，格林一直比康拉德更敏感于所到之地的现实权力结构和道德景象，并有着更为左翼的高度警觉和持续关切，他笔下的欧洲人也相对身形更渺小、姿态更谦卑，他们不像康拉德笔下那些带着家乡旅行袋、只停留在船上或港口远远瞻望的、漂洋过海的欧洲人，而是背起行囊上岸，探入内陆，和当地人一样定居生活，一样承受那里政治、社会和经济体制的全部风险、挫败乃至最终不留情的迫害。因此，格林笔下的这些国家是各不相同的：不同的统治者（墨西哥禁酒禁教的独裁政权、海地的杜瓦利埃医生和他戴墨镜的秘密警察唐唐·马库特、古巴卡斯特罗革命前的统治政府，或中南半岛上交错纵横的势力，等等），不同的客观历史线索，而不再是康拉德笔下一个泛泛存在的郁闷热带，一个欧洲人心灵的"异乡"，甚或只是某个传说中的暧昧国度，因为欧洲人的到来才浮现出地表，也因为欧洲人的再次转身离去而复归为零。因此，文学意义上的共同体——"格林之国"——似乎才是真实可触的。

格林用的不是现代意义的文学布景搭建，而是真山真水。他笔下的道德景象，既是虚设的，也是实体的，是文学剧场空间，也是历史真实空间。由此，格林把小说再次从昆德拉所说的"只能低头瞪视自己的灵魂"那种窄迫凝视中解放出来，并放手把现代社会分工层叠、遮挡视线的烦人建筑物再次夷平为广阔大地，让久违的地平线再次重现，让失落的旅者再次整装而行，人的灵魂和

---

① Qtd. in "Appendix" in Greene, *A World of My Own*, 114.

命运不再必然隔离如孤岛,它仍然可能重新接回人类的总体历史河流,小说已然为文学共同体的愿景而作。

"格林之国"不仅仅是空间的转换,它让不同社会、文化、人种的大板块撞击出小说书写所需要的新火花,其实质正是格林为构建文化共同体所运用的策略。他的文学自觉和书写方式,颇似大叙事时代的小说,触角延伸至诸多公共领域。在"格林之国",很多的发展迹象格林似曾相识,甚至了然于胸;他记得陷阱在哪里,知道致命的打击会从何处而来,美好的信念理想会在哪个阶段质变,人们会如何诚挚纯洁地坚持,如何休戚与共、怀揣希冀,等等。还须一提的是,虽然格林将作品背景每每置于远离英伦的边鄙之地,他塑造的人物远非典型的绅士做派,他笔端透出的却是绅士的气度:绅士的距离感、含蓄感与平衡感。在"格林之国"旅行,就是"人在无垠大地之上一种幸福的、无所事事的冒险旅行"。① 就是在这"无所事事的冒险"之中,格林赋予了自己作品一种宏大的历史内涵,一种不同凡响的文学共同体内涵,并借此与文化观念流变史形成了互动。

第五节
《缅甸岁月》:"帝国共同体"想象及其危机

自航海大发现以来,欧洲各民族对亚非拉国家进行了长达数百年的殖民剥削,近现代英国的整部发家史都与海外殖民掠夺息息相关。无数英国作家对此进行了讴歌,他们的创作对大英帝国的殖民扩张起到了推波助澜的作用,殖民主义实践和作家们的叙事相互编织,累积成为一整套"帝国共同体"神话。关于移居到殖民地的白人与民族共同体之间的关系,安德森在《想象的共同体》一书中做了独辟蹊径的阐述,他认为,最早的民族共同体"是殖民主义全球

---

① Greene, "Appendix" in *A World of My Own*, 114.

关系的产物"。① 他以美洲殖民地上的欧洲移民如何形成民族意识,进而脱离母国统治为例,勾画了第一波民族主义的形成过程。然而,殖民地的另一种情形是,19世纪被派驻到亚非拉地区的殖民地官员,并没有与当地居民团结起来形成统一的民族意识去争取独立,而是作为帝国的代表发挥着作用,自始至终维护着帝国的秩序。关于殖民地官员与母国之前的这一重关系,安德森在论述民族共同体的第三个阶段(即官方民族主义)的海外形式时也有所涉及,但言之不详。

奥威尔的第一部小说《缅甸岁月》根据其作为殖民地官员的亲身经历写成,被认为"是20世纪英国作家创作的最重要的反帝国主义小说之一"。② 在这部作品中,作者对殖民地官员和殖民地人民的帝国想象以及这种想象遭遇的危机做了生动展示。下文将从空间、语言、肤色、生活方式等角度来阐述"帝国共同体"的想象和构建方式,并从主人公弗洛里的胎记切入,来讨论这一想象所遭遇的危机。

一、空间与帝国共同体

任何共同体的建立都要求有一整套秩序,帝国共同体的建立首先需要在空间上进行划分,在《缅甸岁月》中,作者正是把权力空间的争夺作为小说的主要矛盾来构建的。

小说中的故事发生在缅甸的凯奥克他达城,这座城约有四千人口,欧洲人仅有八位,但他们在这里享有绝对权威。弗朗茨·法农(Frantz Omar Fanon, 1925—1961)曾对这种看似奇怪的现象有过分析,他说:"殖民者与被殖民者之比是质量的比。殖民者以其势力来对抗数量。"③殖民者的质量和势力来自他们对帝国共同体的想象和维护,他们想尽办法在殖民地官员和当地人之间创建中心与他者的关系。在《缅甸岁月》中,中心的确立首先表现为空间上的隔离,作者设置了"欧洲人俱乐部"这一空间,并使之成为整部小说的情节起点和矛盾中心。小说中的这家俱乐部是当时全缅甸唯一一家不接纳土著的俱乐

---

① 安德森:《想象的共同体》,第9页。
② John Newsinger, *Orwell's Politics*, Houndmills: Macmillan Press Ltd., 1999, 89.
③ 弗朗茨·法农:《全世界受苦的人》,万冰译,南京:译林出版社,2005年,第17页。

部,因而在人种意义上具有很高的"纯洁性"。小说对俱乐部成员如何团结起来保卫这个空间的纯洁性做了详尽描写。埃利斯(Ellis)是帝国话语的代表人物,当政府贴出告示,要选拔一名土著进俱乐部时,他极为愤怒,要求所有俱乐部成员签名反对。在他的反对意见中,通篇是对土著人身体的侮辱性言辞,他把东方人看做"邪恶的不洁之物"[1]"肚皮大、个子小的黑鬼"[2]"又黑又臭的猪猡"。[3] 他声称无法忍受土著人的汗手碰他,无法忍受他们"隔着桥牌桌直往他脸上呼大蒜的臭气"。[4] 不仅如此,在俱乐部里,英国人还随意辱骂侍者,任意使用暴力,通过无端惩罚来确立他不容置疑的主人地位。正如萨义德所说,"现代社会和原始部落在一定程度上似乎是以否定的方式认识其自身身份的"。[5] 他们通过否定土著,来确立这个空间的权威性。

俱乐部的纯洁性越得到强调,就越成为身份的象征,当地人就越渴望突破这一空间界限。小说中政府官员吴波金和医生维拉斯瓦米,均在帝国的殖民系统中占据了一定地位,算是土著中的精英,他们的共同愿望是加入欧洲人俱乐部,以进一步提高自身身份,完成对帝国共同体的"朝圣之旅"。吴波金把进入欧洲人俱乐部当做人生终极目标,认为俱乐部是"比天堂还要难登的圣会之所",[6]进入俱乐部在他看来是一件真正"伟大、光荣、高尚的事"。[7] 而医生作为弗洛里的朋友,也希望弗洛里帮助他击败吴波金,成为俱乐部里的第一名土著。帝国官员和当地人一方拒斥,一方渴望,双向合力,增加了俱乐部的神秘性和价值感。作者还把情节高潮设置为两千多名土著围攻俱乐部,更是进一步强调了俱乐部这一空间对帝国共同体想象的重要意义。

二、语言与帝国共同体

为维护帝国共同体的秩序,官员们极力维护语言的纯洁性。安德森说:"想象民族最重要的媒介是语言,而语言往往因其起源不易考证,更容易使这

---

[1] 乔治·奥威尔:《缅甸岁月》,李锋译,南京:南京大学出版社,2007年,第21页。
[2] 同上,第19页。
[3] 同上,第20页。
[4] 同上,第19页。
[5] 爱德华·萨义德:《东方学》,王宇根译,北京:三联书店,1999年,第68页。
[6] 奥威尔:《缅甸岁月》,第149页。
[7] 同上,第148页。

种想象产生一种古老而自然的力量。"① 在《缅甸岁月》中,殖民者和被殖民者都把语言视为一种身份标志,对此格外敏感。一心想要"朝圣帝国"的缅甸人吴波金走路、说话都模仿副专员麦克格雷格先生(Mr. Macgregor),言谈中常是缅甸语和英语相混杂。当他跟手下巴森(Ba Sein)谈论如意算盘时,他这样说:

"喂,巴森,我们的事进展得怎么样了?我希望,就像麦克格雷格先生所说的"——吴波金突然说起了英语——"有什么明显进展吗?"②

又如:

"……于是我们就可以——麦克格雷格先生怎么说的来着?啊,对了,'一箭双雕'。应该是一整群雕——哈哈!"③

这样的例子不胜枚举,他总是"边走边讲话,说的是那种政府机关里不纯的官话——夹杂着缅甸语的动词和英语的虚词短语"。④ 恰如法农所说,"一切民族语言都是一种思想方式"。⑤ 我们可以看到吴波金尤其热衷于学习英语俗语,因为正是俗语蕴涵并记忆了一个民族的主要智慧。书中吴波金有这么一句话:"……一个印度人有了欧洲朋友,你就没法搞垮他。因为他由此拥有了——他们爱用的是什么词来着?——声誉。"⑥ 当他说这番话时,他不仅在学习并运用"声誉"这个词,还领悟了一套价值观。正是因为他对西方文化了如指掌,他才能够最终打败维拉斯瓦米医生,如愿以偿地进入欧洲人俱乐部。奥威尔对吴波金的言语方式做了一针见血的评价:"用欧洲表达法修饰当地的方言,在说话时或用欧洲语言,写东西时滥用浮夸的句子,这一切发挥是为了达到一种和欧洲人平起平坐的感觉。"⑦ 语言上的模仿,是为了向帝国共同体的中

---

① 安德森:《想象的共同体》,第12页。
② 奥威尔:《缅甸岁月》,第5页。
③ 同上,第9页。
④ 同上,第7页。
⑤ 弗朗兹·法农:《黑皮肤,白面具》,万冰译,南京:译林出版社,2005年,第14—15页。
⑥ 奥威尔:《缅甸岁月》,第8页。
⑦ 法农:《黑皮肤,白面具》,第15页。

心朝圣。

与此同时,殖民者的态度也很耐人寻味。他们一方面在殖民地推行英语教育,另一方面又排斥当地人使用地道的英文来表达。在俱乐部里,英国人对俱乐部管家的语言进行了严格规训。管家是一名当地人,由于长期为白人服务,耳濡目染之下,自然而然地学会了地道的英文表达。这在埃利斯看来,十分不能容忍。小说中写到了埃利斯跟管家的一次对话:

"咱们还剩下多少冰块?"

"大约二十磅吧,主人。我觉得只能够今天的。我发现如今保持冰块低温可真够困难的。"

"你他妈的少这么讲话——还什么'我发现可真困难!'难道你刚吞了一本字典不成?'对不起,主人,冰块冷不了'——这才是你该说的话。哪个家伙英语开始讲得太好了,我们就得让他走人。我可受不了会讲英语的用人。你听见没有,管家?"①

埃利斯不能接受英语讲得好的用人,要求为他服务的人一直使用蹩脚英文,初看之下不合常情。在文学史中,我们已见识过众多殖民主义者通过推行自己的语言去颠覆他者文化的先例。在《暴风雨》中,普洛斯彼罗教会凯利班说话。在《鲁滨逊漂流记》中,鲁滨逊教会星期五说"主人""是""不是"等词汇。② 然而,事实上,殖民主义者从不允许土著把语言说得跟他们一样好,因为,如果他者跟他使用一样的语言,他的中心身份就会变得模糊。在《黑皮肤,白面具》(*Black Skin, White Masks*, 1952)中,法农也提到了法国人要求殖民地人民说蹩脚法语的现象。法农认为殖民主义者"是在表达这个思想:'你,待在你所在的地方。'"③ 如果我们仔细分析这一段对话,还可以发现殖民主义另一自欺欺人的逻辑。埃利斯和管家所说的话在语意上没有区别,只是表达方式不同。在管家的话里,主语是"我",他连续使用了"我觉得""我发现"这样主动、积极、

---

① 奥威尔:《缅甸岁月》,第 23 页。
② 丹尼尔·笛福:《鲁滨逊漂流记》,张蕾芳译,海口:海南出版公司,2000 年,第 154 页。
③ 法农:《黑皮肤,白面具》,第 21 页。

探索性的句式。一个被统治者不仅会"想",还会"发现",这便构成了对主人的冒犯。埃利斯教他说的话里主语不再是"我",而换成了"冰块"。这就成了对事实的直接陈述,缺失了主体思考、发现的环节。其中隐含的意义是用人仅仅知道"冰块冷不了"这一现象,而不明白其中道理,也不曾发现什么。这正是殖民者对被殖民者的构想,他们通过在具体生活中的抑制和教化,去证明殖民地人民野蛮无知这一先入之见的正确性。这是一种统治和剥夺的逻辑,是一种自欺,同时也是想象和维护帝国共同体秩序的必要环节。

三、血统、肤色与帝国共同体

安德森说:"从一开始,民族想象就和种种个人无法选择的事物,如出生地、肤色等密不可分。"[①]在这些不容个体选择的"自然的连带关系"中,人们感受到一种安德森称为"有机的共同体之美"(the beauty of gemeinschaft)[②]的东西。当殖民地官员来到异国他乡,他们比在母国时更重视自己的出生和肤色。在《缅甸岁月》中,奥威尔写道:"在印度的每个欧洲人都很注意自己的职务和肤色。"[③]

为确立帝国共同体秩序,他们不容许肤色界限被模糊。于是,人种之间的结合便成了一大罪恶。《缅甸岁月》中写到两个被遗弃的欧亚混血儿(Eurasians)弗兰西斯(Francis)和塞缪尔(Samuel)。他们的父亲都是英国牧师,母亲是当地人。他们的身体特征是对人种界限的模糊,他们的出生是对帝国共同体秩序的挑战。小说着意描写了他们自己对自身身体特征的珍视,以及白人对他们身体特征的厌恶,这两种感情都体现了殖民话语的统治力量。弗兰西斯和塞缪尔自小没有受到好的教育,但他们不愿意放下混血儿的架子跟当地人一样去从事卑微的职业。这样一来,他们只能在集市闲逛,沦落为乞讨者,靠土著人的接济才能活命。纵然如此,他们认为自己比土著要高贵,把自己的白人血统视为唯一财产,四处寻找听众,向人讲述自己的出生。他们最喜欢从身体特征上强调自己同土著人的区别。由于人们认为当地人皮肤粗

---

① 安德森:《想象的共同体》,第12页。
② 同上,第138页。
③ 奥威尔:《缅甸岁月》,第31页。

糙，长不出痱子来，所以每当四月来临，弗兰西斯和塞缪尔就变得十分忙碌，他们忙着去告诉别人自己身上已长了痱子，每天晚上都为痱子受尽苦头。又由于人们认为土著的脑袋坚硬，再强烈的日光照射也不能使他们中暑，因此，天略一变暖，弗兰西斯和塞缪尔就戴上硕大的遮阳帽出门，以表明自己会中暑。他们比白人更刻意地强调自己的身体特征，然而，常常是因为强调得太过度而把自己出卖了。他们戴的帽子比一般白人戴的帽子要宽很多，而他们的身子却比当地人还要小一些，因而看上去很不协调，小说中写他们"单薄的身子在帽子下就仿佛曼陀罗的花梗"。① 当他们强调自己长痱子的优雅毛病时，他们说"这毛病在我们偶洲人（Europian）中间相当普遍"。② 他们的发音再次表明他们只有一半的白人血统。虽然他们竭力想证明自己的白人血统，白人们却不领情，认为跟这两个人讲话是一件有失体面的事情，他们甚至连用拐棍碰一下他们都不愿意。白人对他们的友好仅限于送给他们一个绰号——"黄肚皮"（Yellow-bellies）。③ 绰号是一种命名、一种话语，是对事物属性的确认。"黄肚皮"强调的是肤色上的差异，从而抹去了弗兰西斯和塞缪尔的白人血统，从身体特征上划下了中心与他者的界限。而伊丽莎白（Elizabeth）则把他们称做"怪物"，如同她称呼缅甸人那样。事实上，伊丽莎白对这两个欧亚混血儿的厌恶比对缅甸人的厌恶更甚。她曾说："这两个人居然礼拜天来教堂，其中一个长得简直像个白人。"④可见，这两个人对人种界线的模糊激起了伊丽莎白的民族义愤。最后伊丽莎白根据"欧亚混血儿总是遗传双方的缺点"这一道听途说来的理论，斥责他们"长得真够堕落的，又瘦弱又猥琐，而且他们的面孔也很不诚实"。⑤ 只有在把身体特征与道德评判相联系，从而在白人和混血儿之间划下清晰的界线后，她的民族义愤方才得到平息。

殖民主义从来都是双向的，当地人的"自我东方化"使得他们对白皮肤充满崇拜之情，小说借助弗洛里的缅甸情人马拉美这一形象来揭示当地人的这一情感。马拉美是弗洛里花三百卢比从她父母那里买来的，主人对她并没有

---

① 奥威尔：《缅甸岁月》，第 125 页。
② 同上，第 126 页。
③ 同上，第 127 页。
④ 同上，第 126 页。
⑤ 同上，第 128 页。

真正的感情,只是把她当做泄欲工具,但她不以为耻,反以为荣,喜欢穿上全部漂亮衣服回到村里去,向村里人炫耀自己的"波卡多"(bo-kadaw)①身份。她对弗洛里的崇拜集中表现在对他白皮肤的崇拜上,小说写道:"他那白色的皮肤在她眼里很是新奇,具有一种力量感,所以对她颇有吸引力。"②当弗洛里指责她有缅甸情人时,她十分不屑地说:"让他们那些讨厌的黑手摸我,想想都讨厌!我宁肯死掉也不愿意让一个缅甸人摸我!"③她俨然已不再是缅甸人了。不仅是马拉美,就连受过良好教育的维拉斯瓦米医生,也有很深的"白皮肤崇拜"情结,他把英国人称为"尊敬的英国绅士""白人老爷",说"他们都是世上的精英啊",④他每天渴望跟他的白人朋友弗洛里做"文明的交谈"。⑤ 小说中特别交代:在弗洛里去世后,维拉斯瓦米医生又结交了一位白人朋友。后者是一位因嗜酒如命而被公司开除的电工,是个"乏味的笨蛋",可是医生就是不肯相信一个白人会是傻瓜,几乎每天晚上都试图让他参加自己所谓的"文明的交谈"。在维拉斯瓦米医生看来,一个人只要皮肤是白的,他便拥有了灵魂高尚的最高证明。这种价值观与格列佛离开智马国,返回英国后时不时冲进马厩闻一闻马的气味何其相似乃尔,他对所谓"理性"的崇尚已然达到了非理性的程度。当地人对白皮肤的崇拜和殖民者对自身血统和肤色的维护交相呼应,构成了帝国共同体的又一道坚固秩序。

四、生活方式与帝国共同体

任何共同体的统一精神从来不只是一套原则或纲领,它总是会化为无形的手渗透到日常生活的方方面面。殖民主义不仅破坏了殖民地人民的文化家园,使他们无法确认自身,同时也给殖民者本身带来了无法治愈的身份焦虑。生活在海外的殖民地官员们,为想象并维护帝国共同体的秩序,比在母国时更恪守生活规范。萨义德说,在殖民话语这一权威体系面前,"非白种人,甚至是白种人自己,不得不温顺地俯首称臣。就其所采取的公共形式(殖民政府、领

---

① 缅甸语,意为"官太太"。
② 奥威尔:《缅甸岁月》,第 54 页。
③ 同上,第 53 页。
④ 同上,第 36 页。
⑤ 同上,第 35 页。

事机构、商贸组织)而言,它是用以表达、传播和实施殖民政策的中介机构,在此机构内,尽管允许一定程度的个人自由,但处于主导地位的是做'白种人'这一非个人化的普遍信念。简言之,做'白种人'是一种非常具体的存在形式,一种把握现实、语言和思想的途径。它使一种特定的风格得以产生"。① 于是,在殖民地,白种人的身体也不再是自由之身,它成为一个承载着特殊意义的符号,必须以指定方式进行表演。这一荒诞境遇在奥威尔的散文《射象》("Shooting an Elephant",1936)中已得到表现。当缅甸人遭到大象袭击时,主人公"我"拿着象征帝国权威的来复枪前往现场,心中并没有射死那头大象的打算。但是当地人激动地跟在"我"后边,围观"我",希望"我"杀死大象时,"我"感到矛盾和不安。最后,观众和"我"自己对帝国共同体的想象使"我"屈从于帝国的邪恶逻辑,违背自身意愿,射死了大象。这是一场由帝国共同体的神话规定的表演,射死大象是殖民者在东方必须完成的力量展示,当地人也需要看到这一表演,以确信自己被统治是正确的。

在《缅甸岁月》中,有大量类似的身体表演,其中表演得最出色的当数麦克格雷格先生。他所戴的面具是令人尊敬的英国绅士形象,为保持其英国特色,他比在母国的英国人更恪守英国人的生活方式。他每天早晨生气勃勃,精力充沛地洗冷水浴,在早饭前穿上短裤和汗衫,做"久坐人士拉伸操"。② 他已43岁,那一套体操的动作对他而言幅度过大,使他面部充血,几乎有中风之险,但他从不错过晨练,也从不中途停止高难度动作,因为他知道"早饭前做健身乃是白人老爷的标志"。③ 有意味的是,他的表演是有观众的:

  脚夫穆罕默德·阿里胳膊上挎着麦克格雷格先生的干净衣裳,透过半掩的门望去。他那又窄又黄的阿拉伯脸庞,表现出既不理解也不好奇的神情。五年来,他每天早晨都看到这套肢体活动,隐约认为这是一种祭祀仪式,祭奠的是某个神秘而苛刻的神。④

---

① 萨义德:《东方学》,第279页。
② 奥威尔:《缅甸岁月》,第75页。
③ 同上,第79页。
④ 同上,第75—76页。

麦克格雷格的体操不是身体健康所需,是表演给以阿拉伯脚夫为代表的当地人观看的。他所祭祀的神不是别的,正是"白人老爷"这一称号。时间一长,麦克格雷格先生的表演已成为一种本能,他不仅在外人面前如此,在俱乐部里,他也恪守英国规矩。他签单子给其他人买酒喝,自己却只喝柠檬水,在凯奥克他达的所有欧洲人当中,他是唯一一位不在黄昏前喝酒的人。出于对帝国共同体的想象,也由于当地人的盲目崇拜,"白人老爷"在殖民地成为文化货币。它的仪式性标志很多,如打网球、打马球、打桥牌、狩猎、开舞会、上教堂,等等,有时也表现为酗酒胡闹,残忍凶暴以及随时准备"抽你五十鞭"气焰。殖民地官员们刻意把自己脸谱化,展示出原本没有的优雅和勇敢,表现出原本没有的残暴和仇恨,遵循着一整套"白人老爷"生活方式,维持着众人对帝国共同体的想象。

在殖民地,并非只有男性才进行"白人老爷"的表演,伊丽莎白的身体表演可谓是有过之而无不及。伊丽莎白父母双亡,流落巴黎,住在出租屋里,只能靠当家庭教师的微薄收入艰辛度日。但来缅甸时,她把自己打扮得十分文雅,剪了当时巴黎最时尚的发型——伊顿短发,戴了社交圈女子戴的圆框龟纹眼镜。眼镜在当时的缅甸十分少见,它作为文明的象征,使人们第一眼看到伊丽莎白就为之着迷。文雅是伊丽莎白作为白人的第一张面具,她的第二张面具是男性化。在伊丽莎白初到缅甸时,她坐在火车上,看到白色的佛塔立于平原之上,觉得它就像"仰躺的女巨人的乳房"。[1] 而当地妇女第一次看到伊丽莎白,像是在看"全副盛装的祖鲁武士"。[2] 把殖民地当做待开垦的处女地,对之作女性化处理也是殖民话语的常见策略。正因为如此,一位白人女性到了这里,才会如此积极地表现出男性化的一面来。作为一名文弱女子,她好作男性化装扮,对骑马和打猎表现出极大热忱。伊丽莎白只在16岁时骑过马,可当维拉尔问她时,她说自己在国内时骑过很多次。[3] 她迷恋马背上的感觉,她爱上维拉尔的原因之一是"他把马带进了她的世界里"。[4] 伊丽莎白以前没有打

---

[1] 奥威尔:《缅甸岁月》,第100页。
[2] 同上,第88页。
[3] 同上,第222页。
[4] 同上,第225页。

过猎,可她一来缅甸就对打猎充满期待。当她穿着男式衬衣,跟弗洛里去丛林狩猎时,她把叔叔的猎枪放在腿上抚摸,"触摸着这支猎枪令她无比兴奋,根本不愿放手"。① 虽是第一次用枪,伊丽莎白却显示出了极高的天分,她先是射落了一只鸽子,后又协助弗洛里打死了一只豹。当她把自己射落的鸽子拿在手里时,她"爱不释手""甚至想亲吻它,把它抱在怀里"。② 伊丽莎白表演她的身手时,作者又写到了当地人的围观。这些围观者的目光对激发伊丽莎白的狩猎才华起到了重要作用,使她出色地完成了自己作为白人的表演。

作品中形形色色的当地人既是殖民话语的受害者,又执行并扩充着殖民话语的内涵。在生活方式上,他们也竭力使自己英国化。吴波金对他的妻子玛金(Ma Kin)说过一番发自肺腑的话,来对比英国和缅甸的生活方式,他说:"我已经厌倦用手指吃饭,只跟缅甸人打交道——都是些倒霉下贱的人……有时候,你就想过一种——该怎么说呢——高尚一点的生活方式?"③他已按照殖民话语逻辑把欧洲人和缅甸人的生活方式区分为"高尚"和"下贱"了。他的人生目标是进入俱乐部,而他对俱乐部的向往中包含着对欧洲人生活方式的倾慕:妻子穿上长筒丝袜和高跟鞋,坐在高高的椅子上,不再是赤脚走路的缅甸妇女。吴波金的想象里散发着一种殖民地人民所特有的自卑感。法农说,殖民地人民为控制这种自卑感所使用的方式经常是很天真的:"穿欧洲服装或戴些最新式的不值钱的小玩意儿,采用欧洲人使用的东西及其客套的外表,……"生活方式上的认同,即是对帝国共同体的无意识认同。

如果说吴波金是被帝国的武力所震慑,从而对帝国共同体产生认同的话,医生维拉斯瓦米则是大英帝国在殖民地推行的文化教育所培育出来的知识分子"楷模"。他曾经在医学院学习两年,所学的知识使他富有科学精神,在行医方式上跟当地医生不同。关于他与当地医生间的差异,小说中有精彩描写:

助理医生的诊断方式极其简单。他上来就问,"你哪儿疼?背、头还是肚子?"听到答复以后,便从事先准备好的三个纸包里拿出一个处方,然而比起维

---

① 奥威尔:《缅甸岁月》,第 166 页。
② 同上,第 174 页。
③ 同上,第 148 页。

拉斯瓦米医生的看病法儿,病人更喜欢这种方式。维拉斯瓦米医生总是习惯问人家是否得了性病——纯粹是个粗鄙不堪、毫无意义的问题——有时候他还建议动手术,更是把他们给吓坏了。他们的叫法是"割肚皮",绝大多数人宁肯连续死上十几回,也不愿接受"割肚皮"。①

缅甸人不相信"割肚皮",而只相信祖传药方,认为新月下采的草药、老虎的胡须、犀牛角、尿液等药物具有神奇疗效。这些在维拉斯瓦米医生看来都"太恶心了",他由此把自己的同胞称做"没开化的牲畜"。②维拉斯瓦米不仅对缅甸传统文化采取鄙夷和全盘否定的态度,常取笑当地人的行医方式和对待疾病的态度,对缅甸人身上散发出来的气味也极为厌恶。他给人治病时无法忍受病人鼻子里呼出的大蒜味,说:"我很惊讶,他们的血液是怎么渗透了这种味道的。"③就这样,他把自己跟"他们"区分了出来。在谈到白人时,他不加区分地认为每一个英国人都具有"伟大而纯正的品格"。纵然是那些粗鲁无礼的人,他也认为"在他们粗犷的外表下面,有一颗金子做的心"。④博埃默曾经指出:"为了大大提高自己的地位,辽阔的帝国中不同区域的本土民族主义者普遍戴上了英国开明绅士的面具,甚至做得比真正的英国绅士更正确,更像殖民主义者,更加英国化。"⑤这一点在维拉斯瓦米身上得到了鲜明的体现。安德森把这一类人称为"精神的混种"(mental miscegenation),⑥他们是想象并维护帝国共同体的重要一环。

五、一块无法融入帝国共同体的胎记

只有捍卫自身的肤色、语言、空间以及生活方式各方面的纯洁性,才能确保民族的纯洁性和帝国共同体的有序性。然而,主人公弗洛里作为一名殖民官员,却无法按照自己的身份行事,最终导致了他的悲剧。

---

① 奥威尔:《缅甸岁月》,第151页。
② 同上,第152页。
③ 同上,第151页。
④ 同上,第37页。
⑤ 艾勒克·博埃默:《殖民与后殖民文学》,盛宁、韩敏中译,沈阳:辽宁教育出版社,1998年,第132页。
⑥ 安德森:《想象的共同体》,第88页。

奥威尔的高明之处，在于他赋予了这位主人公一块胎记。伊格尔顿曾撰文论述过弗洛里的胎记在小说中的作用，在对小说的殖民话语批判主题进行肯定的同时，指出主人公的这块胎记削弱了小说对帝国主义、殖民主义的批判力度。① 我们认为，伊格尔顿的这一看法过于简单。细读作品后，我们可以发现，主人公的胎记有着不可忽视的殖民话语批判功能。弗洛里的悲剧，正是一块胎记无法融入帝国共同体的悲剧。

伊格尔顿认为，弗洛里的胎记是与生俱来的，因而他的悲剧与他在殖民地的生活没有直接的因果关系。他说：" 弗洛里在他还是个学生时就承受了胎记带来的伤害，因而，他不只是英缅的受害者，说他是他生命本身的受害者更恰当。"② 诚然，弗洛里的胎记是天生的，但胎记所具有的耻辱内涵却是后天才有的，是由无数社会话语叠加出来的。不承认这一点，我们就无法理解作者为什么要用整整一章的篇幅（小说第 5 章）来回忆弗洛里的胎记屈辱史了。弗洛里对 9 岁之前的胎记没有任何记忆，可见在那段时间胎记并不让他感到自己与他人不同。在他的回忆中，胎记带来的痛苦始于上学第一天，男同学们紧跟着他，追着他，盯着他看，给他起了个外号叫"青脸儿"（Blueface）。③ 这一绰号针对的不是胎记的伤痕或形状，而恰恰是皮肤颜色。通过对肤色的区分，这一绰号使弗洛里部分地被看做不是白种人了。孩子们起绰号虽是一时兴起，但这当中已体现了融入民族集体无意识中的种族意识。这是社会话语第一次对弗洛里的胎记加以评论，也是社会对他的第一次归类整理。学校里的小诗人还曾宣读一首对仗诗来嘲讽弗洛里的胎记：

新来的小子弗洛里确实像怪物，
他那一张脸，活像个猴屁股。④

这两句诗对弗洛里做了两次"降格"处理：第一句把"新来的小子"由人降格为

---

① Terry Eagleton, "Orwell and the Lower-Middle-Class Novel," in *Critical Essays on George Orwell*, ed. Bernard Oldsey and Joseph Browne, Boston, MA: G. K. Hall & Co., 1986, 116.
② Ibid.
③ 奥威尔：《缅甸岁月》，第 65 页。
④ 同上。

"怪物",第二句则把"人脸"降格为"猴屁股",弗洛里视之为"最大的耻辱"。① 在缅甸,当弗洛里的行为与众不同时,人们也总是从他的胎记上去寻找依据。小说中最重视白种人优越性的埃利斯常与弗洛里发生争执,当他们观点不一致时,埃利斯就攻击弗洛里的胎记,对他的白人血统进行质疑。他说:"就我看来,他也有点太布尔什维克了。我可受不了谁成天价跟土著混在一起。假如他本人就有黑人血统,我也不会感到惊讶的,或许这就是为什么他脸上有块黑斑的原因。花斑一块。而且瞧他那黑色的头发、柠檬色的皮肤,看起来就像个欧亚混血。"②小说中的其他人,无论是白人还是缅甸人,也都把类似的话语叠加到他的胎记上。于是,原本只是一个生理特征的胎记,成了弗洛里行为怪异的生物学依据。

也许是弗洛里遭受的一次次羞辱逐渐内化为一种心理暗示,使他在观念和生活方式上都无法完全恪守"白人老爷"的规范。他周围的每个人都希望他扮演好正经白人的角色,他的仆人柯斯拉不喜欢看到他穿一条便裤在家中看书,总是给他准备像样的衣服,催促他去俱乐部跟白人老爷们打网球,喝酒玩闹。他宁愿照顾醉酒归来的主人,也不愿意看到自己主人的行为举止跟其他的白人男士有什么不同。维拉斯瓦米医生在弗洛里开枪自杀后,替他制造了意外死亡的假象,因为他认为一位白人老爷是绝不可以脆弱到伤害自己高贵的身体的。从中可见,一位白人老爷的身体是不自由的,即便是死亡,也不能按照自己的方式,而必须按照殖民话语的既定方式,去符合众人对帝国共同体的想象。然而,弗洛里却生活得随心所欲,他不愿意"为启蒙那些低等种族而被迫终日跳着'白人老爷之舞'"。③

导致弗洛里最后死亡的是他的婚恋悲剧,而他与伊丽莎白之间的矛盾也正在于他的观念和生活方式无法与帝国共同体的秩序合拍。当伊丽莎白来到缅甸时,弗洛里正深感无法忍受殖民地的"白人老爷"表演,渴望有一位白人姑娘做自己的妻子,跟自己一起过坦诚的生活。遗憾的是,伊丽莎白不是作为俱乐部成员的对立面从英伦刮来的清新空气,她对白人身份的维护比其他人更

---

① 奥威尔:《缅甸岁月》,第 65 页。
② 同上,第 32 页。
③ 同上,第 158 页。

为严苛。每次她对弗洛里表现出好感,都是因为他做了一次出色的白人表演,而每一次对他的疏远都源于他偏离了白人老爷的轨道。

伊丽莎白曾在三次事件中对弗洛里产生崇敬和爱慕之情。第一次发生在伊丽莎白抵达缅甸的第二天,当一头水牛佯装进攻她时,弗洛里赶去相救。虽然水牛本身没有太大的攻击性,但伊丽莎白由此把弗洛里看做了制服怪兽的英雄。伊丽莎白对弗洛里感情的进一步升华出现在两人去丛林打猎时,弗洛里在狩猎中的表现完全符合伊丽莎白对白人英雄的构想。在他们打死几只飞鸟后,伊丽莎白情不自禁地握住了弗洛里的手;而在弗洛里打死一头豹子后,伊丽莎白已然期待弗洛里向她求婚了。弗洛里第三次在伊丽莎白眼里成为英雄,是因为他平息了一场殖民地暴乱。在这场声势浩大的暴动中,两千多名土著围攻了欧洲人俱乐部。在危急关头,弗洛里表现出善于决断、勇于牺牲的精神,以一人之力平息了暴乱,保卫了俱乐部。他冷静的头脑、英勇的行动使原本已投入威拉尔怀抱的伊丽莎白对他表现出了近乎羞怯的温柔。这三个事件都是弗洛里"男子气概"的表现,是大英帝国在殖民地"应有力量"的展示,符合伊丽莎白对帝国共同体的想象。在这些时候,弗洛里脸上丑陋的胎记在伊丽莎白眼里也变得无关紧要了。狩猎时,伊丽莎白对弗洛里产生了突然的仰慕,"觉得弗洛里的确相当英俊,有他自己的帅法儿""看上去真的很有男人气概",认为他的脸又黑又皱,"像一张军人的脸"。① 狩猎归来,弗洛里准备向伊丽莎白求婚。在交谈中,伊丽莎告诉弗洛里自己对他的胎记并不在意。

(弗洛里问她)"我的意思是,你不介意我的——我脸上的这个东西?"
(她回答)"不,不,当然不了。"②

如果说弗洛里被崇拜是因为他的行为符合帝国共同体秩序的话,那么他遭到伊丽莎白冷落就源于其言行破坏了"白人老爷"角色的一致性。弗洛里常依据常识思考并谈论问题,这使他的很多言论不符合预先设定的帝国共同体观念体系。例如,弗洛里认为在太阳暴晒的国度,深色皮肤比白皮肤来得正常,这

---

① 奥威尔:《缅甸岁月》,第 169 页。
② 同上,第 186 页。

让伊丽莎白觉得他对事物的看法"不健康"(unsoundness)。① 弗洛里还跟那两个欧亚混血儿说话,这"有失身份",坏了"白人老爷的规矩"。② 更让伊丽莎白不堪的是,弗洛里还带她去观看当地女子的皮威戏表演,又带她去逛拥挤的集市,跟土著人的身体相触碰。所有这些在伊丽莎白看来都是缺乏教养的表现,是故意追求肮脏和龌龊的东西,是对她身份的玷污。萨义德曾说:"做白种人既是一种观念又是一个现实。它涉及一种对白人世界和非白人世界经过周密分析之后而采取的立场。它意味着——在殖民地——以某种特定的方式说话,根据一套特定的规则和符码行事,甚至是有选择地感受到某些特定的事物。它意味着特定的判断、评价、姿态。"③然而,弗洛里不能有选择地感受特定事物,不能作出特定的判断和评价,他感受到了维拉斯瓦米医生的真诚友谊、土著人的健美体形、皮威戏的艺术魅力、集市的富饶。他的这些"倒行逆施"导致伊丽莎白把他划入异类,使他们无法顺利确定婚恋关系。

伊丽莎白最后拒绝弗洛里的求婚,是对他没有扮演好白人老爷身份的集中惩罚。当他们之间的婚姻只欠东风的时候,马拉美来到教堂,控诉弗洛里对她的践踏和遗弃,伊丽莎白再也不能原谅弗洛里了。伊丽莎白此时双亲故去,寄人篱下又被叔叔骚扰,爱上威拉尔又遭抛弃,急需一位丈夫来确保其后半辈子生活无忧,可是她毅然拒绝了弗洛里的道歉和求婚。当她牺牲自己的个人利益来完成对弗洛里的最后判决时,她感到了一种超越个人名利的道德优越感。小说中写道:"她只知道,他已名誉扫地,称不上是个男人,因此憎恨他,就像憎恨麻风病人和精神病人一样。这一本性超越了理智和私利,她宁肯停止呼吸,也不愿意违背本性。"④这里所谓的"本性"其实是一个民族的文化记忆,是强加在伊丽莎白身上的关于本民族优越性的训诫,是对帝国共同体的强烈感情。因为在她看来,一个被缅甸情人当众羞辱的白人男子的身体是不纯洁的,如果跟这样一个人结婚,自己的身份会随之变得不再清晰。此时,弗洛里的胎记在她看来变得格外丑陋,"她开始因为他的胎记而痛恨他了。直到此

---

① 原文为 unsoundness,李锋译为"不安分",此处做修改。原文见 George Orwell, *Burmese Day*, Harmondsworth: Penguin Books, 1967, 114.
② 奥威尔:《缅甸岁月》,第 129 页。
③ 萨义德:《东方学》,第 289 页。
④ 奥威尔:《缅甸岁月》,第 295 页。

刻,她才知道,这是个多么丢人现眼,多么不可原谅的东西"。① 弗洛里曾一度收复的意识形态正确性再次丧失了,伊丽莎白巴望他死掉,因为只有弗洛里的死亡才能使白人身份的纯粹性重新得到维护。安德森说,民族让人"感受到一种真正无私的大我与群体生命的存在。民族在人们的心中诱发的感情,主要是一种无私而尊贵的自我牺牲"。② 伊丽莎白希望弗洛里死掉时,也是怀着这样一种大公无私的民族情感吧。

小说结尾特别提到,当弗洛里去世时,他脸上的胎记也随即慢慢褪色了。至此,弗洛里悲催的原因已一目了然:在身体上,他没有纯净的白皮肤;在生活方式上,他不符合白人老爷的标准;在价值观上,他不符合殖民话语体系,缺乏对帝国共同体的"恰当"想象,没能扮演好帝国官员的角色,无法加入安德森所说的"白人的团结"(solidarity among whites)中。③ 奥威尔以一个生动的文学案例,对英国官方民族主义的海外表现形式做了深入剖析,这比安德森早了半个世纪。奥威尔的高明之处在于,他用一块胎记诘问了帝国共同体的想象和运作逻辑。个体总是具有差异性,不可能是纯然的黑或白,当一个白人的脸上不完全白的时候,他该如何与帝国共同体相融?借助弗洛里的胎记以及由胎记引发的悲剧命运,奥威尔表达了这样一个疑问:当共同体从血缘、空间、语言、生活方式、趣味、心智培育等方面设定秩序时,是否会损害个体生命的丰富性,从而破坏共同体本身所要求的有机性?有序和有机这一对矛盾,是任何共同体建设都要面对的,它像一条寻找平衡的钢丝,自始至终颤动在奥威尔的小说创作之中,形成其独特的思想魅力。

---

① 奥威尔:《缅甸岁月》,第 290 页。
② 安德森:《想象的共同体》,第 12 页。
③ 同上,第 147 页。

第三章

共同体意识与共同体形塑

本章的关键词是共同体意识与共同体形塑。《美妙的新世界》(Brave New World, 1932)是赫胥黎影响最大的作品,学界对其反乌托邦主题的关注历久不衰。近年来,随着人工智能技术的发展,这部小说再度成为热点。19世纪以来,工业革命进入高潮,社会转型与文化焦虑如影相随,重读《美妙的新世界》,不仅有助于在新的时代语境中重温赫胥黎创作的思想渊源,也能为仍在"新世界"中一路迅跑的当代人提供多重借鉴。小说体现了赫胥黎对人类命运的深远思考,在批判话语的时空对话中呈现了文学生产与文化观念演进的内在关联。思辨性的细节耐人咀嚼,凸显了"共同体形塑"和"愿景描述"等英国文化批评传统的核心内涵在转型时期的新拓展,也体现了20世纪上半叶英国知识分子的开阔视角、思想立场和文化反思。

在英国小说与文化观念的互动史上,佩内洛普·菲茨杰拉德(Penelope Fitzgerald, 1916—2000)的地位特殊。她的作品格外关注经历社会变革的群体以及人们对变革做出的反应,忧思共同体文化所面临的危机及其未来。在英国小说和共同体思想的交融史上,普里斯特利(J. B. Priestley, 1894—1984)是一位继往开来的人物。在反思20世纪英格兰人的体验以及民族想象和形塑方面,普里斯特利其人其作具有独特的价值。本节分析了其代表作《好伙伴》(The Good Companions, 1929)中最为关键的共同体生活的象征及其文化蕴含。

学界在解读《霍华德庄园》(Howards End, 1910)时,大多从联结观和生态主义等角度进行分析,而对镶嵌于该小说内的共同体意识多有忽视。在共同体语境之下解读《霍华德庄园》,读者不难看出小说对当时社会共同体意识缺位的描写以及从中反映出来对"想象共同体"的愿景。在作者福斯特看来,传统的延续和心智培育等都是重建共同体的重要途径。

第一节

《美妙的新世界》：共同体形塑与乌托邦愿景

《美妙的新世界》（以下简称《美》）在兰登书屋评选的"20世纪最佳英文小说排行榜"上高居第五。既往评论多为关注《美》中的反乌托邦主题、科技发展和精神迷失，鲜少将其与英国社会文化观念的历史演变联系起来研究。19世纪以来，社会转型带来的文化焦虑和应对这种焦虑的文化实践便一直影响着英国的文化生产。将《美妙的新世界》置于这个框架内来看，该作品可被视为赫胥黎对英国文化批评传统的核心内涵"共同体形塑"和"愿景描述"的拓展，体现了20世纪初社会转型加速的新挑战下，英国知识分子对其所秉承的文化价值观能否应对新挑战的反思和迷惘。

乌托邦主题在西方文学史和哲学史上都占有重要的地位。到2016年，这一主题的命名作品《乌托邦》（*Utopia*, 1516）问世已有500周年。不过，进入20世纪之后，这一历史悠久的主题经历了一次重大转折，即从"乌托邦"到"反乌托邦"的流变。共同体形塑的努力仍在，但此时的"乌托邦"已经不再是理想之愿景，而转型为对未来人类共同体的悲观预测。正如《美》的扉页引文所说："看来乌托邦要比我们过去所想象的更容易实现。事实上我们发现自己面对着一个更痛苦的问题：怎么去避免它终于实现？"①

作为引领这一转变的先驱作品，《美》中的共同体形塑值得更多的评论关注。赫胥黎秉承了赫胥黎家族对科学的热情，文中对未来人类共同体的描述

---

① 转引自阿道斯·赫胥黎：《美妙的新世界》，孙法理译，南京：译林出版社，2013年。本节所有《美》中引文，如无特殊说明，均出自该译本，下文不再另行作注，仅在文中夹注页码。

不仅翔实具体,而且均有当时的科学依据,①十分切实可行。但如此扎实的科学基础也在一定程度上转移了评论者的注意力,只见科学而不见其他。实际上,赫胥黎的视野并不局限于科技与精神的对立(虽然这也是他关心的话题),还投射到了未来共同体的社会架构对个人的影响。换言之,赫胥黎并不关注某种技术有多么高超或者先进,他更为在意的是未来社会将会以怎样的方式应用这些技术以及这些技术的应用对人——尤其是与"群体"相对应的"个人"——的生存和精神状况的影响。这种对"人"和"精神"的关注,与阿诺德、罗斯金、莫里斯(William Morris,1834—1896)等既往英国文化批评家对现代性引发的思想和情感危机的反思一脉相承。但是赫胥黎更进一步,扎根在当时的社会文化氛围中,探讨了个人的自由选择和集体的共同命运之间的冲撞。

第一次世界大战和1929—1933年的特大世界经济危机带来的巨大冲击令许多人对现存制度绝望。接踵而至的就是对理想社会模式更加迫切的追求,以及各种激进主义社会思潮的甚嚣尘上,这其中就有席卷欧洲的法西斯浪潮。如果说阿诺德等人在构筑共同体愿景时还在强调个人如何才能实现"最佳的自我"(the best self),并想当然地认为这些最佳自我能够自然而然地形成最佳的人类共同体,那么20世纪初英国和欧洲社会的急遽变化已经迫使赫胥黎思考这种"想当然"是否真能提供解决之道:最佳自我的集合体是否就是最佳的共同体?如果鱼和熊掌不能兼得,个人在最佳共同体里还能否发展出最佳自我?此外,什么才是评价"最佳"的标准?赫胥黎对阿诺德等人的"文化"之道心存疑虑,也失望地找不到其他办法,来解决个人价值和共同体愿景的冲突问题。这一无解的洞见或许才是促成《美》中乌托邦愿景惊天逆转的深层次原因。

一、以"幸福"之名:福利专制的乌托邦愿景

惠及全民的幸福感和社会福利一直是乌托邦愿景描述中的主要内容,

---

① 《美》中所涉当时的新科学理论和构想有:达尔文的生物进化理论、物竞天择理论;遗传学里的优生学理论、劣生学理论(dysgenics);生物化学里的许多设想;弗洛伊德的精神分析理论、潜意识理论;巴甫洛夫的条件反射理论;萨特的存在主义及其存在荒谬和反理性的理论;凯恩斯的社会总体消费与生产能力关系的理论。

但实现它的手段却因描述者的视野不同而各有不同。《美》中"世界国"的震撼之处,很大程度上在于它似乎触手可及的现实性。① 站在 21 世纪回望,《一九八四》(Nineteen Eighty-Four,1949)中的暴力集权统治倒没有那么真实了,而赫胥黎在《美》中构想的这一福利专制的社会却离我们越来越近。早在该书 1946 年再版前言中,赫胥黎就指出:"乌托邦距离我们看来要比十五年前任何人所能想象的近多了。那时我把它设想到了六百年以后,可现在那场恐怖似乎大有可能在一个世纪之内就落到我们身上——那还是在我们能够把持、没有在那以前就把自己炸成飞灰的情况下。"(12)

首先让我们了解一下世界国的社会架构。"世界国"顾名思义,是覆盖全球的一个政治实体。换言之,它超越了地缘政治国家的界限,从而避免了导致一战的"民族主义""军国主义""爱国主义"等思维。在其势力影响范围之外的印第安人保留区之所以得以存在,一是世界国的领袖们看不上它恶劣的环境条件,二是将其充当教学和研究的反面教材。②

世界国的最高管理层是由十位总统组成的总统委员会,每位总统派驻一方,文中与约翰辩论的穆斯塔法·蒙德便是驻西欧的总统。此外,世界国取消胎生,实现人工生殖,人口按需生产,并先天划分阶级,按照各阶级的未来工作需求进行相应的胚胎培养、潜意识教育和道德灌输。阿尔法和贝塔是上层阶级,数量少,主要负责管理和智力性工作。迦马、德尔塔和伊普西龙是下层,负责不需用脑的低级体力工作,人口数量庞大,依靠技术手段使同一受精卵大量分裂成几十个一模一样的多生子,以使其在未来工作中既方便管理又步调一致,保证产品的稳定性。与此同时,性爱与生殖脱节,成为社会提倡的一种娱乐活动。家庭和固定情侣的小范围忠贞关系被废除,世界国的口号是"大家都属于彼此"(47),也即每个人都有主张自己对别人欲望的权利,也有满足别

---

① 世界国是《美》中设想的文明世界,推崇科学和秩序,以汽车大王亨利·福特为纪年单位。
② 近来有学者撰文陈述赫胥黎对印第安文化的了解有限,具有种族主义倾向,参见 Katherine Toy Miller, "Penitents at the Snake Dance: Native Americans in *Brave New World*," in *Critical Insights: Brave New World*, ed. M. KeithBooker, Ipswich: Grey House Publishing, 2014, 152-165。但保留区绝非小说共同体形塑的重点,我们在此可以略过不谈。

人对自身欲望的责任。① 其他的娱乐活动包括感官电影（类似于现在的 4D 电影，观众能通过视、听、嗅、触等多重感官直接体验电影带来的娱乐效果）、装备复杂的体育运动（复杂的装备才能拉动消费；不花钱的自然风光不符合消费要求，因而孩子们从小便被电击训练，形成厌恶花朵与自然的条件反射）、唆麻（一种致幻安慰剂，完美解决了副作用问题的忘忧药），等等。在高科技的掌控和高消费的拉动下，整个社会稳定富足。生老病死的诸般现世烦恼，在这里一律消灭；"天下大同""皆有所养"的理想目标，在这里也普遍实现。不仅上层阶级幸福感满溢，就连最下层的伊普西龙也乐得其所，因为"七个半小时不算繁重的劳动，然后有定量的唆麻、游戏、不受限制的性交和感官电影。他们还会有什么要求？"(250)

站在 21 世纪的今天回顾，《美》中这个世界国离我们越来越近，尤其是在娱乐消费产业对人的精神掌控方面。我们如今复杂的运动装备、健身宣传、健身房、网络小说、电子游戏等就像 21 世纪的唆麻，大量占用参与者的时间，给参与者提供虚无的精神安慰，令其产生难以自拔的精神依赖。虽然人口批量社会化生产尚未成为现实，但它涉及的科技手段，如胚胎分裂技术、试管培育技术等，早已被人类攻克。赫胥黎的世界国不是虚无缥缈的乌有乡，而是触手可及的未来，人类已经站在门槛边上徘徊，是否推开那扇门，"就凭您选了"(13)。

那么，是什么使伸出的手犹豫不决？换言之，是什么令我们觉得这个世界国虽然实现了我们既往对理想国的一切要求，却并非我们原本想象的理想人类共同体？要回答这一问题实在牵涉甚广，难以一言蔽之，但我们至少可以看看"幸福"的对面有什么：这个打着"幸福"之名，行专制之实的共同体压制了什么样的其他可能性？

首先是时空上的归属感和延续感。世界国割裂了历史，禁止了宗教，取缔

---

① 1994 年在德国明斯特举行的纪念赫胥黎一百周年诞辰的学术会议上，利兹大学教授菲利普·索迪(Philip Thody)提到他的学生们大多欢迎这种性自由，认为赫胥黎的新世界是一个"青少年的天堂"，人人可以放心纵欲而无须担心任何麻烦后果。(David King Dunaway, *Aldous Huxley Recollected: An Oral History*, Walnut Creek: AltaMira Press, 1999, 148.) 这个例子再次证明了赫胥黎预言的准确性，他精准地感到了新兴潮流的合理性，但又惧怕这种潮流被垄断推广之后会对个性自由造成灭顶之灾。

了家庭与国家,每个人的生存完全沦为一种现世的、即时的存在。没有过去,也没有未来,只活在当下,而且是日复一日、完全没有变化的当下。

其次是自由和民主。世界国的关键词是"幸福""稳定""效率"。自由与民主并不在考虑的范围内。事实上,世界国是极端意义上的寡头政治:只有总统具有思考、判断和执行的权力以及这么做的能力。既往的乌托邦构想中总有一批具有模范带头作用的精英领导层,但在这里,顶层阶级阿尔法先天不足,被剥夺了这一精英领导层的作用。他们也要接受相应的胚胎培育和潜意识培养,在整个社会运转中的作用充其量是"白领奴隶"。换言之,整个社会平稳、完美地按照设定好的体制运转,任何持异见者均被流放,哪怕他是总统。但是谁最初架构了这一体制?谁又在运行中评估和监督这一体制的有效性呢?它又如何能保证自身已经十全十美,不需要任何变化和改进呢?这些问题的无解直接妨碍了读者对这一乌托邦的认同。

再次是艺术创造和科学进步。前者很好被读者理解:柏拉图的理想国便主张赶出诗人,赫胥黎笔下的世界国同样对真正的艺术创造心怀敌意,罗斯金、莫里斯等人所提倡的"艺术化劳动"和"创造性愉悦"①在世界国是没有可行性的。情绪工程学院教师赫姆霍尔兹·华生偏离了他写口号和睡眠教育顺口溜的简单工作要求,追求更高层次的艺术表达,却因而获罪并被流放。具有讽刺意味的是,阿诺德一向认为文化是无政府状态的最大敌人,但在世界国里,文化却是政府有序管控的警惕对象。

但是,谈到世界国对科学进步的压制,这恐怕出乎许多读者的意料。在大量的影视和文学作品中,高科技几乎已经成为未来理想社会的"标配",那么世界国为何要压制科技进步呢?

事实上,这一点在总统蒙德与野蛮人约翰的哲学辩论中已经阐释得十分清楚。蒙德声称,为了全员幸福,一定要转变观念,"要把强调真与美转轨为强调舒适和幸福"(254),"跟幸福格格不入的不光是艺术,而且有科学。……纯科学的每一个发现都具有潜在的颠覆性……科学是危险的,我们得给它小心

---

① 参见殷企平:《"文化辩护书"》。该书详细论述了以卡莱尔、阿诺德、罗斯金和莫里斯为代表的19世纪英国文化批评主张,其中的一个共识是用艺术来提升劳动,劳动者应该有自由想象和创造的空间,并从中得到愉悦。

翼翼地套上笼头，拴上链子"(251)。小说中还专门安排了一个细节：一位生物学家因为实现了突破性的发现而被蒙德流放，理由是这一研究的结果很难预料，极有可能颠覆目前的幸福至上论(194—195)。蒙德自己也曾经面临过抉择的痛苦：是流放海岛从事真正的科学研究，还是留在世界国"为别人的幸福服务"(255)？如此种种，均说明世界国以"幸福"为名的专制是以牺牲科学的自由发展为代价的，科学在世界国的地位是一把为我所用的利器，而非其追求的目的。

最后，是个人的选择权和自由意志。接下来，我们将专门分一节，重点分析这个问题，谈谈群体幸福的另一个代价：群体专制中的个人悲剧。

二、群体的专制与个人的悲剧

约翰在与蒙德辩论的最后，挑衅地说"我现在就要求受苦受难的权利""要求衰老、丑陋和阳痿的权利；要求害梅毒和癌症的权利；要求食物匮乏的权利……"(269)如此种种的"权利"显然不是真正意义上的特权，但它们惊心动魄地表达了约翰的绝望与激愤：一个持另类价值观的个体在这个号称全员幸福的社会里所感受到的压迫和无能为力的绝望。

约翰的悲剧十分值得我们深入思考，这不仅是赫胥黎在《美》中思考的重点，也可能是对现代读者最有启发的一个方面。如果美妙的新世界真要以这种方式降临，那么理解约翰的悲剧至少是我们迈向救赎的第一步。

约翰在小说中是一个彻头彻尾的"夹缝人"，或者说，是个完全自由成长的"个人"。他出生在保留区，在整个成长过程中完全脱离了世界国的掌握，没有经历过胚胎培育、洗脑术的那一套灌输。同时，因为父亲缺席，母亲又完全缺乏教养孩子的能力和愿望，约翰也得以摆脱家庭的教导和指引。又因为不见容于印第安土著部落，约翰失去了在他们中寻找社团感和精神导师的机会。简而言之，约翰是完全游离于国家、社会、部落、家庭等一干社会组织之外的纯粹个人。在保留区的间隙空间里，他虽被漠视，但反而获得了宝贵的自由呼吸空间。然而，一旦他进入高度组织化的世界国，个人的生存空间遭遇群体的挤压与迫害，悲剧便无可避免了。

对个人与群体关系的批判和思考，一直是英国乃至西欧文化批评思想史上的一项重要内容。但是20世纪初快速发展的社会状况已经迫使赫胥黎在这一问题上做出不一样的思考。如果说,19世纪英国文化批评的重点还在于如何应对机械时代的影响和工人阶级的崛起,如何用文化来感召"群氓",普及阿诺德所说的"甜美"与"光明",那么赫胥黎被迫思考的则是,在一个越来越高度组织化的社会里,个人还是否有能力对抗群体的同化威胁,是否真的有可能保留自我的选择权和独立意志。

自从约翰进入世界国后,我们处处可见他所受到的同化压力。与赫胥黎同时代的西班牙思想家奥尔特加-加塞特(José Ortega y Gasset,1883—1955)在其名著《大众的反叛》(*The Revolt of the Masses*,1930)中精辟地指出,"大众"(the mass)是19世纪方才出现的新型社会学人种,势必会成为20世纪的统治者,并具有高度的排他性,否认差异,排斥一切不同的人和品质:

正如他们在美国常说的,"跟大家不一样就是有伤风化"(to be different is to be indecent)。大众人群将一切不一样的东西碾于足下,一切优秀的、独特的、胜任的、精选的东西。任何人,只要他和大家不一样,只要他和大家的想法不同,他就有被清除的危险。当然,显而易见的是,这个"大家"并不真的是"大家"。在过去,正常情况下,"大家"指的是大众人群与具有差异性、特殊性的少数派的复杂合集。但如今,"大家"单指大众人群。这就是我们这个时代的可怕事实,我的描述没有丝毫遮掩它的残暴特性。①

这段引文跟约翰的处境十分契合。在《美》中,群体对个体的胁迫与碾轧的一个最经典例子来自结尾处。约翰等人的小小反叛失败之后,赫姆霍尔兹和伯纳被流放海岛,而约翰却被迫留下,因为他对世界国还有研究价值。于是约翰选择了自我流放,离开伦敦,到一座废弃的旧灯塔内生活,打算靠"更加严格的自律和更加脱胎换骨的涤罪"来换回心灵的平静(273)。

遗憾的是,他并没有如愿过上孤独生活。一个野蛮人隐居在乡间,这是多么劲爆的题材!当然不会被娱乐记者放过。几番斗智斗勇之后,一位娱记如

---

① José Ortega y Gasset, *The Revolt of the Masses* (Authorized Translation from the Spanish), London: G. Allen & Unwin Ltd., 1932, 10.

愿偷拍到约翰自我鞭挞的一幕,"十二天以后《萨里郡的野蛮人》已经放映,可以在西欧任何一家一流的电影院里看见、听见和感觉到"(283)。影片的轰动引来了一窝蜂的直升机造访约翰的隐居地,在群体的狂欢面前,约翰的抵抗不值一提:

"你们要拿我干什么?"他望着一个又一个傻笑的面孔问,"你们究竟要拿我干什么?"
"鞭子,"上百条喉咙乱七八糟地叫了起来,"玩一个鞭子功。让我们看看鞭子功。"
然后,众口一声叫了起来,缓慢、沉重而有节奏。"我们——要——看——鞭子——功。"背后的人群也叫了起来,"我们——要——看——鞭子——功。"
其他的人也立即跟着叫喊,重复着那句话,像鹦鹉学舌。他们叫了又叫,声音越来越大,叫到第七八遍时什么其他的话都不说了。"我们——要——看——鞭子——功。"(287)

在这排山倒海的压力下,约翰的一切挣扎最终都是徒劳,他对列宁娜和自己的鞭挞反而令"人们又兴奋又快活,哇哇大叫。……人们迫不及待地围了过来,像猪猡围着食槽一样乱拱乱挤"(288—289)。群体之"毒"所向披靡,场面如"大家"所愿地演变成一场赎罪狂欢晚会,约翰不仅"表演"了鞭子功,而且不知不觉地和大家一起吸食了他一直拒绝的唆麻,还和他又爱又恨的列宁娜进行了"漫长而疯狂的肉欲放纵"(289)。这一次群体对个体的碾轧是毁灭性的,可怜的约翰完全被挟裹着做出了违背自己意志的行为。清醒后的他尊严扫地,走投无路,只能无奈地用自杀捍卫最后一丝自由意志。

赫胥黎虽然敏锐地注意到了20世纪崛起的"大众"或者"群体"对具有自由意志和独立思想的个人的碾轧,但对这一问题的解决办法他似乎持悲观态度。如何重新确立个人的价值?赫胥黎不仅没有提供自己的解决办法,还似乎对先贤们的理想之道心怀疑虑。阿诺德认为拯救社会的希望在于传播"文化",令每个阶级都拥有具有健全理智的"最佳的自我"(约翰算不算这样的人?我们留待下节详谈),而国家则是这些最佳自我的集合体,并进而成为"光明与权威的核心"。① 不过,赫胥黎的思考指出了这一理想化解决途径的两个薄弱环节。

其一,"最佳的自我"能否成就最佳的共同体?《美》中的塞浦路斯实验给出了明确的否定答案。约翰质问蒙德,既然胚胎控制技术那么完善,"为什么不把每个人都培养成阿尔法双加呢?"(248)蒙德的回复便是塞浦路斯实验:总统清除了塞浦路斯岛的全体居民,让 22 000 名阿尔法住进去,提供一切工农业设备,让他们自治,成为一个全阿尔法的社会。结果是人人争着做高级工作,拒绝低级工作,法纪废弛,号令不行,不到六年就打起内战,19 000 人死于战火。阿尔法是世界国里的顶级阶层,遗传优秀,在一定范围内可以做出自由选择,乐于承担责任,但从实验结果来看,他们也不是阿诺德认可的深受文化滋养的"最佳的自我"。塞浦路斯实验的结果意味深长,可以视作一个哲学的理论探讨。

其二,国家在成为"光明与权威的核心"之后如何避免落入文化专权的窠臼?阿诺德没有解决这个难题,而赫胥黎的答案则是悲观的:文化专权避无可避,世界国是一个高度专权的社会,文化权威被用来实现情感操控和意识形态灌输。这种看似无解的困境便引向了一个更为难解的问题:文化真的是解决之道吗?

三、文化与文明的割裂:人文知识的窘境

世界国是个高度文明化的国家,享有高度发展的科技和健全的卫生、娱乐体系。然而,它并不是个有"文化"的社会,因为在"幸福至上"的名义下,每个人被鼓励去消费、去娱乐,独处成为反社会的行为,阅读和思考则更被先天预设为禁忌行为。世界国靠割裂文化实现了全员幸福的文明,这种割裂恐怕是卡莱尔、阿诺德、罗斯金等既往英国文化批评大师们始料不及的。他们在大力呼吁警惕机械文明的同时,提出的解决之道均在于"文化"二字。"生活质量不在于发达的工业、诱人的科技经济指标、所谓'与时俱进'的物质财富,而在于精神与物质的互补和平衡,更在于心灵的尊严和高贵。"②

---

① 参见 Matthew Arnold, *Culture and Anarchy*, Cambridge: Cambridge University Press, 1960. 另参考中译本——阿诺德:《文化与无政府状态》,韩敏中译,北京:三联书店,2008 年。
② 殷企平:《"文化辩护书"》,第 239 页。

但问题在于,随着20世纪初社会转型的加速,个人越来越难以抵御群体的挟裹,独善其身尚且很难,又如何能够普及上述先贤们如此理想化的文化之道,即实现"一切的艺术、文学、日常劳作、家庭情爱、对公民的义务都将汇合聚集成一个壮丽的和谐体"呢?[①] 以下我们拟聚焦小说中仅有的具有跨文化知识的两个人——约翰和蒙德,来探讨一下赫胥黎对这些先贤们所提出的文化之道的疑虑和反思。

约翰是个生活在混杂地带的文化杂合人。虽然被排斥在印第安部落之外,但耳濡目染之下,他对印第安土著文化有颇多了解,甚至还自行完成了成人礼。此外,一本破旧的《莎士比亚全集》开启了他的心智,使他原本停留在感性层面的许多领悟得以诉诸文字和语言。而且,作为西方文明的经典,《莎士比亚全集》在书中具有象征性的地位,令约翰得以管中窥豹地与西方人文思想产生一定的勾连。在这样的武装之后,约翰得以进入世界国,亲身体验了这个社会的文明准则。

令人遗憾的是,混杂人约翰并没有体现出混杂文化通常具有的强大生机和变异创新能力。他的悲剧也证实了这一点。他的知识没有"力量"(power)。不论是在保留区,还是在世界国,他都未能在其身边形成哪怕是小规模的精神共同体,也未能引发有效的观念革新和价值观颠覆。他的知识还缺乏开放性和成长性。他拒绝接纳波培,哪怕他潜意识里把波培当做一个代理父亲;[②]他拒绝接受列宁娜,哪怕后者在与他接触的过程中已经有所变化。与他的因循相比,列宁娜的变化难能可贵。她克服了重复成千上万次的潜意识教育,真正体会到了爱情的强烈感受,在灯塔一幕亮相时已经有了变化的端倪。另一个成长性的例子是赫姆霍尔兹。他原本是位模范的阿尔法加,[③]但对美和艺术的执着追求促使他偏离了工具写手的人生,写出了表达自我的诗歌。赫姆霍尔

[①] 约翰·拉斯金:《拉斯金读书随笔》,王青松、匡咏梅、于志新译,上海:上海三联书店,2000年,第150页。

[②] 小说中许多细节提到波培对于琳达和约翰这对母子的重要性,而且约翰常会无意识地效仿波培,以他的行为作榜样。例如,约翰拒绝参加伯纳给他安排的晚会,在赶走伯纳之后,"他朝地上吐了一口痰——波培也会这么做的"(190)。

[③] 阿尔法加:世界国内实施试管生育制度,婴儿在出生之前就已被划分为"阿尔法"(α)、"贝塔"(β)、"迦马"(γ)、"德尔塔"(δ)、"伊普西龙"(ε)五个"种姓"或社会阶层,并按照不同层次的社会需求进行不同的先天培育和后天培养。阿尔法是最高等级,阿尔法加和阿尔法双加又是该等级中的优秀人物,主要培养为未来的领袖或精英。

兹或许能为未来提供一丝希望，令我们看到文化大旗的救赎作用，但他仅是次要角色，在小说中并没有得到充分展开。此外，最终被流放的结局暗示着他仍是独善其身的个例，不能实现大规模的知识影响力，因而仍然不能提供有用的慰藉和解决途径。

约翰的悲剧还有更深一层的幻灭：一本破旧的《莎士比亚全集》虽然使他得以管窥英国文化传统，但这个与当时的社会环境已经大大脱节的"精神导师"究竟在多大程度上指引了约翰的精神成长呢？这一问题虽然被既往评论所忽视，却十分值得探讨。小说中，约翰不断地引用莎翁的句子来表达自己，但在多数情况下，他的引用都是支离破碎、词不达意的，不仅在世界国人的眼中看来不合时宜，在了解莎翁的现代读者眼中也不乏滑稽和迂腐之处。仅以约翰与列宁娜在饱尝数日相思之苦后首次剖明心迹的那一幕为例：列宁娜的示爱方式直白大胆，可是约翰居然在越靠越近的红唇面前还想着先去猎一头狮子或狼回来，以证明自己配得上列宁娜。在得知英格兰根本没有狮子时，他又顺着自己的思路语无伦次起来，完全没有考虑如何才能与列宁娜实现有效的跨文化沟通：

"什么"

"莎士比亚的戏里是这么说的：'若是在神圣的礼仪充分完成之前，你就解开了她童贞的结子……'"

"为了福帝的缘故，不要再瞎说了。你的话我可是一句也不懂。开头是什么真空除尘器，然后又是什么结子，你快要把我急疯了。"她跳了起来，一把攥住了他的手腕，仿佛既害怕他的肉体会从她身边跑掉，又害怕他的心也会飞走似的，"回答我这个问题：你真的爱我还是不爱我？"（212—213）

列宁娜的问题直击中心，更衬托出约翰及其求爱仪式的迂腐。此后，得到肯定答案的列宁娜主动投怀送抱，却令约翰勃然大怒。既往评论总是简单地指责列宁娜的性滥交导致了约翰的愤怒，但是只要认真读过这一幕的人都会发现，约翰当时根本没有考虑过列宁娜有没有其他的情人，他愤怒的是列宁娜的主动和大胆。我们不禁联想起《莫娜在应许之地》（Mona in the Promised Land,

1996)里一个类似的跨文化场景:华裔美国姑娘莫娜爱上了班里新来的日本男孩谢尔曼,两人在前戏的热烈时刻,莫娜主动解开自己衬衫的扣子以鼓励谢尔曼继续;谢尔曼顿觉自己的男子气概和日本性格受到了冒犯,他生气地将莫娜一把掀翻在地,并在随后给她的绝交信中称"你永远不会成为日本人"。① 这种愤怒既有男女性别角色期待被打破的因素在内,也有跨文化遭遇的隔阂。列宁娜绝不应当独自承担责备。约翰墨守成规,没能充分理解列宁娜的感情诉求,也没能实现有效的跨文化交流与融合。

《美》中另一位具有跨文化知识素养的人就是总统蒙德。既往评论鲜有探讨他的文化角色,似乎默认他的角色仅限于世界国的代言人。然而,将他置于英国文化思想史的发展轨迹内来考虑,我们还能有更多有趣的发现。他绝不是像《一九八四》里的老大哥、《我们》(*We*,1921)里的大恩主那样残暴无情的独裁者。相反,他更像卡莱尔、阿诺德等人一直呼吁的"英雄"或者文化精英领袖。卡莱尔等人的英雄崇拜呼吁通过选举把强有力的优秀人物置于社会之首,由他来统领社会。具有讽刺意味的是,蒙德完全符合他们对英雄的定义。他能力超群,因而得以入选总统委员会并成为总统。他知识全面,文理兼顾,曾是优秀的物理学家,也通晓《圣经》《莎士比亚全集》等宗教、艺术典籍。他在与人交往的过程中,包括在与约翰这样的"异己分子"的会面中,均表现得诚恳②、谦逊、有礼,一派学者风范、智者形象。他负责维护世界国的运转和秩序,在权衡各种可能的情况下,做出清醒的选择。

耐人寻味的是,蒙德清醒地选择了少数精英专制的模式:只有极个别精英才有权力去充分了解各种文化的优劣,并且他们有信心能够替世界国的公民做出负责任的选择,实现他们认为对全民最好的理想社会架构;对于绝大多数普通公民而言,他们无须多想,只要按照出生之前便被预设好的道路前行即可。虽然卡莱尔、阿诺德、劳伦斯等人常被批评为倡导文化精英主义,但不论

---

① Gish Jen, *Mona in the Promised Land*, New York: Knopf, 1996, 23.
② 卡莱尔在《论英雄》中认为"诚恳"(sincerity)是英雄的首要品质。参见 Thomas Carlyle, *On Heroes and Hero-Worship and the Heroic in History* (2nd edn.), London: Chapman and Hall, Strand, 1924, 70.

是卡莱尔的"英雄",还是阿诺德的"最佳自我",均没有这种少数人专制的文化愿景,而是"一个全是英雄的世界,一个没有扈从的世界,一个国王式英雄无法统治的世界",①亦即一个由优秀的文化个体集合而成的、人人都是精英的世界。

然而,赫胥黎显然对上述童话般的美好愿景心存疑虑,对文化能够担当起这么一个普世救赎的角色持否定态度,《美》中的反乌托邦氛围清楚地说明了这一点。正如他在1946年《美》的再版序言里明确指出的那样,随着各种非暴力的、操控大规模人口的技术手段日益成熟,新的集权主义离人类社会越来越近:

> 实际上,除非我们选择非集权化的道路,不把人当手段去追求实用科学,而是把实用科学当手段来产生一个自由人的种族,否则,我们就只有两条路可以选择:或者是出现若干个民族主义、军国主义的集权政权,把原子弹恐怖当做依仗,随之而来的是文明的毁灭(或者,如果是有限战争,则是军国主义的根深蒂固);或者是一个凌驾于各国之上的集权主义政权,在一般的科技突飞猛进与特殊的原子革命所引起的社会混乱的召唤之下,应运而生,按照效率与稳定的要求,发展进入乌托邦的福利专制。(12—13)

至于如何才能"不把人当手段去追求实用科学,而是把实用科学当手段来产生一个自由人的种族",赫胥黎未能提供有效的进一步阐释,《美》中的共同体形塑也未能解决这一关键问题。不过,他的理想愿景——"一个自由人的种族"(a race of free individuals)——让我们想起上文中提及的卡莱尔的"一个全是英雄的世界"。时间流逝,不变的是完美与和谐的愿景,至于怎么实现它,人类尚需摸索。这恐怕是赫胥黎为文化观念中共同体形塑这一内涵增添的新意。

---

① Carlyle, *Past and Present*, 34. 译文引自殷企平:《"文化辩护书"》,第73页。

第二节
佩内洛普·菲茨杰拉德的早期文学创作与共同体形塑

在英国小说与文化观念的互动史上,英国当代文坛杰出的小说家和传记作家菲茨杰拉德地位特殊。说她特殊,一是因为她的成就不一般,却鲜为人知:4 次入围并 1 次夺魁布克奖,1997 年发表的《蓝花》(*The Blue Flower*,1995)获得美国"全国书评家协会奖",成为第一位获此殊荣的非美籍作家;二是因为她的一生见证了 20 世纪英国社会的历史演进和社会变迁,其作品丰富了文化观念的主要内涵之一——共同体形塑。1914 年第一次世界大战爆发,它带给人类空前的浩劫,同时也摧毁了旧的世界秩序。马尔科姆·布拉德伯里(Malcolm Bradbury,1932—2000)在《现代英国小说》(*The Modern British Novel: 1878—2001*,2004)中将 1915 年作为英国小说创作史上一个重要的分界点,认为"一战结束后小说在叙述语调和风格上均发生了巨大的变化……正是在《虹》发表的这一年——1915 年,劳伦斯说旧的世界结束了"。[①] 英国在一战后对领土的控制力大大削减,此后随着英殖民地纷纷独立,英国社会各方面都受到很大影响。英国传记作家、小说家兼文学评论家佩内洛普·菲茨杰拉德出生在这一社会转型时期,卒于千禧年,一生见证了一战后当代英国社会历史文化的变迁。

菲茨杰拉德的作品对经历社会变革群体以及人们对变革作出的反应格外关注,为共同体文化所面临的危机而担忧。英国著名评论家赫敏·李(Hermione Lee,1948—)认为菲茨杰拉德的作品表达了对"团结、诚信"和"轻视物质"等传统的共同文化价值的坚守。[②] 李说,"她心目中的英雄是罗斯

---

① Malcolm Bradbury, *The Modern British Novel: 1878 - 2001*, Beijing: Foreign Language Teaching and Research Press, 2004, 133.
② Hermione Lee, *Penelope Fitzgerald: A Life*, New York: Alfred A. Knopf, 2014, 328.

金和莫里斯,尤其深深地感动于莫里斯意图通过构建一种理想的社会秩序来改善人类生存状况的热情,但她也看到了乌托邦的荒谬,她本人比她钦佩的理想主义者更注重实际"。① 丽贝卡·哥德拉斯基(Rebecca Godlasky)认为菲茨杰拉德有一种共同体情结,她称之为"后共同体"(post-community)书写,其意为瓦解个人主义与共同体形塑之间的二元对立,思考二者并存的可能性。② 遗憾的是,鲜有研究者注意到菲茨杰拉德早期的生命书写(life writing),更遑论研究其早期文学创作中对共同体形塑的思考。当然,弗拉维(Dean Flower)和亨彻(Linda Henchey)曾解读过一些她尚不为人所知的早期作品,力证菲茨杰拉德的文学创作生涯起步很早,认为其后来的艺术成就——"永不枯竭的喜剧成分和机智、恰到好处的简洁、她的澎湃激情、道德严苛和精妙叙事"——早在《金童》(*The Golden Child*,1977)之前就已有源头可循。③ 不过,弗拉维和亨彻聚焦的是叙事技巧和艺术特色,并未涉及菲茨杰拉德共同体思想的生发。

下面我们将以菲茨杰拉德的早年经历、成年后的办刊经历与撰写的评论、早期创作的短篇故事为研究素材,阐释她在该时期的共同体思想及其变化与发展,从而加深理解她的小说内涵和创作理念。

一、"诗籍铺"与精神共同体形塑

李于2003年为菲茨杰拉德的评论文集《来世》(*The Afterlife*,2003)撰写导言时,谈到了"诗籍铺"(the Poetry Bookshop)④,陈述其创立者、英国诗人哈罗德·门罗(Harold Monro,1879—1932)及其波兰籍妻子艾丽达如何影响了作者的创作。菲茨杰拉德本人在《诺克斯兄弟传》(*The Knox Brothers*,1977)和《夏洛特·缪和她的朋友们》(*Charlotte Mew and Her Friends*,1984)两部传记作品中,也深情地描述了昔时的"诗籍铺",认为这是一个让"一

---

① Hermione Lee, "Preface," in *Charlotte Mew and Her Friends*, ed. Penelope Fitzgerald, London: Fourth Estate, 2014, xvi.
② Rebecca S. Godlasky, "*Support Structures: Envisioning the Post-Community in Contemporary British Fiction and Film*," PhD Dissertation, Florida State University, 2005, 10–11.
③ Dean Flower and Linda Henchey, "Penelope Fitzgerald's Unknown Fiction," *Hudson Review* 61, (2008), 47–48.
④ 该词的翻译来自朱自清先生。朱先生在《三家书店》这篇伦敦杂记中介绍了门罗创办的"诗籍铺",文章发表在1935年1月1日《中学生》第51号刊上。

整代人开始爱上诗歌"的地方。在菲茨杰拉德心中,"诗籍铺"就是一个建立在同情心与自由平等基础上的共同体形塑的范本,规模虽小,意义却十分重要。那么"诗籍铺"是怎样的一个地方？它又具有怎样的一种影响力呢？

"诗籍铺"是1913年由英国诗人门罗创办的一家书店,位于伦敦布鲁姆斯伯里(Bloomsbury)区,在大英博物馆附近。布鲁姆斯伯里是伦敦的一个地名,18世纪以来一直是一个宜居之地。20世纪初,因一群年轻人经常在作家伍尔夫家的私人寓所聚会而出名,"布鲁姆斯伯里文化圈"(Bloomsbury Group)也因此得名。"诗籍铺"的设立稍晚,但它与"布鲁姆斯伯里文化圈"有着诸多联系,同样可以看做英国文化史上的一个重要插曲。在19世纪末20世纪初,英国"新社会的特点据认为可以用人们的团结(或兄弟般的关系)来概括,而在这个社会内部,所有的个人都有可能认识到自己具有充分的个性"。① 这个时期活跃于英国伦敦的"布鲁姆斯伯里文化圈"就是新社会孕育的宠儿。伦纳德·伍尔夫(Leonard Woolf,1888—1969)后来很好地总结了它的与众不同之处：

> 有很多的团体,包括作家的和艺术家的,成员之间不仅是朋友,而且还有意识地因一共同秉持的信条、目标、艺术或社会目的而结合在一起。实用主义者、湖畔派诗人、法国印象派、英国前拉斐尔派等都属于这一类。我们这个团体是完全不一样的,其基石是友谊,在有的情况下,友谊还升华为爱情与婚姻……但是我们没有想要把这个世界改造成什么样的理论、体系或原则……②

布鲁姆斯伯里否认其作为正式团体的存在这一点值得探究。威廉斯也对它的性质有过说明："各种理论、体系会阻碍这个团体组合在一起的真正价值,该团体本身是文明化个体自由表达、畅所欲言之所。"③ 显然,"文明化个体"是既反映了布鲁姆斯伯里团体的性质,也说明了它所致力的目标。

门罗是一位孜孜不倦的英国当代诗歌支持者,英国文学史家多米尼克·

---

① 阿萨·勃里格斯：《英国社会史》,陈叔平等译,北京：中国人民大学出版社,1991年,第293页。
② Leonard Woolf, *Beginning Again: An Autobiography of the Years 1911 – 1918*, London：Hogarth Press, 1964, 26.
③ Raymond Williams, *Culture and Materialism*, London：Verso, 2005, 164 – 165.

希伯德（Dominic Hibberd，1941—2012）认为"在推动 20 世纪诗歌发展方面，可能没有人比他做得更多"。① 作为一位开明的、不带任何文学偏见的诗人和出版商，门罗对"布鲁姆斯伯里文化圈"的存在形式和价值也是持肯定态度的。1911 年，他结束欧洲大陆之行，回到英国，决心"为诗歌做点什么"——"不是什么团体，也不是什么派系，没什么教条性的东西，而是一个为所有不同信仰的诗人以及任何类型的读者而设的碰面场所（他称之为 depot）"。② 与"布鲁姆斯伯里文化圈"相比，"诗籍铺"更加非正式，甚至对参加者毫无限制，"当初选址在环境欠佳的德文郡街，一部分原因是希望穷苦人也可以进店来读读看看"。③ 不仅任何人都可以进店安坐，阅读杂志和书籍，而且穷困的年轻诗人会得到特别的关照。对于那些初到伦敦、尚无栖身之所的诗人，"诗籍铺"的阁楼总是为他们留有床位，这里总是他们的第一个家。大诗人罗伯特·弗罗斯特一家 1913 年就曾住在此处，反战诗人威尔弗莱德·欧文、诗人威尔弗里德·吉普森等也曾寄居于此。"诗籍铺"每周二、四开设读诗会，参加者人数众多，朗诵者、门罗后来的妻子艾丽达不得不贴上警示条："今夜，不许掉下来。"④朗诵的诗歌都是一些当代诗人如门罗、乔伊斯、劳伦斯及夏洛特·缪等的作品，有时还会邀请诗人本人到场为听众朗诵。"读诗会"当时在伦敦的影响力是比较大的。⑤ 如果说，"布鲁姆斯伯里文化圈"是一个英国新型"知识贵族"的团体，准入门槛很高，那么，门罗的"诗籍铺"真正面向普通民众，在意民众心智的培育，"它存在于那里，这一事实本身就具有真正的重要性"。⑥

　　菲茨杰拉德很小的时候就跟着父亲去过"诗籍铺"，参加过"读诗会"，后来也多次独自前往。李在《佩内洛普·菲茨杰拉德的一生》中这样写道：

---

① 转引自 Dominic Hibberd, "Monro, Harold Edward (1879 - 1932)," In *Oxford Dictionary of National Biography*, Oxford: Oxford University Press, 2004, https://en.wikipedia.org/wiki/Harold_Monro. Accessed Jun. 21, 2017.
② Penelope Fitzgerald, *Charlotte Mew and Her Friends*, London: Fourth Estate, 2014, 148.
③ Ibid., 149.
④ Ibid., 153.
⑤ "诗籍铺"的影响还可以从中国学者朱自清先生的一篇留英杂记《三家书店》中窥见一斑。文章发表在 1935 年 1 月《中学生》第 51 号刊上，介绍了当时"世界最大的新旧书店"福也尔（Foyle）、牛津街上气派的大书铺"彭勃思"（Bumpus）以及只有"米米小"的"诗籍铺"。介绍大书铺乃是常理，而朱先生对小小的"诗籍铺"着墨颇多，正是因为"诗籍铺"用意在让诗与社会发生点切实的关系"，对此，他仰慕不已。
⑥ Fitzgerald, *Charlotte Mew and Her Friend*, 146.

伊沃(Evoe)通常搭地铁去《潘趣》所在的办公室,但(有时)也会有些不一样的目的地……其中一个经常去的地方就是位于布鲁姆斯伯里的"诗籍铺",在大英博物馆附近……在菲茨杰拉德的一生中,他(门罗)是她心目中的英雄,对于她来说,"诗籍铺"是乔治时代文学伦敦的化身,是那些失意者、敬业的工匠以及价值尚未被得到肯定的天才们的家。这是她童年时期很重要的一个部分。①

造访"诗籍铺"这一童年时期的珍贵经历,对菲茨杰拉德产生了深远的影响。对她来说,"诗籍铺"是布朗肖(Maurice Blanchot)所称的一个"隐蔽的幽灵","他穿着编织精良、缠绕包裹的衣服,维持着最最优雅的习俗,在我们内心深处答复着我们,和我们交谈"。② 菲茨杰拉德笔下戴着镣铐跳舞的儿童、失意的男主人公以及勇挑重担的女主人公,《金色孩童》(*The Golden Child*,1977)中的大英博物馆、《离岸》(*Offshore*,1979)中的船家协会、《书店》(*The Bookshop*,1978)中的书屋以及《早春》(*The Beginning of Spring*,1988)中的印刷厂等都可以看做"诗籍铺"的再现,已经成了挥之不去的记忆。

总之,"诗籍铺"这一类似滕尼斯意义上的精神共同体,跳出了"同质性"的漩涡,打破了阶级壁垒,重视个人与个人的关系(包括相互之间的理解、同情和好感乃至爱情等),关注普通人群的生存状况,努力帮助他们在"爱"和"美的享受"中寻找自我。"诗籍铺"与"布鲁姆斯伯里文化圈"同属于乔治时代有识之士致力于"文明化个体"的努力,但两者又是不同的。"布鲁姆斯伯里文化圈"来自中上层阶级,其成员虽以挑战者的姿态直面维多利亚时代的旧道德观念,"但是仍属于他们所从属的那个阶级"。③ "诗籍铺"则着意于培养一种"共同文化",它类似于威廉斯所说的文化,即"承认生命存在的平等"。④ 这一共同体理念一直萦绕在菲茨杰拉德的脑海里,多年之后,当她与丈夫共同负责《世界评

---

① Lee,*Penelope Fitzgerald*,30.
② Maurice Blanchot,*The Space of Literature*,trans. Ann Smock,Nebraska:University of Nebraska Press,1982,253.
③ 刘学谦:《唯物史观视野下的布鲁姆斯伯里团体探析》,《燕山大学学报》(哲学社会科学版),2014年第3期,第58页。
④ 雷蒙·威廉斯:《文化与社会:1780—1950》,高晓玲译,长春:吉林出版集团有限责任公司,2011年,第330页。

论》(World Review)杂志时，它倾注于她的笔端，并被印成铅字。

二、《世界评论》与战后英国共同体形塑

1950年，菲茨杰拉德与丈夫戴斯芒接手经营《世界评论》杂志，"真正开始进军小说"，①该杂志字里行间洋溢着战后重塑英国共同体的自信。

《世界评论》是哈尔顿出版社（The Hulton Press）旗下的一份杂志，主要以政治时事、文学和艺术评论为主，一个月发行一期。菲茨杰拉德夫妇接手后，它既延续以往的文评传统，又开创自己的特色，最鲜明的一点就是浓厚的新国际主义色彩。首先，杂志的头版通常刊发民众关心的政治、经济或法律评论方面的文章，议题不局限于国内，涉及世界各国各地区。意大利的土地改革、法国的政治纷争、北大西洋合约、波斯湾石油争端、德国难民、英国与中国的外交关系、原子弹爆炸等都是它所关注的范围。其次，对欧洲文学、美法等国的文学新秀作品、意大利的雕塑艺术、西班牙绘画等均有涉猎，是"现代的、文化包容的、亲欧的、自由的、怀疑的以及不带文化偏见的"，"它尊重不同的新兴艺术形式和跨学科交叉研究"。② 菲茨杰拉德"作品的拐弯抹角和古怪性、令人惊讶的'非英格兰性'、精湛的深层心理剖析"，莫不与她这时期对国际政治以及现代欧洲文学艺术的思考有关，"欧洲文学、艺术和文化一直对她有着重要的影响"。③

国际化的办刊风格与战后英国的文化复兴运动颇有关联。二战后的最初几年，英国经历了比战时的"流血、流汗和流泪"更为严重的困难，但是从20世纪50年代起，英国开始逐渐摆脱战争的阴影，成了一个"福利国家"：

在工党政府领导下，失业人数减少到可控制的限度；贫民窟被清除了；新的大学、师范大学、师范学院和专科学校为就学人数大大增多了的学生提供了

---

① 弗拉维与亨彻之所以认为菲茨杰拉德从1950年经营《世界评论》才开始真正进军小说，主要是因为1951年3月菲茨杰拉德在《世界评论》上推出的一个专栏"缇斯哈拉的来信"（A Letter from Tisshara），认为这是一个"完全虚构的故事"（a pure fiction），其中的某些哥特式情节与后来创作的短篇故事《斧头》有相似之处。[参见 Flower and Henchey, "Penelope Fitzgerald's Unknown Fiction," 52.]
② Lee, *Penelope Fitzgerald*, 107.
③ Ibid., 109.

高等教育。上议院为同等地位的公民敞开了大门;世袭的贵族也对民众敞开了大门。由于憎恨冷战(的确这是一部分原因),一种新的国际主义精神兴起来了。①

新国际主义精神兴起的一个主要原因就是英国意识到它若要发展,就离不开同欧洲在政治、经济和文化等上保持比较亲密的联系。喷气式飞机和高速公路拉近了国家之间的距离;福利和高工资使得上百万英国人到国外旅游,旅游业蓬勃发展;体育运动成为国际交往有力的媒介,等等。1951年,英国工党政府一方面为了纪念1851年伦敦世界博览会100周年,另一方面也旨在鼓舞二战后受挫萎靡的民心,举办了规模宏大的"不列颠节"(the Festival of Britain)博览盛会。"不列颠节"主要有建筑艺术展、科学技术展、工业技术展以及欢乐主题公园展等四个主题,各地还自行组织了特色展览和狂欢活动。其中文化艺术方面的活动形式多样,电影节、音乐节、戏剧节、绘画展、中世纪表演等吸引了英国和来自世界各地的参观者。亨特等人认为英国"在1951年向世界打开它的大门……象征着英国的文化复兴以及它对待艺术的新态度"。②

菲茨杰拉德对"不列颠节""明显地嗤之以鼻",③在她看来这是一种虚假的乐观主义,后来英国社会的困境也一再证明了这一点。不过,她对新国际主义精神还是持欢迎态度的。英国在进入工业化之后,陶醉在世界霸主地位的无限自豪当中,对本国文化充满优越感和偏执。19世纪末期,保守党首相迪斯雷里和索尔兹伯里侯爵任内更是奉行"光荣孤立"(Splendid Isolation)的外交政策,在欧洲乃至世界事务中置身事外的同时,英国经济和政治影响力也逐渐下滑。从这方面来说,战后英国秉持新国际主义精神,重新融入欧洲,重建英国共同体,至少在当时是十分必要且正确的。新国际主义精神契合了菲茨杰拉德心中潜伏多年的"共同文化"理念,《世界评论》成为她构建文化共同体愿景

---

① 休·亨特、肯·理查兹、约·泰勒:《近代英国戏剧》,李醒译,北京:中国戏剧出版社,1987年,第67页。
② 同上,第68页。
③ Lee, *Penelope Fitzgerald*, 107.

的舞台。《世界评论》聚焦与"现实世界"、普通大众息息相关的话题。这让人不禁想起了"诗籍铺"设立的初衷是"让诗与社会发生点切实的关系",如果继续溯源,可以追溯到罗斯金和莫里斯的艺术思想。在罗斯金等人看来,艺术存在的最终目的是为人民服务,美的终极目标是美化人的情感世界,提升人的精神生活。罗斯金和莫里斯是菲茨杰拉德心目中的英雄,是萦绕在她作品中的另一幽灵。同时,"艺术上的整体性(integrity in the arts)问题也是《世界评论》编者们的另一关注点"。① 1952 年,菲茨杰拉德评论《高雅维多利亚式设计》(*High Victorian Design*,1951)一书时,将 1851 年伦敦世界博览会与 1951 年的"不列颠节"进行了"令人沮丧的比较",批评 1951 年盛会的文化狭隘性,认为这是"一个小岛,我们的英格兰岛"的"失仪"之举。她主张从欧洲优秀的文化艺术宝库中吸收营养,但是又要与各种文学时尚潮流保持距离,保持一定的"独立性",强调从人类的共同生活和经验中汲取养分,认为建构"一个民众的艺术才是最重要的领域",这种共同体思想显然是"走在当时时代前列的"。②

三、陌生人与深度共同体形塑

2000 年,菲茨杰拉德与哈珀-柯林斯签订合同,准备出版一部短篇故事集,她在笔记本上开列了一个清单③,其中包括她早年创作的几个作品:

1922	The Victorian Line	everyones thoughts	possible
1926	Matilda, Matilda	locksmith & door	possible
1955	The Find	tramp, Beckett	possible
1958	The Mooi		possible, good ending

这份清单表明,菲茨杰拉德在六岁时就已经开始创作短篇故事了,而且时隔七

---

① Lee, *Penelope Fitzgerald*, 112.
② Ibid.
③ 该清单转引自 Flower and Henchey, "Penelope Fitzgerald's Unknown Fiction," 47 - 65. 弗拉维与亨彻查阅了菲茨杰拉德的手稿,该手稿现存于美国得克萨斯大学的哈里·兰森人文研究中心。

十多年后,她仍然认可这些作品,认为它们"可以"(possible)入选故事集。不知为何,菲茨杰拉德最终并没有将它们收入集子中,"The Find"也不知所踪,现在唯一可找到的是《莫伊》("The Mooi")这则短篇。后者句式干净、简洁,但多处洋泾浜语式的表达与现代英语语法不符。最让人费解的语言游戏是Mooi一词,文中不仅跳出诸如Moi, Man Orlways Out of It,"Man. Orlways. Out. of. It."甚至更长的将五个词隔开的句子,字母O开头的单词在有的段落显得特别扎眼。那么菲茨杰拉德精心雕琢每个单词、塑造这样一个陌生人形象的用意何在?弗拉维与亨彻认为《莫伊》玩语言游戏,带着清晰的自反性,既探讨了讲故事(创作)的本质问题,又试图揭示人类所谓文明行为的虚无性,寓意深刻。此话有一定的道理,但是我们认为故事的寓意不止如此,它还体现了菲茨杰拉德的深度共同体形塑观,尤其是她对陌生人(或者说局外人、流浪者)与共同体之间关系的思考。

"陌生人"作为一个社会学意义上的术语,最早是德国社会学家齐美尔于1908年针对"社会是如何可能的?"这一颇具现代性反思意义的问题所提出来的。从社会学意义上来看,"陌生人"与现居群体存在着心理上的疏离或"距离",通过在陌生地出现,才使得他不容易被轻易地放进任何已经建立起来的类别之中。菲茨杰拉德对"陌生人"情有独钟。1979年她因《离岸》获得布克大奖,成为一匹最大的黑马,但饱受评论界的猜疑甚至诟病,因此她对朋友们说:"我知道我是一个局外人(an outsider)。"① 她的笔下有许多处于"边缘"的人物:《书店》里的女主人公弗罗伦丝是一位毫不起眼的中老年妇女;《早春》的男主人公弗兰克,带着一家居住在莫斯科;《天使之门》(*The Gate of Angels*,1990)里的黛西出身贫寒,生活在社会底层;《离岸》里的一群人既不属于大海,在岸上也无容身之所,是被隔绝在主流生活方式之外的陌生人。菲茨杰拉德宣称"在我看来,不被需要是一种积极的状态",② 这是她有关"陌生人"思想的独特贡献,这一立场在《莫伊》中就已有所呈现。《莫伊》中的主人公是她创作的第一个"陌生人"形象,类似贝克特笔下的流浪汉,喝醉了酒,坐在太阳底下。故事并没有什么情节,在不同的段落重复述说主人公"忘记了自己有

---

① Lee,"Preface",1.
② Lee,*Penelope Fitzgerald*,122.

一辆自行车"这一事件。通篇阅读下来,我们发现这个流浪汉不同于贝克特笔下的流浪汉,虽然作家本人对贝克特充满了崇敬之情。贝克特笔下的流浪汉大多是些丧失自我、徒具人形的人,表达现实的荒诞和人生的空虚。《莫伊》的主人公看似"一个边缘人",肮脏邋遢,无家可归,"被我们这些所谓的文明人瞧不起",然而"他是一个哲学家,一个忍者,一个与(叔叔)威尔弗莱德·诺克斯相同类型的隐士式预言家"。① 他可以洞见人类灵魂的深处,而且很在意人与人之间的精神联结,表露出一种共同体情怀。整个故事除了屈指可数的几个 is 之外,找不到动词第三人称单数形式,也就是说谓语动词几乎全部使用复数,意在揭示个人与共同体之间的关系——个人的一切行为均与共同体联系在一起。从这一角度看,我们就不难理解菲茨杰拉德在文中玩的诸多语言游戏了:Man Orlways Out of It 取首字母连起来是 MOOI;每个单词成句,意思也与 Mooi 有关。"他"要逃开的是 it,即所谓的文明世界(fugitive from this world),追寻或建构的是威廉斯所说的"深度共同体"(the deep community)。②

中国学者殷企平认为,深度共同体十分关注沟通的深度。③ 在《莫伊》中,菲茨杰拉德对深度沟通的思考主要体现在两个方面。一是在共同体中的个体心智培育方面,偏向从大自然汲取养料、灵感和启迪。《莫伊》中的主人公"坐在太阳底下",这是一个极佳的个人独思、反思的大自然场景。"在太阳底下"一词,在弗拉维与亨彻看来,是作家对《传道书》(Ecclesiastes)的多重指涉。《传道书》认为人在日光之下的劳碌皆属虚空,唯有信奉神,人生才有真正的满足。菲茨杰拉德并非要宣扬一种虚无主义,而是要探问人生的存在意义——"黑暗之中的黑暗。因它比黑暗更黑而变得可见。无生命?然而它看起来有

---

① Lee, *Penelope Fitzgerald*, 122.
② "深度共同体"这一概念出自威廉斯的《漫长的革命》一书。他在该书第 2 章中论述道:"感觉结构就是一个时代的文化:它是一般组织中所有因素带来的特殊的、活的结果。正是在这方面,一个时代的艺术……有着重大的意义。"在威廉斯看来,这种独特性有可能实现,通常不是有意识的,而是基于这一事实,"在艺术这里,实际的生活感觉,使沟通得以可能的深层的共同性,都被自然地汲取了……在所有实际存在的共同体中,感觉结构的拥有的确到了非常广泛而又深入的地步。"(参见威廉斯:《漫长的革命》,第 57 页。)
③ 殷企平:《华兹华斯笔下的深度共同体》,《杭州师范大学学报》(社会科学版),2015 年第 4 期,第 80 页。

灵魂,有一个真正的身份,有怜悯之心。"①借"黑暗"的喻示,菲茨杰拉德在向读者揭示了《莫伊》中的"他"是一个真正的人的同时,也为她关于深度共同体的另一点思考埋下了伏笔,那就是轻视世俗物质所有权,反对物质主义,珍视人与人之间的友爱互助。

《莫伊》反复述说着主人公"忘记了他有过一辆自行车",并围绕自行车是否应该被忆起以及所有权问题展开了讨论:

这是一个哲学难题。如果他公开说没注意到他对这个物品的所有权,那么这个自行车在多大程度上是真正属于他的呢?当然,他不需要得到许可,就可以毫无障碍地使用它,他可以那样做,他有权利使用它。但是,那样做有什么用呢?如果在法律上拥有十分之九的所有权,那么非所有权比率是多少?也是十分之九?或者十分之一?②

可见,"他"并不是一个酒鬼,而是"喝了一点点酒,放松自己";③也并非如观察"他"的人所猜测的那样,忘记了自己有一辆自行车,而是在思索与自行车所有权有关的哲学命题。"他"在"独处"(solitary)中"沉思"(meditating),最终决定"把它留在它所在的地方",因为"拥有一辆自行车全是不利,无一处好处",并诘问读者"投资发明这样一种机器的意义何在?"④在"他"看来,物欲会成为共同体内深度沟通的障碍,应该抛弃"物"恋,"坐在太阳底下",以"陌生人"之姿加入,这样构筑的共同体方能达至深度沟通。菲茨杰拉德后来的作品中也不乏这样的"他"——弗罗伦丝、黛西、老威廉等,在她的身边也生活着这样的"他",最典型的代表就是她的祖父母与叔叔威尔弗莱德。在《菲茨杰拉德的一生》中,李开篇就叙述了在菲茨杰拉德出生的 1916 年冬天,她的祖父母为了救济难民和无家可归的人,先是邀请他们住进家里,后来干脆将宅子送给红十字会用做医院,一大家人则挤在一所狭小的房子里。菲茨杰拉德曾对中国学者

---

① Penelope Fitzgerald, "The Mooi," *The Hudson Review* 61, no. 1 (2008), 73.
② Ibid., 74.
③ Ibid.
④ Ibid., 71-77.

卢丽安说,"我最看重的品质是有同情心和善良",①"20世纪的人往往因他们太过于渺小而可悲,但因太绝望而滑稽可笑。但是别忘了,我们还有彼此"。② 可见,菲茨杰拉德所要构筑的深度共同体是以轻视世俗物质为前提的,它以文化培育为经,以善良与同情心为纬,尤其强调对"陌生人"的友善态度以及对"陌生人"的心智培育。

英国学者盖勒夫(David Galef,1959—)在《哥伦比亚英国小说史》(*The Columbia History of the British Novel*,2005)一书中称,"一部小说就是一个历史文档,是时代的产物"。③ 菲茨杰拉德的每一部小说就是一个历史文档,而且她的一生也可以被看做一个历史文档。她生活的年代,英国帝国光环不复存在,社会危机四伏,普通民众的生活饱受战争、失业和贫困等困扰,多种多样的不平等在分割着这个共同体。菲茨杰拉德从小深受家庭环境影响,对罗斯金和莫里斯的艺术和社会思想深谙于心,共同体形塑的内涵在她心中不断增值、变化和发展。如果说她童年时期的"诗籍铺"是一个着意于培育"文明化个体"的精神共同体,那么她成年后在《世界评论》上的文学实践则体现了她作为一名知识分子为战后英国共同体形塑所做出的努力。在此之后创作《莫伊》时,她试图跳出现代理性文明的漩涡,从哲学高度把握"陌生人"与深度共同体之间的关系,这标志着她的共同体想象达到了新的深度。总的来说,共同体思想既是菲茨杰拉德个人最珍视的一颗宝石,是她作品中最耀眼的一朵"蓝花",更是英国20世纪文化观念史上的重要一环,富含生命的种子,鼓励世人去想象并塑造美好的未来。

---

① 卢丽安:《文本之外:由佩内洛普·菲茨杰拉德的小说及文学生涯看文学研究》,上海:复旦大学出版社,2005年,第392页。

② Qtd. in Lee, *Penelope Fitzgerald*, 302.

③ David Galef, "Forster, Ford, and the New Novel of Manners," in *The Columbia History of the British Novel*, ed. John Richette, Beijing: Foreign Language Teaching and Research Press, 2005, 819.

第三节
《好伙伴》与共同体形塑

在英国小说和共同体思想的交融史上,普里斯特利是一位继往开来的人物。十几年来,批评界把越来越多的目光投向了他,因为"在反思 20 世纪英格兰人的体验以及民族想象和形塑方面,没有人比普里斯特利做得更多、更努力了"。① 只要一说起他对于民族——共同体——的想象,批评家们就会不约而同地提到他的成名作《好伙伴》,其理由不外乎"深深镶嵌在小说中的共同体意识"。② 不过对于该小说的艺术形式跟共同体主题之间的内在联系,却鲜有人问津;唯有瑞士巴塞尔大学的艾娜·哈伯曼(Ina Habermann,1965—)教授对此进行了比较深入的研究。她从"神话"(她跟法国学者巴特一样,把神话看做"在第二表意层次上重复语言结构的符号系统")这一角度入手,对"英格兰特性的象征形式"(the symbolic form of Englishness)做了饶有兴味的分析,并在此基础上指出:"对普里斯特利来说,具有高度凝聚力的共同体是民族特性的鲜活表现,但是我们需要懂得这种表现的基础是物质世界,是表征英格兰特性的神话式存在的、含有文化记忆的山水。"③

哈伯曼以《好伙伴》中象征英格兰特性的三类"原型山水"(archetypal landscape)——即英格兰北部嶙峋的山脊、西南部的科茨沃尔德丘陵地带、北海沿岸的沼泽地带——为起点,对分别来自这三类地区的三位男女主人公(他们都是"好伙伴歌舞剧团"的主要成员)做了分析,然后提出了以下中心论点:

---

① Roger Fagge, *The Vision of J. B. Priestley*, New York: Continuum, 2012, 2.
② Maggie B. Gale, *J. B. Priestley: Modern and Contemporary Dramatists*, London & New York: Routledge, 2008, 126.
③ Ina Habermann, *Myth, Memory and the Middlebrow: Priestley, du Maurier and the Symbolic Form of Englishness*, Hampshire: Palgrave Macmillan, 2010, 9-48.

"音乐厅表演会是普里斯特利笔下英格兰共同体生活的关键性象征。"①我们认为哈伯曼的论证有一个严重的缺憾:从表征英格兰特性的山水及其养育的人物到这些人物所组成的歌舞剧团,从他们的歌舞表演到共同体生活,其间究竟是一种什么样的逻辑关系?哈伯曼对此语焉不详。难道靠相关水土养育的人物必然会通过音乐来建构共同体?这样的逻辑显然有欠缜密。由此还引发了一个重大疑问:音乐厅表演会真的是普里斯特利笔下共同体生活的关键性象征吗?《好伙伴》中最为关键的共同体生活的象征究竟是什么?本节拟就此试作探讨。

一、"英国状况大辩论"的延续

要解答上文所提的疑问,就要先考察《好伙伴》所处英国小说传统的状况以及它问世时的社会、文化语境。事实上,哈伯曼曾经对此做过考察,并指出普里斯特利"以左派的立场介入了'英国状况大辩论',把聚焦点对准了最受经济萧条打击的工业地区"。② 在《好伙伴》中,"象征英国状况的是中部地区的工业城市图伯洛,在那里'好伙伴歌舞剧团'渡过了悲惨的一周"。③ 关于"英国状况大辩论"(the Condition of England Debate),学界最权威的诠释见诸佳拉赫(Catherine Gallagher)笔下:

英国在 19 世纪早期和中期经历了工业生产的扩张。这一过程伴随着一系列有关英国的社会福利、物质生活和精神生活的论战。这些论战经常被统称为"英国状况大辩论"。它们几乎扩展到了英国精神生活和文化生活的各个领域,改变了许多学科的性质,甚至千真万确地促成了一些崭新学科的诞生。更须一提的是,英国状况大辩论本身演变成了一种话语,从而使哲学、伦理学、政治经济学、公共管理学、生物学、医学、神学、心理学和美学等学科得以开创并吸收新的研究领域。④

---

① Habermann, *Myth, Memory and the Middlebrow*, 50.
② Ibid., 81.
③ Ibid., 51.
④ Catherine Gallagher, *The Industrial Reformation of English Fiction: Social Discourse and Narrative Form 1832 – 1867*, Chicago and London: The University of Chicago Press, 1980, xi.

介入这一辩论的还有不少 19 世纪的英国小说家,他们的作品因此被称做"英国状况小说"(Condition-of-England novels)。也就是说,普里斯特利继承了英国状况小说的传统,或者说"继承了有社会担当的英国小说传统,与之相系连的是由狄更斯、伊丽莎白·盖斯凯尔(Elizabeth Cleghorn Gaskell,1810—1865)或乔治·爱略特开创的英国状况小说"。①

论及英国状况,还须提一下历史上最先发明"英国状况"这一术语的卡莱尔。后者针对英国工业化浪潮中劳动异化、物质文明和精神文明严重脱节的现象,发出了这样的感慨:"英国的状况,公正说来,其前景是最不吉祥的,其外观也是这个世界上最奇特的。在英国,虽然财富随处可拾,产品琳琅满目,能够满足人类形形色色的需要。然而,英国人的精神正在空洞浅薄中日渐衰落……还有那五千万名工人,他们被认为是这个世上迄今最强壮、最精明、最坚强的人",可是他们当中无论是"谁也不许动"自己靠劳动"所得的果实"。② 在这种社会分配不公的状况下,共同体生活显然是不可能实现的。③ 正是针对共同体的缺失,或者说是在卡莱尔的影响下,狄更斯、盖斯凯尔和乔治·爱略特等人把小说变成了讨论英国状况的重要场所,变成了憧憬/想象共同体的园地。这一优良传统在《好伙伴》中明显地得到了继承。书中不仅直接出现了狄更斯等小说家的名字,而且展现了类似狄更斯常常描绘的广阔社会图景,其中不乏破败、失业、贫困和剥削现象以及严重的劳动异化现象。例如,在"好伙伴歌舞剧团"所经过的工业城市图伯洛,"贸易活动几乎全都消失了","全城人的收入在减少,透支现象让人害怕;店主们靠相互赊账而勉强为生,工人们一个个很快成了待业人员……硕大的贫民窟脏乱不堪,到处是佝偻病、罗圈腿……"④书中有关空气污染的描绘也堪与狄更斯笔下的雾霾相"媲美":图伯洛的雾霾"虽然不至于像伦敦令人窒息的黄雾那样恐怖,但是也厚

---

① Habermann, *Myth*, *Memory and the Middlebrow*, 34 - 35.
② 卡莱尔:《文明的忧思》,第 109 页。
③ 关于"共同体",请参考德国学者滕尼斯的经典定义。后者在与"社会"相对的意义上这样界定"共同体":"共同体意味着真正的、持久的共同生活,而社会不过是一种暂时的、表面的东西。因此,共同体本身必须被理解为一种生机勃勃的有机体,而社会则是一种机械的聚合和人工制品。"(Tönnies, *Community and Civil Society*, 19.)
④ J. B. Priestley, *The Good Companions*, London: Arrow Books, 2000, 405 - 406.

得像地毯",①以致后来"这雾霾化成了黑雨"。② 从这些描写来看,哈伯曼关于普里斯特利介入"英国状况大辩论"的观点是正确的。

　　哈伯曼虽然关注到了《好伙伴》所处的英国状况小说传统,却未能点明这一传统跟小说的象征形式之间的内在联系。前文提到,哈伯曼把英格兰北部嶙峋的山脊、西南部的科茨沃尔德丘陵地带和北海沿岸的沼泽地带看做象征英格兰特性的原型山水,又把小说中受这些山水哺育的三位男女主人公——即"好伙伴剧团"的后勤奥克劳依特、经理特兰忒小姐和钢琴演奏者乔利芬特——分别看做(通过体现不同原型山水的特征而)体现不同英格兰特性的象征。假如我们顺着哈伯曼的思路走,就很容易掉入地缘决定论的泥淖,或者说容易得出如下的机械、武断的结论:奥克劳依特、经理特兰忒小姐和乔利芬特等人之所以能组成一个共同体,是其性格使然,而这性格又取决于哺育他们的山水。诚然,自然环境是塑造人类性格的因素,但绝不是唯一的因素,也不是决定性因素。就《好伙伴》而言,奥克劳依特诚实而坚韧的性格、特兰忒小姐温和而甜美的性格、乔利芬特好思而忧郁的性格固然分别通过嶙峋的山脊、和煦的丘陵和深沉的沼泽的表征性得到了折射,但是受哺于同样山水的不仅有奥克劳依特、特兰忒小姐和乔利芬特,还有跟他们性格或品行截然相反的人物,如浅薄好色的伦纳德(奥克劳依特的儿子)和艾伯特、自负的希拉里(特兰忒小姐的侄子)以及咎薔尖刻、"为每一件事情都大发脾气"③的塔文太太(乔利芬特原先所在学校的校长夫人),更不用说专干非法勾当、盗走奥克劳依特所有盘缠的弗雷德和诺比。由此可见,同样的山水养育出来的绝不是同样秉性的人物。换言之,与其说《好伙伴》中的山水描写构成了地域和英格兰特性这一因果链中的一环,不如说是被作者用来作为英格兰(包括英格兰人)某种特性的生动比喻,更何况这些山水几乎是亘古不变的,是静态的,而上文所说的"英国状况"则是动态的,总之,两者之间毫无必然联系。在《好伙伴》中,20世纪的英国状况跟19世纪的一样,仍然处于动态之中,而这一动态是很难直接由山水来象征的。

---

① Priestley, *The Good Companions*, 414.
② Ibid., 417.
③ Ibid., 78.

那么,《好伙伴》中英国状况的象征形式究竟是什么呢？我们认为,该书最具关联性的象征形式是"好伙伴歌舞剧团"成立之前各成员的人生经历以及剧团前身分崩离析的景象。在加盟剧团之前,奥克劳依特、特兰忒小姐和乔利芬特都有一段漂泊的人生。"不知走向何方"可以看做他们共同的人生标记。奥克劳依特原来是一家工厂的木工,手艺精巧,却惨遭解雇,甚至因此遭到妻子和儿子的奚落;他愤而出走,途中被盗走所有盘缠,尝尽了世态炎凉。在离家出走时,"他不知道要去哪里"。① 无独有偶,特兰忒小姐在离家出走时也不知道要去何方,只知道"要走得很远,走上百千英里,直到消失"。② 在此之前,特兰忒小姐对生命的意义有一段反思——她为照顾年老的父亲贡献了全部的青春;父亲去世以后,她又迫于生计变卖家产,因而有了下面这段因看到拍卖会后留下一片狼藉而带来的反思:"她觉得父亲的生命仿佛并未终结于教堂墓地,而是结束在此时此刻的灰尘、草屑和喧嚣之中。就在这个下午,父亲的生命一点儿一点儿地消耗于讨价还价的叫喊声中,从此湮没无闻。她仿佛突然瞥见了人生真相——那一瞥惊到了她！生命居然会如此奇怪,如此灰暗,如此渺小。想到此,她竟欲哭无泪。"③也就是说,特兰忒小姐跟奥克劳依特一样,出走是因为失落了生命的意义。小说的另一位主人公乔利芬特的情形也跟前两者相似。他原先所在的寄宿学校就像"读写工厂";④他酷爱音乐,本想用音乐开启学生们的心智,但是校长夫人塔文太太却横加干涉,声称"音乐课不重要,根本就不重要"。⑤ 一气之下,乔利芬特顶撞了塔文太太,结果被开除出校。他临走时,这样对同事黛茜说:"我不知道要去哪里,往前走便是。"⑥简而言之,乔利芬特、特兰忒小姐和奥克劳依特的前半段人生轨迹都深深地烙上了"漫无目标"的印记。透过他们的漂泊经历,我们可以看见当时的英国状况:失业、劳动异化以及由此带来的人生意义的缺失。在这种状况下,共同体是不可能存在的。更确切地说,在"好伙伴歌舞剧团"成立(或者说它的前身重组并更

---

① Priestley, *The Good Companions*, 106.
② Ibid., 70.
③ Ibid., 47.
④ Ibid., 98.
⑤ Ibid., 82.
⑥ Ibid., 105.

名)之前,相关人物既然连个人的生活目标都很迷茫,遑论某个共同的目标? 而"没有共同目标,就没有强烈的情感共鸣……人们就很难形成可以辨别的、对共同体的认同感"。①

除了乔利芬特、特兰忒小姐和奥克劳依特等人的漂泊经历以外,剧团前身濒于崩溃的境况也象征了当时的英国状况。在特兰忒小姐接手之前,歌舞剧团有过一个经理,这家伙足足拖欠了演员们五个月的工资,最后溜之大吉。此时的剧团就是整个英国的缩影,其典型的状况是因追逐利润而造成剥削、失业、劳动的异化和人心的涣散。这一情景跟工业城市图伯洛的状况形成了呼应,勾勒出共同体精神的缺失,同时也蕴含着对共同体的渴望和呼唤。普里斯特利以这种方法介入"英国状况大辩论"还有另一层用意,即批评当时风头正盛的现代主义文学运动。了解那段历史的人都知道,普里斯特利曾经卷入一场所谓的"眉战"(the "Battle of the Brows"),即"高眉"(highbrows)和"低眉"(lowbrows)之间的论战,前者包括伍尔夫和艾略特等现代主义作家,后者包括普里斯特利(也有人称他为"中眉"),其作品被认为不如现代主义作品那样高雅,因而常常遭到贬抑。在普里斯特利看来,自恃高雅的现代主义作家们其实缺乏生活体验,尤其缺乏社会底层的生活体验。普里斯特利自己常常深入劳苦大众的生活,从他们的角度来审视英国状况。据他的《英国游记》(*English Journey*,1934)一书记载,他曾经深入矿区,跟"在生活险境中靠缝纫为生"的矿工妻子们交谈,随后发出了这样的感慨:"假如托马斯·斯特尔那斯·艾略特想要写一首关于真正荒原的诗,而不是形而上的荒原诗,那么他就应该来这里体验一下。"②正因为普里斯特利对真实的荒原——英国状况犹如荒原——有了真切的体验,所以才有了《好伙伴》中关于荒原般景象的描绘。当然,普里斯特利没有仅仅停留于针砭时弊,而是更多地呈现了走出荒原的必经之路,即建构共同体之路。这将是下一小节的话题。

---

① Simon J. White, *Romanticism and the Rural Community*, Hampshire: Palgrave Macmillan, 2013, 175.
② J. B. Priestley, *English Journey: Being a Rambling but Truthful Account of What One Man Saw and Heard and Felt and Thought During a Journey through England During the Autumn of the Year 1933*, London: Heinemann, 1968, 310.

二、共同体生活的关键性象征

如上文所示,在"好伙伴歌舞剧团"成立之前,三位男女主人公各奔东西的情形以及剧团前身支离破碎的惨状,都与共同体的理想生活相悖。这一情形在由于奥克劳依特、特兰忒小姐和乔利芬特加盟,歌舞剧团得以重组之后,渐渐发生了转变。在剧团重组时,新老成员曾聚在一起,讨论如何为它重新命名。在众多建议中,乔利芬特的发言最能吸引新任经理特兰忒小姐,他说:"关于一个好的剧团演员拥有什么样的素质,这我无法确切地把握。不过,如果好演员意味着好伙伴,或努力成为好伙伴,那么我会称得上好演员,并为此而自豪……"[①]特兰忒小姐因此而获得灵感,当即决定将剧团命名为"好伙伴"。这一段情节其实是小说的点睛之笔,它不仅可以作为小说书名的题解,而且为小说的核心象征——共同体生活的关键性象征——做了铺垫。

也就是说,小说中关乎共同体生活的关键性象征应该是"好伙伴歌舞剧团"及其运作的方式(包括演出),而不仅仅是艾娜所说的"音乐厅表演会"(见本节引言部分)。当然,哈伯曼的观点并非毫无道理。用音乐或歌舞表演来象征共同体生活,是世界文学中的常见艺术手法。在英国,从卡莱尔到狄更斯,再从莫里斯到哈代,"关于共同体的想象中,艺术元素都是不可或缺的"[②],而音乐元素更是如此。哈伯曼的观点很可能受到了美国威尔克斯大学韦利弗博士的影响。后者在研究 1840 年至 1910 年的英国小说时运用哈贝马斯的理论,"把公共领域看做现代性语境下的新兴话语空间",进而"把音乐事件跟想象共同体的其他方法连接起来"。[③] 从这一角度来看,《好伙伴》中的音乐厅表演会属于典型的音乐事件,也不失为想象共同体的诸多方式之一。然而,我们不能据此认定音乐厅表演会就是书中共同体生活最为关键的象征。

从小说的情节来看,主人公们的共同体生活直到"好伙伴歌舞剧团"成立以后才开始。在此之前,剧团前身也有过音乐厅表演会,但是它本身并未构成

---

① Priestley, *The Good Companions*, 276 - 277.
② 殷企平:《想象共同体》,第 41—51 页。
③ Phyllis Weliver, *The Musical Crowd in English Fiction, 1840 - 1910: Class, Culture and Nation*, Hampshire: Palgrave Macmillan, 2006, 4.

共同体生活——参加表演的人连工资都没有着落,原先的那个奸邪的经理还剥削、诈骗他们,根本谈不上共同的目标,也谈不上对剧团的认同感。换言之,要使音乐事件——歌舞表演——真正成为共同体生活的象征,还必须有一个前提,即参与者和组织者都拥有共同的生活目标和价值取向。"好伙伴歌舞剧团"恰好满足了这一前提。从取名为"好伙伴"开始,它就规定了下属成员的共同价值观,从经理到演员,从演员到后勤,概莫能外。前文提到,剧团的重新命名得益于乔利芬特以"好伙伴"为关键词的一段发言,其中还有如下未曾引用的话:"好伙伴的情谊已经所剩无几了——不是吗?我的意思是——人们现在不怎么齐心合力了——对不?每个人——不,不是每个人,而是许多人——都在寻求快乐——当然,这没有什么;我赞成大家都寻求快乐。可以说,寻求的人越多,快乐就越多——但是人们几乎总是在寻求自己的快乐,而不顾别人快乐与否,对不对?"①这段话在批评英国现状(人人只为自己的快乐)的同时,也诠释了"好伙伴歌舞剧团"的宗旨,即寻求共同的快乐。当然,口头的诠释仅仅是开端,更具实质性的诠释应该来自剧团其后的运作方式以及剧团成员们的行为方式。

那么,"好伙伴歌舞剧团"是否践行了上述宗旨呢?

虽然剧团的经历坎坷,但是它的每个成员都成了其他成员的好伙伴。首先是特兰忒小姐,她在出任经理时,剧团已债台高筑,奄奄一息。她既没有戏剧专业和剧团管理方面的经验,又赔上了所有的积蓄——既要还清债务,还要发放工资,并负担剧团运行所需费用。她之所以同意出马,主要是为了帮助剧团。对此,她的姐姐希尔达不能理解,极力劝她退出剧团,甚至责备她"愚蠢得可恶"。②下面是姐妹俩的一段对话(希尔达在先):

"整桩事情荒谬透顶!……我想知道你已经扔掉了多少钱?"

"好啦,我不打算告诉你,希尔达。"

"假如你从中赚了些钱,那么你还有丁点儿做下去的理由,"希尔达喊道。……"事实上没有赚,所以你没有理由。"

---

① Priestley, *The Good Companions*, 277.
② Ibid., 320.

"你错就错在这一点上,"特兰忒小姐急切地说。"正因为大家亏了钱,我就更应该留在他们身边。"①

这段对话反映了两种截然相反的价值观。希尔达所持的观念是卡莱尔当年抨击过的"现金联结"观,即把社会纽带简化为"以现金支付为唯一联结的经济关系"。② 跟希尔达相反,特兰忒小姐把友情和伙伴情放在了首位。"好伙伴歌舞剧团"跟它前身的本质区别,就在于它摆脱了"现金联结",因而不再是滕尼斯所说的"机械的聚合";③它所注重的伙伴情正意味着滕尼斯所说的"共同体的支柱"。④

更确切地说,伙伴情是支撑"好伙伴歌舞剧团"的精神支柱。书中许多描写都体现了这种精神,其中出现频率较高的是剧团成员们同甘苦、共患难的情景。例如,每当某个演员因疾病等意外情况不能上台时,总有其他成员挺身而出,加班加点地干;吉米·纳恩、苏茜、米切姆和乔利芬特等人都有过额外的付出,吉米·纳恩还有过抱病工作的事迹。任劳任怨的不光有全体演员,而且还有后勤奥克劳依特——他干活从不计较分内分外。有一次,演出遭到一群歹徒的捣乱,剧院起火,特兰忒小姐不幸受了伤,并蒙受巨大经济损失;奥克劳依特机智勇敢地做起了侦查工作,最后获得线索,锁定了案件的主谋,原来是电影院老板里德弗斯搞恶性竞争,唆使一帮无赖破坏"好伙伴歌舞剧团"的演出。这种共同体精神一直持续到剧团解散之后:由于诸多原因(乔利芬特、苏茜和杰里被推举到明星剧院工作,特兰忒小姐要嫁人,杰里跟帕特里特夫人喜结良缘,不再适合巡演工作),剧团虽然不得不解散,但是大家仍然保持联系,相互关心。更感人的是,在剧团临解体之际,大家首先想到的是他人。例如,乔利芬特和苏茜想到其他成员可能会因此失业,因此请求剧坛大亨门斯华斯出手相助,后者慨然应允,并称自己"喜欢看到

---

① Priestley, *The Good Companions*, 320.
② 殷企平:《"文化辩护书"》,第7页。
③ Tönnies, *Community and Civil Society*, 19.
④ 滕尼斯认为"共同体"的构成至少需要"三大支柱"(血缘、地缘和心缘)中的一个,其中的"心缘"(the mind)亦称"友谊"(跟本文中的"伙伴情"同义),其内涵"包括共同的信仰、观念、志趣、情感和见解"。参见 Suzanne Graver, *George Eliot and Community*, Berkeley: University of California Press, 1984,25.

我们这一行的人坚守友情"。① 这句话跟小说题目及其所指涉的伙伴情形成了生动的呼应。

要把握住小说中共同体生活最为关键的象征，还须看一看该文学象征能否传达有关"共同体之根"的思想。英国学者西蒙·怀特（Simon J. White, 1951— ）曾经带着"什么是共同体之根"的问题，对19世纪英国浪漫主义诗歌进行了研究，并提出了下列观点："我对浪漫主义作品的研究表明，当共同体扎根于人们对工作的共同兴趣时，人们就对共同体做出了最有价值的贡献。"②这种"对工作的共同兴趣"其实就是卡莱尔当年所说的"工作福音"——出于对上文所说的"英国状况"的关心，卡莱尔在批判"机械时代"的基础上，提出了与"现金联结"观（亦称"现金福音"）针锋相对的"工作福音"观："在这个世界上，最新的'福音'是：了解你所要做的工作，并认真去做你所要做的工作。"③也就是说，有了"工作福音"观或"对工作的共同兴趣"，共同体的根基就有了保证。在《好伙伴》中，象征共同体根基的正是"好伙伴歌舞剧团"全体成员对工作的共同兴趣和热情。书中乔利芬特和苏茜之间的一段对话可以看做对友情/伙伴情与工作的相互关系的脚注——他俩曾经闹过别扭，后又言归于好，在和好时，两人有一段这样的对话：

"我们现在又是好朋友了吧？"他问道。

"当然是，"她答道。"我们相互还不十分了解，不是吗？虽然如此，我们仍然准备在一起努力地工作。"④

这段对话看似普通，却是画龙点睛之笔。普里斯特利借苏茜之口点明了维系共同体的伙伴情之根基，即"一起努力地工作"。

同样的例子在书中比比皆是。特兰忒小姐接手剧团工作后，不得不在"又黑又脏又荒凉的住所、简易的剧院和没有生气的小镇"之间奔波，但是她却"从

---

① Priestley, *The Good Companions*, 593.
② White, *Romanticism and the Rural Community*, 178.
③ 卡莱尔：《文明的忧思》，第61页。
④ Priestley, *The Good Companions*, 296.

中采撷了美丽的工作之花、友情之花、忠诚之花"。① 与此相呼应的是奥克劳依特的"工作福音"观。他加入剧团以后"对工作有了一种新的态度,新得让他自己都很吃惊"。② 他的工作量虽远远超出了当初在工厂的时候,但他却觉得自己"是一个幸福的人",还解释道:"你几乎不能把它称为工作;它就像一种业余爱好;你只能称它为令人愉快的、梦幻般的工作境界。"③ 在这样的表述中,工作、信仰和生活方式几乎融合为同一个概念。更确切地说,在普里斯特利所提倡的共同体生活方式——奥克劳依特只是在融入"好伙伴歌舞剧团"后才有了那样的工作观——中,工作里其实寓有闲暇,两者互相交融。这让人想起了马克思和恩格斯在《德意志意识形态》里的一段话:"在共产主义社会里,任何人都没有特定的活动范围……上午打猎,下午捕鱼,傍晚从事畜牧,晚饭后从事文艺批评,但并不因此就使我成为一个猎人、渔夫、牧人或批评家。"④ 普里斯特利的表述跟马、恩的原话虽有不同,但是他们都把工作视为理想的生活方式,一种真正的共同体生活方式。换言之,在他们憧憬,或者说想象的共同体生活中,工作和休闲之间的边界消除了,或者说两者的境界都提高了。

以上所有分析表明,《好伙伴》中关乎共同体生活的核心象征非"好伙伴歌舞剧团"莫属。哈伯曼所说的"音乐厅表演会"虽然也能象征共同体生活,但是"好伙伴歌舞剧团"这一意象不但更能折射共同体生活的广度,如文艺表演范畴之外的生活方式;也更能揭示共同体生活的深度,如共同体精神以及作为共同体根基的工作方式。

---

① Priestley, *The Good Companions*, 311.
② Ibid., 333.
③ Ibid.
④ 马克思、恩格斯:《德意志意识形态》,北京:人民出版社,1961年,第27页。

第四节
"找家"的书与《霍华德庄园》中的共同体重塑

福斯特的《霍华德庄园》被称为是一部"找家"的书,①学术界往往将这个"家"解读为"精神家园"。然而在威廉斯看来,从狄更斯到劳伦斯这一百来年中,英国小说有一个中心意义,即"探索共同体"。② 从这个角度出发,结合《霍华德庄园》"英国状况小说"的实质,③我们认为"家"象征着共同体,这部"找家"的书实则显现出福斯特对共同体的思考和憧憬。

作者福斯特在这部小说中指出,"一个民族所指望的最高礼物是志同道合",④从更为深广的社会学意义上来讲,一个民族的志同道合在于一个有机共同体的建立,即一个"包含共同价值观或共同身份和特征的群体"。⑤ 福斯特对共同体的思考,来源于当时的英国状况。作为工业革命的发源地,英国最早在世界范围内实现了从农业社会到工业社会的转型。然而工业文明在带动社会进步的同时,也给先前稳定的社会秩序带来了巨大的冲击。利欲熏心、贫富分化严重、工具理性至上的社情现状使原有的社会结构、宗教信仰、人际关系、价值观念以及"民俗风情和生活方式"等发生变化,先前"由宗教和亲属关系凝聚为整体"的共同体被打破,过去曾将人们凝聚在一起的固有纽带已经摇摇欲坠,此时的爱德华社会犹如一个"机械的聚合和人工制品",⑥由此工业革命"创

---

① Nicola Morgan Beauman, *A Biography of E. M. Forster*. London: Hodder & Sroughton, 1993, 29.
② 转引自殷企平:《想象共同体》,第 44 页。
③ 评论家海恩斯称《霍华德庄园》为"最后一部'英国状况'小说"。详见 Hynes Samuel, *E. M. Forster*, *The Last Englishman*, New York: Bantam Books, 1985, viii.
④ 爱·摩·福斯特:《霍华德庄园》,苏福忠译,北京:人民文学出版社,2009 年,第 324 页。本节所引作品均出自该书,正文中只在引文后标注页码。
⑤ 转引自欧荣:《从"少数人"到"心智成熟的民众"——利维斯的文化批评与共同体形塑》,《杭州师范大学学报》,2015 年第 4 期,第 103 页。
⑥ 滕尼斯:《共同体与社会》,第 54 页。

造了一种对共同体新格局的需求"。① 然而由于适应这种新格局的共同体并未形成,从而使爱德华时期的英国人"徘徊于两个世界之间",即"一个已经死去,另一个无力诞生"。② 如何建立一个共同体新格局？这成了当时小说家和批评家所思考的时代主题。作为爱德华时期著名的自由人文主义知识分子,福斯特也不例外,他将共同体意识融入小说之中。那么,在《霍华德庄园》中,哪些方面显示了当时社会共同体意识缺位的状况？福斯特认为构建共同体的途径是什么？本节拟就此试作探讨。

一、共同体的幽灵：工业文明

在工业文明带来社会进步的同时,"所有的人都得承受失去有机共同体的痛苦"。③ 在《霍华德庄园》这部小说中,福斯特将共同体意识的分崩离析影射到女主人公玛格丽特居住多年的"家"的失却。"家"是一个充满关爱、责任、温暖、同情心等道德蕴含的有机共同体,给人们带来归属感和安全感,这与共同体带给民众的感受是相同的。然而,随着工业化和城市化的加速,越来越多的人涌入伦敦,正如福斯特在小说中所描述的那样,人在伦敦这块寸土寸金的土地上一层高似一层地摞起来了。人口的膨胀以及住房的紧缺使伦敦城市到处在改造。老旧的住所被拆除,"无法想象的崭新的"公寓拔地而起。伦敦城成为福斯特笔下一个毫无目的的"颤动的灰状物"(129),是一具没有丝毫温情的"僵尸"(311)。这种"没完没了"的变动不仅使人们失去了居住多年的老屋,与之一起消逝的还有维护人们内心"宁静而稳定的东西"(92)。福斯特由此将工业文明称为"游牧式文明",因为这场文明所普及之处,带给人们的是一种"流动感",正如玛格丽特和海伦的对话中所提到的,她们的身份只是一个永久的"旅行者",只能把"每个旅馆都假装成自己的家"(382)。这种流离失所的生活状态使人产生孤独感,玛格丽特所说的"我想要更多的人"就是这种心理的印

---

① Claudio Veliz, *The New World of the Gothic Fox*, Berkeley and Los Angeles: University of Chicago Press, 1994, 131.
② Matthew Arnold, *The Poems of Matthew Arnold*, ed. Kenneth Allott, London: Longmans, 1965, 288.
③ F. R. Leavis and Denys Thompson, *Culture and Environment: The Training of Critical Awareness*. London: Chatto & Windus, 1964, 91.

证(95)。福斯特借此凸显出当时社会共同体意识的缺失以及英国人缺乏认同感的社会状况。

上述状况有一个"财富语境",散落于小说之中的"生意""财富""资本"以及"成功"等词无一不映射出这一语境。在爱德华时期的英格兰,决定人们社会身份阶梯的不是"出身所赐的血统和法律特权",而是"财富"。① 财富如同艺术一般,已成为社会的上层建筑。托克维尔(Alexis de Tocqueville,1805—1859)一语中的地指出,在英格兰,"人类精神的全部精力投入到对财富的牟取之中。……英格兰人活着就是为了追求财富"。② 在这一语境之下,人们都在追寻利润最大化,他们的眼里"只看见自己的利益",却"看不见全社会的共同利益"。③ 当人人都着眼于个体的利益时,维系人际情感的内聚力就会消失,共同体生活的意义就荡然无存。小说中亨利·威尔科克斯和查尔斯·威尔科克斯这对父子就是一例:他俩是"务实"的商人,并把"人人为己"视为座右铭(262),甚至视为处理日常事务的唯一准则。来自社会底层的伦纳德便指出亨利是"这个世界的国王,有他自己的道德"(291)。"有他自己的道德"一语凸显出亨利"摆脱了共同体生活的任何纽带"。④ 此外,小说通过对威氏一家以及伦纳德不同命运的描写,向读者展示了一个"达尔文式竞争体系"的社会,对当时英国社会贫富悬殊的现象给予了写实性的描述。一个贫富分化严重的社会如同迪斯累里笔下的"两个民族",是不可能实现共同体的。

利维斯(F. R. Leavis,1895—1978)认为,英国的"前工业社会是'一个体现鲜活文化的有机共同体'",⑤这种有机共同体存在的原因在于音乐、艺术、哲学等这些"共同符号"赋予人们共同的价值和意义,才"凝聚了一个共同体"。⑥ 然而,随着工业文明的到来,在商业利益面前,文化的内涵和意义被更

---

① 艾伦·麦克法兰:《现代世界的诞生》,管可秾译,上海:上海人民出版社,2013年,第108页。
② Alexis de Tocqueville, *Journeys to England and Ireland*, ed. J. P. Mayer, trans. George Lawrence and K. P. Mayer, New York: Anchor Books, 1968, 105.
③ Adam Smith, *An Inquiry into Nature and Causes of the Wealth of Nations*, Berkeley and Los Angeles: University of Chicago Press, 1976, 475.
④ Tönnies, *Community and Civil Society*, 81.
⑤ Leavis and Thompson, *Culture and Environment*, 1.
⑥ 麦克法兰:《现代世界的诞生》,第277页。

改,文化"失去了力量和权威感",①先前有机的文化共同体遭到破坏,这一点从小说中威氏父子和伦纳德对待文化的态度可以看出。威氏父子虽自认为"掌握了生活的一切",但他们的心中没有"沉寂而悲怆的音乐",②他们对艺术毫无兴趣,遑论鉴赏力;有益于陶冶性情的文学和艺术对他们来说是"胡说八道",甚至被视为"垃圾"(225)。与他们相反,小人物伦纳德即便受穷挨饿,也坚持阅读罗斯金、听音乐会以及欣赏画作;然而,这种看似对文化的恪守与坚持实则只是为了攀上人生阶梯的更高一层,成为他跻身上层社会的筹码。当他听到玛格丽特对文化侃侃而谈时,就认为如果自己也能这样掌握文化,那"就会把整个世界攥在手里"了(46)。当伦纳德的这种梦想幻灭之后,他发出了"诗歌什么都不是"的感慨(275),由此我们可以瞥见福斯特对于文化共同体缺失的焦虑。

国民精神和信仰的无所皈依,亦是这一时期共同体意识缺位的表征。信仰是"一种生活方式",它的目的在于"加强社会秩序"。③英格兰宗教的核心精神在于"爱你的邻人""慈悲为怀""公平正义"等。④似乎有这样的精神,无论生活中风行什么,人们"都会充满力量、觉悟与安宁,并且高高兴兴地为他人服务"。⑤就这一意义而言,宗教信仰有益于共同体精神的形塑。然而,工业主义盛行的爱德华时代被称为一个"资产的时代",在这种时代语境之中,人们热衷于功利目标,宗教信仰逐步式微,"人对上帝的义务变为一种术语,一个怀疑,一种朦胧的幻影"。⑥小说中的一个细节尤其值得注意:当玛格丽特与威尔科克斯太太外出采购圣诞节礼物时,玛格丽特坦承圣诞节"过不过都没有意思"(101)。圣诞节作为英国最传统、最隆重的节日,不仅仅意味着团聚和友爱,同时它具有强烈的"仪式性"和"信仰性",因而也被赋予了

---

① F. R. Leavis, *Mass Civilization and Minority Culture*, Cambridge: Minority Press, 1930, 25.
② William Wordsworth, "Lines Written a Few Miles above Tintern Abbey," in *Lyrical Ballads and Other Poems, 1797-1900*, eds. James Butler and Karen Green, Ithaca and London: Cornell University Press, 1992, 117.
③ 转引自麦克法兰:《现代世界的诞生》,第 304 页。
④ 同上,第 303 页。
⑤ 弗莱德瑞克·斯特伦:《人与神——宗教生活的理解》,金泽、何其敏译,上海:上海人民出版社,1992 年,第 59 页。
⑥ 卡莱尔:《文明的忧思》,第 130 页。

深厚的价值观念,是一种文化共同体的历史体现。然而,随着英国工业化和商业化的进程,节日已变得日渐商业化和消费化,看似热闹与喧嚣,人们互赠礼物与贺卡,但已不复往昔的"祥和的祝福",日渐失去其传统的文化内涵。

从上文的分析可以看出,福斯特在《霍华德庄园》中描述了爱德华时期共同体意识缺位的现实。贫富分化严重、人际关系失衡、信仰的虚无、文化的缺席等都是这一时期共同体分崩离析的表征。那么,应该如何重塑共同体呢?这也是福斯特在小说中所探讨的命题。我们接下来就来分析一下小说这方面的意蕴。

二、共同体的基石:传统

一个有机共同体的延续,要依靠"精神、道德和情感传统"。[①] 霍华德庄园就是融精神、道德和情感传统于一体的象征。洛奇曾指出,"给作品选定一个书名是创作过程中一个重要的步骤,因为这个书名可以精炼地把小说的内容提示出来"。[②] 小说的英文名为 *Howards End*,其中 end 一词意为"终端",而"终端是有射线的,这个射线就是人,而人不能没有传统,不能割断传统"(译序,12)。整本小说围绕霍华德庄园展开,它不仅是小说情节发展的场所,而且是英格兰传统延续的载体,亦是福斯特心目中想象的共同体。想象的共同体并不是"虚假意识的产物",而是"社会心理学上的'社会事实'",能不断地在人们心中"召唤出强烈的历史宿命感"。[③]

小说开篇通过海伦写给玛格丽特的信件,描述了霍华德庄园的样貌。不同于现代昂贵的大饭店,这个庄园"很旧,很小,不过总的说来看着很顺眼"(1)。"旧"显现出这所庄园的历史悠久和古老沧桑。"顺眼"在于这个庄园的和谐、宁静和威严。当城市处于"变动的狂热"之中,人们处于一种"灰色的生活"之时,庄园的生机盎然使人看到了"坟墓这边的希望"(251)。小说每每描写霍华德庄园之处,都会提到那颗"依傍住宅生长"的山榆树。山榆树"躬身护

[①] Leavis and Thompson, *Culture and Environment*, 8.
[②] 戴维·洛奇:《小说的艺术》,卢丽安译,上海:上海译文出版社,2010年,第230页。
[③] 安德森:《想象的共同体》,第8页。

着"霍华德庄园的意象,指向守护着庄园的威尔科克斯太太,她从祖辈那里继承了霍华德庄园,庄园寄予了她全部的精神生活和希望。威尔科克斯太太被誉为"贵族",显然这里的贵族不是指出身或血统,而是一种文化身份。她出生于一个"十足的礼仪之家"(332)。礼仪的重点在"礼",而非"仪",从本质上来讲,礼仪体现善良,体现出尊重人的道德情感,它是个体素养的体现;而从更为广阔的社会语境来讲,礼仪能够维护一种稳定的社会秩序,是一个时期文化传统的表征。传统是一种共同体的内聚力,它是指"崇尚过去的成就和智慧"以及"把从过去继承下来的行为模式视为有效指南的思想倾向"。[①] 小说中的话语也印证了这一点:"过去能够传下来的本能的智慧单单传给了她(威尔科克斯太太)。"(24)威尔科克斯太太喜欢民俗学,她没有对物质利益的强烈欲望,对下层社会的人怀有同情和怜悯之心。用她自己的话说,"我随时给仆人一些钱"(96)。可以说,威尔科克斯太太是那个"无序"时代尊崇信仰和传统的隐形标杆。

威尔科克斯太太在去世之际,将霍华德庄园赠予玛格丽特,因为在她看来,玛格丽特是她的"精神继承人"(118)。玛格丽特是利维斯笔下"少数人"的代表,她维护了"传统中最微妙、最易消亡的部分"。[②] 当玛格丽特第一次来到霍华德庄园时,她认为庄园是有生命的,她能听到房子的"心脏"跳动的声音。跟随威尔科克斯太太多年的埃弗里小姐"错"将玛格丽特当成已故的威尔科斯太太。在威尔科克斯太太的丈夫亨利看来,这是由于玛格丽特与威尔科克斯太太一样,手里紧握着"一把野草"(246)。实际上,埃弗里小姐并不是没有将她们两人分辨开来,而是意识到她们身上有一种情感的共鸣和传统的延绵,她相信玛格丽特会像已经故去的威尔科克斯太太一样,扎根于共同的事业——守护庄园,维护传统。

小说中的埃弗里小姐一直是被学术界所忽视的一个人物。福斯特对她着墨不多,然而她对主要人物的命运转折起了关键性作用。亨利将埃弗里小姐归为"愚蠢"的人,因为她是一个所受教育不多的自耕农,但是玛格丽特却看出她具有"敏锐的智慧"和"毫不虚饰的高贵气质"(329)。埃弗里小姐

[①] 爱德华·希尔斯:《论传统》,傅铿、吕乐译,上海:上海人民出版社,2009年,译序,第2页。
[②] Leavis, *Mass Civilization and Minority Culture*, 5.

在威尔科克斯太太去世之后,一直守护着庄园;她指出了亨利的性格缺陷,认为威尔科克斯太太应该嫁给一个"真正的士兵"(332),而不是亨利这类将地球变成灰色的人。她将玛格丽特存放在霍华德庄园的家具一一归位,并将玛格丽特父亲的剑从剑鞘里拔出,挂在书籍之中,由此提供了小说人物智识、人际关系乃至命运发展转折的契机。在玛格丽特看来,她对英格兰的爱恋,是通过"那座房子(霍华德庄园)和埃弗里小姐显露的"(249)。埃弗里小姐对乡土的眷恋、对传统的维护是英格兰典型的自耕农形象的化身。在福斯特看来,英国的传统存留在自耕农身上,自耕农是英格兰传统的庇护人。

威氏父子全然没有对霍华德庄园的眷恋,无视庄园背后所凝聚的传统和共同体精神。对他们而言,霍华德庄园只是一处可以随意租售的财产而已。在考量庄园的去留时,他们所能想到的只是它能否得到物质的回报。小说中有一个值得推敲的细节:海伦向伦纳德讲到,"有一种噩梦般的理论,说一个特殊的种族在诞生,将会在未来统治我们所有的人,就是因为那个种族缺少那个说'我'的东西。"(284)海伦进一步解释道:"所有守规矩的人都说'我'。"(286)此处的"守规矩"就是对传统和秩序的遵守。威氏父子一类人是海伦眼中将来统治大英帝国的"特殊的种族",然而他们却无视传统的价值;若由他们来掌控英格兰的命运,其结果将是"噩梦"。福斯特在小说中也表明了对这类人的态度:"但凡有人敢对各种习俗犯上作乱,报复性惩罚毫不留情。"(403)这里的"习俗"指传统,而威氏父子这类人违反了习俗,悖逆了传统,因此最终受到了惩罚——儿子查尔斯因过失杀人被判入狱,而父亲亨利则以"垮了""完了"而收场(406)。

玛格丽特在找"家"之时,希望能够租住在霍华德庄园,因为那个住宅"有一些东西",能让人感到"温馨"(207)。这"一些东西"就是蕴含于庄园的传统内涵,因为庄园的一草一木都体现了一种"陶冶性格的那种内聚力"(316)。面对爱德华时期共同体意识缺位的社会状况,福斯特认为解决途径之一就是依靠英格兰民族传统的力量,拯救当时"无序"的社会状况,小说的结尾也点明了这个主旨:过去在净化现在。这里的"过去"指的是维护秩序稳定和心中安宁的传统文化。须在此指出的是,对传统的留恋并非反对进步。换言之,福斯特并非旨在回到过去"非工业化的、农业的、前汽车时代"。① 他深知社会向前发展的车轮不会停下,深知"未来终归会到来"(363)。他只是借由霍华德庄园的故事告诉读者：当社会不断进步之时,传统不能被摒弃,这样才不会出现辗转于"两个世界"之间的困境；只有维护了传统,当未来到来时,世界才会充满"孩童的欢笑和话语"(363)。

三、共同体的支柱：心智培育

心智培育是建构共同体的重要途径。

心智培育不仅加强个人内在的道德辨别力,而且培植共同的奋斗目标和价值取向,从而形成共同体所必需的凝聚力。然而,福斯特所在时代可以用利维斯的话来形容："我们这个时代缺乏心智成熟的民众。"②这是由于英国自维多利亚时期以来,"整个现代文明在很大程度上是机械文明"。③ 正如卡莱尔所言,机械文明不仅使"人的手变得机械了",而且"连人的脑袋和心灵都变得机械了"。④ 福斯特提出了"发育不良的心"(the undeveloped heart)一说,⑤这显然是秉承了以卡莱尔为代表的文化批评传统,同时也是对利维斯所指的"缺乏心智成熟的民众"的回应。"发育不良的心"使社会成员之间难以形成共同的信仰、志趣和价值诉求,从而阻滞了共同体的构建,这正是福斯特的关注焦点。

在《霍华德庄园》中,福斯特用"核心部位出现腐烂"(404)一语来展现主人公亨利心智的不成熟。亨利即便牢牢地抓住了"生活的绳索",也总是像玛格丽特所说的那样,免不了有种"迟钝"之感,对周遭的事情没有反应(228)。他从不相信人人平等的观念,在他看来,所谓的"社会问题"是"少数新闻记者为了生计编出来的说法"(234)。他对社会底层的人们抱持一种冷漠的态度,这在他跟海伦的对话中表露无遗。他教导海伦不要因穷人受苦而"多愁善感",

---

① Jeremy Tambling, *E. M. Forster*, London: Macmillan, 1995, 2.
② F. R. Leavis, *New Bearings in English Poetry: A Study of the Contemporary Situation*, London: Chatto & Windus, 1938, 211.
③ 阿诺德：《文化与无政府状态》,第12页。
④ Thomas Carlyle, "Signs of the Times," in *Socialism and Unsocialism*, ed. W. D. P. Bliss, New York: Humboldt Publishing Co., 1967, 170-173.
⑤ 福斯特在其 *Abinger Harvest and England's Pleasant Land* (ed. Elizabeth Heine, London: Andre Deutsch, 1996, 3.)一书中,用"发育不良的心"(the undeveloped heart)一语,概括出当时英国中产阶级的性格弊端。

理由是"穷人就是穷人,你尽可以为他们感到遗憾,但是仅此而已"(234)。

亨利的内心生活也不无"腐烂",他常常为了那些"金钱买不到的东西而苦苦挣扎"(200),好在他后来与玛格丽特的婚姻为他提供了心智培育的契机。如果说亨利代表的是"物质文明"或"世俗世界",小说中玛格丽特则是"精神文明"或"灵魂世界"的代表,或者说是"心智成熟的民众"的代表。用小说叙事者的话来说,玛格丽特的心智成长得"既顺从又坚强"(34)。她心智的成熟,表现为超凡的智慧和敏锐的感知力以及理性与感性的良好结合。她关注并同情穷人,钟情于文学和艺术,积极参与文化活动,奉行"人际关系至上"的观念。她注意到现代文明使人们"丧失了人性",意识到亨利"生意头脑"中"因袭的缺点"(221)以及他"灵魂深处"的弊病,因而希望借助婚姻来实现对他心智的培育。也就是说,玛格丽特嫁给亨利并非以情感为基础,而是出于一种责任,正如她在写给她妹妹的信中所说,"灵魂世界肯定优于世俗世界",她所要做的"不是把两者对立起来,而是把两者调和起来",并且希望与亨利一道建立一种"志同道合的信仰"(124)。

亨利心智培育的转机发生在其子查尔斯被捕之后。查尔斯失手杀人,锒铛入狱,导致亨利内心世界坍塌。此前,他的内心世界就已渐生荒芜,他蔑视文化和传统,过度推崇工具理性,这就阻碍了他心智的正常成长。玛格丽特发现,"让他垮掉是她唯一的希望",因为亨利只有在"垮掉"之后,才能意识到心智培育和精神生活的重要性,开始自身反省和自我调节。亨利过去总是把财富紧紧地攥在手心,不通人情。得知未婚先孕的海伦想在霍华德庄园借住一宿时,亨利竟断然拒绝,因为在他看来这不仅会威胁到他对霍华德庄园的主权,而且也会影响到他的社会地位;同时他还担心隐瞒多年的秘密会被玛格丽特发现。亡妻露丝·威尔科克斯曾留下遗嘱,将霍华德庄园赠予玛格丽特,而在亨利看来,那只是病人"神志不清"时的呓语,因而将遗嘱撕毁。经过在霍华德庄园的"养精蓄锐"之后,亨利的心智得以改变和发展。个体的心智成熟在于道德情操、"心态开放"并能够"敏感于他人的利益",①亦即具备善良和同情

---

① 殷企平在其《从自我到非我——〈丹尼尔·德隆达〉中的心智培育之路》(《外国文学研究》,2015年第2期)一文中,将"心智培育"定义为:冶炼情操,调节人的理性和感性,使人全面而和谐地发展,使人的举止优雅、心态开放,敏感于他人的利益;尤其指自我怀疑、自我约束和自我牺牲(精神的培育)。

心等品质。亨利最终将霍华德庄园留给了玛格丽特,并向玛格丽特坦诚了他的错误。不仅如此,他还同意玛格丽特在其死后由她的外甥(即海伦的孩子)来继承庄园,而这个孩子是海伦与自耕农伦纳德所生的。亨利过去对伦纳德这些社会底层人员充满了一种居高临下的优越感,可是最终他能认可伦纳德的子嗣来继承财产,这说明他的心智已经发生了根本性的变化。

几乎贯穿于福斯特全部小说的"联结观"强调人与人之间的沟通,而成熟的心智则是确保人与人之间良好沟通的根本。亨利最终的心智成熟不仅改变了其昔日"拒绝联结"的固化心态,也传递了一种共同体生活的可能。在小说的结尾,亨利听到海伦与她的孩子回来的声音,便面带微笑地说道:"他们终于回来了。"(416)"终于"二字显现出亨利对他们的期盼,此时的氛围充满了"感人的喜悦",这种氛围折射出一种来自不同社会阶层、不同文化境界的人对于共同经验的美好感受,而这则是建立一种共同体生活的精神支柱。

可以说,《霍华德庄园》是对爱德华时期社会状况的立体映射。在这部小说中,福斯特通过对伦敦市民的价值取向、宗教信仰、人际关系等的描写,凸显了一个共同体意识濒临瓦解的社会生活。功利至上的社情现状使社会成员奉行"人人为己"的理念,在这种状况之下,昔日亲密无间的关系被利益所取代,个体之间没有共同的目标与体验,共同体生活必然趋向解体。小说中无论是底层人物伦纳德,还是来自中产阶级的玛格丽特,或是拥有诸多房产的亨利,都处于一种漂泊不定、没有根基的状态之中。因此,"找家"母题追寻的并非传统意义上的"家园",而是探寻一个具有归属感和凝聚力的家园共同体。

小说中的霍华德庄园不仅是传统乡村共同体的缩影,亦是福斯特心目中"想象共同体"的呈现。玛格丽特将霍华德庄园称为"永久的家",不同阶层的人在这里实现了"联结",它不啻为一个社会有机共同体的历史缩影。

第四章
身体伦理与身份共同体

本章的关键词是身体伦理与身份共同体。民族身份追求传统和爱尔兰传统文化在现代社会的断裂是叶芝（William Butler Yeats，1865—1939）毕生关注的重点。他以现代语境下的爱尔兰为写作背景，其民族文化身份由英爱双重背景下的"异乡人"到"最后的浪漫主义者"，借作品将传统文化与现代人类文明紧密联系，促成凯尔特文明在现代爱尔兰的复兴。叶芝在身份的追寻过程中，显现了他对民族文化的忧思，同时其艺术融合观影响着爱尔兰文化共同体的塑形。20世纪初，身体在"尼采美学"的影响下日益凸显，受到文学家和社会批评家越来越多的关注和重视。自小身患口吃并具有同性恋倾向的作家毛姆（William Somerset Maugham，1874—1965）对身体尤为敏感，他惯于将现代社会对身体的种种束缚和压制编织进自己的故事，以书写的方式反抗权力社会对身体的进犯，寻求身体突围现代性困境的途径。在创作于1930年的小说《寻欢作乐》（Cakes and Ale，1930）中，毛姆一方面揭示出男主人公德里菲尔德的"失语症"和"机械化"的肉体，隐喻了在文学商业化的过程中人遭受物化的内在本质。另一方面，借助对女主人公罗西身体的审美体验，表达了一种处于闲暇中身心和谐状态的身体关怀。同时，还通过对罗西追求性自由和性解放态度的肯定和赞扬，满怀热情地憧憬并召唤一种新的伦理共同体的形成。虽然这种新的伦理共同体带有乌托邦的色彩，但小说创作本身取得的成功证明了身体之美和自由所蕴含的生命活力，从而赋予共同体以存在的意义和价值。

伍尔夫与英国妇女解放运动以及西方女性主义研究有着不同寻常的联系，在西方女性主义思想史中占有非常重要而特殊的地位。她的作品不仅提出了男女性别差异概念，突出了女性意识和经验，而且强调女性价值观与男性价值观同样重要的主张，彰显了文化共同体建设中的性别身份之维。

第一节
叶芝的身份追寻与共同体想象

国内学界多从象征主义等角度出发,研究叶芝部分诗歌的特征和诗学思想,而对于其身份追寻和共同体想象等方面的论述不够。在叶芝的作品中,读者能够体会到诗人在应对英国文学和文化传统时,生成的一种对于建立爱尔兰文化身份的焦虑,同时,社会的变迁让叶芝对爱尔兰和西方世界的未来生发出一种理想化的愿景想象。这一愿景历经文化塑形和社会变迁,最终趋于现实化的精神家园。

一、叶芝的多重焦虑

叶芝的焦虑首先来源于他的身份。17世纪中叶,来自约克郡的叶芝家族在都柏林站稳了脚跟。1773年,叶芝的曾祖父本杰明·叶芝(Benjamin Yeats)迎娶了当年盛极一时的英爱贵族奥蒙德公爵家族(the Dukes of Ormonde)的玛丽·巴特勒(Mary Butler),她不仅给叶芝家族带来了财富,更重要的是还带来了贵族身份。他们放弃经营纺织业,将儿子约翰·巴特勒·叶芝(John Butler Yeats,1839—1922)送入都柏林大学三一学院(Trinity College Dublin)学习神学。约翰后来成为斯莱戈郡(Sligo)附近德拉姆克里夫教区(Drumcliff)的牧师。叶芝的父亲并没有发扬家族的传统,他受到前拉斐尔画派(the Pre-Raphaelites)的吸引,成了一名画家,并将其在艺术和文学领域的浪漫主义倾向传递给了儿子威廉·巴特勒·叶芝。

叶芝出生在都柏林,童年有一段时间生活在斯莱戈郡的外祖父家,他的美好记忆源于此。他在汉密尔顿(Hamilton)上学,在伦敦生活了大半辈子,到处讲学,但是他对曾受过的英国正统教育有些嗤之以鼻,他对英国的了解大多来自年少时期父亲的灌输以及在文学作品中读到的各种景象,认为英国风景不如爱尔兰,地方景色也大同小异,没有什么特别值得称颂的。叶芝的一生处于英爱矛盾和冲突之中,他的作品大都起源于此,却不仅限于此。英国虽然代表了西方现代物质文明的顶峰,却不是他想象中的理想世界,而是他急于摆脱的桎梏:

> 现在我要起身离去,因为在每夜每日
> 我总是听见湖水轻舐湖岸的响声;
> 伫立在马路上,或灰色的人行道上时,
> 我都在内心深处听见那悠悠水声。①

此处,"马路"和"人行道"上人车来往的嘈杂声,与湖水轻拍湖岸的自然之声形成鲜明的对比。身处繁华的伦敦,却依旧想念斯莱戈简单又质朴的生活。叶芝的自我认同和社会认同发生着微妙的变化。在斯莱戈的乡下和都柏林的学校里,他并不为当地人所接受:作为一个异乡人孤独地生活在斯莱戈,觉得自己和斯莱戈人相去甚远;后来混迹于英国上流社会,他又被视为爱尔兰人,没有在英国找到相应的存在感。他往来于都柏林和伦敦之间,接触到的价值观、文化和信念彼此存在着巨大的差异。在当时的环境下,他无法融入任何一个圈子,成了英、爱双重背景下的异乡人。这种身份焦虑与认同危机根植于英爱矛盾,身份的缺失给少年时期的诗人带来了巨大的精神压力,这期间早已存在产生认同危机的种种诱因与条件。

另外,爱尔兰长久以来的宗教信仰纷争也是叶芝倍感焦虑的原因之一。公元432年,圣帕特里克(St. Patrick)来到爱尔兰,原本信奉异教的盖尔人国王皈依基督教。自795年起,挪威人、诺曼人、英国人接踵而至,爱尔兰长期处于混乱和无政府状态。1558年,英王伊丽莎白一世登基并实行宗教改革,英国成为新教之国,而宗教改革在爱尔兰未能奏效。除都柏林及周边地区以外,爱

---

① 傅浩:《叶芝抒情诗全集》,北京:中国工人出版社,1994年,第56页。本文所引叶芝的诗歌出自 *The Collected Poems of W. B. Yeats*, New York: Macmillan, 1959,中文译文均采用傅浩在《叶芝抒情诗全集》中的译文。本节以下凡引自相同出处的引文只注明出处页码,不再一一说明。本节引自叶芝的其他作品,如《自传》《幻象》等均由本文作者自译。

尔兰大部分地区的居民依旧信奉罗马天主教。① 叶芝 15 岁生日时，在伦敦大主教主持下，正式加入了英国国教。他在《自传》(Autobiographies, 1999) 中坦言："我是一个宗教思想很浓厚的人……离开了宗教我就活不下去。"② 诗人经历并感受到长期以来两派势力的纷争，盼望着"如果我们能够挣脱狭隘的地方主义，以一种欧洲方式的姿态树立起民族文学，让爱尔兰成为美好的记忆，我们就可以将两半（新教和罗马天主教）在爱尔兰合而为一"。③ 尽管该想法有些单纯和片面，但是他主张建立民族文学，以期超越政治和宗教，化解争端和分歧。

再次，叶芝身处旧的秩序和价值观念全面瓦解的边缘，他在战争的硝烟中看到了文明进步对文明成果的扼杀，自由意志的相互冲撞，人性恶对于人性善的排斥，因而他的诗作中不时流露出对神性的迷惘和对自身处境的困惑。诗人以一种冷静的态度，揭示社会凸显的多重矛盾，表达了在充满着纷争与冲突的现实面前，人类所共有的迷惘与幻灭、焦灼与苦闷、思考与无奈等情绪。在这复杂的情绪背后，叶芝更为关注的是一种身份的失落和焦虑以及由此衍生的认同危机感：

> 既然我的梯子已经丧失
> 我只得躺倒在污秽的心的废品铺
> 那所有的梯子起始之处。(621)

一方面，诗人感受到来自西方世界普遍面临的信仰危机；另一方面，数百年来爱尔兰（因与英国的政治争斗）民族身份和文化地位的缺失也让他倍感失落。与同时代英国其他诗人相比，叶芝在思考现代西方社会的出路时，更关注内外交困之中的爱尔兰民族和文化的未来。在《被拐走的孩子》("The Stolen Child", 1889) 一诗中，他描绘了一个"涉世未深"的孩子，因神的引导和呼唤，

---

① 罗伯特·基:《爱尔兰史》，潘兴明译，上海：东方出版社，2010 年，第 51 页。自那时起，爱尔兰宗教信仰出现较大分歧，早期的爱尔兰民族主义者如伍尔夫·托恩(Wolfe Tone)声称要用"爱尔兰人"(Irishman)这个通用的名称取代天主教徒和新教徒，以此来促进爱尔兰的独立和统一。
② William Butler Yeats, *Autobiographies*, New York: Scribner, 1999, 200.
③ Ibid.

跟着一个仙女,从一个"充溢着他无法明白的悲愁的世界"(25),来到"那湖水和荒野"(25)。西方工业革命后期,物质文明获得丰硕成果的时代背景下,人们并没有享受到变革带来的精神需求的提升,反而经受了持久的动荡、不安、烦恼和焦虑。这焦虑在他的诗行里表露无遗:"而人世却充满烦恼/正在睡梦里焦灼。"(25)

上述种种焦虑,其实都夹杂着我们在本书中强调的社会转型焦虑,一种作为文化观念内涵的焦虑。叶芝诗行里的"烦恼"和"焦灼",正好折射出文化观念流变的部分轨迹。

二、民族良心与民族意识

作为文化观念另一内涵的民族良心,也在叶芝的诗歌中得到了生动体现。

为了脱离英国殖民者的高压统治,爱尔兰民族主义革命者用几代人的鲜血换取了爱尔兰共和国的诞生。在这些革命者中,有叶芝敬仰的约翰·欧李尔瑞(John O'Leary,1830—1907)、查尔斯·帕内尔,也有诗友帕特里克·皮尔斯(Patrick Pearse,1879—1916)、托马斯·麦克多纳(Thomas Macdonagh,1878—1916)等。叶芝的创作与爱尔兰近现代运动史密不可分,尽管他试图摆脱说教和政治宣传,他的作品却不可避免地反映了爱尔兰近现代革命。爱尔兰长期处于英国的殖民统治之下,人们蒙受了巨大的痛苦,叶芝对自我身份的认识处在一种焦虑又模糊的状态中。在民族文化的身份认同危机下,个人身份的不确定性愈加凸显。如他在一封书信中所说,"没有国家就不会有伟大文学,没有文学的国家也不是一个伟大的国家"。[1] 叶芝从一开始便认识到独立文化身份的重要性,于是他收集爱尔兰民间歌谣和神话故事,为建立爱尔兰独有的文化共同体奔波,体现他作为民族诗人的自觉和良心:

> 我要把我沉痛的故事述说,
> 直到我自己的、再度回响的话音,
> 把悲哀送进一颗空洞的珍珠般的心里;

---

[1] William Butler Yeats, *Letters to the New Island*, Cambridge, MA: Harvard University Press, 1934, 103-104.

> 直到我自己的故事重新为我讴歌；
> 直到我自己的低语令人感到慰藉；
> 那时，看！我古老的重负就可以脱离。(5—6)

爱尔兰屈辱的历史成为诗人笔下那"沉痛的故事"，"我自己的故事"暗指他个人也将没入历史的洪流之中，他的功绩将成为后代称颂的对象，那时国家已经取得了民族独立，人民获得了身份，诗人便可以卸下他那"古老的重负"。

叶芝参加爱尔兰民族运动的过程复杂而曲折。起初他对爱尔兰未来走向和革命的方式束手无策。自 1885 年起，他接触到一些革命者，并结识了爱尔兰近代重要革命家、老芬尼亚兄弟会领袖欧李尔瑞。在他的影响下，叶芝走向民族革命和创建民族文学的道路，与民族主义者一道为了国家和民族的命运到处奔走，他们的故事已汇成文字广为流传。他加入"金色黎明"（Golden Dawn）①隐秘修炼团体，试图以某种魔法的力量团结爱尔兰人，将英国殖民者驱逐出爱尔兰。1891 年，他介绍爱尔兰著名政治家、社会活动家毛德·岗（Maud Gonne，1866—1950）加入该团体，希望凭借她的影响力来传播这种隐秘的精神力量。《致时光十字架上的玫瑰》（"To the Rose upon the Rood of Time"）一诗以呼语开头："红玫瑰，骄傲的玫瑰，我一生的悲哀的玫瑰！"(39)美人、爱情和爱尔兰三者于"玫瑰"象征合而为一：

> 请来到近前，以便不再被人类的命运所遮暗，
> 我在那爱恋和仇恨的枝柯下面发现，
> 在朝生暮死的可怜而愚昧的万物之中
> 永恒的美在她的道路上漫游逡巡。(39)

"时光十字架上的玫瑰"是叶芝早期诗歌中的重要象征之一，其灵感源自德国

---

① 金色黎明，全名为 The Hermetic Order of the Golden Dawn，由 William Robert Woodman、William Wynn Westcott 和 Sameul Liddel Mathers 等人创立，活跃于 19 世纪末的英国，主要从事一些隐秘哲学布道、魔法和法术以及通灵等活动。

玫瑰炼金术团体的会徽和中世纪拜占庭帝国盛行的镶嵌画艺术。"既骄傲又悲伤的玫瑰"被放置于"爱与恨的树枝上",使得玫瑰拥有耶稣殉道般的意义以及为拯救人类而不惜牺牲自己的忘我境界。叶芝曾这样解释:"因为玫瑰,与圣母玛利亚一样圣洁,是西方生命之花。我想象它是盛开在生命树上的。"[①]"十字架上的玫瑰"象征着叶芝在 20 世纪来临之前,面对满目疮痍的国家,呼唤一位基督般的拯救女神,她无畏牺牲,为爱尔兰奋力争取独立。叶芝神化了这位身着"红玫瑰镶边长裙"的女神,她拥有索菲娅的智慧,点亮爱尔兰的生命之火,"她的如飞舞步的律动/使爱尔兰的心脏开始跳动"(78)。诗人犹豫、踌躇的个性在该诗中一览无余,"永恒的美在她的道路上漫游逡巡",拯救女神唤起爱尔兰的民族意识,开始了伟大的复兴之旅。叶芝虽然欣赏毛德·岗积极投身爱尔兰民族事业,但是从"漫游逡巡"这一句可以看出,他对革命的未来不太乐观。传统诗歌中以男性为主导地位的格局在这里被打破,叶芝并没有选择一位男性的英雄人物去领导爱尔兰独立斗争,而是选择了一位身着"红玫瑰镶边长裙"的女神,走向那片既虚无缥缈又可预见的"圣地",如玫瑰女神在《我属于爱尔兰》("I am of Ireland",1933)中的放歌:"我属于爱尔兰,/那神圣国土爱尔兰,/……来与我共舞在爱尔兰。"(477)这显示了诗人在梦幻和现实的世界里来回穿梭,性别焦虑和身份焦虑交织,英爱矛盾与现代社会矛盾交织。

上述焦虑随着帕内尔的倒台和去世,更加剧烈地萦绕在叶芝心头。他发现自己的宣传方式并不足以影响爱尔兰政治的走向,于是决定成立文学团体。1891 年 12 月底,他与罗乐森(T. W. Rolleston,1857—1920)一道成立了伦敦爱尔兰文学社团;四个月之后,在欧李尔瑞的帮助下,于都柏林创建民族文学社团,旨在传播爱尔兰的文学、民间传说和传奇,一时在爱尔兰引起轰动。1892 年 9 月,他还促成建立全爱尔兰范围内的小型图书馆,以大众教育和激发民族情感为双重目标,并计划成立小型剧团,到处演出爱国题材的剧目,以唤醒民族意识。

然而,历经七个多世纪的殖民统治并不会轻易被改变。叶芝认为,"文化"代表着"自由",可是"悠闲的人们"冷漠地生活在隔离的土地上,无法被政治和

---

① Norman Jeffares, *A New Commentary on the Poems of W. B. Yeats*, London: Macmillan, 1989, 63.

盖尔文化所感动。① 叶芝从 19 世纪 80 年代后期开始发掘爱尔兰民间传说和神话故事,先后收集出版了《爱尔兰乡村神话和民间故事集》(*Fairy and Folk Tales of the Irish Peasantry*,1888)、《爱尔兰神话故事》(*Irish Fairy Tales*,1892)、《爱尔兰诗歌集》(*A Book of Irish Verse*,1900)等,在当时的爱尔兰民族运动中引起热烈反响。毛德·岗在叶芝逝世后说道:"没有叶芝,爱尔兰就不会有文艺复兴。没有文艺复兴的启发以及对于美和英雄品德的颂扬,我怀疑是否会有后来的复活节周(即 1916 年复活节起义)。"② 与此同时,叶芝开始文学创作。诗集《十字路口》(*Crossways*,1889)、《玫瑰》(*The Rose*,1893)、《苇间风》(*The Wind among the Reeds*,1899)和散文集《凯尔特的薄暮》(*The Celtic Twilight*,1893)等运用爱尔兰民谣形式,书写爱尔兰神话故事和民间传说,这些都为树立爱尔兰文化意识起到了巨大作用。

1897 年 9 月,为颠覆英国戏剧里爱尔兰人的刻板形象,叶芝与爱德华·马丁(Edward Martyn,1859—1923)一同起草了《爱尔兰文学剧团》(*Irish Literary Theatre*)宣言,标志着爱尔兰现代戏剧运动的开端。叶芝与格雷戈里夫人(Lady Gregory,1852—1932)等先后创建了爱尔兰文学剧团(1899)和爱尔兰民族戏剧社(Irish National Dramatic Society,1902),最终于 1904 年建立第一个国家剧院——阿比剧院(The Abbey Theatre)。剧院上演爱尔兰题材的剧目,凸显与英国戏剧传统的分歧,展现爱尔兰民族的文化魅力。

爱尔兰民族戏剧运动成为文化民族主义重要的组成部分,旨在为长期处于被殖民状态的爱尔兰建构自己的民族身份。③ 叶芝从事业之初的民间传统故事收集,到以作品书写爱尔兰题材,再到建立国家剧院,一直在文学作品中力图凸显对本民族的身份认同,通过作品传达"爱尔兰特性",促进爱尔兰民族和文化运动的发展。在写作过程中,叶芝推崇欧洲易卜生戏剧和彼特拉克十四行诗体,刻意规避英国戏剧和莎士比亚十四行诗传统,有意识、自愿地与主

---

① William Butler Yeats, *A Book of Irish Verse*, London: Methuen and Co., 1900, xiv. "悠闲的人们"指已获得权势的英爱新兴贵族,后者无视爱尔兰普通民众的民族主义诉求,安于享受现状,对英爱矛盾、国内激烈的冲突充耳不闻。

② S. Gwynn, *Scattering Branches: Tributes to the Memory of W. B. Yeats*, London: Macmillan, 1940, 27.

③ Nicholas Grene, *The Politics of Irish Drama: Plays in Context from Boucicault to Friel*, Cambridge: Cambridge University Press, 2000, 1.

流的压迫文化分离,开始寻求并建构本民族身份。文字是叙述并建构民族身份的重要媒介,正如莫瑞所言:"爱尔兰的民族身份是通过舞台表演建构起来的。在爱尔兰,民族是由舞台上演的,而不是被讲述的。"①"在爱尔兰历史经验中,戏剧和剧场对界定并维持民族意识都是非常重要的。"②一方面,叶芝作品中古凯尔特的神话和传说故事在民间广为流传;另一方面,叶芝通过戏剧创作和演出,将文字以多种形式进一步呈现传统文化,借此想象新的民族身份,在民众中广为宣传,逐渐产生认同和归属感。叶芝虽使用英语创作,却推崇爱尔兰民间传统文化,推动形成现代英爱文化传统,融合英国和爱尔兰两国的语言和文化传统,不仅影响了当时及后来的爱尔兰作家、剧作家,也影响了英国文学家。从这一角度看,叶芝的文学创作和相关活动是英国文学和文化观念互动史上独特的一环。

三、民族文化与共同体想象

1916年复活节反英起义再次激起了叶芝的民族主义情绪,他没有料到在平凡的城市平民中竟产生了古爱尔兰库胡林式的悲剧英雄:"一切都变了,彻底变了。"(323)《1916年复活节》("Easter 1916",1921)是一首带政治色彩的挽歌,是殉难者捍卫爱尔兰的热血之歌。叶芝把那些殉难者视为现代爱尔兰语境下耶稣基督的化身,从中看到了民族和文明复兴的一线希望:"确实有某种启示近在眼前/确实第二次降临近在眼前/第二次降临!"(338)不过,英国殖民者的血腥镇压和疯狂屠杀让叶芝愈加怀疑暴力革命能否给爱尔兰带来真正的独立和自由。在现代爱尔兰的复杂历史背景下,文学再次成为重新塑形和想象的媒介。因此,叶芝的作品不单是文学创作,更是见证爱尔兰近现代民族运动和社会经济文化发展的一个综合体。

1921年12月6日,《英爱条约》一纸协定导致爱尔兰分裂,南方26郡成立爱尔兰自由邦,北方阿尔斯特等6郡依旧效忠英国女王。1922年1月7日,爱尔兰国会通过该条约,但爱尔兰共和派拒不接受该条约,最终共和派与爱尔

---

① Christopher Murray, *20th Century Irish Drama: Mirror up to Nation*, New York: Syracuse University Press, 1997, 6.
② Ibid., 3.

自由邦政府之间的内战爆发。叶芝同辛格(John Synge, 1871—1909)和格雷戈里夫人等人一道,作为当时已为数不多的英爱贵族后裔的代表,在共和派与自由邦的对立冲突中,被边缘成少数派别,成了第三方观察者。叶芝认为,暴力革命改变不了当时爱尔兰的现状:"一支大军不过是一种供炫耀的东西/……国王和议会/认为,如果不燃放一点儿火药,/号手们也许会吹炸了肚皮……"(369—370)叶芝以戏谑的口吻否定双方的斗争能够创造美好的前景,认为他们带来的只是灾难的延续:

  如今的日子是恶龙横行,噩梦
  骑在睡眠之上:一伙喝醉的士兵
  能够撇下那母亲——在她门前被杀,在她自己的鲜血中
  爬——逍遥而去
  ……我们不过是黄鼠狼在洞穴里打架。(370)

到20世纪20年代,爱尔兰虽获自治,大众却没有得到预期的胜利,"未来岁月"(79)仍不容乐观:

  为革命欢呼,更多大炮开火;
  一个骑马的乞丐鞭打走路的乞丐;
  革命的欢呼和大炮再次到来,
  乞丐们换了位置,鞭打仍继续。(552)

"乞丐"被赋予了多重意义。"骑马的乞丐"指的是颐指气使的英国殖民者,在爱尔兰的领土耀武扬威;"走路的乞丐"则指爱尔兰民众。战争结束后,信奉天主教的新兴资产阶级获得统治权,然而,"鞭打仍继续",尽管此时的鞭打不同于之前的民族矛盾,但仍是由民族矛盾引发的各种矛盾综合体。在《帕内尔》("Parnell", 1913)一诗中,帕内尔沿路走来,他对一个欢呼的人说:"爱尔兰将获得自由,而你将仍旧砸石块。"(553)爱尔兰南北两部分政治上分属两个国家,信奉不同的宗教,爱尔兰依旧没有获得真正的统一,之前的民族独立设想

并没有完全实现。

  叶芝是一个自觉的诗人，随着阅历的增长，他逐渐意识到自己先前刻意书写的爱尔兰历史和神话作品，不过是英国浪漫主义、前拉斐尔画派以及东方神秘主义等影响下的产物。它们既不能完全呈现古爱尔兰曾经灿烂的农耕文明，也不能让当代爱尔兰普通民众感受到原汁原味的本土风情，认同他作品中呈现的"爱尔兰特性"。于是，他改变了写作风格，放弃了之前烦冗的风格，丢掉"缀满了花边刺绣"的外套，开始"赤身行走"（231）。更重要的是，他开始调整写作内容，以现代语境下的爱尔兰为写作重心，追寻民族文化身份，这一追寻轨迹成为爱尔兰现代民族运动史的缩影与写照：从英国、爱尔兰双重背景下的"异乡人"，最终找到了自己的身份定位，即把凯尔特传统跟人类文明紧密地联系在一起，从而促成古爱尔兰文明在现代社会的复兴。叶芝作品中多数主人公都是他刻意从爱尔兰传统文化中选择的人物，如凯瑟琳（Catheleen）、罗巴茨（Robartes）、胡里汉（Hanrahan）等。他希望通过这些人物来唤起普通爱尔兰民众对传统文化的认同。无论是诗歌创作，还是他收集的爱尔兰民间传说，都致力于唤醒爱尔兰民众的民族文化记忆，这种记忆超越了政治和宗教的限制，存活于每个人所在的共同体影像里，最终成为民族文化意识。

  对叶芝而言，艺术造就了人类文明，艺术的各个流派代表了人类历史上所创造的各种文明，因此，他吸收并运用不同的艺术风格，以表现其对各种文明的认同。为此，叶芝刻意回避英国文化传统，而是从中世纪文化典范——拜占庭帝国时期的圣·索菲亚大教堂的镶嵌画艺术[①]——中发掘"旋梯"意象，并将其与爱尔兰传统文化中的塔堡联系起来，创造出塔堡意象群。他借助塔堡意象群，用旋梯作为连接人类文明史的桥梁，将爱尔兰的古老历史与现代社会的发展以及未来连接起来。换言之，在他的笔下，塔堡和旋梯是爱尔兰历史与未来的象征：

---

  ① William Butler Yeats, *A Vision* (1925), eds. Catherine E. Paul and Margaret Mills Harper, New York: Scribner, 2008, 190. 拜占庭帝国（330—1453）因其"宗教、政治、艺术"合而为一，一度成为叶芝共同体文化追求的典范。在20世纪初期，叶芝希望通过他和同辈人的共同努力，推动建成一个宗教、政治和艺术统一的文化共同体。

>我宣布这塔是我的象征；我宣布
>
>这架似盘绕、转圈、螺旋的踏车般的楼梯
>
>哥尔斯密和那主教,贝克莱和柏克曾经旅行到这里。
>
>(421—422)

旋梯是过去和未来冲突的连接点,一个可以激起或接触过去情感的媒介。人类文明如旋梯般呈螺旋式发展,从野蛮到文明,从文明到野蛮,循环反复,以至无穷。在哥尔斯密(Oliver Goldsmith,1728—1774)等人曾经到访过的巴里利塔堡里,曾经"不断有打着齐腿绑带或穿着铁鞋的/粗鲁士兵攀登那楼梯"(353),但是更为宝贵的是曾经到访和居留此地的英爱贵族们传承的贵族精神,这种精神是叶芝心中爱尔兰文化的合集,是文化和艺术的综合体,一个摆脱了时间、空间、政治、宗教等因素限制的综合体。"我们希望建立的爱尔兰不仅是物质上丰富,更重要的是人们都拥有一种富有想象力的文化和力量,以理解生活中遇见的、想象和精神层面的事物。我们希望保留一种古老的生活状态,人们知书达礼,民间歌谣、民间传说、谚语和迷人的风尚等都来自古老文化。"[1]他理想中的爱尔兰文化既古朴又华贵,整个国家由一群"贵族组成,保留着古代伟大时期的风尚,人们手持利剑并歌颂着英雄的生活"。[2] 叶芝试图用艺术的手段去消解各种矛盾和对立,描绘理想共同体的图景,共同体成员都歌颂"英雄的生活"。[3] 叶芝诗学理念里的这种艺术特质与莫里斯和滕尼斯等人营造的共同体语境不谋而合。

综上所述,叶芝在现代语境下重新书写古代爱尔兰文化和传奇,将艺术与诗学理念融合起来,建构想象的政治共同体文化。他的诗学体系根植于西方二元对立的思想传统,同时又试图通过艺术的形式去消解这种对立,并且向西方世界预示:在新一轮文明循环中,爱尔兰文明将起重要作用。他对民族身份的追求,从《我属于爱尔兰》里玫瑰女神的歌唱中可见一斑:"我属于爱尔

---

[1] Richard Ellmann, *Yeats: The Man and the Masks*, Oxford: Oxford University Press, 1979, 116.

[2] Ibid., 113.

[3] Ibid.

兰,/那神圣国土爱尔兰,/……来与我共舞在爱尔兰。"(477)他对于爱尔兰共同体的想象,从最初的理想化想象,到文字的塑形,再随着时代进一步修正、改造,为爱尔兰民族文化独立和人类共同命运提供了新的思路。从这个意义上说,他的作品与文化观念形成了深层互动。

第二节
《寻欢作乐》中的身体关怀和伦理共同体

《寻欢作乐》是英国著名作家毛姆本人最喜爱的一部作品。这部社会讽刺小说以20世纪初文学体制商业化不断加剧为时代背景,以诙谐幽默的笔调嘲讽了两位小说家在社会激流中创作成名的过程。

西方学者凯瑟琳·费尔(Katherine Fell)曾发表博士论文,其中特别指出《寻欢作乐》主人公德里菲尔德的身体意象突出地勾勒了其双重性格。[①] 费尔博士的研究开拓了毛姆研究的视野,为我们从身体角度深入解读其作品提供了有益参考,然而,她既没有进一步探究这些身体意象与当时文学体制不断商品化的历史背景之间存在的巨大阐释张力,也没有从对身体的关怀出发,看到作者试图构建的一种新的伦理共同体。正如哲学家福柯所言,身体"是事件被铭写的表面",[②]它不仅仅作为人心灵和思想的载体而存在,而且还被打上了权力的烙印,承载着历史和文化的记忆。作家毛姆巧妙地将身体视角融入文学书写,通过打上历史和文化烙印的身体来构筑一种共同体的想象。

自19世纪末尼采(Friedrich Wilhelm Nietzsche,1844—1900)提出"上帝死了"的观点以来,人身体的主体性地位得到了不断的肯定和提升。尤其进入

---

① Katherine Fell, *A Silent Way Unseen: Maugham's Use of Nonverbal Behavior in Three Novels*, Dissertation, Texas A & M University, 1986, 72.
② Michel Foucault, *Language, Counter-Memory, Practice*, New York: Cornell University Press, 1980, 148.

到商品社会和消费社会之后,身体的商品化、物化现象更是吸引了学者们的目光。我们将把小说中大量的身体细节描写置于"尼采美学"思潮中进行审视,以揭示男主人公身体遭受物化、机械化的内在本质。后者恰好与其妻罗西追求自由、健美的生命本真形态形成了鲜明对比,由此作者传达出一种身体关怀,一种重视身心和谐的理想。同时,作者通过对罗西追求性自由/性解放态度的肯定和赞扬,憧憬并召唤一种新的伦理共同体的形成。

一、自我的异化:"失语""机器"般的身体

异化(alienation)一词的意涵在现代产生了很多变异的用法。如威廉斯在《关键词》(*Keywords*,1976)中所说,"异化"的一般用法是"源于卢梭,意指人被视为与他们原来的本性产生疏离,甚至完全被切断"。① 《寻欢作乐》一书中自我异化首先反映为主人公德里菲尔德的身体患上了"失语症",此处的"失语"并非指他失去了言说话语的能力,而是隐喻他丧失了言说自我或表达自己内心真实想法的权利。

小说家德里菲尔德(以下简称"德里")经过十年的奋斗,终于名扬英国小说界,甚至大洋彼岸的美国。他不但享有盛誉,而且收入不菲。然而,他创作的内容越来越贫乏、单调,创作激情也日益枯竭,这正好与他蒸蒸日上的名声形成了强烈反差。细察文本,我们发现他除了江郎才尽之外,可能还被剥夺了公众话语权——在社交生活中,德里的一言一行都受评论家特拉福德太太的左右,无法自由地表露自己的真情实感。后者总是把一切社交事务安排得完善妥帖,会"亲自修改他接受采访时的讲话稿",也深谙一个作家应该何时展露他的"畅所欲言",又何时表现他的"才华横溢"。② 不妨说,作家德里既无法通过身体器官与自己进行思想的沟通,也无法与公众进行情感的交流,而是沦为了特拉福德太太的一个传声筒,其存在意义只是为了增加她跻身文学评论界的一个砝码而已。

"失语"的社会角色使德里成了一个不能拥有自己思想和情感的"木偶"

---

① Williams,*Key Words*,34.
② 威廉·萨默塞特·毛姆:《寻欢作乐》,叶尊译,南京:译林出版社,2013年,第204页。本节以下引自该书的内容只标注页码。

(223),从而变成了与自己本性疏离的、异化的人。用雅斯贝斯(Karl Jaspers, 1883—1969)的话说,德里是被抽空了思想和情感的现代异化者,其存在只是为了"单纯地履行功能"而已,即成工具。① 更具体地说,德里履行的是商品性功能,即为特拉福德太太在文学评论界中占有更多"文化资本"。② 事实上,特拉福德太太根本不具备一位文学评论家的天赋和资质,而她之所以在文学圈内具有不可忽视的影响,与其说是因为对文学的热爱和忠诚,毋宁说是因为对文学商品化社会运作模式的熟稔。

在投资德里之前,特拉福德太太先是对其身价进行了一番认真的考量和评估。在确定他是一件只赚不赔、并且可以永远保值的"商品"后,她运用包装和营销策略,把德里从一个默默无闻的文学小辈,打造成了文学界的时代名人。可悲的是,德里的身体从此沦为了一件不能拥有自身情感的"商品",而特拉福德太太对它享有绝对的支配权。人自身的物化以及人与人之间关系的物化现象是现代商品文化社会的产物。③ 同时,身体的"商品化"过程也反映出布尔迪厄所说的文化资本的形成过程,也即身体的符号化过程。当人降格为物时,人丧失了自我,其主体性地位也随之失落了。我们看到,虽然德里的身体依然活跃在社交圈,但在这个商业化盛行的社会中,身体言说与思想表达的分离最终导致自我成为非我。身体的符号化抽空了人的灵魂和思想,而这不过是为了满足一个人的"身份""涵养"和"文化品质"。④

其实,年轻时的德里和妻子罗西在黑马厩镇曾有过一段快乐舒心的日子。那时他"留着胡子",打扮入时,脸上总是显露出"快活、亲昵的表情"(37)。从衣着打扮上,青年德里的身体透露出青春、健康、快乐以及充满活力的讯息。平日的生活中,德里也时常通过户外旅行等娱乐休闲活动来放松身体。身心的自由激发了创作的灵感,因此他在与罗西共同生活期间创作出了许多脍炙人口的名篇。可晚年的德里内心苦闷孤独,这与他丧失了对自我身体的权威

---

① 卡尔·雅斯贝斯:《时代的精神状况》,王德峰译,上海:上海世纪出版集团,2005年,第12页。
② 皮埃尔·布尔迪厄:《文化资本与社会炼金术》,包亚明译,上海:上海人民出版社,1997年,第200页。
③ György Lukács, *History and Class Consciousness: Studies in Marxist Dialectics*, trans. Rodney Livingstone, London: Merlin Press, 1971, 83.
④ 朱立元:《西方美学思想史》(下),上海:上海人民出版社,2009年,第1624页。

是分不开的。为了维护德里在公众面前"堂皇庄严的形象"(122),第二任妻子埃米对他的身体进行了严格"监视"和"规训",①使他无法越雷池一步。作为社会名人,他每天衣冠楚楚、举止高雅地出现在公众面前,言行举止受到那些刻板、僵化的社交礼仪的束缚。存在主义哲学家罗洛·梅(Rollo May,1909—1994)的一句话可用来描述里德:他成了"生活中的表演者,而不是作为自我来生活和作出行动的人"。② 透过这层表演性的外壳,我们看到德里那张"优雅"的脸呈现出的"只是一个面具"而已,其"行动毫无意义"(223)。

1925 年,诗人艾略特曾作出如下预言:"我们是空洞的人……瘫痪了的力量,有姿势却没有动作。"③自此,"空洞的人"似乎成为时代的特征,随处可见的是抽空了思想、冷却了情感、麻木地追求物质享受和名望的追名逐利者。历史学家摩根教授也认为 20 世纪 20 年代英国文化多棱镜中的重要一维便是由空虚和焦虑交织出来的"个体性悲哀"。④ 在这个充斥着孤独和焦虑的时代,德里难逃悲剧的命运;他仿佛成了艾略特所说的"空心人",在现代社会中变得无所适从。

德里在社会中的失落感和焦虑情绪也是通过他身体形象的改变反映出来的。年轻时的德里留着长胡子,成名时变成了八字须,成名后胡子却被刮得干干净净。在一定程度上,胡子对男性而言意味着成熟、力量和阳刚。例如,小说中标志叙述者"我"成长的正是胡子的不断变长。德里胡子长短的改变,反映出的不仅是外貌的变化,更是其内心灵魂的失落。评论家福里斯特·伯特(Forrest D. Burt)曾一语中的地指出,失去胡子象征着德里"力量和男性气质的丧失"。⑤ 与毛姆另一代表作《人生的枷锁》(*Of Human Bondage*,1915)主人公菲利普一样,德里仿佛成了"一部机器,在他所处的环境和他的人格这两股力量的驱使下运转一般"。⑥ "机器"般的德里缺乏对自我

---

① 米歇尔·福柯:《规训与惩罚》,刘北成等译,北京:生活·读书·新知三联书店,2003 年,第 241—242 页。
② 罗洛·梅:《人的自我寻求》,郭本禹等译,北京:中国人民大学出版社,2008 年,第 42 页。
③ T. S. Eliot, *Collected Poems 1909 - 1962*, New York: Harcourt, Brace & World Inc., 1934, 79 - 82.
④ Morgan, *The Oxford History of Britain*, 600.
⑤ Forrest D. Burt, *The World of W. Somerset Maugham*, Boston: Twayne Publishers, 1986, 126.
⑥ Somerset W. Maugham, *Of Human Bondage*, New York: Bantam Dell, 1991, 449.

情感和本能的控制,一种无力感和孤寂感笼罩心头,只会使他在自我沦丧的途中越走越远。

虽然德里的晚年生活风光富有,然而失去了心爱的罗西和自由快乐的生活,加之在家庭和社会中无法与他人进行顺畅沟通,他内心寂寞、苦闷,丝毫感受不到家庭的温馨。对德里来说,家只是一个"名人纪念馆"而已(53),他每天不过是戴着面具被展示在公众面前。正如海明威(Ernest Hemingway, 1899—1961)短篇小说《一个干净明亮的地方》(*A Clean, Well-Lighted Place*, 1933)中的那位老者一样,德里因为渴望摆脱孤独和黑暗,常常偷偷地跑到酒吧去喝酒,找人闲聊,借此打发时光。酒吧中那些衣着整洁、胡子刮得干干净净的老人代表着现代社会的异己者,除了酒馆这样的公共场所,他们的身体和心灵都无处依托。这类英格兰的公共场所构成了一种独特的英格兰文化现象,人们在那里拥有一种"排他的、自在的、亲密的感觉",陌生人可以成为暂时的朋友,并且出现了"一种半家庭(semi-family)的氛围"。① 此处,酒吧恰恰象征了一种共同体,陌生人在这里能感受到家庭的温馨,结成友谊。

二、自我的张扬:健美、自由的身体

在《寻欢作乐》中,酒吧文化浸染下的伦理共同体衬托了毛姆对社会和谐与良好人际关系的憧憬。如前文所述,作家德里陷入焦虑、异化的状态很大程度上是他与自我、与妻子、与他人的交流受阻所致,而情感和善是实现良好沟通的必备要素。滕尼斯在其代表作《共同体与社会》中认为,我们常说的社会应该是"思想的和机械的",而共同体则是"现实的和有机的"。② 毛姆憧憬的就是这种有机的、现实的伦理共同体,小说中曾当酒吧女招待的罗西(德里菲尔德的第一任妻子)则是这一共同体的象征,她拥有真、善、美的品质。

在毛姆笔下,罗西身体之美同自然之美相映成趣,象征了无限的生机与活力。她有着一头闪着银光的金发和泛出金光的银白色皮肤,再加上迷人的微笑,仿佛"黎明一样纯洁"(224)。小说里仰慕罗西的人当中有一位名叫希利尔的画家,曾为她画过一幅肖像画。作画前他便明确指出,罗西独特之处在于

---

① 麦克法兰:《现代世界的诞生》,第127页。
② 滕尼斯:《共同体与社会》,第52页。

"她的色彩",并把它称为"这个时代最伟大的奇迹"(157)。她既像"青春女神",又像"一朵白玫瑰"(224)。如黎明、如女神、如玫瑰,这些品质使罗西与自然达成了和谐的理想状态。罗西的美和有生命力的自然融为一体,这不仅象征德里早期作品中具有的"风味、活力和喧闹的生活气息"(126),而且与后期"机器"般活着的德里形成了鲜明对照。

毛姆如此赞美罗西,不仅仅是用其来反衬丈夫德里面具化的、异化的肉体,而且还尝试以此为基础,建构一种新的共同体理想。承载这一理想的罗西从外貌打扮,到言行举止,都不落俗套。她穿着"一条下摆很宽的蓝哗叽裙子,一件前胸和领子都上过浆的粉红色衬衫,在厚厚的金头发上还戴着一顶那时大概叫做'硬壳平顶帽'的草帽"(58)。从这身装扮可以看出,20世纪初女性服饰的改革使女性身体逐渐摆脱了束缚,让她们有机会参与到一个更广阔的社会休闲空间中去。罗西从来不把自己禁锢在家这一小小空间,她热爱大自然,常常和丈夫一起进行户外运动。叙述者"我"第一次遇见罗西时,她正在学骑自行车,随后,"我们"常常结伴骑车在乡村小径上或森林里嬉戏游玩。

自行车作为当时社会一种新潮的交通工具,不仅大大拓展了家庭户外旅行和度假的空间,而且使家庭主妇们获得了更多贴近自然以及从家庭琐事中解脱出来而享受自由的机会。据《大众观察》的报道,从20世纪30年代初到40年代末,英国女性曾一度掀起"骑车狂潮"。[1] 从一定程度上来说,这些休闲活动的增加反衬出女性身体的解放以及女性自我认可的意识。如古德尔所言,游戏活动中人们"总是快乐地、情绪高昂地表达出自己的热情和精神气质",[2] 罗西也正是通过这些游戏活动表现出充满热情的精神气质,这为后来她勇于追求性自由,挑战维多利亚传统道德观念埋下了伏笔。

1918年,英国规定凡满30周岁的女性拥有选举权,女性地位随之得到了极大的提高,并且诞生了一批"新女性"。[3] 后者言行举止开放大胆,热衷于新兴的娱乐休闲活动,同时持有一种自由开放的性生活态度。在罗西身上隐约

---

[1] Claire Langhamer, *Women's Leisure in England 1920 - 1960*, Manchester: Manchester University Press, 2001, 77 - 78.

[2] 托马斯·古德尔等著:《人类思想史中的休闲》,成素梅等译,昆明:云南人民出版社,2000年,第179页。

[3] Morgan, *The Oxford History of Britain*, 601.

可见"新女性"的种种特征,尤其是她追求性自由和性解放的开放态度。不过这也构成了埃米等人对她的诟病,因为妻子对婚姻的不忠被视为德里成功人生背后一桩最大的"家丑"(125)(小说副标题为 *The Skeleton in the Cupboard*,可译为《家丑》)。在《身体的文化政治学》导言中,汪民安教授曾精辟地总结道,"身体在道德领域中是罪恶,在真理领域中是错觉,在生产领域中是机器"。① 我们看到,在身体的历史中,身体常常与肮脏、堕落等贬义词联系在一起,肩负着道德的重担。然而,关于道德、性和欲望等概念,毛姆似乎有自己不同的看法。作为一位具有同性恋倾向的作家,他在作品中含蓄地传达出不愿受传统观念束缚,勇于追求性自由和性解放的思想,并试图重建一种新的生活方式和新的伦理共同体。

在《寻欢作乐》中,毛姆赞扬了性带给人们的欢乐,并认为对性自由的追求丝毫无损于罗西善良淳朴的品德。罗西"把自己的身体交给别人,好似太阳发出热量,鲜花发出芳香一样的自然。她觉得这是一件快乐的事,而她也愿意把快乐带给别人,这丝毫无损于她的品格,她仍然那么真诚、淳朴、天真"(226)。在毛姆的笔下,性成了一个人生命力的强力表达。他试图以性为语言来重新发现并定义身体和自我。借用福柯的一个观点,这种性态度正好体现了希腊人所崇尚的一种自由观,即认为对"快感的自由"是为了"摆脱其权威,而不是成为其奴隶"。② 罗西享受性带来的自由,从某种程度上说,就是希望通过主宰自己的身体而成为自我的权威,由此进一步肯定自我存在的价值和意义。与丈夫德里受人摆布的身体不同,罗西珍视身体带给自己的感受,并且勇于用身体言说自己的思想和内心。在与人交往的过程中,她并没有受制于金钱的支配力量,而是选择遵从内心情感,真诚地面对自己的情感和身体,坚守本真的自我。毛姆重视性和欲望的表达,视之为人性的组成部分。对性的礼赞是为了更好地成为自我的主人,这实质上表达出了对共同体更深层的道德关怀,即主张个体情感和身体的完整性是共同体存在的意义。

然而,罗西超前的、极具颠覆性的性爱观难以为世人理解和接受。德里的传记作家罗伊就极力掩盖这一事实(《寻欢作乐》的副标题除了有"家丑"的含

---

① 汪民安:《身体的文化政治学》,开封:河南大学出版社,2004年,第1页。
② Michel Foucault, *The History of Sexuality*, vol. 2, New York: Vintage Books, 1990, 79.

义之外,还可以解释为"隐情")。罗伊试图在传记中抹去的重要"隐情",便是德里妻子不忠这一最大的人生痛苦与污点。然而,罗伊却无法回避一个事实,即德里的伟大作品都是在他与罗西共度的时光中创作出来的,妻子对他的创作具有不可磨灭的影响。正是罗西对生活的激情以及她身体之美带来的独特审美感受,激发了德里的无限灵感,使他的创作具有了旺盛的生命力。法国女性主义批评家埃莱娜·西苏(Helene Cixous, 1937—)曾提出女性"身体写作"这一观点:"女性通过身体将自己的想法物质化了;她用自己的肉体表达自己的思想……用身体,这点女性甚于男人。男人们受诱惑去追求世俗功名,妇女们则更多地用身体写作。"①女性的身体成了她们言说自我和体认世界的工具。罗西的"身体写作"必将成为德里传记中一段无法被随意涂抹的"隐情",因为它不仅塑造了罗西的自我,也成就了丈夫的创作。

三、身体的审美关怀:伦理共同体之基础

追溯人类认识自我的历程,在"身心二元论"的影响下,身体一直处于从属、受抑制的地位。自古希腊以来,主流美学强调的是精神和心灵的重要性,换言之,哲学家们推崇的是一种精神美学。例如,柏拉图就曾大力宣扬精神对身体的绝对支配地位,"灵魂在肉体中的时候是生命之源,提供了呼吸和再生的力量,如果这种力量失败了,那么,肉体就会衰亡"。② 直到19世纪末,当尼采提出大写的"人"之概念时,人的生命力才得到了充分肯定和赞扬。尼采的呼声在当时可谓振聋发聩:"兄弟啊,在你的思想和感情的后面,有个强有力的君主,一个不被了解的智者——它被称为自我(self)。它居于身体之中,它便是你的身体。"③毛姆的创作跟尼采的主张有着异曲同工之妙。

身体之美是自我之真的直接表现,它可以为艺术创作提供不竭的动力,也可以激发价值判断。与毛姆同时代的作家乔伊斯在《一个青年艺术家的画像》中也有过一段对女性身体之美的精彩描写。当主人公徘徊于献身艺术还是献

---

① 埃莱娜·西苏:《从潜意识场景到历史场景》,《当代女性主义文学批评》,张京媛编,北京:北京大学出版社,1992年,第195—202页。
② 柏拉图:《柏拉图全集》(第二卷),王晓朝译,北京:人民出版社,2003年,第160页。
③ F. W. Nietzsche, *Thus Spake Zarathustra*, trans. Thomas Common, New York: Boni and Liveright Inc., 1917, 51.

身宗教的两难抉择之时,一位戏水少女的身体之美给了他无限的艺术遐想,帮助他实现了精神的顿悟。乔伊斯这样写道,那位少女像一只"美丽的海鸟",细长的腿像"白鹤的腿一样纤巧而洁净";"那丰满的、颜色像象牙一样的大腿"伫立河中,胸脯"纤巧而柔和得像一只长着深色羽毛的鸽子的胸脯",呈现出"令人惊异的人间之美"。① 林玉蓉认为这一段描写使"艺术被幻化为纯洁、超凡脱俗的女神,彰显出艺术审美功能的非世俗特征:艺术成为消解日常生活的平庸性和苦难性,给人带来新生的精神之维"。② 由此,我们意识到对身体的审美感受可以起到模糊艺术世界和世俗世界界限的作用,这将有利于把艺术与生活、理性与感性统一起来,恢复并调动身体的能动性,以抵御现代社会中个人不断被物化、被机械化的发展趋势,从而建构一个身心和谐发展的理想共同体。正如最先赞美人之肉身的尼采所言,"要以肉体为准绳……这就是人的肉体,一切有机生命发展的最遥远和最切近的过去靠了它又恢复了生机,变得有血有肉"。③

毛姆在《寻欢作乐》中借叙述者之口,曾做过这样的评论,"美有点儿令人生厌"(111)。人们用各种方式谈论对美的感受以及如何看待艺术、生活和宇宙等问题。在毛姆看来,人们对"美"这个词的滥用正体现了他们逃避现实的态度,而他希望下一代人能以"热切接受现实的方式来寻求灵感",并且告诫读者"美是满足人的审美本能的事物"(110—111)。在此,他仿佛暗示人们应该回归生命本体,从人的自我这一本源寻求力量。

小说中,罗西以身体之美为维度,给艺术审美注入了新鲜的血液与活力。她是周围众多艺术家们的灵感来源,丈夫德里的创作和情人希利尔的绘画都得益于她。尼采所说的人之美,乃是生命力洋溢的丰盈状态,是对生命本身的肯定。确实,罗西的美,她身心和谐的状态,象征着丰盈的生命力和创造力,并使她摆脱了商业社会禁锢人的思想以及人被物化的悲哀处境。不妨说,通过塑造罗西这一人物形象,毛姆为他的伦理共同体确定了新的真善美

---

① James Joyce, *A Portrait of the Artist as a Young Man*, New York: The Viking Press, 1966, 171.
② 林玉蓉:《西方现代主义文学的身体叙述》,《西南大学学报》,2008年第3期,第174—178页。
③ 尼采:《权力意志——重估一切价值的尝试》,张念东等译,北京:商务印书馆,1991年,第152页。

标准。

在小说序言中,毛姆坦言:"我喜欢《寻欢作乐》,因为那个脸上挂着明媚可爱的微笑的女人为我再次生活在这本书的字里行间,她就是罗西·德里菲尔德的原型。"(7)罗西的原型是苏·琼斯,一位演员,也是毛姆深爱了八年的女子。多年之后,他依旧记得第一次见到苏时留下的深刻印象,并一直期望将她写进自己的小说中。在回忆录《作家笔记》(A Writer's Notebook,1949)中,毛姆这样描述过苏的美丽:她具有"成熟女人的十足魅力,粉红的脸蛋,金色的秀发,眼睛似夏日海水般湛蓝,曲线圆润,乳房丰满"。① 依凭这种健康和自然的身体美,苏成了他笔下一位连接艺术世界和生活世界的人物。由此,我们意识到从现实生活到艺术创作,毛姆都极其重视对身体的关怀,也正是这份关怀承载了他的共同体理想。

马克斯·韦伯(Max Weber,1864—1920)认为,"无论如何解释,艺术都承担一种世俗救赎功能。它提供一种从日常生活的刻板中解救出来的救赎,尤其是从理论与实践的理性主义不断增长的压力中解脱出来的救赎"。② 关于艺术的功用问题,毛姆曾不止一次地声明,他写作的目的是"娱乐"而非"教化",因而其作品的幽默和语言的流畅悦耳常常吸引了大批读者,但是也正如批评家拉曼所说,毛姆小说中的"美学之美在其艺术表现中蕴含道德的意义"。③ 他笔下的人物常常与艺术结缘,其目的就是为了凸显出艺术的社会救赎功能。在《寻欢作乐》中,艺术创作的成功离不开自我的和谐与统一,而这种和谐又以健美的身体为依托;对身体的回归,就是对生命本真状态的重视。正是这种灵与肉的和谐统一,构成了毛姆心目中伦理共同体的基础。换言之,毛姆为文化观念的共同体形塑这一内涵增添了新的色彩。

---

① Somerset W. Maugham, *A Writer's Notebook*, New York: Doubleday & Company Inc., 1949, 84.
② Max Weber, *From Max Weber: Essays in Sociology*, eds. and trans. H. H. Gerth and Wright Mills, New York: Oxford University Press, 1946, 342.
③ Adibur Rahman, *Dialectics of Freedom in Somerset Maugham*, Delhi: Kalpaz Publications, 2005, 52-66.

第三节
伍尔夫与妇女文化共同体构建

在英国文学和文化观念的互动史上,伍尔夫是个不容忽视的人物。她的创作活动丰富了文化观念的诸多内涵,其中最重要的是她在构建妇女文化共同体方面的独特贡献。学界讨论得最多的是她的小说《达罗卫夫人》(*Mrs Dalloway*,1925)、《到灯塔去》(*To the Lighthouse*,1927)和《海浪》(*The Waves*,1931)等,但是就妇女文化共同体的构建而言,她的许多随笔——如《一间自己的房间》(*A Room of One's Own*,1929)和《三枚金币》(*Three Guineas*,1938)等——更值得关注。这些随笔在很大程度上改写了英国文学史,为妇女在文化共同体中赢得了一席之地,从而丰富了文化观念中共同体形塑这一内涵。可以说,她在共同体想象和实践方面独树一帜,独步一时。

一、从"局外人"到"局内人"

伍尔夫接触英国第一次妇女解放运动,是在1904年搬至伦敦布鲁姆斯伯里的戈顿广场(Gordon Square)46号以后,[①]彼时妇女解放运动已经发展到"武力冲突"[②]的顶峰时期(后称"第一次浪潮")。媒体对妇女激烈行为的大肆报道

---

① 布鲁姆斯伯里区,即后来著名的"布鲁姆斯伯里文化圈"所在地。在此之前,伍尔夫一直住在肯辛顿(Kensington)的海德公园门(Hyde Park Gate)22号,属于富裕的伦敦西区(West End),而布鲁姆斯伯里则位于伦敦中部,也就是东西区结合部,多为中产阶级居住。

② 英国第一次妇女解放运动发生于19世纪下半叶,但是一直没有引起政府和公众的足够重视。1903年,激进组织"妇女社会与政治联盟"(Women's Social and Political Union)认为有必要利用一切可利用的方式为妇女解放而战斗。"战斗的妇女"虽然不能推翻政府,但是可以通过妨碍演讲会、不服从法律、不纳税、捣乱会场、焚烧车站、示威游行等激烈手段来引起政府和公众的注意,骚扰那些不允许妇女权利法案在议会通过的权力机构,以引起其重视。她们成功地惊动了警察,被投进监狱。在监狱,"女犯人们"不但没有被吓倒,反而采取了更加大胆的绝食抗议行动。有关妇女被监狱看守压制、迫害甚至侵犯,绝食妇女身体虚弱甚至患病,监狱医生将食管插入其鼻孔强迫进食等情况,都被《泰晤士报》等报纸纷纷报道出来。在她们的感召下,那些以前对该运动不甚感兴趣的妇女纷纷站出来声援。因此,上述过激行为不仅没有损害"妇女社会与政治联盟"的声誉,反而为它赢得了经济上的支 (转下页)

引起了伍尔夫的关注,她因此了解到女权的主张,再也无法像以前那样置身事外。这从她写给自己希腊语家庭教师兼朋友珍妮特·凯斯(Janet Case,1863—1937)的信函中可见一斑:

  如果我一个星期花上一两个下午去给成年人选举权组织(Adult Suffragists)填写信封和地址,你觉得有帮助吗?我对此知之甚少,也许你可以寄给我一些宣传资料,或者将参政议政办公室的地址给我。我既不会算数,也不会发表演说,但我可以做一些更具体的事情,如果那样有帮助的话。那天晚上你谈到妇女如此糟糕的现状,给我留下了深刻印象。我简直无法忍受你们的现况。我想,改善的唯一途径就是做点什么。遗憾的是,那次谈话还远远不够。①

事实上,伍尔夫并没有像其他妇女那样上街游行,以示声援,而是转向书本,试图从历史的角度去考察妇女权利问题,关注她们自 18 世纪以来法律地位的变化,并且列出了与此相关的阅读清单,其中包括穆勒的《论妇女的屈从地位》(*The Subjection of Women*,1869)和阿尔弗莱德·丁尼生(Alfred Tennyson,1809—1892)的诗作《公主》(*The Princess*,1847)以及关于剑桥大学纽汉姆女子学院(Newnham College)建设情况的相关书籍。1905—1907 年间,伍尔夫在莫利女子学院(Morley College)的夜校兼课,给劳动妇女讲授英国历史;1916—1920 年间,她多次为"妇女合作公会"("Women's Co-operative Guild")、"全国妇女联合服务会"("The National Society for Women's Service")、剑桥大学的纽汉姆和格顿(Girton College)这两个女子学院演讲妇女问题;她还特别关心"妇女合作公会"的成员,每周或两周一次邀请其里奇蒙分会(Richmond)的老年会员来寓所霍加斯(Hogarth)喝茶,以了解其生活状况和需求。20 世纪 30 年代,伍尔夫不仅为劳动妇女文集《我们所知道的生活》

(接上页)持,使其获得足够财力来采取更加壮观的抗议行动,从而吸引更多人的注意。在 1905 年到 1914 年的九年时间里,"战斗的妇女"始终将公众的目光锁定在女性赢得平等权利的事业上。尽管她们的诉求一次又一次地被驳回,但是要忽略她们或者否定其英勇行为都已是不可能的了。

 ① Alex Zwerdling,*Virginia Woolf and the Real World*,Los Angeles & London:University of California Press,Berkeley,1986,212.

(*Life as We Have Known It*,1931)写了题为《回忆劳动妇女协会》("Memories of a Working Women's Guild",1930)的序言,还利用自家的霍加斯出版社(Hogarth Press)为她们出版政论文单行本系列。除了她自己的《三枚金币》,该系列还出版了苏格兰女性主义作家维拉·摩尔(Willa Muir,1890—1970)、威尔士艺术收藏家玛格里特·戴维斯(Margaret Davis,1884—1963)以及英格兰女性主义政治家兼作家蕾伊·斯特拉奇(Ray Strachey,1887—1940)等著名女性的文章,以声援妇女解放运动。很显然,伍尔夫的这些行动远比"填写信封和地址"等要有意义得多。

伍尔夫在搬至布鲁姆斯伯里之前,生活在肯辛顿的"深闺"之中,与维多利亚时代绝大多数中上产阶级的"淑女"一样,过着不问世事的生活,妇女解放运动似乎与她并不相干。从这个意义上讲,她不仅是父权社会的"局外人"(outsider),也是自己同性同胞的"局外人"。1904年成为她人生的转折点,她从此了解了那些正在为妇女解放事业努力奋斗的同胞,而且还以自己独特的方式参与其中,成功地把自己变成了"局内人"(insider),与其他妇女一起形成了滕尼斯所说的"精神共同体"[①]——妇女"文化共同体",伍尔夫在《三枚金币》中称其为"局外人协会"(Outsiders' Society),并为构建此文化共同体奋斗了终身。

二、"妇女的屈从地位"

当伍尔夫考察妇女文化共同体的历史时,她发现,与其他国家的历史一样,英国历史中也难觅妇女的踪迹。她在评价阿诺德·班内特(Arnold Bennett,1867—1931)的小说《希尔达·莱思维斯》(*Hilda Lessways*,1911)时提出了这样的批评:"我们听不到她母亲的声音,或希尔达的声音。我们只听见班内特先生在告诉我们关于地租、自由租、公簿租罚金的事实。"[②]她

[①] 斐迪南·滕尼斯在《共同体与公民社会》(Tönnies, *Community and Civil Society*)一书中指出,除了血亲(community by blood)和地域(community of place)组成的共同体外,还有一种更具活力和凝聚力的共同体形式——"精神共同体"(community of spirit),即"为着同一目标一起努力的共同体"(22),"即便在共同体中的人们各自分离,这种统一感仍然存在,而且以多种形式存在,其共同特征是潜意识"(27)。

[②] 弗吉尼亚·伍尔芙:《班内特先生与布朗太太》,《伍尔芙随笔全集II》,张学军等译,北京:中国社会科学出版社,2001年,第912页。本文中译引文主要取自中国社会科学出版社2001年出版的《伍尔芙随笔全集》(I—IV卷),稍有改动。若该著对同一名称有不同译名的,则沿用其译名,以示尊重。本节以下凡出自该套随笔集中译文的引文,将以夹注形式标明出处,具体形式为:散文名,卷册:页码。

又在《一间自己的房间》中说，"如果是女性，我们就只能通过女性先辈思考过去"(《一间自己的房间》，II：557)。她明确指出，妇女需要有历史，也应该是有历史的，但是当她走近史书，却发现，妇女一直游离于父权文化的边缘，不仅现实状况堪忧，其历史也被隐形或匿迹。她以乔治·特里维廉(George M. Trevelyan，1876—1962)的《英格兰史》(History of England，1926)为例，分析了妇女历史被抹杀的事实，指出该书第一次提到妇女是关于15世纪妇女地位的论述，第二次提到妇女就已经到了17世纪史，其中笼统提到莎士比亚笔下的妇女以及一些回忆录中的妇女，但没有具体描述。在19世纪，妇女能从事的职业主要是家庭教师和女仆，鲜有妇女能够跻身纯男性职业领域，这一情况延续到了20世纪初期。

伍尔夫笔下的文学妇女可分为三类：第一类是非虚构(non-fiction)文类作家、小说家和诗人，即书信、日记和回忆录等私人文档作者。英国人有撰写书信、日记和回忆录的好习惯，只要是受过教育的英国妇女都会养成这一习惯。家族事务往往折射社会大背景，后人因此能从中了解真实的历史与文化。

伍尔夫笔下的第二类文学妇女是小说家。整体上，她探讨最多的要数简·奥斯汀(Jane Austen，1775—1817)、夏洛特·勃朗特(Charlotte Brontë，1816—1855)、艾米莉·勃朗特(Emily Jane Brontë，1818—1848)和乔治·爱略特。除此之外，我们还看到17世纪的阿芙拉·贝恩(Aphra Behn，1640—1689)以及18世纪有"英语小说之母"美誉的范尼·伯尼(Fanny Burney，1752—1840)，等等。

第三类文学妇女是诗人，包括一直默默整理父亲文稿的萨拉·柯勒律治(Sarah Coleridge，1802—1852)、"生前得到了更为响亮的赞誉，现在却越落越远"(《杰拉尔丁和简》，I：414)的伊丽莎白·布朗宁(Elizabeth Browning，1806—1861)以及"靠直觉写诗"①的克里斯蒂娜·罗塞蒂(Christina Rossetti，1830—1894)等。

让伍尔夫愤愤不平的是，上述三类文学妇女的写作技艺并不亚于男性，但是由于父权文化的压制，她们或被故意贬低，或被直接忽视，很少能够在史书

---

① 弗吉尼亚·伍尔芙：《多萝西·奥斯本的〈信札〉》，《伍尔芙随笔全集 I》，石云龙等译，北京：中国社会科学出版社，2001年，第451页。

中占据一席之地。有的无论生前还是死后,都默默无闻;有的在生时受到过好评或引起过争论,但也只是昙花一现,很快就被遗忘。身为女作家,伍尔夫总能以独特视角看到男性批评家所看不到的东西。她在《一间自己的房间》中指出,16世纪人们的观念是,写作不适合妇女身份,冒险写作的妇女会遭到嘲笑或谩骂。阿芙拉·贝恩是在丈夫死后负债累累的情况下才开始写作的,虽然商业上取得了成功,却是"以牺牲也许是某些令人愉快的品质为代价"(《一间自己的房间》,II:547)的。"在草率涂写废话之中消耗自己时间"(《一间自己的房间》,II:544)的纽卡索尔公爵夫人(Duchess of Newcastle-upon-Tyne,1623—1673)在他人眼中,"衣着艳俗、性情古怪、品行端正、说话刺耳"(《纽卡索尔公爵夫人》,I:69)。她一出门就有人围观,一生创作的16部没有标题的平装本如今只能躺"在阴暗的公共图书馆中腐朽"(《纽卡索尔公爵夫人》,I:69)。为女性争取平等权利的玛丽·沃尔斯通克拉夫特(Mary Wollstonecraft,1759—1797)被男性咒为"哲学脏婆"。"为妇女地位而义愤填膺"的温奇尔西夫人(Lady Winchilsea,1661—1720)被蒲伯或者盖伊讽为"渴望涂鸦的女学究"(《一间自己的房间》,II:543)。简·奥斯汀被街谈巷议成"脾气古板、拘谨、沉默寡言、人人惧怕的怪物"(《简·奥斯汀》,I:125),她的主要小说作品实际写于19世纪90年代,十几年后才得以出版。全凭个人努力获得成功的乔治·爱略特被男作家乔治·梅里狄斯(George Meredith,1828—1909)讽为"变幻无常的小个子表演主持人""迷途的女人"(《乔治·爱略特》,I:151),被大众指控为"粗俗、不道德","因为她尝试使中产阶级和上流社会年轻女性的脑子里熟悉一些她们的父兄绝不肯冒险当面讲出来的事情"(《女性小说家》,III:1391)。伍尔夫还在散文《两位女性》中指出,"有一种强烈的、根深蒂固的男性直觉,认为一个有学识的,或仅仅是比较聪明一点而已的年轻女性是最让人忍受不了的生物"(《两位女性》,II:775)。正因为如此,面对纽卡索尔公爵夫人出版的第一本书时,同为贵妇的多萝西·奥斯本(Dorothy Osborne,1627—1695)只能大发感慨:"毫无疑问,那个可怜的女人一定是疯了,不然,她怎么会可怜到要去写书,而且还是写诗!"(《多萝西·奥斯本的〈信札〉》,I:280)衣食无忧的中、上层阶级的妇女命运尚且如此,更不用说下层妇女了,因为对于她们来说,"写作为社会所不容"(《多萝西·奥斯本的〈信札〉》,I:280),

而且她们必须为生存而奋斗,根本不可能从事写作。

于是,想要写作的妇女就"不得不同这样一些如同海上迷雾般无形却顽固地植根于人们头脑中的天性与偏见作斗争"(《两位女性》,II：775)。她们通常既没有独立的空间,也没有安静的时间进行独立思考,只能在家务劳动之余写上几句。简·奥斯汀和玛丽亚·艾奇渥斯(Maria Edgeworth, 1768—1849)的"写作都在家中起居室的桌子前悄没声地进行的"(《玛利亚·艾奇渥斯和她的朋友们》,IV：1961)。很难想象,《傲慢与偏见》(*Pride and Prejudice*, 1813)居然是作者"躲在一扇吱吱作响的门背后偷偷写出来的"(《简·奥斯汀》,I：123)。大诗人柯勒律治的女儿萨拉·柯勒律治就曾渴望有三年时间不生养孩子,以便有时间写作。孩子不仅妨碍了她的写作,也累垮了她的身体。夏洛特·勃朗特虽然没有孩子,但必须照顾生病的父亲,并"在写作的过程中不得不停下来去削土豆"(《女性小说家》,III：1391)。

直到19世纪,英国妇女还无法拥有独立的空间进行文学创作,更不用说是"一间安静的、隔音的房间"。由于害怕写作被人发现后遭到嘲笑,想要写作的妇女就只能隐秘地进行,一如家道中落的马提诺小姐(Miss Matino),她要么是在早餐前写作,要么是"悄悄写作不让人发现"(《两位女性》,II：774)。乔治·爱略特清楚地知道,如果她要成为学者,就会遭到弟弟的强烈反对:"对于她这么一个离不开感情慰藉的人来说,一旦成为女学者,她就要失去弟弟对她的敬意。"(《乔治·爱略特》,I：154)著名的女性主义者玛丽·沃尔斯通克拉夫特出身于有家暴的家庭,为了帮助父亲重整旗鼓,她只能忍辱负重,去当家庭教师,从未尝过幸福的滋味。盖斯凯尔夫人创作时,"一旦有客来访,就会把摊在桌上的书稿收拾干净,以免客人觉得她很怪"(《盖斯凯尔夫人》,IV：1969)。

除此之外,伍尔夫还描述过其他各个社会阶层的妇女以及她们遭受的种种不公。无论是哪个阶层的妇女,伍尔夫都能窥探其生活的真实情况,发现她们都有一把辛酸泪。追溯这一段历史,伍尔夫旨在传达这一信息:排斥妇女的"共同体"其实是一个伪共同体;要建构真正的共同体,就必须首先从建构妇女文化共同体开始。

三、改写文学史：妇女文化共同体的构建

伍尔夫构建妇女文化共同体的方法之一是重写历史。在《一间自己的房间》中，她向名牌大学的学生呼吁："重写历史"，或者为历史"补遗，给那个补遗一个不惹人瞩目的（这是当然的）名字，让妇女可以不违礼法地出现在其中。"（《一间自己的房间》，II：529）她自己率先承担起构建妇女文化共同体的重担。例如，她写了大量散文和随笔，重在发掘文学妇女及其贡献被埋没的历史，如上文提到的阿芙拉·贝恩的创作史。又如，她充分肯定了18世纪以来活跃于伦敦的"蓝袜子"沙龙。① 通过这些例子，伍尔夫强调英国妇女不仅是英国文化不可或缺的一部分，而且形成了她们自己的亚文化。我们在追溯英国文学与文化观念互动史时，对这一点不可不察。

从某种意义上说，伍尔夫重写了一部英国文学史——通过追溯先前被埋没的女作家，她改写了英国文学史，进而为妇女文化共同体的建构奠定了基础。她所追溯的女作家，其作品横跨不同文类，包括长、中、短篇小说、散文、传奇、诗歌、戏剧和翻译等。她所审视的"蓝袜子"包括纽卡索尔公爵夫人、阿芙拉·贝恩、玛丽亚·艾奇渥斯、勃朗特姐妹、乔治·爱略特、艾丽莎·海伍德（Eliza Haywood, 1693—1756）、范尼·伯尼、简·奥斯汀、伊丽莎白·盖斯凯尔、杰拉尔丁·朱斯伯里（Geraldine Jewsbury, 1812—1880）、多萝西·理查逊（Dorothy Miller Richardson, 1873—1957）和亨弗利·沃德夫人（Mrs Humphry Ward, 1851—1920），等等。其中最突出的莫过于阿芙拉·贝恩，她在19年的创作生涯中写下了19部戏剧、4部小说、5部短篇小说集和2部诗歌集。在1670—1680年的十年间，她的作品数量仅次于当时的桂冠诗人约翰·德莱顿。另外两个突出代表是玛丽亚·艾奇渥斯和沃德夫人。前者除了10部小说以外，还著有儿童故事集、教育论集、散文集等，并提出了自己的教育理论主张。后者一生创作了二十几部小说，并留下了包括散文、传

---

① 自18世纪50年代开始，"蓝袜子"沙龙主要以伊丽莎白·蒙太古（Elizabeth Montagu, 1718—1800）、伊丽莎白·维塞（Elizabeth Vesey, 1715—1791）和弗朗西斯·波斯卡温（Frances Boscawen, 1719—1805）等三位女性的伦敦寓所为场地，形成了一个新型社交圈，并得到了当红的政治、文学和文化大人物的支持，其中包括学者兼经典翻译家伊丽莎白·卡特（Elizabeth Carter, 1717—1806）、作家兼批评家塞缪尔·约翰逊（Samuel Johnson, 1709—1784）、艺术家弗朗西斯·雷诺兹（Frances Reynolds, 1729—1807）及其兄长约书亚爵士（Sir Joshua, 1723—1792）、小说家范尼·伯尼、作家兼剧作家汉娜·莫尔（Hannah More, 1745—1833）等，可见其影响力。

记、序言、书信等在内的许多作品。如果不是伍尔夫的挖掘和整理,后世有谁能正确地把握英国文学妇女的贡献以及她们在文化共同体中应有的地位呢?

伍尔夫重写的历史还发掘出了女作家们独特的写作风格,这些都有助于拓展英国文化观念的内涵发展。例如,与纽卡索尔公爵夫人同时代的多萝西·奥斯本,唯一留给后世的只是与丈夫的婚前通信,但即使这样,我们仍然可以从中看到她的"天赋才能","那在书信写作中比机智、才华或与大自然的交往更为重要"。伍尔夫称其书信写作为"新的文学体式"。① 也就是说,奥斯本创新了古老的书信撰写形式。简·奥斯汀的作品写得细致而优美,伍尔夫评价说,如果不是她过早病逝,"她可能成为亨利·詹姆斯和马歇尔·普鲁斯特的先驱者"(《简·奥斯汀》,I:132)。夏洛特·勃朗特的小说则充满了诗意,使读者完全沉浸在其"天才、激情和义愤之中"(《简·奥斯汀》,I:125),而艾米莉是个比姐姐更伟大的诗人,"只要打开一条门缝",其"个人才华就会一下子全部暴露"(《〈简·爱〉与〈呼啸山庄〉》,I:144)。她"放眼身外,见世界四分五裂,陷入极大混乱,自觉有力量在一部书里将它团在一起。……她似乎把我们所知的人物特征都撕个粉碎,然后对这些无法辨认的碎片注入一阵强劲的生命之风,于是这些人物就飞跃在现实之上了,这是一种极其罕见的本领"(《〈简·爱〉与〈呼啸山庄〉》,I:148—149)。终身未嫁的玛丽亚·艾奇渥斯能"把话题巧妙地从政治转向玩笑戏谑""诙谐地嘲弄当时十分时髦的'忧郁'风度和诗歌中的'朦胧'倾向"(《玛利亚·艾奇渥斯和她的朋友们》,IV:1961—1967)。她成为英国现实主义儿童文学的主要开拓人,也是最早意识到小说教育功能的作家之一。乔治·爱略特开乡村小说之先河,"她的发展道路虽说非常缓慢而且坎坷,却有一种根深蒂固的高尚抱负作为不可抗拒的推动力量"(《乔治·爱略特》,I:154)。她能将回忆和幽默风趣巧妙地结合起来,复活了"古老英国乡村社会的全景",使其作品具有令人惊异的可读性,既无华丽藻饰,也不矫揉造作,使我们感受到"只有夐夐独造的大作家们才能给我们带来那种妙不可言的温暖和轻松"(《乔治·爱略特》,I:156)。伍尔夫还将多萝

---

① 伍尔芙:《多萝西·奥斯本的〈信札〉》,第282页。

西·理查逊抬到了妇女文学的最高点,认为其写作是独一无二的,因为她"发明——也许并未发明——发展并且应用一个我们姑且称之为阴性意识流的句子,这种句子比旧式句子富有弹性和伸缩力,能够伸长到极限,挂起最脆弱的颗粒,发展成最最含混的外观形式。……这是女性化的句子,不过只用于描述女性心理的感觉中"(《罗曼司与心跳》,III:1502)。亨弗利·沃德夫人拥有出色的品质和才华,她的小说中"有种东西,无论纸张再怎么泛黄,都不可能带上那种柔和雅致的色调。书中大团的装饰华彩,夹杂以复杂精致的绸结描绘,相互间编制得如此精巧,如此坚牢,始终抗拒着时间的亲昵与爱抚"(《妥协》,IV:1974)。所有这一切,都被伍尔夫用来填补原有英国文学/文化"共同体"的空白,从而为英国文化建设做出了很大贡献。

伍尔夫改写文学史,有许多细节,其中特别值得一提的是对兄妹合作这一史实的重新评价。最典型的例子涉及小说家亨利·菲尔丁(Henry Fielding, 1707—1754)兄妹以及浪漫主义诗人威廉·华兹华斯兄妹。菲尔丁的著名小说《约瑟夫·安德鲁斯》(*The History of the Adventures of Joseph Andrews and His Friend, Mr. Abraham Abrams*, 1742)和《乔纳森·怀尔德》(*The Life and Death of Jonathan Wild, the Great*, 1743)的部分章节其实出自妹妹萨拉之手。萨拉自己也写小说,《大卫·辛普尔》(*The Adventures of David Simple*, 1744)为其代表作。同为著名作家的萨缪尔·理查逊(Samuel Richardson, 1689—1761)认为,菲尔丁兄妹的才华是不分伯仲的,[①]但兄妹二人在英国文学"正史"中的地位是不能相提并论的,而且萨拉为兄创作时,并无意分享兄长的荣誉。至于华兹华斯兄妹,情况就更加微妙:威廉·华兹华斯许多脍炙人口的诗歌,其灵感并非出自他的亲身经历,而是来自妹妹多萝西的日记。兄妹感情很好,又生活在一起,"不仅语言、连心情也是完全相同的,因此他们简直不知道两人之中究竟谁在感受,谁在说话,谁在欣赏水仙花,谁在观看入睡的城市——不同之处仅仅在于:多萝西先把这种思绪写成散文,保存下来,然后威廉也沉浸于其中,并把它写成诗歌,两人缺一不可"(《四位人物》,I:380)。伍尔夫指出,这种合作来的产品就是一个整体,很难分清个人

---

① "Sarah Fielding," Wikipedia, last modified Feb. 18, 2017, https://en.wikipedia.org/wiki/Sarah_Fielding. Accessed May 29, 2016.

的功劳所在,按照今天的做法,应该共同署名才是。但事实是,多萝西成了站在兄长背后的女人。伍尔夫重提这些史实,并非简单地打抱不平,而是要为妇女在文化共同体中赢得一席之地。

不妨以伍尔夫的一个呼吁作为本节的结束语:"我们,创造历史的人,追溯历史的人,必须树立新的墓碑,以刻下这些遗失的名字。"①伍尔夫确实刻下了许多遗失的名字,并因此成为构建英国妇女文化共同体的领头人。这一文学实践本身,就赋予了此一时期英国文化观念新的内涵。

---

① C. N. Davidson and E. M. Broner, eds., *The Lost Tradition: Mothers and Daughters in Literature*, New York: Frederick Ungar Publishing Co., 1980, 2.

第五章

心智培育与时代症候

本章的关键词是心智培育与时代症候。学界关于伍尔夫作品中"心智培育"的主题阐述较少。在一战与二战的历史背景中,《幕间》(*Between the Acts*,1941)这部作品以其独特的心智培育元素呈现了伍尔夫对共同体的独特思考。《勇敢的船长》(*Captains Courageous*,1897)是约瑟夫·鲁德亚德·吉卜林(Joseph Rudyard Kipling,1865—1936)旅居美国期间创作的一部海洋小说。小说以主人公哈维的海上经历为线索,讲述了一个娇生惯养、脾气乖戾的百万富翁独生子在一次海上遇险后的成长故事。本节将从责任、知识、情感三个层次出发,结合舒茨的人际需要三维理论来解读主人公的心智培育过程。吉卜林对青少年成长教育的关心以及这种关心背后折射出的作者对转型时期英国公民教育的关注,具有一定的思考价值。

在以进步和效率为标准的19世纪末,威尔斯敏锐察觉出英国社会中普遍存在着心智焦虑,这种状况势必会给整个国家和社会的经济、文化及伦理等带来诸多不利影响。在《爱情与路维宪先生》(*Love and Mr. Lewisham*,1900)中,威尔斯参照英国社会转型时期的教育背景、国家经济衰退的隐忧以及民众的自满情绪,通过一个"呆笨"的知识分子形象,展现了国民心智失衡、国家智育政策不完善等社会问题,传达出作家感时忧国的社会关注和时代关怀。

第一节
智性存于张弛之间:伍尔夫《幕间》中的心智培育

《幕间》创作于二战爆发之际,是伍尔夫生前最后一部作品。评论界在评点此著时大多聚焦于伍尔夫的自杀行为,将此行为归结为其对战争的绝望、对世界的无望,美国评论家马尔科姆·考利(Malcolm Cowley,1898—1989)甚至将《幕间》视为伍尔夫为战后世界献上的挽歌。实际上,这部小说在心智培育方面还具有积极的作用,相关的艺术表达也很精彩,但这些都还没有引起学界足够的重视。

柯勒律治认为,"文明的根基在于(心智的)培育",①在伍尔夫眼中,这面叫做"文明"的大墙是无法交由现代社会下处于"饭渣、油渣和碎片"状态中的人去建设的。② 她对战后社会分崩离析的状态产生怀疑,在她眼里,文明处于废墟之中,人类正努力重建它,而"生活的目的……应该是帮助我们的同胞"(160),把"造成那种和谐的一切都保持下去"(192)。伍尔夫的观点实际上与德国社会学家、哲学家滕尼斯的共同体学说形成了某种呼应,《幕间》中由艺术家拉特鲁布女士所指导的露天历史剧表面上看似失败,但历史剧的智性指引却将波因茨宅的中心人物带上了一条由"机械聚合体"向"有机共同体"转型的道路。③

一、隔墙凝视:物质与精神

伍尔夫在其1938年4月26日的日记中,曾指明《幕间》的写作计划使她在大脑里形成了"一个整体",即小说存在着一个"中心",将文学与现实生活中所有不协调的成分结合在一起,用"我们"代替"我",而"我们"则是由所有不同元素组合而来的整体,是"所有的生命、艺术与被社会抛弃的个人",一个"闲散"却又"统一的"整体。④ 在《幕间》的创作期间,随着慕尼黑阴谋,英法对德宣战、德军空袭伦敦等事件的升级,伍尔夫预见了二战对人类文明的威胁,眼看着自己位于伦敦的住所与出版社被炸成废墟,她意识到战争即将摧毁她所维系着的一切。《幕间》的故事就是在这一背景下展开的。

---

① Samuel Taylor Coleridge, *On the Constitution of Church and State*, London: Hurst, Chance and Co., 1830, 49.
② 弗吉尼亚·伍尔夫:《幕间》,谷启楠译,北京:人民文学出版社,2013年,第183页。本节以下出自该书的引文只标出页码。
③ 殷企平:《西方文论关键词》,第72页。
④ Virginia Woolf, *The Diary of Virginia Woolf*, vol. 5, ed. Anne Olivier Bell, London: A Harvest Book, 1985, 135.

故事聚焦于1939年6月的某一天。在英格兰具有500年历史的村庄中，作为波因茨宅年轻的一代，也是最担负责任的一代，贾尔思不顾姨妈的嘲讽，决然选择在大学毕业后去大城市工作，成为一名股票经纪人，而工作的繁忙却常常导致他对亲人的忽视。在贾尔思看来，村里高墙内每年定时举行的历史剧是一种"恐怖景象"(57)，这令人生恶的一切使得他仿佛被人拴在岩石上，不得不去面对。在贾尔思身上，批评家们时常聚焦于其义务参与历史剧背后所生发的问题，却忽视了他在剧后对妻子态度的转变：由最初进门时隔着桌上鲜花点点头的简单示意，到最后递给妻子一只剥好的香蕉，这一细节上的变化意味深长，而历史剧对此起到了至关重要的作用。露天历史剧的导演拉特鲁布女士是个狂热的艺术家，她与沉默寡言的贾尔思虽无直接交流，却在某些方面极为相似：他们在工作上都精益求精，勇挑重担。然而，他们却又有着极大区别：贾尔思终日忧心于高墙外的欧洲战事，力图通过工作积累资本，为家人营造稳定的物质生活，而拉特鲁布女士则坚信精神力量，希冀通过历史剧来帮助人们找到精神力量，以应对硝烟弥漫的环境。

故事中，贾尔思的心智是不完全的，他埋怨斯威辛太太只会眺望远处田野上的风景，看不到高墙下幽暗的阴影与高墙外硝烟弥漫的战场，但当提及斯威辛太太不会做什么时，他却又谈不上来，因为他在此之前从未认真思考过每个人在共同体生活中存在的意义与价值。贾尔思深知自己在这个大家庭中作为儿子与丈夫有责任维系家族的运转，即便"承受着世间一切痛苦的重负"(107)。然而，没有心灵滋养的灵魂是脆弱的，也是扭曲的，贾尔思一味地关注报纸上的战事，愤恨地感受着高墙外可怕的枪杀事件，甚至将蜷缩在路边的蛇及其口中含着的癞蛤蟆一同踩烂，享受起了血溅在靴子上所带来的快感。"适者生存"，实用主义的大行其道将人活生生地变成了机器运作下的牺牲品，即便偶尔展现出人性的一面，也被席卷而来的纷纭世事蹂躏得丧失了生命活力，它们"抓住你不放，像抓住水中的鱼"(44)。当时的英国，攀登社会阶梯需要财富，而"财富等同于幸福以及一切与幸福相伴的东西"。① 这种财富观可以追溯到18世纪的英国，那个时期的著名小说家笛福(Daniel Defoe, 1660—1731)就

---

① 麦克法兰：《现代世界的诞生》，第109页。

曾写道:"财富,不问出处的财富,在英格兰造就了机械的贵族。"①同样,贾尔思投入了对财富的攫取中,他把对妻子的爱意投入了机械式的工作,其思维方式、情感体验都成了僵化的存在。促使他改变的正是他蛮不情愿参与的那场露天历史剧。

这是一出融音乐、舞蹈、话剧、哑剧为一体的综合形式的历史剧,故事情节跨度很大,由古英语时代的序幕开场,经历了中世纪的歌舞、伊丽莎白时代、后莎士比亚时代、"理性时代"和王朝复辟时期的话剧,又跨越到维多利亚时代的戏剧,最后演绎到"现在",与《幕间》这一小说的背景——高度浓缩的1939年6月的某一天——形成强烈对比。在历史剧上演的过程中,拉特鲁布女士全程躲在舞台边的大树后,悉心指导演员进行表演,而她的身份也如隐秘的地位一样不得而知,大家只知道"她总是渴望组织活动……她热衷于组织活动"(55)。然而,这退居其次、来历不明的角色,在整部小说中又成为最重要的角色,因为她指引人们走上了一条智性探寻的道路。她指导下的历史剧不仅呈现了时代的更替,更展示了人性的多变:狡黠、贪婪、无知、纯洁、善良……这一幕幕场景,一次次人性的展露,聚拢了零散的村里人,他们围坐一起展开探讨并深陷其中,组成了一个临时的、却又有别于他们日常生活的共同体,一个"在危机时刻,艺术时常可以调解真实的共同体生活"。② 而在艺术表达中,留声机也扮演了不可或缺的角色,它被"藏起来,可是又必须离观众近一点,让他们能听见"(61),它同拉特鲁布女士一样,共同构成了历史剧的指挥者。留声机起到了某种"仪式效应",③塑造了仪式的氛围,在这种"仪式—游戏"中,自我与他者的差别消失了,团结的声响在留声机中不断循环,构成了各色人等和多种舞曲构成的"杂乱场面"(89)。在外来客威廉眼中,这一切俨然成为一幅"迷人的景象"(90)。

当演出到达最后一幕"我们自己"时,拉特鲁布女士指挥所有演员拿上镜子照射台下的观众。当观众们看到自己的形象被舞台上的镜面捕获时,他们

---

① Frank McLynn, *Crime and Punishment in Eighteenth-Century England*, Oxford: Oxford University Press, 1989, 56.
② Margaret Homans, ed., *Virginia Woolf: A Collection of Essays*, New Jersey: Prentice-Hall Inc., 1993, 218.
③ 黄瑞琪主编:《当代欧洲社会理论》,杭州:浙江大学出版社,2008年,第135页。

意识到自己俨然成了演员,而此时拿着镜子的演员更像是一群看戏的观众,这未经预演的场景将台下的人们吓得转过脸来逃避。诚然,在20世纪西方社会中,人们戴着不同的面具维持生活,当真实面目被迫曝光时,他们除了愤怒,更多的是不知所措。拉特鲁布女士以镜子照面的方式唤醒了观众,使后者既看到自己在共同体中的存在,又看到了这一共同体所处的分裂状态。"无意姿态、不合时宜的闯入以及失礼,是窘迫和不协调的来源",[1]而这一切最终导致了这出戏剧的失败。然而,拉特鲁布女士真的失败了吗?尽管观众纷纷离散,但她所指引的一切仍然悬在人们心中,"它虽然移动了,逐渐变小了,可还是存在着"(208)。

在历史剧结束后,演员们迟迟不愿退场,继续扮演着他们的角色。他们的在场延续了历史的发展,维系了共同体的纽带,此时"美降临到他们身上,美也揭示出他们的本质"(191)。贾尔思剧后回到自己家中,为妻子亲手剥开了一只香蕉,温馨而甜蜜。这样的转变,是心智的转变,也是伍尔夫埋下的伏笔:人不能仅仅追求物质,而忽略对精神的追寻;工业革命虽然使物质财富得以积累,却面临提升人们精神世界的更大难题,而只有当物质与精神相辅相成时,心智才会得到发展,人心才会凝聚。贾尔思意识到盲目的物质追求无法带来真正的幸福,唯有融入共同体内并坚守信念,才能给自己的家人带来真正的安定。

拉特鲁布女士也经历了心智上的转变——跟贾尔思不同,她经历的是一种(关于共同体存在方式)认识上的提高。她最初担忧下雨,可是最后却庆幸高墙没有阻挡住雨水,因为这让雨水和鸟儿等大自然元素参与了戏剧,反而让演出收到了一种意外的效果。恰如西方评论家德里克·瑞安(Derek Ryan)所说,"当人类与自然的界线模糊了,人性便能得以解放,伍尔夫通过对人类与非人类、文化与自然之间等级差异的否决,为某种内在的相互作用提供了想象的空间"。[2] 这种相互作用凝聚着向心力,"绵阳、奶牛、野草、树木、我们自己——

---

[1] 欧文·戈夫曼:《日常生活中的自我呈现》,冯钢译,北京:北京大学出版社,2008年,第181页。
[2] Derek Ryan, *Virginia Woolf and the Materiality of Theory: Sex, Animal, Life*, Edinburgh: Edinburgh University Press Ltd., 2013, 180.

都融合成了一体。如果声音嘈杂,那就制造和声"(169)。这是一种新型共同体的存在方式。在这样的共同体中,现实与想象融为一体,物质与精神高度统一,而拉特鲁布女士剧中那"没有意义的词语"终将变为"神奇的词语"(207)。

二、文字内外:幻想与信念

关于心智培育,伍尔夫的另一目标是信念和勇气,即帮助人们树立信念,从而勇敢地扎根于共同体生活。在《幕间》中,伊莎和斯威辛太太是波因茨宅的两位家庭主妇。伊莎作为贾尔思的妻子,内向而胆小,却又富有诗意。她向往自由的生活,但又时常受困于现实生活的琐碎中,诗句是她的信仰,文字则铸造了她的乌托邦城市。斯威辛太太是贾尔思的姑姑,一位年老的寡妇,她开朗豁达,富有激情。虽然她是来自维多利亚女王统治时期的传统女性,但她并不受家庭生活的桎梏。她热爱阅读《世界史纲》,书中记载的文字满足了她对远古大陆乃至整个世界的幻想,更是激发了她对美好生活的追求,而她胸前挂着的耶稣蒙难十字架,表面上表达了她的宗教信仰,实质上却隐藏了她对现实世界的全部信仰。然而,斯威辛太太从骨子里惧怕哥哥巴塞罗缪,并且时常与他发生小型冲突,认为巴塞罗缪攻击了她对生活的一切看法,使她的生活不能顺利地按照自己渴望的方向前行。不过,伊莎和斯威辛太太最终都摆脱了文字幻想,回归到现实的共同体生活中。她们是如何做到这一点的呢?

从《幕间》开篇,便可获知伊莎与丈夫贾尔思的关系并不和谐:当巴塞罗缪诵读拜伦诗句时,伊莎幻想与农场主海恩斯变为两只天鹅,顺流而下时被肮脏的浮萍给缠上了,而这一切"是她那个当股票经纪人的丈夫干的"(3)。事实上,尽管她时常深陷对海恩斯的"暗恋",却在曼瑞萨太太展露对贾尔思的爱慕后意识到了自己对丈夫感到的骄傲与爱意——"他是我的丈夫……我孩子的爸爸"(45)。因此,如果就伊莎对贾尔思矛盾情感的缘由进行深入探究,则必须从她对海恩斯产生暗恋情愫的源头入手。她与海恩斯的相识始于一次网球聚会,他曾递给她一个杯子和一个网球拍,仅此而已,但这一简单的行动却在刹那间房获了伊莎的心。幕间休息时,人群逐渐散开,伊莎深受剧中情节的影响,渴望获得一份慰藉。然而,当她环顾四周后发现,即便谷仓中挤满了人,却没有任何能够理解她的人出现,不管是海恩斯或是其他熟识的人。"我们离散了"(79),她发出孤独的呢喃,开始幻想着井水将她淹没,将她带离眼下疏离的世界。可以看出,伊莎寻求的与其说是婚外恋带来的新鲜刺激,倒不如说是一个能够给予她关怀与理解的共同体生活。丈夫整日忙于工作,忽略了妻子的感受,哪怕是递一杯茶、递一个网球拍这种简单的关心也没有。"我要求什么?要求飞走,离开夜与日,来到一个地方,那里没有别离,人们目光相遇。"(79)伊莎唯有借助诗歌一吐不快,可是诗歌的慰藉是有限的,她依然无法脱离眼下冷漠、麻木的家族。丈夫的不闻不问,公公的强势逼迫,甚至与自己儿子的关系都那么疏远——当小男孩儿从人群中奔向她时,她竟没有第一时间认出他来,只是在他靠近的那一刻才能够确认"很明显,这是她的孩子,显然,是她的儿子"(101)。拉特鲁布女士的到来,更确切地说,历史剧的演出让伊莎认识到了自己真正想要的一切。伊莎意识到自己想要的不过是一个"归宿",可以让"一个人的手寻求另一个人的手,一个人的目光寻求另一个人的目光"(150)。通过历史剧的智性指引,伊莎完成了自己的精神洗礼,一种新的集体意识逐渐形成。

那么斯威辛太太呢?作为老一代的家庭主妇,她又是如何踏上智性之旅的呢?这还得从她胸前那块从旧时代带来的十字架开始说起。除了拉特鲁布女士外,斯威辛太太是《幕间》中唯一明白团结重要性的人,这可以从她与桑兹太太在厨房的合作中看出:"两个人一起干手工活令人欣慰,也起到了团结人的作用。"(31)斯威辛太太虽戴着旧时代的十字架,但她真正的信仰却来自现实生活中大自然的美好。按照宗教信仰的规定,斯威辛太太每天清晨都需要跪上几个小时来进行祷告,然而跪姿却为她沉醉于大自然提供了一种掩饰,在这种祷告中,她的内心时常为"一缕阳光,一片阴影"所感动(200),因为她曾在《世界史纲》中见识过杜鹃花森林,而她为那些美好而快乐的景象所陶醉,并且知道当时的欧洲大陆上共生共存着各种不同的动物,而她则坚信自己是它们的后裔。不过,斯威辛太太却不敢轻易地将自己真正的信仰表达出来,因为她的哥哥曾毫不留情地攻击过她的信仰,攻击过她对生活的看法。

第一次信仰攻击发生在关于天气的谈话中。由于斯威辛太太负责历史剧的后勤工作,因此她需要思考是否为历史剧做户外准备,或是在谷仓中打点好一切,未雨绸缪。当她凝视天空时,不禁陷入了对自然美的想象,沉醉其中,而巴塞罗缪则毫不留情地以"雨伞"终结了她对美的享受,这是理性对感性的攻击,是人类力量对大自然美之属性的入侵。

第二次攻击的发生与"碰碰木头"①这一俗语有关。当斯威辛太太向巴塞罗缪询问俗语来源时,后者转而联想到她往日的祈祷对象,并将她的信仰视为某种"控制着他这个青筋暴涨的老头"(22)的力量。"迷信"(23),巴塞罗缪愤怒的回答让斯威辛太太感觉受到了攻击,但是"什么都不能改变他们的亲情,无论是争论、事实,还是真理都不能改变",他们只是互不理解罢了。她明白的事情,巴塞罗缪并不了解,而巴塞罗缪明白的事情,她也摸不透彻,正如巴塞罗缪猜想斯威辛太太的祷告对象没有"头发、牙齿或脚趾头",而事实上,祷告在她眼中只是为了掩饰对自然美的追求,因为她坚信"风景将永远存在……即便我们不存在了"(50)。20世纪初的英国无疑是处在社会变革的时代洪流之中,工业的发展加速了人们前进的步伐,却又使他们忽视了驻足思考自身存在的必要性。

斯威辛太太同伊莎一样喜好阅读,但她们对生活的理解却大不一样。如果说伊莎透过诗集找到了逃离现实生活的路径,那么斯威辛太太则通过对《世界史纲》中远古生物的了解生发出对伟大生命力的惊叹。斯威辛太太对远古与现存世界的感知,是她人性中极为重要的一个部分,也与小说中时间、历史与人类共同体之存在这一主题遥相呼应。在《幕间》这部碎片式叙事的复调小说中,伍尔夫不仅对拉特鲁布女士的匿名艺术加以利用,更是利用了台下观众之间的相互协作尝试了一次"前现代化式的交流"。② 村落这个共同体中的所有成员都成了戏剧中的演员和观众,他们甚至认为剧中至少一半的工作是由他们共同完成的。拉特鲁布女士作为导演在幕后窥视观众们看剧,并将他们在台下的行为也视为自己剧中的表演。一幕幕的戏剧混杂着观众不同的评论与想法,斯威辛太太甚至感慨:"你分配我演的角色太小了!可你一直让我感觉我有可能扮演……克莉奥佩特拉的!"(148)事实上,斯威辛太太的心智此刻已经发生一定程度的转变:随着历史场景的更替与再现,她已然由一位负责

---

① Touch wood,俗语,用于祈求继续交好运。
② Angeliki Spiropoulou, *Virginia Woolf, Modernity and History*, New York: Palgrave Macmillan, 2010, 173.

后勤的老妇人变为了在场的演员,因为她意识到自己也参与了历史的建构,维系了历史中人类有机存在的纽带。在《世界史纲》中,不同时期的生物代表了种族的延续,而每个人都是由史前人类进化而来的,这种史前人类是半人半猿,他们举起了"巨大的石头"(213),这石头便是信念,它铸就了现在的生活,而她此刻正仰赖这种信念而生活。

伍尔夫于 1940 年 9 月 5 日在日记中写道:"作品并不是世界的真实描写,只不过是对作家心中世界的描写罢了。"①伍尔夫笔下的女性都阅读诗集,她们是否传达了伍尔夫关于回归真实生活的呐喊呢?通过历史剧的智性指引,伊莎认清了她渴望的归属感,而斯威辛太太则从对远古的想象中回到了现实生活。带着信念扎根于生活,这大概是伍尔夫想要表达的终极意义吧。当最后一幕"我们现在"结束时,伊莎与斯威辛太太产生了更深层的共鸣:"我们虽然扮演不同的角色,但实际上都一样。"(210)无疑,每个人都是整体的一部分,只有团结才能维系共同体的存在,而信念则为享受这样的存在营造了更坚固的氛围。

三、宅中漫游:回首与眺望

在《幕间》中,巴塞罗缪作为波因茨宅中最年长也最古板的角色,与突然到访的热情洋溢、不恪守传统礼仪的曼瑞萨太太形成了鲜明的对比。巴塞罗缪曾担当英国印度事务处长官的职责,因此他的作风中时常带着军官常有的权威感,也保留着旧有的风俗习惯。他时常漫游宅中,寻找过去生活的点滴,回首曾经辉煌的日子,这种忆旧情绪侵扰着他的现实生活,使他无法融入年轻一代的生活圈。曼瑞萨太太与他的风格大相径庭:她不请自来,带着"野孩子"的自嘲,而且她的男性同伴具有同性恋身份。她的详细身份始终是一个谜,整个文本充满了大家对她的猜测:她的丈夫、家庭,甚至她从哪儿来,这一切都无从得知,大家只知道她出生于塔斯马尼亚岛,但也仅是传闻罢了。曼瑞萨太太的行为粗陋放荡,毫不在意社会规约,总是任性地表达自我,在村里人眼中,她既特别,又"微不足道"(39)。那么,她又何以使波因茨宅这座具有上百年历

---

① Woolf, *The Diary of Virginia Woolf*, 135.

史的古宅发生变化呢？她与巴塞罗缪之间又产生了什么样的火花？这就需要从伍尔夫当时所处的社会环境开始说起。

伍尔夫身处社会转型时期。此时贵族仍多半处于社会上层，土地仍是最重要的财富，但由于工业文明的兴起，以土地为生产资料的旧贵族逐渐被以机器为生产资料的工厂主同化，贵族开始走向衰落。自1832年改革法案通过后，国家政权从贵族手中逐渐转移到新兴的工业资本家手中。与此同时，工业革命极大地改变了英国人民的生活方式。然而，新型生活/生产方式在带来生活便利的同时，也带来了部分人的不适与不幸。各种机器的发明，导致许多工人丢了饭碗。给英国社会带来更大动荡的是，一战结束不久后帝国面临全面瓦解，帝国离心倾向日益严重，殖民地相继爆发民族主义浪潮。时代的变迁及其带来的种种不安和焦虑，都在《幕间》中有所体现，而最集中的体现则是巴塞罗缪和曼瑞萨太太之间的反差，前者代表了昔日以农业经济为主的生活方式，而后者的到来宛如新兴工业文明的降临。

《幕间》的开场就耐人寻味：污水池引进了村落，标志着现代化进程的开始。在巴塞罗缪眼中，选定挖污水池的地点正是在当年古罗马人筑的大道上，这一块地盘留有时代的烙印：古罗马人、伊丽莎白时代的庄园宅邸，还有犁铧留下的各种痕迹。这些古老的时代正在远去，而新型工业在生活中留下的印记成了巴塞罗缪眼中的"累累伤痕"(2)。在学界对巴塞罗缪的分析中，他往往被视为"轻率、残忍、追求理性，还过着奢侈生活，要求服从"的人物。[①] 事实上，正是深受过去岁月的影响，巴塞罗缪才会不适应以年轻一代为主流的现代生活。如果说他在与家族晚辈的共同生活中能借助权威勉强获胜，那么在面对外来客曼瑞萨太太时，则受到了一种前所未有的冲击。

在曼瑞萨太太到来前，波因茨宅原本是个传统的大家庭，年复一年、日复一日地过着同样的生活，历史剧几乎是村落中每年都会定时举办的传统项目。然而，1939年的这个夏天不一样了。曼瑞萨太太的不请自来，打破了他们表面上循规蹈矩的生活，甚至让贾尔思认为"有生人在场，家庭就不是家庭了"(46)。曼瑞萨太太午夜时分穿着绸睡衣在花园漫步，随着扩音器中播放的爵

[①] Allie Glenny, *Ravenous Identity Eating and Eating Distress in Virginia Woolf*, New York: St. Martin's Press, 1999, 15.

士乐而起舞,甚至在鸡尾酒酒吧伶仃大醉,这些都与巴塞罗缪固有的生活方式形成了鲜明的对立。曼瑞萨太太爱上酒吧,这其实不无象征意义:在人类学家艾伦·麦克法兰(Alan Macfarlane)眼中,酒馆能够给人提供一种"普及性和向心力",使人们有一种"自在的、亲密的感觉",陌生人成为一时的朋友,出现一种"半家庭"的氛围。① 曼瑞萨太太闯入波因茨宅,正是为了"与人交往"(35)。书中情节的转折更令人回味:曼瑞萨太太这"大自然的野孩子"及其行为竟然给巴塞罗缪带来了"快感",使他展露了"慈爱"(53),甚至赞叹曼瑞萨太太使世界变得"丰盈"(114)。

应该说,在《幕间》的所有角色中,曼瑞萨太太最能代表新生力量。当历史剧最后一幕"我们现在"上演时,演员们拿着各种反光物品照射台下观众,村里人纷纷感到愤怒和羞耻,而曼瑞萨太太却能够坦然面对,并且反过来利用镜子化妆,眼都不眨。演员的行为被村里人视为"恶意的侮辱"(181),而曼瑞萨太太却选择了欣然接受,这是新老秩序的抗衡,是传统与新兴的对峙。历史剧结束了,大家都渐渐散去,唯独巴塞罗缪留在原地。事实上,此时的他不仅接受了历史剧的智性指引,而且在曼瑞萨太太的相伴下完成了自我的精神洗礼。最后曼瑞萨太太的离开,好似"锯末从其心脏一涌而出",没有词语能够表达出巴塞罗缪这位年衰老人心中的"坠落感及血液涌动的感觉"(198)。"你把给了我的东西又拿走了"(197),这成了老人最后的叹息。剧终,演员聚拢在一起,而观众却"落荒而逃",这看似矛盾又荒诞的收场传达着这样一个信息:在剧中,观众成为演出的一部分;而在现实生活中,每个人都是历史进程的一个有机部分,人们在一起共同构成了艺术的素材,也成为文化的传递者,维系着共同体生活。这一文化信息还由巴塞罗缪的意识得到了另一重折射:他最后意识到,在这场历史剧中自己所扮演的角色就是观众,而观众的角色在整部历史剧中也占着同样重要的地位。

无论是回首过去,还是眺望未来,都有一个把握分寸的问题。如何才能张弛有度?这是伍尔夫在《幕间》中留给我们的问题。答案或许就在书中的一句话中:"如果你思考,我也思考的话,也许总有一天我们这些想法不同的人会想

---

① 麦克法兰:《现代世界的诞生》,第 127 页。

到一起去。"(196)伍尔夫在 1937 年给斯蒂芬·斯彭德(Stephen Spender,1909—1995)的信中提到,她创作《岁月》的初衷是为了"汇出一幅社会共同体的图景,展现人物的方方面面,并使他们面对整个社会,而不仅是个人的生活圈",①不过她认为自己失败了。四年后,《幕间》问世,展示了一种正处于两次世界大战之间的共同体生活。它的焦点不再是个人或者艺术家,也不再是"我"或者"你",而是整个群体,是一个共同体。成员之间相互对话,而非独白,共享的意义胜过了独白的意识。人们在生活的舞台上互相配合演出,无论是台前还是台后,每个人都成了演员,自然也参与出演。当人们的心智高度发展时,张弛有道的生活终将他们聚拢,构成完美的共同体。1940 年 9 月 18 日,伍尔夫在日记中写道:"我们需要有勇气……伦敦遭到了猛烈的轰炸……可我不管怎样,仍在不停地写着《波因茨邸宅》。"②她的这部天鹅绝唱展示了她对共同体生活的美好愿景,而这愿景的实现,显然要依靠她所提倡的心智培育。换言之,她把心智培育和共同体形塑紧密地结合在了一起,从而深化与拓展了这一时期英国文化观念的精神内涵。

第二节

公民教育:吉卜林《勇敢的船长》中哈维的心智培育

从心智培育的角度来讨论英国文学与文化观念的互动,就必须涉及吉卜林的小说《勇敢的船长》。

小说主人公哈维是一个美国百万富翁的独生子。他在与父母乘船去欧洲的途中,抽了水手的雪茄,劣质烟草使他发晕,迷迷糊糊中失足落海,幸好被救上了一艘小渔船。在那里,他遇到了乐于助人但又强悍的船长屈劳伯、善良友

---

① Virginia Woolf, *Selected Letters*, ed. Joanne Trautmann Banks, London: Vintage Books, 2008, 384.
② Woolf, *The Diary of Virginia Woolf*, 322.

好的小伙伴丹以及勤劳勇敢的船员们。在与这样一群人接触之后，哈维的纨绔子弟习气渐渐褪去。通过在渔船上的磨炼，他最终成长为一个独立自主、自食其力的青年，赢得了船长和船员们的认可与喜爱。最后与父母重聚时，他们惊喜地看到了哈维的转变。哈维经过与惊涛骇浪搏斗的几个月，体验了渔民的辛酸苦辣，知道了服从和遵守，懂得了关心和尊重，学会了各种航海的本领和技能，完成了人生的蜕变。他的整个成长历程，就是不断磨砺心智的过程。心智主要包含了思考能力、智慧、心理以及性情。归结起来就是责任、知识、情感三个方面。海上的小渔船虽不同于我们通常所定义的学校，航海捕鱼的技能也异于课堂教授的书本知识，但他的所学所练成就了一种新的品格。这种新品格在传统英国公民教育中也有着不可取代的地位，甚至可以看做英国国民的一种标志。

可以说，心智培育就是《勇敢的船长》的主题。对于这一主题的探讨，有赖于对如下三个问题的解答：第一，家庭培养在哈维的成长过程中有着怎样的作用？家庭角色缺失对哈维绅士品格的形成产生了怎样的影响？第二，船员们对哈维的技能教育对他的心智培育起着什么样的作用？第三，了解哈维的心智培育之路，对理解英国的公民教育有着怎样的现实意义？本节拟围绕以上这三个问题试做分析。

一、绅士品格的基本形塑

小说开篇，将故事定位在了一艘从纽约开往英国的定期班轮上。作者通过水手们的谈话，将一个养尊处优的捣蛋鬼主人公形象展现在了读者面前。一个不到16岁的孩子每个月已经有两百美元的零用钱，而在海上冒着生命危险辛苦讨生活的渔民一个月连五十美元都看不到，后来哈维在小渔船上工作时，一个月仅十块半美元。哈维的母亲又管不住他。所有这一切造就了一个骄扬跋扈、目无尊长、信嘴胡诌的哈维。他甚至狂妄地说："小渔船一直在我们周围转，哇哇地叫着。你们说，我们把一条小渔船碰翻该多有趣？"①这样的话不但让人觉得幼稚无知，而且还让人觉得缺乏教养。18世纪以来，"自由劳动

---

① 吉卜林：《勇敢的船长》，夏云译，芜湖：安徽师范大学出版社，2013年，第2页。本节文中所有该小说的引文均出自该书，正文中只标页码不再另注。

者被看做'松散的无法无天的种类'",①这一观点一直有着它的拥护者。哈维自视高人一等,根本看不起一条在海浪中飘荡的小渔船。具有讽刺意味的是,在哈维失足落水后,偏偏就是被一艘小渔船所救。不论是在东方,还是在西方,水的象征意义通常都是多样的,尤其是作为一种生与死之间的界限。在东方文化中,有唐僧母亲为保儿子性命,将其放置木板上顺水漂流,随后为金山寺长老所救并赐名玄奘的故事;还有观世音菩萨净瓶之水能使枯木逢春的故事。在西方文化中,有《创世纪》里的洪荒大水,又有基督教中用水进行洗礼的典故。水,它既是死亡之路,又是生命之源。它既能毁灭人类的躯体,也能净化人类的灵魂。哈维的落水,实际上就意味着新生。如果说之前的哈维是一个心智还未成熟的小孩,那落水后他的心智成长才正式开始。

19世纪末,美国经济飞速发展。这是美国近代工业化向垄断资本主义过渡的时期。雅克·巴尔赞(Jacques Martin Barzun,1907—2012)就曾说道:"对美国这样的国家来说,铁路是飞速开发广阔空间及其自然资源的唯一办法……如果当初光靠运河与马车,美国的中部和西部不会这么快人丁兴旺。"②哈维的父亲赶上了这个好时候。他"在圣迭戈造了一座别墅,在洛杉矶又造了一座别墅。五六条铁路都是他的,太平洋沿岸很多木材也都归他所有"(1)。他"历经生活中上百次奇异的变故和转折,场景从一个个西部州和一座座一月崛起、一季消亡的城镇,转到进行过疯狂冒险活动的荒野屯子……行船、跑车、做承包商、客店主、记者、工程师、旅游推销员、房地产经纪人、政客、赖账、卖酒、开矿、投机、贩牲口、流浪……"(110—111)经历了这么多的磨炼,他终于成了一个百万富翁。然而,有得必有失:"在一个掠夺成性的制度下,不可能期望富于活力的父亲般的责任心和子女的敬从。"③整个社会风气都是如此,更何况一个家庭。"假如你希望他(儿子)敬畏你,便应当让他在婴儿时期就敬畏你;而随着年龄的增长,则应当逐渐与他亲近。"④这是约翰·洛克(John Locke,1632—1704)对于父子关系的观点。哈维的父亲在竞争激烈的

---

① 爱德华·汤普森:《共有的习惯》,沈汉、王加丰译,上海:上海人民出版社,2002年,第64页。
② 雅克·巴尔赞:《从黎明到衰落:西方文化生活五百年》,林华译,北京:世界知识出版社,2002年,第549页。
③ 汤普森:《共有的习惯》,第32页。
④ 约翰·洛克:《教育漫话》,徐大建译,上海:上海人民出版社,2012年,第31页。

生存环境中全力打拼,没有时间顾及家庭与孩子的教育,只能用金钱来弥补自己角色的缺失。这一缺失正是哈维心智成长中的遗憾。

从以上层面来看,哈维成长的家庭环境没能给予他所需要的温暖与关爱。虽然家庭是社会构成中的小单位,但它的地位却不可取代。它承担着为社会进步发展提供源源不断的精神血液的重大责任。绅士是英美文化的代表性符号。一个完整的家庭通常是由父亲、母亲、子女三种角色构成的。母亲的温柔、细心与父亲的大气、沉稳不断地影响子女的成长。童年时期在一个人整个人生的价值观念形塑中起着至关重要的作用。在小说中,小渔船船长屈劳伯适时出现,在无意中扮演了哈维父亲的角色,弥补了哈维成长中的遗憾。

然而,哈维与屈劳伯的第一次见面并不愉快。屈劳伯好心收留他,帮助他在小渔船上谋生立命,对此他不但没有表示感激,还无理地要求渔船改变航向,送他回纽约去。更可气的是,他污蔑屈劳伯趁其晕厥之际,偷走了他身上的一百三十四美元。结果,他挨了屈劳伯一拳。这应该是娇生惯养的哈维从来没经历过的。他未来的航海历程将充满未知的艰辛,从此刻起就已注定。屈劳伯丰富的海上经验使他带领船员们捕到了大量的鱼。特立独行的他不喜欢与其他船只结伴出海,但是当其他船只、船员遇到危险时,又会毫不吝啬地给予帮助。他不相信哈维是一个百万富翁的独生子,但在发现这是事实之后,对自己的判断失误毫不掩饰,大胆承认。他公平地对待船上的每个人,不徇私不偏爱。这些"硬汉"似的性格特征与行为方式让人又敬又怕。

在几乎所有与青少年成长相关的小说中,主人公都会遇到一位或几位"导师",指引其成长方向。他们对主人公有着重要的意义。青少年时期是一个人一生中最为敏感的时期,是公民教育最有成效的阶段。这一阶段所受的影响,会在很大程度上决定人的心智发育、成熟以及人生观、世界观的树立。一位正面的引路人可以是知识上的导师,也可以是行为上的导师。他们丰富的生活经历与社会认知对迷茫中的青少年而言,有着航标、灯塔般的指引作用。在哈维海上航行的几个月中,屈劳伯无疑充当了父亲/导师的角色。他关心哈维,对待哈维如同对待自己的儿子丹一般。他无意成为哈维的引路人,但他一言一行中体现出来的责任感与使命感,却给了哈维心智成长中最无私与最深刻的指导。

在屈劳伯潜移默化的影响下,哈维学到了责任与坚韧,他的价值观也随即发生了巨大变化。他不再看不起海上的渔夫,也不再骄傲蛮横、自以为是。他养成了一种责任感,一种坚韧不拔的精神,一种绅士才有的素养。所谓"绅士",早已是代表英格兰这个民族的一种标记,是一个超越了个人、家庭、种姓的文化符号,是体现特定民族共同体价值观的特定符号。在以往的传统观念中,"绅士"通常意味着"住房、衣着、教育程度、口音、自信心、财产(绅士大都很富裕),尤其是职业——绅士无须从事体力劳动便能谋生"。① 不过,按照洛克的定义,绅士并"不是指贵族,也不是指风度翩翩的公子哥儿,恰恰相反,他们所谓的'绅士',是指具有开拓精神的事业家",②或者说是一个正直无私、尽职尽责、可担重任的人。G. K. 切斯特顿(Gilbert Keith Chesterton,1874—1936)在《异教徒》(*Heretics*,1905)中说道,吉卜林"对要说的东西有一个明确的观点。这一点始终说明一个人是无畏的,勇于面对一切"。③ 吉卜林在小说中对水手这一形象十分偏爱,对水手品格中体现出来的绅士特征尤为重视。从非传统的意义上来说,哈维无疑已在磨炼中具备了一些绅士的品格。绅士品格在哈维这个年轻水手身上的出现并非个案。同一时期的英国小说家康拉德也在他的海洋小说中描绘了一个个勇敢、坚强的水手,他们也展现出了绅士的品格与素养,正如哈维一样。这种现象不是偶然的,而是特定时代氛围下民族共同体所孕育的时代产物。

二、心智培育与公民教育

哈维在落水之前,是个"肆无忌惮"的"捣蛋鬼"(1)。船员们不喜欢他缺乏管教、目无尊长、狂妄无理的少爷做派。虽然他们看到哈维身上也有很多优点,但这并不足以阻止德国船员用烈性雪茄捉弄他。哈维主动与这些水手们接近,但每次都以失败告终。在这里,他不被包容,不被接纳。当哈维开始在小渔船上工作时,水手们虽然严格,但不会嘲讽、戏弄他,而是将自己的经验毫

---

① 麦克法兰:《现代世界的诞生》,第101页。
② 洛克:《教育漫话》,前言,第3页。
③ Gilbert K. Chesterton, *Heretics*, Charleston: Create Space Independent Publishing Platform, 2007, 15.

无保留地传授给他。在无边无际的大海之中航行,难免显得孤单。屈劳伯又不喜欢与其他船只同行,因而他们的小船如同一座孤岛。与其说是孤岛,不如说是一个小社会,一个独立的共同体。水手们吃苦耐劳,大胆正直,"重建了一种与那种政治文化完全不同的经验养育的,通过口碑传统传递,为范例所再造,通过象征仪式表现出来,与英国统治者的文化相距甚远的依照惯例的民众文化"。① 这种文化对公民的教育异于家庭与学校教育。想要融入这个独立的共同体,必先接受并认同它独有的文化。哈维心智的成长,始于对小渔船上文化的接受与认同。

这种认同始于水手曼纽尔和汤姆·普拉特的影响。曼纽尔在哈维落水后将他救上了渔船,在捕鱼回来见到哈维后,还细心询问他的身体状况。这时,有意思的一幕发生了:当曼纽尔想跟哈维握手时,哈维"那只倒霉的手已经溜进衣服的口袋,才想到没钱付给他。和曼纽尔熟悉以后,只要一想到当时差点铸成大错,哈维在床上躺着还会觉得全身发燥,面红耳赤"(16)。之后,哈维为了报答救命恩人,开始主动去帮曼纽尔洗船,用实际行动而非金钱来表达感恩之心。

在帮助船员们干活之后,哈维累得腰酸背痛。"但这是他有生以来第一次感到自己是这帮打工汉子中的一员,有了这种自豪感,他虽不乐意,但仍然坚持着。"(21)至此,哈维找到了自己在这个共同体中的位置,并且有了自豪感。对他而言,这是心智成长中的重大飞跃。有别于屈劳伯,曼纽尔对他的影响不是在价值观方面,而是在专业的操作技能上面,这是一种实实在在的知识学习与能力获取。虽然这里不是专门的学校,水手们也不是专职老师,但是在广阔无边的大海中,小渔船就如同一个封闭式的学校,恶劣的海上条件提供着再好不过的学习机会,甚至可以说,是一个将民族国家这个传统意义上的想象共同体打破后,由所有水手共同创造出来的、一个独立在世外的生存共同体。作为其中的一分子,他们尊敬强者,扶植弱者,活得坦荡而单纯。

不同于曼纽尔,汤姆·普拉特显得更为严厉,尤其是在教授航海技术方

---

① 汤普森:《共有的习惯》,第65页。

面。他在哈维听到指示反应过慢的时候，毫不犹豫地抽了他一绳子，并要求他重来。"很明显这一切都是稀松平常的，虽然很讨厌，伤害了他，但他还是忍住了，没有气鼓鼓地说几句，也没有咧嘴表示愤怒……没有人不是在命令的口吻下学会了一大堆事情的。"(33)在哈维初上渔船时，船长屈劳伯的那一拳成了他行为方式转变的分水岭。从刚开始的骄扬跋扈，到对船长以及包括丹在内的船员们的顺从和尊重，他养成了责任感和执行力，逐渐变得稳重而内敛，与船员们的关系也逐渐从单一的服从转向了更为自觉的合作。

成长总是伴随着隐忍与疼痛。正如洛克在《教育漫谈》(*Some Thoughts Concerning Education*, 1693)中所说，"坚忍是其他各种德性的保障和支柱；一个人如果没有勇气，那就难以尽到自己的责任，也难以具备一个真正有价值的人的品性"。① 哈维的坚忍不是低头屈服，不是甘于人下，而是一种低调内敛的处世方式，一种策略，一种气度，一种胸怀，一种品格，更是一种坚强。它需要内心的沉淀，更需要时间的历练。也就是说，当哈维变得越来越坚忍时，一种气质正在他的身上悄然生长。

海上的风浪强健了他的身体，船上的劳作磨砺了他的心智。直到有一天，当哈维习惯性地在前舱跟厨师打哈哈时，他突然意识到，与在班轮上船员的冷漠与嘲弄相比，小渔船上的人们已经将他当成了水手中的一分子："参与'四海为家'的一切事情，饭桌上也有他的位置，舱房里有他的铺位。暴风雨的天气里，他也能跟大家一块参与漫无边际的长谈，别人通常都很高兴听他谈谈岸上的生活，虽然他们把他谈的事称做'神话'。"(51) 这种情形与艾伦·麦克法兰在《现代世界的诞生》(*Making of the Modern World*, 2001)中对共同体的描述颇为相似："无论是一个家庭、一个种姓还是一个共同体，总之任何集体都不再高于一切，相反，个人变成了一个完整的社会缩影，赋有了属于其个人的各项权利和义务。"② 吉卜林在小说中有意淡化了国家、种族、阶级等一系列富有政治与社会意义的因素，将故事设定在一个相对单纯的背景环境中。小说中的每个角色靠自己的勤劳付出，被所有共同体成员所承认。作者在想象一个不受世俗观点所羁绊的共同体，在这个理想共同体里，既有对取其精华的"绅

---

① 洛克：《教育漫话》，第 110 页。
② 麦克法兰：《现代世界的诞生》，第 140 页。

士"定义的认同,又有对现代社会个人定位的肯定。如果说哈维之前从海上工作中找到了自身的位置,那么此时他已被船上所有成员所接受,所认同。

良好的公民教育氛围能刺激市场经济的良性发展,这在社会转型之时的重要性不言而喻。在徐贲看来,培育心智是为了造就一种能"增强群体凝聚力的个人道德素质"。[①] 教育是"人的'第二天性',教育造成人与人之间近于本性的差异"。[②] 公民教育的主体是公民,青少年的心智养成是公民教育的重要一环。哈维的经历,不啻为公民教育提供了一个异域文化的案例。从某种意义上说,他的心智成长之路,也是公民教育的必由之路。

三、手足情谊的最终形成

在小说中,船长屈劳伯的儿子也扮演着相当重要的角色。他是船长屈劳伯的儿子,更重要的是,他还是小渔船上的一名水手,是这个独立共同体中不可缺少的一员。尽管丹的航海经验不是很多,但足以陪伴哈维在学习中不断动手实践。哈维一路上的成长离不开丹的陪伴,而丹的生活也因有了哈维的参与而变得多姿多彩。正如约翰·洛克所说:"同伴的影响不仅仅在于,交往在我们身上刻下了文明礼貌的模式,同伴的影响还能透过外表,深入到我们的内心。"[③]在麦克法兰看来,"这种关系必须相当平等:互惠互利当然不错,但一定要保持长线平衡,否则会变成'一边倒的友谊',那可就要被描述为庇护人与被庇护人的关系了"。[④] 初次见到哈维,丹并没有对哈维的无理表示厌恶,似乎哈维的到来对他来说是一件开心的事。当哈维对着丹的父亲提出让渔船放弃捕鱼、送他回纽约的自私要求时,他耐心提醒哈维他父亲脾气不好;当哈维无理取闹后挨了屈劳伯一拳时,他劝慰哈维,并告诉他所有船员的生活全靠在海上捕鱼,只能等到九月份随渔船一起去东岬角;当屈劳伯认为哈维落水后被撞了脑袋,不相信他是个百万富翁的独生子时,丹在盘问了十分钟之后选择了相信哈维。丹的存在给陷入身份与认同困境的哈维以希望,他成了哈维在船上

---

① 徐贲:《听良心的鼓声能走多远》,北京:人民东方出版社,2014年,序言,第9页。
② 同上,第6页。
③ 洛克:《教育漫话》,第148页。
④ 麦克法兰:《现代世界的诞生》,第145页。

最初的情感寄托。

如果说屈劳伯等成年人对哈维的影响更多体现为职业上的训练与知识传授，那么丹则是影响了哈维生活中的点点滴滴。他向哈维介绍水手们的故事，带领哈维值班，教哈维各种小技能。在丹提出要帮助他钓鱼时，哈维拒绝了。他选择在丹的指导下自己动手，甚至还钓到了人生中的第一条鱼。这个娇惯的少年走出了人生独立的第一步。"哈维的指关节被船舷撞破正在流着血……看着这个灰色斑驳的庞然大物，心里有无法表达的喜悦。"(26)这种成就感是不言而喻的。就像乔尔·莫克（Joel Mokyr，1946— ）所说的："单纯的知识积累只能阻碍心智，而不能教育心智……性格教育应当通过个人的实际活动，而非通过口头或书面的教导而完成。"①哈维在丹的陪伴下学习不同的捕鱼技能，虽然过程艰辛，但他的心智却在一步步地走向成熟。

哈维和丹兄弟般的感情不断地加深。到后来，他们会将自己心底里的情感相互交流。哈维在丹的面前可以毫不掩饰地提起自己的父亲，而丹会送他礼物，并把自己的秘密说给哈维听。他将自己喜欢的女孩儿的照片给哈维看，还告诉哈维自己的心都被这个女孩儿伤透了。人是社会性的动物，是社会大家庭的一分子，有着交流、沟通的精神需要。诚然，一个人的人生观、价值观是在父母、长辈的指导下形成的，但是随着个体独立性的增强，同伴之间的同化影响也不容忽视。在丹用剃刀帮哈维治疗疖子后，他说哈维现在已完完全全成为"纽芬兰浅滩真正的捕鱼人"(51)。因为一个合格的捕鱼人必须要经受这样的皮肉之苦，也只有当他获得这样的经历，才能和船上的其他人一样，被这个漂浮于海上的生存共同体真正接纳。

哈维在早期的成长中被溺爱，因此，当他在渔船上孤立无助时，友好的丹成为他情感寄托的对象。丹的开朗善良满足了哈维的情感需要。哈维几乎成了丹的小尾巴，有丹的地方，就会有他的身影。在大海上长大的丹吃苦耐劳，有责任心，善良勇敢。这些特质正是哈维所缺乏的，也正是丹吸引他的地方。丹的成熟懂事，给同处于青春期的哈维上了最形象的一课。初期的价值观形成与初步的技能态度培养，最终都要落实在哈维独立实践的能力上面。哈维

---

① Joel Mokyr, *The Enlightened Economy: Britain and the Industrial Revolution*, 1700 - 1850. New York: Penguin Group Inc., 2011, 300.

的成长体现为这样一个过程：从依附他人，到把自己作为一个独立的个体。独立的人格有助于公民本质的塑造；从认识到自己是独立的个体，到能把自己归类为水手，并独立从事水手的工作，这又是哈维心智成长的一次飞跃。公民的权利与义务是统一的。主人公哈维的成长历程，对公民教育的执行有很大的借鉴意义。

哈维的航行经历，与其说是一次冒险旅程，不如说是一场人生的修行，一场"苦其心志、劳其筋骨"的成人礼。屈劳伯、曼纽尔、汤姆·普拉特以及丹等人，不仅仅是引路人、监督者、陪伴者，他们更像是园丁，耐心地修剪着哈维身上参差横斜的枝丫，使其心智的主干能够蓬勃向上。心智由不成熟到成熟的成长，是一个在层层困境中不断挣扎、撕扯、蜕变的过程。更具体地说，哈维的成长过程有几个关键节点，即随着价值观的基本形成，心智培育与强健身体并行，初步学习专业技能，培养正确的学习态度，最后迈出自我实践的一步。如此周密的思考，对于当代公民教育和公共文化建设都有着宝贵的借鉴意义。正是从这一角度，吉卜林完成了他与文化观念发展史的互动。

第三节
转型社会中的心智焦虑：《爱情与路维宪先生》中的时代关切

《爱情与路维宪先生》是威尔斯公开出版的第一部社会小说，其中 mind 一词的出现频率颇高，如"狂乱的心智"（tumultuous mind）、"使他省悟"（disabuse his mind）等，这些词语大多与小说主人公路维宪的心智状态紧密相关。mind 一词在英文中的含义非常丰富，作为名词可以表示"悟性""记性"，做动词则可指"照看""留神"，这些词义或多或少都体现出一种与心智成长的潜在关系。"心智"问题历来备受中西方学界的关注,苏格拉底的"无知之知"和孔子的"知之为知之"体现的都是一种对"心智"的深刻思辨。在哲学家哈耶克(Friedrich August Hayek, 1899—1992)看来,心智是指"一系列事情的特定秩序",属于人的主观世界中的秩序意识,与周遭环境中的物质秩序也有着紧密的关联。①

《爱情与路维宪先生》以威尔斯在伦敦的求学故事为蓝本,勾勒了一个小人物在大时代的悲欢人生。主人公路维宪是小学教员出身,学习勤奋,成绩优异,原本有望在科学领域干出一番成就,没想到读书期间的一段恋情却让自己与梦想擦肩而过。批评界对这部作品关注较多,核心的解读主要集中在两个方面:一是关注这部作品的"中产阶级婚姻问题"。② 二是小说所呈现的"科学职业与社会关系之间的冲突"。③ 迄今为止,还少有评论家探讨过这部作品中的心智主题。心智成长在路维宪的人生道路上扮演了何种角色?个体心智与当时的社会心态和国家教育政策有着怎样的关联?个人的心智焦虑一定程度上也体现了社会集体层面的焦虑,威尔斯对焦虑的描写体现了何种重要的思想关切?对这些问题的探讨,构成了本节的主要内容。

一、个体心智的焦虑

路维宪在学习中体现出了一种很明显的功利性与机械性。在威尔斯白描的手法之下,一个18岁上下的青年人跃然于纸上。路维宪是一名私立小学的初级教员,学习勤奋,喜欢空想,顶着虚幻的知识分子的光环,执着地追求着自己的求学梦想。谈起读书,他干劲十足,对自己也非常严苛。学习计划严密得就像经济学家制订的市场计划一样,各类"计划纲要"和"时间表"环环相套,契合之紧密就像是闹钟的机械齿轮。对他而言,紧张的学习不仅是未来人生的保障,也是获得"充实而完备的教育"的重要途径。路维宪初懂五六种外语,他的目标就是成为"备受尊敬"的青年才俊,同时也能享受"大为丰厚"的年金收

---

① F. A. Hayek, *The Sensory Order*, Chicago: University of Chicago Press, 1952, 16.
② J. R. Hammond, *An H. G. Wells Companion*, London: The Macmillan Press, 1979, 143.
③ Anne DeWitt, *Moral Authority, Men of Science, and the Victorian Novel*, New York: Cambridge University Press, 2013, 18.

入。① 路维宪在追求知识的过程中表现出一种强烈的异化感,从本质上来看,他求学的目的既不是为了增长智识,也不是为了体验精神上的幸福感,而是试图通过从初级教员到大学教授的转变实现名利双收的身份塑造和阶级攀升。一面沉浸在看似无功利性的学习中,另一面却时常流露出一种对"成功至上"的物质崇拜,②可以说,路维宪的人生规划浸透着功利主义的物质底色。短短六年,他就要实现人生的飞跃,这种跨越的实现,既有家庭环境和个人性格的原因,而从更大的社会集体层面来看,这种跨越的动力也源自那个追求"绝对速度"的机械时代。③

　　相比普通人,路维宪对时间的管理更为严格和机械。早上5点,闹钟一响,就必须起床,接下来大声朗读法文,直至8点才结束。比别人早起三个小时意味着他可以记住更多,学到更多知识,也体现了工具理性在行为与思维上对个体的精确化塑形。白天的学习更为紧张,就连用餐时分也安排了内容。下午5点,教堂钟声一响,他会准时放下贺拉西的诗集,拿起莎士比亚的剧本,然后吃下几片涂有橘子酱的面包。他不容许自己有片刻的松懈,时间上的过于精确意味着精神愉悦的消解,也从另一个层面强化了小说心智焦虑的主题。每次重新拿起书本,他续读的内容一定是上次做了记号的地方。威尔斯以戏谑的口吻写道,路维宪在读书上体现了一种"诚心读书的人所办不到的准时"(6)。而相比这种在时间控制上的偏执,路维宪其实更擅长的是应付考试。用他自己的话来说,考试不难,只需将书本上的内容完整照搬到试卷上,就能过关,"堂堂的考试制度根本就不许有任何的思考"(107)。

　　叮当响起的闹钟、到点就换书的动作、机械性的进食,这画面感极强的细节描写不仅给读者留下了深刻的印象,也让这个人物呈现出一种独特的时代症候。他学习固然用功,但在思维上却缺乏连续性;他的成绩很优秀,但代价却是智性、审美与想象力的缺失。生硬地切换学习内容、机械的学习方法换来的不是思维与效率的提升,反而进一步了固化了他偏执与刻板的性格。路维

---

① H. G. 威尔斯:《爱情与路维宪先生》,梁奚译,上海:新文艺出版社,1958年,第3页。小说译文主要参阅梁奚译本,少量内容经笔者修订。本节文中凡引自该小说的内容,正文中只标页码不再另注。
② C. F. G. Masterman, *The Condition of England*, London: Methuen & Co., 1960, 169.
③ 安东尼·吉登斯:《现代性的后果》,田禾译,南京:译林出版社,2000年,第5页。

宪的头脑变得日渐空洞，行为举止也有些呆滞，他只会被动麻木地将知识刻写进自己的大脑，更高的分数和更伟大的事业以一种虚幻的方式结合在一起，构成了他所谓功成名就的逐梦底色。路维宪宏大的人生规划与沉闷的学习状态在小说中形成了一种强烈的对比，折射出理想与现实之间的矛盾，也体现了他"茫然不知所措"的心智焦虑(24)。

路维宪俨然变成了一台考试机器，情感探索和心智诉求在内心中不断冲突。他对自己学习理想的背离，缘起于一张罚写纸。小福罗彼希尔是路维宪的学生，上课时喜欢恶作剧，他高声模仿老师训话，于是被罚抄了一整页的"快！别耽误时间"(10)。重复抄写，是对学生的一种警告，对学习本身助益不大，谈不上思维能力和智识层次的提高，也起不到管束的作用。小福罗彼希尔的表姐爱瑟尔代替表弟受过，却被路维宪撞破，于是借由这一张罚写纸故事情节便有了新的转向。留有爱瑟尔笔迹的罚写纸成了爱情的信物，贺拉西诗集也被路维宪抛到了脑后，偶然相遇中的动情让路维宪放弃了自己的师道权力。为了能长期交往下去，他用无原则的迁就换取了感情上的进展。他快步跟上爱瑟尔，用颤抖的手拿起那张罚写纸，就像手中捧着一件战利品。此时的路维宪心潮澎湃，情感冲动已压倒了他内心中的知识理性，僵化的学习习惯未能提升他的智识品格，反而给他罩了一副看似儒雅的假文人的行头。

纸张本是智性成长的象征，但是在此处却变成了伪善的见证，从应试机器的受害者变成机器的操纵者，威尔斯社会讽刺的笔端已经经由这个人物刺入了社会疾病的骨髓。得知爱瑟尔将要离开，路维宪断然拒绝了校长布置的工作，和爱瑟尔一起来到户外郊游。路维宪丧失了自控能力，擅离职守，他似乎踏入了一种迷境，工作戒律、秩序意识、世俗道德都被抛在一旁，这种状态恰如马修·阿诺德对英国功利主义文化的分析："崇尚随心所欲的自由本身是一种工具崇拜。"①

爱瑟尔离开之后，路维宪回归了正常的生活，之后又考入师范学院，开启了新的人生。为了揭露拉页等冒牌知识分子的反科学言论，他前往实验室，希望能亲身验证一下结果，不料遇到了已是实验助理的爱瑟尔。路维宪最终没

---

① 阿诺德：《文化与无政府状态》，第48页。

能揭露拉贡等人的骗局,反而被爱瑟尔重新"缠进了不可捉摸的罗网"(103)。满满的工作都停了下来,他全部的重心都落在了对心上人的迎来送往。夜晚的伦敦大雾弥漫,"美丽的灰白色帷幕"仿佛是为他营造的甜蜜空间(92)。在约翰·凯里看来,伦敦的大雾与描写伦敦的作品形成了一种特殊的情感互文,大雾"消解了真相和现实",①也使得这些作品表现出一种深刻的社会象征意义。大雾将路维宪和爱瑟尔罩在其中,沉浸于忘乎所以的氛围,却又将路维宪与他自己的人生目标分隔开来,当理想与现实的分界感变得模糊,这似乎也意味着在无力自控之中他已陷入了一种心智的沉迷。看着恋人消失在"灰暗的迷雾"中,那"微弱昏黄的煤气灯"就像是似远似近的人生理想。带着莫名的失落回到了宿舍,路维宪感觉自己已经被浓雾一般的种种灰暗与晦涩所包围,他看不到自己的存在,也看不清"自己以及他人之间的关系"。② 成绩一落千丈,路维宪在自我反省中决定有所节制,但是爱瑟尔却毫不理会。两人在街头举止亲密,但这种表象上的亲近却恰恰暴露出一种精神上的深层隔膜,缺乏自制的"偷情"只能是昙花一现的快乐,路唯宪在感情生活上的这种缺乏节制与他早年在学习上的严苛自律在此处形成了一种极具讽刺的照应,也再一次凸显了心智缺位的情感交往最终只能流于浅薄。

二、智育传统的反思

在英格瓦尔德·拉客内姆(Ingvald Raknem,1910—1980)看来,威尔斯的这部作品之所以"最具现实意义",是因为它成功地塑造了"一个笨头笨脑的人"。③ 路维宪的"呆笨"一是指他处理情感的方式,二是指他缺乏一种自省精进的能力。他对自己的出身时常感到自卑,不满父母没有能力挤进中产阶级的圈子。路维宪的抱怨可以说是康德所言的那种未经启蒙的"不成熟状态",这种状态意味着"对运用自己的理智"时常会感到一种"无能为力"。④ 路维宪和威尔斯两人的经历很相似,都出身于中下层阶级,大学时期主修的都是理科

---

① 约翰·凯里:《知识分子与大众——文学知识界的傲慢与偏见,1880—1939》,吴庆宏译,南京:译林出版社,2010年,第36页。
② 威廉斯:《乡村与城市》,第220页。
③ Raknem, *H. G. Wells and His Critics*, 303.
④ 康德:《历史理性批判文集》,何兆武译,北京:商务印书馆,1996年,第22页。

专业,在步入社会之后又都经历过仓促而失败的婚姻。细读这部作品,读者不时会感受到一种劝讽的意味,仿佛威尔斯在读者耳畔不断地发出警告:"没有准备好的婚姻是很危险的。"①通过路维宪的成长,威尔斯在故事中寄寓了一种深刻的社会批评,从路维宪的人生困境中我们不难发现威尔斯对英国智育现状的敏锐反思。

路维宪是一名理科生,升学必考内容包括贺拉西诗集、巴特勒的类比篇、莎士比亚剧本等古典书目,这一方面反映了那个年代英国智育教学的传统,也折射出这个传统在新世纪面临的危机。20 世纪初,在英国工薪阶层子弟学校中普遍存在着一种现象,即教师特别强调"森严的规则"和"死记硬背的学习",而对智性教育在学生成长过程中的功用多有忽视,似乎上学读书也就是把学生培养成"工业机器上的一个个听话的齿轮"。② 路维宪的房中曾贴有培根的名言"知识即力量",这是路维宪激励自己的座右铭。与爱瑟尔重逢之后,路维宪用示爱之词 Mizapah 替换了培根的那句警言。③ 在西蒙·詹姆斯看来,座右铭体现了特定时代的文化症候,路维宪在这段感情中投入颇深,他在表达爱慕的同时也以 Mizapah 一词炫耀性地展示了自己的文化涵养。但颇具讽刺意味的是,这个单词虽然包含有"爱"的意思,但也暗示了分手的结局。路维宪对拉丁语的误读传递出一种隐藏的文本信息,曾经绚烂的古典文化在工业时代已丧失了活力,在孩子们大段的背诵之中那些经典似乎已沦为一种"残存"。④ 路维宪很喜欢去博物馆,他对馆中的家具摆设充满兴趣,但对历史文化的智性认知却兴味索然。他最擅长的是死记硬背,那种充满机械意味的学习方式在威尔斯的眼中"纯粹是浪费时间",⑤威尔斯其实更担心的是路维宪这类人物的群体化。小说中的这些细节耐人寻味,一方面揭示了充满危机感的社会现实,另一方面也体现了文化理想与智育现状之间的深层矛盾。

---

① Hammond, *An H. G. Wells Companion*, 143.
② Jonathan Rose, *The Intellectual Life of the British Working Classes*, New Haven and London: Yale University Press, 2001, 146.
③ 威尔斯:《爱情与路维宪先生》,第 49 页。Mizapah 这个词是路维宪费了很多功夫用古英语体写成的。据译者注,这个词的意思是"爱情的赠礼",表示恋人虽然已经分别,但他们的爱情有上帝见证。参见《圣经》创世纪第 31 章。
④ Simon J. James, *Maps of Utopia: H. G. Wells, Modernity, and the End of Culture*, New York: Oxford University Press, 2012, 93.
⑤ 凯里:《知识分子与大众》,第 160 页。

在 20 世纪之前,英国教育素有重文轻理的传统。路维宪选读的是科学专业,这让他的叔父感到非常疑惑。在这位贫穷的工匠看来,理科生的前景黯淡,难有大的发展前途。路维宪在读书时对这个观念曾不以为然,可叔父的话就像是一道魔咒,在他日后的求职路上屡屡应验。满腹的科学知识在择业时似乎一无用处,那些私立小学急于招聘的都是些熟悉"古典文学"、精通贵族"游戏"的毕业生(166)。这个细节折射出社会发展的变迁元素,在工业文明的快速进程中,贵族绅士的生活方式仍然保有其独特的文化地位,就连学校的科目设置也显露出对这些传统价值观的推崇。富裕起来的中产阶级热衷于模仿"上流社会的奢侈方式",一心想成为真正的"上流人士"。[①] 他们中有不少出身低微,通过勤俭经商积累了财富,渴望再造一种新的文化身份,以完成自身气质的阶级塑形。贵族阶层的逐渐衰落已无法逆转,而那种生活方式却仍是很多人追求的目标,瞧不起工业生产,在乡间置办田地,对劳动也不屑一顾,逍遥于仆从围绕的日子。早在 1827 年,苏格兰地理学家查尔斯·赖尔(Charles Lyell, 1797—1875)就曾指出英国社会对科学的误解。在他看来,科学与文学艺术都具有相似的社会功能,都是"智识培育的途径"。[②] 科学教育不仅能促进经济发展,传递良善的道德原则,同时也是提升社会责任意识的重要渠道。围绕着路维宪的故事,小说体现了社会转型过程中深刻的人心异动,也折射了国家导向、阶级认同与个人经历在观念大潮中的碰撞与融合。

路维宪能进入师范学校读书,得益于英国教育政策的调整。传统教育多为教会控制,政府干预较少。工业化进程推动了教育的平民化,强化了教育与国家发展之间的关联,英国政府也着意挑选有志于理科教育的青年接受免费培训。此举体现了政府对科学教育的方向性调整,学员们不仅可以领到政府的补贴,还可以参评"女王奖学金"(Queen's Scholarship),获得更高层次培训的机会。路维宪的职业规划体现了国家政策的导向和影响,呈现出个人规划与政策愿景之间的契合。1870 年,英国颁布《初等教育法》,发展教育成为一种重要国策,对职业技术教育的重视旨在挽回已被法德等国赶超而导致的技术

[①] Ian B. Mckellar, *The Edwardian Age: Complacency and Concern*, London: Blackie & Son, 1980, 11.

[②] DeWitt, *Moral Authority, Men of Science, and the Victorian Novel*, 1.

劣势。但是在威尔斯看来,这些改革措施虽然被屡屡叫好,却效果有限,只能培养出几个"低级的教师",没法真正提高"普通大众的教育"。① 政府虽然已经意识到发展不均衡带来的后果,但若要让民众心智有真正的跃升,还需要进一步加大投入,推动更多宏观与微观相结合的深层次变革。

政府颁布了师范生免费的优惠政策,但每周一基尼的补贴仍然让路维宪这样的学生感到捉襟见肘。在威尔斯看来,此举就像是"亲如父母,然而花钱吝啬"(52)。在小说中,路维宪曾想尽办法争取过"福尔贝斯奖章",这一细节也饱含着威尔斯的讽刺和挖苦。这个奖项是为了纪念一位做出杰出贡献的科学家而设立的,获奖者理应呈现出实践经验和理论思辨在智性维度上的高度结合。然而事实上,学生只要"穷啃课堂笔记",便能在机械式的迎考复习中获得"有价值的材料"(122)。路维宪的故事体现了个体在国家智育发展格局中的现实困境,也呈现了文化观念与制度设计上的种种短视。如果将视野拓展到更大的社会语境,路维宪的问题其实还具有以点带面的社会意义,个体的困境所真正折射的其实是那个年代国家的智育现实。路维宪原本是师范学院冉冉升起的一颗新星,虽然各类获奖证书不断增多,但其心智成长与社会生存能力的提升却不明显,路维宪在国家教育改革的潮流中未能成为有用之才,这有其性格的原因,但是"死啃书本"的教育理念与规训也是一个重要因素。"死啃书本"会导致思维的僵化,而思维一旦僵化也就意味着没法形成"活跃的智慧"。② 通过分析路维宪在智育问题上的种种细节,读者可以感受到威尔斯所表达的那种重要而紧迫的思想关切,如果"不重视教育","不重视科学研究在生产过程中的运用",③那么英国在未来的国家竞争中将会变得更加困难重重。

在这部小说中,机械思维、内心分裂、心智焦虑围绕着社会变革形成了一种紧密的思想互文。从乡下教员到城市大学生,从有志青年到潦倒的求职者,路维宪变成了工业化进程中英国社会变迁的一个缩影。对生活充满了迷茫,

---

① H. G. Wells, *Experiment in Autobiography* (Volume I), London: Victor Gollancz, 1934, 93.

② 阿尔弗雷德·怀特海:《教育的目的》,庄莲平、王立忠译,上海:文汇出版社,2012年,第51页。

③ 钱乘旦、许洁明:《在传统与变革之间:英国通史》,上海:上海社会科学院出版社,2012年,第270页。

承受着"流动性"社会带来的各种不安与痛苦,路维宪的经历体现了现代社会"分裂"的特质,也折射了进步话语笼罩下社会变迁的精神代价。① 路维宪的经历提供了观察英国社会的一个窗口,让读者看到了那个年代英国社会愈演愈烈的阶级分裂。市中心的韦斯本林地人头攒动,商贸繁荣,而两街之外的韦斯本公园周边则是一片惨象,工人贫病交加,儿童流离失所。这种对比呈现了"黄金时代"英国社会的阴暗一面,正如历史学家鲍威尔所言,爱德华时代的英国之所以表现出一种转型社会特有的复杂性,是因为经济的快速增长并没有如人所愿地带来"更大的社会繁荣"。②

维多利亚时代塑造了英国的强国地位,但也孕育了一种对进步话语的盲目痴迷,这种缺乏智性反思的盲从让人们对贫穷等现实问题视而不见,如果听任这种狂热发展,必将影响社会团结和民族精神的长远发展。路维宪曾经对生活充满期待,而最终却偏离轨道走向了潦倒。这不能不让人唏嘘,为了梦幻般的爱情他停下了学习的脚步,为了物质追求他放弃了节俭的生活,他的悲剧浸透着物质社会的拜金主义和享乐之风,也折射出英国社会在那个年代的某种集体无意识。考试失败让路维宪的一切"都失去了本来的面目",那些堆积的"荣誉"和"自豪"在刹那间都被蒙上了阴影(101),当他清醒过来,却只能对已逝的大好时光追悔莫及。威尔斯通过这个人物还表达了一种忧虑,世纪之交的英国也处在类似的竞争压力之下,德、美后来居上,帝国面临衰落与瓦解的危机。这种危机正如伊恩·麦凯拉(Ian B. Mckellar)所虑,如果听任商人和实业家们那种"自满倾向"继续膨胀,英国必将在残酷的国际竞争中走向更大的败退,英国确有必要进一步认识到"科技教育的重要意义",因为这正是国力赶超的智性起点。③

伍尔夫曾经公开批评威尔斯等几位爱德华时代的小说家,认为他们"不关心精神而关心肉体",④一方面与时代的需求格格不入,另一方面也未能在作品

---

① 威廉斯:《乡村与城市》,第 410 页。
② Powell, *The Edwardian Crisis*, 11-12.
③ Mckellar, *The Edwardian Age*, 65.
④ 胡家峦主编:《吴尔夫经典散文选》,黄梅等译,长沙:湖南文艺出版社,2000 年,第 263—267 页。

中探讨人物的精神品质和情感特性。在威尔斯笔下，路维宪十几年的奋斗努力在顷刻间幻化成泡影，这一结局让人颇感痛心，同时也引发了读者的进一步的联想。英帝国历经几个世纪的扩张，看似蒸蒸日上，却在19世纪末、20世纪初急转直下，直至发展到瓦解的地步。帝国衰落的原因一直是史学界研究的热点，而威尔斯这部小说中的心智培育问题或许提供了另一种分析角度。这部小说聚焦于路维宪的人生成长，勾连于当时快速变迁的社会历史进程，形成了与文化观念史深层而多元的思想互动。威尔斯的笔触笑中带泪，将一个智识培育不足、心智焦虑有余的小人物的命运刻画得淋漓尽致，从中我们不难读出对英国智育政策的反思，更可见威尔斯对社会发展与国家文化理想等重大时代问题的关切。时至今日，这份关切似乎仍在以鲜活的文化记忆提醒着我们："不注重智力训练的民族是注定要灭亡的。"①

---

① 怀特海：《教育的目的》，第21页。

第六章

生活方式与文化分裂

本章关键词为生活方式与文化分裂。《好兵》(*The Good Soldier*，1915)被兰登书屋评为 20 世纪最优秀的百部小说之一。细读文本我们会发现，乡绅末路在很大程度上是文化分裂的结果。一方面，乡绅背后的文化传统非常强调责任，但这个由骑士传统演化而来的文化观念同时也蔑视智力活动，结果在面对千年不遇的大变局时，因为缺乏知识和思想而方寸大乱；另一方面，在理性的知识日益受到敬仰的时代，学问之人视传统责任为无知和愚昧，使在现实中饱受挫折的乡绅进一步丧失了文化自信，这是对他们的致命一击。

伊夫林·沃(Evelyn Waugh，1903—1966)在《荣誉之剑》(*Sword of Honour*，1952—1961)中对荣誉之路进行了深刻探讨，通过对传统骑士生活的怀念、功利主义的盛行、宗教生活方式的憧憬三个层面展现了沃对国民精神共同体发展的关怀。英国民众推崇骑士文化传统，但在现代工业社会，骑士形象已被符号化、片面化，这种形式化的依恋体现了沃对传统文化如何传承的忧思。物质主义、功利主义的盛行使得荣誉异化为个人私利，战争投机者的泛滥让沃开始关注国民精神状况；而天主教中无私奉献、拯救现世灵魂的宗教生活方式，让沃为维系荣誉共同体的发展、维护传统文化提供了一种可能。

文化观念中共同体形塑这一内涵，经由诗人威斯坦·休·奥登(Wystan Hugh Auden，1907—1973)之手得到了进一步的扩充。奥登和同时代其他的知识分子一样，发现自己远离了传统价值观念，认识到这个世界远非完美。奥登对世界的认知激发了他构建这一共同体的愿景，奥登认为，现代人丧失了道德，缺少价值观念，走向堕落，人们处于无助、无望和堕落的边缘。奥登的诗歌中不断提到的"迷失""孤独"和"悲伤"体现了处于焦虑之中的现代世界。奥登以其独特方式，对抗外在困境，保护自我。他探讨人的心理，注重心智的培育，寻找社会的医治方案。奥登指出，现代人应该认识到自己的处境，重建生活秩序，生活原本就充满悲伤与快乐、胜利与失败，人应该同邪恶一直做斗争，建立美好的新世界。《苏格兰人的书》(A Scots Quair, 1946)是刘易斯·吉本(Lewis Grassic Gibbon, 1901—1935)去世前留下的名作三部曲,以往研究对该小说所体现的精神共同体话题却鲜有涉及。本节围绕主人公克丽斯的成长经历,聚焦于梦想的破灭、命运的跌宕到最后回归宁静,每一次转变似乎都是为隐含于文本之中的精神共同体做出了铺垫。在克丽斯这一人物形象上,吉本不仅赋予她鲜活的生命,而且赋予她特有的民族使命,体现了回归苏格兰共同体生活的心愿。

《有产业的人》(The Man of Property, 1906)是《福尔赛世家》(The Forsyte Saga, 1922)三部曲的开篇之作,也是高尔斯华绥最伟大的一部小说。高尔斯华绥带有历史感的叙事,使得小说人物的命运与英国的社会变迁交织在一起。卡莱尔以"英国状况"指涉工业化过程中社会结构和文化观念的重大变动,意在提醒人们警惕维多利亚盛世中存在的物质生活与精神生活的失衡。高尔斯华绥承袭了"英国状况小说"的传统,重视对整体生活方式的刻写与分析,同时也敏锐地捕捉到世纪之交的文化流变,将关注的焦点从工业价值观念的批判转移到对国家共同体形塑的争论之上。《有产业的人》中福尔赛人家族的分裂和产业的萎缩,映射了爱德华时代的衰落趋势。福尔赛人是中上层阶级的典型代表,小说生动地描述了他们的生活方式。这种文学上的虚构,不仅基于当时人们的真实情感结构,而且渗透了作者对共同体发展的多重现实思考。

第一节
文化分裂与秩序失落:《好兵》对乡绅文化的反思

宁静有序的乡村生活一直是英国人的乡愁所在。甚至到了20世纪60年代,英国哲学家理查德·沃尔海姆(Richard Wallheim, 1923—2003)依然把"英国梦"描绘为一种以时间和空间为基础、依靠传统和稳定的地方纽带维系、并以乡村为象征的理想。① 至少在20世纪之前的很长一段时间里,这种较为和谐的乡村秩序在很大程度上是靠乡绅世家维系的。一个法国来访者曾经评论英国乡绅道:"在他们的乡村领地里,他们的所作所为俨然像一位小国君主。"②他们不但管理自己的庄园,同时要以治安法官的身份维护地方秩序。他们中有很多人同时在军中服役,而英国的议员也多是乡绅。在1912年出版的《英格兰的老式乡绅》(*The Old English Country Squire*,1912)一书中,作者蒂奇菲尔德(P. H. Ditchfield,1854—1930)说这个群体"一代又一代地在自己统治的这个小世界里恪尽职守。他们提供了最优秀的战士、政治家和牧师,他们一直以来都是英格兰的脊梁"。③ 蒂奇菲尔德如此动情地赞扬乡绅,是因为这个传统的地方统治群体正在迅速走向没落。他在这本书的一开头形象地描写了这个画面:

拍卖的落槌声响彻英伦大地,到处都有庄园被分成小块卖给新的主人。这一切的发生迅速得令人惊讶。"一次,两次,成交!"拍卖员不断喊着,拍卖槌不断敲着,这就是乡绅的挽歌。他们曾尽心尽力地服务过,但今天在劫难逃了。④

乡绅逐渐退出历史舞台,代表着沃尔海姆所说的"英国梦"开始由现实退入了梦境。农业衰落和民主化进程都是显而易见的原因,但这种古老的家长制共同生活的瓦解,也有其深刻的文化原因。福特·马多克斯·福特(Ford Madox Ford,1873—1939)出版于1915年的小说《好兵》就探讨了这个问题。

关于《好兵》主人公爱德华·艾斯伯纳姆上尉自杀的原因,学界大都认为是因为他的封建理想与时代脱节,"试图在一片现代的废墟中恢复骑士理想"。⑤ 这样的说法固然不错,却也失之笼统。如果细加分析,便不难发现乡绅

---

① 马丁·威纳:《英国文化与工业精神的衰落:1850—1980》,王章辉、吴必康译,北京:北京大学出版社,2013年,第57页。
② 钱乘旦、陈晓律:《英国文化模式溯源》,上海:上海社会科学院出版社,2003年,第76页。
③ P. H. Ditchfield, *The Old English Country Squire*, London: Methuen & Co. Ltd., 1912, 2.
④ Ibid., 1.
⑤ John Batchelor, *The Edwardian Novelists*, London: Gerald Duckworth & Co. Ltd., 1982, 94.

末路在很大程度上是文化分裂的结果。一方面，乡绅背后的文化传统非常强调责任，但这个由骑士传统演化而来的文化同时也蔑视心智活动，结果在面对千年不遇的大变局时，因为缺乏知识和思想而方寸大乱；另一方面，在理性的知识日益受到敬仰的时代，学问之人视传统责任为无知和愚昧，使在现实中饱受挫折的乡绅进一步丧失了文化自信，这是对他们的致命一击。

文化分裂，是艾略特针对阿诺德的文化观提出的一个观点。他认为阿诺德只把文化看做"最优秀的思想和知识"，太过笼统和单薄，无法处理现代社会的复杂现实。艾略特发现阿诺德没有看到文化是多方面的，除了他所说的知识和思想，还包括教养（manners）、艺术、宗教等社会生活的多个方面。而且，随着社会日益复杂化，文化的各个方面不可避免地产生分工，而分工则不可避免地带来分裂（disintegration），使某种文化要素的拥有者不能同时拥有其他文化要素，彼此成为"互不来往的集团"，各自耕作着"互不相关的领域"。[①] 例如，"教养的残余可能只留给了一个正在消亡的阶级的为数不多的幸存者，这些幸存者既无宗教、艺术训练的感受力，也没有被机智谈话所丰富的头脑，所以，在他们的生活中，没有任何语境为他们的举止赋予价值"；[②]另一种情况则是"一个对积累起来的大量知识十分熟悉的人……这位文化人便是学者"，但是"若无教养和感受力（good manners or sensibility），则有知识也会变成卖弄学问"。[③]

《好兵》中的爱德华·艾斯伯纳姆上尉，正是这样一个已经无法找到自己价值的"教养的残余"，最终在两个毫无教养的"学者"的夹击下走向灭亡。

一、乡绅文化：一种有教养、重责任的生活方式

当艾略特谈到文化的不同表现形式时，首先想到的是"纯净的礼貌，亦即文雅与礼仪（urbanity and civility）"，并说"如果是这样，我们首先会想到一个社会阶级以及作为这个阶级最优秀的代表的那些出类拔萃的个人"。[④] 这番话

[①] 艾略特：《基督教与文化》，第98页。
[②] 同上。译文有改动。
[③] 同上，第94页。译文有改动。
[④] 同上。

似乎就是针对爱德华说的。爱德华无疑是一个风度绝佳的绅士,这在小说中多有表现,不必赘述。但他的教养,远远超越了外在的礼仪,成为深入骨髓的荣誉感和责任感。小说中几次三番称他为好地主、好法官、好军人和好情人(11,96,166,231)。① "情人"是非姑且不论,其他三个称赞,显然说的是实话,因为都有事实为证。作为骑兵军官,他不但充满勇气,马术高超,而且待兵如子,自己贴钱改善士兵的伙食,在海上还一再跳下军舰去救落水的士兵;作为地主和地方治安官,他不但经常在年景不好的时候免去佃户的租子,而且收留、照顾本地的醉鬼、妓女和孤儿,又热情参加、赞助乡村的各种协会。他对佃户的保护可谓竭尽全力。当妻子利奥诺拉建议引入苏格兰短工以取代佃户、削减开支时,他生气地说:"你休想让我撵走那些人,他们为我们挣了几百年,我们对他们有责任。让一批苏格兰农民进来,休想!"(146)所有这一切,他都认为是他"义不容辞的责任"(60)。

这是从土地和时间中成长起来的、近乎本能的责任传统。这方面的描写在英国文学中比比皆是。一个典型的例子是特罗洛普(Anthony Trollope,1815—1882)的小说《如今世道》(*The Way We Live Now*,1875)。小说人物罗杰爵士在考虑如何处置产业时有这样一番话:"一个家族的财产,即便像我这份财产这么小,在处理的时候,也不能随意乱处理,甚至也不能以自己的感情为转移。他对生活在这块国土上的人负有义务,他对他的国家负有义务。……这些事情对我来说是神圣的。"② 18世纪早期,艾迪生在《旁观者》(*The Spectator*)杂志中刻画的老乡绅罗杰爵士是英国文学中最令人难忘的好乡绅:他对待乡中所有的人都和善友好。圣诞节他给教区里所有的穷人家送布丁,在郡法庭上他是"穷人的朋友",③ 最后死在为一个寡妇的冤情奔走的路上。

上述两位虚构的"罗杰爵士"可能离英国乡村的实际情况并不遥远。在《英格兰的老式乡绅》一书中,蒂奇菲尔德描写了那种漫长的时间所造就的乡

---

① 福特·马多克斯·福特:《好兵——一个激情的故事》,张蓉燕译,沈阳:春风文艺出版社,1999年。本节所引作品均出自该书,正文中只在引文后标注页码。
② 安东尼·特罗洛普:《如今世道》,秭佩译,重庆:重庆出版社,2008年,第854页。
③ Joseph Addison and Richard Steele, *Sir Roger de Coverley*, ed. William Henry Wills, Boston: Ticknor, Reed and Fields, 1852, 165.

村共同体：

  在远处的风景线上，我们可以看到很多农田和村舍，那里的居民此前从来没有见过另外一种地主。他们对自己的雇主之熟悉，是厂里的工人做梦也想不到的。他们了解他的情绪、他的脾性、他的各种成见。他们记得他说过的每一句善意的话和他做过的每一件体贴、善意的事情，一代代的佃农和几百年来在教区登记册上出现名字的村民，都用友好的目光看着庄园府邸。①

  书中详细列举了乡绅为乡里所做的各种事情，尤其强调他的善意表现在"立刻而且慷慨地为你做他能做的一切"，而不在于"时刻准备的一副笑脸或一口好话"。② 作者最欣赏的，是他们以极其自然的方式"不断服务"，却"波澜不惊"，虽然整个地方都有赖于他，人们却"很少意识到他对于他们的意义"。③

  可见，乡绅的服务已经成为乡村生活中人们习以为常的一部分。蒂奇菲尔德认为，整个英国的社会秩序，都曾经与这个群体的活动紧密联系着：

  当年，这个国家的确立和维护，全靠在各村各乡都有一个强有力的人物，他维持着先人流传下来的原则，有力影响着佃户和劳工的心灵与言行，并深受他们的热爱和敬重，而他的宅邸，则是慷慨的中心，老派英国式的殷勤好客尽显于此。④

  这个传统已经延续了很久。差不多一个世纪之前，华盛顿·欧文（Washington Irving，1783—1859）在《布雷斯布里奇田庄》（*Bracebridge Hall*，1822）中，也让他的叙事者以外国客人的眼光观察了19世纪初期英国乡绅如何通过服务乡民而维系国家的秩序：

---

① Ditchfield, *The Old English Country Squire*, 2.
② Ibid, 9.
③ Ibid.
④ Ibid, 2.

他做各种事情来服务国家：帮助公正执行法律，关注较低阶层的舆论，在他们中散播温暖之光辉，很坦率地和他们交往，得到信任，直接倾听他们的不满，了解他们的需求，成为他们传达冤情并得到解脱的渠道，或者勇敢地保护他们的自由，只要有需要的话。没人能够收买他们。①

另一方面，在英国乡村的衰败中，我们往往看到传统乡绅的缺席。例如，哈代的小说《林地居民》(*The Woodlanders*，1887)中"小辛托克村"的解体，与买下这片产业的新主人有直接的关系——他不负责任地处理了林地。同样，《德伯家的苔丝》(*Tess of the d'Urbervilles*，1891)中的恶劣乡绅亚历克斯，也是冒名顶替的新富。这也更让人怀念老罗杰乡绅的时代。

然而，正如马丁·威纳(Martin Joel Wiener，1941—)在《英国文化与工业精神的衰落》(*English Culture and the Decline of the Industrial Spirit，1850—1980*，1981)中指出的那样，乡村的实际重要性变小了，反而使它更容易成为一种纯粹的文化象征，使田园牧歌式的"快乐的老英格兰"成为凝聚民族想象力、创造社会秩序的文化力量。② 这个时代的大量文本创造出一个存在于南方古老的田园风光中的"真正的英格兰"。在多数乡村文学中，生活是宁静有序的，而乡绅则是这种有序生活的中心人物，是使英国成为英国的阶级。③

因此，福特本人在他另一部著名小说《检阅结束》(*Parade's End*，1950)中，甚至让主人公提金在散步时候的遐想中，把上帝想象成一个"放大了无数倍的英国大地主"：

他令人敬畏却充满慈悲，就像一个领地辽阔的公爵，从来不出书房，因此谁都见不到他，但他对庄园里的事情，甚至庄上的每一个农夫、每一株橡树，都一清二楚；万物之主的儿子基督，则像一个宅心仁厚的领地管事，熟悉庄上的每一个孩子，甚至经常被狡猾的佃户哄骗；而三位一体中的圣灵，就是庄园的精神……庄园的氛围，仿佛在温彻斯特大教堂内，一曲亨德尔之后，一个绵绵

---

① Washington Irving, *Bracebridge Hall*, New York: The Century Co., 1910, 211.
② 威纳：《英国文化与工业精神的衰落》，第66页。
③ 同上，第68页。

无尽的星期天，也许还有年轻人的板球……①

显然，福特把乡绅治理下的乡村生活想象成了宗教生活，为之添加了神圣的光彩。虽然提金的想象夸张得荒唐，但宁静有序的乡村对于进入喧嚣混乱的现代城市社会的英国民众，无疑具有宗教般的感召力。

进入20世纪后，桂冠诗人阿尔弗雷德·奥斯丁（Alfred Austin，1835—1913)在《回归英格兰时》（"On Returning to England"，1901)这首诗中，依然歌颂着英格兰乡村的和谐景象：

> 让猎犬和号角在寒冬的树林和幽谷
> 奏起欢乐的歌曲，尽管树枝光秃；
> 让农夫吹着口哨，赶牛扶犁。
> 艰难地经过贵族领主的宅旁。
> 权威啊，高踞在每座山岗，
> 而在每个山谷受到爱戴。②

打理庄园，爱护百姓，维护本地秩序，享受骑马打猎的生活，这就是历史悠久的乡绅生活方式。因此，当《好兵》中两次提到爱德华的书橱里搁着枪、壁炉台上放着马的照片时，叙事者显然是想说，这就是他的文化。③ 也就是说，在福特的笔下，文化就是一种有教养、重责任的生活方式。

二、乡绅文化的重德轻智传统

爱德华的书柜里没有书，因为他所继承的乡绅传统热爱运动，但不喜欢学问。由中世纪骑士发展而来的英国贵族、乡绅阶级，本来就不重视知识。中世纪的知识阶层多是出身低微的神职人员。就连理查德·佩斯（Richard Pace，1482—1536)这样在博洛尼亚大学和牛津大学上过学的外交官都说，埋头读书

---

① Ford Madox Ford, *Parade's End*, Harmondsworth: Penguin Books, 1982, 365.
② 威纳：《英国文化与工业精神的衰落》，第76页。译文有改动。
③ 分别参见福特：《好兵》的第203页和第236页。

是"叫花子和乡巴佬做的事情"。① 18世纪初,笛福笔下的一位贵妇人在反对把儿子送去读书时说:"我才不把他送去手艺人的儿子们中间厮混呢。不行,我儿子是个绅士,他有从男爵的血统。他生来是个绅士,就该受绅士的教养。"② 一百年之后,另一位贵妇人描述的乡绅形象同样是不读书的:"这是一位常见的乡绅,完全可以写进小说里去:他相貌堂堂,喜欢射击、钓鱼、打猎,他慷慨好客,心地善良,是本地的法官,可是连一盎司的脑子都没有。"③ 托马斯·麦考莱(Thomas Babington Macaulay,1800—1859)在《从詹姆士二世时期至今的英国史》(*The History of England from the Accession of James the Second*,1848)中有力抨击传统乡绅的"无知",更是极大地加强了这一形象。④

19世纪英国小说中的许多例子也可资参考。从《傲慢与偏见》中的本奈特先生,到《米德尔马契:乡土生活的研究》(*Middlemarch: A Study of Provincial Life*,1871—1872)中的卡苏朋先生,书斋里的绅士在英国文学中总是受到较多的嘲讽。作家们在成名之后,也往往对自己的文字工作怀有自卑感,而通过体育运动和乡间生活来掩盖。《夏洛克·福尔摩斯》(*Sherlock Holmes*,1887)的作者柯南·道尔(Arthur Ignatius Conan Doyle,1859—1930)和《彼得·潘》(*Peter Pan*,1911)的作者巴里(James Matthew Barrie,1860—1937)都为板球狂热,而《所罗门王的宝藏》(*King Solomon's Mines*,1885)的作者哈格德(H. R. Haggard,1856—1925)和《三十九级台阶》(*The Thirty-nine Steps*,1915)的作者巴肯(John Buchan,1875—1940)都对骑马打猎的乡绅生活充满迷恋。⑤

这种对运动的重视和对书本的轻视,在19世纪的中古运动和骑士精神的复兴中得到了强化。吉鲁阿尔(Mark Girouard,1931—)在《回归卡米洛——骑士风度与英国绅士》(*The Return to Camelot: Chivalry and the English Gentleman*,1981)一书中指出:"到了19世纪末期,绅士必须具备骑

---

① David Castronovo, *The English Gentleman—Images and Ideals in Literature and Society*, New York: The Ungar Publishing Company, 1987, 52.
② Ibid., 55.
③ Ibid., 33.
④ Ibid., 32.
⑤ Mark Girouard, *The Return to Camelot*, New Haven: Yale University Press, 1981, 269.

士精神,而复兴骑士传统的目的就是要建设一个以德治人的统治阶级,也就是说,绅士要靠自己的道德优势来统治国家。"①所谓道德优势,显然是指统治阶级的责任感。对运动的重视以及对责任的强调,合在一起产生了运动员精神,成了现代版的骑士风度。这通过马修·阿诺德的父亲托马斯·阿诺德(Thomas Arnold,1795—1842)进行的拉格比公学教育改革,以"性格教育"的形式在维多利亚时代逐渐成为绅士教育的主流。阿诺德的拉格比学生托马斯·休斯(Thomas Hughes,1932—2014)在小说《汤姆·布朗的学生时代》(*Tom Brown's School Days*,1857)中表达了德为中心、智以辅之的阿诺德绅士教育思想:如果没有性格的力量,那么知识的力量不仅无用,甚至会产生危险。② 这本是受卡莱尔影响产生的观点,而在《汤姆·布朗的学生时代》中,休斯进一步加入了体育的作用,认为通往性格力量的最佳途径就是在真正的搏斗或体育运动中锻炼出来的体魄;金斯利(Charles Kingsley,1819—1875)也表达了同样的观点。③ 通过板球等集体运动进行性格培养,于是成为经典的公学教育模式。

　　经过托马斯·阿诺德的改革,是否接受过公学教育逐渐成为英国绅士的主要衡量标准。对公学培养的绅士来说,有骑士风度比有学问和思想更重要。他们对聪明的头脑普遍抱有怀疑态度,很多怀着骑士情结的绅士不仅不太聪明,而且为这种迟钝感到骄傲。④ 到了 19 世纪七八十年代,英国各公学中各年级级长(prefect)的权威基础更是大幅度地从学识转向体育。⑤ 马修·阿诺德称这些"最在乎雄健体魄"的英国统治者们为"野蛮人",⑥而吉鲁阿尔则为此感叹道:"统治阶级对智力秉持如此强烈的怀疑态度,实在有些危险。"⑦爱德华就是这样一个"野蛮人"。他爱谈论的是"缰绳、嚼口和马靴,是某人骑着一匹劣马沿开伯尔悬崖向下走去,是装在 4 号炮药前的 3 号子弹能增大杀伤力等"

---

① Girouard, *The Return to Camelot*, 261.
② Ibid., 166.
③ Ibid.
④ Ibid.
⑤ Rupert Wilkinson, *The Prefects — British Leadership and the Public School Tradition*, London: Oxford University Press, 1964, 81.
⑥ 阿诺德:《文化与无政府状态》,第 78—79 页。
⑦ Girouard, *The Return to Camelot*, 269.

(26)，马球则是他最热爱的运动。妻子利奥诺拉讽刺他无知，说太多的知识会伤害他那摆弄马嘴的手，而爱德华自己也担心万一"脑袋里装满了知识，是否会影响他的马球技术"(41)。

要说爱德华只是骑马打猎的赳赳武夫，其实是有点儿冤枉他的。他是著名的桑赫斯特军校的毕业生，读书时热爱数学、土地测量和政治。他还喜欢浪漫文学，年轻的时候曾熟读司各特的小说和表现中世纪骑士精神的《傅华萨编年史》(Froissart's Chronicles)(139)，甚至会吟诵斯温朋的感伤诗歌，为自己解忧(237)。然而，他的阅读仅限于满足他对骑士时代和封建秩序的想象。他喜欢沉溺在地位不平等的爱情故事中，"不是女打字员嫁给了侯爵，便是家庭女教师与伯爵攀了亲"，直到他读得"眼泪汪汪"(28)。这样范围狭窄、目标明确的文学阅读使爱德华高度认同虚构文学中的骑士精神，身体力行，盼望别人将他看做集罗英格林、贝阿德和熙德于一身的骑士英雄(98、99)。在没有战争的年代里，当一个忠诚尽责、慷慨大度、保护下属、安慰弱者的军官和乡绅，是表现骑士精神的最好方式。正因为如此，爱德华认为自己生活中最美好的事情就是"能够慰藉那些忧郁和悲伤的人"(142)。

不过，这些看似美好的骑士理想，在爱德华的实践中却往往变得尴尬。比如，新婚不久，为了给信仰天主教的妻子以"荣誉"，他决定在庄园里建一座天主教堂，却被妻子断然拒绝，因为她觉得完全没必要如此铺张，也不愿意让她的信仰在国教区里引人注目，这让爱德华觉得"受了莫大的侮辱"(144)。当他在火车上看到邻座有一个年轻漂亮的女仆正在哭泣，他以为凭自己一方乡绅的身份，至少可以算她的"半个父亲"，有义务安慰她，于是吻了她一下，不料那女孩儿却牢记家人和朋友们让她"提防绅士"的教诲，于是惊恐地叫喊，惹得他几乎坐牢(151)。他在欧洲旅行的时候，与一个高级交际花缠绵了一夜，便认定自己对她负有封建责任，于是被大敲竹杠，几近破产，落到财产管理权被妻子夺走的地步。爱德华因为想尽责任而发生的窘境，在小说中出现了多次。

爱德华的堂吉诃德式的理想追求，合乎吉鲁阿尔对当时骑士文化的批评："它可能使人完全脱离现实：敬仰不希望被人敬仰的女性，帮助那些想要自助的人们，勇敢地向错误的方向发起冲锋，风度翩翩的加拉哈德和兰斯洛们一不小心就会变成《爱丽丝镜中奇遇记》中那位一再落马的白骑士。"①

如果对爱德华的行善行为略加分析，不难发现其动机中维护荣誉和完成使命、甚至扮演角色的成分经常超过纯粹的爱与同情。例如，他借口自己心脏有病，资助真正有心脏病的梅登太太，随他们一起从印度去德国瑙海姆疗养，因为她既年轻美丽，又贫穷病弱，而且崇拜他、暗恋他，很适合他满足自己作为保护者和安慰者的感觉。他一路尽心照顾梅登太太，但在瑙海姆遇到弗洛伦斯之后，他立刻就撇下了前者，最终导致她在痛苦中心脏病发作，孤独地死在异乡。再如，旅馆领班的老婆跟人私奔了，他悄悄地花了很多钱把那女人弄回丈夫的身边，可是他并不管其中的是非曲直。他给童子军等慈善事业提供"数目惊人的大笔捐款"，又为马匹展览和反对动物活体解剖协会提供奖品，弄到了自己要考虑抵押田地的程度，至于这种事业是否值得倾家荡产，他却并不考虑，因为正如蒂奇菲尔德所说，一个理想的乡绅"总是依照自己的经济能力慷慨捐赠，到后来甚至超出他的经济能力"，②可是这样的捐赠最终成为压垮他的一个重要因素。为了安慰一个破产之后卖掉了马的老邻居，他在非常拮据的情况下把自己的坐骑送给了邻居，以至于利奥诺拉绝望地对养女南希哭诉："那个男人会从自己、从我、从你身上把衬衣扒下来给别人。"(201)的确，爱德华的善举经常是不够得体的，不但造成了家庭矛盾，更让他无法持久地为他的人民服务。

统治者施行仁政，被统治者则报以感激，双方相得益彰，这在漫长的、稳定的封建时代，很可能是行之有效、有益于社会和谐的。然而，时代已经发生了很大的变化。对此，罗伯特·斯蒂文森（Robert Louis Stevenson，1850—1894）在19世纪80年代曾经在一篇关于绅士的著名小品文中做过形象的说明。他认为传统的社会是仪式性的，这样的社会生活就像一场风格固定的社交舞或土风舞，这时候当个绅士是简单的，因为"大部分行为都是规定动作"。③可

---

① Girouard, *The Return to Camelot*, 270. 白骑士（White Knight）是英国数学家、小说家刘易斯·卡罗尔（Lewis Carroll, 1832—1898）小说《爱丽丝镜中奇遇记》(*Through the Looking-Glass, and What Alice Found There*, 1871) 中的人物，他在爱丽丝遭遇险境时拯救了她，对她彬彬有礼，关怀备至，一直把她护送到她要去的地方。可是这位充满风度的骑士却满脑子荒唐的想法，并时不时从马上掉下来，显得十分笨拙。

② Ditchfield, *The Old English Country Squire*, 9.

③ Robert Louis Stevenson, "Gentlemen", *Scribners*, May (1888), 640.

是,随着现代化进程的发展,仪式因素逐渐衰败,绅士原先的一些特权丢失了,他变得不那么重要了,这时候,"舞场上大家都很随意,我们也就很难保持舞步了……彩排好的舞曲已经告终;现在要靠我们硬着头皮去临场发挥了"。①

但临场发挥是需要机智的;若要作长久之计,则更需要深入的思考,而思考,是需要知识和智力的。英国的乡绅阶级强调责任与服务,热爱骑马打猎,却并不以读书、思考为荣。这在历史上早已产生了问题。事实上,这个阶级甚至难以从其内部产生重要的思想者和发言人,而不得不倚重外人。例如,托利党早期文胆乔纳森·斯威夫特(Jonathan Swift,1667—1745)出身寒门,埃德蒙·伯克(Edmund Burke,1729—1797)是来自爱尔兰的辉格党人,本杰明·狄斯累利(Benjamin Disraeli,1804—1881)更是来自为托利党人所蔑视的犹太种族。当狄斯累利写小说《坦克雷德》(Tancred,1847)赞美犹太文明后,《泰晤士报》讽刺说:幸亏他的支持者从不读书,不然他在下次竞选中就要失去他的选区了。② 所有这一切都说明艾略特的文化分裂观具有很强的针对性。他批评没有学识的教养:"不读书,不思考,对艺术不敏感,则良好的教养只是木然盲从。"③阿诺德对此也早有说明:"野蛮人的文化(权且用'文化'称之),主要是外在的文化……这个阶级的完美适中之唯一的不足,就是缺乏足够的理智之光。"④

中古复兴和骑士传奇在 19 世纪中后期风行一时,以致理查德·科布登(Richard Cobden,1804—1865)在 1863 年愤愤地说:"在这个瓦特、阿克莱特和斯蒂芬森的时代,封建主义却每天都在政治和社会生活中上升。"⑤虽然如此,福特还是很清醒地把握住了历史的发展趋势,他在《亨利·詹姆斯》(Henry James,1913)中指出:"如果历史地看问题的话,我们可以很有把握地说,真正的封建制度业已从这个世界消失。"⑥与福特同时代的工党领袖、政治

---

① Stevenson,"Gentlemen",640.
② R. W. Stewart, ed., Disraeli's Novels Reviewed, 1826-1968, Metuchen: The Scarecrow Press, 1975, 232.
③ 艾略特:《基督教与文化》,第 94 页。译文有改动。
④ 阿诺德:《文化与无政府状态》,第 79 页。
⑤ Robin Gilmour, The Idea of the Gentleman in the Victorian Novel, London: George Allen & Unwin, 1981, 5.
⑥ Ford Madox Ford, Henry James: A Critical Study, New York: Albert and Charles Boni, 1915, 60.

学家拉斯基(Harold Joseph Laski,1893—1950)则用"在陌生的洋面上行船"来形容英国绅士的困境,并犀利地指出:"绅士的地位带来的特权消失了,因为他所象征的那种生活理想不再得到普遍的尊敬。他失去了自尊的基础,因为他既失去了需要坚持的目标,也不再坚信那个目标是天道了,那目标也因此失去了生命。"①拉斯基还指出英国绅士的关键问题在于其愚蠢,缺乏"那种富有想象力的现实精神,使他不能承认这是一个崭新的世界,并承认他和他的传统必须做出调整",或者说"从未训练自己的智力以进行有条理的分析",也"从未鼓励自己运用想象力,可是对我们的问题来说,富有想象的领导力是最关键的"。②

不能说爱德华没有想象力,因为他沉溺于对中世纪骑士精神的想象中。按照怀斯特的解读,爱德华的悲剧就是"在做地主的时候不幸加入了想象"。③ 但是他的想象力一方面热烈得完全脱离现实,另一方面却只能看到一个狭小的世界,而不能被更加丰富的阅读和知识所扩展。拉斯基所说的这种"富有想象力的现实精神",应该是一种在充分了解世界历史和现实的基础上放飞的想象力。这种认识世界、逼问现实、想象未来的清晰思考能力,正是爱德华所缺乏的。小说叙事者第一次描写爱德华的时候,就说他的眼睛"十分诚实,十分坦率,十分十分愚蠢"(29),此后又多次说爱德华"愚蠢"(50,56,58,72,100,200),称他为"蠢驴""蠢货""傻瓜""笨蛋"(50,56,58,72,100)。显然,这种评价既是一种反讽(抨击现实世界对传统的责任美德的羞辱),也包含着对英国乡绅文化中反智传统的真正批评。

三、智力文化的跋扈与教养文化的沮丧

《好兵》的故事离不开这样一个背景:就在乡绅的责任观念四面楚歌而急需智力支持时,已经在现代化发展中占得先机的智力文化却早已鄙视传统生活方式和价值观念,甚至成了毁灭乡绅文化自信的有力武器。

---

① Harold J. Laski, *The Danger of Being a Gentleman and Other Essays*, Oxon: Routledge, 2015, 30.
② Ibid.
③ Paula Kepos, ed., *Twentieth-Century Literary Criticism*, vol. 39, Detroit: Gale Research, 1991, 224.

《好兵》中有学问的人，一是爱德华的妻子利奥诺拉，二是道尔的妻子、爱德华的秘密情人弗洛伦斯。两个人以各自的方式给爱德华的文化自信以致命的打击。叙事者很早就告诉读者利奥诺拉非常"博学"(40)，后来又说她读过很多"有学问的书"(176)，而且她在与弗洛伦斯的"知识竞赛"中屡屡胜出。与此相应的是，她虽然与爱德华一样出身于乡绅与军官家庭，但她早已从家道衰落中看到了历史的变化，因而她毫不浪漫，毫不同情丈夫的封建理想。新婚不久，她就因为拒绝爱德华为她在庄园里建天主教堂而使爱德华深感失望，又因为不满爱德华给佃农慷慨免租而与他发生矛盾。此后，在爱德华受了交际花的敲诈而几乎破产的时候，利奥诺拉接过了他对家产的管理权，以他所痛恨的方式经营庄园："依照旧日的数目重新开始收租，把酒鬼赶出去，给各种协会分发通知，让它们别再指望得到捐款"(60)，并且出租庄园，变卖家传藏画，等等。这种经营方式让爱德华如丧考妣，但经济状况的确渐渐好转，以至于爱德华悄悄地感谢利奥诺拉："你干得不错……我之所以今天能浪费一点，全靠你的努力。"(186)爱德华的这番表白说明，在一次次被现实撞得头破血流之后，他所信奉的教养传统被利奥诺拉的成功及其背后的知识和理性大大地动摇了。

随着个人危机的不断加深以及利奥诺拉权威的不断加强，爱德华逐渐变成了日益感到不安和自卑的可怜虫。虽然他仍爱谈"封建绅士的封建责任"(147)，却只能在"没有男人在场使他羞怯"时，才敢跟淑女们"喋喋不休"(28)。他已经从高智商、有学问的妻子的成功中认定了自己的可笑，因此，当后来弗洛伦斯笑话他"无知"并见缝插针地给他讲解各种知识的时候，他虽然"羞红了脸"，却"乐于接受弗洛伦斯的教育"，而且"十分感激"(40—41)。

虽然利奥诺拉很有学问，《好兵》中知识文化的代表还要数弗洛伦斯，这不但因为她是美国名校瓦萨学院的毕业生，喜欢谈论各种有学问的事情，更因为她有强烈的"文化意识"。事实上，小说刚开始不久，叙事者道尔就告诉读者，他的这位太太喜欢通过玩填字游戏来提高本地"老百姓的文化水平"(16)。当她"忙着教育爱德华"(40)的时候，叙事者曾两次说明，她是很认真地对待她要探讨的"文化问题"的(41)。显然，"文化"是她自我标榜的一块牌子。她给爱德华讲的东西包括弗朗兹·哈尔斯和伍沃曼作品的区别、迈锡尼文明以前的雕像上面加一个圆球立方体的原因、哈姆雷特的故事、交响乐的形式、阿米尼乌斯派和伊拉图斯派的区别、美国的历史和宪法，等等(16,40,53)。因此，看上去她像一部百科全书，举凡文学、艺术、宗教、历史、政治，无所不谈。而且，当她给爱德华传授知识时，她认为自己"正在清除掉地球上的一个阴暗角落，使世界比原来更明亮了一些"(41)。这样的表述，不由得让人联想到以消除封建黑暗为己任的启蒙运动(the Enlightenment)，也让人想到阿诺德那句著名的宣言："文化……使世界上最优秀的思想和知识传遍四海，使普天下的人都生活在美好与光明的气氛之中。"①

然而，正如叙事者告诉读者的那样，弗洛伦斯所说的"文化"，实际上不过是一些"信息"(41)，看似包罗万象，实则零碎肤浅。她谈话时"断断续续，并无章法"，而且道尔亲眼看到她卖弄的知识都是前一天晚上临时翻书凑出来的(42)；而她所谈的深度，在道尔看来，不会超过当时流行的《毕代克旅游指南》的水平(40)。她的文化之浅薄，道尔从旁边看得十分清楚：对任何东西，她"只要投上一瞥，就心满意足了"(15)。因此，虽然她自吹给世界清除了黑暗，道尔却说她只是一道从水面反射到天花板上的"欢愉、颤动着的光影"(15)。但弗洛伦斯却对自己的文化自信到了傲慢的地步，把自己"传播文化"的活动看做"访问智力上的贫民窟"(16)。她的自信应该是来自这个时代对科学的信心。虽然她谈的都是人文、艺术的内容，其背后运行的却是启蒙运动所提倡的科学精神——这些"百科全书"式的知识，代表着对整个世界的科学认识——一切从此有了明确的定义。因此，她在给爱德华"上课"时有一个口头禅："诺，是这样的……"(41)好像板上钉钉，明明白白。

弗洛伦斯的文化，是一件华丽的袍子，或者是用来吓唬人、压服人的工具。她的知识并非长期的积累，都是应需而备的，而这是有家族传统的。抚养弗洛伦斯长大的叔叔是一个工厂老板，他工厂生产的东西就是不断变化的，"有几个月，它用骨头制造扣子，然后，它又突然转产马车夫号衣上的铜纽扣。然后，它又改为生产糖果盒子上压有浮雕图案的盖子"，叙事者称之为"我们奇特的美国方式"(18)。这种美国式的实用主义精神，贯穿了弗洛伦斯的文化。

---

① 阿诺德：《文化与无政府状态》，第31页。

同时，这种知识的文化完全与教养无关。"文化人"弗洛伦斯卖弄学问，其实是《好兵》中最恶劣的一个人物。她外表活泼、俏丽、风雅，实际上行事不择手段，毫无廉耻。为了接近英国上层社会而嫁给了富有、悠闲、热爱英国的道尔，为了当上真正的英国乡村贵妇人而勾引了爱德华，甚至被利奥诺拉当面斥责也毫不介意。一旦她以为姨妈们要坏她的好事时，竟然高声怒斥她们为"老巫婆"(86)。她那薄薄的文化外衣遮蔽着一个十足的泼妇。至于利奥诺拉，她貌似学识丰富，仪态万方，俨然是一位英国贵妇，可是她在怀疑梅登夫人与爱德华有染的时候，也会掌掴梅登夫人，并在被弗洛伦斯看到时迅速控制场面，演了一场戏，其粗鄙和虚伪不在弗洛伦斯之下。

"文化人"实质上如此不堪，可见作者对智力文化是怀有疑虑的。在阿诺德提出他的"文化观"80年后，艾略特指出，阿诺德的问题是只关心"个人所应该追求的那种完善"。① 在艾略特看来，积累的知识，无论如何渊博，都不是文化的全部，而只是其中的一个方面；这种以学问形式表现出来的文化，需要有其他东西的支撑，才能成为真正的文化，否则只是卖弄。但从弗洛伦斯和利奥诺拉的情况来看，没有教养的智力文化所做的远不止于虚荣和卖弄——"博学"的利奥诺拉让爱德华痛苦、迷茫，而弗洛伦斯为了实现自己的"英国贵妇"梦想而用她的"文化知识"来欺骗与诱惑爱德华，进一步加深了爱德华的文化自卑，终于"把爱德华造就成一个可怜的蠢货……吞噬了可怜的爱德华"(72)。这说明，阿诺德的文化理想在实际情况下有可能异化成其反面，最终带来的不是"美好与光明"，而是虚伪与混乱。

四、高层次文化的退化与绅士统治的尾声

有教养的没知识，有知识的没教养，而当教养需要知识的时候，知识却给教养迎头痛击。艾略特将这种文化的分裂看做"高层次文化的退化"，并痛心疾首地指出这"不仅是关系到明显受影响的集团的重大事情，而且是关系到全社会的人的重大事情"。② 无独有偶，《好兵》的叙事者也在开场白中就说明了这种文化退化对民族命运的关系。他在解释自己叙述故事的原因时说："一只

---

① 艾略特：《基督教与文化》，第93页。
② 同上。

小鼠死于癌症,导致哥德人把罗马劫掠一空",因此"那些眼看着城池遭劫、民族崩溃的人们通常愿意把所见的一切记录下来,使不知名的继承者和千秋后人受益"(5)。文化分裂导致的困惑和自卑,仿佛癌症一般逐步吞噬了爱德华的信仰,使乡绅的责任传统变成了一种滑稽、可悲、近乎封建残余的东西,使他为之生存的一切都失去了意义。如叙事者所说:"爱德华作为一个慈善的地主和父母官的日子结束了。他走了。"(166)

爱德华的失败不是个人的问题。他同时具有大乡绅、地方法官和骑兵军官的身份。他的庄园祖业有两百多年的历史,他的列祖列宗里还有一位与查理一世同上断头台的贵族。无论就血统、教养、地位和风度而言,还是就价值观念、行为方式而论,爱德华都是一位典型的英国绅士。有评论者指出,爱德华是一个有意识地从已有的人物模式库中提取出来的,按照现存的各种绅士概念和话语设计出来的形象,以便能被读者迅速识别。① 很多个世纪以来,英国的社会秩序就是通过由他这样的乡绅构成的统治精英集团维系的。

关于统治秩序,大卫·休谟(David Hume,1711—1776)说得很清楚:"由于力量永远在被统治者一方,因而统治者除了舆论的支持外别无他法。"② 塞缪尔·约翰逊说得更明白:"使我们尊重权威的没有别的,就是观念。它制止了下等人的起义,不让他们采取把你们绅士从既在位置上拉下来的做法,并且认为,我们总有一天也会成为绅士。"③白芝浩(Walter Bagehot,1826—1877)则在《英国宪法》(*The English Constitution*,1867)中从另一个方面说,英格兰民族有敬上的天赋。④ 这些维持了英国社会秩序长期稳定的"舆论"和"观念",显然与作为统治者的绅士集团有着密切关系,后者强调自己的特权地位,也强调与责任义务不可分割的教养文化。正是爱德华们一代代教养形成的责任感,换来了民众"敬上的天赋"。这种渗透着骑士精神的教养曾经深入人心,尤其是通过托马斯·阿诺德博士提倡的"公学精神"而得到了体现。福特本人就一

---

① Christine Berberich, *The Image of the English Gentleman in Twentieth-Century Literature: Englishness and Nostalgia*, Aldershot: Ashgate Publishing Limited, 2007, 71.
② 钱乘旦、陈晓律:《英国文化模式溯源》,第386页。
③ 同上。
④ Qtd. in Laski, *The Danger of Being a Gentleman and Other Essays*, 27.

直渴望被看做公学传统中的绅士。他在1914年发表的一篇文章里,称"公学精神是英国文明最优秀的产物,这种传统强调责任、义务和荣誉,却不谈个人的权利,我对这种传统格外当真——这种精神依然在我身上根深蒂固,它要求我无休无止、完完全全地向世界奉献,而作为回报,如果运气不错,将来别人会容许我胡闹一下"。①

然而,这种责任感是封建的,其中包含的等级关系已不再适合一个彻底改变了的时代,而"野蛮人"们虽然继续扮演着以"责任"和"服务"为主的传统角色,却无力思考并想象如何适应新世界。这一点在《好兵》中非常强烈地得到了表现。虽然福特被称为希望在一片现代的废墟中恢复骑士理想的人,②也有人戏称他为"为失败事业歌唱的荷马",说他是像丁尼生那样"除了悲叹,便无话可说的艺术家",③他当时也将自己描述为一个"狂热地维护历史延续的托利党人"。④ 对我们来说,福特的立场观点虽然有其可笑可悲之处,但是也有其合理内核,即延续传统的重要性(当然不是毫无扬弃的延续),或者说新旧接续的重要性。

福特思想的合理内核,还表现为他对爱德华的批评。尽管他对后者不无同情,但是又很真切地予以批评。就在创作《好兵》的同时,福特出版了《亨利·詹姆斯批评》(*Henry James: A Critical Study*,1915)一书,其中明确提出了新时代小说家的社会职责:"任何一个小说家能为国家做的最大贡献,就是为我们生存其中的这个世界加以客观如实的描绘。……我们的政治理论极其贫乏。因此需要小说家,尤其是小说家中的现实主义者,来为我们提供材料,作为建设新的国家理论的基础。"⑤在对待绅士的问题上,福特也许比拉斯基更加现实。拉斯基虽然对绅士文化进行了有力的质疑,却在文章结束的时候满怀深情地说:"至少我自己,宁可让沙夫茨伯里勋爵统治,也不要科布登;宁可要英格兰的绅士,也不要焦炭镇的葛雷梗和庞德贝。在绅士的傻头傻脑

---

① Robert Green, "The 'Exploded Traditions' of Ford Madox Ford," *ELH* 48, no. 1 (1981), 224.
② Batchelor, *The Edwardian Novelists*, 94.
③ Samuel Hynes, "The Homer of Lost Causes," *The Kenyon Review* 25, no. 2 (1963), 352.
④ Ford, *Henry James*, 103.
⑤ Ibid., 60.

中有一种动人的东西,在他的自以为是中有一种很大气的东西。他经常会有慷慨的举动,他往往比较宽容,他身上有种很美好的理想主义,很难让人不欣赏。而且,我们也不知道另外有谁能比他做得更好……"① 与拉斯基不同,福特虽然对爱德华充满感情,却不会说出"宁可让沙夫茨伯里勋爵统治,也不要科布登"这样的话,因为他很清楚那个时代已经过去了,重要的不是让爱德华的权力复活,而是让他的责任感和服务意识在另一个时代以新的形式得以复兴。在这一点上,他也许更接近艾略特关于文化的一个说法:

文化甚至还可以被简单地说成是使人们值得去生活的东西。它是这么一种东西,在后世的人们面对一种早已消亡的文明的废墟,并对其影响沉思默想时,能使这些人理直气壮地说,那种文明确实存在过,而且在当时是值得存在的。②

我们不妨把上引文字作为本节的结束语,因为它们契合了福特的文化思想,可以用来点明他与英国文化观念流变史互动的贡献所在。

第二节
荣誉的异化:《荣誉之剑》中荣誉共同体的探寻

从共同体形塑的角度来拓展文化观念内涵的英国文人举不胜举,但是伊夫林·沃值得特别关注。他的《荣誉之剑》三部曲——《武装的人》(*Men at Arms*, 1952)、《军官与绅士》(*Officers and Gentleman*, 1955)和《无条件投降》(*Unconditional Surrender*, 1961)——通过小说人物追寻荣誉之路的成败,展开了一幅探寻荣誉共同体的画面,从而为共同体想象提供了独特的视角。

---

① Laski, *The Danger of Being a Gentleman and Other Essays*, 31.
② 艾略特:《基督教与文化》,第 99 页。

1965年,上述三部曲经过修订,以总标题《荣誉之剑》出版。"荣誉之剑"很好地揭示了作品的主题。首先,"荣誉"在传统社会中意味着"一些非物质和象征性的成就都被赋予了很高的社会地位",这一阐释凸显了荣誉与非物质层面和精神层面的关联度。[①] 随着时代的变迁,社会地位与声望开始依赖于某些看得见的物质符号,如职位和金钱等。标题中"剑"的传承历史跨越千年,无论在东方还是西方,剑都具有十分丰富的传统内涵,更与荣誉密切相关。在中世纪的英国,剑成为骑士与爵士册封仪式上的重要道具,庄严的仪式感再次赋予了剑高贵身份的光荣内涵。沃将"荣誉"与"剑"的讨论置于战争的背景下,而战争又与人们的生存方式、精神状态息息相关,在战争这一矛盾尖锐的环境中追寻荣誉,实际上揭示了作者对动荡背景下国民价值观念与文化传统的思索。

　　二战时期,以刀剑为主的冷兵器已逐渐退出历史舞台,与之相关的传统荣誉的内涵又会发生何种变化?怀揣荣誉愿景报名参战的士兵们汇集于军营,荣誉能否成为共同体之根,让军营成为有生机的共同体?在社会动荡、价值观纷繁变化的时代,沃通过何种方式维系共同体发展,又借此提出了对社会发展的何种希冀?对这些问题的阐释,构成了本节的主要内容。

一、骑士传统与"遥远的幻想国"

　　故事开始于二战前夕,作品开端对盖伊家族衰落片段的描写可谓英国上层阶级没落的缩影。一战曾经对英国的财富造成巨大破坏,让贵族们在经济上也遭受重创,但是资产阶级却逐渐发展壮大,工党在20年代就两次提出废除贵族世袭制与贵族院的要求,以贵族为代表的上院逐渐失去了政治特权。财政上的失利与政局的动荡,让原本富庶的贵族不得不变卖房产、土地,以维持生计,使得"在战后接下来的四年里,英国有四分之一的土地易主"。[②] 作为天主教贵族世家,盖伊家族的境遇是当时没落贵族家庭的真实写照,落魄的现实让他们更加怀念过去的辉煌,而此时二战的爆发给予了不少人一个重塑辉

[①] 史蒂文·瓦戈:《社会变迁》,王晓黎译,北京:北京大学出版,2007年,第182页。
[②] 桑德拉·哈尔伯琳:《现代欧洲的战争与社会变迁》,唐黄凤、武小凯译,南京:江苏人民出版社,2010年,第181页。

煌的机会。青年们纷纷参军,其中有不少人像盖伊那样,怀揣复兴家族的使命感,涌动着"无限的特别的骄傲"(27)。① 军队本身附带的荣誉和公众领袖的特性,让其成为贵族理想的事业之一,参军成为当时没落贵族阶层巩固身份与地位的最佳选择。此外,在中世纪的骑士社会,骑士身份是一种无上的荣誉,传统骑士意味着忠诚、正义、勇敢、纯洁,拥有高贵的地位。投身军队,遵循骑士生活传统,是盖伊追寻荣誉所选之路,也是当时国民怀念传统的精神依托。

  骑士的准则之一就是对荣誉的崇尚。在圣杜尔西纳小镇上,人们尊称一个已故的英国骑士罗杰为圣徒,总是去往他的墓地"触摸他的宝剑祈盼幸运"(6)。盖伊也同样如此,他感到跟罗杰圣徒有一种"特殊的亲缘关系",而向后者祈求祝福,也能给他莫大的安慰(6)。参军的士兵们在战前都展现出一种浪漫的英雄主义愿景,幻想自己能够成为保家卫国的英雄,以此来获取荣耀,军营也似乎变为构建荣誉的想象共同体的园地。盖伊做晚祷的时候,会把他哥哥杰维斯的奖章紧紧抓在手中,以提醒自己家族昔日的荣光。值得一提的是在小说中多次出现的贝拉米酒吧,很多交友聚会的场景都发生在这里。在那里,"大多数人都穿上了军服,到处是一簇簇亲密朋友在计划一起度过这场战争"(15)。酒吧也反映了英国的结社模式。在麦克法兰看来,"英格兰人天生喜欢组成俱乐部和社团","结社则是人们感到无法独立成事时采取的必要手段"。② 在这种"半家庭氛围"的公共场所,人有一种"自在的、亲密的感觉",让"陌生人也可以成为一时的朋友"。③ 盖伊本人以及文中的主要人物都是贝拉米酒吧的常客,在这种类似"社区中心"的地方,民众集体高涨的参军热情,将英国国民复归荣誉、渴望英雄的愿景深刻地展现了出来。

  拥有"八年的耻辱和孤寂"的盖伊,听到俄国入侵波兰时感到"热血沸腾、义愤填膺",这种情绪对于一贯消极的他来说实属罕见(17)。在训练营中受到旅长训斥的见习军官们,在懒散的训练中过得其实并不愉快,"军团和骄傲不

---

  ① 伊夫林·沃:《荣誉之剑》,胡南平译,南京:译林出版社,2008年,第27页。本节以下引自该书的文字随文标出页码,不再另注。
  ② 麦克法兰:《现代世界的诞生》,第161页。
  ③ 同上,第127页。

知不觉就占据了他们的内心世界",他们参军时"期盼着从事比和平时期更加艰苦的工作"(112)。几乎所有人都感到"心头火热",渴望在战争中建功立业(153)。那么这种浪漫的荣誉愿景能否成为构建共同体的关键性象征呢?这就取决于共同体的宗旨与内部成员的行为方式是否一致。

在军营中,大多数人把骑士生活方式理解为构建个人的外在形象,通过器物或者外在言行来塑造骑士身份,以实现英雄愿景。盖伊曾表示"要是一得到我的军服,我想我就会穿上它的"(19)。他还特意去买了一副单片眼镜,留着小胡子,"把他的形象在年轻伙伴中树立起来了",这次改头换面,奇迹般地提高了他的射击水平,而这一军官形象的树立更让盖伊在"很大程度上又重新获得了他所失去的地位"(101)。书中另一位人物艾弗,他的形象可以说是最契合骑士标准的。盖伊第一次见到他时,他正"全神贯注、准确无误地骑马,跨越障碍"(342)。再次遇见的时候,艾弗"在马鞍上带着像钢琴家一样的紧张的表情把身子稍稍往前一倾,那匹马在马戏团场上准确地踏脚……迅捷无误地跑完了一圈"(274)。艾弗骑马这一场景,与盖伊心中传统骑士的形象产生了重合。马对英国传统农业的重要性甚至超过了牛,19世纪英国早期工业所需能量主要是由马力提供的,马与剑不仅是人们心中经典骑士形象中不可或缺的装备,更是传统符号的重要象征。盖伊也曾在肯尼亚养了八匹马,时常和妻子在黎明时绕湖骑行,以满足他心中浪漫的骑士梦。部队转移时,艾弗"心里没有想什么事,除了马"(337)。当一个女人问他部队是否已经机械化了时,他回答说:"我想我还能维持原状。"(337)在这个机械化时代,马匹和刀剑已经从生产和战场上淘汰,骑兵团也失去了往昔的荣光。艾弗所说的"维持原状",是希望借助骑马这一外在行为来塑造传统骑士形象,在骑上马之后,他立刻"觉得自己变了一个人,变得更神气了"(338)。由此看来,军团成员都在不遗余力地塑造骑士的外貌形象,那么这一共同行为能否表明军营已成为一个荣誉共同体呢?这需要探讨军团成员在除了塑造外在表象之外,能否将骑士生活准则内化为一种精神诉求。

所谓共同体生活,就要有相同的生活方式与价值取向。恪守传统、维护秩序是骑士的行为标准之一。在以宗教文化为主导的英国,骑士文化与宗教影响息息相关。载兵的一个特点是坚定的宗教传统,坚信礼是他们基本训练的一部分，每逢礼拜天还要集体去教堂晨祷①。笃信天主教的盖伊除了坚守戟兵的传统之外，每晚都要做祷告，审视自己的良心，反省一天的作为；同时他对军团的秩序也是极力维护的。有一次，一个戟兵经过盖伊和他外甥托尼时敬了个礼，托尼"漫不经心地微微表示了一下接受"，这让盖伊很不满，并指责道："在你们军团里也许可以这样，可在这儿我们要跟他敬礼一样标准地回礼。"(69)更让盖伊不满的是，在本应纪律森严的部队中，传统礼节的执行似乎都开始被年轻一代抛弃了。军人们不仅常去酒吧酗酒聊天，而且在训练时也嬉戏玩闹。虽为战争小说，但书中甚至没有出现一场大规模英勇作战的场景。军人们所憧憬的秩序井然的乐园，与现实中的混乱无序形成鲜明对比，连军队也成了"遥远的幻想国"(129)。

　　对盖伊和战友们而言，军营成了填补情感缺失的场所。盖伊受家庭和教派的影响，从小到大"都没有体会到什么兄弟情义"(9)。"没有人喜欢他，盖伊清楚，他家里人不喜欢他，镇里的人也不喜欢他"，甚至还被妻子抛弃，这一切都让他失去了归属感，更无法产生同伴情(8)。刚进入军营的他，却感受到了一种从未享受过的幸福生活，而且军营里许多原先感到孤寂的人似乎都获得了归属感。确切地说，军营更像是一个避难所。在期待和前妻破镜重圆，却不欢而散时，盖伊想到"索桑德是一个给人以安慰的地方"（军队驻扎在此），"旅馆和游艇俱乐部会庇护他……海上漂来的雾和正在融化的雪会把他隐藏起来，阿普索普（盖伊的战友）的魅力缠绕着他，会把他轻轻地带到遥远的幻想国"(129)。此处的"雾""雪"和"幻想国"都缥缈而虚幻，即便洁净美丽（如雪），也"寿命"很短，这预示着军队作为幻想中的理想国，是很容易崩塌的。书中年轻军官托尼这样谈论过战争："我可清清楚楚地知道我想要什么，一枚军功十字勋章和一个干干净净的细小伤口，这样我就可以在漂亮的护士们亲手照料下度过战争的后半段。"(23)托尼对战争的看法在那个年代颇具代表性，同时又是十分幼稚的。托尼的母亲经历过一战，因而对儿子直言相告："根本就没有什么干干净净的小伤口，伤口都是肮脏透顶的。"并告诫道，在一战中"出去的第一批人，最后，他们连一个都没有幸存下来"(25)。这一细节意味深长，暗

---

① 沃：《荣誉之剑》，第38页。戟兵所在军团为皇家戟兵军团，故简称"戟兵"。

示托尼和盖伊等人的"幻想国"是无根之国,与真正的共同体相去甚远。

二、荣誉的异化和共同体真空

随着故事的展开,我们发现在盖伊生活的军队/社会里,荣誉已异化为拜金者和投机者追名逐利的工具。盖伊曾认为荣耀是"在需要的时候为他们牺牲自己——把自己的身体朝手榴弹扑去,把最后一滴水给别人",这是一种传统的骑士荣誉观,强调忠诚与勇敢,荣誉甚至高于生命,是一种可以为战友牺牲奉献的无私精神(163)。然而,盖伊的价值观是否与当时军营的主流价值观相一致呢?在调往索桑德之后,盖伊感觉到与年轻军官有隔阂。以往在戟兵中大家称呼他为"叔叔",这让他感受到"一种发自内心的表示尊敬",可是"现在却能感到带有嘲笑的意味"(88)。这让盖伊再次感到身处荒原般的孤寂感,直至听到阿普索普即将加入的消息,他才开始感到快乐。这说明军团中的其他人并没有把盖伊当做同伴,他和阿普索普可以说是被边缘化的。

书中与盖伊形成鲜明对照的人物是少校伊恩。他左右逢源,"对他的朋友说一套话,对特里墨和韦尔斯将军说另一套,对布姆、斯卡布和乔又是一套"(448)。他圆滑世故,轻而易举地就能把陌生人变为他的熟人。他心中没有任何对英雄的崇敬,反而认为英雄主义已经不符合这个时代,是需要被淘汰的。不过,当战争的形势需要英雄来提高平民士气的时候,他又高唱赞歌:"我们需要人民英雄,为人民服务。"(332)他还跟上级韦尔斯将军合谋炮制了一个战争英雄,并自豪地表示"迄今为止他就是我们对战争的唯一贡献"(453)。在伊恩心中,"英雄"和"荣誉"只不过是臂章上增加的环数,荣誉完全被功利化了。

对荣誉的错误理解在另一位人物艾弗身上表现得更为突出。在克里特岛上,盖伊接到了总指挥官要在黎明时投降的书面命令,这时艾弗表达了对荣誉的见解:"荣誉,这事一直在变化,不是吗?一百五十年前,要是有人来挑战,我们就不得不干一场。现在我们只会笑。"(456)他甚至还发表了如下奇谈怪论:"我预料军官们把他们的士兵丢在后面会是一件很荣耀的事。这将会在《国王训令》中规定为他们的职责——让干部去训练新兵充当战俘。"(456)后来他还实践了这种扭曲的荣誉观,抛弃了自己的士兵,逃往印度。为此盖伊曾诘问少校汤米:"对于这件事,你不想做点什么?"汤米则表示:"我?这跟我没有关系";"最好是一字不提,把这件事全忘了"(473)。他还提醒盖伊"千万不要制造麻烦,除非肯定有明显的好处"(475)。

军团的上层领导们又是怎样的呢？韦尔斯曾代表高层部署作战任务,去进攻一个无人岛上据传存在的一座灯塔。他命令伊恩选出一个出身"人民"的、军阶不高的军官来领导这个任务,于是特里墨被选中。后者是一个享乐主义者,"他是哪里见有乐,就去哪里玩",而且没有任何军事才能,曾被驱逐出戟兵军团(302)。伊恩受命写了一篇虚假报道,让他摇身一变,成为一个民族英雄,并荣升了上校。也就是说,只要一个虚假的报道,任何人都可以被贴上一个"英雄"的标签。那些曾经对战争有着幻想的年轻军官们,本应该是贵族阶层的希望,但他们在真正面对战争时却一个个变成了懦夫。事实上,伊恩深知曾被誉为"民族之花"的上层阶级已经腐朽,因此他直言"上层阶级——毫无希望的上层阶级……它不行"(332)。确实,来自上层阶级的韦尔斯将军、伊恩和汤米等人,只不过把战争当成了攀登社会阶梯的一个机会。对他们来说,任何一个衣着体面、配着一把剑的人都可以成为一个骑士,而骑士准则中英勇、无私、奉献的精神早已被抛弃,荣誉只是投机者们用来标榜自己的外衣。

与上述情形形成呼应的是书中的"真空"意象。一个典型的例子出现在卢多维克的日记中:"克劳奇巴克上尉有重力,他是一个铅球,在真空中不比一根羽毛掉落得更快。"(396)无独有偶,后来没有被部队接收的盖伊"像一只真空瓶里的一根羽毛那样沉重地摔落下来"(443)。真空意味着空无一物,没有活力。在部队,从上层领导到中层军官直至下层士兵,都缺乏真正的荣誉感,荣誉异化为功利与物质,唯一可以使军团保持生命力的纽带消失了,部队陷入死气沉沉的真空状态。不同于随波逐流的羽毛,盖伊是一个有自己信念理想的"铅球",而在真空状态下的军营,羽毛与铅球下落的速度是一致的。军队这一披着荣誉外衣的伪共同体,有的只是追名逐利的战争投机者。他们借着荣誉的口号,"用厚颜和金钱造就了贵族"。① 在这样的真空状态下,"荣誉"与"剑"充满了反讽意味;用它们来象征共同体愿景,可谓深意藏焉。

---

① 麦克法兰:《现代世界的诞生》,第109页。

三、宗教生活的复归与共同体关怀

在故事中,盖伊最终复归天主教传统生活,并遵循宗教传统,去拯救现世灵魂。这一情节的安排,仍然围绕着荣誉共同体这一主题。

盖伊作为传统贵族世家唯一幸存的儿子,肩负着复兴家族的重任。他曾经带着"死的愿望"参军,期望通过死亡来获得符合世俗标准(即数量标准)的成功,因为在他的职业生涯中,还没有做成一件能够称得上成功的事情(677)。然而,他父亲去世前的劝诫让他明白,荣誉不能依靠数量来判定,而在于"灵魂得到拯救"(627)。他渐渐明白了一个道理:"拯救灵魂"不单单表示挽救一条生命,更在于对其精神和道德层面表示关爱。盖伊此前一直恪守骑士传统,在别人遇到困难时,总是有求必应,但他的内心一直是冷漠的。在他眼里,他对别人的帮助"只意味着是一个礼貌的行为",一种展现绅士风度的修养品行,而不是出于内心情感的行动(542)。他感受不到那些受助者的处境,因为他无法也不想去尝试建立情感联结。无法体会他人的感受,也就无法真正做到关怀他人,遑论救赎灵魂。

不过,上述情形慢慢得到了改变。在贝戈伊与犹太人的相处中,他经历了一个蜕变过程。他逐渐认识到自己不够尊重他人的情感,开始为自己的冷漠而忏悔,甚至谴责自己从没有主动的追求,从没有主动做过一件无私的事情。在弗吉尼亚向他求助时,盖伊开始体会到他人的情感:"我认为你很不快乐,很不舒服。"(622)他曾经在一个情人节与弗吉尼亚约会,后来他醒悟到那并不是爱情,而是出于当上载兵后产生的优越感,对这种炫耀行为他"感到对不起,他居然会如此羞辱一个他曾爱过的人"(621)。克丝蒂反对盖伊与弗吉尼亚复婚,并提醒他不要把弗吉尼亚当成落难的少女,盖伊则表示"也许受到伤害时,顽强的比软弱的更痛苦"(626),此时的盖伊已经能完全从弗吉尼亚的角度去感受她的情绪,而在以前,他对任何人说的话都不感兴趣,骨子里带着冷漠。换言之,盖伊在历经生活磨难后,学会了以真情待人,这在他与弗吉尼亚的交往中得到了生动的体现:尽管知道弗吉尼亚怀着特里墨的孩子,盖伊还是义无反顾地要照顾她;他明知这件事"不是一个军官和绅士的正常行为,是一件在贝拉米酒吧里会被他们耻笑的事情",可是他全身心地爱上了弗吉尼亚,并无私地去关爱一个不是他亲生的孩子(627)。在这一行为中,盖伊已经完成了一个脱胎换骨的过程。

盖伊的无私更突出地表现为他对那些被困在贝戈伊的犹太人的救助。更确切地说,他对那些犹太人展现出了一种博爱,一种共同体关怀。当那些犹太人陷入困境时,联合部队中无论是将军,还是顾问,都无动于衷,只有盖伊表现出了对他们的关爱。这种关爱首先表现为一种真切的体会:他可以感受到(饱受迫害的犹太人们)"现在处境极为痛苦,可能变为绝望"(657)。盖伊面对的是一种复杂的局面:即便在犹太难民中,也有不愿意互相帮助的情况。例如,肯伊太太以丈夫在发电厂工作为由,拒绝帮助她的同胞。此时的盖伊已经是爱憎分明、会动真感情的人了,因此他为肯伊太太"感到羞耻"(655)。他甚至联想到自己也曾有过类似的念头,因而羞愧万分。这羞耻感表明,盖伊已经意识到对他人悲惨遭遇的冷漠有多可恶,良心的谴责加深了他的正义感。他不顾总指挥部官员们的诘问,坚持帮助犹太难民,其理由只有一个:"全欧洲所有离乡背井的人,他们都必须回到他们自己的家乡去。"(656)尽管盖伊与那些犹太人素不相识,"他感到更多的是同情",并认定自己"又遇到了做一件小事来弥补这个时代的机会";此时的他关注整个时代,关怀整个社会群体,无论是英国人还是犹太人,无论地域和国界(665)。也就是说,此时的盖伊完全展现出了一种共同体意识,盖伊复归宗教的方式是去形式化,而着眼于灵魂救赎这一宗旨,并借助无私奉献这一方式,推动社会成员的归属感与认同感,进而推动社会的发展。通过盖伊的这一转变,伊夫林·沃表达了对人类社会发展的一种期待,即借助世俗化的宗教,在不同社会层次上凝聚人心,建设以真实情感为基础的共同体。

在这部作品中,伊夫林·沃通过讲述"荣誉"与"剑"的故事揭露了实用主义与功利主义对人的精神世界所造成的负面影响。在沃看来,现代社会在其发展过程中逐渐生发和积蓄了一种异化的力量。在这种充满着欲望特质的力量的左右之下,很多人将荣誉异化为金钱与地位,忘记了荣誉的实质更多在于精神层面的自我认同和肯定。在小说中,这种异化在军营中的表现,可谓触目惊心。伊夫林·沃没有满足于揭露批判这种异化现象,而是在此基础上呼唤一个富有生机的共同体。他以盖伊超越宗教形式的"灵魂救赎"之路,为走出物质与精神脱节的畸形社会提供了文化策略。盖伊最后的荣誉追寻之路,体现为将传统骑士的勇敢无私与天主教的奉献精神相融合,进而为建构一个真正的共同体献上一份力量。无论是亲友还是陌生人,无论是本国人还是外国人,在他看来都是共同体的成员。尽管利剑业已成为人们谈论、观赏的纪念品,骑士时代也已经远去,但是有着对社会的关怀,共同体活力的纽带就不会断裂。书中有一幅画面,描写盖伊怀念自己和母亲在街道上抓树叶的情形,"每抓到一片树叶都快乐无比"(543)。这一情景有点题之功:相对于前文所说的"真空中的羽毛"以及真空状态死气沉沉的景象,树叶是有生命的,尽管叶落仍要归根大地,但会滋养树根;关爱之叶越繁茂,说明荣誉共同体之根越牢固。一言以蔽之,伊夫林·沃从荣誉这一独特的视角探寻共同体之路,为文化观念内涵的扩充做出了独特的贡献。

第三节
疏离与和谐——奥登诗歌的共同体建构

　　文化观念中共同体形塑这一内涵,经由诗人奥登之手得到了进一步的扩充。奥登和同时代其他的知识分子一样,发现自己远离了传统价值观念,认识到这个世界远非完美。他通过写诗从事共同体想象,其特点曾被纳森·斯瓦斯塔瓦(Narsingh Srivastava)点明:"奥登并没有准备去接受社会和个体的堕落状态,而是构想一种可能性去医治病态个体,重建理想社会。"[①]纳森还曾进一步指出:"他并没有更多去挖掘原初思想,而是努力在诗中运用原初的思想来诠释生活本身以及生活中的问题,……他拒绝接受一个腐朽的世界,旨在创造一个新的、健康的世界。"[②]这里所说的"新的、健康的世界"显然是一个共同体愿景。

[①] Narsingh Srivastava, *W. H. Auden, a Poet of Ideas*, New Delhi: S. Chand, 1978, 39.
[②] Ibid.

奥登对世界的认知激发他构建这一共同体愿景。他认为,现代人丧失了道德,缺少价值观念,走向堕落,人们处于无助、无望和堕落的边缘。他的诗歌中不断提到的"迷失""孤独"和"悲伤"体现了现代世界处于焦虑之中。他以其独特方式,对抗外在困境,保护自我,探讨人的心理,注重心智的培育,寻找社会的医治方案。以下我们将通过对奥登诗歌文本的具体解读,来探讨他的共同体思想和主张,即现代人应该认识到自己的处境,努力重建生活秩序。

一、共同体愿景:消除混乱,重建秩序

奥登有着强烈的秩序诉求。他通过诗歌进行共同体想象,而这种共同体想象源于改变英格兰坍塌的秩序愿望,源于构建理想的生活方式的愿望。奥登的《颂歌》("Ode")揭示了英格兰是个混乱、病态的世界。在这个黑暗世界里,悲伤弥漫,贫穷和暴力掩盖了英格兰。在那里,没有人感到快乐幸福,这恰恰是整个现代社会的缩影。诗人旨在通过作品对现代局势做出回应,即呼吁消除混乱,重建秩序,创造人类美好的生活。

在第一首颂歌中,奥登将平凡的事实化为生动逼真的画面,通过梦的意象传达着不断蔓延的迷失与焦虑,这是一个缺失共同体的无序场所。

> 火车叮当作响跨过桥梁离开城市;
> 梦游者沿着天鹅绒走廊呻吟前行;
> 暴风雨夜晚过后迎来阳光灿烂的草坪,
> 一个同事俯下身到雨量测量器那测量,
> 早餐后牙齿磨动,校长嘟哝着"谁也别想快乐"(O:81—82)①

奥登借助火车和梦游者的动感意象描摹无序的状态。他运用鲜明的对比,来凸显无序,实际上,这恰恰体现出他的内心中对秩序的强烈诉求。天鹅绒走廊象征着浪漫与温情,可是却充斥着痛苦呻吟的声音,暴风雨之后的草坪阳光明

---

① 本节中奥登的诗歌中文译文除特殊标记外,都是本节作者自译。字母 O 代笔奥登诗歌作品"Ode",冒号后的数字为引文对应的英文在奥登诗集(Wystan Hugh Auden, *Collected Poems*. ed. Edward Mendelson, London: Faber and Faber, 1976.)中的页码。

媚,可是人们却心存怨念,人情冷漠。

第二首《颂歌》中,各类人物纷纷登场,试图逃离无序的世界。乞讨者是抨击这种无序状态的代言人,他一改过去可怜、卑微的模样,以勇敢者姿态出现。雅典人则象征着对文明时代的留恋与追忆,现实的无序让他们生活在回忆和幻想之中。人们深感困惑与恐惧,逃向岛屿,离开无序的现实世界,去寻找避难所。然而,在门德尔松(Edward Mendelson,1946—   )看来,他们面临的是"似乎找不到一条通道去逃脱现实,寻到一个避难的场所,现实的生活和想象的生活之间存在巨大的沟壑"。① 在诗歌创作中,奥登赋予岛屿以肉欲的象征,人们逃离现实,去寻找解脱,是在逃避无序的现实。可是,这样的解脱看似甜美,却稍纵即逝,这也是一种无序。无序无处不在,无时不有。面对无序的现实,人们无能为力。对无序的诠释恰恰反映了奥登对有序的渴望和对共同体的憧憬。

在第三首颂歌中,奥登继续展示无序状态下的人们,他们彼此疏离,被迫流亡,深陷孤寂的境地。"这里我们将生活/并且去爱/尽管我们只是掌握/悲伤的态度。"(O:101)人们成为被放逐者,年轻人踏上了远行的道路,却是去流浪,而非探索。无序的现实世界致使他们成为现实的逃避者,成为心灵的流浪者。

第四首颂歌献给英雄,奥登期待英雄出现,改变无序的病态社会,拯救现代人,走出堕落的窟穴。奥登清楚,在这个无序的世界里,领导者不是英雄,而是懦夫,无法拯救日渐堕落恶化的英格兰。他问道:"谁来拯救?/谁将教导我们去做事?"(O:102)在这样的冷峻质问背后表达的是对秩序的期盼,对生活意义的探索,对方向与目标的追求。奥登把新生的婴儿视做唯一的希望,期望英雄的回归,期待重新恢复英国失去的传统秩序:

> 一个生日,一个诞生
> 在英国土地上
> 恢复,恢复将要,已经恢复到
> 英国故事

---

① Edward Mendelson, *Early Auden*, London: Faber and Faber, 1981, 3.

那指导的镇静,实际的荣耀。(O:105—106)

与前面几首颂歌不同,第五首颂歌通过刻画敌人,强调无序的存在。在这首诗中,我们看到敌人的恼怒、嫉妒、贪婪,从校长对学生的演说中领悟局势的紧迫性,进而去洞察敌人的活动方式。诗中的人物代表着现存的秩序,而共产主义者、知识分子和艺术家则是反抗者。诗的语调在赞颂和嘲讽之间摇摆,这种不确定性增加了这些诗在内涵上的复杂性。在最后一首颂歌中,奥登用一个忏悔者的语气取代了挑战和讽刺的语气。古旧的措辞、圣歌式节奏与祈祷的语气相得益彰。显然,诗中的主人公是一个没落资产阶级的代表,他在和上帝讲话,很谦卑地为自己的失败恳求着,祈祷上帝来拯救人类,恢复理性的秩序:

我们更加虚弱,严格地限定在
您组织的封闭中
我们绝望的海岸,最后的
几个苍白的年轻人枯萎谢去。(O:10)

这里,诗人—语者的悲痛跃然纸上。他渴望人类不再继续堕落的心情也得以真切地表达。总之,《颂歌》组诗表明了诗人面对失败、无序的现实,不断抗争,努力重建秩序的决心,同时也传达了他心中对共同体的愿景期盼。

二、共同体寻求:走出传统,重塑信仰

奥登在共同体形塑中不再接受传统观念。他试图寻求新思想,建立新信念,他的诗作也表现出很多新的思想特点。他批判现实社会,与家人的道德观念相背离,与自己所属的阶级格格不入,与过去的诗风传统相脱离,同时一直处于寻求共同体的状态之中。

奥登的诗从一个历史高度去审视过去的传统,摆脱传统的束缚,并对现实社会进行批判。他尤其关注工业化导致了人类价值观念的丧失,《没有变化的地点》("No Change of Place")、《分水岭》("The Watershed",1928)、《让历史做我的法官》("Let History Be My Judge")和《思考》("Consider",1924)等都

体现了他的批判现实精神和建构共同体的理想。例如,《让历史做我的法官》批判了利己思想:"我们做好了所有可能的准备,/列出公司的名单/不断修改我们的估算/而且分配了我们的农田。"①"公司""估算"等资本主义代表性词汇的出现表明奥登旨在描摹资本主义的运行状况,而"修改""分配"则暗示资本家对人们的统治。奥登认为,这个社会制度等级森严,需要改变,然而现状却让他痛心疾首,因为大多数人屈从于这样的境地,缺少创造美好生活的内在动力:

> 发出一切应急的指令
> 对付这类事件:
> 正如所料,大多数是顺从的
> 虽然有人抱怨,当然;
>
> 主要是反对我们行使
> 我们滥用职权的古老的权利
> 甚至有某种反抗的企图
> 但那不过是顽童的行为。(42—43)

奥登眼中的现实世界是危险的,虽然有些人认识到了资本主义制度的缺陷,但是人们无法消除这一制度,大众百姓生活在这样的制度下,保持着敬畏之心,因为反抗只是徒劳之举。奥登鼓励人们开拓新的生存空间,消除人们无助的状态,重塑信仰。奥登的诗揭示了人们的无助,同时鼓励大家奋起抵抗,秉持坚定的信念。《从未更加强大》("Never Stronger")把无助主题体现得淋漓尽致。这首诗的题目就清晰地表明了人的内心真实感受,即在与外界社会的对抗中,人始终处于一种劣势的地位。奥登的诗常常流露出无助与无奈,但他总是间接地暗示行动的必要性,强调行动是实现美好生活的前提。

奥登认为,只有秉持信仰,构建共同体,才能长久地拥有美好生活。信仰

---

① Auden, *Collected Poems*, 42. 本节以下引自该书的文字随文标出页码,不再另注。

的丧失导致病态社会。他认识到人们的价值观念是不断变化的,而正确的信念和价值观是实现共同体构建的前提。他通过诗歌揭露人们的信仰缺失,呼吁人们要塑造正确的价值观念,走出堕落的巢穴。他努力寻找维持社会发展的正确的文化模式,在毁灭和重建的交替中努力构建共同体。《维纳斯现在要说几句话》("Venus Will Now Say a Few Words", 1929)清晰地描写了信念的失败:

> 城镇中的你现在是流放的傻子
> 当树叶落下他写信给家一年一次,
> 想起——罗马人鼎盛时有一门语言
> ……,但是它会消亡:
> 你的文化必然逝去——一定忘记
> 郡中的最爱的地方名字的起源——
> 匆匆记录编写故事,某个常常提及的杰克,
> 还有信中提到的私底下的玩笑,
> 杂草丛生的小巷上生锈的设备。……
> 甚至绝望不为自己所独有,快速地
> 侵袭你的安全感;
> 饥荒,感受到的主要的痛苦
> 因为仁慈荒废在外部过错上。(49)

代表传统的罗马文化成为过去,一切都在消逝,故事、玩笑、熟悉的名字,哪怕生锈的设备。新的信仰还未建立起来,现代人成了流放的傻子,甚至连绝望都不能独有。不过,奥登更多的是强调"寻求",就像芭芭拉·埃弗雷特所说的那样,"'寻求'是为了寻找一个完美的诗歌形式,一个好的地方,一个稳定的诗歌声音,为读者寻找一个好的生活,寻找一个好的社团,在那里每个个体各司其职"。① 因此,奥登继续写道:

---

① Barbara Everett, *Auden*, *Writers and Critics*, Edinburgh and London: Oliver & Boyd, 1964, 4.

你没到边境就被抓住；

他人已经尝试，并将继续尝试

去完成他们还未开始的事情：

他们的命运总是和你一样。(49)

此处，奥登指出了寻求信仰的艰难，但是他坚信虽然"命运总是和你一样"，但是人们仍然会坚持不懈地"将继续尝试"。言下之意，只要有执着的信念，就有可能重建共同体，建立美好的生活。

三、共同体建构：疏离与和谐

奥登在共同体想象中遇到了诸多困难，他的思考常常让他深陷孤独。在他看来，共同体的建构是复杂的，各种理念关联交织在一起。思想自由的他努力将自己置身于超然的境地，对自己所处世界的伦理道德深入思考，展示出独特而深厚的人性关怀。不无悖论的是，在他看来，孤独源于身体和思想的关联，是团体和个人间的矛盾，是融入和分离间的心灵平衡。

首先，奥登在共同体想象中一直探讨着身体和思想之间的关系。门德尔松在《早期奥登》(*Early Auden*，1981)中阐述了奥登的观点："思想和身体最终实现分离，人类的痛苦就会消除。从本质上思想必须和身体分离，思想要克服对肉欲快感的追忆，满足私密的抽象状态，如此，身体才能独自体会快乐。"① 用奥登自己的话说，"思想必须分解，成为无意识，与隐秘断绝关系，意识要回到它的本源"。② 思想和身体无法形成一个统一的共同体，意识发展如同婴儿脱离俄狄浦斯情结，它也必须离开母体才能独立。也就是说，奥登认为思想只有离开身体，才会进步，才会发展，才会有共同体想象。

人在自我疏离的状态下，会更清晰地认识周围世界。在很长一段时间内，奥登与外界处于疏离状态，他"身体"上的困境，恰恰赋予他"思想"上的无穷思索。他没有作品出版，经济上依靠父母资助，工作上无所事事，生活中少与朋友交往。这令他更清晰地认识了周围世界。他用生物术语来描写社会，并划

---

① Mendelson, *Early Auden*, 65.
② Ibid., 66.

分无产阶级和资产阶级。如门德尔松所说,"奥登认识到这个世界是分阶层的……他把不同的阶层解释为自我意识和精神分离的程度不同"。① 奥登的《不见了》("Missing")体现了不同阶层的关系,揭示了人有必要去发现生活中失去的各种联系,以消除自我疏离的状态。诗中的快乐山谷里有着果园、河流和鸟儿,这个井然有序的世界,对人来说又是焦虑之源——人忽视了生活的目的,疏离了自我:

> 从鹰盘旋的岩礁,
> 引导者俯视
> 快乐的山谷,
> 果园和弯曲的河流,
> ……鹬鸟的叫声带来
> 惊奇,驱逐的冰雨
> 烫伤了骨骼
> 可是溪流是苦涩的
> 对于不习惯的嘴唇;(40)

诗人以鹰的视角俯视自然大地,平静安逸的风景背后却是冰冷与苦涩。奥登实现自我的幻梦破灭了,没有明确的生活目标,在不确定中彷徨。此时他的思想离开了身体,处于疏离的状态,开始了思考,开始构建共同体想象。需要指出的是,他让自己暂时处于疏离与孤寂的状态,是为了体验它带来的感受,最终引导世人走出孤寂,建立一个美好的新世界。

其次,奥登在共同体想象中,还思考着个人与团队的关系。奥登试图改变自己孤独的状态,回归自己的社会阶层,回到知识分子的圈子内,他想进入多样化且具有统一性的团体,从而消解内心的孤独,缓解"身体"上的种种问题,正确认识自己所在的世界。奥登在构建共同体的过程中,接触过"牛津一代诗群"等团体,后者有其内部的共有语言,而早期奥登则尽力寻找表达自身看法

---

① Mendelson, *Early Auden*, 84.

的言语，因而他发现这些团体也有消极的一面。他的长诗《演说家》(*The Orators: An English Study*，1932)追溯了一个团体的发展史，讽刺了英格兰的统治阶级，刻画了一个孤独的人类学者，后者的社会不是选择的结果，而是由神秘的信念支配的。这部作品是奥登对自我的解剖，是对身处共同体中的个体的自我思考。

《演说家》折射了奥登的情感与文学抱负。在其前言中，奥登这样写道："《演说家》的中心主题似乎是英雄崇拜，我们都知道从政治上那会带来什么。我创作它的目的是治疗疾病，通过允许在想象中让疾病蔓延，来看看自己身上的某些走向。"① 奥登的共同体想象一直存在，他寻找属于自己的社会团体，为自己缺少领导人而悲痛，最终成为自我思考的碎片。《演说家》提出了一个基本的问题："死亡的人是什么样子？"诗中展现了英国社会当时的真实画面：人们在战争和暴力中迷失了自我，感到孤独，走向死亡，找不到自己的归属。

解读奥登的诗作，必须把一部作品跟其他作品相对照，否则很难理解其整体意义，解读《演说家》也是如此：我们有必要把它跟奥登的另一首诗歌《飞行员的日记》("Journal of an Airman"，1932)对照着阅读。如果说《演说家》聚焦的是英国人在战争和暴力中迷失的自我，那么《飞行员的日记》则彰显了奥登努力构建共同体的积极尝试。诗中的飞行员是战胜孤独的理想人物，奥登通过这个人物来暗示心中的理想。飞行员意志坚定，并把情感和理智很好地结合在一起；他能超越个人层面的爱与恨、成功与失败、幸福与悲伤，把自己从一个懦弱的人变成了男子汉，最后战胜了孤独，战胜了疾病。从飞行员的成长过程中，我们可以看到奥登构建共同体的具体思路，即用飞行员这样的榜样激励自己的同胞，带领他们共同实现理想。

奥登的共同体想象体现了他对融入与分离之间辩证关系的洞察。融入是他的目标，分离是为了更好地融入。他在创作诗歌的时候，常常立足于边界，探索新的领域，最终成为总体中的一部分，实现真正的融入。但同时，奥登也满足于与整体的相对分离，这样他就可以俯瞰世界。分离曾经帮助他脱离家庭和文学前辈的影响，从而使自己逐渐成长，如此也就不难理解他所认为的

---

① W. H. Auden, *The Orators: An English Study*, London: Faber and Faber, 1966, v.

"真正的生的希望是和过去的分离"。① 为了寻找新的诗歌语言,奥登最初对过去的文学持相对抵制的态度。他同样用远古语言,表达的却是现代的孤独感。这并不容易,但是他克服了困难,对传说中的碎片和古英语进行了再创作,从而使自己的诗歌获得了一种独特的情感张力——既有现代意味,又有着清晰的古英语诗意和冰岛传说的音符。这种诗艺上的创新本身表达了奥登的共同体思想:真正的共同体必须架设起通往过去与现在的桥梁。

奥登的共同体想象还有一个重要内容,即关于理想生活领导者的想象。他将昔日的英雄与现代英雄/领导者做了如下对比:过去的英雄是一个勇士,是一位无所畏惧的强者,为事业不惜牺牲生命,克服各种困难;然而在现代语境中,英雄却需要抵制各种诱惑,需要战胜内心的孤独,消解现代生活的空虚。换言之,现代生活中的领导者必须经历危险的旅程,在黑暗中寻找生活的意义,这里的黑暗暗示着孤独:

可是领袖们必须迁移:
"今夜前往拉斯角"
等待的主人
一定会熄灭灯
活着穿过房子。(40)

上引诗行出自《家庭鬼魂》("Family Ghost",1930),这里奥登对比了祖辈和现代人:祖辈是勇敢的,无畏的,而现代人则心存恐惧,不敢直面斗争。在这个充满暴力的世界里——诗歌的直接背景是一个遭袭的城市——他无法找到和平。面对这种艰难时事,奥登主张唯有一条道路可走,即通过内心的变化来改变现代人的孤独现状,进而建立起共同体。也就是说,奥登最终在疏离与和谐之间、过去与现在之间、他者与自我之间找到了一条统一之路、平衡之路,也就是通向共同体之路。

---

① Mendelson, *Early Auden*, 41.

综上所述,作为共同体形塑的文化,其内涵在奥登诗作中得到了进一步扩展和补充。奥登的诗诠释了现代人的困境:现代社会是病态的,现代人个体是孤独的,唯有提升人的心智,矫正人的生活和生存方式,消除社会中的怀疑、不信任、焦虑和恐惧,培育同情、友爱和坚定的信念,平衡理性与感性、意愿和理智,世界才会变得美好,共同体才有可能真正建成。

第四节
精神共同体的回归:《苏格兰人的书》中的生活方式

20世纪上半叶,文化观念的两大内涵——生活方式和共同体形塑——在英国文学家们的书写中不断地得到拓展,这里面有刘易斯·吉本的功劳。《苏格兰人的书》是吉本的代表作,故事发生在1911年到1934年间,呈现了苏格兰劳苦大众的生活方式,反映了特定时代的精神状态和社会心态。在杰里米·艾德看来,《苏格兰人的书》正是"通过苏格兰普通大众的视角追溯了1911年到1934年间苏格兰的历史",[1]同时这部小说也引发了关于"女性""左翼写作以及苏格兰身份"等问题的讨论。[2] 这些讨论将作品所呈现的生活方式以及精神共同体话题推引到了当下学术研究的前沿。

"不稳定时代"是克莱顿·罗伯茨等学者对20世纪上半叶英国社会的形象描述。在那个年代,欧洲深陷战乱之中,英国作为主要参战国,政治、经济、文化、生活等方面受到了很大的冲击,这种冲击深刻地影响了人们的生活方式。恰如克莱顿·罗伯茨等学者所言,"在这万花筒般的生活方式里,人人都有自己的一份:维多利亚时代的遗老们享有沉闷的牧师教堂和玫瑰花园;摩登人士享受夜总会和查尔斯舞的乐趣;失业者陷入愁闷和痛苦;房地产商发家

---

[1] Jeremy Idle, "Lewis Grassic Gibbon and the Urgency of the Modern", *Studies in Scottish Literature*, (1999), 258.
[2] Ibid.

致富,喜气洋洋;商店职员举行喧扰的罢工;富裕的食客享用毕恭毕敬的侍者的服务;保守党、自由党、工党、共产党、法西斯分子和素食主义者则操弄着各种政治。"①史蒂文·瓦戈在《社会变迁》一书中提到,"生活方式在很大程度上是由一个人的社会阶层决定的",②在这部小说中,吉本描写了苏格兰不同社会阶层的生活方式,刻画了人的精神世界与现实世界的疏离感。他的笔触敏锐而朴实,不仅触及了生活方式与共同体建设的内在关联,也表达了一种努力改变现实的文化愿景。

《苏格兰人的书》展现了苏格兰劳苦大众勤恳的一面,也将战争带给他们的苦难描绘得淋漓尽致。吉本年少时远离故乡,长期的异乡生活,让他内心深处充满了对家乡的思念和向往,这种思乡之情不断勾起他对回归家乡共同体生活的渴望。这种感受恰如安德森所言,"在每个人的脑海里,都存活着自己所在共同体的影像"。③ 对于吉本而言,这个共同体影像是"温暖""舒适"的"惬意之地",也是他精神世界永恒的家园。④ 从某种程度来说,小说女主人公克丽斯就是吉本本人的化身。正是这位勇敢而坚韧的女性,不仅在精神世界中引领着吉本完成了回归的心愿,也呈现出特定时代生活方式与文化观念流变的深层关联。克丽斯坎坷的人生体现了深刻的时代蕴含,她的心路历程体现了何种精神共同体的寓意?生活在一个动荡的社会,克丽斯对生活方式既有主动的选择,更有被动与屈从的现实无奈,精神共同体在何种维度上体现了集体无意识对个人成长的文化塑形?本节拟就此展开分析和讨论。

一、驶向布拉威里:生活梦想的破灭

对于苏格兰民族来说,"迁徙"一词体现了一种悠长的历史渊源,也折射出民族精神与生活方式在漫长社会进程中的文化互构。从 18 世纪到 19 世纪初,苏格兰已经开始出现大规模移民的征兆,但在那个年代,这种趋势"几乎不

---

① 克莱顿·罗伯茨、戴维·罗伯茨等:《英国史》,潘兴明等译,北京:商务印书馆,2013 年,第 377 页。
② Steven Vago, *Social Change*, Beijing: Peking University Press, 2005, 204.
③ Anderson, *Imagined Communities*, 6.
④ Zygmunt Bauman, *Community: Seeking Safety in an Insecure World*, Cambridge: Polity Press, 2001, 1.

为人所注目",从数字来说,"可能总共也只有 300 万人"。① 19 世纪后半叶,随着工业化进程的加速,苏格兰人对迁徙有了新的文化认知。在《苏格兰人的书》中,迁徙可以说是贯穿首尾的核心母题,也是特定历史时期苏格兰人生活方式的最为直观的显现。童年时,克丽斯跟随家人从凯恩杜(Cairndhu)迁移到了布拉威里(Blawearie);青年时,又因为家庭变故搬到了谢格特(Segget)和邓凯恩(Duncairn);中年时期,她历经苦难最终又返回凯恩杜。这种空间的流动性不仅展现了动荡的社会环境对家庭和个体的深刻影响,也在社会变迁的语境中厚描了生活方式与文化观念的深层互动。

童年时期的克丽斯过着无忧无虑的生活。作为家中唯一的女儿,她聪明勤奋,成绩优秀。父亲也为她规划好了未来:"如果专心功课,她就可以受到她所需要的教育,将来可以成为一名教师。"②20 世纪初年的英国,随着工业化和现代化进程进入高潮,英国人的生活方式和思维习惯也由此改变。对于性别传统而言,潘克赫斯特(Pankhursts)母女领导的女权运动影响深远,对当时的女性生活产生了巨大的塑形性影响。生活在一个快速变迁的新世纪,很多英国女性已厌倦了"维多利亚型的旧式夫人"形象,不愿再甘当"漂亮笼子里面的小鸟",更不满足于成为"装饰豪华的客厅内身穿束胸紧身裙装的主妇"。③ 克丽斯敏感于新的社会信息,她不仅想拥有一份自己的事业,更希望走出家乡,看到更为广阔的天地。

在《苏格兰:现代世界文明的起点》一书中,阿瑟·赫尔曼曾提到,"根据苏格兰的封建法律,族长拥有土地和农民,手下的'管家'负责收取地租,管理佃农"。④ 克丽斯一家正是这种佃农的身份,父亲必须向"管家"租用土地才能有田可耕,一家人的温饱才得以维持。克丽斯的家庭背景折射了世纪之交苏格兰土地制度的历史线索,也体现了在快速变迁的现代化进程中经济基础对特定人群文化观念的影响。凯恩杜的土地租约到期是克丽斯一家迁至布拉威

---

① 阿瑟·赫尔曼:《苏格兰:现代世界文明的起点》,启蒙编译所译,上海:上海社会科学院出版社,2016 年,第 329 页。
② 刘易斯·格拉西克·吉本:《苏格兰人的书》,曹庸、胡瑞生等译,上海:上海译文出版社,1977 年,第 35 页。本节文中所有该小说的引文均出自该书,正文中只标页码不再另注。
③ 罗伯茨、罗伯茨等:《英国史》,第 377 页。
④ 赫尔曼:《苏格兰》,第 115 页。

里的主要原因。生活在战争年代的苏格兰乡村，尽管听不到战场的炮声，但是艰难时局的压力不仅让农民的生活变得异常艰辛，也通过一种紧张焦虑的社会气氛影响了生活方式的内涵。人丁兴旺是农村家庭克服生活压力的途径之一，可是克丽斯的母亲却拒绝"再生产"，这让性格偏执的父亲恼羞成怒。在他看来，家里需要男性帮手，"上帝要赐给我们多少，我们就要收多少"（33）。父亲在生育问题上的"家长"权威与母亲被动呈现出的那种柔弱无力形成了鲜明的对比。在女性主义的视角下，女人通常"在父权制中是缺席和缄默的"，[①]克丽斯母亲的"缄默"是女性在特定生活方式下的一种存在表达，既体现了女性在性别压力之下的精神囚禁，也折射了矛盾交织的社会现实对于家庭关系的观念束缚。

克丽斯的母亲产后抑郁，在悲痛与孤独中带着一双新生儿自杀身亡。这场因生育而起的家庭变故彻底改变了克丽斯的人生轨迹，她无缘再继续接受学校的教育，只能听从父命回到家庭，承担起母亲曾经担负的照顾家庭的职责。"教师梦"的破灭既是克丽斯人生规划的破灭，也是流动维度上身份无奈被固化的社会表征。亲人的离逝让往日的家庭温情不复重来，梦想的破灭让现实也变得愈发荒芜，"那个念书、做梦的克丽斯……死了"（73）。克丽斯一家都曾经满怀热切，希望能以自己的勤奋努力改变生活的宿命轨迹，但大时代中个体命运却往往呈现出残酷与悲剧的一面，一次次努力突围，又一次次被现实逼回到滕尼斯所描述的那种生活传统，"男人的力量在于对外进行斗争，率领儿子们，奋勇当先；女人的力量则主持内部生活，照料女性孩子们"。[②] 克丽斯的家庭变故反映了失去土地的农民阶层在工业化进程中的集体困境，而克丽斯"教师梦"的破灭则体现了父权文化观念在一个转型社会中的权力惯性与文化冲突。

克丽斯在内心之中对幸福家庭始终揣着一份眷恋与梦想。父亲去世后，她与高地农民尤旺结婚，期盼着新的家庭生活能治愈自己过往的伤痛。新婚初期的日子甜蜜而幸福，而随着时间的推移，两人的价值观念却出现了巨大的分歧，夫妻矛盾所显露的不仅是性格上的差异，还有各自成长经历带来的不同

---

① 张京媛：《当代女性主义文学批评》，北京：北京大学出版社，1992年，第3页。
② 滕尼斯：《共同体与社会》，第63页。

的社会身份印记。克丽斯渴求美满的家庭,她选择了一再忍让,希望以妥协的方式化解彼此的矛盾,但是征兵法案的颁布却让这一切努力最终走向了虚无。第一次世界大战爆发之后,英国议会颁布了《1916年兵役法案》,法案强化了英国公民对国家战争行为的法律责任,也极大地影响了参战人员的家庭生活。征兵法案在整个布拉威里传开之后,尤旺也很快收到了通知。通知带给尤旺的既有一份莫名激动的热情,更有一种对战争的心理恐惧。他对现实感到倦怠,对未来充满不确定,对家庭生活感到迷茫。这个"蛮横的莽汉子"受缚于内心中根深蒂固的大男子主义观念(26),在矛盾纠结中逐渐失去了理性。对克丽斯开始恶言相加,对家庭生活变得不闻不问,他的不告而别预示着在社会巨变的进程中苏格兰传统家庭的终结,他死于异国战场的结局既体现了战争对家庭共同体的无情戕害,也体现了吉本借由人物命运所彰显的那种社会批判和时代悲痛。

克丽斯的个人经历是战争时期更多英国普通大众的生活缩影。职业梦想的破灭和家庭梦想的破灭折射出社会正常流动的停滞,这既是那个年代普通人所必须面对的无情现实,也是他们在变迁潮流中所必须接受的生活方式。剧变年代和变迁社会具有双重的情感价值,传统的生活方式在现实的压力下节节败退,所有的情感联结都被抛入一种巨大的历史不确定性之中。作为社会组织的基本单元,传统的家庭纽带开始瓦解,本因彰显一种牢固共同体意识的情感关系在社会动荡与观念冲突中无奈地走向虚无,走向一种充满未知性的荒诞。克丽斯在布拉威里的生活呈现了一种变迁时代的幻影感,个体命运的多舛莫测凸显的不仅是战争等社会剧变因素的残酷,也为文化观念与民族精神的转型发展写下了厚重的时代注脚。

二、驶向谢格特:命运的跌宕

克丽斯在布拉威里的生活,体现了苏格兰传统农业生活方式的延续。但这种延续在现实语境中不断被一种动荡感和危机感所包围。从内部来看,世纪之交的苏格兰加速了从农业文明转向工业文明的快速转型;从外部而言,紧张复杂的欧洲形势进一步加剧了英国国内的政治矛盾,使得社会冲突呈现出前所未有的阶级复杂性。为了谋求生计,克丽斯带着儿子搬到了谢格特,谢格特的生活方式与布拉威里大不相同。这座小镇体现了乡村社群与商业社群的交融新变,在生活习惯和观念意识的细节描写中读者不难发现种种新商业思维的渗透。相较于布拉威里的宁静,谢格特显得喧嚣吵闹,呈现出一种更为明显的社会学意义上的转型特质。失业、贫困和不平等渗透在小说的文本之中,这些细节反映了农民、工人以及商人在新旧交替的时代语境中的利益差距,也勾勒了生活方式与文化观念在精神层面上的互动与激荡。

在谢格特,克丽斯与"愤世嫉俗"(cynical)的卡珲牧师喜结连理,共同组建了新的家庭。① 卡珲牧师对宗教有着虔诚的信仰,但是他的苦恼在于走进教堂的信众越来越少,宗教影响力已呈现出一种明显的衰落。布道时他用尽全力,却始终"没有搞懂为什么这些纺织工人对教堂和教堂活动一点都不感兴趣"(314)。对于卡珲这一类牧师而言,那个年代的英国社会在信仰层面已走到了一个十字路口。在很多牧师的眼中,这个社会和维多利亚时代截然不同,仿佛是一个"寂寞的、隔绝的、没有灵魂的世界"。传统的宗教信仰在新世纪的观念大潮中似乎"已被砸碎",人们"不停地寻求,却始终没有收获"。② 卡珲的布道很多时候变成了声嘶力竭的独白,既没有与教徒的精神对话,也缺少在认知层面上的互动,他满腔宗教热情换来的只是冷淡的回应,这种失落不仅是一个牧师的失落,也是社会转型时期信仰失重的文化表征。

克丽斯与卡珲的结合一定程度上实现了精神上的"门当户对"。相比之下,她与尤旺的结合虽然出于自愿,可是教育程度的差异却让彼此从未走入对方的内心深处。第一段婚姻已成过去,克丽斯小心翼翼地维护着她与卡珲的感情。卡珲为人持重,让她如有重生之感,"他的抚摸好像把她从死亡中唤醒过来"(298)。对于克丽斯而言,爱情意味着平等,幸福更意味着一种命运共担的共同体关系。但是这段婚姻对于克丽斯而言又是一场新的考验与磨难。卡珲的传道与工人阶级的诉求背道而驰,种种不如意让他对现实逐渐产生了格格不入之感,情绪时阴时晴,而更让人担心的是他会时常把这种情绪带入家庭生活。这个细节具有社会心理学研究的多重内涵。家人关系变得日趋紧张说明了共同体纽带的脆弱,而更可怕的是他的内心世界在自我折磨中已慢慢走

---

① Ian Campbell, *Lewis Grassic Gibbon*, Edinburgh: Scottish Academic Press, 1985, 68.
② 罗伯茨、罗伯茨等:《英国史》,第453页。

向了封闭,"心境不好的时候会变得很古怪,他会长时间把自己锁在屋里,对上帝、克丽斯、他自己以及所有人发火"(311)。

克丽斯与卡珲之间的矛盾并非起于感情基础,而是彼此在精神认知上巨大的分歧。克丽斯心系家庭,而卡珲则心在教会。对普通大众他们都有一份同病相怜的悲悯,却又时时感到自己力量的弱小。可以说,卡珲传道的困境是一种时代危机在精神层面的表征,其缘由或许正如康内留斯·卡斯托里亚迪斯(Cornelius Castoriadis)所言,"自主的计划只是目标和指导原则,它并未有效地为我们解决实际情况,"①卡珲的讲道表现出宗教常有的虚幻性,只能给人以虚幻的慰藉,却无力引导人们在生活方式上真正应对现实的变迁。雷蒙·威廉斯曾言:"文化不仅仅是智性和想象力的作品,从根本上说文化还是一种整体上的生活方式。"②卡珲传道注定会失败,他的宿命在于他并未理解社会变迁的洪流已无情地型塑了时代精神的走向。商业文化已悄然改变谢格特人的生活,生活方式也需要新的信仰文化来引导,当传统的共同生活模式一步步走向瓦解,吉本其实是在提醒读者如何才能重聚精神共同体的向心力。

滕尼斯曾说过,家庭关系主要"依靠相互习惯来支持",如此才能形成一种"相互肯定的关系"。③ 孩子本是联结克丽斯与卡珲夫妇的精神纽带,但是他们的孩子刚出生不久就夭折了,这痛苦的一幕象征着家庭情感纽带的断裂,也预示着两人精神关系的终结。克丽斯在迷惘之后开始变得内向和安静。"她已在荒原里、阳光里、大海里找到了她不可动摇的信念,她可能走入迷途,但绝不追随飞云"(491)。相比卡珲对宗教教义的执迷,克丽斯在磨难中对人生有了一份深刻的理解。卡珲后期身患重病,却仍然忍住病痛站在布道台上,他的离世或许诠释了一个教徒的虔诚,但是他对家庭与亲人的忽视却使得这种虔诚缺少了一份人性的温情。

史蒂文·瓦戈在《社会变迁》一书中曾指出:"传统社会"常常会表现出"很强的一致感",不仅反映在"家庭和友谊模式"中的"相互约束力",也表现为对

---

① Cornelius Castoriadis, "Done and to Be Done", in *Castoriadis Reader*, trans. David Ames Curtis, Oxford: Blackwell, 1997, 397–398.
② 威廉斯:《文化与社会》,第337页。
③ 滕尼斯:《共同体与社会》,第59页。

一个群体的"认同倾向"和"明确的归属感"。① 克丽斯在谢格特的生活既体现了一种寻求"认同"与"归属感"的努力,也反映了新旧观念碰撞在共同体建设中的困境。从某种角度而言,克丽斯的到来打破了谢格特相对的安宁,克丽斯遇到排斥乃至敌对也是情理之中。这种集体情绪从一个侧面反映了原住居民的守旧与封闭,从另一个层面也折射出战乱年代人们对平静生活的渴求。生活的苦难磨炼了克丽斯的心智,无论是经历过的两次不幸婚姻,还是竭尽全力化解与谢格特居民的矛盾,读者从文本细节中读出的不仅有她源自内心的那份真诚,还有病态社会对个人与家庭的情感压制。在艰苦的生存环境中,克丽斯变得愈发成熟。儿子和丈夫的离世宣告了家庭共同体显性联结的消失,前路虽然依旧充满着不确定,但她瘦弱的身躯却日渐显露出一种新生的力量。这种力量或许恰如殷企平在《西方文论关键词:共同体》一文中所言,"死者虽逝,活力尚存——只要虔诚还在,共同体的纽带就在;这种虔敬会化作历史悠久的、具有建构意义的无形力量"。②

三、回归凯恩杜:寻回宁静的生活

克丽斯的忍辱负重体现了她对家庭与亲人的无限深情。苦难的岁月让她一次次将精神共同体的期盼沉淀为自己灵魂深处的生命基色。尽管谢格特并不适合克丽斯,但是这座小镇对她却有特殊的意义,不仅帮助她在逆境中得到了种种精神上的历练,也为她今后选择自己的生活方式铺垫了一种情感基础。

时空变化交织着人事与社会的碰撞,这一切不断引导着克丽斯探寻人生的真正意义,同时也折射了她对自己生活方式的种种哲理思考。这种思考源于现实生活的压力与苦痛,同时也意味着在自我层面上的一种形而上的精神塑形。克丽斯不仅思考了苏格兰传统生活方式在变迁语境中的种种细微变化,也思考了渺小个体如何艰难适应这种大变迁背景。她的心态在一次又一次的迁徙中得到磨炼,每一次改变既是对过去的告别,又是对理想状态的回归。回到凯恩杜,对她而言,应该说是这漫长心旅的结束,也是重塑自我的开

---

① 瓦戈:《社会变迁》,第 200 页。
② 殷企平:《西方文论关键词》,第 78 页。

始。从当初天真少女的无忧无虑,到后来在成人世界中备尝艰辛与无奈,生活在给予她磨难的同时也馈赠了丰厚的精神财富。蜕去稚嫩的克丽斯变得沉着而坚定,她终于领悟到,世界始终处在变化之中,这种变化正如吉本在小说中所言,"变化主宰着地球、天空和地下的水……而变化是不可能被人的梦幻、爱恋、仇恨、情感、愤怒或是怜悯所左右,也不是神、鬼或是对天疯狂的唤叫能阻止的……"(781)。命运从不会为了个人而做出改变,克丽斯唯一能做的只有从内到外的积极适应,在适应中学会调适自我,在自我的调适中与这个世界取得精神上的最终和解。

克丽斯的回归不是为了给自己寻找生活的退路,而是在经历世事变迁后重新回到起点后再出发,她开始以一种更富自我的方式思考人生,思考自己在生命旅程中的角色与价值。凯恩杜是哺育她的地方,对她而言,这里既熟悉又陌生,"很久以前那个晚上,她也曾坐在这间厨房里听到母亲的叫唤,那对双胞胎就在那时出生了……"(780)几十年的时光在无声无息中悄然流逝,但所有一切在回归时却又变得那么亲切。母亲慈爱的面庞、哥哥弯腰锄草的模样、父亲消瘦无言的身影,这些往昔影像历历出现在眼前,定格为她脑海深处挥之不去的永恒回忆。

在《文化记忆》一书中,扬·阿斯曼曾说过,"只有具有重要意义的过去才会被回忆,而只有被回忆的过去才具有重要意义"。[1] 仔细品读克丽斯的这些回忆,不仅会对小说的主题理解产生新的体认,也会对家庭共同体的文化功能产生更深的理解。这种功能正如滕尼斯在《共同体与社会》一书中所言,它们"发挥着感激和忠诚的作用","相互信赖和信任"的共同体情感联结也"必然会特别真实地表现出这种关系"。[2] 在滕尼斯看来,"本能对于心灵纽带的产生、保持和巩固发挥的作用似乎最弱,而记忆发挥的作用似乎最为强烈"。[3] 可以说,回到凯恩杜,往日记忆在克丽斯的心中已演化成一张张回归自我的通行证,她在回忆中变得安静,在安静中能够以醇和的心态重新审视所经历的那些

---

[1] 扬·阿斯曼:《文化记忆:早期高级文化中的文字、回忆和政治身份》,金寿福、黄晓晨译,北京:北京大学出版社,2015年,第73页。
[2] 滕尼斯:《共同体与社会》,第68页。
[3] 同上,第50页。

喧嚣与矛盾。凯恩杜一如往昔般的安静平和,这里是她人生最后的物质归宿,也是她最后的精神港湾。她从这里开始,历经丧母、丧父、丧夫和丧子的人生剧变,最终的回归也就意味着完成了一次联结生命共同体的旅行。

对于克丽斯而言,凯恩杜的意义还在于这里曾培育过一种共有的集体价值观。共同耕耘的土地意味着共同付出情感,对岁月的无言感怀已慢慢沉淀为一种对共同价值观的坚持。在马克思看来,"只有在共同体中,每个人才有全面发展自己能力的手段;因此,只有在共同体中,人的自由才有可能……在真正的共同体中,个人在联合的状态下通过联合获得自由"。① 克丽斯一路而来,跌跌撞撞,有过迷茫与绝望,但最终在起点重新找到了新的力量,自我、家人与苏格兰的同胞情谊在这种力量中不断汇聚,指向了一个充满着情感慰藉的美好愿景。在哲学家鲍曼的眼中,共同体之所以具有慰藉的文化功能,是因为在共同体中"相互都很了解","可以相信"彼此"所听到的事情",这种"相信"往往意味着一种"安全",意味着在话语交流的深层"几乎从来不会感到困惑、迷茫或是震惊"。② 克丽斯的回归将思念、理解、信任与坚韧融聚在一起,这是一种精神共同体的精神回归,这种精神回归由此也赋予了小说一种滕尼斯所谓的思想价值。在共同体中,尽管"会有种种的分离",但只要信念恒在,共同体的精神纽带就"仍然保持着结合。"③

在小说的结尾,凯恩杜已经成为一种共同根基的文化符号,无论是追逐梦想,还是谋求生计,甚至是战争威胁,只要牢牢记住这里,所有人的情感就会联结在一起。岁月无情,来来往往,很多熟悉的人都已永远离开了这个世界,克丽斯的形象变得愈发清晰而坚定,她用自己的领悟和成长担当起了维护精神共同体的使命。在凯恩杜,她实现了心灵深处的平衡,同时也找到了与这种平衡相适应的生活方式。吉本让克丽斯重归凯恩杜,意味深长。这一情节的安排体现了克丽斯个人化的生活方式,同时也体现了由点及面所暗含的更多人的共同生活方式。昔日共同文化的记忆犹在,未来梦想的追求仍要在无尽的时间长河中慢慢延展,克丽斯回归凯恩杜有着深刻的历史意义,既体现为一种

---

① 马克思、恩格斯:《马克思恩格斯文集》(第1卷),北京:人民出版社,2009,第571页。
② 鲍曼:《共同体》,第3页。
③ 滕尼斯:《共同体与社会》,第77页。

个人生活的心灵史描述，也体现了作者吉本渴望回归传统苏格兰共同体的美好愿景。

吉本的《苏格兰人的书》是一部充满强烈时代感的作品，小说中的地域变迁恰似一条流动的河流，折射着世事的无常和岁月的沧桑。吉本以主人公克丽斯的人生经历为线索，真实地再现了20世纪上半叶苏格兰人的生活方式和文化观念的深层互动。劳苦大众所经历的物质匮乏与精神窘迫不仅具有重要的经济史研究价值，也为考察苏格兰现代历史进程留下了丰富的文学史料。克丽斯是那个年代苏格兰女性的优秀代表，在她身上不仅体现了忍辱负重的个人品格，也彰显出一种厚重的"现代苏格兰"的文化特质。①克丽斯是那个年代苏格兰现实的化身，她的命运与"萧条的苏格兰"（Depression Scotland）的时代语境在小说中的碰撞形成了一种极具悲剧感的互文关系。② 凯恩杜既是苏格兰地图上的一个地名，也是主人公精神世界中维系共同体信念的最后一片净土。哲学家鲍曼曾言："今天，'共同体'成了失去的天堂——但它又是一个我们热切希望重归其中的天堂"。③ 在跨越时空的当下，鲍曼此言有助于我们重温吉本一书的精神内涵，也有利于我们在新的历史环境中更为准确地把握精神共同体的文化内涵及其对生活方式的文化塑形。

第五节
"荣华的丧钟敲响起来"：《有产业的人》中的生活方式批判

作为生活方式的文化，是英国著名小说家高尔斯华绥关注的重点。他的《有产业的人》——《福尔赛世家》三部曲的开篇之作——被公认为一部典型的

---

① Campbell, *Lewis Grassic Gibbon*, 115.
② Ibid.
③ 鲍曼：《共同体》，第5页。

家族史小说,然而它更是一部"英国状况小说"。

"英国状况"一词出自英国文化批评家卡莱尔之手。在19世纪前中期,英国的工业革命渐入佳境,卡莱尔以"英国状况"指涉工业化过程中社会结构和文化观念的重大变动,意在提醒人们警惕维多利亚盛世中存在的物质生活与精神生活失衡的现象。其后出现的一系列关注上述社会现实问题的作品被称为"英国状况小说",这些作品将"工业主义作为一种整体的生活方式进行了批判",①从不同维度反思了工业文明给英国社会带来的负面影响,因此也被称做"工业小说"。代表作品包括狄斯累利的《西比尔》(*Sybil, or The Two Nations*, 1845)、盖斯凯尔夫人的《南方北方》(*North and South*, 1854—1855)和狄更斯的《艰难时世》(*Hard Times*, 1854)等。

时至19世纪末,工业生产的大潮逐渐退去,大英帝国进入了一个由盛至衰的转型时期。绵长而辉煌的维多利亚时代宣告终结,爱德华时代以来英国饱受经济滞胀、社会道德滑坡等问题的长期困扰,这便是著名的"英国病"一词的由来。与此同时,继位的爱德华国王讲究排场,推崇礼仪,带动了奢华享乐的社会风尚。总体而言,英国社会表面上浮华热闹,背后却暗流涌动,一股迷失方向的惶惑不安的情感在公共生活中弥散开来。包括高尔斯华绥和福斯特等人在内的爱德华时代小说家承袭了"英国状况小说"的传统,重视对整体生活方式的刻写与分析,同时他们也敏锐地捕捉到世纪之交的文化流变,将关注的焦点从工业价值观念的批判转移到对国家共同体形塑的争论之上。当维多利亚时代渐行渐远,国家对工业价值观念的信仰逐渐崩溃,爱德华时代的英国应当何去何从?是继续追求物质发展和商业利润,还是修复被工业生产破坏的古老传统?真正的英国应该是一个世界工场,还是一个平静的花园?这些都是这一时期英国文人/知识分子必须面对的难题。②

高尔斯华绥对世纪之交的"英国状况"作出了文学上的回应,《有产业的人》中福尔赛家族的分裂和产业的萎缩,影射了爱德华时代的衰落趋势。福尔赛人是中上层阶级的典型代表,小说生动地描述了他们的生活方式。这种文

---

① 威廉斯:《文化与社会》,第105页。
② Anthea Trodd, *A Reader's Guide to Edwardian Literature*, Harvester Wheatsheaf: Simon & Schuster International Group, 1991, 32.

学上的虚构,不仅基于当时人们的真实情感结构,而且渗透了作者对社会现实的思考。那么,在"衰落"的背景下,《有产业的人》展现出了中上阶层的生活方式的何种变迁?中上阶层生活方式的变迁与英国文化观念的流变又有着怎样的关联呢?

一、从有机体到"福尔赛交易所":家族共同体的分裂

在小说的开篇,高尔斯华绥对整个福尔赛家族进行了一次全景式的描绘。福尔赛人的先祖原是英国乡间的自耕农,在 19 世纪初,家族的奠基人杜萨特·福尔赛来到伦敦做石工。得益于城市的扩张,杜萨特搞起了建筑工程,并一跃成为远近闻名的大老板。杜萨特·福尔赛育有老乔里恩、詹姆士、提摩西、斯悦欣等五个儿子以及安、海斯特等三个女儿,他的子女是福尔赛家族的第二代。这些人如先辈一般勤奋工作,待到晚年都已跻身英国社会的中上层,成为备受尊敬的"有产业的人"。

老乔里恩孙女的订婚茶会显示了福尔赛家族的兴盛。家族中的人物全部到场,满眼都是衣着光鲜的中上阶层,他们大多从事医生、律师、证券经纪人等令人尊敬的职业。在工业革命的进程中,福尔赛家族就像一棵大树茁壮成长。高尔斯华绥写道:"这棵大树变得欣欣向荣,长着芬香而肥大的叶子,开着繁花,旺盛得简直引人反感。"①这个家族的成员们依靠密切的血缘关系和顽强的团结精神形成了看似繁荣强健的有机共同体。然而,在高尔斯华绥看来,这个家族的共同体不但显现出引人反感的一面,更是难逃盛极必衰的客观规律,注定要失去平衡。

包括老乔里恩在内的第二代福尔赛人可以说是维多利亚中上阶层的典型代表,他们年富力强之时恰逢工业革命的高潮。他们不知疲倦地工作,成就了英国的"黄金时代",也为自身积累了大量的财富。前所未有的富足让福尔赛人们踌躇满志。他们全心全意地享受着财产和金钱带来的舒适和安逸,并对这种生活方式乐此不疲。但是,不断增长的财富也在腐蚀着人们的心智。人们在狂热追求财富的同时,"心灵变得更加狭隘,人们变得孜孜求利……赚钱

---

① 约翰·高尔斯华绥:《有产业的人》,周煦良译,上海:上海译文出版社,1978 年,第 2 页。

是人们朝思暮想和全神贯注的念头"。①

　　文化批评家阿诺德在维多利亚英国如日中天之际便发出过警告,呼吁英国民众警惕物质主义所带来的危害。他用"非利士主义"(Philistinism)一词形容英国中产阶级狭隘的、唯利是图的、一味追逐物质利益的精神状态。②"非利士主义"对财富的崇拜,深刻地影响了整个社会的风气,并促成了英国中上层阶级崇拜金钱的生活方式。"非利士主义"与英国盛行的"自由放任主义"更形成了相互依仗的关系。维多利亚时代的英国在经济上崇尚"自由放任主义",其核心理念即人与人之间自愿订立契约,国家和法律保障契约的履行。"自由放任主义"鼓吹竞争,激发了英国民众追逐财富的欲望和信心,但是随之而来的是契约精神和交易法则渗透到了日常生活的各个层面,结果就是金钱和物质利益堂而皇之地控制了民众的头脑。

　　《有产业的人》中清晰地反映出福尔赛人的自由主义背景,他们都是老牌自由党人,出入的都是自由党俱乐部,其伦理道德和价值取向更是深受自由主义思想的影响。福尔赛人迷信金钱和契约,视其为衡量一切的尺度,试图凭借财产法则来约束日常生活中的各种行为,甚至支配人与人之间的情感交往。第二代福尔赛人詹姆士就认为,"他的一切交往都是拿金钱来计算的,根据可能性的大小而决定交情的厚薄,他怎能不变得一脑门子只有钱呢?钱现在是他的光明,是他的眼睛;没有钱他就老老实实什么也看不见,老老实实辨别不出什么现象"。③

　　福尔赛人金钱至上的生活方式,从表面上看光鲜体面,实际包藏着使家族共同体四分五裂的危险因素。詹姆士的儿子索米斯与父辈一样崇尚财富,他把妻子伊琳看做他财产的一部分,与她缺少语言上的交流,更没有共同的情感基础。实际上,索米斯将婚姻看做一桩买卖。他理想中的婚姻是建立在财富和美貌等价交换的基础上的。然而,伊琳在生活中总是闷闷不乐,并且总是不愿意与丈夫亲近。这让索米斯倍感困惑,他为伊琳提供了优渥的物质生活,却依旧得不到妻子的爱。索米斯面对妻子的反抗显得既无所适从,又痛苦难耐,

---

① 麦克法兰:《现代世界的诞生》,第 60 页。
② 阿诺德:《文化与无政府状态》,第 71 页。
③ 高尔斯华绥:《有产业的人》,第 54 页。

深夜被伊琳再次拒绝的索米斯独坐在妻子的卧房之外难以入眠,他"就像被逐出天堂的游魂,哀啼着幸福"。① 索米斯装修精美的家,是一个物质生活的天堂,同时也是一个精神生活的地狱。

老乔里恩的生活同样孤独寂寞。十多年前,他的儿子与家庭教师产生感情,并且离家出走。为了摆脱丑闻的影响,保全家族的名声和财产,老乔里恩不得不与儿子断绝来往。凭借对勤俭、秩序和财产的热爱,他如愿以偿地成为家族的领袖人物,但是在晚年却为此付出了无比惨痛的代价:他整日在空荡荡的宅邸中与猫为伴,成了全伦敦最孤独的一个老人。

家庭共同体本应是人们躲避危险的避风港,但福尔赛人们情感联系的纽带却变得日渐松散。"家族中这一房和那一房之间都没有什么好感,没有三个人中间存在着什么同情。"家庭成了一个成员之间相互窥探经济状况,相互算计攀比的场所,高尔斯华绥将之讽刺为"福尔赛交易所"。②

在"一切交往都是拿金钱来计算的"原则之下,"自由放任主义"成了社会价值观念的主流,福尔赛人的生活方式不可避免地导致家庭成员之间的疏远乃至仇视。对"自由放任主义"的批判可以追溯到狄斯累利、盖斯凯尔夫人、狄更斯等人的"英国状况小说"。例如,《西比尔》中充斥着残酷生存斗争的城市生活,《南方北方》中人与人之间存在着剧烈的价值观念冲突,《艰难时世》中以葛擂硬为代表的有产阶级抱持冷血无情的处世哲学。在这些作品中可以发现一条清晰的文学脉络,即对"自由放任主义"导致的社会成员之间的紧张关系和社会共同目标解体的关注。高尔斯华绥正是继承了"英国状况小说"的批判传统。作为一部有社会担当的小说,《有产业的人》中福尔赛家族的日常生活为英国的社会状况提供了一张缩影。在自由主义价值观的巨大压力之下,社会共同体遭到破坏。共同体成员之间的共同骄傲、同胞情谊等不复存在。一切能使人相互理解并有机结合的细致情感,让位于牟利敛财的欲望。人们即便能够彼此接近,也仅仅是短暂的、机械的聚合。自由竞争的精神可能为福尔赛人带来了财富,却不能带来幸福。文本中,高尔斯华绥带有隐喻意味地写道,象征共同体和有机生活的大树在一种难以抗拒的力量面前,走向了枯萎和

---

① 高尔斯华绥:《有产业的人》,第244页。
② 同上,第2页。

衰败的命运。

二、从进取到沉沦：财富共同体的萎缩

福尔赛家族的衰落，更直接地表现为其产业的萎缩。维多利亚时代的英国曾拥有世界领先的制造业、众多的殖民地和遍布全球的商业航线等。维多利亚时代人具有一种对自己的坚定信心；"他们的目的感、他们对上帝赋予其权力的感觉……英国是世界上最富裕、最强大的国家。"①这种英国式的自信，源于英国工业革命以来所取得的巨大成就，也源于中上层阶级身上充满活力和创造力的工作精神。创业时期的英国中上层阶级深受清教思想的浸染，视工作为人必须履行的天职。工作在当时的文化语境中被赋予了一种崇高的精神内涵。正如历史学家霍布斯鲍姆所言："维多利亚时代中产阶级的兴起堪称壮丽的史诗……这部史诗让人看到了一个经常带有神话色彩的时代，其时少数英雄自我奋斗……最终凯旋。"②

在小说中，年轻时的老乔里恩白手起家，经营茶叶生意。他勤于钻研又恪尽职守，不久便在茶行中声名鹊起。人们称赞他是伦敦最好的品茶手，他经营的海外茶叶贸易也随着帝国的扩张而逐步壮大，他的职业更是与殖民者、探险家在新世界的冒险活动联系在一起。在当时人们的眼中，老乔里恩的商业行为充满了神秘感和崇高感。可以说，老乔里恩身上体现出的生气蓬勃的商业精神和超群的职业素养备受当时社会的尊重和推崇。这一时期中上阶层的工作方式既为个体的自我实现提供了可靠途径，也为维多利亚英国的兴盛与繁荣提供了坚实的社会基础。

进入爱德华时期后，"英国的极盛时代早已成为历史的陈迹。20世纪的英国经济史，是这个曾经煊赫一时的殖民帝国不断衰落和解体的无情的记录"。③英国在经济领域从高峰一步一步衰落下来，并陷入一系列困境的现实，被经济学家称为"英国病"。高尔斯华绥笔下的英国与狄更斯等先辈们笔下的

---

① 菲利普·布罗姆：《晕眩年代：1900—1914年西方的变化与文化》，彭小华译，成都：四川人民出版社，2016年，第23页。
② 埃里克·霍布斯鲍姆：《工业与帝国：英国的现代化历程》，梅俊杰译，北京：中央编译出版社，2016年，第116页。
③ 罗志如、厉以宁：《二十世纪的英国经济："英国病"研究》，北京：商务印书馆，2015年，第1页。

英国相比，已经发生了较大的变化。如果说，《艰难时世》中的英国是追求进步和速度的工业主义国家，那么《有产业的人》中的英国则是一个因循守旧、故步自封的国家。

小说中，福尔赛人们没有了一往无前的英雄气概，而是显露出颓废沮丧的精神状态。已到晚年的老乔里恩体会到时代的变迁，英国社会中已经没有了老乔里恩年轻时的工作热情，他带着无奈和惋惜怀念道："那个年代里人人都真肯干！这个字，眼前的这些毛头小伙连懂也不懂得。"[①]如今，他在海外的煤矿企业——新煤公司——每况愈下，不断亏损，而公司的董事们也都无心经营，想要靠出售公司的股份再赚一笔。最终，老乔里恩也无力扭转新煤公司衰败的势头。小说结尾处，公司被转卖给了美国的财团。老乔里恩产业的萎缩，正是世纪末英国工商业陷入低迷的真实写照。

爱德华时期的英国中上阶层对工业和商业领域的热情日见减退，他们不再直接经营实业或是积极参与生产活动，而是开始依靠之前积累的财富（如股票、公债等）生活。中上层阶级工作方式的变迁，使其自身陷入了沉沦消极的精神状态。第二代福尔赛人提摩西从事出版业多年。他预感到经济的下跌趋势，在自己的事业鼎盛之际卖掉了生意，购买了大量回报较低但更为稳妥保险的公债。从此，提摩西对工作再无兴趣，变得谨小慎微，极少外出走动，整个人进入了一种离群索居的状态，"他的精神变得颓唐起来。他差不多成为一种虚无缥缈的人物——一种象征安全的精灵萦绕着福尔赛宇宙的边缘"。[②]

如果说老一辈福尔赛人对工商业逐渐失去了兴趣，那么年轻一代的福尔赛人则是根本不愿意参与任何实际的工作。詹姆士的女婿达尔第曾经投资股票失败，险些破产。之后，他就穿梭在饭店与俱乐部之间，以应酬和赌马为业。福尔赛家族的其他子弟也大多不具备任何工作技能，只学得一身优雅的举止，以上层人士自居。他们依仗父辈的产业，过着终日游手好闲的生活。

在充满变革与危机的维多利亚时代末期，英国中上层阶级成了一群心灰意懒的人。他们从工业、贸易、技术的第一线逐渐后撤，不再热衷商业竞争，放弃了商品生产，从技术革新和追逐利润的城市工作方式，转向平静优雅的乡村

---

① 高尔斯华绥：《有产业的人》，第68页。
② 同上，第11页。

宅邸式工作方式。索米斯十分厌倦城市的生活,想要在城郊建造一栋别墅。在他看来,城市中充斥着令人不安的新思潮和不可预知的变革威胁,迁入城郊才能维系一种持久而宁静的生活方式。这一时期,英国中上层阶级向郊区迁徙的强烈意愿,实际上体现了一种消极遁世的心态。"郊区可以远离城市中不同群体之间的思想碰撞、激发、诱导、钩沉以及挑战激励。"① 总体而言,郊区处在一种隔绝而停滞的状态,既无创造价值的可能,也无产生变革的危险。

用西方学者大卫·席格登(David Leon Higdon, 1939—)的话说,"《有产业的人》记录了英国社会的变迁,其背后没有发展和进步的契机"。② 正是在这一变迁的过程中,原本富有活力的英国中上层阶层变得保守且消沉,他们的工作和生活方式也从积极奋进转向消极享受。福尔赛人产业的萎缩与他们纵情声色的行为之间形成了巨大的张力,这种张力使得高尔斯华绥笔下的"英国状况小说"展现出了新的维度。他的《有产业的人》既体现出对工业主义生活方式的质疑,又表达了对工业化英国衰落的焦虑与不安。

三、从"有产业的人"到"名流绅士":文化的危机

文化一直是"英国状况小说"的重要主题。狄更斯等作家没有止步于对社会历史状况的真实刻写,而是积极地参与到社会文化的改造当中。与诸多文学前辈相比,高尔斯华绥同样关注文化,只是侧重点有所不同。在《有产业的人》中,高氏主要探讨了在工业化英国衰落的语境中出现的复杂文化问题。

在许多学者看来,"英国病"并非仅仅指英国经济的下滑,它更浸入到社会结构和文化思想等层面。西方学者威纳认为,英国的衰落背后更有深刻的文化根源,即一种"反工业"的文化传统,后者在维多利亚晚期发展成了"根深蒂固的、错综复杂的文化综合病"。③ 换言之,"英国病"的成因与英国特殊的历史进程有关。英国的"光荣革命"并未诉诸暴力,而是以渐进、和平的方式向前推进。贵族和资产阶级在许多方面达成了妥协。工业革命中崛起的新生力量并

---

① 刘易斯·芒福德:《城市文化》,宋俊龄等译,北京:中国建筑工业出版社,2004年,第255页。
② David Leon Higdon, "John Galsworthy's *The Man of Property*: 'now in the natural course of things'," *English Literature in Transition*, 1880-1920 21, no. 3 (1978), 154.
③ 威纳:《英国文化与工业精神的衰落》,第2页。

未彻底地破坏原有的社会结构,贵族式的价值观念和生活方式得以保留下来。也就是说,整个19世纪,英国的资产阶级与贵族阶级开始相互适应,并且逐步融合。在此过程中,贵族按照自身文化观念展开了对资产阶级的重塑,使得"一个新的占统治阶级地位的资产阶级文化带有旧贵族的烙印"。[①]

在小说中,第二代福尔赛人普遍接受了贵族价值观念的塑造,在生活方式上向雅致闲适的贵族传统靠拢。工业革命初期,中产阶级勤奋自律,重视积累,提倡节俭。然而,这种工作伦理不久便被抛诸脑后,取而代之的是追求享乐,崇尚浮华的生活风尚。第二代福尔赛人斯悦欣在日常生活中极其讲究奢华,他最看不过简单朴素,喜欢金碧辉煌。他被人称做"大鉴赏家",因而沾沾自喜:"他一心一意搞起了贵族的玩意儿,自己这样出类拔萃的人物根本就不应该让工作玷污自己的心灵。"[②]福尔赛人的先驱们具备冷静、正常、富于生命力的品质,曾经是使国家迅速崛起的核心力量。但是,他们满带个人主义的奋斗精神在爱德华时期的文化语境中反而显现出粗鄙而低俗的意蕴。当第二代福尔赛们回忆起他们的父辈杜萨特大老板时,都会流露出鄙夷的神色。纵使杜萨特留给子女的遗产多达三万英镑,他在子女眼中仍是一个严厉而鄙陋的人,他性格里唯一的贵族气息就是经常饮用危地拉酒。更耐人寻味的是,原本指代这个家族实业家身份的称谓——有产业的人——也成了举止粗俗和智性低下的代名词,让福尔赛人避之唯恐不及。这一细节表明,原先进取的英国中产阶级此时已被贵族价值观所驯服。

中产阶级在与贵族融合的过程中,开始对一切所谓的文化价值产生兴趣。因为出身低微的中产阶级意识到,在追求社会地位的斗争中,能够展现高雅趣味的文化和教养渐渐成为一种提升自身社会地位的重要武器。汉娜·阿伦特认为,维多利亚时代的英国出现了一种非利士主义的变体,即文化市侩(非利士)主义(cultural philistinism)或有教养的市侩(非利士)主义(educated philistinism),其特征就是将文化看做具有"价值"的物,文化"即一种在跟其他社会和个人价值的交换中能够流通和变现的社会商品"。[③] 中上阶层曾视文化

[①] 威纳:《英国文化与工业精神的衰落》,第13页。
[②] 高尔斯华绥:《有产业的人》,第92页。
[③] 汉娜·阿伦特:《过去与未来之间》,王寅丽等译,南京:译林出版社,2012年,第188页。

为无用之物,他们奉行的非利士主义更与"文化"一词格格不入。阿诺德等一批思想家充分认识到非利士主义的严重危害,并将文化看做平衡现代生活、追寻自我完善、对抗非利士主义的重要手段。然而,在维多利亚时代晚期,文化却成了中产阶级换取更高社会地位的资本,在此过程中,文化的真正价值也逐渐被磨蚀消减。在现今的中上阶层手里,文化应有的心智培育、愿景描述等功能都被砍削殆尽,文化反而显现出一种肤浅媚俗的市侩习气。

福尔赛们热衷于收藏油画和雕塑,斯悦欣曾经花费巨款购买了一组精美的意大利石像,驱使他买下这些艺术品的理由却与审美趣味毫不相关,而是斯悦欣坚信这些艺术品能够以两倍的价钱卖出。可见,他评判文化和艺术的标准依然要遵从商业原则,在他眼中,卖不掉的艺术品毫无价值可言。

福尔赛人的财产意识扩展到文化和艺术领域的另一个显著表现,就是他们对贵族身份的推崇。他们渴望发现自身与英国贵族传统的关联,并以此为荣。斯悦欣曾经兴冲冲地前往纹章局,想要发掘家族历史中值得炫耀的传统。纹章局的人告诉他,"福尔赛"跟英国历史上有名的贵族"福尔席"是同宗,而且只要付费就能够使用"福尔席"家的族徽。斯悦欣如获至宝,立刻就将"福尔席"家的族徽用在了自己的马车上以示荣耀。

世纪之交,英国的衰落趋势让人们对工业化的信心骤减,于是理想化的乡村便浮出了水面。乡村成了逃避充满紧张和不安的现实生活的乌托邦,包括福斯特和吉卜林在内的许多知识分子都试图回到过去的英格兰乡村,并希望凭借古老的田园生活和贵族文化对备受质疑的工业价值体系进行修补,进而拯救日渐式微的工业化英国。就像学者马尔科姆·布拉德伯里所观察到的那样,"怀乡病阴沉忧郁的气质贯穿了19世纪晚期和20世纪初期的艺术和情感"。① 小说中,詹姆士曾满怀希望地返回福尔赛人发迹之前生活过的小村庄,想要在那里寻找一种他仰慕已久的生活方式。可是,他看到的却是另外一番景象:"一条土车走的土路深深陷在淡红土里,从这条路可以通往海边的一座碾子……用以推动碾子的那股水流分做十来道潺潺的流水流下去,水口上有许多猪在那里觅食……那些福尔赛的祖先当初就是这样两足陷在污泥里……

---

① Malcolm Bradbury, *The Social Context of Modern English Literature*, London: Oxford, 1971, 46.

几百年来犹如一日。"①高尔斯华绥笔下的这幅乡村图景显得萧索灰暗,与其他文学作品中"快乐的英格兰"相去甚远。这个小村庄不仅没有想象中充满诗意的田园生活,反而处处展现出落后、贫穷、停滞的一面。这一文学虚构叙事展现了高尔斯华绥对爱德华时代英国状况的冷静思考,对"前工业"时代的追忆并不能使英国摆脱现实困境,沉溺于乡村和贵族文化更没有使国民的智性有所提升。

高尔斯华绥对贵族文化的看法与阿诺德颇为相似,后者曾评论道:"贵族文化主要是外在的文化,其主要的构成似乎仍是外部的魅力和造诣以及浅表层的美德。"②这种文化虽然体现出外在的优雅举止和尊贵仪态,却也带有过度的内敛和惊人的肤浅,显示出无用和贫乏。随着贵族文化向资产阶级观念领域的渗透,原本行为粗野的"有产业的人"逐渐被改造成外表温文尔雅的绅士。在高尔斯华绥看来,整个绅士化的进程中,英国中上层阶级接受的教化相当有限,他们始终保持着天性中的贪婪狭隘,但是"他们却在贵族身上学会了'时髦'这两个字……即衣服、笑话、赛马的机密、桥牌的集会。结果就产生了一种无聊的空谈"。③在这种文化语境当中,福尔赛人的集体形象越来越不像是实业家和创业者,而是名流与绅士的形象。福尔赛人自我形象的重塑扶植了一种看似迷人,实则封闭保守的生活方式。

"英国状况小说"一般都带有强烈的历史感,并通过日常生活方式的细致刻画,阐释严肃的社会问题。《有产业的人》保持了"英国状况小说"深刻的批判性,并将这种批判与英国社会历史的变迁相结合,完成了"英国状况"的重新书写。

首先,高尔斯华绥将爱德华时期英国中上阶层的家庭生活、社会生活和文化生活进行了重新审视。这些生活呈现出令人眼花缭乱的浮华,小说中处处都是晚宴、集会的热闹场面,人们都衣着考究,举止优雅,一派歌舞升平的景

---

① 高尔斯华绥:《有产业的人》,第18页。
② 阿诺德:《文化与无政府状态》,第71页。
③ 约翰·高尔斯华绥:《岛国的法利赛人》,周煦良译,上海:上海译文出版社,1978年,第68页。

象,却难以掩盖英国走向衰落的事实,"一切荣华的丧钟都敲响起来"。①《有产业的人》中弥漫的衰落感不仅是对当时社会状况的真实回应,也体现出英国文化的整体流变。

其次,在《有产业的人》中,高尔斯华绥更将社会批判的笔触深入到文化的层面,并在历史与文化的多向度中探讨了英国由盛转衰的历史进程,这种探讨形成了与文化观念的互动和关联。19世纪下半叶,英国中上层阶级逐渐与贵族阶级相互融合,贵族文化完成了对中上层阶级的教化,也完成了对中上层阶级生活方式的重铸。正如高尔斯华绥所言,这一时期造就了中上层阶级,"巩固了它,雕琢了它,教化了它,终于使这个阶级的举止、礼貌、言谈、仪表、习惯、灵魂和那些贵族几乎变得一模无二"。② 但是,中上层阶级自身唯利是图的本性并未改变,而充满生机的实干精神和进取意识却渐渐消退。福尔赛人家族的分裂和产业的萎缩影射了生活方式变迁带来的危机与困境。高尔斯华绥在情节上的这种安排,与传统"英国状况小说"的文化主题遥相呼应,意在表明他对英国文化现状的担忧。在文本中,福尔赛人们披上了文化的外衣,并将文化视为提升社会地位的工具和可供牟利的商品。爱德华时期中上层阶级对文化的追逐,没有改变英国人精神生活与物质生活失衡的状况,反而促成了一种更为隐秘且危害更甚的文化"英国病"——文化市侩(非利士)主义的流行。

在《有产业的人》中,高尔斯华绥展现了对"英国状况"问题的独特思考,并通过对福尔赛人生活方式的批判传达出来。这种思考源于19世纪末英国复杂的文化状况:工业精神与"反工业"文化传统的碰撞与交融。英国国力的下降,加剧了人们对工业制度、技术进步和财富创造的质疑。与之相应的是遏制工业价值观的新文化传统的形成。在高尔斯华绥笔下,福尔赛人在财产意识与"快乐的英格兰"的理想之间游移不定,变得萎靡消沉。高尔斯华绥对时代的"文化病症"做出了精确的诊断,却苦于找寻不到医治的良方,但他为文学与文化观念之间的互动所做的探索是不应被忽视的。

---

① 高尔斯华绥:《岛国的法利赛人》,第84页。
② 约翰·高尔斯华绥:《骑虎》,周煦良译,上海:上海译文出版社,1978年,第311页。

第七章
审美趣味与共同体文化

本章的关键词是审美趣味与共同体文化。

毛姆的代表作《人生的枷锁》既是一部自传体小说，又是一部成长小说。主人公菲利普接受过英国绅士教育，具有一定文化涵养，其心智的成熟与阅读趣味以及艺术鉴赏力的培育息息相关。小说尤为突出地展示了文化对绅士的塑形作用，以及审美趣味在英格兰共同体文化建构中的重要作用。在审美泛化的 20 世纪初期，毛姆洞悉到消费文化对审美趣味的影响，这种审美趣味形成了一种新的"人生的枷锁"。在《刀锋》(The Razor's Edge，1944)中，作者试图揭示以艾略特等人为代表的成功者不仅是财富的积累者，而且是平庸审美趣味的典型人物；而以拉里为代表，则象征着知识财富的拥有者。他们重视身体作为审美之源所具有的能动性作用，通过身体的直观感受领悟到身心的愉悦和自由，体现出了一种高尚的审美情趣。

切斯特顿随笔对共同体的关注主要体现在传统与文化断裂、思想惰性与文化危机、教育与文化愿景三个层面。传统的存留不仅是一个凝聚着社会关注的思想焦点，也是一个事关共同体文化发展的社会问题。切斯特顿对传统的态度更多意味着一种充满辩证的审慎与稳妥，体现了一种对既有秩序感的依恋和对共同体未来的文化忧思。在切斯特顿看来，思想的惰性与对进步概念的误读其核心是一种智识缺席，这种缺席不仅阻碍了社会进步，也危及了共同体文化的良性发展。切斯特顿对教育的关注不仅具有文化史研究的现实关怀，也以一种对话精神渗透着一种事关共同体文化发展的愿景思考。

第一节
心智培育与绅士文化：毛姆《人生的枷锁》中的文化之维

20世纪英国小说家毛姆一生热衷于品鉴艺术，收藏名画，交游于由艺术家们组成的文化圈子。情趣高雅、有品位是他给英国文艺界留下的印象。艺术趣味的养成对毛姆的个人成长影响深远，为其绅士形象的塑造提供了重要的文化维度。

毛姆笔下的人物也常常具有艺术气质，举止文雅，注重趣味培育，拥有典型的英国绅士气质和情怀。陈兵教授曾着重探讨过毛姆东方故事中英国绅士和帝国之间的关系问题，他指出："毛姆对于绅士文化的迷恋，使得他习惯于从英国绅士的角度来考量大英帝国与殖民地的关系。"[①]长期以来，绅士阶层被视为英国社会的中坚力量，讲究良好出身、注重道德修养和精心培育艺术鉴赏力的绅士传统，无疑成为英国社会传统思想和文化的重要一环。在频频提及绅士的小说《人生的枷锁》中，毛姆尤为突出地揭示了绅士文化对英国绅士的塑形作用。毋庸置疑的是，绅士文化关涉一个人的艺术审美力，与英国贵族的心智培育息息相关，同时也是构成英国共同体文化的重要组成部分。

一、心智培育与绅士教育传统

《人生的枷锁》是一部自传体小说，也是一部成长小说。英国成长小说侧重于描写主人公在自我实现和自我约束中提升道德，从而获得精神成长，以便融入社会，即通过"心智培育"来建构"整体文化身份"。[②]《人生的枷锁》中主人

---

① 陈兵：《责任与疆界：毛姆东方故事中的英国绅士与帝国》，《外国文学》，2016年第4期，第110页。

② Richard A. Barney, *Plots of Enlightenment: Education and the Novel in Eighteenth-Century England*, Stanford: Stanford University Press, 1999, 26.

公菲利普的"心智培育"之路,始于他在童年时代阅读的各式图书。孤儿菲利普在缺乏家庭关爱和呵护的叔父家里,度过了悲苦寂寞的童年时光。他的叔父自私冷漠、僵化刻板,生活毫无趣味可言,唯一热衷的俗事便是从旧书店中收集图书,而他早已丢弃了读书怡情的习惯,翻书和修补旧书封皮只不过是其消磨时间的手段而已。然而,叔父家的图书,特别是那些富有东方色彩的插画书,却给菲利普带来了极大的心灵慰藉。它们不仅使他摆脱掉生活的苦闷和寂寥,而且将他引入了"一片新的乐境"。① 也正因为如此,菲利普养成了能"给人以最大乐趣的习惯"——博览群书,这一阅读趣味为他提供了一个"逃避人生忧患苦难的庇护所"(34),同时也为他创造了一个运用想象力来认识世界、憧憬未来的空间。

　　阅读趣味构成了共同体文化的重要一环。在毛姆看来,这种趣味的养成无疑能引导绅士文化和绅士精神的正确走向。毛姆终其一生钟情于绅士文化,常常以绅士所应具备的品位、涵养、礼仪和艺术鉴赏力来衡量自己的生活。除了文学创作和异域旅行之外,品鉴和收集名画成了他最大的爱好。毛姆在法国里维埃拉的别墅就收藏了众多名家画作,包括高更、莫奈、雷诺阿等印象派画家以及毕加索、马蒂斯、劳伦辛等现代派画家的作品。从某种程度上说,具有绅士审美趣味已然成了毛姆生活和艺术创作的核心追求,也如黑斯廷斯(Selina Hastings,1945—)所言,毛姆本人已然成为"英国绅士的象征"。②

　　绅士文化建设离不开教育事业的发展。英国公学素以培育精英阶层而著称,毛姆在自传色彩浓郁的《人生的枷锁》中不仅频频提及绅士,还借笔下人物之口详细阐述过绅士的标准,强调绅士必须在"公学里念过书"(125),而且还就读过剑桥或牛津大学。然而,毛姆并没有经常提及公学消极保守的一面。事实上,当时一些坚持严厉而虔诚的清教徒家庭认为公立学校以"恃强凌弱、争吵斗殴、鞭责体罚、性关系混乱"以及学生"信仰沦丧"而闻名,③因此不少家长往往拒绝把子女送进公学读书。毛姆经历过类似的求学体验,这使他能够

---

　　① 威廉·萨默塞特·毛姆:《人生的枷锁》,张柏然等译,上海:上海译文出版社,2011年,第33—34页。本节以下引自该书的内容只标页码不再另注。
　　② Selina Hastings, *The Secret Lives of Somerset Maugham*, New York: Random House, 2009,1.
　　③ 罗伯茨、罗伯茨等:《英国史》,第286页。

细致入微地描绘出菲利普在坎特伯雷皇家公学身心受缚的生活。教学方法守旧、教学内容枯燥且缺乏实用性,成了遏制孩子们想象力和创造力的主要原因,再加上当时公学对体育竞技能力的推崇,使跛足的菲利普身心备受打击。

读书本是使人增长阅历和怡养性情的重要途径,然而僵化保守的公学教育却成了制约个人智性成长的桎梏。19世纪末期的英国乡村依然保留着强势的维多利亚风尚,教育上推崇以研读经典、培养德性为中心的古典人文教育。与常常遭人诟病、以不求文意的机械诵读为主的儒学教育相类似,毛姆在《人生的枷锁》中也针砭了古典人文教育中机械的灌输式教育模式。这种教育体制的弊病在狄更斯的作品中早有揭露。菲利普就读的预备学校校长沃森先生与狄更斯小说《尼克拉斯·尼克比》(*Nicholas Nickleby*,1839)中的斯奎尔斯校长一样,唯利是图,残暴专制。学校给菲利普的第一印象不是一个心灵可以获得滋养的地方,而是那砖墙有如"监狱"般(35),阴森恐怖,预示了它将给其身心发展套上无形的枷锁。

在菲利普看来,公学里的老夫子们只知照本宣科,让学生死记硬背古典文学,丝毫不传授相关常识,不讲究知识的实用性,更容不得半点教育方面的新思想。毛姆在《人生的枷锁》中揶揄道,上法语课时,老夫子的语法知识绝不比任何法国人逊色;依靠体罚,他们还能更有效地维持课堂秩序。然而,这些老夫子的口语交际能力尚不足以助其在法国餐馆喝上一杯咖啡。在这种僵化、高压的教育氛围下,菲利普深谙"记忆力往往比智力更有助于学业上的长进"(47),因此凭借好记性,他很有希望获得一笔奖学金。这种情形不禁让人联想到维多利亚时代思想家卡莱尔曾用"机械时代"一词来描述当时的英国社会现实。如卡莱尔所说,当机械式的学习成为"习惯",并进而成为支配人们"行为方式"的准则时,①它不仅不利于有机社会整体智识的提升,还会使心灵和情感也变得僵化机械。在《人生的枷锁》中,人们连表达歉意或爱意的方式也是僵化机械的。年轻教师赖斯先生没有注意到菲利普的跛足,而要求他去球场踢球,可是在意识到自己让后者受到伤害时,他本想表达歉意,却又困窘得开不了口;而沃森校长表达"爱抚"之情的举措也只不过是把"手掌沉沉地按在菲利

---

① 参见布洛克:《西方人文主义传统》,第159页。

普的肩头上"(47)。

毛姆对公学教育消极一面的揭露,表明他对当时社会教育体制的忧虑,体现出一种极具文化批判意识的现实关怀。19世纪以来,随着工商业的蓬勃兴起,旧有的共同体纽带也随之瓦解,同时冲击了古典教育的社会基础。为了应对市场经济的发展,社会对职业教育的需求也逐渐增强起来,思想家穆勒、纽曼等人都力主拓展古典教育的内涵。毛姆对这一教育新需求、新趋势也早有洞悉,并借小说创作表达了自己的时代忧虑。菲利普在伦敦一家会计师事务所见习时,一位事务所职员抱怨说,学校从来不传授那些在"商业中很管用的学问"(179)。在毛姆看来,虽然经商并非一位绅士所应当从事的职业,但处于转型期的社会无疑将对教育——共同体文化的重要组成部分——提出新的要求。教育不能再局限于古典人文教育的社会教化和修身立德,还应该适应工业和商业急剧发展的需求。

二、审美趣味与艺术启迪

毛姆曾在《总结》(*The Summing Up*,1946)一书中谈到,"我渐渐认为世上没什么比艺术更重要的了。我在宇宙间寻求一种意义,而我能发现的唯一意义是人类于各处创造的美"。① 因此,毛姆笔下的故事常常与艺术和艺术家结缘。例如,《月亮与六便士》(*The Moon and Sixpence*,1919)便以画家高更的创作经历为原型,描写了主人公为实现自己的艺术理想而不惜与世俗抗争到底。《人生的枷锁》中毛姆的代言人菲利普对艺术有着同样执着的信念,并希冀借由艺术之美来赋予生活以意义。

对孤儿菲利普而言,身体的残疾使他的悲苦生活雪上加霜,而绘画艺术却让他感受到了审美的乐趣,也使他重新发现了生活的意义。依照哲学家梅洛-庞蒂(Maurice Merleau-Ponty,1908—1961)的观点,绘画始终与创造联系在一起,"绘画重新安排散漫的世界,并且把各种物品做成祭品,就像诗人使日常语言燃烧一样"。② 绘画艺术的救赎性即在于它能为人们提供一个观看世界的

---

① William Somerset Maugham, *The Summing Up*, New York: The New American Library of World Literature, 1946, 183.
② 梅洛-庞蒂:《眼与心》,杨大春译,北京:商务印书馆,2007年,第21页。

独特视角,从而将纷繁复杂的现代世界进行重新整合,并赋予意义。在伦敦会计师事务所工作之余,菲利普特别钟情于国家美术馆和各大艺术馆,他总是怀着一股朝圣者般的热情去参观那些展出的绘画作品。对他而言,这不仅仅是一项让他身心得到放松的休闲娱乐活动,而且那些展馆为他提供了一个寄托情怀和放飞想象力的空间。小说中的菲利普一直生活在残酷冷漠的现实世界和浪漫热烈的艺术世界之间,正是艺术的审美性救赎让他找到了现实生活的意义。

众所周知,绘画艺术在毛姆本人的生活和创作中都占有举足轻重的地位。在《人生的枷锁》中,作者直接提及的画家多达三十几位,绘画作品数十幅,其中广为人知的名画就有十幅。毛姆更是常常借人物之口传达其艺术创作理念,展露他的审美品位和情趣。自从离开伦敦枯燥乏味的会计师事务所后,菲利普就来到巴黎习画,一心想成为一名画家。周末或空闲时间,他通常会去卢森堡美术馆或各种画展欣赏画作,或与画室的同学们展开热情讨论,由此提升自己的审美品位和情趣。正如著名"纽约派"诗人詹姆斯·斯凯勒(James Schuyler,1923—1991)所言:"在纽约,艺术世界是画家的世界;作家和音乐家在同一条船上,但他们不掌舵。"[1]菲利普便是在绘画艺术的滋养下开阔了眼界,丰富了想象力和对世界的认知,从而获得了追求心智自由的空间。

如果说,小说中诗人克朗肖以波斯地毯为喻,引导菲利普从中探寻人生的意义,那么在解读人生意义的过程中,艺术犹如指路明灯,点亮了后者心中的激情。菲利普从小就养成了博览群书的习惯,在海德堡求学期间更是受海沃德等人的影响,对古典文化有了较为深入的了解。去巴黎习画之前,他已经熟读了佩特(Walter Pater,1839—1894)、罗斯金、瓦萨里(Giorgio Vasari,1511—1574)、卡莱尔、勃朗宁(Robert Browning,1812—1889)和瓦茨(George Flederic Watts,1817—1904)等艺术家的作品,其中罗斯金的艺术观点和主张最受他推崇。他在伦敦实习期间,事务所象征的是卡莱尔笔下"现金联结"起来的小社会,[2]人们疯狂地追求物质财富,唯利是图,精神世界却异常空虚。菲利普无法认同这种商业化的生活方式,内心感到无比苦闷和寂寞,唯有从艺术

---

[1] 张子清:《20世纪美国诗歌史》,长春:吉林教育出版社,1995年,第650页。
[2] Carlyle, *Past and Present*, 54-55.

中他才能得到心灵的慰藉。每逢周六下午，他都会手捧一本根据罗斯金作品编纂而成的游览指南，去参观国家美术馆，后者关于绘画作品的评论更是被他奉为圭臬，成了他品评画作真髓的标准。从中我们不难发现，阅读和赏画这两大爱好不仅将菲利普从商业气息浓郁的日常事务中解脱出来，而且使他逐渐形成了自己的审美理念和趣味。

出于对艺术的热爱，菲利普专门来到巴黎学习绘画，然而当时印象主义画风盛行，那些年轻的画室学员们拒斥代表传统艺术思想的"维多利亚贤哲"，如卡莱尔、罗斯金、勃朗宁、瓦茨、阿诺德和佩特等。更具体地说，印象主义画派重视光与影的关系，偏爱用明暗亮度的对比，来突显客观世界带给人们的强烈视觉体验和心理感受，这让菲利普始终无法认同。在卢森堡美术馆参观了莫奈等印象主义作品之后，菲利普意识到：

在此以前，他一直崇拜瓦茨和布因-琼司，前者的绚丽色彩，后者的工整雕琢，完全投合他的审美观。他们作品中的朦胧的理想主义，还有他们作品命题中所包含的那种哲学意味，都同他在埋头啃读罗斯金著作时所领悟到的艺术功能吻合一致。然而此刻，眼前所看到的却全然不同：作品里缺少道德上的感染力，观赏这些作品，也无助于人们去追求更纯洁、更高尚的生活。(229)

显然，印象主义画家的思想理念与维多利亚时代艺术家们的思想多有抵牾。从菲利普决定结束巴黎的学画之旅可以看出，瓦茨、罗斯金等人的艺术理念早已内化并深刻影响着菲利普的艺术主张。在他看来，艺术作品应当具有道德感染力和哲学启示作用，"缺少道德上的内容，任何伟大的艺术都不可能存在"(214)。不妨说，正是艺术的道德内涵使之拥有了永恒的"生命力"(214)，这种生命力将有助于唤起人们的热情，去追求一种更美好的生活。

绘画艺术通过视觉化的图像表现形式，将道德、信念、情操和想象力展示了出来，让人们和画家一起去实现外在世界在他们内心感知中的秘密转化，引导他们随着绘画去想象，去感受情感的升华。在阿特尔涅的家里，菲利普第一次见到了那位"谜一般的画师"——埃尔·格列柯作品的照片，并受到了深深的触动，后者的一幅风景画使他"对人生的真谛有了新的发现"(517)。菲利普认为,具有传统画风的格列柯作品能带给人以强烈的真实感,它不仅契合了他一直尊崇的现实主义传统理念,而且教会他用"心灵的眼睛"来观察人生(517)。毫无疑问,格列柯是位揭示"心灵"的画家,他笔下的人物是"通过眼睛来表达内心的渴望的:他们的感官对声音、气味和颜色的反应迟钝,可对心灵的微妙的情感却十分灵敏"(517)。这些崇尚自然的风景画不仅使菲利普摆脱了"现代人所发明创造的现代机器和引擎"的钳制(518),还将他的审美视线重新投向了美好、快乐的英格兰乡村共同体,从而收获了心灵的真正自由。

三、审美情趣与共同体文化

旅居巴黎期间,除了受到艺术熏陶之外,菲利普最宝贵的收获便是"精神上得到了彻底的解脱"(300)。这种精神上的"解脱"主要源于从绘画艺术中所感受到的精神自由以及眼界的开拓。他的心智逐渐成熟起来,而智识的提升促使他从一个旁观者的视角反观英国乡村的共同体传统和文化,唤醒了他的民族认同感。这首先反映在他对宗教文化的重新认识以及态度的转变上——他起先一味否定基督教信仰,后来意识到它在世俗生活中产生的影响。心智的逐渐成熟让他抛开了幻想,能以一种客观公正的眼光看待周围的事物,从而"认识事物的本相"。① 他逐渐意识到,虽然早已抛弃了宗教,但在宗教熏陶下成长起来的他已将宗教的核心——道德观念——内化进了自己的一言一行。他对陈腐的善恶观开始持批判态度,决心今后要"独立思考,绝不为各种偏见所左右"(300)。由此毛姆传递了这样一个观点:一个人智识的提升在于培养独立思考能力,其核心使命是帮助他摆脱固有观念和陈腐思想的束缚,在让想象力自由驰骋的同时,释放出革新创造的精神。

新的视角不仅使菲利普对从小浸润其中的文化进行反思、质疑和批判,也使他能够重新解读传统文化,从而获得新的审美体验。这一点集中反映在他对乡村景观的欣赏上:他开始用不同的眼光来观察家乡,并发现了自然风光美之所在。菲利普第一次察觉到家乡的美是两年旅法生活结束后。艺术的熏陶和文化的洗礼"启迪了他的心智",使他在古老的英格兰田园景色中感受到

---

① Lionel Trilling, *Matthew Arnold*, London: Unwin University Books, 1963, 10.

了"亲切的魅力";即使在阴郁的天气里,那"一片绵连天际的翠绿田野"也不失其"固有的恰然气氛"(298—299)。凝视着此情此景,菲利普感慨万端。重返英格兰,景色依旧,但观景人的心态和心智都发生了较大变化,于是观景所得的感受顺势也出现了变化。法国习画之旅可以说是一次心智成长之旅。阿诺德在《文学与科学》("Literature and Science",1882)一文中曾提出,人性有四个组成部分:行为能力、思想与认知能力、审美能力、社会交往和遵守规范的能力。[①] 他特别强调把思想与认知能力转化为审美能力和行为能力,而实现这种转化需要借助文化的力量。因此,阿诺德倡导人们学习并掌握优秀文化,用文化的力量来对抗非利士主义所导致的低级趣味,或者说审美意识的贫乏。在毛姆看来,包含趣味判断的心智培育是英国绅士教育的关键环节,而英国共同体传统和文化则引领着趣味判断的走向。

英国田园共同体是美、友爱、勤劳、同心协力等文化品格的集中体现。在肯特郡的乡下,菲利普被田园风光中蕴蓄的"美和激情"所触动(700),更为勤劳和同心协力的共同体文化所深深感染。我们不难发现,最终促成菲利普实现思想转变、选择安定婚姻生活的契机源于他在乡下拜访采摘蛇麻子的阿特尔涅一家时的所见所闻。在忙农活的闲暇时光里,父亲阿特尔涅为孩子们讲起了远古的传说。传说与肥沃的肯特郡大地构成了一幅和谐的美丽画面,使菲利普忘情其中,他觉得自己"完全为周围万物茂盛、欣欣向荣的景象所陶醉。肥沃的肯特郡大地升腾起缕缕甜蜜的、芬芳的气息;九月的习习微风,时辍时作,飘溢着蛇麻子浓郁诱人的香味"(700)。阿特尔涅一家与乡邻们在蛇麻子园里同心协力地收割劳动的果实,农园里飘荡着他们欢快的歌声和爽朗的笑声,此情此景在父母早逝的菲利普内心深处激起了强烈的爱和温馨感,也让他体会到了一股浓郁的归属感。

劳动者们在蛇麻子园互帮互助、愉快劳作的场面,无疑投射出毛姆关于田园共同体的美好想象。书中与此形成鲜明对照的是现代化商场:同样是劳动的场所,后者却给菲利普带来了截然不同的工作体验和感受。现代化的工作场所通过空间布局和时间管理,将劳动者全天候地纳入严密的监视

[①] Matthew Arnold, "Literature and Science," in *Discourses in America*, London: Macmillan, 1970, 101.

和管理系统中,与前面所谈及的充满了激情的、有机生成的公共领域截然不同。在菲利普看来,蛇麻子园是与他的童年联系最紧密的英格兰自然景观,蛇麻子烘房则是最富有典型特色的英格兰人文景观,这些无疑象征着古老英格兰的传统和历史,是"快乐英格兰"的缩影。此时,自然景观和历史传说合力向菲利普述说着古老的英格兰田园共同体所代表的优美、友爱和勤劳等优良传统。

毛姆的作品并不以描绘自然而见长,但《人生的枷锁》中的上述自然景观特写却耐人寻味。不难发现,毛姆对英国自然风光的关注和描绘并非一时兴起。作者似乎将饱含着传统文化深意的自然比喻成一位循循善诱的教导者,在其代言人菲利普融入自然的时刻给予其灵性的启迪,促其实现了思想和精神的转变。此时的自然让人联想到华兹华斯《远游》(Excursion,1836)中的漫游者。他受到大自然的启迪,感受到大自然中有诸多"传统故事,环绕在群山之间,/很多传奇,充斥着幽暗森林,/滋养着想象力的成长,/赋予心灵敏锐的感受力,/使其能够迅速辨识/万物的道德属性和尺度"。① 华兹华斯等浪漫主义诗人十分关注心智的培育,尤其是大自然对想象力的滋养。毛姆显然继承了这一传统,或者说续写了心智培育的传统,从而加入了与文化观念的互动。

毛姆在回忆录《作家笔记》中曾描述过一次观赏美景所带来的强烈审美感受和体验,那一景象"美得叫人窒息,我的的确确感到自己喘不过气来,我的心里有一种奇异、美好的感觉,好像我的心在膨胀。我感到惊奇、愉悦,我想还有解脱、自由"。② 《人生的枷锁》中菲利普的心智成长和思想解放离不开艺术审美带来的启示作用。小说结尾处,菲利普选择在国立美术馆画展前向莎莉求婚,这一场景别有一番深意:美术馆中图画上绚丽的色彩和优美的线条使菲利普心灵陶醉,恰如浪漫爱情带给人的"怡悦之感",而且美术馆还是一个展出

---

① G. H. Bromby, *The First Book of Wordsworth's Excursion*, London: Longman, 1864, 163-169.
② 威廉·萨默塞特·毛姆:《作家笔记》,陈德志等译,南京:南京大学出版社,2011 年,第 313 页。

共同文化遗产的公共领域,象征着他所向往的"一种最简单的然而却是最完美的人生格局"(722)。在英格兰共同体文化的熏陶下,菲利普成长为一名典型的英国绅士。这一故事背后,分明是一条心智培育之路,是毛姆在新时代赋予文化观念的内涵。

第二节
消费文化与毛姆《刀锋》中的审美"趣味"

作为审美趣味的文化,是现代英国文学的一个重要维度,而毛姆是这方面的典型代表。毛姆曾经坦言,他的晚期代表作《刀锋》是一个关于"成功"的故事。[①] 确实,这则故事用生动有趣、富有哲理的话语,讲述了形形色色的人物各自走上"成功"之路的历程和感悟。在这个故事里,有一个出现频率极高的词,即"趣味"(taste)。由"趣味"一词引申而来的近义词或词组贯穿了整个小说文本,如"有眼光"(6)、"博雅知识"(9)、"雅致极了"(20)、"见识"(24)、"(不)庸俗"(137)和"难得的艺术修养"(143),等等。这些词连缀成一条或明或暗的主线,引导着"成功"故事的走向。那么,"趣味"在一个"成功"的故事里到底扮演了怎样的角色呢?一个人的"成功"又是如何体现于他的审美"趣味"的?具有一定趣味或品位的人是否就等同于一个成功人士呢?针对这些问题的思考,毛姆在《刀锋》中通过人物的命运给出了他的理解和阐释。

一、消费景观下的审美趣味

《刀锋》中的审美趣味,首先得放在消费语境中来审视。在西方,趣味是由"味觉""味道"衍生出来的一个词。在美学领域,它最早与身体的感觉、知觉联

[①] 威廉·萨默塞特·毛姆:《刀锋》,周煦良译,上海:上海译文出版社,2012年,第348页。小说译文主要参阅周煦良译本,含少量笔者修订。本节以下引自该书的内容只标页码不再另注。

系起来,是源于美学家鲍姆嘉通(Baumgarten)的"感性学"认知传统。[①] 根据威廉斯的考证,"趣味"一词从 13 世纪起就在英文中出现,其内涵与身体密切相关,然后逐渐演变出其隐喻义——鉴赏力(discrimination),"Taste……指的是敏锐的辨识力或心智能力。通过敏锐的辨识力或心智能力,我们可以准确区分好的、坏的或普通的事物"。[②] 威廉斯的定义表明,一个人的趣味与其鉴赏力或心智息息相关,并且能够助其形成一种审美或道德的判断。《刀锋》中多次出现的"趣味"一词,往往与人物艾略特相伴而行。他"有眼光"(6),具有"博雅知识"和"难得的艺术修养"(9,143),这常常让叙述者折服。那么,艾略特到底具有怎样的审美趣味呢?他的审美趣味在其成功之旅中又扮演了何种角色呢?

艾略特,年近六旬,"一表人才,高个儿,眉目清秀,鬈发又多又乌,微带花白,恰好衬出他那堂堂的仪表。他穿着一直考究,服饰用品必须上夏费商店购买,衣服鞋帽则总要去伦敦买"(6)。寥寥数语,艾略特的身体形象和着衣品位便跃然纸上。他出身卑微,没有正式的职业,之所以能在时尚的巴黎之都立足,全凭着独特的眼光和渊博的学问,即一种精心培育出来的"趣味"或鉴赏力。他懂得品酒之道,对于艺术品也是真心爱好,于是给想要买画的收藏家出主意,做中介。作为中间商,他不仅从交易中捞到了足够的好处,而且还获得了圈内人士的认可和称赞。不妨说,正是对艺术的雅致审美趣味使艾略特赢得了名誉和声望,并使他过上了衣食无忧的生活。

在家居的陈设上,艾略特也极力表现出艺术修养和品位。他仿效上流人士的派头,让家里的室内装饰充分展示艺术修养和审美情趣,"墙壁上挂的都是法国大画家的作品,瓦托啊,弗拉戈纳尔啊,克洛德·洛兰啊,等等;镶木地板上炫耀着萨伏纳里和奥比松的地毯;客厅里摆了一套路易十五时代精工细绣的家具,制作之精,如他称的,说不定就是当年蓬巴杜夫人的香闺中物"(5)。然而,他收藏的艺术品只是抬高自身价值的筹码,是挤入上流社会的资本。从布尔迪厄的观点来看,艾略特的审美趣味不妨说是获取并积累文化资本的一

[①] 参见黄仲山:《权力视野下的审美趣味研究》,中国社会科学院研究生院博士论文,2013 年,第 1 页。

[②] Williams, *Key Words*, 481.

种手段,是赢得上层社会认同的手段。①

艾略特不仅成功地提升了自己的经济实力和社会地位,而且还感染并引导伊莎贝尔走上同样的成功之路。姐姐布太太和侄女伊莎贝尔初到巴黎,艾略特就对她们的着装打扮显露出不屑和鄙夷,并厉声要求她们去夏费服装店添置几身衣服,以给自己"挣面子"(63)。此处,消费文化对艾略特审美趣味的主导作用表露无遗。他的品位与他的消费理念密不可分,尤其反映在商品品牌的消费上。如威廉斯所说,趣味不能与消费者(consumer)割裂开来解读,②因为消费时代的文化品位和审美趣味已经成了消费者的身份象征,其消费实质与消费品的实用性已经发生严重异化。

在时尚和消费的前沿阵地巴黎,人的趣味完全被物所主宰,人沦为了物的奴隶。伊莎贝尔原本是个美丽、清纯、充满青春活力的女孩儿,但巴黎这个花花世界让她感受到了生活的五光十色,逐步沉浸于对物的"消费趣味",沉浸于她信以为真的"文明"和"生活"(86)。伊莎贝尔刚和未婚夫拉里解除婚约,还来不及为爱情过多地忧伤,便被两位访客的形象吸引住了。她们是深受巴黎时尚熏陶的两位美国妇人。作为时尚之都的领潮儿,她俩"穿着非常考究,脖子上围着珠串,手上戴着钻石手镯,手指上套着价值昂贵的戒指"(86),原本这些冷冰冰的物品在伊莎贝尔青春和朝气的映衬下会黯然失色,然而她丝毫没有意识到自身拥有的宝贵财富,反而羡慕起贵妇人的华丽衣服和矫揉造作的姿态来。在她眼中,不仅这两位贵妇代表了一种高雅的审美趣味,而且舅舅家那些冷冰冰的装饰也给她带来了文明的感受。那个"宽敞的房间、地板上铺的萨伏纳里地毯、华丽的镶了木板的墙壁上挂的那些美丽的画……那些精工细雕的椅子,细工镶嵌的橱柜和茶几,每一件都够得上进博物馆"(86)。她仿佛有种"置身物之中的惊喜感",明白了什么是真真切切的"生活"(86)。这种"生活"与之前拉里所描绘的图景形成了鲜明对比。对于伊莎贝尔来说,一个人住在装潢华丽的房子里,家中收藏有价值昂贵的艺术品,每天谈论的话题离不开

---

① Pierre Bourdieu, "Social Space and Symbolic Power," *Sociological Theory* 1 (1989), 14-25. 布尔迪厄集中研究了社会资本、文化资本和经济资本之间的区分和相互作用,并且认为文化资本在其基本的状态中是与身体相联系的,并预先假定了某种实体性和具体性。
② 黄仲山:《权力视野下的审美趣味研究》,第483页。

近期上演的话剧,最时新的妇女服装设计师,最时新的人像画家以及刚上台首相的最新情妇,所有这些合成了令人惊奇的人类"文明"(86)。不妨说,在伊莎贝尔眼中,人类文明就是物的文明。借用鲍德里亚的话说,"我们生活在物的时代"里,①人们的审美趣味正在逐渐被一种庸俗的官能享受主义所主宰和统治,"正像狼孩因为跟狼,我们自己也慢慢地变成了官能性的人了"。②

庸俗的官能享受主义式的审美趣味与人的身体本能需求相分离,导致人陷入符号消费的陷阱当中。基于对商品的奢侈消费而产生的"真实生活"感(86),成了伊莎贝尔选择结婚对象和生活方式的唯一价值标准。与拉里解除婚约后,她迅速投身于巴黎纸醉金迷的社交场,不久便与一位股票投机商的儿子格雷结婚,走上了她的成功之路。婚后,象征其消费趣味的钻戒、黑貂皮大衣和富丽堂皇的家居装饰使伊莎贝尔牢牢把握住了充实的生活感,然而这种物质的充实和丰盛只不过是一个个消费的符号,它们终将导致人的审美趣味平庸化和世俗化。对伊莎贝尔而言,人对物品的欣赏不再倚重于它的功用性与美学本质,而是在于其物品的符号性是否能满足一个人所"显现出来的身份、涵养、文化品质"。③换言之,通过伊莎贝尔和艾略特,毛姆讲述了一个审美趣味在消费语境下异化的故事。

二、回归身体感性的审美趣味

书中另一人物拉里与艾略特和伊莎贝尔形成了鲜明对照。拉里的审美趣味是以身体的直观感受为基础的,它重视"感觉经验所引起的纯粹的愉快和不愉快的感受,而不是事物的实用功能或与事实有关的信息"。④伊格尔顿在《美学意识形态》(*The Ideology of the Aesthetic*, 1990)中开宗明义地指出:"美学是作为有关肉体的话语而诞生的。"⑤他通过评说从伯克、康德一直到阿多诺的思想路径,分析了审美与意识形态之间盘根错节的交织状态,指出身体的

---

① 鲍德里亚:《消费社会》,第 2 页。
② 同上。
③ 朱立元:《西方美学思想史》(下),第 1624 页。
④ Dani Cavallaro, *Critical and Cultural Theory*, New Jersey: The Athlone Press, 2001, 149.
⑤ Terry Eagleton, *The Ideology of the Aesthetic*, Oxford: Blackwell Publishing Ltd., 1990, 1.

"自然性所蕴含不受束缚,渴望自由的反抗力量,作为一种久久不能平息的力量对既定的政治权力同样会构成潜在威胁"。① 也就是说,身体话语作为美学的基础,在向我们表明身体的自然物质属性的同时,也揭示了其深刻的文化影响。

拉里的身体意识觉醒始于对死亡意义的哲学思考。一战后,拉里无法忘记死亡场景带给他的身体感受:"死者死去时那样子看上去多么死啊!"(52)好友的死亡,使拉里成为古希腊悲剧式的人物,对人类苦难的怜悯和对恶的恐惧促使他踏上探寻真理之途。首先,拉里质疑培育社会精英的大学教育体制,期望通过博览群书,从西方思想文化传统中探寻到人生意义。他拒绝了上大学和参加工作的建议,把大部分时间投入到阅读中去,希望从书本中收获知识和获得审美愉悦。然而,投身"工作"在当时被认为是一个男性义不容辞的责任和义务,因此伊莎贝尔不能理解拉里为何能漠视美国"正在经历着一个世界从来没有经历过的宏伟时代"(77),而将趣味投向了书本。作为一个"平常的、正常的女孩子",伊莎贝尔所珍视的是自己的青春和美貌,所持生活态度就是"及时行乐"(82)。因此,她和拉里就显得格格不入了。拉里曾对她灌输如下观念:

> 人们用不着上夏内尔服装店,仍旧可以穿着得很好。而且所有有趣的人并不住在凯旋门附近和福煦大道上。事实上,有趣的人简直不住在那儿,因为有趣的人一般钱都不多。我在这儿认识不少的人,画家,作家,学生,法国人,英国人,美国人,什么样式的人都有,我认为你会觉得这些人比艾略特的那些性情毛躁的侯爵夫人和目中无人的公爵夫人有趣多了。你脑筋动得快,而且富于幽默感。听他们一面吃晚饭,一面针锋相对地谈话,你一定很欣赏,尽管喝的只是普通的葡萄酒,而且你用不着有个男管家和两个手下人伺候你。(80)

拉里的"趣味"显然偏好于一种截然不同的生活方式,它体现出对消费文化的

---

① 肖琼:《悲剧与意识形态——从伊格尔顿的悲剧观念谈起》,《文艺理论研究》,2010年第2期,第77页。

背离和拒斥。伊莎贝尔的真实生活是由物构成的世界,她的审美趣味也是基于消费文化中对商品的热情拥抱而形成的。正如伊格尔顿所言,人的感性贫乏化/庸俗化会导致一种审美观念,即把审美等同于所谓的"拥有感";或者说,私有财产下人的感性完全被单纯的财产和占有的观念所统辖。① 对于伊莎贝尔来说,只有这种物的"拥有感"才使她体验到了自身存在的价值和意义,但对于拉里,种种外在的物质却形成了一种"人生的枷锁"(如小说标题所示),束缚着他身体和心灵的自由。他鄙弃消费文化下的审美趣味,勇于通过实践来证明身心的自由对于审美趣味的重要性。因此,作者在故事的结尾处对拉里未来生活的安排意味深长:他放弃了所有财产,开始了新的人生征程。拉里在探索人生意义的过程中发现了美,获得了一种最淳朴、最直观的审美感受,即人的身体与自然融合而产生的愉悦感和自由感:

  我不会形容,那些写景的字眼我全不会使用,我讲不来,不能使你亲眼看见破晓时展现在我面前的那片壮丽景色。那些满布茂密林莽的群山,晓雾仍旧笼罩在树顶上,和远在我脚下的那座深不可测的大湖。太阳从山峦的一条裂缝中透进来,照耀得湖水像灿银一样。世界的美使我陶醉了。我从来没有感到过这样的快意,这样超然物外的欢乐。我有一种古怪的感觉,一种震颤从脚下起一直升到头顶,人好像突然摆脱掉身体,像纯精灵一样分享着一种我从来没有意想到的快感。我感到一种超越人性的知识掌握着我,使得一切过去认为混乱的变得澄清了,一切使我迷惑不解的都有了解释。我快乐得痛苦起来;我挣扎着想摆脱这种状态,因为我觉得再这样继续下去,人就会立刻死掉;然而,我是那样陶醉,又宁可死去而不愿放弃这种欢乐。我有什么法子告诉你我那时的感觉呢,没有言语能够形容我当时的幸福心情。(306)

美带给人们的应该是一种快乐,一种优美或者一种崇高的精神。康德在区分两种不同的审美感受时特别指出崇高使人感到"无限和令人不安"。② 如上引文字所示,拉里面对大自然的宏伟和美好,顿悟到一种"超越人性的知识"

---

① 方珏:《美学意识形态和身体政治学》,《国外社会科学》,2008 年第 5 期,第 56 页。
② Cavallaro, *Critical and Cultural Theory*, 162.

(306),领悟了人生的意义,明白了善恶存在的内在规律性。这种美才是最真实的存在。毛姆在《作家笔记》中再次重申了这种美带来的强烈审美感受和体验,那一景象"美得叫人窒息,我的的确确感到自己喘不过气来,我的心里有一种奇异、美好的感觉,好像我的心在膨胀。我感到惊奇、愉悦,我想还有解脱、自由"。① 毛姆一直致力于描写美,让读者感受到其作品的审美性,进而养成审美趣味。作为一位严肃作家,他批判审美趣味在消费文化中的变形和扭曲。就如他在《寻欢作乐》中提及的那样,现代社会中"美"这个词的用法已经过于泛滥,由美引发的"喧嚣"或许是"那些无法适应我们这个英雄的机器世界的人所发出的悲鸣"。② 毛姆有一个鲜明的观点,即"美即满足审美之本能"。③ 拉里的故事可以看做对这一观点的生动诠释。

三、审美趣味与文化

为了更好地理解《刀锋》中的审美趣味,我们有必要对书中的"成功"语境再予以细察。虽然该小说发表于 1944 年,但故事发生的年代是 1919 年至 20 世纪 30 年代,时值两次世界大战之间。作者将主要人物设定为美国人,并使他们在芝加哥、巴黎、伦敦和印度之间来回穿梭,其背后藏有深意。一战后,美国因为远离战争,所以大战"不仅远远没有给美国带来经济中断,反而让美国大发'战争财'。到 1913 年,美国已成为世界上最大的经济体,其工业产量占全球的三分之一,仅次于德国、英国和法国的总和。1929 年,其产量占全球的 42%"。④ 用伊莎贝尔的话说,当时的美国"正在一日千里地前进",⑤在这一经济迅猛发展的成功语境下,消费势必得到强烈刺激。

许多学者把 20 世纪 20 年代作为美国现代生活方式的开端,这一观点主要是以人们消费观念和方式的转变(如追求时尚)为基础的。⑥ 科林·坎贝尔

---

① 毛姆:《作家笔记》,第 313 页。
② 毛姆:《寻欢作乐》,第 110 页。
③ 同上,第 111 页。
④ 艾瑞克·霍布斯鲍姆:《极端的年代》,马凡等译,南京:江苏人民出版社,1999 年,第 88 页。
⑤ 毛姆:《寻欢作乐》,第 77 页。
⑥ 王晓德:《美国现代大众消费社会的形成及其全球影响》,《美国研究》,2007 年第 2 期,第 54 页。

曾说过,"时尚与趣味之间存在着重要的联系"。①《刀锋》一书所暗示的,正是消费时尚主导了审美趣味的走向。因此,当艾略特叮嘱伊莎贝尔去夏费时装店购买衣服时,奢侈品的消费成了身份的象征,对品牌的膜拜取代了审美之维中身体感官的实际需求以及商品本身的功用。换言之,消费文化下的审美趣味追求的是一种对符号的消费,它与人的身体本能需求无关。借用布尔迪厄的说法,它关乎的是符号的象征意义,即上层阶级试图通过消费将经济实力转化为体现其身份的文化符号的占有,所以他们(指上层阶级)会"选择与其所在社会场域中的位置相称的那些商品和服务"。②

最早对阶级审美趣味进行分析的是社会批评家凡勃伦。他在代表作《有闲阶级论》中指出,上层阶级非常重视消费行为作为审美趣味区分的一个手段。"高贵者""为了避免沦为低俗,他必须培养趣味,通过对物品消费的细微之处来区分高贵和卑下,这已变成了他义不容辞的职责。"③从这一角度看,艾略特之所以关注伊莎贝尔的着装,无非是要通过她来炫耀其拥有的金钱和社会地位。在毛姆笔下,艾略特确实成了一位雅致、有眼光的成功人士,但他难道就是作者全然赞赏的趣味高雅之士吗?答案并不尽然。

在小说中众多关于趣味的话语中,拉里的审美感受和体验最引人深思,他是从优秀文化传统和身体的直观感知中获得这些感受和体验的。与艾略特形成对照的是,拉里拒斥了甚嚣尘上的消费主义和功利主义思想,转而向西方文化传统以及东方的宗教寻求人生真理。阿诺德是毛姆比较熟悉的一位维多利亚时代思想家,后者不仅把消费文化诊断为一种现代疾病,而且提出了医治它的药方。④ 例如,阿诺德曾经以海涅为例,呼吁世人像后者那样远离巴黎的消费浪潮:"多少回他渴望着远离巴黎的那些/时尚客厅和炽热的灯光,/渴望着远离珠光宝气的人群,/尽管他们有耀眼的首饰和星章。/那里的男人赫赫有名,/那里的女人巧舌如簧——/如烟的恭维会把可怜人的脑袋熏得/发烫、膨

---

① C. Campbell, *The Romantic Ethic and the Spirit of Modern Consumerism*, Oxford: Basil Blackwell, 1987, 93.
② Bourdieu, "Social Space and Symbolic Power", 14-25.
③ Thorstein Veblen, *The Theory of the Leisure Class*, Oxford: Oxford University Press, 2007, 53.
④ 殷企平:《阿诺德对消费文化的回应》,《外国文学评论》,2007年第3期,第20页。

胀、疯狂。"①拉里同海涅一样,做出了另一种审美趣味选择,并身体力行——他选择了游历,并最终在异国他乡的印度找到了心灵的宁静与平和。在印度期间,拉里将身体的物质需求减少到最低限度,以便从精神上吸取来自宗教和传统文化的养料。拉里的选择显然就是毛姆的文化选择。

综上所述,毛姆提倡的审美趣味是对当时盛行的消费主义和功利主义的反拨,是对"成功"观念的另类诠释。在《文明的忧思》(*Past and Present*,1965)中,卡莱尔曾敏锐地指出维多利亚人有一种"对'不成功'的恐惧",②这种成功语境一直延续至今,而毛姆笔下的拉里则以他的体验和感受向人们揭示了"成功"背后的另一种"趣味",传达出了美所带来的真实愉悦感和自由感。可以说,毛姆拓展了文化观念中审美趣味这一内涵。

第三节
思想惰性与智识缺席:切斯特顿随笔对共同体文化的忧思

学界有一种共识,即切斯特顿和同时代的一些作家把英国近代散文带入了一个"前所未臻"的"迷人胜境"。③ 在国内,切斯特顿多为人知的主要是他创作的以"布朗神父"(Father Brown)为主人公的系列侦探作品,而对他的批评随笔关注不多,相关的学术研究也非常薄弱。在他的丰盛的随笔创作中,我们可以清晰地体会到一种对于英国社会共同体发展的文化忧思。

---

① Matthew Arnold, "Heine's Grave," in *The Poems of Matthew Arnold*, ed. Kenneth Allott, London: Longmans, 1965, 475.
② Carlyle, *Past and Present*, 148.
③ 高健选译:《英国散文精选》,上海:上海译文出版社,2010年,第9—10页。

一、传统与共同体文化断裂

在切斯特顿生活的时代,传统的存留不仅是一个凝聚着社会关注的思想焦点,也是一个事关共同体文化发展的社会问题。爱德华·希尔斯(Edward Shils, 1910—1995)指出,所谓实质性传统,既是指一种延续人类社会的"主要思想范型",也意味着"崇尚过去的成就和智慧,崇尚蕴涵传统的制度,并把从过去继承下来的行为模式视为有效指南的思想倾向"。① 在此维度上,切斯特顿的随笔可以说具有了一种对传统和现实关系的辩证反思,这种反思的核心孕育着一种文化自省。

在《维多利亚时代的遗产》("Victorian Ease and Modern Miseries", 1920)一文中,切斯特顿指出,19世纪的英国虽然成就瞩目,但是在快速发展的过程中也犯了"重大的错误",这种错误是一种选择性的"遗忘自己错误的错误",其焦点就在于偏执地认为"不断向上、完美无瑕的社会进化永远是对的"。② 比起对物质进步负面影响的关注,切斯特顿更为担心的是这种"自以为是"的思想所导致的"停滞不前"。在他看来,如果在拥抱进步的同时,英国人也能以一种自我省思的心态看到"现代的种种弊端",那么共同体的发展就会更加平稳。③ 切斯特顿特别强调,"在整改、重建、变革或拒绝变革之前",走在发展快车道上的英国人应该有足够的勇气"坦诚自身的过失",如果面对种种"现代意识"所导致的"一连串的严重错误",人们总是徘徊于"虚荣"与"尊严"之间而止步不前,那么"一切所谓的工业进步"都有可能把国人引上"从压迫走向毁灭的道路"。④

在《英伦的美国化》("The Americanization of England", 1922)中,切斯特顿批判了英国的"迅速美国化",直言不讳地指出了美国商业文化对英国传统文化共同体的负面影响。在切斯特顿看来,英美都有着各自的"民族传统与价值观"。美国人自有他们"崇尚知识、创新,唾弃愚昧、怠惰"的优良品质,但也有其"金权政治"和"粗俗文化"的弊端,如果英国人"亦步亦趋"地跟在美国后

---

① 希尔斯:《论传统》,第2页。
② 切斯特顿:《改变就是进步?》,第136页。
③ 同上。
④ 同上,第138页。

面,那么共同体文化中的"民族记忆"和"民族认同"就会受到很大的冲击。① 切斯特顿嘲讽了"把纽约移植到伦敦"的愚蠢念头,在他看来,照搬高楼与霓虹不难,难就难在让英伦文化传统中那种特有的"知性讽刺与幽默"保持一种独特的文化品性。② 在共同体文化的演进过程之中,面对强势的美国商业文化的侵袭,切斯特顿忧虑的是英国文化竟然节节败退,面临"完全失语"的尴尬境地。在他看来,带给民众快乐的"笑匠"是"功德无量的",而"英国人的幽默比英国的法律更值得捍卫",如果一个从乔叟延续至狄更斯的"独特而悠久的幽默传统"竟然"需要进口生涩难懂的美式笑话"来维系,那实在是一种文化上的"可悲"。③

在《英国乡间的布尔乔亚文化》("Bourgeois Culture in Rural England",1910)中,切斯特顿以一个偏远乡村的传统集市的存废为题,敏锐地把批评矛头指向了"摩登英国"与"快乐英国"之间的文化冲突。切斯特顿认为,势不可挡的工商业社会培育了一大批中产阶级,这个新兴阶级很多时候"似乎已经完全丧失了对乡土的那份自豪与热爱",在"对传统文化的粗暴践踏"之中,他们让这个具有悠久历史的文化共同体"丧失了很多宝贵的遗产"。④ 而传统之所以重要,不仅在于它延续了共同体的价值规范和道德理想,同时也赋予了现实生活某种具有超越性的精神特质。在切斯特顿看来,乡村牧师手上的圣像木雕不仅"记录了中世纪的故事",也演绎成了一场联结过去与现在的"文化盛宴"。⑤ 如果说,30 年前卡莱尔忧虑的是"在机械生产制度的冲击之下,有机的人类共同体将会纷纷瓦解"的现实,⑥那么切斯特顿更为担忧的是一个面临分裂的社会中共同体文化的未来。在他眼中,"保守木讷、不苟言笑"的乡下人并不失"淳朴善良",很多时候反而显现出一种"令人惊异的独立精神",而那些"自视清高"、颇有"艺术修养"的中产阶级却总是"荒唐地"想要摆脱传统的束缚。传统集市的存废看似小事,但从更深的层面反映了工业化与城市化进程

---

① 切斯特顿:《改变就是进步?》,第 151—152 页。
② 同上,第 152 页。
③ 同上,第 153—154 页。
④ 同上,第 54—55 页。
⑤ 同上,第 55 页。
⑥ 罗兰·斯特龙伯格:《西方现代思想史》,刘北成、赵国新译,北京:中央编译出版社,2005 年,第 253 页。

对共同体文化的影响,同时也折射了"貌似保守、实则新派"的"野叟村夫"和"外表新潮、内在保守"的"唯美派"之间在面对共同价值传统时的文化冲突。①

可以说,传统是一种共同体文化的精神沉淀,它不仅延续着一种"共有的习惯"(customs in common),也对现实社会始终散播着一种文化的感召力。面对社会转型所带来的种种变迁,切斯特顿提出了"维多利亚大断层"一说。在《文化传统的遗失》("The Loss of Local Cultures and Customs",1927)一文中,他以"集体大合唱"的贬颂之争历陈文化断层对现实生活的种种负面影响。在他看来,传统习俗是"精神与情感的自然流露",大合唱本来就是英国固有的传统,与英国宗教习俗相伴而生,绝非俄国革命之后强调集体主义的"苏俄的专利"。② 然而,如今英国人之所以对自己的宗教仪式和民间文化"感觉陌生",心生隔膜,就在于"遗忘了一些最基本的规则",放弃了一些"最具人性、最灵活"的共同体习惯。③ 对于共同体建设而言,传统的重要价值就在于如果人们不能"撷取丰赡的文化传统",那么他们也就不可能"升华眼前的物质享乐",从"更为丰富的历史记忆"中找到新的选择,从而不断推陈出新,点燃更多"自我更新的希望"。④

切斯特顿忧虑的是,英国人往往只看到美国的摩天大楼和巨型广告牌,却看不到"越古老的国家反而越年轻"。其实任何面向未来的"精神需求",总能"通过回归历史的记忆而获得满足",而任何古老的文明,也能够通过延续传统的生命活力开创未来。⑤ 在《群虻的喧嚣》("On Casual Skepticism",1932)中,切斯特顿提醒读者尤其要警惕一种"反传统的情绪"。在他看来,这些"不经大脑的胡言乱语"已经"如蚊虻一般充斥于整个社会",这些"零星的想法"和"琐碎的言语"渗透着一种"廉价的怀疑",它们虽然"细小"和"不起眼",但却"无孔不入"。⑥ 青年时期的切斯特顿倾向自由主义,后又转向保守主义立场,但是他的随笔对于种种新的思想和观点始终存有一份宽容,他真正希望国人警思的

---

① 切斯特顿:《改变就是进步?》,第 54—57 页。
② 同上,第 240 页。
③ 同上,第 241 页。
④ 同上,第 209 页。
⑤ 同上,第 208—209 页。
⑥ 同上,第 314 页。

是那种宣泄着"怀疑、无望的情绪"。这种情绪以各种面目示人,或伪装深刻,或尖酸俏皮,但实际上是一种"言论思想的贬值"。为什么"理想到处受到攻击?""为什么连傻瓜都可以指手画脚、目中无人?"切斯特顿认为,在一个进步社会,如果连"美德"都被无端"仇视",连传统都可以被随意抛弃,这实在让人"匪夷所思"。他一针见血地指出,"一只苍蝇并不起眼,但一群苍蝇却不可小视",如果我们对这种看似"微不足道"的个人情绪不加以警惕,任其蓄积蔓延,那么就很有可能"侵蚀整个文化",其对共同体的破坏远"比已经定型的异端邪说更为惊人"。①

切斯特顿并不反对进步,他提醒国人警惕的是激进的进步,他的保守主义看似尖刻犀利,但其核心却充满着一种辩证思维的审慎与稳妥。他的批评回应了一个快速变迁时代人们内心的惶惑与焦虑,强调了共同体发展过程中人的精神自觉的重要意义。在这种批评中,我们可以看到18世纪英国思想家伯克的影响痕迹。在1791年写给友人的信中,伯克说道:"人们能够享受自由的程度取决于他们是否愿意为自己的欲望套上道德的枷锁;取决于他们对正义之爱是否胜过他们的贪欲;取决于他们正常周全的判断力是否胜过他们的虚荣和放肆;取决于他们要听的是智者和仁者的忠告而不是奸佞的谄媚。除非有一种对意志和欲望的约束力,否则社会就无法存在。内在的约束力越弱,外在的约束力就必须越强。事务命定的性质就是如此,不知克制者不得自由。他们的激情铸就了他们的镣铐。"②可以说,切斯特顿继承了伯克的保守主义立场,体现了一种对既有秩序感的依恋和对共同体未来的文化忧思。

二、"厌'思'症"与共同体文化危机

在《改变就是进步?》("Is Change Improvement?",1929)一文中,切斯特顿对进化论提出了自己的思考:"假设万物都在改变,包括人的心智,那么我们该如何辨别这变化到底是不是进步?"③比起进化论者在伦理观上的矛盾与纠结,切斯特顿更为关注的是在这些思潮背后"现代人的思考惰性"。在他看

---

① 切斯特顿:《改变就是进步?》,第315—316页。
② 陆建德:《麻雀啁啾》,北京:三联书店,1996年,第35页。
③ 切斯特顿:《改变就是进步?》,第266页。

来,正是与"极端的进化论"相关联的"思考惰性"让很多现代人沦为了科学进步和物质财富的奴隶。在一个浸透着乐观主义精神的年代,最大的愚昧不是不识字,而是社会心态中的一种思考惰性。这种思考惰性以为"装上了机械眼,眼睛就不会再感到疲劳",以为"装上了机械脑,人就不必再费心思考",①这种"一切看起来都不那么费力气"的惰性缘起于推崇自由竞争所取得的巨大物质进步,正是这种"不愿认清真相"的惰性让英国社会在迈入了新世纪之后"停滞不前"。

对于年轻人而言,这种惰性意味着不再"追问生存的意义"和"探求实物的本源"。② 虽然相比前人,现代人已经获得了更多的"自由与独立",但是其中有多少"思辨"的成分的确存疑。切斯特顿指出,当下的英国社会如果真的存在某种"解体之虞",那么这种危险或许来自"精神的崩溃"和"头脑的松垮",而非"道德的沦丧"和"良心的僵硬"。这种"崩溃"和"松垮"的内核是一种"辨别分析能力"的缺失。切斯特顿认为,在维多利亚时代,英国面对的已经不是"有无思想自由的问题",而是"愿不愿意思想的问题"。③ 英国的年轻人习惯于享受物质进步,"满脑子真真假假的新思想,但大多都是囫囵吞枣、食而不化",他们缺乏"通盘思考的能力","从不质问权威,也不查根究底,反正一切是天经地义、理所当然"。④ 与切斯特顿同时期的作家康拉德在其《间谍》(*The Secret Agent*,1907)一书中,曾经塑造了两位典型的"厌'思'症"患者。维洛克夫人对丈夫的工作知之甚少,她只相信活着就应当"不必细察"。眼见着弟弟斯迪威因社会不公而愤怒,她也无动于衷。在她看来,社会是否公平与己无关,人活着如果有太多的"洞察力""并非好事","这就跟一动不如一静的道理一样,对于健康都是十分有益的"。⑤ 她的人生"哲学"就是"不加深究",理由是"任何事物都经不起仔细推敲",⑥而不必"深入了解事实的真相",⑦这或许就是维系

---

① 切斯特顿:《改变就是进步?》,第 267—268 页。
② 同上,第 213 页。
③ 同上,第 212 页。
④ 同上,第 212—213 页。
⑤ 约瑟夫·康拉德:《间谍》,张健译,北京:外国文学出版社,2002 年,第 150 页。
⑥ 同上,第 157 页。
⑦ 同上,第 136 页。

"家庭和睦生活的基础"。① 小说中还有一位埃塞雷德爵士,位高权重,主管公共安全,他同样也有不愿"深究"的习惯。格林尼治天文台发生了爆炸案,当手下带着"深入调查"取得的成果向他汇报案情时,他却多次以"我没有时间"为由,偏执地要求对方"简明扼要",特别注意"不要讲细节"。② 维洛克夫人和埃塞雷德爵士"不予细察"的态度为切斯特顿的"厌'思'症"提供了一种时代语境的文学佐证。③ 所谓"不愿细察",既意味着一种对矛盾现实的含混和暧昧,也意味着一种对共同体核心价值观的认同懈怠与丧失。

在《现代人的思想惰性》("The Laziness of the Modern Intellect", 1930)一文中,切斯特顿不无忧虑地说道,现实世界日新月异,而唯有"人的头脑不见长进"。虽然与过去的时代相比,新世纪的英国人能够与时俱进,能够从抽象的现代艺术中找寻到情感与精神的共鸣,但是"一旦遭遇考验智识的问题",现代英国人"大多远远逊色于他们的父辈"。④ 在切斯特顿看来,所谓"智识",从本质而言就是一种"带着疑问、会思考"的心智成长。英国人在经历了财富的快速积累之后,已"不太热衷于去求证事情",在种种新知的冲刷之下,那种"缜密的逻辑论证"和"条分缕析"的思辨判断能力已让位于"人性中非理性的部分"。在这样一个充满着"蛊惑"与"煽动"的时代,当人们一旦厌倦了"缜密的逻辑论证","厌倦了所有的思考",人的思辨也只能最终退让于平庸之下的"轻松""省心"与"省力",这种"智识"缺席的"思考惰性"不仅阻碍了社会的思想进步,也会对人性的道德成长产生深远的负面影响。⑤

从社会心态来看,一方面是厌"思"症的蔓延,而另一方面却弥散着一股对进步与速度的执迷。切斯特顿强调,不断涌现的科学新发现似乎已经较少让人感到"激动",而对于快速成功的膜拜却延续并扩大了一种思想的断裂。他以充满激情的句子写道:"如果一味盲目创新",满头栽进"空无的未来","肆无忌惮地自夸现代与超强",那么极有可能会"炮制更多的无聊与疲倦"。"人生

---

① 康拉德:《间谍》,第 212 页。
② 同上,第 121 页。
③ 胡强:《康拉德政治三部曲研究》,第 157—161 页。该书对此类人物的性格特质有较为细致的分析。
④ 切斯特顿:《改变就是进步?》,第 281 页。
⑤ 同上,第 282—284 页。

苦短",倘若我们只顾着"向前赶路","其结果必定和开车一样——速度虽然很快,却错过了窗外的风景"。① 在《成功指南》("Books on How to Succeed",1907)一文中,切斯特顿对这种思辨缺席的浮躁心理进行了深刻剖析,并且发问:那些以"成功指南"为标题的书籍会把这个社会"引向何方"?② 这一类书籍充斥着"史上最为愚蠢的文字",既不像骑士小说那样"言之有物",也不像宗教"经论"那样"有的放矢"。"成功指南"的热销反映了物质时代人们对身份追求的迷失,也在社会心理学的层面折射了社会有机体的文化失范。切斯特顿指出,如果任由这种"恶俗的功利哲学"肆意发展,那么社会必将付出沉重的代价;这类成功学的故事推销了一种"可怕"而"神秘"的"金钱崇拜",意味着一种"只想在百万富翁面前屈膝下跪"的"伪善势利",必将最终危及共同体文化的长远发展。不过,切斯特顿预言,这种"荒唐"的成功指南终将为读者所"鄙视和抛弃",因为天下本就没有"所谓的成功"。③

三、教育与共同体愿景

教育与共同体文化建设息息相关,切斯特顿的随笔在这一维度上也体现了一种极具文化史深度的现实关怀。他在《历史教育》("The Teaching of History",1922)一文中指出,具体国家的国别史研究"只有放在世界史的视野内,才能了解得更充分、更透彻"。④ 这种互为比照的历史观对当时英国的教育现状无疑具有一种超乎寻常的紧迫性。在切斯特顿看来,维多利亚晚期的英国已经成为世界强国,而迈入新世纪的英国如果要避免沦为一个"孤立的世界工厂",避免"战争与饥荒的威胁",首先就要让接受教育的孩子们明白,接受教育的目的是要培养"大写的人",是要"以想象来开阔自身的经验",而这种经验绝不仅仅是对地铁、电灯、汽车、潜水艇和飞机等物质进步与科学发现的热情拥抱,而是更应着力培养一种具有历史纵深感的思辨意识。在切斯特顿看来,这种思辨意识的核心无疑就是人的智识本身。比起随处可见的种种"物"的进

---

① 切斯特顿:《改变就是进步?》,第 246—247 页。
② 同上,第 36 页。
③ 同上,第 32—36 页。
④ 同上,第 155 页。

步,真正让人感到隐忧的是今天的老师已经"很少在课堂上提到人"。① 在一个社会心态时时为"伟大的成就"欢呼雀跃的年代,也正是这种"对人的不了解"所造成的局限,极有可能让孩子们出现"认识的偏差",致使他们变成"岛上的蛮族"和"小镇上的愚人"。②

切斯特顿以历史教育作为切入话题,直面的是英国文化有机体发展的现实矛盾。维多利亚时代思想家卡莱尔曾用过"机械时代"一词表达了他对英国社会的批判。在卡莱尔看来,工业发展与科学进步的结果需用整体的眼光来辩证地加以把握。作为手段,机械提高了效率,创造了财富,但是人的智识一旦成为机械的附庸,那么这种机械的"习惯"则不仅会"支配了我们的行为方式",而且也会"支配了我们的思想和感情方式"。③ 由此维度来看,只关注物质成就的取得而忽视人的因素,就有可能对社会有机体的良性发展产生负面影响。人要避免成为物质异化的囚徒,必须提升智识与精神的层次。作为一种解决途径,切斯特顿对教育问题的思考和对功利主义的批评具有内在的逻辑一致性。在《完整教育和一半教育》("Education and Half-education", 1928)中,切斯特顿批评了"舍本逐末的现代教育"的现实危害与长远隐忧。在他看来,这种"偏离正轨""只关注成效与结果"的"一半教育"不仅是现代文化的一大病症,也是英国社会有机体发展的巨大障碍。④ 现代英国之所以杂念喧嚣,人性浮躁,就在于人们往往"以务实功利为傲",心中已经"容不下一个'礼'字"。切斯特顿指出,对"礼"的重视不仅培养了古希腊人"超然的态度"和"求索的精神",也塑造了中国以孔子为代表的"博大的文化"。所谓"礼",不仅"关乎仪式、举止",更包含着"道德的熏陶与教诲"。由此来看,真正的教育既是一种从"整体出发"和"明辨主次"的"全人教育",也应该是一种"欣赏礼的艺术"。⑤

在《识字不识字》("On Reading and Not Being Able To", 1928)一文中,切斯特顿更是把批评的矛头指向了社会有机体中教育与公共生活的交集维

---

① 切斯特顿:《改变就是进步?》,第 157—158 页。
② 同上,第 156—158 页。
③ 布洛克:《西方人文主义传统》,第 159 页。
④ 切斯特顿:《改变就是进步?》,第 255 页。
⑤ 同上,第 256—257 页。

度。进入 21 世纪以来,英国人的受教育程度有了很大的提高,在国人为此感到兴奋的时候,切斯特顿却对英国人的公共文化生活提出了更高的期许,在他看来,教育并不简单地等同于识字,读写能力的提高更不一定就会"代表个人智慧的增长"和"社会自决的进步"。① 较之前人而言,今天读书看报已经变成"十分廉价的事情",现代人的书的确也读得多了,但是文化素养的提升却并非仅指阅读量的单向增长,而更意味着阅读背后智识的提升与人性的成长。在一个科学理性与财富效率日渐成为社会主流话语的年代,切斯特顿以讽刺而犀利的文字提醒我们务必重新审视文学中的情感与想象力的重要作用。在他看来,人们虽然也会人云亦云地"宣称阅读的重要性",但是他们却不再满怀情感地"阅读经典"。社会的进步一方面让人愈觉自由,但是他们却"偷偷地逃避读书"。一方面是"文字越来越容易阅读",而另一方面却是想象力和思辨能力"总体水平的直落"。人人似乎都有"阅读的习惯",但是"大众的阅读量却在递减"。他们"既读不懂连贯有意涵的文字",也分不清"文章的主次轻重"。如果我们把有思想的文字比喻成照亮共同体的公共"光源",那么实际上我们正在离这一光源"越来越远"。②

进入 20 世纪以后,英国教育中急功近利的倾向愈演愈烈。在《职业教育观》("The Notion of Business Education",1930)中,切斯特顿指出,所谓商业化教育,也就是只注重培养"实用型人才"的教育,这种教育之所以"荒谬",就在于一旦涉及一些"真正基本的、严重的"、事关社会发展的问题,我们"哭诉、祈求和呼唤"的反倒是那些"非实用型人才"。实用型人才往往只知道"如何操作机器",而社会的发展往往更得益于一些"不可或缺的""非实用"的理论家。③ 什么是教育?切斯特顿强调,"培养青年的谋生能力根本不算是真正的教育",真正的教育是"培养公民",而非"市民",更不是什么"莫名其妙"的"城市精英"。在文中,切斯特顿调侃自己是"怀抱旧式共和理想的遗老",但是他的笔触时时渗透着一种与时俱进的批判锋芒。共同体要良性发展,教育责任重大。在他眼里,教育就是培养公民,其核心要旨就是"培养批判者"。"教育

---

① 切斯特顿:《改变就是进步?》,第 258 页。
② 同上,第 259—261 页。
③ 同上,第 273 页。

的全部意义在于传授抽象、永恒的准则,使受教育者能够以此判断虚实真伪"。① 而在商业社会中,教育之沦落就在于"智识的缺失"。这种缺失意味着"比较的能力"和"独立判断的能力"的缺失,意味着只教会了学生"用数字计算",对哲学更是"一无所知",不知道如何思考。切斯特顿认为,"正当的数量概念本是商业活动的永恒基石",但是一旦把这种概念放大为统摄全社会精神文化活动的思想主调,那么就无异于"膜拜邪神与怪物"。如果说,商业教育的弊端在于智识缺席,让人的"眼界愈发狭隘",那么真正的教育就应是让人"拓宽视野、开阔心胸,尤其是要培养受教者批判和谴责这种狭隘的能力"。切斯特顿的随笔并非一味批评指责,他的文章始终贯穿着一种对话精神,渗透着一种事关共同体发展的愿景思考。在他看来,如果孩子们"太早参与这些体制的秘密运作",并且把这些制度"视为圭臬",那么他们就"永远不可能指陈这些制度的弊端",而社会共同体也就"不会有改革自新的想法和主张",其结果就只能是让"忙碌的商业活动"最终都变得"像化石一样僵死"。②

切斯特顿一生笔耕不辍,历时 31 年,一共为读者奉献了 1 535 篇随笔。在他生活的年代,英国堪称世界上最富有的国家,国家实力也处在鼎盛时期,但是危机也四处潜伏。正是在对这一历史语境的充分关联之中,他的随笔指向了一种纠缠着矛盾与困惑的公共生活,折射了社会心态与共同体意识的相互激荡,也反映了大众舆论与共同体形塑的思想关联。在自由党人约翰·摩里(John Morley,1838—1923)看来,"那些栖身在古代信念的塔楼里的人们,经常是怀着忧心忡忡和惊讶不已的心情来看待那些年代,使他们震惊的是,这些年代仿佛满头都是飞弹,一切都不可捉摸和令人举棋不定,人们只能战战兢兢地展望着未来"。③ 摩里所言可以说形象地概括了切斯特顿写作的社会语境与思想背景。

切斯特顿的随笔以悖论式修辞见长。对他而言,悖论不仅是语言形式,更是对现实的一种隐喻指涉。这种独特的文风因应着一种社会现实,也表达了

---

① 切斯特顿:《改变就是进步?》,第 274 页。
② 同上,第 273—276 页。
③ 勃里格斯:《英国社会史》,第 279 页。

一种公共知识分子的人文焦虑。在切斯特顿看来,正是由于有了悖论这一矛盾修辞,"散文才能在文学的殿堂里占有一席之地"。① 悖论看似不可调和,其实却蕴含着一种极具内在思想张力的辩证法,这种辩证法或许正如切斯特顿自己所言,思想者就犹如一位有信仰的旅人,"心里明白永远不会到达终点,却仍坚持踏上无望的旅途"。② 信仰与悖论,这就是切斯特顿想象共同体文化所倚赖的两块基石。

---

① 切斯特顿:《改变就是进步?》,第 264 页。
② 同上,第 265 页。

第八章

文学共同体与文化愿景

本章的关键词为文学共同体与文化愿景。

燕卜荪(William Empson,1906—1984)的语词批评思想具有强烈的现实指向性。这一指向使得燕卜荪的批评思想对英国文化思想的理论建构和英国民族精神共同体的理论书写起到了积极的促进作用。利维斯的早期作品体现了对大学教育共同体功能的深刻思考。在利维斯的文学文化批评系统中,涉及高中、大学、职业、大众等诸多教育形式的心智培育主线,体现了文学、文化与精神养成的多维关联。托尔金(John Ronald Reul Tolkien,1892—1973)构想的以"中土世界"为核心的系列作品掀起了整个西方奇幻文学的热潮。托尔金的奇幻作品与同时代的诸多严肃文学作品一样,回应了英国文化转型期共同体形塑的焦虑与困境。

托尔金创造"中土神话"的过程中渗透了他关于工业化、现代性和存在意义的思考,为共同体的内涵中增加了形而上的内容。拉金(Philip Larkin,1922—1985)的早期诗歌折射了20世纪上半叶英国文人焦虑和思变的担当。社会变革和战火纷飞的年代促使年轻诗人探索新的诗歌救赎之路。拉金敏锐地避开当时所谓荣耀的宏大叙事,关注日常生活中非英雄化的普通人和普通事,用诗歌形式加入了"英国性"的建构,力图维系英国文化的独立性,重塑英国人的民族自豪感与归属感,彰显了其对生命存在价值的肯定和对全人类共同命运的关切。贝克特(Samuel Beckett,1906—1989)的小说参与了英国文学史上的文化观念论争。他是哲学思辨型作家,深受欧洲非理性哲学的影响,其作品不免走向共同体建构的反面,在表现失序的过程中显露出颓废象征派的姿态。

第一节
燕卜荪与剑桥语义批评共同体

学界一般认为,燕卜荪的最大成绩,就在于由其所创造的语词批评方法揭示了文学文本的丰富内涵。① 他的导师瑞恰慈(Ivor Armstrong Richards,1893—1979)对此曾给予高度评价,认为其关于批评方法的著述不仅"改变了人们阅读的习惯",而且自《含混七型》(*Seven Types of Ambiguity*,1930)问世后,"没有任何批评可能有过如此持久而重大的影响"。② 这种"重大影响"在埃德温·博格姆(Edwin Burgum,1894—1979)看来,简直就是"开创了诗歌批评的新纪元"。③ 事实上,燕卜荪不仅关注所在时代的诗歌作品,他的语词批评思想还具有强烈的现实指向性,从而使他的批评思想对英国文化思想的理论建构以及英国民族精神共同体④的理论书写起到了积极的促进作用。

其实,燕卜荪并非文学批评领域横空出世的孤立存在。按照苏联著名学者拉宾诺维奇(Solomon Rabinovich,1859—1916)的说法,"30 年代,剑桥模式获得空前成功······'分析法'成了英美批评界的主流"。⑤ 燕卜荪正是这种"剑桥模式"的重要组成部分。在共同体的视域中,我们看到,瑞恰慈、燕卜荪、利维斯与威廉斯,均与剑桥大学存在密切关联。他们先后受业于剑桥大学,后又在该校英文系常年从事教学与研究工作,他们所处的环境和文化氛围相近。

---

① 参见秦丹:《燕卜荪与作为现代文学批评概念的"含混"》,《当代外国文学》,2013 年第 4 期,第 132—141 页。
② 戴维·洛奇:《二十世纪文学评论》,葛林等译,上海:上海译文出版社,1993 年,第 272—273 页。
③ Edwin Berry Burgum, "The Cult of the Complex in Poetry," *Science and Society* 15, no. 1 (1951), 32.
④ "共同体"(Community)一词源于拉丁文 communis,原义为"共同的"(common)。自柏拉图发表《理想国》以来,在西方思想界一直存在思考共同体的传统,但是共同体观念的空前生发则始于 18 世纪前后。参见殷企平:《西方文论关键词》,第 71 页。
⑤ 罗里·赖安、苏珊·范·齐尔编:《当代西方文学理论导引》,李敏儒、伍子恺等译,成都:四川文艺出版社,1986 年,第 16 页。

最为关键的是,他们学术理念相似,并有语义批评研究与实践的交集,因此,可以将四位批评家的剑桥生涯及语义批评思想的酝酿和发展作为一个整体加以观照。

在英国社会学家鲍曼看来,"共同体"一般指"社会中存在的、基于主观上或客观上的共同特征(这些共同特征包括种族、观念、地位、遭遇、任务、身份等)(或相似性)而组成的各种层次的团体、组织,既可指有形的共同体,也可指无形的共同体"。[①] 从这个意义上讲,由瑞恰慈、燕卜荪、利维斯与威廉斯所组成的关联性整体,可以称为"剑桥语义批评共同体"。

一、剑桥语义批评共同体兴起的背景

20世纪初期,随着剑桥大学英文系的成立,文学批评逐渐发展成为一个专门学科,并呈现出新的发展路向,具体表现有两点:第一,开始将现代科学研究成果(如心理学、语言学等)运用于文学批评上;第二,将关注的重心由历史背景、作家生平逐步转向作品文本的语义以及性质、特点和价值。如此一来,在文学批评领域,印象式的评论、文学史、传记的方法和经院考证的方法不再风行,取而代之的是具有浓厚分析、评价和判断色彩的研究方法。以语义为研究重心的瑞恰慈、燕卜荪和利维斯等人正是这一变化的积极推动者。在现代文学批评发展的这一链条中,承前启后的关键性代表人物是瑞恰慈、燕卜荪、利维斯和威廉斯,他们共同提升了文学批评在英国的地位,其"合力影响可以说极大地提高了现代文学批评的标准"。[②] 燕卜荪批评思想的形成与发展所面临的文化语境,也正是剑桥语义批评共同体的特殊性所在。

第一次世界大战爆发后,英国文化界逐渐兴起一种摒弃德国古典主义理念的民族主义思潮。特别是在战争结束以后,受德国学术传统影响而建立起来的语文学研究模式遭到冷落,取而代之的是一股以建构英国文化的"英国特

---

① 鲍曼在其著作《共同体》(*Community*)中指出:共同体是"一种'感觉'",是个"好东西",总给人许多美好的感觉:温暖、舒适、互相依靠、彼此信赖。但遗憾的是,在现代社会中,共同体"意味着的并不是一种我们可以获得和享受的世界,而是一种我们将热切希望栖息、希望重新拥有的世界。……今天,共同体成了失去的天堂——但它又是一个我们热切希望重归其中的天堂,因而我们在狂热地寻找着可以把我们带到那一天堂的道路——的别名。"参见鲍曼:《共同体》,第1—5页。

② Eric Homberger, William Janeway, and Simon Schama, "Introduction," in *The Cambridge Mind*, London: Jonathan Cape, 1970, 16.

性"(Englishness)为宗旨的文学爱国主义热潮。正是这种思潮直接推动了英国文学研究的革命。1914 年 9 月 18 日,英国的《泰晤士报》刊登了一份题为《英国的命运和责任》(副标题为"一场正义的战争")的公开声明。① 布拉德利(Andrew Cecil Bradley,1851—1935)、哈代等著名作家积极投身其中,英国文艺界的爱国主义热情由此变得慢慢高涨起来。在英国文学学科化的历程中,以牛津、剑桥两所大学为重镇的古典语文学研究,开始呈现出民族主义思潮的自觉,并对先前广为流行的德国文化加以深刻反思,甚至不断批判。来自剑桥大学的奎勒·库奇(Sir Arthur Quiller Couch,1863—1944)一直对"英国文学中的爱国主义"这一命题予以高度关注,并在其主持的系列讲座中加以阐发。在他看来,"德国的学问已经完全无法用来处理英国文学中的美好事物"。②

也正是这种对德国文化的扬弃,为英国教育体制的现代转型提供了助力。在邹赞看来,这主要表现在两个方面:一是"大学成为打造文学批评家的重镇",二是"英文研究的机制化进程加快了脚步"。③ 就第一个方面而言,在与古典主义交锋对抗中,具有现代品格的新兴学科具备了结合的客观条件,从而使得文学的生产与消费得以逐渐由公共领域进入学院内部,"作家"与"教授"也不再像之前一样分属两个没有交集的群体。在这一背景下,剑桥大学见证了一批"两栖"批评家的诞生,他们既能从事文学创作,又能开展理论研究。例如,瑞恰慈和燕卜荪是诗人兼批评家,利维斯夫妇是批评家兼刊物编辑。至于第二个方面,英国文学研究的机制化主要表现在英国文学研究开始进入牛津大学、剑桥大学等高等学校的课程设置中。在学校里,古典语言实用性研究明显减弱,英国文学很快地取代了古典主义的主导地位。特别是剑桥大学,不但允许英语拥有了自己的荣誉学位考试,而且于 1917 年建立了英国文学系。自此,"英语在剑桥成为一项受欢迎的、自信心十足的、颇具影响力的事业"。④ 以此为基础,以语义为研究重心的瑞恰慈、燕卜荪和利维斯等人新论迭出,且自

---

① Chris Baldick, *The Social Mission of English Criticism*, 1848 - 1932, Oxford: Clarendon Press, 1983, 87.
② Ibid., 88.
③ 参见邹赞:《"英文研究"的兴起与英国文学批评的机制化》,《国外文学》,2013 年第 8 期,第 14—23 页。
④ E. M. W. Tillyard, *The Muse Unchained: An Intimate Account of the Revolution in English Studies at Cambridge*, London: Bowes & Bowes, 1958, 11.

成体系,特别是瑞恰慈的"语义批评"和燕卜荪的"语词分析批评"以及威廉斯的关键词研究,不仅逐步塑造起剑桥大学在文学批评领域的金字招牌,还直接开启了影响深远的剑桥批评传统。

正是在这一背景下,以瑞恰慈、燕卜荪和威廉斯等为代表的剑桥语义批评学派逐渐发展壮大,并以崭新的视角审视文学作品,形成别具一格的批评原理,深刻影响了文学创作实践,从而客观上对具有共同体色彩的英国文学语言的创造起到了积极作用。

二、剑桥语义批评共同体的核心问题

语义研究是剑桥语义批评的核心问题,也是剑桥大学英文系瑞恰慈、燕卜荪和威廉斯学术研究中既有承继关联性,又能构成体系整体性的关键。瑞恰慈将语义学理念系统地应用于文学批评,他尤为强调文本的自足性及其细读原则,并在阐释词语意义多变性和稳定性之间关系的基础上,提出了"语境修辞说"。① 这可以视为剑桥语义批评的源头与发端。燕卜荪作为瑞恰慈语义批评思想的继承者和实践者,自剑桥大学学生时代开始,就追随自己的导师。他在本科时代一篇课程作业基础上改就的《含混七型》,不仅被视做其在语义批评领域的代表作,而且成为他将瑞恰慈批评思想付诸实践的重要标志。

在《含混七型》以及后来在中国北京重写并完成的《复杂词的结构》(*The Structure of Complex Words*, 1951)中,燕卜荪自觉而系统地发扬光大了瑞恰慈的语义分析方法、语境理论和细读法则,并提出了一种挖掘文学文本的多重意义,揭示文学效果如何产生,并展示对世界的各种可能理解角度的文学批评思想,而这也就是其所自称的"语词分析批评"。② 威廉斯的《关键词:文化与社会的词汇》(*Keywords: A Vocabulary of Culture and Society*, 1976)一书,以核心术语作为关键词研究的对象,通过把梳核心术语的人文变迁,挖掘其背后的历史意蕴,被视为"历史语义学"兴起的标杆。威廉斯所创用的关键词研究方法,既继承了剑桥语义批评的语词分析与文本细读的传统,又借鉴了

---

① 参见秦丹:《论燕卜荪对瑞恰慈诗学思想的承继、偏离与创新》,《江汉论坛》,2013年第5期,第95—99页。

② 参见秦丹:《燕卜荪与作为现代文学批评概念的"含混"》。

西方马克思主义的社会历史语境和政治意识形态分析,进而建立了别开生面的文学文本解读模式。一言以蔽之,瑞恰慈的"语境修辞说"、燕卜荪的"语词分析批评"和威廉斯的"关键词研究"构成了剑桥语义批评的核心问题域。

以"语义批评"为核心的系列理论命题的提出,基于剑桥语义批评学派对英国文化思想现实的深刻洞悉。剑桥大学英国文学系建立后不久,纽波特报告(The Newbolt Report)《英国的英文教学》(*The Teaching of English in England*)于1921年应运而生。这份著名的报告明确提出,"(英国文学)是我们民族的文化与我们本土生活经验的结晶","英文不仅是我们思想的媒介,而且是思想的内容和过程"。① 可以说,这份报告不仅对英国文学的发展起到了直接的推动作用,而且明确规定了英国文学在弘扬民族精神和民族文化中的重要作用,特别是提出了一个振聋发聩的观点,即"英国文学所能提供的精神价值足以取代宗教的主导地位",②这就在很大程度上将文学与普通人的道德修养和日常生活联系了起来。在这种特殊的时代背景下,剑桥语义批评作为英国20世纪文学批评发展的一条主要脉络,其产生的作用日益明显。

20世纪20年代,剑桥大学正是物理学、天文学、哲学、语言学、历史学和文学等学科取得最新研究成果、获得重要发展的中心。瑞恰慈所著的《美学基础》(*Foundations of Aesthetics*,1922)、《意义的意义》(*The Meaning of Meaning*,1923)、《文学批评原理》(*The Principles of Literary Criticism*,1924)和《科学与诗》(*Science and Poetry*,1926)等一系列学术专著奠定了他在文学研究和语义研究领域的前沿位置。在英国文学研究方面,瑞恰慈率先致力于"用某种更精确的"批评取代当时仍然盛行的"随意的、含糊的赞扬式批评"以及将"心理学应用到创作和欣赏文学作品的过程中去",③这引起了当时学界的普遍兴趣。正是带着这种前沿性的文学理念,瑞恰慈参与了纽波特报告的起草工作。他对写作的心理体验尤为关注,并借助于心理学最新研究成果,对文学阅读与写作做了诸多经典阐述,并拓展引发出其关于语境如何产生意义的理论,从而提出了极富个人特色的语义批评原理及方法。

---

① 参见曹莉:《"英国文学"在剑桥大学的兴起》,《外国文学研究》,2014年第6期,第40—46页。
② 同上,第43页。
③ Tillyard, *The Muse Unchained*, 89.

燕卜荪一直深受瑞恰慈的影响。在与后者的不断交流中,燕卜荪形成了一套极富个人特色的诗学理论。他揭示了诗歌语言中的含混现象,开创了一种不遵循科学模式分类法的诗歌分析方法,发展了通过语词展示来分析含混的方法。他所创造的发掘文本中多重意义的文本批评方法,打破了语言意义的一元性,挖掘其丰富的多义性,对后世影响巨大。由此可见,剑桥语义批评从诞生之日起,就主张"实用批评的现实品格加上对于'价值'的终极关怀","他们重视文本阅读——如果'细察'(scrutiny)是一种必要的严肃态度,那么'细读'(close reading)就是一种具体的研究手段"[1]。

作为剑桥语义批评最重要的代表人物之一,利维斯的文学批评实践明显地体现出瑞恰慈与燕卜荪等人的影响。塞尔登(Raman Selden,1937—)等人编著的《当代文学理论导读》(*A Reader's Guide to Contemporary Literary Theory*,1985)对此做了较为深入的研究,在他们看来,"利维斯学了理查兹的榜样,是一个'实用批评家',但是,就其对'文本自身'的具体关注和对'书页上的字词'的特殊兴趣而言,他也是一个'新批评家',……他之所以要仔细研读文本,……是为了(通过细察)展示文本的精彩"[2]。利维斯的批评生涯,可以说是在身体力行上述批评使命。他创立的《细察》(*Scrutiny*)杂志就是一个明证。作为《细察》杂志的主编,他还是英国细读运动的代表人物。他通过刊物这一阵地,培养并带动了一批批评家。利维斯"强调文学作品犹如一个有机体,应逐字逐句分析解读"[3]这种文学理念直接影响到了《细察》筛选稿件的标准,使得《细察》成为鉴别重要文学作品的独特论坛。从某种意义上说,这一做法开风气之先河,即"以严格独立的批评体现一种标准,从而培养读者的识别力",[4]这就促使英文研究上升到了一个崭新的阶段。正如西方学界所意识到的那样,"'英文研究的革命'直到1932年《细察》杂志发行才算走向成熟"。[5] 剑桥

---

[1] 曹莉、陈越:《鲜活的源泉——再论剑桥批评传统及其意义》,《清华大学学报》(哲学社会科学版),2006年第5期,第61页。
[2] 拉曼·塞尔登、彼得·威德森、彼得·布鲁克:《当代文学理论导读》,刘象愚译,北京:北京大学出版社,2006年,第29页。
[3] Gary Day, *Re-Reading Leavis: Culture and Literary Criticism*, London: Macmillan Press Ltd., 1996, 20.
[4] 陆建德:《F. R. 利维斯和〈伟大的传统〉》。转引自利维斯:《伟大的传统》,袁伟译,北京:生活·读书·新知三联书店,2002年,第4页。
[5] Baldick, *The Social Mission of English Criticism*, 1848-1932, 86.

语义批评对英国文学批评传统所产生的深远影响由此可见一斑。

师从剑桥语义批评传统的威廉斯深得师长们治学的精髓，但他师传统而不拘泥于此。他借用瑞恰慈和利维斯等的语义批评方法，通过文本细读，阐发文学文本所体现的人与人、人与社会以及文学与社会的互动关系，传播自己的文化政治设想，开创了文学研究的文化主义范式。事实上，威廉斯刚步入学术界，就实现了对剑桥语义批评学派最好的传统转化，使剑桥大学英国文学系的同事们经常很难明白他在讨论什么。如伊格尔顿所言，"威廉斯将两种有区别的剑桥英语潮流组合成一种崭新的时机：一种是文本细读分析，一种是'生活与思想'研究。但是，他将人们所谓的'细读'或'语言兴趣'称做'历史语言学'，将所谓的'生活与思想'称做'社会'或'文化历史'"。① 这种具有浓厚"关键词研究"色彩的批评方式深刻地体现在他的文学研究中。就批评文体而言，威廉斯的《关键词：文化与社会的词汇》一书，以历史语义学为写作方法，对131个有关社会文化方面的关键性词语进行解说，开启了语义批评的文本范例。因此，威廉斯的著述又不同于一般意义上的辞书，他一直强调《关键词：文化与社会的词汇》是对文化与社会类词汇质疑探询的记录。可见，威廉斯借用辞书编撰的外壳，解析文化与社会，在批评体例和文本构造上对英国文学语言构建起到了积极的促进作用。

三、燕卜荪与剑桥语义批评共同体的理论建构

燕卜荪尤其善于从看似细微的词语中分析出复杂的意义，甚至从一句简单的诗句中透视出历史。但在具体分析中，他并不拘泥于任何僵硬的方法，而是对字词句段、语法修辞、节奏格律等均有不同程度的关注，却又明显不止于此。作品创作的时代背景、作者创作心理、读者阅读接受，甚至还有数学公式和原子物理，均是他信手拈来之物。可以说，他不仅仅是在解释诗句，而是在审视解释本身如何运作，即"对阅读过程进行解剖"。② 《复杂词的结构》是燕卜荪关于文学批评的代表性著作，其中对 wit、rogue、fool、honest 及 dog 等词语

---

① Terry Eagleton, *Raymond Williams: A Critical Reader*, London: Polity Press, 1991, 3.
② Michael Wood, "William Empson," in *British Writers Supplement II*, ed. George Stade, New York: Charles Scribner's Sons, 1992, 159.

的分析,探索了普通词在使用中的复杂运作过程,即由一组遵循历史顺序的多种意义累积所生成的普通词,是如何按照其逻辑结构表意的。由此,语言在燕卜荪眼中成为人类社会历史的清晰索引。基于这种认识,燕卜荪旨在考察特定作品中重复出现的同一词语在不同场合用法的"关键词分析法",揭示出词语复杂性的根源,即交织在词语中的对社会、情感或思想问题的考察以及与社会的持续交流,并且使得词语摆脱了其工具性形态,成为拥有复杂内在结构的、自我推动的机制,并成为社会历史的缩影。

在通常情况下,区分词语意义的方法是将意义与情感截然分开,即区分词语意义的指示意义和内涵意义。① 其实,词语的指示意义是简单直接的,它既可以由词典上的定义决定,也可以由语境所决定。然而,事情远非如此简单,因为诗歌词语的内涵意义涵盖的范围可能更为广泛,它可由作者的意图,也可由读者的反应来决定。燕卜荪发现,如果仅仅停留在词语指示意义和内涵意义(即意义和情感)的区分层面,还是非常不够的。他提出,意义(Senses)之后跟随着情感(Emotions)和感觉(Feeling),并且在分析词语意义时对其进行符号标注能有效地揭示出词语的本义以及内在结构。这种分析方法能够使词义接受理性的讨论和理解,而避免了"词语即情感"或"词语即感觉"这两种非理性的解释,但这些对批评分析而言,显然是无济于事的。由于一个词语中意义、隐含义(Implications)、语气(Moods)和情感相互联系,一个单独的词能传达两种或两种以上的意义,正是因为它包括了并列和从属意义的可能性。《复杂词的结构》中共列举了五类可能相互联系的主要和次要的意义以及它们的子类别。隐含义同样从属于燕卜荪所说的"蕴涵"(Pregnancy)。在他看来,词语同样能表达语气,通过说话者透露出他自己与对话者或所描述人的关系。毕竟,词语属于说话者而不是它们所指的事物,并且意义在于说话者对事物或其听众的感受。燕卜荪视野中的"复杂词的内在语法"(inner grammar)就如

---

① 指示意义(denotation):将词或片语同现实世界或虚构世界(或可能实现的世界)里的现象联系起来的那部分意义。可以被认做词项的"中心"意义或"核心"意义。内涵意义(connotation):指词的基本意义之外的意义,表示人们对词或片语所指的人或事物所怀有的情感或所持的态度。意义体系中,内涵意义所包含的那部分有时称情感意义(affective meaning)、隐含意义(connotative meaning)或感情意义(emotive meaning)。转引自 Jack C. Richards 等著:《朗文语言教学及应用语言学辞典》,北京:外语教学与研究出版社,2005年,第126页,第97页。

同句子明显的语法一样,①找出它的目的在于考察复杂词丰富多变的用法。很明显,燕卜荪关注的是"词语中可能替换的结构和意义",②这成为在该书开头两章持续阐释的文学文本分析背后的理论。在燕卜荪看来,所有的诗在认知上都是能够被解释的,词语包括意义和相伴随的其他方面,其用法从一个社会历史时期到另一个,并且从一个语境到另一个都会转变。虽然词语的意义和隐含义会伴随社会变迁而同样发生变化,但这种语言顺应的意义正是燕卜荪探索的中心。他旨在表明习以为常的、最简单的词是如何以最复杂的方式运作的。

一个特定的词在不同历史时刻有着不同的含义,因此,一个复杂词往往是由一组遵循历史顺序的多变意义构成的。基于这种认识,燕卜荪认为,词语能够积累多层的意义和隐含义,并且能够表达命题或论点,尽管它们通过诉诸常识性的理解来隐藏其复杂性。以此类推,复杂词作为一个社会事实也具有社会结构,即词语的使用者持有看法的组织,并且这些看法在语境中释放。因此复杂词的内在结构能够影响语境,同时也能够被它所处的语境所影响。燕卜荪所要做的工作之一,就是要分析词语的这种"逻辑结构"。首先,作为诗歌结构的一个组成部分,复杂词是其内在结构的变形。其次,复杂词是一种有着不同历史意义的词。当累积新的意义时,旧的意义不会完全去掉,因此词语就具备了丰富性和复杂性。当一个旧词在新的历史语境中使用时,这个词就会积累新的意义。新词能够跨越历史而不破坏旧义。正因为人们从旧义中创造出新义,而不是在每一新的历史时期重新开始一个新词,词语得以容纳新义和旧义。作为一个历史整体,一个词由明显不同的社会阶层使用,使其通过成为普通词而变为复杂词。燕卜荪所指的复杂词是用做范围的限定词,即表达讽刺的可能性或心理矛盾的词。比如,folly、wit、sense 都指智力和情感的行为和状态;honest 和 dog 是社会密码,其所指对象由说话者的立场决定。这五个词既有褒义,也有贬义的可能性。对燕卜荪来说,意义决定着交流的过程,而这个过程最终在词语内部发生。在文学公开和隐藏的语言活动中,单个的词语

---

① William Empson, *The Structure of Complex Words*, Cambridge, MA: Harvard University Press, 1989, 253.
② Ibid., 319.

起着极其重要的作用,它们产生于过去,创造着现在,展望着未来。因此,对复杂词结构的研究,也就是专门研究词语如何表意。

燕卜荪力图在《复杂词的结构》中分析出词语蕴涵的各种不同的意义以及这些意义之间的相互作用,进而找出复杂词的内在语法。他自己在"第三版评论"中这样介绍全书的基本思想:"就像句子有明显的语法一样,复杂词也有内在的语法,我试着找出一些规律。"① 燕卜荪强烈地意识到,一个词语"会向读者示意他理所当然认为的含义",② 而且"我们的语言持续向我们强加教义"。③ 燕卜荪发现词语能成为一种实体,并且能像人一样引导舆论和思想,他的独创性就在于研究挖掘了词语意义的逻辑结构,描述了词语如何进行陈述,如何成为一个"压缩教义",④ 或者甚至所有的词都是天生的压缩教义。在《复杂词的结构》中,燕卜荪的思考延伸到社会政治领域。他考察了某些关键词中意义的作用(the play of senses),这些作用在进入诗歌之前已由社会习俗所形成。例如,蒲柏(Alexander Pope,1688—1744)《论批评》(*An Essay on Criticism*,1711)中的 wit,《失乐园》(*Paradise Lost*,1667)中的 all,《李尔王》(*King Lear*,1606)中的 fool,《序曲》(*The Prelude*,1798)中的 sense。通过对意义作用的考察,燕卜荪揭示了当时社会盛行的一些思考方式,并指出后者与当时社会运作的政治结构有着更深层的联系。

在《复杂词的结构》中,"复杂性"成为比"含混"更加全面的概念,具有一个自给自足的结构,成为界定一个更大文学结构或类别时的重要因素。该书的动人之处就在于燕卜荪对一个词意义间相互作用增强的敏感性。读他的诗歌批评,感觉他就是诗人。他对诗歌中所有可能的意义及其细微差别都会做出反应。《复杂词的结构》还延续了将艺术作为社会行为的兴趣,这种研究方法适用于英语历史的不同时期,例子始于文艺复兴时期到浪漫主义时期。书中按顺序研究了 wit、fool、dog、honest 和 sense 等五个关键词,并结合语言学和心理学加以分析。这两者的结合,意味着将诗人看做社会历史时间的索

---

① Empson, *The Structure of Complex Words*, viii.
② William Empson, *Seven Types of Ambiguity*, New York: New Directions, 1966, 4.
③ Empson, *The Structure of Complex Words*, 39.
④ Ibid.

引——诗人最敏感于人类语言的交流,而语言是思想和文化交流的媒介。在燕卜荪研究的五个复杂词中,他创建了一个社会历史的缩影。需要指出的是,燕卜荪对艺术作为一种社会行为的兴趣与马克思主义批评所不同的就在于,他的研究植根于民族语言的构建,而不是社会经济理论。

作为现代文学批评发展链条中承前启后的关键性代表人物,瑞恰慈、燕卜荪、利维斯和威廉斯不仅共同提升了文学批评在英国的地位,而且对共同体形塑做出了重要的理论贡献,其表征主要是细微的英语词语语义分析,并在此基础上建构民族语言,而离开了这种建构,共同体是无法想象的。他们在形成剑桥语义批评共同体的同时,对英国文化思想的理论建构以及英国民族精神共同体的理论书写起到了积极的促进作用。

第二节
博雅教育与文学中心:利维斯的大学共同体思想

对于利维斯教育理念中的大学共同体想象,国内外学界鲜有人问津,但是他从早期就开始对大学教育的共同体功能有深刻的思考。

利维斯在剑桥大学从教一生,他直接推动了英文学院文学批评学科的建制,影响了从剑桥大学到西方乃至全世界大学中英语系的办学理念和课程设置。从他于1930年出版的第一部作品《多数人的文明和少数人的文化》(*Mass Civilization and Minority Culture*,1930)开始,我们就能看到他对教育和大学有了自己的独特而犀利的见解。正如他在1943年出版的《教育与大学》(*Education and the University*,1943)中所言,"'教育与大学'这个命题是20年来一直关注的焦点所在"。[①] 纵观利维斯四十多年的文学文化批评,多条

[①] F. R. Leavis, *Education and the University* (2nd edn.), Cambridge: Cambridge University Press, 1979, 7.

命题主线交叉重叠，贯穿始终，其中我们不难发现心智培育这条主线，它涉及高中教育、大学教育、职业教育、大众教育等诸多教育形式。本节将聚焦利维斯早期对大学教育共同体的想象和设计，探究其背后的历史文化语境，体悟其对心智培育的忧思和探索。

一、解体之忧虑：文化困境和教育窘况

利维斯的一生，仍然面临伊格尔顿所描述过的文化困境："早期工业资本主义的无情纪律连根拔起了一个又一个的社会共同体，使人变成工资奴隶，将让人异化的劳动过程强加于刚刚形成的工人阶级，对于无法变成开放性市场上的商品的东西则一无所知。"[①]19世纪的阿诺德、卡莱尔、罗斯金、金斯利和莫里斯等人曾先后就这一文化困境表达过强烈的担忧。到了20世纪初，这种境况并无改善的迹象。第一次世界大战的爆发带来了更多的痛苦和精神创伤，一切都是颓废解体的模样；与此同时，工业技术主义非但没有缓解之势，反而愈演愈烈，美国的商业消费主义也对大洋彼岸曾经的宗主国产生了巨大的影响，英国这一工业资本主义强国面临的文化危机进一步加剧。

在这一历史时期，以利维斯为代表的英国知识分子在其作品中对文化解体现象表达了深深的忧虑。在《教育与大学》中，利维斯特别提到现代生活的趋势：生活被技术文明裹挟，而技术文明则与"社会和文化解体"紧密相关。令人悲哀的是，技术已经不仅仅是人类成长和发展的手段，技术本身成了目的，这必然会导致人类精神的衰落。[②] 在他看来，"社会和文化的解体与无情的机器联系在一起，如此复杂的、影响广泛的机器社会已经使人们逐渐失去意识能力和合作能力——失去智性、记忆、道德目的"。[③] 文化解体（culture disintegration）这一概念本身内蕴了昔日的文化统一体的存在，利维斯在分析布鲁克斯·奥特斯（Brooks Otis，1908—1977）的文章《弗莱克斯纳之后的思考》时指出，"昔日的文化统一体"由代表了具有时代意识的、受过教育的知识

[①] 特雷·伊格尔顿：《二十世纪西方文学理论》，伍晓明译，北京：北京大学出版社，2013年，第18页。

[②] Leavis, *Education and the University*, 23.

[③] Ibid.

群体组成,"他们虽然有不同的职业,也有不甚精通之处,但是他们对所生活的世界有整体意识,他们知道自己在社会中担任的角色,也知道对自己的责任和对社会的责任分别是什么"。[1] 然而,令人遗憾的是,这样的合作与意识的中心正在文化解体的过程中慢慢消失。利维斯认为文化解体过程主要表现为:"剧烈变化、大众生产、削平效应和专业化"(rapid change, mass-production, leveling-down, and specialization)。[2] 所谓"剧烈变化",指的是现代生活方式与传统生活方式之间的断裂,"大众生产"是机器技术带来的结果,"削平效应"与"劣币驱逐良币"现象相关,而"专业化"则使整体趋向解散。

利维斯在《文化与环境》(Culture and Environment, 1933)一书中,先后探讨了大众生产、标准化和削平效应。虽然说利维斯曾经宣称自己是"反哲学家",但是从他对文化解体的分析来看,我们不难看出他其实逻辑分明:机器技术的发展使大众生产成为可能,大众生产是商品标准化的基础,商品标准化带来了削平效应。在利维斯看来,削平效应是非常恶劣的现象,它是商业领域的"格雷欣法则"(Gresham's Law)在文化领域的体现。格雷欣法则是托马斯·格雷欣爵士(Thomas Gresham, 1519—1579)发现的金融规律,意思如下:当市场上含金量较高的货币与含金量较低的货币,即良币和劣币,以同样的名义价值流通时,良币会被人们收藏起来,不愿意拿出来使用,逐渐退出流通,而劣币则会充斥市场,由此形成劣币驱逐良币现象。利维斯夫人(Q. D. Leavis, 1906—1981)在其作品《小说与读者大众》(Fiction and the Reading Public, 1932)中曾经从文化人类学角度对《每日邮报》(Daily Mail)进行田野调查,对"削平效应"做了详细的考察,利维斯也在其多部作品中提到或者引用此案例。《每日邮报》是英国现代新闻业奠基人诺斯克里夫子爵(Lord Northcliffe, 1865—1922)所创办的报纸之一,发行量巨大。在这位子爵的传记中有这样一段描述:"他知道新闻的大众读者需要什么,于是就给他们什么。他打破了报业需要吸引高智识的少数人的高贵理念,坦承要吸引低智识的多数人,因为这些人的数量像海里的沙子一样多,这样能够提高发行

---

[1] Leavis, *Education and the University*, 24.
[2] Ibid., 25.

量。"①在这一观念的影响下,《每日邮报》发行量令现代新闻行业振奋,它"从火车的三等车厢逐渐进入了一等车厢,曾经受过优良教育的人群也开始阅读和其他人一样的报纸内容"。② 除报业外,广播业、电影业、小说业都有此类情况。利维斯认为在这些行业中,创作者们正在为大众提供一种被动消遣(passive diversion),以此来迎合市场。例如,《人猿泰山》(*Tarzan of the Apes*, 1999)的创作者埃德加·赖斯·巴勒斯(Edgar Rice Burroughs, 1875—1950)就曾经在一封信中写道:"通过种种实验证明,需要思考的影片都是票房失败片。大众不想要思考。事实上,我成功的作品都使我们观众能够非常清楚地看到直接图像。"③因此,巴勒斯声称自己"已经研究出一种虚构作品的方式,那就是尽量不让观众动脑筋"。④ 令利维斯担忧的是,正是这些无须动脑的作品在慢慢侵蚀英国的文化传统。更确切地说,他认定在英国文化领域,劣币已经成功地驱逐了良币,占领了越来越大的市场,而这种现象带来的影响令人深思:人们的行为方式会"更趋向于原始的感觉和冲动,符合于最初反应和固有偏见,而不会受到再三考虑的理性深思的启发"。⑤

  大学是现代社会的组成部分,文化解体现象在大学教育中的表征则是学科专业化。"自亚里士多德以降,人类知识体系愈分愈细",⑥在工业革命之后,这种现象则更加明显。利维斯忧虑地指出:"学术界是当今世界的一部分,大学本身也处于被解体的过程中:博雅文化节节败退,消散于学科专业化的强势进攻中,生产专业化人才似乎已经成为大学的最终目的。"⑦专业化本身并无可厚非,但是若专业化本身成为大学教育的目的,那么就会导致严重的后果,受教育者将视野狭窄,缺乏远见。利维斯认为,以剑桥大学为代表的英国顶尖高等学府也难逃专业化的倾向。在《教育与大学》中,利维斯写到他与一位社会科学界名人(利维斯并未指出具体是谁)的谈话,控诉剑桥大学当时的教育状况;在这位名人看来,剑桥大学虽然拥有许多优势,却仅仅是各种院系和专

---

① Qtd. in Leavis, *Education and the University*, 147.
② Q. D. Leavis: *Fiction and the Reading Public*, New York: Penguin Books, 1979, 152.
③ Qtd. in Leavis, *Education and the University*, 150.
④ Ibid.
⑤ Leavis, *Education and the University*, 148.
⑥ 胡强:《剑桥:大学之道》,《外语与翻译》,2016年第2期,第92—96页。
⑦ Leavis, *Education and the University*, 25.

业研究的"聚集体"（agglomeration）而已。"聚集体"一词反映出的是各个学科专业貌合神离的状态，各专业虽然属于一个大学，却并没有相互渗透，进而形成内在有机的紧密联系，而是各自在小范围内活动，交流甚少。在利维斯看来，剑桥大学作为一个大的教育平台，本应拥有无与伦比的优势，能让各学科有机会跨过院系和专业的门槛进行沟通和交流，然而事实却令人惊讶，各个学科之间严重缺乏沟通的现状使大学在"疾病和虚弱"（the disease and the debility）的道路上越走越远。① 大学中的各学科愈来愈倾向于局限在自己的小学科范围内，目的是培养出各自领域的"学术明星"，而这些人最擅长的就是在学术考试中表现优秀，获得高分。但是令人忧虑的是，仅仅追求学术考试中的高分，这意味着将精力消耗在获取各种零散、互不相关知识的过程中，也就失去了整合知识、通盘思考的能力；某一学术领域的高分或许就意味着离生活越来越远，离思考完整人生的能力越来越远。

面对上述令人沮丧的文化困境和教育窘况，利维斯提出了他的对策：大学共同体可以承担起重要责任。

二、教育之思索：大学理念和共同事业

对教育的基本看法，利维斯在《大学的理念》（"The Idea of a University"，1979）②一文中概括性地提出两条：其一，教育应该使社会更文明，而且文明的正确方向应该是与机械文明完全相反的方向；其二，学校应该保持并发展一种延续性的意识，重视意识传承和传统智慧。③

利维斯认为，任何严肃的教育思考者，都应该坚决抵抗当时的机械文明潮流，大学教育在这个过程中起着举足轻重的作用。利维斯对大学教育的思索与如何解决大学教育过度专业化（specialization）这个问题密切相关。在他看来，学科专业化是不可避免的，也是无须回避的。毫无疑问，在实用性方面，它培养的专业化人才能给社会带来积极效用，但是学科专业化就像一匹驰骋草

---

① Leavis, *Education and the University*, 31.
② 利维斯在《教育与大学》一书中，以《大学的理念》为题，写出一文，表达了自己对大学的思索。约翰·亨利·纽曼在 1852 年也曾著有《大学的理念》一书。两位思想家，时隔百年，以同样的命题，进行了一次跨越时空的对话。
③ Leavis, *Education and the University*, 15.

原的野马,如果没有人类的缰绳掌控,则会失去控制,造成灾难性的影响,战争便是最糟糕、最令人痛心的例证。在利维斯的作品中,他并未专门谈论战争,但在其作品的字里行间,我们不难发现他对战争的反思。在《大学的理念》中,我们可以看到他对战争、机器、学科专业化这三者之间关系的审视。他认为第一次世界大战的空前惨烈程度与现代科学技术发展密切相关,这次战争在结果上也客观促进了现代科学技术的发展——机器的摧毁性力量和效率发挥到极致,而战争就是机器毁灭性力量最直接的呈现。让机器控制人类,意味着人类精神的彻底屈服和失败。然而,利维斯并非像卢德派那样倡导捣毁机器。他清醒地认识到,虽然机器能给人类带来深远的负面影响,却也有正面作用,因此,他认为解决这个问题的关键是"既不能毁坏机器,也不能让机器驾驭人类"。① 20世纪初的英国社会笼罩在战争的阴影之中,如何才能让人类驾驭机器?如何才能避免由科技导致大规模的战争破坏?如何才能从根本上解决问题?对此利维斯提出了他的思考:唯有通过"高层次智识的协调配合",将分散独立的学科专业知识融合起来,培养拥有整体意识的高智识人才,才是解决问题之道。高智识人才能对具体事务做出正确判断,引领正确方向,由此解决驾驭机器的问题,而这种协调配合能力的培养则只能在大学教育中完成。在利维斯看来,只有大学这一层次的学校才是解决此问题的地方,因为其他类型的学校(如职业学校、中学和小学)里学科门类有限,不具备广泛综合多种多样专业学科知识的基本条件。如果大学不能培养学生协调配合能力的话,别的地方则更不可能。因此,大学教育面临着紧迫的工作,即探索将各种专业化知识融合的教育途径,将"专业化知识与普遍智识、人文文化、社会良知、政治意愿联结在一起"。②

关于意识传承与传统智慧,利维斯始终坚持一点:大学教育必须注重传统的承接,从而使社会在过去、现在与未来之间找到平衡。在《大学的理念》篇首,利维斯引用了教育家亚历山大·梅克约翰(Alexander Meiklejohn,1872—1964)的一句话,"教育帮助社会中的年轻人准备好参与社会事务,而一个社会

---

① Leavis, *Education and the University*, 24.
② Ibid.

能够提供的有效教育,只能是这个社会本身就拥有的希望、知识、价值和信仰"。① 利维斯非常赞同这个观点,他认为英国社会本身拥有的价值信念,就是英国有别于其他国家的、独特的价值信念——英国的文化传统。他对英国文化传统在教育中的作用寄予厚望,因为"尽管我们面临所有这些令人沮丧的情景,我们仍然有一个积极的文化传统"。② 利维斯对大学与文化传统的关系做了深刻的剖析,他认为大学是文化传统的标志和象征;文化传统具有一种"指引的力量",代表了一种比现代文明更古老的智慧,它能够审视并操控开向物质和机械文明的驱动力,而古老的大学由于其声望和对社会的巨大影响力,不仅是文化传统指引力量的标志,而且是这股强大力量的核心。此外,利维斯认为,大学的理念中需要注入新的生命和机体,才能确保英国在文化中的"优越、成熟的地位"。③ 这种新的生命和机体,其核心指涉的是与现实生活相关的文化传统。

利维斯还提出,如果文化领域关注的是文化传统中"更精致的生活"(finer life),那么未来才有希望。这个表达看似抽象,似乎有些晦涩,但是细究之下,就能发现它所蕴含的深意:"生活"在这里指的是现实的、具体的、细节的生活,因此,以更精致的生活为焦点的文化传统,代表了过去、现在和未来的有机延续。僵化的传统、高雅的学术、博物馆风格的交流,这些都仅仅是过去的表征,而以更精致的生活为焦点的文学传统与之相反,它代表了鲜活的精神,而不是凝固不变的教条;它意味着从过去的传统中汲取营养,寻找与现实生活紧密相关的滋养,灵活地面对多变和复杂的未来。利维斯在谈到未来时,虽然以整个人类未来为背景,但是字里行间流露出的则是对英国未来的担忧。在经济上,战后新兴国家(如美国和德国)对英国实现了赶超。在政治上,战后殖民地独立运动对日不落帝国造成了打击。这一切都给英国知识分子带来了思想上的冲击和震撼。显然,他们希望英国能在未来不至于继续衰退。利维斯认为,为了保持英国在全世界的优势地位,由语言所承载的英国文化必须保持"精致且

---

① Leavis, *Education and the University*, 15.
② Ibid., 16.
③ Ibid., 11.

坚韧的活力"，①这样才不会沉湎过去，忽略现在，以至于失去未来；大学作为拥有最多掌控语言的精英人才的聚集地，在联结过去、现在和未来的过程中能够起到重要的作用。

在纵向的时间维度上，大学起着联结过去、现在、未来的作用；在横向的空间维度上，大学也起着黏合各个专业学科的作用。利维斯用"共同的事业"（common enterprise）来表述大学各专业学科应该共同携手奋斗的目标。他认为，大学本身为各个专业学科提供了一个理想的背景和平台，大学应该是兼容并蓄（inclusive）的、具有综合性质的共同的事业。在利维斯看来，大学应该是一个具有凝聚力的综合共同体，而不仅仅只是聚集体，只有将各种兴趣和意图融合在一起，这样教育出来的学生才不会是当时社会语境中教育体制所生产出来的"学生产品"（student-products），才不会使学生成为如商品般标准化的、毫无远见的受教育者。利维斯对亚历山大·梅克约翰在威斯康星大学做的一项教育实验颇感兴趣，认为它对于英国大学教育可资借鉴。这项实验有一个贯穿始终的原则：一方面，不同学科的知识都应该在教学中得到体现，这是人类智性多样性在教育中的呈现；另一方面，多样性的知识必须在教学中有序融合，"指向一个意义"。② 多样性知识有序融合，并指向一个意义，这一点甚为关键，它意味着对教师有更高的要求和期许。如果教师想要传授给学生具有整体意识的知识和智慧，那么不同领域的教师应该互相学习，从"共同的事业"中汲取营养，这反过来又有助于完成"共同的事业"。由此可见，利维斯所想象的大学共同体，实际上是各个学科之间联结统一的共同体。

从以上利维斯对大学教育理念的思索来看，面对英国的文化解体和精神衰退现象，利维斯并没有消极悲观，他一直在积极寻求解决之道。他的基本对策（亦即文化策略）可以总结如下：由大学共同体提供弥合的平台和背景，在此基础上创建一个"真正博雅教育"（real liberal education）的中心，即文学中心。③ 应该说，从共同体形塑这一角度拓展文化观念的文人有许多，但是利维斯所想象的大学共同体有其独特的意义。

---

① Leavis, *Education and the University*, 11.
② Ibid., 27.
③ Ibid., 18.

三、弥合之可能：博雅教育和文学中心

上文提到，利维斯认为博雅教育是大学共同体的实现途径，而"文学中心"则是大学共同体的具体呈现形式。那么，博雅教育是否意味着要摒弃专业化教育？文学中心为何能够担起博雅教育的重任？文学中心又该如何操作和实践呢？

利维斯自有其答案。他认为，大学教育既能培养专业化人才（specialist），也能培养有教养的人（educated man），所以博雅教育并不是要摒弃专业教育。博雅教育最有效的方式是建立一个"人文中心"（human center），这个中心并不生产标准化的受教育者。它是各种专业化人才互相交流碰撞的地方，学生们带着各自的专业知识而来，接触彼此，互相影响，成为有教养的专业化人才，因此，有教养的人和专业化人才两者并不冲突。利维斯很认同哲学家加塞特的如下观点：一个人如果只知道一个领域的知识，而对其他领域全然不知，那么他的行为方式将会"极其粗鲁和愚蠢"。① 在利维斯看来，受教育者即便不在人文中心之内，但只要能偶尔与之接触，也大有裨益。他进而提出，只有"英文学院"才是大学博雅教育的真正所在地，因为英文学院的文学中心就是人文中心的具体形式。② 言下之意，文学中心能够提供文学传统的精髓，文学传统又与博雅教育所赖以存在的人文传统息息相关。

在文学中心的教育方式上，利维斯始终坚持实践原则，他所倡导的文学批评也被称为"实践批评"（practical criticism）。他强调具体而非抽象，主张实践而非漫谈。他对人文主义（humanism）提出了自己的理解，从中我们也能感悟他反复强调的"实践"这一教育原则。新人文主义美学创始人欧文·白璧德（Irving Babbitt, 1865—1933）在20世纪初强调尊重人性，关注人的潜能，不过他只关注理论，而不注重实践。利维斯将自己的人文主义和白璧德的人文主义进行了对比，发现自己更关心的是"方法和策略""尽量靠近实践原则，尽量指涉具体的、真实的、个别的、鲜活的人文传统"，③而非满足于下定义，或只探讨抽象理论。在这种抽象与具体的对比解读之后，利维斯继而提出，英国大学

---

① Leavis, *Education and the University*, 29.
② Ibid., 32.
③ Ibid., 17.

教育不应该总是关注哲学和道德的理论与教条,而应该从历史视野出发,关注具体历史语境中的英国"传统的延续性"。① 而只有这种注重实践、拥抱具体的文学中心所提供的文学批评学科,才能够使学生真正从细节感知博雅教育,进而提升对具体生活的判断力。

在《"英文学院"设计简述》("A Sketch for an 'English School'",1948)一文中,利维斯对博雅教育的具体呈现形式——英文学院——做出了非常详细的思考。他把文学批评学科视为英文学院的核心学科,理由是它能够代表大学的理念,而且它所提供的功能是其他学科不可能提供的。文学批评的功能在于"训练学生的智力和鉴赏力,培养一种对生活的敏感和正确的反应以及完整又微妙的智性"。② 在这里,利维斯称文学批评学科与专业化学科不同,它培育的是一种"非专业化的智性"(non-specialist intelligence)。换言之,文学批评学科的地位上升到了统摄一切其他专业学科的高度,或者说成了"所有学科中最核心的学科,远高于法律、科学、政治、哲学或历史",③其理由很简单:文学批评学科能集结所有学科,并使它们有序地融为一体。

利维斯从课程的考试设置、内容设置、导入设置三方面来具体讨论了文学批评学科。有趣的是,这个排序很特别,它与一般意义上的排序相反,先讨论考试,然后讨论内容,最后才是导入部分。利维斯的理由是:从时间上来说,考试是一门课程的最后阶段,而结束的方式最能体现课程设置的目的,体现教育的本质。我们可以从利维斯对《17世纪英国文学》的课程设计中窥见其对文学批评学科的思考。首先从课程选题来看,利维斯花了很长的篇幅来介绍《17世纪英国文学》这个选题的意义,重申了文学研究对联结过去、现在和未来的重要性。他反对选择《古雅典文化》(Athenian Civilization)这种课程选题,因为学习英国文学的目的是帮助学生更具有时代意识、更了解现代世界,而古雅典文化在时间和空间上都与现代英国相隔甚远。《17世纪英国文学》这个选题则很适合以上所说的教学目的,因为17世纪是这样一个时代:"一方面,它

---

① Leavis, *Education and the University*, 18-19.
② Ibid., 34.
③ 伊格尔顿:《二十世纪西方文学理论》,第32页。

延续了但丁时代的文化;另一方面,它脱离了中世纪秩序,进入现代社会进程。"①与此同时,17世纪的英国见证了如下重要事件:资本主义的来临——资本主义冲破了传统的禁锢,成为经济领域的法则、规范和支配性精神力量;议会制度的开端;宗教与国家之间的关键性冲突;合资公司的兴起;科学的飞速发展,等等。由此可见,利维斯所主张的文学教育不仅仅涉及文学研究,其触角伸向了文学之外,与其他领域的相关学科合作。②因此,在他看来,"17世纪英国文学"这个主题具有"综合性、复杂性和整体性",它能够帮助学生以一个具体选题为切入点,了解现代生活中各种重要因素的缘起,探究其与经济、政治、道德、精神、宗教、文学艺术各学科的关联,进而培养一种"关于秩序、共同体、文化、文明等重要概念及其标准的批判性思维"。③如此培养出的学生,才能以一种具有历史关怀的整体视野来观照现代英国,才能拥有一种成熟的判断力来面对未来的世界。

利维斯所设计的《17世纪英国文学》这门课程的考试形式表明,他认为剑桥大学的"荣誉学位考试"(Tripos)的形式并不可取,因为后者仅以期末的一次三小时考试就决定学生的成绩,可谓"一考定成绩"。利维斯提出,更为合理的考试形式应该是在学期中和学期末以多种形式来考察学生成绩,如学期中的多篇课程论文、书评和学期末的笔试、口试等。因此,利维斯反对在特定教室、规定时间内的考试,他认为考试应该贯穿整个课程,这样才能保证学生主动学习,而不是被动学习。从学生习得知识的途径来看,一方面,以教师为主导的课堂授课(lecture)、课堂讨论和研讨会(discussion and seminar)是重要的习得途径;另一方面,以学生为主导的课后延伸阅读(extended reading)也非常重要。在课后的自主延伸阅读中,学生能够在获得学院派知识之外,收获诸多"非学术性的重要品质",如"选题的开拓精神、面对不完美结果之勇气、将碎片知识整合的决断力、选择论文观点的判断力、积跬步致千里的耐心等"。④由此,文学批评超越了学院派的知识性授予功能,成为具有智性授予功能的强大

---

① 伊格尔顿:《二十世纪西方文学理论》,第48页。
② 与"文学要通向文学之外"这一观点相呼应,利维斯所主办的《细察》杂志不只刊登文学类文章,还包括了更广泛的选题,如哲学、政治、教育、社会学和心理学等。
③ Leavis, *Education and the University*, 49.
④ Ibid., 60.

学科。

总之,利维斯所设计的文学批评学科呈现出一种具体与多样结合、部分与整体并重的学科特征,它不仅仅是一门学科,更是一个智识共同体。它就像一个大熔炉,以文学为核心,将多种学科融汇在一起,提供现代社会亟须的博雅教育。最后还须指出的是,利维斯不但提出了大学共同体的设想,而且还在具体的文学批评活动中践行共同体原则,从而在理论和实践两个层面都形成了与共同体/文化观念的互动。

第三节
托尔金与"中土神话"的共同体愿景

托尔金是公认的英国当代奇幻文学开创者,但是他常遭诟病,理由是他逃避现实。我们认为,那些批评者忽视了托尔金作品在英国文学与文化观念互动史上的位置,尤其是作者本人关于共同体文化的丰富想象。

迈克尔·凯恩(Michael Kane,1966—)认为,从1880年开始,英国文化转型包含了反对启蒙现代性、反对理性主义的内涵,而面对现代性社会的同质化、原子化,个体在逐渐丧失之前的各种身份和边界的同时也力求划定各种边界,寻求共同体归属感,因而民族国家成为很多人自我归属的对象;与此同时,现代人又渴望在布尔乔亚式的琐碎平庸当中寻找意义,因此,第一次世界大战前的英国人在"效忠国家"这一时代精神感召下渴望战争,歌颂战争。[1] 1899年,哲学家伯纳德·鲍桑葵(Bernard Bosanquet,1848—1923)宣称:"国家是我们生活的飞轮。"[2] 1914年夏天,英国人乘坐国家的飞轮开赴战争前线。正是在这样的背景下,1916年刚从牛津大学毕业不久的托尔金应征入伍,参加

---

[1] Michael Kane, *Modern Men: Mapping Masculinity in English and German Literature, 1880 -1930*, London: Cassell, 1999, 109 - 114.

[2] Qtd. in Kane, *Modern Men*, 111.

了第一次世界大战,并亲历了索姆河战役的惨烈。战争中,他失去了两位最好的朋友。也就是在一战的战壕中,托尔金开始了他关于"中土世界"的想象及其神话传奇与历史的创造。

托尔金的作品固然奇幻,却与同时代的诸多严肃文学作品一样,回应了英国社会普遍存在的转型焦虑,反映了人们对美好共同体的渴望。托尔金在创造"中土神话"的过程中,渗透了他关于工业化、现代性和人生意义的思考。他笔下的"中土世界"具有反工业化、反现代性的内容,同时召唤现代人在工业化的世界中找到意义和归属,从而为文化观念的共同体内涵增加了形而上的内容。通过文学的想象,托尔金建构出一个理想中的文化共同体,这一共同体看似奇幻,却体现了人们正当的价值观和愿望,因而绝不是对现实的逃避。托尔金的作品表明,人们可以凭借文学的瑰丽想象,来修正现实共同体型构过程中的缺陷,从而促使文化共同体良性生长。

一、共同体的传承性与融合性

19世纪末20世纪初,英国文化进入了一个重要的转折期。戴维·特洛特(David Trotter,1957—)在《1896—1920年间的英国小说》(*The English Novel in History 1896—1920*,1993)中提道:"英格兰比任何国家更早拥有了作为民族国家的特质:政治、法律和治理的稳定以及广为普及的民族语言。自17世纪以来,这些特质为关于民族身份描述的出现和发展奠定了基础。这类描述当然是在虚构层面的,随着英格兰之后扩展为不列颠,并于1900年扩张为大不列颠,这一描述变得越来越困难。"[①]这段论述表明,以英格兰文化为基础的帝国扩张使越来越多的异质文化不断叠加、融合,"我"与"他"之间的边界也逐渐开始变得模糊不清,包括空间感受、社会身份认知的困惑,这些都成为1880至1930年间英国社会关注的焦点问题。几乎同时,确立边界也成为共同体的内在需求。建构、寻找稳固的民族国家特性成为对付外来冲击的一个途径。[②]简而言之,民族国家作为个体确立身份的重要依托具有了一定的形

[①] David Trotter, *The English Novel in History 1895-1920*, London: Routledge, 1993, 153.
[②] Martin J. Wiener, *English Culture and the Decline of the Industrial Spirit 1850-1980* (2nd edn.), New York: Cambridge University Press, 2004, 56.

而上意义,成为共同体的重要基础。

在上述背景之下,不列颠帝国内部此起彼伏的民族文化复兴运动都是伴随着神话的复兴而出现的。以"爱尔兰复兴""凯尔特的曙光"等一系列爱尔兰神话复兴运动轰轰烈烈,包括诗人叶芝在内的一众爱尔兰民族主义者将民间故事和童话的搜集和整理上升到了民族文化独立性的高度。随后,威尔士和苏格兰也出现了民间故事的复兴,虽然没有强烈的民族独立意识,但是将自己的文化区别于英格兰的意图十分明显。也正是在此时,盎格鲁-撒克逊主义成为一个民族神话。这一神话的出现并不偶然,它适逢不列颠帝国逐渐衰落的开端,也是威尔士、苏格兰民族主义日益高涨的时代。因此,托尔金的创作不仅仅呼应了19世纪欧洲其他民族复兴神话的潮流,同时更加直接地呼应了英格兰盎格鲁-撒克逊主义的兴起。托尔金在书信中提到他创作的意图是"恢复英格兰的史诗传统,并以自己的神话方式表现出来"。① 在另一封信中,他又重申了这一目的:

> 长期以来,我因为我所爱的祖国的贫乏而感到痛心:她没有基于自身语言和土地的故事,并拥有不是我从那些被移植过来的其他民族的传奇中发现的品质。……我曾经一度想要创造一个大致连贯的传奇故事体系,范围从宏大的宇宙起源层面到浪漫童话故事层面……我可以把它献给英格兰,我的祖国。②

托尔金有为自己的同胞创造神话的雄心,而他所定义的神话是"一个大体上连贯一致的传奇故事体系,涵盖了从广阔而具有宇宙论的层次到浪漫童话故事的层面"。③ 托尔金的"神话"概念实际上涵盖了范围更为广泛的民间叙事,它包含三个主要类型:"神话故事""传奇"和"民间叙事"。顾名思义,"民间叙事"的所有类型都不是个人创作的,而是由民众集体创作的,其创作主体都被默认

---

① Humphrey Carpenter, ed., *The Letters of J. R. R. Tolkien*, London: George Allen and Unwin, 1990, 231.
② Ibid., 144–145.
③ Ibid.

为拥有共同的理念和道德取向,并已将这些理念融入作品当中。因此,民间叙事本身就是共同体的言说。民间叙事对于共同体形塑所起的作用引发了重新建构神话系统的热潮,神话被提至民族象征的高度。如安东尼·史密斯(Anthony Smith, 1939—2016)所说,民族身份"通过发现文化'重新发现'自我"。① 民间故事和传奇被视为民众神话记忆的载体,成为文化和民族身份的重要组成部分。

因此,在《失落的传说》(*The Book of Lost Tales*, 1983)等一系列早期的涉及中土神话的文本中,我们可以发现大量与北欧、日耳曼以及盎格鲁-撒克逊文化元素相联系的神话形象。研究者发现,《精灵宝钻》(*The Silmarillion*, 1977)中的英雄贝伦具有贝奥武甫的气质,图林的故事与《卡勒瓦拉》(*Kalevala*, 1935)中古勒沃的故事如出一辙,而"中土世界"则充满了阴郁的氛围,邪恶似乎不可战胜,这一切都具有鲜明的北欧色彩。托尔金的作品恢复古代北欧神话和日耳曼传统的意图十分明显。他本人也认可《贝奥武甫》(*Beowulf*)、《卡勒瓦拉》等英雄史诗对其创作的深刻影响,特别是后来被视为芬兰民族史诗的《卡勒瓦拉》。后者被视为19世纪重构神话潮流中最为成功的作品之一,由埃利亚斯·隆洛德(Elias Lönnrot, 1802—1884)写成。隆洛德为创作它,采集了13世纪散落在芬兰民间的故事片段,反复编辑整理,终成正果。托尔金认为自己与隆洛德类似,迫切地感受到自己所属的共同体文化之根早已被摧毁,被遗忘。他还意识到重塑文化共同体的关键在于重新构建与语言相关的神话系统。一言以蔽之,在普遍丧失归属感的现代,托尔金希望通过创造神话的方式,为个体建构一个精神家园。

然而,问题也就来了:托尔金所体认的共同体是否就等同于这个时代以血统为基础的民族国家呢?

显然,托尔金对共同体的认同从一开始是基于文化层面的,而不是基于血统层面的。这在很大程度上与他本人的出身有关。托尔金的家族血统可以追溯到古代的日耳曼人,这一点可以由他的姓氏得到证实,托尔金本人也十分清楚自己的日耳曼血统。此外,托尔金于1892年出生于英帝国殖民地南非奥兰

---

① Anthony Smith, *National Identity*, Harmondsworth: Penguin, 1991, 17.

治自由邦首府布隆方丹,1895年随母亲回英国定居。他离开南非之后,曾经在英格兰西部乡间有过一段田园生活,这一段经历也成为作家一生中最美好的回忆。德意志的血统,加上出生于异国,使得托尔金对英格兰的认同不是血缘和地缘层面的,而是文化层面的。换言之,自我认同的家园并不是他的出生地,而是出生之后重新发现的精神归宿。

值得注意的是,在19世纪末20世纪初的民族主义浪潮中,进化论的思想在英国蔓延开来。1883年,受进化论的影响,法兰西斯·高尔顿(Francis Galton,1822—1911)提出"优生学"的思想,并将其定义为具有遗传学意义上的高贵属性的人类繁殖。"从此时到1914年,英国公共领域中对种族、生理、道德、性别与文学退化的言论达到了痴迷的程度,变革往往倾向于在'优生学改革'中寻求方案"。① 对"退化"的恐惧和忧虑弥漫整个文化界。伴随着优生学的提出,一些学者"开始质疑语言本身是否和其他领域一样在退化。在他们看来,新的大众日常用语表现出盎格鲁-撒克逊语言活力与纯洁性的丧失"。② 恢复英语语言的纯洁性,也和恢复种族高贵基因一样,在这一时期被提升至族群存在与传承的高度。就这样,共同体的形塑与血统的纯洁性发生了关联。牛津的年志上记载了年轻的托尔金也曾"在一场演讲中试图返回到某种撒克逊用语的纯洁性"。③ 事实上,追求语言的纯洁性乃至文化的纯洁性,这与血统的纯洁性一样,都是时代狂热病的症候。托尔金的思想在一开始不可避免地带有时代的烙印,但他很快修正了这种极端思潮的影响。

托尔金在1938年11月25日的一封给读者的回信中,拒绝就自己的血统以及对种族主义的立场做出明确的回答。他说:"我不是纯种的雅利安人,……我的曾曾祖父18世纪从德国迁居英国,之后的先祖都是纯粹的英国人,我就是英国人,这就足够了。虽然如此,我一直为我的德国姓氏感到骄傲,即使是在最近的那场令人遗憾的战争当中,而我在战争中服役于英国军

---

① Tom Gibbons,*Rooms in the Darwin Hotel*,Nedland:University of Western Australia University Press,1973,34.
② Trotter,*The English Novel in History 1895-1920*,156.
③ 约翰·加恩:《托尔金与世界大战——跨过中土世界的门槛》,陈灼译,上海:文汇出版社,2008年,第51页。

队。"①这封信明显流露出托尔金对优生学与种族优越论的反感,同时我们也可窥见他关于共同体的基本立场和观点。在他看来,共同体并不是以血统为基础的,共同体文化当然也不是一套完美文化基因的不断复制。共同体本身就是历史的存在,因此共同体文化也是在历史当中传承的,作为文化共同体基因的语言当然也无所谓纯洁性。这一点,我们可以在托尔金的作品中得到证实。

托尔金为中土各个种族创造的整套语言令人叹服,这也是他的作品最为突出的特点。作为一个学术上颇有建树的语言学家,托尔金拥有自己对语言的理论立场。他相信印欧语系的各语种分支都有一个共同的元语言,各语种是经过历史的一系列变化,从原初的语言当中分化发展出来的。因此,他在自己的一篇语言学论文《英语与威尔士语》("English and Welsh", 1955)中区分了母语(native language)和第一语言(first learnt language),认为虽然每个人一出生就会学习一种语言来与人交流,但是每个人都有事先形成的"遗传的语言偏好",②这一概念可以理解为他从语言学层面设想出的共同体属性。语言学的共同体属性作为一种内在的驱动力,使个体能够"回归家园"。③ 托尔金认为,个体对语言的天然偏好比血统更能够表明个体的共同体属性。④ 为此,托尔金以自己为例做了解释:他对威尔士语、芬兰语、拉丁语等语言都有浓厚的兴趣,原因就在于他的母语(英语)在历史发展过程中受到多种语言的影响,并不断地加以消化、吸收和容纳;正是由于祖先的语言学基因代代相传,他才拥有了上述"遗传的语言偏好"。这种以语言作为基因的文化遗传作用,恰好契合托尔金创造英国神话的目的。他执着于以语言创造为基础的神话创造,表明他将语言视为承载文化记忆的基因,他的神话创作之所以是"英格兰的",不在于它是关于英格兰的,或者发生在英格兰,而在于它承载了无数代英格兰人的记忆。只有通过对文化记忆的重组,共同体的传统才得以复生,现代人才得以重新体验活生生的传统。

托尔金的上述观点,恰恰跟 20 世纪的民族主义语言观发生了龃龉,后者

---

① Carpenter, *The Letters of J. R. R. Tolkien*, 37.
② Christopher Tolkien, ed., *The Monsters and the Critics and Other Essays*, London: George Allen and Unwin, 1983, 190.
③ Ibid., 194.
④ Ibid., 194-197.

过于强调对语言传统的坚守。托尔金突破了他那个时代基于生物属性的优生学和民族主义,强调文化基因的传承以及文化共同体的遗传与变异。在这里,对盎格鲁-撒克逊语言纯洁性的强调显然已经被强调语言的历史传承所取代,多种语言在历史过程中的交流融合代表了文化共同体的杂交性质,而英格兰文化正是以其杂糅性而获得其强大生命力的。在亲历了世界大战和纳粹德国的崛起之后,托尔金深感优生学等一系列优胜劣汰的思想会对文化共同体构成威胁。因此,他以创造英格兰神话为开端,逐渐实现对时代思潮的反思与修正,构建出超越于民族血缘关系的文化共同体,这一共同体形塑过程本身就是一种历时性的文化融合。以下我们将通过托尔金的具体作品,来领略他对共同体的设想和愿景。

二、田园英格兰的重塑

托尔金在《卡勒瓦拉》之中看到了自然与超自然之间具有密切的联结关系,并在芬兰语神话世界中看到了前工业时代的文化。因此,他也力图使自己的神话世界体现一种与传统的联系,其结果表现为一个田园的世界。托尔金笔下霍比特人生活的地区——夏尔——是整个中土世界最具有田园色彩的地方。用托尔金的原话说,"'夏尔'是以'田园英格兰'而不是世界上其他的国家为蓝本创造的"。[①] 尤其值得关注的是,夏尔同时具有维多利亚时代乡村的特征和工业革命的痕迹。

托尔金一方面将田园牧歌般的夏尔与丧失生机、充斥钢铁与火焰的伊森加德和摩多相对照,突出传统与现代的对峙,另一方面又让夏尔居民霍比特人的生活带有某种程度的现代色彩。在托尔金所塑造的众多种族中,霍比特人的形象最耐人寻味。他们身材矮小,追求平和安逸的生活,天性快乐宽容。在《霍比特人》(*The Hobbit*,1937)一书中,主人公比尔博·巴金斯乐观好客,生活闲适,他"从来不冒险,不会做任何出人意料的事情"。[②] 在每个或晴朗或阴雨的下午,坐在自己温暖舒适的洞府壁炉旁,悠闲地喝下午茶,是巴金斯最典型的日常生活。也就是说,在他的性格及生活中,读者很快就可以辨认出普通

[①] Carpenter, *The Letters of J. R. R. Tolkien*, 258.
[②] J. R. R. 托尔金:《霍比特人》,吴刚译,上海:上海人民出版社,2013年,第8页。

英国人的影子,甚至连霍比特人抽烟斗、吃土豆的习惯也完全符合英国人的日常生活。我们还可以在霍比特人的世界当中找到钟表、手帕、帐篷、雨伞以及烟火等一系列与现代生活相联系的物品。显然,霍比特人没有托尔金作品中其他种族身上古代文化的明显印记。他们更为贴近现实,读者在他们身上辨认出了自己。夏尔的风貌实际上处处体现出现代文明与乡村风光并存与融洽的特点。如托尔金研究专家汤姆·西佩(Thomas Alan Shippey, 1943—　)所说,夏尔的文化是"一种创造性的年代错位"(a creative anachronism)①。不过,"年代错位"正是霍比特人的"重要功能",即弥合古代与现代之间的裂痕——霍比特人好比桥梁,拉近了具有神话属性的中土世界与现代人的距离。②

如果我们将霍比特人视为现实英国人的对应形象的话,巴金斯身上兼具冒险精神和稳定保守的品格也可视为一种共同体性格。托尔金在描绘巴金斯平和安逸生活的同时,不忘反复提及其母系先祖图克家族喜欢冒险的基因传承:

可以肯定的是,他们家的确具有一些并不完全属于霍比特人的特质,比如,时不时地,图克家会有人离家去冒险。他们无声无息地就会消失,家里的人则对此不露任何口风。正因为这样,虽然图克家无疑更有钱,但大家还是比较尊敬巴金斯一家。③

这种冒险与保守的双重基因曾经让巴金斯踏上了英雄冒险的征途,然后又在获得巨大成功之后急流勇退,退回自己安逸舒适的霍比特人生活当中。托尔金对霍比特人的偏爱溢于言表,对其价值观的肯定透露在其作品的字里行间。小说《霍比特人》中也正是通过巴金斯离家历险之后返回家园的历程,将英雄主义的传奇世界与布尔乔亚的平凡世界并置,从而使作品具有了一种内在的

---

① T. A. Shippey, *The Road to Middle-Earth* (rev. edn.), London: HarperCollins, 2005, 74.
② T. A. Shippey and J. R. R. Tolkien, *Author of the Century*, London: HarperCollins, 2005, 47.
③ 托尔金:《霍比特人》,第9页。

张力。托尔金在想象"田园英格兰"的文化共同体时,赋予其新的内涵,表达了自己的共同体愿景。他重新塑造了"田园英格兰",并试图调和现代性与传统的矛盾,以恢复英国人普遍的隔绝和孤立感,为他们重新找回依托和归属感。显然,托尔金并没有加入批判现代性的非理性大潮之中,而是试图将传统与现代相融合,重新思考一种适合现代英国人的共同体理想,它可以再现为一个经过改造的田园英格兰。这个改造过的"田园形象"中,托尔金对工业主义和技术进步的立场得以凸显。

托尔金曾经特别区分过魔法和奇幻。他认为,魔法"制造或假装制造出一种现实世界的变形……它不是艺术而是技巧;它追求现实世界的力量以及对事物和意志的主宰"。[①] 与魔法不同,奇幻"寻求分享的充实,成功与欢乐的伙伴,而不是奴隶"。[②] 如果不了解托尔金所处的时代以及他所经历的一切,就不会理解他对魔法与奇幻的不同定义。在索姆河战场上,坦克的大规模使用让这场战争成为人与机器的战争。托尔金目睹血肉之躯被机器碾压的残酷景象,因而对工业化、现代性有刻骨的体验。在他看来,当人被技术所主宰,进而被技术碾压时,技术幻化出魔法的魅惑性,技术本身成为目的,而使人忘却自我的价值与意义;当技术为人所用,成为人追求幸福的工具时,它也可以成为奇幻的变体,成为协助价值与意义实现的力量。因此,托尔金并不对现代技术持决然拒斥的态度,也不以回到前现代社会为目标。他肯定现代理性主义与技术的正面作用,同时也提倡精神层面向传统价值的回归。

因此,在托尔金的作品中,具有远古神话色彩的传奇英雄世界以带有末世论图景的方式呈现出来。从《精灵宝钻》到《指环王》(*The Lord of the Rings*,1954),中土的每个时代都是从繁荣开始,以衰落甚至毁灭为结束。夏尔的霍比特人逐渐来到舞台中央,从他们身上,读者看到普通英国人的特性,那是一种融合了布尔乔亚式的平凡与英雄主义激情的共同体性格。因此,《霍比特人》中的主人公巴金斯刻意疏远英雄主义的激情,追求平静悠闲的生活,避免冒险与冲动,但在世界遭受威胁、生活遭遇挫折时又可以凭借冷静而清醒的理性以及勇敢而无畏的精神,为自己所捍卫的价值与生活不懈努力。可以说,巴

[①] J. R. R. Tolkien, *The Tolkien Reader*, New York: Ballantine, 1966, 143.
[②] Ibid.

金斯在某种程度上代表了托尔金对英国人普遍性格的理想,而夏尔作为"田园英格兰"的具体形象,体现出托尔金心目中的共同体文化是理性的、平和的。

三、神圣共同体愿景

还须一提的是托尔金的"次创造"理想,即一种基于信仰的创作动力。正是这种理想/动力使他对共同体的体认与形塑包含了神圣性的内在需求。1941年托尔金在给儿子迈克尔(Michael Hilary Reuel Tolkien,1920—1984)的信中说:

从你的年纪开始,我花了毕生精力研究日耳曼文化(通常包含英格兰和斯堪的纳维亚地区)。日耳曼理想比一般无知的人们所想象的包含更多的力量(和真理)。……你必须理解事物中的善,分辨真正的邪恶。……我一直试图呈现其真理的那一高贵的北欧精神并不比英格兰精神更高贵,也不比英格兰文化更早神圣化、基督化。①

这就再次证明,托尔金对共同体的体认从一开始就不是建立在狭隘的日耳曼文化优越论之上的,它具有更为宏大而坚实的基础,那就是作者的基督教信仰。

托尔金1938年在圣安德鲁斯学院的著名演讲《论童话》("On Fairy Stories",1939)全面阐述了他的奇幻创作理论。也是在这个演讲中,他正式提出了"次创造"的概念。托尔金曾对C. S. 路易斯说过,不仅仅人的抽象思维,还有人想象的创造发明都来源于上帝,因此必然能够反映出永恒真理。② 因此,在他看来,依照上帝的形象所造的人必然像上帝一样拥有再创造的能力:"幻想是我们的权利:我们用我们的方式和风格进行创造,因为我们是造物,不仅仅是造物,还是以造物主的形象所创造的。"③事实上,基督教信仰一直都

---

① Carpenter, *The Letters of J. R. R. Tolkien*, 55.
② Humphrey Carpenter, *The Inkling: C. S. Lewis, J. R. R. Tolkien, Charles Williams, and Their Friends*, London: George Allen and Unwin, 1978, 43.
③ Tolkien, *The Tolkien Reader*, 145.

是托尔金神话世界的底色,也是其共同体理想的归宿。

在托尔金的神话系统中,中土世界的开端是造物主伊路瓦塔指挥梵拉共同完成的宏大乐曲。在这个过程中,梵拉中力量最强的莫高斯试图偏离伊路瓦塔的创造,唱出与伊路瓦塔的宏乐不和谐的音调。不过,当乐曲终了、世界的创造宣告完成时,伊路瓦塔的乐曲呈现出一个完美的结局。"大团圆"结局被托尔金视为奇幻的重要特征,它本身凸显了基督教对未来的预期。与此同时,创世过程中的不和谐音调又说明了世界在走向完美结局的过程中必定充满了苦难与悲伤。这一点所反映的恰恰又是基督教对现实的理解。托尔金的共同体愿景在基督教的框架之下,包含了赋予共同体成员的生命以意义的职责。它能够帮助平凡的生命面对苦难和无情的死亡,并从中提升生命的体验,在黑暗中迸发出光芒。例如,英雄贝伦在与安戈班狼卡卡拉斯的搏斗中,不仅没有夺回茜玛丽尔宝石,还失去了一只手,可是就在我们为他的失败而哀叹时,他坦然地露出断臂,宣称茜玛丽尔宝石就在那里;此时我们意识到了精神力量的伟大。

在托尔金的时代,英国人面对的是一个充斥罪恶的世界。当一战中成千上万的士兵带着肉体的伤残回到家乡时,他们急迫需要的是找回精神上的完整性。托尔金的共同体愿景也在此时凸显:英国人需要在共同体当中获得抚慰和信心,而一个包含了基督教核心价值的共同体文化能够给人以精神的力量,使其相信自己的国家和人民必会在战争、极权和死亡的阴影中获得精神的涅槃。托尔金笔下的神话世界包含着遗忘和死亡,也包含重生与更新。第一次世界大战在托尔金身上留下了不可磨灭的伤痛,这种创伤的记忆在作品中转化为对死亡的叙说、对毁灭的思考以及对重建美好家园的期盼。他相信一个死而复生的神话,并且从中获得了生命的意义和宽慰。

然而,20世纪初的西方社会刚刚目睹了尼采为上帝之死做出的宣判,托尔金试图让信仰重新在共同体形塑的过程中发挥核心的作用,这实属不易。他的早期作品,如《失落的传说》,展现的基本上是一个具有鲜明异教色彩的神话世界,而在《未完成的故事》(*Unfinished Tales*,1980)和《精灵宝钻》等作品里,中土世界的时空开始与现实世界重叠,不仅中土的地理空间与英国人所认知的现实地理空间具有一定的对应关系,中土的历史也逐渐展开,并与现实的人类编年史相衔接。当第一次世界大战终结了浪漫主义的民族神话,战前作为新信仰的国家神话宣告破产时,托尔金开始在《霍比特人》和《指环王》这些作品中让人类走进中土的历史,或者反过来试图让中土的历史包裹人类历史。通过这样的转变,托尔金诠释了他关于"神话是真实"的著名论断。在这里,托尔金并不是说他的作品中所描写的故事在历史上真的发生过,而是特指一个具体神话的真实性,那就是基督的受难与复活。在托尔金看来,基督死而复生的神话是人类历史上神的创造的重要环节。因此,托尔金也在次创造的层面让神话走入历史,以此来实践作为人对于神的创造的模仿。托尔金让信仰融入创作,不是让自己的作品成为寓言,而是让创作行为本身具有形而上意义的支撑。

托尔金在《论童话》中提到,作为一个上帝的子民,他的灵感也来源于上帝:"不仅仅人的抽象思维,还有人想象的创造发明都来源于上帝,因此必然能够反映出永恒真理。"①"有一个真实的将死的上帝,在历史上有确定的地点和特定的结果。古老的神话成了现实……如果上帝是'创神话的'(Mythopoeic),那么人必定成为'实践神话的'(Mythopathic)。"②在托尔金看来,由于基督的神话"介入了现实世界和历史",因此,人类创造神话的"次创造"行为最终会"完美升华"。③ 正因为如此,托尔金作品中的神话包裹了现实,而这个神话是一个关于共同体的神话。理想中的共同体经历了残酷与死亡,冒险与荣光,最终在神圣真理之光的照耀下死而复生。在这里,神话创造事实上已被托尔金视为恢复与真理联系的重要途径。工业化时代人类基于无限的贪欲而背离了创造的神圣性,共同体也因神圣属性的丧失而分崩离析。只有回归创造的本质,以恢复神圣属性的人为创造中心时,意义才能彰显,共同体才能重新凝结。如果说工业化切断了人与世界、人与人之间的联结,那么模仿造物主的创造行为恢复了联结,追寻了意义,成为形塑共同体的重要方式。在托尔金看来,在福音书的故事中,神话与历史相连,就像他的中土故事一样。在基

---

① Carpenter, *The Inkling*, 43.
② Ibid., 44–45.
③ J. R. R. Tolkien, "On Fairy Stories," in *The Monsters and the Critics and Other Essays*. London: HarperCollins Publishers, 1997, 156.

督的故事中,神话"介入了现实世界和历史,次创造的目标和愿望被**创造**圆满而升华"。①

在《指环王》中,精灵王埃尔隆德在瑞文代尔的会议上讲述与至尊魔戒相关的中土历史时,弗洛多惊讶于神话传说在精灵王的讲述中成为现实。在这里,古老的神话带着神圣的光环和现实发生了联系。在托尔金的整个文学世界中,中土的故事本身就是一个持续进行的历史,所有的主体经验都和一个更大的整体相连,这一整体植根于神话,而神话在中土世界始终是一种在场。

托尔金通过其作品让读者深刻地感受到"我们"都在同一个神圣的、未完结的神话当中。基于造物主的创造,与生俱来的共同本质决定了"我们"属于一个牢不可破的信仰共同体。从这个层面来看,托尔金创造的共同体愿景有一个精神基础,即基督教的信仰。他试图恢复的传统,不是异教的盎格鲁-撒克逊传统,而是中世纪的基督教传统。也就是说,托尔金"创造英格兰神话"的行为不仅仅意在形塑共同体,而且还将共同体的根基深深地植入了形而上学的土壤。概而言之,托尔金的文化共同体愿景不仅超越了文化语言层面的整体性,而且讲究信仰层面的一致性。他关于共同体文化的想象为文化观念抹上了浓浓的信仰色彩。

第四节
菲利浦·拉金早期诗歌中的"非英雄共同体"思想

作为英国20世纪50年代的诗歌代言人,拉金承载着英国转型时期整代人的焦虑和思辨。他一生诗风较为稳定,早期作品就体现了创建新诗的核心思想,彰显出构建"非英雄共同体"蓝图的思想雏形。

拉金早期诗歌(主要指1939—1945年)的构建为其后来成熟诗歌的发展

---
① Tolkien, "On Fairy Stories," 156.

奠定了坚实的基石。第一次世界大战后，英国的政治、经济和军事地位迅速下降，曾经辉煌的英国诗歌在世界诗坛的地位也日渐消落，英国悠久的优秀传统文化也遭遇冲击。拉金倍感失落，于是呼吁当代诗人重新审视英国文化的独特经验，重整英国诗风，共创英国本土诗歌体，以实现英国诗歌的自救之路。① 概而言之，他的诗歌突出地体现了"非英雄共同体"思想。②

战后英国青年群体承担了重建英国的艰巨任务，他们结成了"非英雄共同体"，用实践行动参与一战后的英国经济文化建设，传播英国民族精神文化，力图实现英国文化的复兴。诗人和非英雄们的努力和付出，让世人见证了英国诗歌的再度崛起，也成就了拉金"非英雄共同体"思想的最终形塑。本节通过对拉金诗歌中非英雄、工作、英国特性主题的研察，反思一战后英国转型时期文人的焦虑和审美趣味的变化。

一、共同体中的普通人——非英雄

非英雄人物是拉金作品中的主创角色，是20世纪初诞生的时代灵魂人物形象。拉金曾写道："我早年迷恋奥登、伊舍伍德和劳伦斯等作家的作品。虽然现在也读，这些作者时常萦绕我心中——除此我迷恋亚瑟·艾斯凯的威士忌。因为一种新事物必须找到。"③这是21岁的拉金写给朋友萨顿（James B. Sutton）的书信摘录。年少的拉金看似沉迷美酒，实为借酒思索，找寻一条新的诗歌救赎之路。他清楚地意识到英国本土诗歌面临外来文化，尤其是美国现代派诗歌的影响和侵蚀，英国诗歌在世界诗坛的地位迅速降落，甚至面临即将被强劲的美国现代派诗歌淹没的危险。作为新知识分子代表的拉金倍感焦虑，明白自己肩负的责任重大。他开始重新审视英国文学蕴含的审美趣味、

---

① 参阅吕爱晶：《菲利浦·拉金的"非英雄"思想研究》，上海：世界图书出版公司，2012年，第46—54页。

② 有关"非英雄"的概念和拉金的"非英雄"思想，可参阅吕爱晶的专著《菲利浦·拉金的"非英雄"思想研究》，该书重点探析拥有"英国血脉"的诗人拉金作品中小人物和日常事务等主题，朴素文学语言的再现与创造、作者与工作观等，追溯拉金诗学理念形成和发展的源泉、脉络、形态和现实影响。在拉金"非英雄"思想的影响下，英国的运动派诗歌如雨后春笋般生长壮大，促进了英国诗歌的历史转型，适时避免了英国现代诗歌被美国现代诗歌湮灭的危险，实现了诗歌自救，使英国现代诗歌独立于世界诗林。

③ Anthony Thwaite, ed., *Selected Letters of Philip Larkin*, London: Faber and Faber Ltd., 1992, 59.

文学语言和民族精神，寻找一种新事物和突破点，挽救陨落的英国诗歌，希冀创建新的诗歌共同体，展现英国现代诗歌的瑰丽：

> 噢！祈愿祈愿我只是
> 我自己：
> 我的思想已经冲上云霄
> 我的身体在支架上。(89—92)①

诗歌表面上看似理想与实践脱节，其实隐含着更深层的含义：支架往往可以看做事物的主体和灵魂，"我的身体在支架上"也表明诗人的思想是建立在一个主体的灵魂基础上的。更进一步说，支架可以理解为英国民族文化的精髓；如此一来，拉金的愿景就可以这样来描述：诗人希冀新的英国诗歌保留民族文化本质，保留英国本土文化的特有经验，即下一节要探讨的英国特性（Englishness）。② 拉金在一次阅读哈代诗歌时获得思辨的灵感，从非英雄的"小美"思想③切入诗歌创作，于是他迅速从美国现代派诗歌的重轭中抽身，避开流行的宏大诗篇，艺术地把握诗歌创作的新视角和时代新的审美趣味，并获得了写作的源泉和快感，结合英国诗歌经典的格律、鲜活的文学语言和时代主题，开创了非英雄诗歌体。

拉金的非英雄诗歌在英国迅速成为年轻人的仿效标榜，从而最终在50年代形成一个非英雄诗歌共同体，也被后人称为"运动派"，与当时美国现代派诗歌并驾齐驱于世界诗林。拉金最终的非英雄诗歌体实现了其诗歌自救④之路。拉金早年的诗歌就较为明显地表达了这一思想，如《太阳竭力要关闭我们的眼睛》("The Sun Was Battling to Close Our Eyes")：

> 太阳用他粗大而灼热的手指，

---

① A. T. Tolley, ed., *Philip Larkin: Early Poems and Juvenilia*, London: Faber and Faber Ltd., 2005.
② 有关"英国性"的探讨可参阅吕爱晶，《菲利浦·拉金的"非英雄"思想研究》，第79页。
③ 有关"小美"思想可参阅吕爱晶，《菲利浦·拉金的"非英雄"思想研究》，第117页。
④ 有关"诗歌自救"可参阅吕爱晶，《菲利浦·拉金的"非英雄"思想研究》，第46—54页。

> 竭力要关闭我们的眼睛
> 远处,一只闪烁的手
> 笑意的一瞥
>
> 地上所有的生命
> 在布满尘土的树下绽放。(1—6)①

这几行诗句意味深长:一种新的审美趣味正在年轻诗人的心中悄然生成;以往受崇敬的太阳如今显得尤为灼热,令人无法睁眼看世界;远处,一只温和闪烁的小手即将取代太阳粗大而炽热的手;地上的生物,不是舒展在灼眼的太阳之下,而是选择在布满尘埃的树下绽放。该诗暗指过去令人敬畏的宏大叙事正在人民的心中消解,英雄的光环正在褪去。布满尘埃的树不同于高高在上的太阳,是凡间万物中的普通人、普通事。这普通人不是英雄,也不是反英雄,是非英雄,是拉金诗歌中的"非英雄共同体"思想的主要人物。在拉金看来,一战后英国人正处于转型过渡时期的焦虑状态。随着大英帝国地位的动摇,人们不再盲目地崇拜政府、英雄等传统的宏大叙事。兹举《诗歌:学习四章》("Poem: Study in Four Parts")为例:

> 在身体和灵魂上,
> 英雄孤独地站立着。(139—140)
>
> 英雄的时代早已过去,
> 远过我们早已遗忘的孩童时代。(69—70)②

诗歌大约写于1940年4月,当时拉金只有18岁。此时英国已卷入了两次世界大战。残酷的战争改变了西方上千年的文化核心价值,战争没有造就人们

---

① Tolley, *Philip Larkin*, 7.
② Ibid., 69-70.

期待的时代英雄,反而夺走了无数无辜人的生命,摧毁了人们的美好家园,也暴露了以往崇拜英雄的虚妄性。

敏锐的拉金清晰地意识到时代的变化,他不想被动地接受以往英雄主义思想的主宰,开始用诗歌形式思索人的生存状况和意义。《太阳竭力要关闭我们的眼睛》中灼眼太阳象征的宏大叙事,已不再是拉金诗歌的主题,取而代之的是日常事务、普通人式的"非英雄"诗歌主题。例如,《一颗李子的祈祷》("Prayer of a Plum")、《一只鸟在花园边歌唱》("A Bird Sings at the Garden's End")、《丑妹妹》("Ugly Sister")等讴歌的都是普通人、平常事。这些非英雄诗歌主题在拉金后期作品中尤为凸显。如《一九一四》("MCMXIV")中的小胡子青年、《去教堂》("Church Going")中的无帽小青年等以及动物诗篇中的日常动物,如兔子、小牛和燕子。可以看出,有关非英雄的诗歌贯穿了拉金早期和中晚期作品。拉金用诗歌的形式表明英雄不再是时代的主流颜色。他的这种思想也契合了时代的思潮,就如杜威(John Dewey,1857—1952)所说:"事实上,专家不可能解决社会问题。"①

作为特定时代的特定群体,非英雄是拉金"非英雄共同体"的主体和决定性力量,是其诗歌的中坚人物,是民主社会中的你、我、他。拉金作品不仅表达了对人性的热切关注,探索了社会变革和战争灾难所带来的文化困境,也蕴蓄了一种宏大的文化历史内涵。非英雄承载了时代的元素,也承继了英国的伟大文学传统。拉金的诗歌从先前的文化观念发展史中汲取了以普通人为历史主体的重要养料,反映了普通人才是社会历史的创造者,是社会历史的主体,展现了文学对普通人及其生存、自由和发展的尊重以及对全人类共同命运的关怀。拉金将时代非英雄的故事和经历融入英国文学传统,这就弘扬并承继了英国优秀的文化传统。同时,其诗歌的形式和风格也加入了民族身份的建构,体现了共同体中的"英国特性",创建了新的诗歌共同体,挽救了衰落的英国诗歌。

二、非英雄共同体的"英国特性"

一战后,面对美国新型地方主义的侵蚀和竞争,拉金时常感到一种身份危

---

① 普特南:《重建哲学》,杨玉成译,上海:上海译文出版社,2008年,第204页。

机(identity crisis)。尤其在英国的一些知识分子对美国文化表示高度认同时，拉金感到英国国家的独特性、认同感和正当性受到了威胁和挑战。在危机与焦虑之中，他试图用诗歌的形式对英国的经验、意识和现实进行表述和阐释，描叙英国民族自我的认知和形塑，"英国特性"的核心内容。

"英国特性"是拉金诗歌的重要主题，诗人常借助对过去的缅怀来表达对民族的深厚情感，如诗歌《鬼魂》("Ghosts")中的情愫：

> 据说这个公园的角落有鬼魂出没，
> ……
> 这些游走的幽灵不愿放弃他们的梦想，
> 生前死后
> 带着幽灵的快乐追寻，竭力返回人间。(1,10—12)①

英国文学素有一种鬼魂情结。从乔叟、莎士比亚、笛福、艾米莉·勃朗特到狄更斯和詹姆斯，许多文学家的作品都涉及鬼魂话题。中英的鬼魂定义有所不同：中国的鬼魂指人死后的亡灵，是在肉身消失后存留在人间的意识形态；而西方的鬼魂外延更加宽广，除了指死者的灵魂，还包括山魈水魅、石怪树精之术、占卜术等。鬼魂多指一种超自然的神秘现象，是人行为的动力源泉。在上引诗歌中，年轻诗人或许想借用鬼魂情结喻指英国文学的灵魂，阐释英国特性是英国现代诗歌建构的基质。在20世纪初，由于美国现代派诗歌的侵蚀，英国诗歌在世界诗坛的地位一落千丈，英国诗歌的隐退深深刺痛了拉金等年轻一代知识分子的自尊心。狄兰·托马斯(Dylan Thomas, 1914—1953)、奥登等都试图探索一种具有"英国特性"的诗歌与强劲的美国诗歌抗衡。只可惜托马斯英年早逝，奥登出走美国，英国现代诗歌的振兴该花落谁家？拉金在诗歌《昨夜我为什么梦见你？》("Why did I dream of you last night?")中写道：

---

① Tolley, *Philip Larkin*, 136.

昨夜我为什么梦见你？
此刻黎明灰白的光线撩过我的头发，
记忆接踵而至，如记记耳光抽打。
我托手凝视窗外惨白的迷雾。

多少往事我以为忘却
回想起来时却带着更为陌生的伤痛
——宛如情意浓浓的信扎终于送抵
　　那人却已在多年前离开。(1—8)①

这看似一首爱情诗，其实蕴含着更深广的意义。拉金终身未娶，爱情诗歌在其作品中并不多见。诗中让拉金魂牵梦绕的，其实是"英国特性"的象征或隐喻。由于外来文化的影响，英国诗歌的传统格律、纯洁的诗歌语言等"英国特性"已被多数人遗忘。诗人回想起来，如同被人重重地抽了一记耳光，无名的伤痛挥之不去。

批评家戴维·珀金斯（David Perkins，1942—　　）曾经指出："因 20 世纪 20 年代繁盛现代派诗歌的传播、强势、光艳和特质，后来的诗人不得不接受其风格而失去自我的特征……在如此伟大的成就之后，英国诗人感到，为了生存他们必须发展不同的风格。"②拉金年少时就有了这种感受。他对英国特性怀有深厚的情感和历史使命感，于是在承继传统的英国特性基质的同时，还在诗歌中融入了当代的英国元素，力求在人物描写、语言、主题等方面都凸显英国特性。如我们在上一小节中所说，他对普通人的描写体现了平凡中的崇高、常态下的神圣，承继了哈代以来英国审美趣味中的"小美"传统，也凸显了时代群体的新特质。③ 在诗歌语言上，他既继承诗歌"纯洁的语言"，也加入了一些所谓的诗歌禁忌语，打破了当时文学作品用词的陈旧规则，从而推动了语言本身

---

① Tolley，*Philip Larkin*，54.
② David Perkins，*A History of Modern Poetry*，Massachusetts：The Belknap Press of Harvard University Press，1987，vi.
③ "小美"具体内容参考吕爱晶，《菲利浦·拉金的"非英雄"思想研究》，第三章。

的发展,增加了非英雄共同体的文学语言表现力。① 这些在吕爱晶的《菲利浦·拉金的"非英雄"思想研究》中已有专论,此处不再赘述。我们所要重点考察的是:拉金是如何用"地方性"描写来彰显英国现代诗歌的"英国特性"的?

"地方性"是拉金诗歌中"英国特性"的一个重要隐喻。地方不仅是一个特定的地理区域空间,也是生存于这区域空间的特定人群与其生活的关联,体现了这一人群历时性和共时性的生活及其相对稳定的文化传统。因此,地方总是被赋予一种文化的特殊性,具有一定文化的排他性。拉金擅长于英格兰景观的描写,通过展示理想化的英国城市和乡村,来揭示"英国特性"情结的文化心理机制。例如,诗歌《肃穆树林边的房屋》("The House on the Edge of the Serious Wood")中描写了英式房屋和花园,《八月的学校》("The School in August")中描写了英伦校园,等等。这些诗歌中的一花一草,一水一屋,都试图唤醒英国人的独特记忆,一种承载着民族共同体意识的记忆。诗歌《假日》("Holiday")就是典型的例子:

> 我们去斯特拉特福德看戏剧吧?
> 把帕姆和芭芭拉从双人床上拉出来,
> 带上早餐,踩上单车驶出窝棚,
> 在包里也塞上午餐,爬山涉水出发!
>
> 九月来了,夏天即将走了;
> 黑莓上的露珠;秋天迷蒙而湿漉的太阳
> 靠过来了,四季即将轮完……
> 让幕布再次升起,观看戏剧(1—7,20)②

诗歌中的斯特拉特福德(Stratford-on-Avon)是莎士比亚的故乡,是令英国人骄傲的地方,象征着英国文学伟大传统的发源地。这个地方通过文人的不断

---

① 具体内容参考吕爱晶,《菲利浦·拉金的"非英雄"思想研究》,第四章。
② Tolley, *Philip Larkin*, 208.

回忆和加工，演变成英国人的集体记忆。诗歌中斯特拉特福德的再现，如同桥梁把过去与现在连接在一起，它包含了英国社会所有成员遵循的共同价值体系和行为准则。拉金通过对地方性的描写，将英国特性形塑于地方记忆，身份经由记忆而形成对自我同一性的认知。换言之，英国特性在拉金诗歌中由于反复的记忆而获得了正当的身份。

再以诗歌《这是你出生的地方，这白天的天堂》("This was your place of birth, this daytime palace")为例：

> 这是你出生的地方，这白天的天堂，
> 玻璃的神奇，每个大厅
> 阳光如音乐充盈，洒在你的脸上
> 如花瓣轻柔；……(1—4)①

房屋空间是最能表达英国特性的场所。它能拓展生存的疆界，帮助建立国家意识。该诗歌的开端充盈着对故乡的美好怀念：明亮的玻璃、温软的阳光、柔美的音乐、芬芳的花香等都是典型而理想化的英国传统居所。这种英伦式房屋空间也是一种权力意志的境界。它的觉醒和扩张带着一种深厚的忧患意识，展现空间与文化的关联。在诗人看来，传统的英伦房屋空间能给人安身立命、诗意栖居之感。相比外来文化的入境，以及世界大战对英国文化的蹂躏，英伦房屋空间更能给人以家园感和安全感。这种同一性在英国现实中倍受解构和肢解，但在拉金的诗歌中又获得重构。这种用语言形式建构的异质空间是一种与人类生存状态、精神体验和文化历史等紧密相关的复杂织体。诗人试图用这种特定的场所来唤起人们的历史记忆，营造地理乡愁，再现"英国特性"的往昔空间。

对于英国社会来说，20世纪上半叶是一个危机重重的时代：物质进步与精神困惑交织，传统文化受到了前所未有的挑战。这一时期，英国社会的思想格局经历了世纪末的转变，经历了进化论、物质主义、实用主义等思潮的碰撞

---

① Tolley, *Philip Larkin*, 166.

与洗刷,特别是帝国的衰落、城市化进程的加剧以及世界大战的重创对英国民族的文化心理与身份意识产生了深远的影响。在这一背景下,拉金对"英国特性"的探索既体现出对英国本土历史和文化的深厚情感,又展现了一份民族责任感,同时也体现了对人类生命存在的关切,对全人类未来与发展的关切。他对"英国特性"的书写是继承性和开放性的结合,虽然写的是英格兰景观,却建构了一个与人类的生存状态、精神体验和文化历史紧密相关的空间。他关注的是全人类共同的命运与前途。因此,在他笔下的英格兰景观已成为一种隐喻,蕴含着诗人重建人类和谐共同体的强烈愿望,这何尝不是一种新文化理念?

三、工作[①]是一种美德

宏大叙事的消解、"英国特性"的重构等文化观念的转变也影响拉金对社会生活方式的看法,而生活方式必然涉及工作方式。透过诗人对工作内涵的思考和实践,我们可以窥见20世纪初期英国人生活方式理念的变迁。拉金终生在图书馆工作,在1959年的《名人录》(*Who's in the World*, 1959)中,他自我简介的职业栏标注为"图书管理员"。在他看来,诗人除写诗之外,应该从事其他日常工作,理由是工作能给个人提供稳定的经济保障,是幸福的源泉。他认为工作体现了个人对社会的责任,是非英雄化普通公民的身份标识,因而是一种美德,或者说是完善人格的必要途径。简而言之,拉金对工作的阐释和实践反映了战后英国非英雄共同体思想的核心内容。

拉金一生在图书馆工作了四十多年,他始终认为管理图书是一种正式工作,而写作是一种爱好,作家应该从事写作以外的工作。他曾公开声称:"我不以写作为生。"[②]事实上,少年时的拉金就在诗中透露了不以写作维持生计的想法:

---

① 赫勒在《日常生活》(衣俊卿译,重庆:重庆出版社,1990年。)第五章"从日常到类"中归纳了"工作"的基本含义,并指出"工作"的定义随着历史的演变而变化。亚里士多德认为:工作是人类所从事的、实现自觉设定目标的活动。马克思称日常活动为"劳动"(labour),而"工作"(work)则指类本质的范畴。赫勒认为"工作"具有双重意义,一方面指谓特定类型的日常活动,另一方面指谓直接的类活动。本研究无意对"工作"下定义,所用"工作"一词专指诗人写作以外的、旨在谋生的工作。

② Philip Larkin, *Required Writing: Miscellaneous Pieces 1955 - 1982*, London: Faber and Faber, 1983, 65.

>所以我不是绅士也不是学霸
>
>不是压榨弱者的浮夸公子;
>
>也不是一个自称作家的笨蛋
>
>当别人认为那样很自然。(57—60)①

这是拉金 1940 年 9 月的诗歌《致生活,一个年轻人找寻职业》("Address to Life, by a Young Man Seeking a Career",1940)。虽然拉金早已表现出作家的天赋,但他在思索自己未来的职业时排除了单纯的作家职业,这是因为拉金认为写作是神圣的,是不可简单用金钱来衡量的。这种思想在成年拉金的作品中更为明显:"如果作家因为写作、读者因为阅读而得到报酬,那自动写作的现象就会泯灭。"②对他来说,诗人在很多情况下是情不自禁地写作的。"我没有选择诗歌,是诗歌选择了我。"③更确切地说,工作对于拉金就是"一种生活方式"。④ 在他看来,离开了工作也就离开了日常生活,而离开了日常生活的人必然失去生存的意义。他有一句富有哲理的名言:"一个人可以把自己的一生都贡献给诗歌,但并不是把你的所有工作生活(work life)、所有时间都献给一个专业。"⑤从拉金的传记中可以看出,诗人就业伊始,就选定了一种生活方式的理念,即为了写诗而生存(living to write),而不是为了生存而写诗(write to live)。

拉金的工作观还可以看做与卡莱尔的呼应。卡莱尔认为幸福的实质在于工作,⑥"若不能工作,生命便会虚空";⑦反之,"一个愚昧至极的人,哪怕他忘记了自己崇高的职责,只要他踏实认真地投入工作中,他就是有希望的……真正想出色地完成一件工作,这品质本身是会将人引向自然界的规则,使人愈来

---

① Tolley, *Philip Larkin*, 107.
② Larkin, *Required Writing*, 56.
③ Ibid., 62.
④ Jacques Ellul, *The Technological Society*, New York: Alfred A. Rnopf, 1964, 399.
⑤ James Booth, *Philip Larkin: The Poet's Plight*, New York: Palgrave Macmillan, 2005, 22.
⑥ 卡莱尔:《文明的忧思》,第 14 页。
⑦ 同上,第 15 页。

愈趋向真理的本真"。① 跟卡莱尔一样,拉金也认为工作是幸福生活的必要方式和不可缺少的源泉。这种思想从战后拉金的采访声明中可以得到进一步的证实:"……我很惬意成为图书管理员。这是一个很棒的工作,我一直尽个人最大的努力做好。目前我正在读伊夫林·沃的散文,他指出人外出旅游的原因就是想走出家门。他说——如果你有工作,就会感恩上帝每天让你早上 8:45 离开家,下午 5:45 回到家。但是,如你没有工作,又怎么走出家门呢? 那么,答案是你只有外出旅游啦。"②拉金不仅在工作中找到了内心的愉悦和自我完善,还邂逅了浪漫的爱情,而这些爱情故事又散落在他的作品中,构成这些作品中的一道旖旎风景。他终生未娶,但其生命中四个重要女人都是在工作中认识的。拉金的初恋女友露丝·鲍曼(Ruth Bowman)就是拉金工作图书馆的读者,是她激起了拉金创作小说《吉尔》(*Jill*,1946)的灵感。露丝还是诗歌《丑妹妹》的灵感源泉:

我没被青春迷惑
也没被带入爱情,
我要守护那些树和它们优雅的沉默,
还有那些飘来的风。(5—8)③

露丝并不漂亮,但很像是另一个拉金。她让诗人怦然心动,但又不能确认爱情的真实造访。诗人担心青春时期的驿动过早绑架自己的生活,所以宁愿狠心地拒绝爱情的敲门。拉金生命中另外三个女人——米卫·布瑞南(Maeve Brennan,1929—2003)、贝蒂·麦克勒斯(Betty Mackereth,1924—?)和莫妮卡·琼斯(Monica Jones,1922—2001)是拉金的同事和工作伙伴。这些激发他创作灵感的女性在其后期诸多诗歌中不断涌现,如《广播》("Broadcast")、《舞会》("Dance")、《下午》("Afternoon",1959)、《这里》("Here",1961)和《本质美》("Essential Beauty",1962),等等。

---

① 卡莱尔:《文明的忧思》,第 40 页。
② Thwaite, *Selected Letters of Philip Larkin*, 114.
③ Tolley, *Philip Larkin*, 244.

拉金曾明确表示："不工作是不道德的。"①在他看来，工作是完善人格的必要途径。人类工作是一种美德，一种体验，更是一种需要，或如康拉德所说，"工作就是规律"，"一个人就是一个劳动者。如果他不是劳动者的话，那么他就什么都不是"。② 用马克思的观点来说，工作是人的"生命活动"（life-activity），即使是在共产主义社会，仍然有一种"正常劳动"（normal portion of work）的需要。③ 事实上，拉金一直认为诗人应该是有工作、有道德的人。他把自己形容成是在"一张责任之网中"工作和写作。④ 在诗歌创作中，拉金借用对往昔美好家园的描写，激励作家和读者参与战后英国重建。例如，在《一九一四》中，诗人怀念那留着小胡子的虔诚农民、褪色的老字号商店、沾满尘垢的老式轿车。又如，《到海滨去》（"To the Sea"，1969）发出了"依旧，依旧，一切依旧！"的感叹。一战后的英国急需年轻人参与社会经济建设，作家也不例外。作为作家和图书管理员，拉金极具工作热情和思想深度，他以创新者的角色从事诗歌写作，以改革者的身份参加图书馆的建设。在所有这一切努力的背后，当然是他的共同体情怀。

综上所述，拉金对非英雄共同体、英国特性以及工作主题的描述折射了战后英国转型时期文人的焦虑和审美趣味的变化、文学家复杂的文化心态和冲突中的社会价值取向。拉金作品中文化观念的演变影响着英国文学范式的转换，也影响着英国社会的生活方式。勤勉工作赋予了非英雄共同体成员一份真实的美丽和沉甸甸的责任担当。换言之，拉金建构的非英雄共同体一方面反映了英国诗歌发展的新动向，另一方面显示了特定时期英国青年重新定位自己，努力建构独特存在方式的努力。正是这种努力，构成了英国文学与文化观念互动史上的一道靓丽风景。

---

① Blake Morrison, *The Movement: English Poetry and Fiction of the 1950s*, Oxford: Oxford University Press, 1980, 177.
② 康拉德：《文学与人生札记》，第220、216页。
③ 奥尔曼：《异化：马克思论资本主义社会中人的概念》，王贵贤译，北京：北京师范大学出版社，2011年，第123页。
④ Larkin, *Required Writing*, 52.

第五节

贝克特小说与"深层共同体"的解构

贝克特并非严格意义上的英国作家,但作为英国新教徒的后裔,其英语小说可以说参与了英国文学史上的文化观念论争。他是哲学思辨型作家,深受欧洲非理性哲学的影响,在两次世界大战的阴影中走向了共同体建构的反面,竭力解构"深层共同体",解构理性主义者眼中的秩序,走向事实上等同于虚空的绝对自由。在标新立异的时代,他在表现失序的过程中建构自己的"失败"艺术,显露出颓废象征派的姿态。他对英国小说与文化观念互动史的"贡献",在于给共同体唱反调,展现社会的绝对失序。这位特立独行的作家是失去了传统归属的异类。这一切在他笔下体现得淋漓尽致,以至于解构主义奠基人要认他为父。

一、民族共同体的崩溃

在贝克特少年时代,"不列颠与爱尔兰"联合王国作为民族共同体彻底崩溃了。1916年复活节起义期间,他看到了都柏林市中心熊熊燃烧的火焰——爱尔兰天主教民族主义者反抗英国殖民者的战火,这一景象"是他此时卷入爱尔兰政治的隐喻"。[①] 到1922年爱尔兰"自由邦"成立时,英国成了"不列颠与北爱尔兰"的联合王国,而贝克特一家作为南爱尔兰新教徒,面临着天主教狭隘民族主义的报复和既非英国公民亦非天主教爱尔兰公民的身份尴尬。因此他只得先在北爱尔兰暂避,待局势稳定后才升入忠于新教的都柏林三一学院。事实上,国家作为共同体的解体和身份的尴尬正是贝克特早期创作的主题之一,这一点在他1969年诺贝尔奖颁奖词的开篇就有所明示:

---

① Ronan McDonald, *The Cambridge Introduction to Samuel Beckett*, Shanghai: Shanghai Foreign Language Education Press, 2008, 9.

如果在荒诞中将强大的想象力和逻辑掺拌起来，那么其结果将是一个悖论，要么就是一个爱尔兰人。假如结果是一个爱尔兰人，那么您将会额外收获那个悖论。甚至诺贝尔文学奖有时也有出现分裂的情况。不可思议的是，1969 年就发生了这种事：一个奖颁给了一个人、两种语言和第三个民族，其本身就出现了分裂。①

"三个民族"（爱、英、法）的纷争正是国家解体后贝克特身份归属的结局。解体与分裂、尴尬与悖论、痛苦与受难成了他早年生活和创作的关键词，因此他刻意把自己的生日确定在 1906 年的耶稣受难日（4 月 13 日），而且如同回避"暗恐"（the uncanny）一样，他总把共同体幻化成各类圆形意象加以怀疑和解构。

在最早出版的长篇小说《莫菲》（Murphy，1938）中，国家解体后的归属问题表现得最为明显和直接。身为爱尔兰公民的主角莫菲寓居伦敦，不事俗务，专求精神的绝对自由。他在爱尔兰第二大城市科克学习过精神与肉体之间的平衡术，但无济于事，只能逃入精神病院寻求庇护。由于爱情的"一次短路"，②一帮爱尔兰同胞拥到伦敦，四处寻找引起"短路"的莫菲，却在千辛万苦之后得到莫菲身亡的噩耗，只得悻悻地返回都柏林。去除对莫菲心智世界的精神分析学描述，这部小说就是一部流浪汉小说，一部英裔爱尔兰人在业已分裂的联合王国寻求归属和解脱却感觉仿佛"落入盖尔人的手里逃脱不掉"（5）的悲剧。贝克特虽然惯于隐喻式写作，而且启动了与乔伊斯背道而驰的"极简主义"（minimalism），但还是在至少两处重要情节中直接描述了民族共同体解体后个人身份的尴尬处境，且语含讥讽和黑色幽默。

先看第一处："在都柏林邮政总局"，莫菲的老师尼瑞"从后面端详着库丘林的雕像"，摘帽致敬后"冲向前去，抱住已故英雄的大腿，拿脑袋向英雄的屁股……撞去"（45）。爱尔兰"自由邦"政府将民族史诗《夺牛记》（The Tain）的主角、北爱尔兰传奇英雄库丘林的铜像立于复活节起义部队总部的橱窗里，旨在纪念独立义士的壮烈和伟绩，而此处尼瑞的自杀举动既是其爱情"短路"所

---

① 曹波：《贝克特"失败"小说研究》，北京：商务印书馆，2015 年，第 218 页。
② 萨缪尔·贝克特：《莫菲》，曹波译，长沙：湖南文艺出版社，2012 年，第 8 页。本节以下《莫菲》的引文均出自该译本，只在文中标出页码不再另注。

致,也是其在国家解体后认同困境的体现,具有从崇高向卑微递降的意味。

另一处常被国内外学者忽略的情节同样表明,贝克特并非像某些学者声称的那样,是"一位'无关历史''无关政治'的艺术家"。① 在这一情节中,莫菲发觉自己无法进入精神病人封闭的自我世界,因而对精神的绝对自由绝望之至,遂留下遗嘱:

关于遗物——我的遗体、思想和灵魂——的处理,我希望把它们火化,装在纸袋子里,带回都柏林阿比街的阿比剧院,毫不迟疑地放进伟大、善良的切斯菲尔德老爷称做'必需之家'的地方……整个过程要简朴,不要举行仪式,不要显露悲伤。(279—280)

在伦敦漂泊的莫菲希望死后回归都柏林,这是他在国家解体后对出生地的最终选择,但他对爱尔兰文艺复兴和以凯尔特文化为基础的天主教国家民族身份的建构依然心存疑虑,因此只愿以骨灰交付由叶芝等人创立、代表爱尔兰文艺复兴高峰的国家剧院。可见,如同贝克特和乔伊斯等外流爱尔兰作家那样,莫菲的认同也是基于困境的,远比在稳定的共同体中的认同复杂。更具讽刺意味的是,同胞库柏在伦敦的酒吧里拿他的骨灰向别人砸去,于是"莫菲的躯体、思想和灵魂都自由地洒落在酒吧的地面上,……和沙子、啤酒、烟蒂、玻璃、火柴、唾液、呕吐物一起扫掉了"(285—286)。并非奢求的遗愿未能实现,莫菲的尘埃留在了伦敦,但又毫无尊严地随赃物消失。

莫菲的身份最终无所归依,这一结局与贝克特后续作品中主人公的困境相通。即使作者在"极简主义"的道路上疾步迈进,使后续作品越来越缺乏外部世界的特征,国家作为共同体的崩溃依然可以看做他日后文学世界中各类共同体纷纷解体的外因之一,而且这一意识得到了诸多因素的不断强化,如二战期间他在巴黎的经历、他的"反恋母情结"、对非理性文艺的接受,等等。可以说,身份的尴尬是他绝大多数作品的主题之一,只是在他迅速推进的文学实验中幻化成了各式各样的"梦意象"(dream-image),令读者颇费周章。在他笔

---

① Patrick Bixby, *Samuel Beckett and the Postcolonial Novel*, Cambridge: Cambridge University Press, 2009, 186.

下,共同体与横向的维度无关,是理性主义传统中的空无概念,对"极端怀疑主义"①者而言,都是"垂直诗"②的解构对象。他是"不做表面生意的艺术家",深信"唯一可能的精神发展是深度意义上的",③因此他笔下的共同体多是与"表面"无明确关系的哲学概念,多是应"垂直"挖掘的"深度共同体"。

二、二元共同体的解体

贝克特喜欢"把笛卡尔当做小说"来读,"把叔本华当做真理"来读,④认为知识再也不能以笛卡尔的"第一原则"为依据,只要"我思"(the cogito)解体,⑤现代性就终结了。在他看来,普鲁斯特(Marcel Proust,1871—1922)和乔伊斯无论多么激进,只要还屈从于"第一原则",就仍然禁锢在现代主义当中,没有把"文字革命"(Revolution of the Word)进行到底。为了推进"文字革命",他必须以解构"我思"为基本策略。与此紧密相关的是他对任何形式的二元论的解构。对他而言,"我思"不仅在诞生之初就犯下了形而上学的原罪,而且标志着人类异化的肇始,因为它哄骗人类落入主客体关系的圈套,使人类不再把自己与周围的世界看做不可分解的整体,而是看做相互隔离的对立项。像尼采那样,他把主客体的分离当做"人文主义的一种表述",当做人类中心的世界秩序,这种秩序"完全依据人类的利益来定义现实"。⑥ 一旦如此,人类就变得自私,无法感知隐藏在功利主义背后的存在的本真。在他看来,要洞察那种本真,人类必须以天真的眼光来打量已经被拆解为二元关系的世界,即人类必须消解以二元论为结构原则的最小也即最大的"深度共同体",重构物我不分的大同世界;这样,没有了先验的偏见,人类才能像艾默生(Ralph W. Emerson,1803—1882)的"透明眼球"那样自在又不在。

---

① 陆建德:《自由虚空的心灵:萨缪尔·贝克特的小说创作》,《从现代主义到后现代主义》,柳鸣九主编,北京:中国社会科学出版社,1994 年,第 151 页。
② 同上,第 153 页。
③ Samuel Beckett and Georges Duthuit, *Proust and Three Dialogues with Georges Duthuit*, London: John Calder, 1999, 63.
④ David Watson, *Paradox and Desire in Samuel Beckett's Fiction*, London: Macmillan Press Ltd., 1991, 2.
⑤ 白玄主编:《近代欧洲哲学的始祖笛卡尔》,北京:中央文献出版社,2000 年,第 85 页。
⑥ Richard Begam, *Samuel Beckett and the End of Modernity*, Stanford: Stanford University Press, 1996, 20.

作为对"笛卡尔小说"第一次和最明显的戏仿,①贝克特首先在《莫菲》中构造了一个决然对立且无法逃避的二元世界。一开篇,他就安排莫菲处于光与影的对立中:"莫菲……避开阳光,仿佛无所拘束。"(3)太阳是一个分裂世界的多事佬,将原本统一的世界划分为对立的两部分——明亮的大世界和昏暗的小世界。大世界是决定论的,不允许精神有绝对的自由,因而是莫菲断然不能接受的,而小世界因为大世界的疯狂追逐也是难以亲近的。接着,莫菲自身也一分为二了:"他憎恨的自己身体上的那个部位渴望着西莉亚,而他热爱的那个部位一想到她就颓丧不已。"(10)作为生理存在,他无法抑制肉欲,而作为"唯我论者"(86),他渴望的只是精神的自由。悲剧在于,"莫菲心理的对立面……是没法调和的"(6)。他会不可避免地患上精神分裂症,而世界也确实分裂成了开放的大世界和封闭的小世界。

在与精神病人安东的对弈中,莫菲陷入恍惚,以为安东正是自己超越二元辩证关系的模糊镜像,觉得自我从他者意识中解放出来的时刻已经到来。他仿佛目睹了二元对立消失后的"虚无":

> 莫菲开始看到虚无,看到那无色的色彩,那是有生以来罕有的盛宴,是'被感知'而非'感知'……的缺场。其他感官也趋于平静……不是感官搁置的麻木的平静,而是实在之物让位于或者添加到虚空之物时降临的积极的平静。在阿伯德拉人的狂笑中,没有什么比这更真实。(256)

如果"存在即是被感知",那么随着感官的搁置,"我思"就不复存在,主体与客体、思想与肉体就不再区分,莫菲就抵近了大同世界。既然一个对立项的存在总是由另一个对立项规定,那么此时二元对立就失效了,知识无以存在,世界一片混沌,无所不包又无物存内的"虚无"成了至大无上的共同体,或曰至小因而不可知的"单子"(monad)。既然"特定对立面的最大值与最小值是同一的,没有差别的",②那么共同体与单子就同为一物,这就是贝克特纠缠不休的

---

① Begam, *Samuel Beckett and the End of Modernity*, 21.
② Samuel Beckett, *Disjecta*, ed. Ruby Cohn, London: John Calder, 1983, 21.

悖论。

然而，莫菲还是沮丧地发现，那个伊甸园是决然封闭的，是他凭理性和意识无法进入的："在安东先生视而不见的眼睛里，莫菲先生是一个斑点"（261），是一个没有维度、因而无法辨认的"单子"，而非表明他已被精神病人的隔绝世界接受的自我镜像。这条探索之旅是一条绝路，他只有灰飞烟灭才能化为自由的尘埃，获得"积极的平静"（256）。在困境中，他无法有意识地寻求意识的缺场，无法渴望欲望本身的灭亡，因而充其量只是"仿佛无所拘束"（3）。他的意外死亡是过于简单的解决之道，或者说只是历史"循环机制"的新起始点。① 贝克特解构共同体的大业才刚刚开始，他的意图不是绘制一幅静态的"青年分裂者的肖像"，而是描绘深度共同体解体的动态过程，即探索人类在分裂的世界中生存的状况，寻找可能存在、免于笛卡尔秩序、甚至比存在困境的"理性主义出路更巧妙"的第三区域。② 因此，"贝克特没有什么荒诞的"，③他只是在孤注一掷地解构"我思"以及逻各斯中心主义的其他表现形式，解构一切共同体的母体。他对"我思"的怀疑触发了他对二元论的解构，即对无知、无欲的热切渴望，其结果就是"差异缺失"（in-difference）、混沌和虚无。因而他的小说充塞着哲学和心理学的悖论与谜团，处处是无法言说的情境，人物显得进退两难，意义似乎总是缺场，或延误在无限的能指链中。

正如"延异"（Différance）一样，贝克特解构一切共同体的方法就是消解二元对立，甚至直接寻找二元对立之外的第三区域。确切地说，他的小说以文学的形式演示了德里达（Jacques Derrida，1930—2004）的双重解构策略："差异缺失"（抹除对立项之间清晰无误的"差异"）对应于德里达的内部解构策略，旨在让共同体看似自行解体；而"灭欲"（无欲无为或者另寻不可知的第三区域）类似于德里达的外部解构策略，旨在摆脱二元思维模式，（可能的话）构造新的混沌的共同体。在贝克特后续的小说中，这两种策略也是并行不悖的，甚至运用得更为娴熟。在三部曲的首篇《莫洛伊》（*Molloy*，1951）中，母与子、夫

---

① Beckett，*Disjecta*，22.
② Paul Foster，*Beckett and Zen: A Study of Dilemma in the Novels of Samuel Beckett*，London: Wisdom Publications，1989，21.
③ Ibid.，9.

与妇的二元关系在文字游戏中变得似有若无:"我把她当做老妈,她把我当做我老爸。……不得不叫她的时候,我就叫她'妈格'(Mag)。……末尾的'格'(g)让'妈妈'这个词报废了。"①在三部曲的中篇《马龙之死》(*Malone Dies*,1951)中,生与死的二元对立让位于一元(在出生中死去)的幻想:我是"一个衰老的胎儿……母亲不中用了,我让她糜烂了,她会在坏疽的帮助下让我掉出来……我会头部落地,在停尸房里啜泣"。② 在三部曲的末篇《无法称呼的人》(*The Unnamable*,1958)中,里与外的二元世界随着第三区域的出现解体了:"我是分割面,我有两个平面,但没有厚度,也许那就是我的感觉,我是鼓膜,一边是大脑,另一边是外界,我不属于任何一个世界。"③在贝克特的文学世界里,许多的谜团和悖论其实都是"深度共同体"解体的"梦意象"。

对于贝克特的解构策略,文学"模仿论"(mimesis)依然具有解释力:其小说中"深度共同体"的解体都与其母子关系有关。母亲这一形象在前三部小说中缺场,是他忘却母亲的欲望的外化;在后续三部曲中的颓废,是他报复母亲的欲望的变形。因为"理解贝克特的关键……在于理解他同母亲的关系。……他跟母亲是强烈的爱恨交织的关系。……一种几近脐带般的对母亲的依恋和摆脱她的欲望之间的激烈争夺战"。④ 恋母与厌母的二元对立是他青少年时代的主要心结,这一心结在他撰写《但丁……布鲁诺。维柯……乔伊斯》("Dante... Bruno. Vico... Joyce",1929)一文时与其哲学观发生了重合。在乔伊斯的督导下,贝克特主要论述了但丁的语言源起观、维柯的螺旋历史观和布鲁诺的辩证哲学观,声称"在连绵不断的转变中,不仅最小值与最小值发生巧合,最大值与最大值发生巧合,而且最小值也与最大值发生巧合"。⑤ 在他看来,一切都是相对的,因而都是不稳定和倾向于"混沌"(chaos)的。二元对立项在语言现实中占据的位置是临时的,它们时刻都暴露在相互的取代和削弱中,暴露在"差异"的覆灭中。事实上,贝克特与布鲁诺颇有同感,这预示着

---

① Samuel Beckett, *Molloy*, New York: Grove Press, 1965, 17.
② Samuel Beckett, *Malone Dies*, London: Calder & Boyars Ltd., 1975, 54.
③ Samuel Beckett, *The Unnamable*, London: Calder & Boyars Ltd., 1975, 100.
④ James Knowlson, *Damned to Fame: The Life of Samuel Beckett*, London: Bloomsbury, 1997, 178.
⑤ Leslie Hill, *Beckett's Fiction in Different Words*, Cambridge: Cambridge University Press, 1990, 5.

他的小说不仅会描述两性和两代人之间的差异的缺失,而且会叙述"永恒融合的动态过程,通过一系列环形变化,过程中的每项要素不断地转变为自己的对立面"。① 但贝克特是一位自觉的、试图超越现代派的作家,他对共同体的解构没有回避"作品"本身。

三、"作品"作为三元共同体的解体

其实,贝克特最先试图解构的共同体是隐含作者、叙事者和人物和谐共存、叙述可靠、情节清晰的现实主义"作品"(work),不过在《莫菲》中因摆脱"文字革命"的欲望过于强烈,这一努力被暂时撇下,但随后就贯穿了几乎整个创作历程,以至于他只能称自己晚期的零碎文字为"片段"(pieces)、"碎片"(Disjecta)或者"无所指的文本"(texts for nothing)。在1932年创作的小说处女作《梦中佳人至庸女》(*Dream of Fair to Middling Women*,1992)中,他开篇不久就大肆引用中国的"伶伦制律"传奇和"凤凰传奇",将隐含作者对人物个性和情节的失控述诸铺张的文体。于是,本应清晰明了的情感故事在他解构"作品"的冲动中失去了可读性,成了"塞满狂乱思想"的"匣子"②:"让半打鸣凤像一只不死的祥鸟那样从同一堆干柴的灰烬中腾起……我们往往会闻到男一号的心中有一只混响鼠。他可以同时担当蕤宾和无射的角色,甚至给一个双性的肿块配上林簇。"(11)他恣意跑题,在将近两页的篇幅里拿中国典故海侃,还生造"半打鸣凤""林簇"等并不存在的中文术语,展现自己喷涌而出的学识和对现实主义叙事传统的调侃。借此,《梦中》获得了突出的互文性、学识性和元小说性,却失去了对长篇叙事文学至关重要的故事情节的连贯性和清晰性。

贝克特认为,传统现实主义"作品"作为作者创造的共同体,是"和谐得纯净的小说……毕达哥拉斯式的因与果的链式反复独奏曲"(10)。而此处,在其难以抑制的学者型幽默的操控下,人物自行其是,个性放荡不羁,完全不听隐含作者的摆布,因而无法合奏"一首听起来悦耳的独角哼鸣曲"(10)。于是,作

---

① Hill, *Beckett's Fiction in Different Words*, 5.
② Samuel Beckett, *Dream of Fair to Middling Women*, Dublin: The Black Cat Press, 1992, 1. 以下简称《梦中》,本节引文出自同一译本,只在文中标出页码不再另注。

为三合一的共同体,原本只是"可读"的"作品"解体了,成了无序、"复调"(polyphony)、"可写"的"碎片":

> 这部小说的结构复杂难辨,呈碎片式;其情节刻意去除了线性的形式和统一性……而且其表面的现实也被有意地扭曲了。该小说贴上了'流浪汉式'或'插曲式'的标签,但这两个术语都无法说明该小说刻意去除连贯性的合理性,更不用说其语言的铺张和文体的华美。①

乔伊斯纵横捭阖,是为了构造一个宏大的统一体,而贝克特移花接木,是为了调侃"作品"营造的叙事"统一性"的幻象。菲尔丁介入"作品",是为了明说作者的意图和人性的复杂,而贝克特介入"文本"是为了戏仿"作品"作为共同体的虚幻。《梦中》不再是像贝克特早期短篇那样的、一个大致有机的统一体,无论冠以怎样的名头都难以自圆其说。不过,在文学"教父"的阴影下,"这部小说依然散发出乔伊斯的气味"。②

意欲"弑父"的贝克特意识到,通过旁征博引、中断故事情节、打乱人物角色来解构"作品"是走不出乔伊斯的巨大身影的,于是在第三部小说《瓦特》(Watt,1953)中,他便通过"极简主义"控制下的对各构成要素履行职责能力的怀疑,再次对"作品"进行解构,为随后的小说三部曲和戏剧创作开辟了新的道路。传统的"作品"多是结构清晰的共同体:隐含作者和叙事者都是确定无疑的理性主体,而人物和故事都在两者的掌控之下。与此不同,在《瓦特》中,"全知全能"让位于"无知、无能",前者的叙事明晰,而后者的叙事模糊。③ 在近乎痴人说梦的半"文本"中,隐含作者、叙事者和人物都"无知"得很不靠谱,不是失忆,就是"无能"。在此,"文本的混沌"④不仅源自小说世界中普遍存在的认识论危机,而且源自史无前例的隐含作者、叙事者和人物的基督式三位一体。事实上,这三个角色在"镜像关系"中的殉难,表明了贝克特继续和"全知

---

① Knowlson, *Damned to Fame*, 146.
② McDonald, *The Cambridge Introduction to Samuel Beckett*, 27.
③ Ibid., 15.
④ 曹波:《〈瓦特〉:文本的混沌与叙事传统的瓦解》,《国外文学》,2011年第2期,第54页。

全能"的叙事传统背道而驰,独立自主地开展"镜像写作"实验、①走向创作共同体解体后的"碎片"的敏锐意识。

在作者"极端怀疑主义"的操控下,《瓦特》中很晚才露面的萨姆是个不称职的第二叙事者和隐含作者。听着瓦特混乱的叙述,他充其量只能"听得懂从我耳膜边经过的声音的一半那么多"。② 他尽管不久就习惯了瓦特的倒错语言,但还是无法否认自己是个不合格的听众和转述者:

因为虽说我的近视依旧如此,眼下我自己的听力却在衰退。另一方面,我纯粹的思维能力,名副其实的所谓　　　　?
?　　　　　　　　　?
?　　　　　　　　　?
的能力,可能的话,却更加活跃了。(240)

萨姆患上了失忆和感官退化,因此"文本"中时常出现词汇遗漏和情节倒错。他断定"二、一、四、三,这就是瓦特讲述自身故事的顺序"(311),但他从不澄清自己是否按故事时间调整了情节,或者是否在胡乱地编造故事。他的"无知、无能"增强了"文本"的虚构性和失序感,因为"所有组织化的叙事都是'治安力量管理的事务'"。③ 正如瓦特是一个"无知"的当事人,萨姆也是一个"无能"的隐含作者。

瓦特作为第一叙事者和故事人物,也具有双层瑕疵:他既非诺特理想的目击证人,亦非萨姆可靠的信息源头。因生理和智力的缺陷,他感知到的不是中心人物诺特的身份和在场,而是其区别性特征的匮乏。他的失忆和断断续续的讲述使诺特更显得捉摸不透,也让萨姆向读者的转述更加模糊不清。他"一会儿眼花,一会儿耳背,甚至那些更隐秘的感知也大大低于正常水平"(293),生理上他就不是一个合格的说话主体。而且他自身的存在都需要另一

---

① Begam, *Samuel Beckett and the End of Modernity*, 98.
② 萨缪尔·贝克特:《瓦特》,曹波译,长沙:湖南文艺出版社,2012年,第240页。本节以下《瓦特》的引文出自同一译本,只在文中标出页码不再另注。
③ Watson, *Paradox and Desire in Samuel Beckett's Fiction*, 5.

个目击证人来证实,仿佛他是一个本质由"他者"来确定的空洞"自我",其主体性延宕在无限的证人链中。既然第一叙事者是一个"匮乏的见证人,残缺的见证人"(293),那么诺特的故事就只能是情节混乱,内容混沌。在诺特身边,他寻思不出词语及其意义、符号及其所指的必然联系。在极端唯名论看来,物体无以命名,瓦特自身的状态或者种种状态也无法用语言来表达。语言危机助长了他的失忆,使他向萨姆叙述时频繁漏词,而萨姆作为隐含作者,就不得不提供脚注和附录,(可能的话)以增强文本的可读性。然而,失去了语言能力,也就被剥夺了传统叙事者的愉悦性质,而以叙事者为人物和作者、读者之间桥梁的"作品"也必然解体。但是,贝克特对"作品"的解构远未终结。

雪上加霜的是,诺特作为认知对象的身份是如此模棱两可,其形象是如此反复无常。除了性别、年龄等模糊不清之外,他还像瓦特已故的父亲一样可望而不可即。他令人向往,又同样令人畏惧,就像人们渴望靠近却不敢面对的"自我"。他仍旧滞留在"无知"和"黑暗的中心",对四周在混乱中旋转的一切都漠不关心,仅仅他的在场就能让一切认知都失效。在这个奇特的人物身上,对立面聚合起来,形成无可名状的一锅粥,正如无数配料煮成了他的流质食物一样;无为主义等同于"控制地位的具体化身,其控制如此彻底,仿佛是语言之外的在场"。① 在认知的无能中,现实演变成纯粹的假设或任意的巧合,名实不再相副,意义也在认知者对差异和确定性的狂热追索中被搅得不知去向。为了证明自身的存在,他本人都需要目击证人,似乎他就是无法自在的主体。在笛卡尔信徒看来,他的大部分身外之物也当然无法维持一种确定性。在其势力范围内,一切都变动不居,通过外在参照获得稳妥的意义是不可能的。诺特(Knott=Not)是瓦特(Watt=What)认识论危机的源头,不管瓦特如何努力地感知他,相关叙事都只能是混沌和荒诞的。可以说,诺特是其所在"作品"作为共同体解体的最深层原因。

《瓦特》有些散架了,但意犹未尽的贝克特又利用"镜像关系"(mirror relation)把它勉强沾在了一起。他借助"一个镜子的迷魂阵",② 让隐含作者、叙事者和人物在三位一体中殉难,从而事实上强化了"作品"作为和谐共同体

---

① Watson, *Paradox and Desire in Samuel Beckett's Fiction*, 61.
② 曹波:《〈瓦特〉》,第54页。

全面解体的趋势。除了瓦特发现自己和诺特互为镜像之外，萨姆也发现自己和瓦特就是对方的镜像，但悲剧在于，所有镜像都模糊不清，无助于照镜者辨别自我的身份。因此，萨姆产生了殉难的幻想："他满脸是血，双手也是，荆棘刺进了头皮。……我看了看自己的手，摸了摸自己的脸，还有光滑的头盖骨，莫名其妙地忧虑起来。"(224) 通过已在《莫菲》中小试的"镜像关系"，贝克特似乎构造了一个三位一体的共同体：诺特就是无以存在的圣灵，瓦特就是渴望降生的圣父，萨姆就是殉难的圣子，他们合成为耶稣。在诺特宅邸的内外（十字架），他们探询到的只有认知的无能（殉难），他们的故事是一个接近散架的"文本"，是"作品"几乎解体后的余物。不过，《瓦特》离"共同体"的对立面——"碎片"——尚有距离。

在《马龙之死》中，贝克特将解构"作品"的大业推进了一大步。他安排隐含作者马龙在行将死亡之时玩起了写作游戏，以文学的形式演示"作者之死"。假如前一部小说《莫洛伊》演示的是"叙事在话语中的消失"的话，① 那么这种消失本身就成了马龙叙事的主题，因为贝克特赋予了他前几部小说的作者这一角色。然而，这位隐含作者是一个无能的主体，似乎已退化到了"前镜像阶段"(the pre-mirror stage)，他带着殉难的幻想叙述着自己和笔下人物滞留在早期"想象界"(the Imaginary Order)的困境。随着他越来越临近死亡，他的写作游戏也越来越像是自我的直接投影，而非关于他者的文本。他的游戏违反了能指与所指有所区别的原则，因而只能是一种残局。他试图通过人物的诞生使自己获得生命，从而既成为虚构人物的父亲，又充当他们的儿子。然而，他注定会一败涂地，面临同样令人惊慌的匮乏。在《无法称呼的人》中，贝克特将挞伐"作品"的大业几乎推进到极致，使其"代表了一种小说的来生……小说死亡后的生命"。② 这个"文本"几乎没有情节，也没有人物，呈现的只是一个空洞的声音，而非一个自在的实体，于是意义消散在原初叙事者（隐含作者）的信息向代言人（叙事者兼人物）传递的过程中。这是小说中最激进的探索，贝克特

---

① Lawrence Miller, *Samuel Beckett: The Expressive Dilemma*, London: Macmillan Press Ltd., 1992, 108.

② Samuel Beckett and Georges Duthuit, "Three Dialogues," in *Critical Essays on Samuel Beckett*, ed. A. McCarthy, New York: Grove Press, 1984, 232.

只能转向别的体裁（戏剧）寻求出路。他晚年所写的"文本"处于同一层面，已没有可能再"垂直"深入了。

　　在贝克特的作品中，所有形式的共同体都崩溃了，因为他选择了一条"失败"（failure）的道路："要当艺术家就要失败，既然没别的人敢于失败，那失败就成了他的世界。"① 出于对建构了宏大共同体的乔伊斯的畏惧，他决计背道而驰，解构一切共同体，断绝其构成要素之间的"沟通"，经由"失败"走向成功。其实，早在 1930 年独自撰写《论普鲁斯特》（*Proust*, 1930）时，他就选定了这一道路。对个体、时间、记忆、习惯等展开散漫的论辩后，他断言人和人之间"绝无沟通可言"，"友谊其实是一种可怜的对表面价值的接受……它毫无精神上的意义"，因而"对于不做表面生意的艺术家而言，摒弃友谊不仅是合理的，而且是必要的"。② 在他看来，"艺术是对孤独的颂扬。没有交流可言，因为没有交流的手段"。③ 在咄咄逼人的论述中，他指出文学应该独立于"表面价值"，走向"深度意义上的"潜意识世界，表现"友谊"（沟通）的缺失（即个体的"孤独"或共同体的崩溃）。既然"只有在这深度共同体中，'沟通才成为可能'"，④ 那么贝克特的小说世界就与"深度共同体"的建构无关，它展现的不是向共同体"扩展"的艺术，而是向"单子""收缩"、向"失败"前进的"艺术"。⑤

---

①　Beckett and Duthuit, "Three Dialogues", 125.
②　Ibid., 63.
③　Idid., 64.
④　殷企平：《华兹华斯笔下的深度共同体》，第 80 页。
⑤　Beckett and Duthuit, "Three Dialogues", 64.

结 语

从文化观念到社会变迁

英国文学在20世纪上半叶的发展呈现出一种复杂的形态,重大历史事件接踵而至,社会的剧变、文学的转型与文化观念的拓展互为影响与推动,记录了特定历史时期人心与人性的精神嬗变,也反映了社会生活中观念、情感、心态在文学话语层面的种种复杂聚合与转型。

本卷立足于这个思想背景,从传统文学史的研究基础重新出发,聚焦于20世纪上半叶英国社会历史的语境,通过对共同体与进步观念的双向审视,以期勾勒转型焦虑、愿景描述、共同体形塑、审美趣味、心智培育、文学语言、民族良心、道德关怀、伦理秩序、工作精神、生活方式等若干关键词在若干经典文学文本中的表征轨迹,在多学科互补与互释的交汇层面力图捕捉这一时期英国文学与文化观念互动共生的发展脉搏。撰写结语既是对本课题研究过程的提炼与总结,也是思考、论证与推进新课题的契机。文化观念在这一时期的种种拓展给文学发展打上了厚重的时代烙印,也极大地形塑了这一时期英国社会变迁的整体格局。文化观念与文学创作互为底色,在反映生活现实的同时,也呈现了特定历史时期人类精神世界中丰厚而充满个性化的思想特质。紧扣文学文本所呈现的思想谱系,从文化观念研究走向社会变迁研究,这是笔者在结语中触发的新的研究起点。

本卷写作立足于时代语境、文化转型与观念拓展所形成的共同体演进的宏观背景,以这一时期英国文学文本的细读为阐释基础,以文学经典作品中的观念嬗变考察为主线,探究了文学作品、思潮流派与历史巨变在观念维度上的知识、逻辑与思想关联。在下一阶段,如果我们能从文化观念的梳理重新出发,系统研究这一历史时期文学作品中的社会变迁主题,相信能以跨学科的视角描绘出英国文学研究更为深刻的思想景观。由此,结语既是这个课题的沉淀与厘清,也是对新课题的知识边界和思想轮廓的初步勾勒。

聚焦到20世纪上半叶这一特定的社会历史阶段,英国文化观念在此期间的拓展与变化也可以理解为一部反思"进步"话语的思想史。在研究方法上，本卷呈现了一种积极的学科互涉的切入理路，体现了多学科学术资源整合在研究范式上的探索价值，为文学与相邻学科的会通研究做出了有益的推动，有利于外国文学研究新话语体系的发展。文化观念的形成发展与社会变迁存在着一种共生互释的学理关系。对于20世纪上半叶的英国文学，国内外的研究现状都呈现了与这一时期诸多社会变迁因素的潜在关联，但还没有独立成题、系统成书的研究成果，笔者希望能以此结语作为新征途的开端，继续努力，推进英国文学专题史研究的新领域。

主要参考文献

Abrams, Lynn, and Callum Brown. *A History of Everyday Life in Twentieth-Century Scotland*. Edinburgh: Edinburgh University Press, 2010.

Ackroyd, Peter. *London: The Biography*. New York: Anchor Books, 2003.

Addison, Joseph, and Richard Steele. *Sir Roger de Coverley*. Ed. William Henry Wills. Boston: Ticknor, Reed and Fields, 1852: 165.

Allison, Jonathan. "Patrick Kavanagh and Antipastoral." In *The Cambridge Companion to Contemporary Irish Poetry*. Ed. Matthew Campbell. Cambridge: Cambridge University Press, 2003: 42 – 58.

Anderson, Benedict. *Imagined Communities: Reflections on the Origin and Spread of Nationalism*. London: Verso, 1991.

Arnold, Matthew. *Culture and Anarchy*. Cambridge: Cambridge University Press, 1960.

—. "Heine's Grave." In *The Poems of Matthew Arnold*. Ed. Kenneth Allott. London: Longmans, 1965: 475 – 477.

—. *The Poems of Matthew Arnold*. Ed. Kenneth Allott. London: Longmans, 1965.

—. "Literature and Science." In *Discourses in America*. London: Macmillan, 1970: 99 – 103.

Auden, W. H. *The Orators: An English Study*. London: Faber and Faber, 1966.

—. *Collected Poems*. Ed. Edward Mendelson. London: Faber and Faber, 1976.

Baldick, Chris. *The Social Mission of English Criticism, 1848 – 1932*. Oxford: Clarendon Press, 1983.

—. *The Modern Movement*. New York: Oxford University Press, 2004.

Barney, Richard A. *Plots of Enlightenment: Education and the Novel in Eighteenth-Century England*. Stanford: Stanford University Press, 1999.

Batchelor, John. *The Edwardian Novelists*. London: Gerald Duckworth, 1982.

Beauman, Nicola Morgan. *A Biography of E. M. Forster*. London: Hodder & Sroughton, 1993.

Beckett, Samuel. *Disjecta*. Ed. Ruby Cohn. London: John Calder, 1983.

—. *Molloy*. New York: Grove Press, 1965.

—. *Malone Dies*. London: Calder & Boyars, 1975.

—. *The Unnamable*. London: Calder & Boyars, 1975.

—. *Dream of Fair to Middling Women*. Dublin: The Black Cat Press, 1992.

Beckett, Samuel, and Georges Duthuit. "Three Dialogues." In *Critical Essays on Samuel Beckett*. Ed. A. McCarthy. New York: Grove Press, 1984: 227 – 235.

—. *Proust and Three Dialogues with Georges Duthuit*. London: John Calder, 1999.

Begam, Richard. *Samuel Beckett and the End of Modernity*. Stanford: Stanford University Press, 1996.

Bell, Michael. *D. H. Lawrence: Language and Being*. New York: Cambridge University Press, 1991.

—. "Creativity and Pedagogy in Leavis." *Philosophy and Literature* 40, no. 1 (2016): 5 – 20.

Benedict, Anderson. *Imagined Communities: Reflections on the Origin and Spread of Nationalism*. London: Verso, 1991.

Benhabib, Seyla. *Situating the Self: Gender, Community and Postmodernism in Contemporary Ethics*. New York: Routledge, 1992.

Berberich, Christine. *The Image of the English Gentleman in Twentieth-Century Literature: Englishness and Nostalgia*. Aldershot: Ashgate Publishing, 2007.

Bergonzi, Bernard. *The Early H. G. Wells: A Study of the Scientific Romances*. Toronto: University of Toronto Press, 1961.

Berman, Jessica. *Modernist Fiction, Cosmopolitanism, and the Politics of Community*. New York: Cambridge University Press, 2001.

Bhabha, Homi K. *The Location of Culture*. London and New York: Routledge, 1994.

Bixby, Patrick. *Samuel Beckett and the Postcolonial Novel*. Cambridge: Cambridge University Press, 2009.

Blanchot, Maurice. *The Space of Literature*. Trans. Ann Smock. Nebraska: University of Nebraska Press, 1982.

Bloom, Harold. *Edwardian and Georgian Fiction*. Philadelphia: Chelsea House, 2005.

Blum, Jerome. "The Internal Structure and Policy of the European Village Community from the Fifteenth to the Nineteenth Century." *The Journal of Modern History* 43, no. 4 (1971): 541.

Booth, James. *Philip Larkin: The Poet's Plight*. New York: Palgrave Macmillan, 2005.

Boulton, James T., ed., *Late Essays and Articles*. New York: Cambridge University Press, 2004.

Bourdieu, Pierre. "Social Space and Symbolic Power." *Sociological Theory* 7, no. 1 (1989): 14-25.

Bowen, Elizabeth. *English Novelists*. Glasgow: W. M. Collins Sons and

Co. Ltd. , 1942.

—. *The Death of the Heart*. New York: Vintage Books, 1959.

—. "A Way of Life." In *People, Places, Things: Essays by Elizabeth Bowen*. Ed. Allan Hepburn. Edinburgh: Edinburgh University Press, 2008: 460.

Bradbury, Malcolm. *The Social Context of Modern English Literature*. London: Oxford, 1971.

—. *The Modern British Novel: 1878 – 2001*. Beijing: Foreign Language Teaching and Research Press, 2004.

Brecht, Bertolt. *Life of Galileo*. New York: Arcade Publishing, 1994.

Brennan, Maeve. *The Philip Larkin I Knew*. Manchester: Manchester University Press, 2002.

Bromby, G. H. *The First Book of Wordsworth's Excursion*. London: Longman, 1864.

Budgen, Frank. *James Joyce and the Making of Ulysses*. New York: Harrison Smith and Robert Haas, 1934.

Buell, Frederick. *W. H. Auden as a Social Poet*. New York: Cornell University Press, 1973.

Burgum, Edwin Berry. "The Cult of the Complex in Poetry." In *Science and Society* 15, no. 1 (1951): 31 – 48.

Burt, Forrest D. *The World of W. Somerset Maugham*. Boston: Twayne Publishers, 1986.

Calvocoressi, Peter. *The British Experience 1945 – 75*. London: Penguin Books, 1978.

Campbell, C. *The Romantic Ethic and the Spirit of Modern Consumerism*. Oxford: Basil Blackwell, 1987.

Campbell, Ian. *Lewis Grassic Gibbon*. Edinburgh: Scottish Agademic Press, 1985.

Carabine, Keith. Introduction to *Three Sea Stories*. Ed. Keith Carabine.

Hertfordshire: Wordsworth Classics, 1998.

Carlyle, Thomas. *On Heroes and Hero-Worship and the Heroic in History*. London: Chapman and Hall, 1924.

—. *Past and Present*. New York: The Macmillan Company, 1927.

—. *Past and Present*. London: J. M. Dent & Sons Ltd., 1947.

—. *Past and Present*. New York: New York University Press, 1965.

—. "Signs of the Times." In *Socialism and Unsocialism*. Ed. W. D. P. Bliss. New York: Humboldt Publishing Co., 1967.

Carpenter, Humphrey. *The Inkling: C. S. Lewis, J. R. R. Tolkien, Charles Williams, and Their Friends*. London: George Allen and Unwin, 1978.

—, ed., *The Letters of J. R. R. Tolkien*. London: George Allen and Unwin, 1990.

Carter, Ian. "Lewis Grassic Gibbon, and the Peasantry: A Scots Quair." *History Workshop Journal* 6, no. 1 (1978): 169-185.

Castoriadis, Cornelius. *Done and to Be Done*. In *Castoriadis Reader*. Trans. David Ames Curtis. Oxford: Blackwell, 1997: 397-398.

Castronovo, David. *The English Gentleman - Images and Ideals in Literature and Society*. New York: The Ungar Publishing Company, 1987.

Cavallaro, Dani. *Critical and Cultural Theory*. New Jersey: The Athlone Press, 2001.

Cavarero, Adriana. "Narrative against Destruction." *New Literary History* 46, no. 1 (2015): 1-16.

Chesterton, G. K. *Heretics*. Peabody: Hendrickson Publishers, 2007.

—. *Heretics*. Charleston: Create Space Independent Publishing Platform, 2007.

Clute, John, and Peter Nicholls. *The Encyclopedia of Science Fiction*. London: Granada, 1979.

Coleridge, Samuel Taylor. *On the Constitution of Church and State*. London: Hurst, Chance and Co. , 1830.

Conrad, Joseph. *Lord Jim*. New York and London: W. W. Norton & Company, 1968.

—. *The Nigger of the "Narcissus"*. New York: W. W. Norton & Company, 1979.

—. "Youth. " In *Selected Short Stories*. Ed. Keith Carabine. Hertfordshire: Wordsworth Classics, 1997: 69 - 94.

—. *The Shadow Line. Three Sea Stories*. Ed. Keith Carabine. Hertfordshire: Wordsworth Classics, 1998.

—. *A Personal Record*. Cambridge: Cambridge University Press, 2002.

—. *Heart of Darkness*. New York and London: W. W. Norton & Company, 2006.

Coser, L. A. *The Functions of Social Conflict*. New York: The Free Press, 1964.

Costa, Richard Hauer. *H. G. Wells*. New York: Twayne Publishers, 1967.

Coulson, Victoria. "Elizabeth Bowen. " In *The Cambridge Companion to English Novelists*. Ed. Adrian Poole. Cambridge: Cambridge University Press, 2009: 377 - 392.

Curtin, Mary Elizabeth. "'Ghastly Good Taste': The Interior Decorator and the Ethics of Design in Evelyn Waugh and Elizabeth Bowen". *Home Cultures* 7, no. 1 (2010): 5 - 23.

Curtis, Anthony. *Somerset Maugham*. London: Werdenfeld and Nicholson, 1977.

Davidson, C. N. , and E. M. Broner, eds. , *The Lost Tradition: Mothers and Daughters in Literature*. New York: Frederick Ungar Publishing, 1980.

Davies, Grahame. "Resident Aliens: R. S. Thomas and the Anti-Modern

Movement." *Welsh Writing in English: A Yearbook of Critical Essays* 7 (2001): 50 – 77.

Davison, Neil R. *James Joyce, Ulysses, and the Construction of Jewish Identity*. Cambridge: Cambridge University Press, 1996.

Day, Gary. *Re-Reading Leavis: Culture and Literary Criticism*. London: The Macmillan Press, 1996.

Day, Robert A. "The 'City Man' in *The Waste Land*: The Geography of Reminiscence." *PMLA* 80, no. 3 (1965): 285 – 291.

de Certeau, Michel. *The Practice of Everyday Life*. Berkeley: University of California Press, 1984.

Deming, Robert H., ed., *James Joyce: The Critical Heritage* (2 vols). London: Routledge, 1970.

de Tocqueville, Alexis. *Journeys to England and Ireland*. Ed. J. P. Mayer. Trans. George Lawrence and K. P. Mayer. New York: Anchor Books, 1968.

DeWitt, Anne. *Moral Authority, Men of Science, and the Victorian Novel*. New York: Cambridge University Press, 2013.

Dilke, Charles. *Greater Britain* (2 vols). London: Macmillan, 1868.

DiSanto, Michael John. *Under Conrad's Eyes: The Novel as Criticism*. Montreal: McGill-Queen's University Press, 2009.

Ditchfield, P. H. *The Old English Country Squire*. London: Methuen, 1912.

Douglas, Gifford, Sarah Dunnigan and Alan MacGillivaray, eds., *Scottish Literature in English and Scots*. Edinburgh: Edinburgh University Press, 2002.

Draper, Michael. *H. G. Wells*. London: The Macmillan Press, 1987.

Dunaway, David King. *Aldous Huxley Recollected: An Oral History*. Walnut Creek: AltaMira Press, 1999.

Dyer, Christopher. "The English Medieval Village Community and Its

Decline." *The Journal of British Studies* 33, no. 4 (1994): 407 – 429.

Eagleton, Terry. "Orwell and the Lower-Middle-Class Novel." In *Critical Essays on George Orwell*. Ed. Bernard Oldsey and Joseph Browne. Boston, MA: G. K. Hall, 1986: 111 – 128.

—. *The Ideology of the Aesthetic*. Oxford: Blackwell Publishing Ltd., 1990.

—. *Raymond Williams: A Critical Reader*. London: Polity Press, 1991.

—. *Trouble with Strangers: A Study of Ethics*. Oxford: Wiley-Blackwell, 2009.

—. *Culture*. New Haven and London: Yale University Press, 2016.

Edel, Leon, and Gordon N. Ray, eds., *Henry James and H. G. Wells*. London: Rupert-Davis, 1958.

Eliot, T. S. *Collected Poems 1909 – 1962*. New York: Harcourt, Brace & World, 1934.

—. *The Letters of T. S. Eliot: Volume. 1, 1898 – 1922 (Revised Edition)*. New Haven: Yale University Press, 2011.

Ellmann, Richard, ed., *Selected Letters of James Joyce*. London: Faber and Faber, 1975.

—. *Yeats: The Man and the Masks*. Oxford: Oxford University Press, 1979.

—. *James Joyce*. Oxford: Oxford University Press, 1982.

Ellul, Jacques. *The Technological Society*. New York: Alfred A. Rnopf, 1964.

Empson, William. *Seven Types of Ambiguity*. New York: New Directions, 1966.

—. *The Structure of Complex Words*. Cambridge, MA: Harvard University Press, 1989.

Evans, D. Gareth. *A History of Wales: 1906 –2000*. Cardiff: University of Wales Press, 2000.

Everett, Barbara. *Auden, Writers and Critics*. Edinburgh and London: Oliver & Boyd, 1964.

Fagge, Roger. *The Vision of J. B. Priestley*. New York: Continuum, 2012.

Fell, Katherine. "A Silent Way Unseen: Maugham's Use of Nonverbal Behavior in Three Novel." *Texas A&M University*, 1986.

Fitzgerald, Penelope. "The Mooi." *The Hudson Review* 61, no. 1 (2008): 71–77.

—. *Charlotte Mew and Her Friends*. London: Fourth Estate, 2014.

Flower, Dean, and Linda Henchey. "Penelope Fitzgerald's Unknown Fiction." *Hudson Review* 61, no. 1 (2008): 47–65.

Ford, Ford Madox. *Henry James: A Critical Study*. New York: Albert and Charles Boni, 1915.

—. *Parade's End*. Harmondsworth: Penguin Books, 1982.

Forster, E. M. *Abinger Harvest and England's Pleasant Land*. Ed. Elizabeth Heine. London: Andre Deutsch, 1996.

Foster, Paul. *Beckett and Zen: A Study of Dilemma in the Novels of Samuel Beckett*. London: Wisdom Publications, 1989.

Foucault, Michel. *Language, Counter-Memory, Practice*. New York: Cornell University Press, 1980.

—. *The History of Sexuality* (Vol. 2). New York: Vintage Books, 1990.

Gaipa, Mark, Sean Latham, and Robert Scholes, eds., *The Little Review "Ulysses."* New Haven: Yale University Press, 2015.

Gale, Maggie B. *J. B. Priestley: Modern and Contemporary Dramatists*. London and New York: Routledge, 2008.

Galef, David. "Forster, Ford, and the New Novel of Manners." In *The Columbia History of the British Novel*. Ed. John Richette. Beijing: Foreign Language Teaching and Research Press, 2005: 819–841.

Gallagher, Catherine. *The Industrial Reformation of English Fiction: Social Discourse and Narrative Form 1832 – 1867*. Chicago and London: The University of Chicago Press, 1980.

Gibbon, Lewis G. *A Scots Quair*. London: Jarrolds, 1946.

Gibbons, Tom. *Rooms in the Darwin Hotel*. Nedland: University of Western Australia University Press, 1973.

Gifford, Terry. *Pastoral: The New Critical Idiom*. London: Routledge, 1999.

Gilmour, Robin. *The Idea of the Gentleman in the Victorian Novel*. London: George Allen & Unwin, 1981.

Girouard, Mark. *The Return to Camelot*. New Haven: Yale University Press, 1981.

Glenny, Allie. *Ravenous Identity Eating and Eating Distress in Virginia Woolf*. New York: St. Martin's Press, 1999.

Godlasky, Rebecca S. "Support Structures: Envisioning the Post-Community in Contemporary British Fiction and Film." Ph. D. Diss., Florida State University, 2005.

Goldberg, S. L. *James Joyce*. Edinburg: Oliver and Boyd, 1962.

Goldman, Jane. *The Cambridge Introduction to Virginia Woolf*. Shanghai: Shanghai Foreign Language Education Press, 2008.

Graver, Suzanne. *George Eliot and Community*. Berkeley: University of California Press, 1984.

Green, Robert. "The 'Exploded Traditions' of Ford Madox Ford." *ELH* 48, no. 1 (1981): 217 – 230.

Greenberg, Herbert. *Quest for the Necessary: W. H. Auden and the Dilemma of Divided Consciousness*. Cambridge, MA: Harvard University Press, 1968.

Greene, Graham. *The Heart of the Matter*. New York: Penguin Books Ltd., 1978.

—. *The Human Factor*. London: The Bodley Head, 1978.

—. *Ways of Escape*. London: Bodley Head, 1980.

—. *A World of My Own—A Dream Diary*. Harmondsworth: Reinhardt Books, 1992.

—. *The Human Factor*. London: The Bodley Head, 1999.

—. *The Quiet American*. New York: Penguin Classics, 2004.

Grene, Nicholas. *The Politics of Irish Drama: Plays in Context from Boucicault to Friel*. Cambridge: Cambridge University Press, 2000.

Groden, Michael. *Ulysses in Focus*. Gainesville: University Press of Florida, 2010.

Gwynn, S. *Scattering Branches: Tributes to the Memory of W. B. Yeats*. London: Macmillan, 1940.

Habermann, Ina. *Myth, Memory and the Middlebrow: Priestley, du Maurier and the Symbolic Form of Englishness*. Hampshire: Palgrave Macmillan, 2010.

Hammond, J. R. *An H. G. Wells Companion*. London: The Macmillan Press, 1979.

—. *A Preface to H. G. Wells*. Harlow: Pearson Education Ltd., 2001.

Hartman, Geoffrey H. *The Fateful Question of Culture*. New York: Columbia University Press, 1997.

Hastings, Selina. *The Secret Lives of Somerset Maugham*. New York: Random House, 2009.

Havholm, Peter. *Politics and Awe in Rudyard Kipling's Fiction*. Aldershot: Ashgate, 2008.

Hawthorn, Jeremy. "Introduction to *The Shadow Line*." In *The Shadow Line*, by Joseph Conrad. Oxford: Oxford University Press, 2012.

Hayek, F. A. *The Sensory Order*. Chicago: University of Chicago Press, 1952.

Hechter, Michael. *Internal Colonialism: The Celtic Fringe in British*

National Development, 1536 – 1966. Berkeley and Los Angeles: University of California Press, 1975.

Hibberd, Dominic. "Monro, Harold Edward (1879 – 1932)." In *Oxford Dictionary of National Biography*. Oxford: Oxford University Press, 2004. https://en.wikipedia.org/wiki/Harold_Monro. Accessed Jun. 21, 2017.

Higdon, David Leon. "John Galsworthy's *The Man of Property*: 'now in the natural course of things'." *English Literature in Transition* 21, no. 3 (1978): 149 – 157.

Hill, Leslie. *Beckett's Fiction in Different Words*. Cambridge: Cambridge University Press, 1990.

Hitchens, Christopher. "Introduction to *Our Man in Havana*." In *The Shadow Line*, by Graham Green. New York: Penguin Classics, 2007.

Homans, Margaret, ed., *Virginia Woolf: A Collection of Essays*. New Jersey: Prentice-Hall, 1993.

Homberger, Eric, William Janeway, and Simon Schama. "Introduction." In *The Cambridge Mind*. London: Jonathan Cape, 1970: 13 – 20.

Hopwood, Alison L. "Carlyle and Conrad: Past and Present and 'Heart of Darkness'." *The Review of English Studies* 23, no. 90 (1972): 162 – 172.

Hubbard, Tom. *Lives of Victorian Literary Figures VII: Joseph Conrad, H. Rider Haggard and Rudyard Kipling by Their Contemporaries*. London: Pickering & Chatto, 2009.

Huizinga, J. H. *Confessions of a European in England*. Melbourne: Heinemann, 1958.

Hulme, Peter. *Colonial Encounters: Europe and the Native Caribbean, 1492 – 1797*. London: Routledge, 1992.

Hunter, Jefferson. *Edwardian Fiction*. Cambridge: Harvard University Press, 1982.

Huxley, Aldous. *Brave New World*. London: Chatto & Windus, 1932.

Hynes, Samuel. "The Homer of Lost Causes." *The Kenyon Review* 25, no. 2 (1963): 352–356.

Irving, Washington. *Bracebridge Hall*. New York: The Century Co., 1910.

James, Simon J. *Maps of Utopia: H. G. Wells, Modernity, and the End of Culture*. New York: Oxford University Press, 2012.

Jeffares, Norman. *A New Commentary on the Poems of W. B. Yeats*. London: Macmillan, 1989.

Jen, Gish. *Mona in the Promised Land*. New York: Knopf, 1996.

Johnson, Paul. *Twentieth-Century Britain: Economic, Social and Cultural Change*. London and New York: Longman Publishing Group, 1994.

Joyce, James. *The Critical Writings of James Joyce*. Eds. Ellaworth Mason and Richard Ellmann. New York: Viking, 1959.

—. *A Portrait of the Artist as a Young Man*. New York: The Viking Press, 1966.

—. *Ulysses. Annotated Student Edition. With Introduction and Notes*. Ed. Declan Kiberd. London: Penguin, 1992.

—. *Dubliners*. Ed. Walter Gablet and Walter Hettche. New York: Garland, 1993.

—. *A Portrait of the Artist as a Young Man*. Ed. Jeri Johnson. Oxford: Oxford University Press, 2000.

Kane, Michael. *Modern Men: Mapping Masculinity in English and German Literature, 1880–1930*. London: Cassell, 1999.

Karl, Frederick R., and Laurence Davies, eds., "The Collected Letters of Joseph Conrad." *Notes & Queries* 57, no. 1 (2010): 145–147.

Kelley, Austin. "Romantic Tourism: Wordsworth, The Lake District, and Middle-Class Leisure." *Dissertation Abstracts International* 66, no. 6 (2005): 2229.

Kenner, Hugh. "The Urban Apocalypse." In *Eliot in His Time: Essays on the Occasion of the Fiftieth Anniversary of* The Waste Land. Ed. A. Walton Litz. Princeton: Princeton University Press, 1973: 23-50.

Kepos, Paula, ed., *Twentieth-Century Literary Criticism* (Vol. 39). Detroit: Gale Research, 1991.

Kiberd, Declan. "Introduction to *Ulysses*." In *Ulysses* (Annotated Student Edition), by James Joyce. London: Penguin, 1992: x.

—. "Notes." In *Ulysses* (Annotated Student Edition), by James Joyce. London: Penguin, 1992: 1182.

—. *Inventing Ireland: The Literature of the Modern Nation*. London: Vintage, 1996.

Kipling, Rudyard. *Kim*. London: Penguin Popular Classics, 1994.

—. *Captains Courageous*. London: Penguin Books Ltd., 2005.

Knowlson, James. *Damned to Fame: The Life of Samuel Beckett*. London: Bloomsbury, 1997.

Kucich, J. "Sadomasochism and the Magical Group: Kipling's Middle-Class Imperialism." *Victorian Studies* 46, no.1 (2003): 33-68.

Langhamer, Claire. *Women's Leisure in England 1920-1960*. Manchester: Manchester University Press, 2001.

Larkin, Philip. *Required Writing: Miscellaneous Pieces 1955-1982*. London: Faber and Faber, 1983.

Laski, Harold J. *The Danger of Being a Gentleman and Other Essays*. Oxon: Routledge, 2015.

Lawrence, D. H. *Mornings in Mexico and Etruscan Places*. Harmondsworth: Penguin Books, 1960.

—. *Sons and Lovers*. London: Penguin Books, 1995.

—. *The Prussian Officer and Other Stories*. London: Penguin Books, 1995.

Leavis, F. R. *Mass Civilization and Minority Culture*. Cambridge: Minority Press, 1930.

—. *Revaluation*. London: Chatto and Windus, 1936.

—. *New Bearings in English Poetry: A Study of the Contemporary Situation*. London: Chatto & Windus, 1938.

—. *The Great Tradition*. Harmondsworth: Penguin Books, 1967.

—. *Education and the University*. Cambridge: Cambridge University Press, 1979.

Leavis, F. R., and Denys Thompson. *Culture and Environment: The Training of Critical Awareness*. London: Chatto & Windus, 1964.

Leavis, Q. D. *Fiction and the Reading Public*. New York: Penguin Books, 1979.

Lebedoff, David. *The Same Man: George Orwell and Evelyn Waugh in Love and War*. New York: Random House, 2008.

Lee, Hermione. *Penelope Fitzgerald: A Life*. New York: Alfred A. Knopf, 2014.

—. Preface to *Charlotte Mew and Her Friends*. Ed. Penelope Fitzgerald. London: Fourth Estate, 2014.

Levine, Jennifer. "*Ulysses.*" In *The Cambridge Companion to James Joyce*. Ed. Derek Attridge. Cambridge: Cambridge University Press, 1990: 122-148.

Litz, Walton A., Louis Menand, and Lawrence Railway, eds., *The Cambridge History of Literary Criticism*. Cambridge: Cambridge University Press, 2000.

Lodge, David. *Language of Fiction: Essays in Criticism and Verbal Analysis of the English Novel*. London: Routledge and Kegan Paul, 2001.

Lukács, György. *History and Class Consciousness: Studies in Marxist Dialectics*. Trans. Rodney Livingstone. London: Merlin Press, 1971.

Maggie B. Gale. *J. B. Priestley: Modern and Contemporary Dramatists*. London and New York: Routledge, 2008.

Mandler, Peter. *The Fall and Rise of the Stately Home*. New Haven: Yale University Press, 1997.

Manganaro, Marc. "Mind, Myth, and Culture: Eliot and Anthropology." In *A Companion to T. S. Eliot*. Ed. David E. Chinitz. Oxford: Wiley-Blackwell, 2009: 79 – 90.

Marin, Louis. *Utopics: A Spatial Play*. London: Macmillan, 1984.

—. "Frontiers of Utopia: Past and Present." *Critical Inquiry* 19, no. 3 (1993): 397 – 420.

Marx, Karl. *The German Ideology*. Cambridge: Cambridge University Press, 1996.

Masterman, C. F. G. *The Condition of England*. London: Methuen and Co., 1960.

Matthew, H. C. G. "The Liberal Age." In *The Oxford History of Britain*. Ed. Kenneth O. Morgan. Oxford: Oxford University Press, 1988: 518 – 581.

Maugham, William Somerset. *The Summing Up*. New York: The New American Library of World Literature, 1946.

—. *A Writer's Notebook*. New York: Doubleday & Company Inc., 1949.

—. *Of Human Bondage*. New York: Bantam Dell, 1991.

McDonald, Ronan. *The Cambridge Introduction to Samuel Beckett*. Shanghai: Shanghai Foreign Language Education Press, 2008.

Mckellar, Ian B. *The Edwardian Age: Complacency and Concern*. London: Blackie & Son, 1980.

McLynn, Frank. *Crime and Punishment in Eighteenth-Century England*. Oxford: Oxford University Press, 1989.

Mendelson, Edward. *Early Auden*. London: Faber and Faber, 1981.

Michie, Ranald C. *Guilty Money, The City of London in Victorian and Edwardian Culture, 1815 – 1914*. London: Pickering & Chatto, 2009.

Middleton, Victor T. C., and L. J. Lickorish, eds., *British Tourism: The*

Remarkable Story of Growth. Oxford: Elsevier, 2007.

Miller, Katherine Toy. "Penitents at the Snake Dance: Native Americans in *Brave New World.*" In *Critical Insights: Brave New World.* Ed. M. Keith Booker. Ipswich: Grey House Publishing, 2014: 152–165.

Miller, Lawrence. *Samuel Beckett: The Expressive Dilemma.* London: Macmillan Press Ltd., 1992.

Mokyr, Joel. *The Enlightened Economy: Britain and the Industrial Revolution, 1700–1850.* New York: Penguin Group, 2011.

Morgan, Christopher. *R. S. Thomas: Identity, Environment and Deity.* Manchester: Manchester University Press, 2003.

Morgan, Kenneth O., ed., *The Oxford History of Britain.* Beijing: Foreign Language Teaching and Research Press, 2007.

—. *The Oxford History of Britain.* New York: Oxford University Press, 2010.

Morrison, Blake. *The Movement: English Poetry and Fiction of the 1950s.* Oxford: Oxford University Press, 1980.

Murray, Christopher. *20th Century Irish Drama: Mirror up to Nation.* New York: Syracuse University Press, 1997.

Nahin, Paul J. *Time Machine Tales: The Science Fiction Adventures and Philosophical Puzzles of Time Travel.* New York: Springer, 2016.

Najder, Adzislaw, ed., *Conrad's Polish Background: Letters to and from Polish Friends.* London: Oxford University Press, 1964.

Newsinger, John. *Orwell's Politics.* Houndmills: Macmillan Press, 1999.

Nietzsche, F. W. *Thus Spake Zarathustra.* Trans. Thomas Common. New York: Boni and Liveright, 1917.

Niland, Richard. *Conrad and History.* Oxford: Oxford University Press, 2010.

Norman, Jeffares. *A New Commentary on the Poems of W. B. Yeats.* London: Macmillan, 1989.

Ortega y Gasset, José. *The Revolt of the Masses (Authorized Translation from the Spanish)*. London: G. Allen & Unwin, 1932.

Orwell, George. *Burmese Days*. Harmondsworth: Penguin Books, 1967.

Palmer, Barton R. "Artists and Hacks: Maugham's Cakes and Ale." *South Atlantic Review* 46, no. 4 (1981): 54–63.

Parrinder, Patrick. *H. G. Wells: The Critical Heritage*. London: Routledge, 1972.

Parrinder, Patrick, and John S. Partington, eds., *The Reception of H. G. Wells in Europe*. London: Thoemmes Continuum, 2005.

Penda, Petar. "Cultural and Textual (Dis)unity: Poetics of Nothingness in *The Waste Land*." In *The Waste Land at 90: A Retrospective*. Ed. Joe Moffett. Amsterdam and New York: Rodopi, 2011: 133–145.

Perkins, David. *A History of Modern Poetry*. Massachusetts: The Belknap Press of Harvard University Press, 1987.

Perry, S. J. *Chameleon Poet: R. S. Thomas and the Literary Tradition*. Oxford: Oxford University Press, 2013.

Pierce, David. *Yeats's Worlds*. New Haven: Yale University Press, 1995.

Powell, David. *The Edwardian Crisis: Britain 1901–1914*. London: Macmillan Press, 1996.

Priestley, J. B. *English Journey: Being a Rambling but Truthful Account of What One Man Saw and Heard and Felt and Thought During a Journey through England During the Autumn of the Year 1933*. London: Heinemann, 1968.

—. *The Good Companions*. London: Arrow Books, 2000.

Rahman, Adibur. *Dialectics of Freedom in Somerset Maugham*. Delhi: Kalpaz Publications, 2005.

Raknem, Ingvald. *H. G. Wells and His Critics*. Trondheim: Sentrum Boktrykkeri, 1962.

Reviron-Piegay, Floriane. *Englishness Revisited*. Newcastle: Cambridge

Scholars Publishing, 2009.

Roger, Fagge. *The Vision of J. B. Priestley*. New York: Continuum, 2012.

Rooney, Caroline, and Kaori Nagai. *Kipling and Beyond Patriotism, Globalization and Postcolonialism*. Basingstoke: Palgrave Macmillan, 2010.

Rose, Jonathan. *The Intellectual Life of the British Working Classes*. New Haven and London: Yale University Press, 2001.

Rubery, Matthew. "Science and Technology." In *Joseph Conrad in Context*. Ed. Allan H. Simmons. Cambridge: Cambridge University Press, 2009: 237–244.

Ryan, Derek. *Virginia Woolf and the Materiality of Theory: Sex, Animal, Life*. Edinburgh: Edinburgh University Press, 2013.

Said, Edward W. *Joseph Conrad and the Fiction of Autobiography*. New York: Columbia University Press, 2008.

Samuel, Hynes. *E. M. Forster. The Last Englishman*. New York: Bantam Books, 1985.

Scheick, William J. *The Critical Response to H. G. Wells*. London: Greenwood Press, 1995.

Schutz, Alfred. *The Phenomenology of the Social World*. Evanston: Northwestern University Press, 1972.

—. *On Phenomenology and Social Relations*. Chicago: The University of Chicago Press, 1991.

Shiach, Morag. "A Scots Quair and the Times of Labour." *Critical Survey* 15, no. 2 (2003): 39–49.

Shippey, T. A. *The Road to Middle-Earth (Revised Edition)*. London: HarperCollins, 2005.

Shippey, T. A., and J. R. R. Tolkien. *Author of the Century*. London: HarperCollins, 2005.

Simmons, Allan H. "The Shadow Line." In *Oxford Reader's Companion to Conrad*. Ed. Owen Knowles. Oxford: Oxford University Press, 2001: 380 – 391.

Smith, Adam. *An Inquiry into Nature and Causes of the Wealth of Nations*. Berkeley and Los Angeles: University of Chicago Press, 1976.

Smith, Anthony. *National Identity*. Harmondsworth: Penguin, 1991.

Spiropoulou, Angeliki. *Virginia Woolf, Modernity and History*. New York: Palgrave Macmillan, 2010.

Srivastava, Narsingh. *W. H. Auden, a Poet of Ideas*. New Delhi: S. Chand, 1978.

Stannard, Martin. *Evelyn Waugh: The Critical Heritage*. London: Routledge & Kegan Paul, 1984.

Steele, Bruce, ed., *Study of Thomas Hardy and Other Essays*. New York: Cambridge University Press, 1985.

Stevenson, Robert Louis. "Gentlemen." *Scribners*, May 1888.

Stewart, R. W., ed., *Disraeli's Novels Reviewed, 1826 – 1968*. Metuchen: The Scarecrow Press, 1975.

Stone, Robert. "Introduction to *The Quiet American*." In *The Quiet American*, by Graham Greene. New York: Penguin Classics, 2004.

Storey, John. *Cultural Theory and Popular Culture: An Introduction*. Beijing: Peking University Press, 2004.

Sussman, Herbert. *Victorian Technology Invention, Innovation, and the Rise of the Machine*. New York: Greenwood Press, 2009.

Tambling, Jeremy. *E. M. Forster*. London: Macmillan, 1995.

Terkel, Studs. *Working: People Talk about What They Do All Day and How They Feel about What They Do*. New York: New Press, 1974.

Thomas, M., and Wynn. R. S. *Thomas: Serial Obsessive*. Cardiff: University of Wales Press, 2013.

Thomas, Ned. *The Welsh Extremist: A Culture in Crisis*. London: Gollancz,

1971.

Thomas, R. S. *Selected Prose*. Ed. Sandra Anstey. Bridgend: Poetry Wales Press, 1983.

Thwaite, Anthony, ed., *Selected Letters of Philip Larkin*. London: Faber and Faber, 1992.

Tillyard, E. M. W. *The Muse Unchained: An Intimate Account of the Revolution in English Studies at Cambridge*. London: Bowes & Bowes, 1958.

Tolkien, Christopher, ed., *The Monsters and the Critics and Other Essays*. London: George Allen and Unwin, 1983.

Tolkien, J. R. R. *The Tolkien Reader*. New York: Ballantine, 1966.

Tolley, A. T., ed., *Philip Larkin: Early Poems and Juvenilia*. London: Faber and Faber, 2005.

Tönnies, Ferdinand. *Community & Society*. Trans. Charles P. Loomis. New York: Harper Torchbooks, 1963.

—. *Community and Civil Society*. Trans. Jose Harris and Margaret Hollis. Cambridge: Cambridge University Press, 2001.

—. *Community and Society*. Trans. Charles P. Loomis. Nineola: Dover Publications, 2002.

Trilling, Lionel. *Matthew Arnold*. London: Unwin University Books, 1963.

Trodd, Anthea. *A Reader's Guide to Edwardian Literature*. Harvester Wheatsheaf: Simon & Schuster International Group, 1991.

Trotter, David. *The English Novel in History 1895 – 1920*. London: Routledge, 1993.

Veblen, Thorstein. *The Theory of the Leisure Class*. Oxford: Oxford University Press, 2007.

Veliz, Claudio. *The New World of the Gothic Fox*. Berkeley and Los Angeles: University of Chicago Press, 1994.

Villar-Argaiz, Pilar. "Organic and Unworked Communities in James Joyce's 'Dead'." In *Community in Twentieth-Century Fiction*. Eds. Paula Martin Salvan, Gerardo Rodriguez Salas, and Julian Jimenez Heffernan. New York: Palgrave Macmillan, 2013: 48-66.

Ward, Paul. *Britishness since 1870*. New York: Routledge, 2004.

Waterman, Rory. *Belonging and Estrangement in the Poetry of Philip Larkin, R. S. Thomas and Charles Causley*. Surrey: Ashgate Publishing Ltd., 2014.

Watson, David. *Paradox and Desire in Samuel Beckett's Fiction*. London: Macmillan Press, 1991.

Watt, Ian. *Essays on Conrad*. Cambridge: Cambridge University Press, 2000.

Watts, Cedric. *Joseph Conrad: A Literary Life*. London: The Macmillan Press, 1989.

Weber, Max. *From Max Weber: Essays in Sociology*. Ed. H. H. Gerth and Wright Mills. New York: Oxford University Press, 1946.

Weliver, Phyllis. *The Musical Crowd in English Fiction, 1840-1910: Class, Culture and Nation*. Hampshire: Palgrave Macmillan, 2006.

Wells, H. G. *Experiment in Autobiography (Vol. I)*. London: Victor Gollancz, 1934.

—. *Tono-Bungay*. New York: Random House, 1935.

Westover, Daniel. *R. S. Thomas: A Stylistic Biography*. Cardiff: University of Wales Press, 2011.

White, S. J. *Romanticism and the Rural Community*. Hampshire: Palgrave Macmillan, 2013.

Wiener, Martin J. *English Culture and the Decline of the Industrial Spirit 1850-1980 (Second Edition)*. New York: Cambridge University Press, 2004.

Wikipedia. "Sarah Fielding." https://en.wikipedia.org/wiki/Sarah_

Fielding. Accessed Jul. 18, 2017.

Wilkinson, Rupert. *The Prefects—British Leadership and the Public School Tradition*. London: Oxford University Press, 1964.

Williams, Raymond. *Culture and Society*. London: Chatto and Windus, 1958.

—. *The Country and City*. New York: Oxford University Press, 1973.

—. *Politics and Letters: Interviews with New Left Review*. London: Verso, 1979.

—. *Key Words: A Vocabulary of Culture and Society*. New York: Oxford University Press, 1983.

—. *The English Novel from Dickens to Lawrence*. London: The Hogarth Press, 1984.

—. *Culture and Materialism*. London: Verso, 2005.

Willis, J. H., Jr. *William Empson*. New York and London: Columbia University Press, 1969.

Wood, Michael. "William Empson." In *British Writers Supplement II*. Ed. George Stade. New York: Charles Scribner's Sons, 1992.

Woolf, Leonard. *Beginning Again: An Autobiography of the Years 1911–1918*. London: Hogarth Press, 1964.

Woolf, Virginia. *The Diary of Virginia Woolf* (Vol. 5). Ed. Anne Olivier Bell. London: A Harvest Book, 1985.

—. *Selected Letters*. Ed. Joanne Trautmann Banks. London: Vintage Books, 2008.

Wordsworth, William. "Lines Written a Few Miles above Tintern Abbey." In *Lyrical Ballads and Other Poems*, 1797–1900. Eds. James Butler and Karen Green. Ithaca and London: Cornell University Press, 1992: 116–120.

Yeats, William Butler. *A Book of Irish Verse*. London: Methuen and Co., 1900.

—. *Letters to the New Island*. Cambridge, MA: Harvard University Press, 1934.

—. *Essays and Introductions*. London: Macmillan, 1961.

—. *Autobiographies*. New York: Scribner, 1999.

—. *A Vision*. Eds. Catherine E. Paul, and Margaret Mills Harper. New York: Scribner, 2008.

Zwerdling, Alex. *Virginia Woolf and the Real World*. Los Angeles and London: University of California Press, Berkeley, 1986.

D. H. 劳伦斯:《英格兰,我的英格兰:劳伦斯中短篇小说选》,黑马译,上海:上海三联书店,2011年。

——.《袋鼠》,周雅珍译,济南:山东文艺出版社,2015年。

——.《虹》,黑马、石磊译,上海:上海文艺出版社,2015年。

——.《恋爱中的女人》,黑马译,南京:译林出版社,2016年。

E. M. 福斯特:《现代的挑战》,李向东译,北京:作家出版社,1998年。

G. K. 切斯特顿:《切斯特顿散文选》,沙铭瑶译,天津:百花文艺出版社,2009年。

——.《改变就是进步?——切斯特顿随笔》,刘志刚译,上海:东方出版中心,2010年。

H. G. 威尔斯:《爱情与路维宪先生》,梁奚译,上海:新文艺出版社,1958年。

——.《昏睡百年》,王松年译,西安:太白文艺出版社,1999年。

——.《托诺-邦盖》,蒲隆译,北京:外国文学出版社,2002年。

——.《时间机器》,青闰译,南京:译林出版社,2012年。

J. R. R. 托尔金:《霍比特人》,吴刚译,上海:上海人民出版社,2013年。

R. S. 托马斯:《R. S. 托马斯诗选:1945—1990》,程佳译,重庆:重庆大学出版社,2012年。

——.《R. S. 托马斯晚年诗选:1988—2000》,程佳译,重庆:重庆大学出版社,2014年。

T. S. 艾略特:《艾略特诗学文集》,王恩衷编译,北京:国际文化出版公司,1989年。

——.《基督教与文化》,杨民生、陈常锦译,成都:四川人民出版社,1989年。

——.《T. S. 艾略特诗选:荒原》,赵萝蕤、张子清等译,北京:北京燕山出版社,2006年。

——.《传统与个人才能》,卞之琳译,载陆建德主编,《传统与个人才能:艾略特文集·论文》,上海:上海译文出版社,2012年。

——.《佛朗西斯·赫伯特·布拉德利》,载陆建德主编,《现代教育和古典文学:艾略特文集·论文》,上海:上海译文出版社,2012年。

——.《批评的功能》,罗经国译,载陆建德主编,《传统与个人才能:艾略特文集·论文》,上海:上海译文出版社,2012年。

——.《莎士比亚和塞内加的斯多葛主义》,载陆建德主编,《传统与个人才能:艾略特文集·论文》,上海:上海译文出版社,2012年,第153—174页。

阿道斯·赫胥黎:《美妙的新世界》,孙法理译,南京:译林出版社,2013年。

阿尔弗雷德·怀特海:《教育的目的》,庄莲平、王立忠译,上海:文汇出版社,2012年。

阿尔弗雷德·舒茨:《社会世界的意义构成》,游淙祺译,北京:商务印书馆,2012年。

阿伦·布洛克:《西方人文主义传统》,董乐山译,北京:三联书店,1997年。

——.《西方人文主义传统》,董乐山译,北京:群言出版社,2012年。

阿萨·勃里格斯:《英国社会史》,陈叔平等译,北京:中国人民大学出版社,1991年。

埃莱娜·西苏:《从潜意识场景到历史场景》,载张京媛编,《当代女性主义文学批评》,北京:北京大学出版社,1992年。

埃里克·霍布斯鲍姆:《帝国的时代:1875—1914》,贾士蘅译,南京:江苏人民出版社,1999年。

——.《极端的年代》,马凡等译,南京:江苏人民出版社,1999年。

——.《非凡小人物——反对、造反及爵士乐》,蔡宜刚译,北京:社会科学文献出版社,2015年。

——.《工业与帝国:英国的现代化历程》,梅俊杰译,北京:中央编译出版社,2016年。

艾勒克·博埃默：《殖民与后殖民文学》，盛宁、韩敏中译，沈阳：辽宁教育出版社，1998年。

艾里希·弗洛姆：《爱的艺术》，李建鸣译，上海：上海译文出版社，2011年。

艾伦·麦克法兰：《现代世界的诞生》，管可秾译，上海：上海人民出版社，2013年。

——.《现代世界的诞生》，管可秾译，上海：上海人民出版社，2014年。

——.《现代世界的诞生》，管可秾译，上海：上海人民出版社，2016年。

爱·摩·福斯特：《霍华德庄园》，苏福忠译，北京：人民文学出版社，2009年。

爱德华·萨义德：《东方学》，王宇根译，北京：三联书店，1999年。

爱德华·汤普森：《共有的习惯》，沈汉、王加丰译，上海：上海人民出版社，2002年。

爱德华·希尔斯：《论传统》，傅铿、吕乐译，上海：上海人民出版社，2009年。

安迪·格林：《教育与国家形式：英、法、美教育体系起源之比较》，王春华等译，北京：教育科学出版社，2004年。

安东尼·吉登斯：《现代性的后果》，田禾译，南京：译林出版社，2000年。

安东尼·特罗洛普：《如今世道》，秭佩译，重庆：重庆出版社，2008年。

奥尔曼：《异化：马克思论资本主义社会中人的概念》，王贵贤译，北京：北京师范大学出版社，2011年。

白玄主编：《近代欧洲哲学的始祖笛卡尔》，北京：中央文献出版社，2000年。

本尼迪克特·安德森：《想象的共同体：民族主义的起源与散布》（增订版），吴叡人译，上海：上海人民出版社，2011年。

——.《想象的共同体——民族主义的起源与散布》，吴叡人译，上海：上海人民出版社，2016年。

彼得·什托姆普卡：《社会变迁的社会学》，林聚任等译，北京：北京大学出版社，2011年。

彼得·威德森：《现代西方文学观念简史》，钱竞等译，北京：北京大学出版社，2006年。

伯特兰·罗素：《罗素自传》（第二卷），陈启伟译，北京：商务印书馆，2015年。

柏拉图：《柏拉图全集》（第二卷），王晓朝译，北京：人民出版社，2003年。

布莱恩·奥尔迪斯等：《亿万年大狂欢：西方科幻小说史》，舒伟等译，合肥：安徽文艺出版社，2011年。

曹波：《〈瓦特〉：文本的混沌与叙事传统的瓦解》，《国外文学》，2011年第2期，第54—60页。

——．《贝克特"失败"小说研究》，北京：商务印书馆，2015年。

曹莉：《"英国文学"在剑桥大学的兴起》，《外国文学研究》，2014年第6期，第40—46页。

曹莉、陈越：《鲜活的源泉——再论剑桥批评传统及其意义》，《清华大学学报》，2006年第5期，第61—68页。

查尔斯·狄更斯：《董贝父子》，吴辉译，南京：译林出版社，1991年。

陈兵：《鲁德亚德·吉卜林研究》，北京：北京大学出版社，2013年。

——．《责任与疆界：毛姆东方故事中的英国绅士与帝国》，《外国文学》，2016年第4期，第109—117页。

程巍：《中产阶级的孩子们——60年代与文化领导权》，北京：三联书店，2006年。

达科·苏恩文：《科幻小说变形记：科幻小说的诗学和文学类型史》，丁素萍等译，合肥：安徽文艺出版社，2011年。

大卫·雷诺兹：《长长的阴影》，徐萍、高连兴译，北京：北京联合出版公司，2017年。

戴维·洛奇：《二十世纪文学评论》，葛林等译，上海：上海译文出版社，1993年。

——．《小说的艺术》，卢丽安译，上海：上海译文出版社，2010年。

丹尼尔·笛福：《鲁滨逊漂流记》，张蕾芳译，海口：海南出版公司，2000年。

狄兰·托马斯：《狄兰·托马斯诗选》，韦白译，长沙：湖南文艺出版社，2012年。

——．《狄兰·托马斯诗选》，海岸译，北京：外语教学与研究出版社，2014年。

范玉吉：《审美趣味的变迁》，北京：北京大学出版社，2006年。

方珏：《美学意识形态和身体政治学》，《国外社会科学》，2008年第5期，第54—61页。

飞白编译：《樱花正值最美时：英国维多利亚时代诗选》（下册），长沙：湖南文艺出版社，2015年。

菲利普·布罗姆：《晕眩年代：1900—1914年西方的变化与文化》，彭小华译，成都：四川人民出版社，2016年。

斐迪南·滕尼斯：《共同体与社会：纯粹社会学的基本概念》，林荣远译，北京：商务印书馆，1999年。

——.《共同体与社会——纯粹社会学的基本概念》，林荣远译，北京：北京大学出版社，2010年。

弗吉尼亚·吴尔夫：《班内特先生与布朗太太》，《伍尔芙随笔全集 II》，张学军等译，北京：中国社会科学出版社，2001年。

——.《随笔集IV》，王义国、黄梅等译，北京：中国社会科学出版社，2001年。

——.《一间自己的屋子》，贾辉丰译，北京：商务印书馆，2012年。

——.《幕间》，谷启楠译，北京：人民文学出版社，2013年。

弗莱德瑞克·斯特伦：《人与神——宗教生活的理解》，金泽、何其敏译，上海：上海人民出版社，1992年。

弗朗茨·法农：《黑皮肤，白面具》，万冰译，南京：译林出版社，2005年。

——.《全世界受苦的人》，万冰译，南京：译林出版社，2005年。

福特·马多克斯·福特：《好兵——一个激情的故事》，张蓉燕译，沈阳：春风文艺出版社，1999年。

傅浩：《叶芝抒情诗全集》，北京：中国工人出版社，1994年。

高继海：《论伊夫林·沃小说创作发展的三个阶段》，博士学位论文，北京外国语大学，1995年。

高健选译：《英国散文精选》，上海：上海译文出版社，2010年。

辜振丰：《欧洲摩登：美感与速度的现代记忆》，北京：三联书店，2011年。

哈罗德·布罗姆：《西方正典：伟大的作家和不朽的作品》，江宁康译，南京：译林出版社，2011年。

哈维·弗格森：《幸福之终》，徐志跃译，北京：中国人民大学出版社，2003年。

汉娜·阿伦特：《人的境况》，王寅丽译，上海：上海人民出版社，2009年。

——.《过去与未来之间》，王寅丽等译，南京：译林出版社，2012年。

赫勒：《日常生活》，衣俊卿译，重庆：重庆出版社，1990年。

侯维瑞、李维屏：《英国小说史（下）》，南京：译林出版社，2005年。

胡家峦主编：《吴尔夫经典散文选》，黄梅等译，长沙：湖南文艺出版社，2000年。

胡强：《康拉德政治三部曲研究》，北京：中国社会科学出版社，2008年。

——.《伦理秩序与道德责任：爱德华时代英国社会小说研究》，长沙：湖南人民出版社，2015年。

——.《剑桥：大学之道》，《外语与翻译》，2016年第2期，第92—96页。

黄瑞琪主编：《当代欧洲社会理论》，杭州：浙江大学出版社，2008年。

黄仲山：《权力视野下的审美趣味研究》，博士学位论文，中国社会科学院研究生院，2013年。

杰罗姆·汉密尔顿·巴克莱：《青春的季节——成长小说：从狄更斯到戈尔丁》，郑利萍译，济南：明天出版社，2014年。

卡尔·雅斯贝斯：《时代的精神状况》，王德峰译，上海：上海世纪出版集团，2005年。

康德：《历史理性批判文集》，何兆武译，北京：商务印书馆，1996年。

克莱顿·罗伯茨、戴维·罗伯茨等：《英国史》，潘兴明等译，北京：商务印书馆，2013年。

克里斯蒂安·沃尔玛尔：《铁路改变世界》，刘媺译，上海：上海人民出版社，2014年。

肯尼斯·摩根：《20世纪英国：帝国与遗产》，宋云峰译，北京：外语教学与研究出版社，2008年。

拉曼·塞尔登、彼得·威德森、彼得·布鲁克：《当代文学理论导读》，刘象愚译，北京：北京大学出版社，2006年。

雷蒙·威廉斯：《文化与社会》，高晓玲译，长春：吉林出版集团有限责任公司，2011年。

——.《漫长的革命》，倪伟译，上海：上海人民出版社，2013年。

——.《乡村与城市》，韩子满、刘戈、徐珊珊译，北京：商务印书馆，2013年。

——.《关键词：文化与社会的词汇》，刘建基译，北京：三联书店，2016年。

理查德·舒斯特曼：《实用主义美学》，彭锋译，北京：商务印书馆，2002年。

梁晴：《皮格马利翁的缪斯——评毛姆小说中的女性形象》，《广东第二师范学院学报》，2011年第1期，第78—81页。

林玉蓉：《西方现代主义文学的身体叙述》，《西南大学学报》，2008年第3期，第174—178页。

刘进：《文学与"文化革命"：雷蒙德·威廉斯的文学批评研究》，成都：巴蜀书社，2007年。

刘学谦：《唯物史观视野下的布鲁姆斯伯里团体探析》，《燕山大学学报（哲学社会科学版）》，2014年第3期，第55—58页。

刘易斯·格拉西克·吉本：《苏格兰人的书》，曹庸、胡瑞生等译，上海：上海译文出版社，1977年。

刘易斯·芒福德：《城市发展史——起源、演变和前景》，倪文彦、宋俊岭译，北京：中国建筑工业出版社，1989年。

——.《城市文化》，宋俊龄等译，北京：中国建筑工业出版社，2004年。

——.《技术与文明》，陈允明、王克仁、李华山译，李伟格、石光校，北京：中国建筑工业出版社，2009年。

卢丽安：《文本之外：由佩内洛普·菲茨杰拉德的小说及文学生涯看文学研究》，上海：复旦大学出版社，2005年。

鲁伯特·布鲁克：《独自流浪在沉默的边缘——鲁伯特·布鲁克诗全集》，江鑫鑫译，海口：南海出版公司，2017年。

陆建德：《自由虚空的心灵：萨缪尔·贝克特的小说创作》，载柳鸣九主编，《从现代主义到后现代主义》，北京：中国社会科学出版社，1994年。

——.《麻雀啁啾》，北京：三联书店，1996年。

——.《F. R. 利维斯和〈伟大的传统〉》，载利维斯著，袁伟译，《伟大的传统》，北京：生活·读书·新知三联书店，2002年。

陆剑清、丁沁南：《心智管理》，北京：北京大学出版社，2014年。

罗伯特·基：《爱尔兰史》，潘兴明译，上海：东方出版社，2010年。

罗伯特·斯科尔斯等：《科幻文学的批评与建构》，王逢振等译，合肥：安徽文艺出版社，2011年。

罗兰·斯特龙伯格：《西方现代思想史》，刘北成、赵国新译，北京：中央编译出版社，2005年。

罗里·赖安、苏珊·范·齐尔编：《当代西方文学理论导引》，李敏儒、伍子恺等译，成都：四川文艺出版社，1986年。

罗洛·梅：《人的自我寻求》，郭本禹等译，北京：中国人民大学出版社，2008年。

罗志如，厉以宁：《二十世纪的英国经济："英国病"研究》，北京：商务印书馆，2015年。

罗中枢：《人性的探究——休谟哲学述评》，成都：四川大学出版社，1995年。

吕爱晶：《菲利浦·拉金的"非英雄"思想研究》，上海：世界图书出版公司，2012年。

马丁·威纳：《英国文化与工业精神的衰落：1850—1980》，王章辉、吴必康译，北京：北京大学出版社，2013年。

马克思、恩格斯：《德意志意识形态》，北京：人民出版社，1961年。

马修·阿诺德：《文化与无政府状态》，韩敏中译，北京：生活·读书·新知三联书店，2002年。

——.《文化与无政府状态：政治与社会批评》，韩敏中译，北京：生活·读书·新知三联书店，2008年。

迈克·克朗：《文化地理学》，杨淑华、宋慧敏译，南京：南京大学出版社，2003年。

迈克尔·休斯、卡罗琳·克雷勒：《社会学导论》，周扬、邱文平译，上海：上海社会科学院出版社，2011年。

梅洛-庞蒂：《眼与心》，杨大春译，北京：商务印书馆，2007年。

米歇尔·福柯：《规训与惩罚》，刘北成等译，北京：生活·读书·新知三联书店，2003年。

莫里斯·布朗肖：《不可言明的共通体》，夏可君、尉光吉译，重庆：重庆大学出版社，2016年。

尼采：《权力意志——重估一切价值的尝试》，张念东等译，北京：商务印书馆，1991年。

——.《悲剧的诞生》,陈伟功、王常柱编译,北京:北京出版社,2008年。

诺思洛普·弗莱:《现代百年》,盛宁译,牛津:牛津大学出版社,1998年。

欧荣:《从"少数人"到"心智成熟的民众"——利维斯的文化批评与共同体形塑》,《杭州师范大学学报》,2015年第4期,第98—105页。

欧文·戈夫曼:《日常生活中的自我呈现》,冯钢译,北京:北京大学出版社,2008年。

欧阳伟、钱丽娟:《试论〈寻欢作乐〉的艺术魅力》,《江西科技师范学院学报》,2009年第4期,第102—104页。

皮埃尔·布尔迪厄:《文化资本与社会炼金术》,包亚明译,上海:上海人民出版社,1997年。

普特南:《重建哲学》,杨玉成译,上海:上海译文出版社,2008年。

齐格蒙特·鲍曼:《共同体》,欧阳景根译,南京:江苏人民出版社,2003年。

钱乘旦、陈晓律:《英国文化模式溯源》,上海:上海社会科学院出版社,2003年。

——.《在传统与变革之间:英国文化模式溯源》,南京:江苏人民出版社,2010年。

钱乘旦、许洁明:《在传统与变革之间:英国通史》,上海:上海社会科学院出版社,2012年。

乔治·奥威尔:《缅甸岁月》,李锋译,南京:南京大学出版社,2007年。

——.《奥威尔散文集》,罗爽等译,武汉:华中科技大学出版社,2016年。

秦丹:《论燕卜荪对瑞恰慈诗学思想的承继、偏离与创新》,《江汉论坛》,2013年第5期,第95—99页。

——.《燕卜荪与作为现代文学批评概念的"含混"》,《当代外国文学》,2013年第4期,第132—141页。

让·贝西埃等:《诗学史》(下册),史忠义译,天津:百花文艺出版社,2002年。

让·波德里亚:《消费社会》,刘成富等译,南京:南京大学出版社,2001年。

——.《消费社会》,刘成富、全志钢译,南京:南京大学出版社,2008年。

萨缪尔·贝克特:《莫菲》,曹波译,长沙:湖南文艺出版社,2012年。

——.《瓦特》,曹波译,长沙:湖南文艺出版社,2012年。

桑德拉·哈尔伯琳：《现代欧洲的战争与社会变迁》，唐黄凤、武小凯译，南京：江苏人民出版社，2010年。

石海军：《后殖民：印英文学之间》，北京：北京大学出版社，2008年。

史蒂文·瓦戈：《社会变迁》，王晓黎译，北京：北京大学出版，2007年。

斯蒂芬·茨威格：《昨日世界：一个欧洲人的回忆》，史行果译，北京：作家出版社，2017年。

特雷·伊格尔顿：《二十世纪西方文学理论》，伍晓明译，北京：北京大学出版社，2007年。

——.《二十世纪西方文学理论》，伍晓明译，北京：北京大学出版社，2013年。

特瑞·伊格尔顿：《文化的观念》，方杰译，南京：南京大学出版社，2003年。

托马斯·古德尔等著：《人类思想史中的休闲》，成素梅等译，昆明：云南人民出版社，2000年。

托马斯·卡莱尔：《文明的忧思》，宁小银译，北京：中国档案出版社，1999年。

——.《文明的忧思》，郭凤彩译，北京：金城出版社，2011年。

托尼·朱特：《沉疴遍地》，杜先菊译，北京：中信出版社，2015年。

汪民安：《身体的文化政治学》，开封：河南大学出版社，2004年。

王晓德：《美国现代大众消费社会的形成及其全球影响》，《美国研究》，2007年第2期，第48—67页。

威廉·冈特：《美的历险》，肖聿译，南京：凤凰出版集团，2005年。

威廉·萨默塞特·毛姆：《人生的枷锁》，张柏然等译，上海：上海译文出版社，2011年。

——.《作家笔记》，陈德志等译，南京：南京大学出版社，2011年。

——.《刀锋》，周煦良译，上海：上海译文出版社，2012年。

——.《寻欢作乐》，叶尊译，南京：译林出版社，2013年。

维多利亚·格拉齐亚：《不可抗拒的帝国：英国在20世纪欧洲的扩展》，何维保译，北京：商务印书馆，2017年。

西蒙娜·德·波伏娃：《妇女与创造力》，载张京媛主编，《当代女性主义文学批评》，北京：北京大学出版社，1992年。

希莱尔·贝洛克：《无所谈，无所不谈——贝洛克随笔》，黄金山译，上海：东方出版中心,2009 年。

肖琼:《悲剧与意识形态——从伊格尔顿的悲剧观念谈起》,《文艺理论研究》,2010 年第 2 期,第 74—80 页。

《新旧约全书》,南京:中国基督教协会,1989 年。

休·亨特、肯·理查兹、约·泰勒:《近代英国戏剧》,李醒译,北京:中国戏剧出版社,1987 年。

徐贲:《听良心的鼓声能走多远》,北京:人民东方出版社,2014 年。

雅克·巴尔赞:《从黎明到衰落:西方文化生活五百年》,林华译,北京:世界知识出版社,2002 年。

亚当·罗伯茨:《科幻小说史》,马小悟译,北京:北京大学出版社,2010 年。

杨志堂译:《英国作家格·格林谈政治小说》,《外国文学动态》,1980 年第 1 期,第 20—22 页。

伊夫林·沃:《荣誉之剑》,胡南平译,南京:译林出版社,2008 年。

殷企平:《阿诺德对消费文化的回应》,《外国文学评论》,2007 年第 3 期,第 16—23 页。

——.《"文化辩护书":19 世纪英国文化批评》,上海:上海外语教育出版社,2013 年。

——.《想象共同体:〈卡斯特桥镇长〉的中心意义》,《外国文学》,2014 年第 3 期,第 44—51 页。

——.《从自我到非我——〈丹尼尔·德隆达〉中的心智培育之路》,《外国文学研究》,2015 年第 2 期,第 73—82 页。

——.《华兹华斯笔下的深度共同体》,《杭州师范大学学报(社会科学版)》,2015 年第 4 期,第 78—84 页。

——.《主持人的话》,《杭州师范大学学报(社会科学版)》,2015 年第 4 期,第 78 页。

——.《西方文论关键词:共同体》,《外国文学》,2016 年第 2 期,第 70—79 页。

——.《英国文学中的音乐与共同体形塑》,《外国文学研究》,2016 年第 5 期,第 58—68 页。

约翰·高尔斯华绥:《岛国的法利赛人》,周煦良译,上海:上海译文出版社,

1978年。

——.《骑虎》,周煦良译,上海:上海译文出版社,1978年。

——.《有产业的人》,周煦良译,上海:上海译文出版社,1978年。

约翰·加恩:《托尔金与世界大战——跨过中土世界的门槛》,陈灼译,上海:文汇出版社,2008年。

约翰·凯里:《知识分子与大众——文学知识界的傲慢与偏见,1880—1939》,吴庆宏译,南京:译林出版社,2010年。

约翰·罗斯金:《拉斯金读书随笔》,王青松、匡咏梅、于志新译,上海:上海三联书店,2000年。

约翰·洛克:《教育漫话》,徐大建译,上海:上海人民出版社,2012年。

约翰·普里斯特利:《普里斯特利散文选》,林荇译,天津:百花文艺出版社,2009年。

约瑟夫·康拉德:《青春——康拉德小说选》,方平等译,上海:上海译文出版社,1997年。

——.《海隅逐客》,金圣华译,南京:译林出版社,2000年。

——.《文学与人生札记》,金筑云等译,北京:中国文学出版社,2000年。

——.《间谍》,张健译,北京:外国文学出版社,2002年。

约瑟夫·鲁德亚德·吉卜林:《吉姆和喇嘛》,狄晓谕、张伟红译,上海:上海文艺出版社,2011年。

——.《勇敢的船长》,夏云译,芜湖:安徽师范大学出版社,2013年。

翟世镜主编:《伍尔夫研究》,上海:上海文艺出版社,1988年。

詹姆斯·冈恩:《过眼烟云:英国科幻小说》,郭建中主编,北京:北京大学出版社,2008年。

詹姆斯·乔伊斯:《尤利西斯》(上、下卷),金隄译,北京:人民文学出版社,1996年。

——.《都柏林人》,徐晓雯译,南京:译林出版社,2003年。

张江:《文学不能"虚无"历史》,《文学评论》,2014年第2期。

张颖:《越南战争中的美英关系——以约翰逊·威尔逊政府为例》,《国际论坛》,2005年第4期,第27—33页。

张子清:《20世纪美国诗歌史》,长春:吉林教育出版社,1995年。

赵晶:《〈荒原〉中地素的符号学研究》,《外国文学研究》,2016年第1期,第42—50页。

朱立元:《西方美学思想史》(下),上海:上海人民出版社,2009年。

邹赞:《"英文研究"的兴起与英国文学批评的机制化》,《国外文学》,2013年第8期,第14—23页。

附录 《英国社会史 1914—1945》（第十五章："艺术、科学和文化"）

John Stevenson, *British Society 1914 - 45*, London：Penguin Books，1984，412 - 443

艺　术

20世纪自觉赋予了自己"现代主义时代"的称号。从文化角度而言，艾伦·布洛克认为"现代主义"是"从艺术和科学角度审视宇宙的新方式，理解人类和社会的新方法，表达人类所见所感的新形式，而这些都与以往有所不同"。布洛克等学者认为，现代主义起源于1914年之前那个表现出惊人创造力的时期，这一时期始于19世纪末，而英国并非最早发展现代主义的国家，现代主义在英国各个领域的发展也并不均衡。第一次世界大战后，现代主义迅速发展，英国文化吸收了现代主义特色，并将现代主义与传统文化紧密结合起来。同样具有重大社会意义的是，各种类型的文化活动持续增多，活动形式、从业者、组织和观众都有所发展。在第二次世界大战时，这些活动为英国文化复兴提供了强有力的基础，尤其是对戏剧、音乐和雕刻等领域的影响最为明显。然而，尽管人们不断尝试通过广播和教育将两者连接起来，但"上流文化"和"主流文化"之间始终横亘着一道鸿沟。

毫无疑问，无论一战前后，文学都是最为普遍的艺术表达形式。据说，对维多利亚时代风尚的"沉重抨击"始于维多利亚时代和爱德华时代晚期，在萧伯纳、H.G.威尔斯、罗杰·弗莱、约瑟夫·康纳德和E.M.福斯特的引领下得到进一步发展。对早期道德和美学价值问题做出贡献的是爱尔兰和英美作家,包括 W. B. 叶芝、詹姆斯·乔伊斯、T. S. 艾略特和埃兹拉·庞德。到爱德华时代,一种"新型""现代"的文学意识已经兴起。直到爱德华七世逝世那年,也就是第一届后印象派大展举办的那年,弗吉尼亚·伍尔夫指出:"大约在 1910 年 12 月,人性变了……所有人与人之间的关系都转变了——主仆关系、夫妻关系、长幼关系等。而在这种关系转变的同时,宗教、品行、政治和文学也发生了变化。"

  人们意识到社会的急剧变化,开始进一步探索新形式和新手法,描述他们所经历过的社会、道德和知识冲突。在文学领域,这种探索却无法为人所理解。但重要的是,1914 年,詹姆斯·乔伊斯开始了长达七年的《尤利西斯》创作之路。《尤利西斯》以奇谲的语言、深刻的反思和直白的性描写而闻名,成为现代文学史上的重要里程碑。现代主义在各个领域的发展过程中,人们因投入全新的强烈的感情而加大了对维多利亚式价值的排斥力度,同时文学形式的彻底变革也促使人们越来越排斥维多利亚式价值观。鲁珀特·布鲁克以战争诗闻名,他的诗歌似乎认为一战将就此终结这个时代,然而他在战前撰写的诗篇中却早已使用了现实主义化的语言。一战也促使人们进一步认识到战争的现实性、剥削性和残酷性。就像西格夫里·萨松、维尔浮莱德·欧文等人一样,他们开始写作,以求描绘战争现实,抒发恐惧之情。就萨松和欧文而言,他们原本习惯使用华丽的抒情性语言,后来却逐渐开始使用说服力强的语言、参差的韵律、士兵的口语和直接引语。"战争诗"借以表达情感的手段反映了现代主义的特点,也反映出人们在不断探索新形式来描绘新体验和表达新思想。(某些作家出于个人经验和想象而蔑视简单分类,于他们而言,此处"战争诗"的分类标准可能不尽如人意。)

  在文学领域,和其他方面一样,一战不仅促使人们开创了这些新模式,还导致人们对战前社会产生了愤怒、蔑视的情绪。在 20 世纪 20 至 30 年代,许多作家都对战前英国的观念和习俗感到不屑一顾。但当战争给予 1918 年后的作家一种新的刺痛时,他们却开始对 19 世纪文化遗产以更开阔的视野进行重新评估。引人注目的是,李顿·斯特雷奇于 1918 年出版的《维多利亚女王时代名人传》对维多利亚时代风尚进行了最猛烈的抨击。该书虽然是一部战争年代的作品,但也写出了1914年前时代风俗的逐渐败坏。战后文学通过突破已有手法或设立新手法、新风格而取得了新进展。D. H. 劳伦斯于1915年出版的《虹》,以淫秽的罪名被查禁,而其《查泰莱夫人的情人》由于使用了粗话脏话,自1928年在意大利首次私人出版以来,直至1960年,一直被英国列为禁书。同样的,乔伊斯的《尤利西斯》于1922年在巴黎出版后,也由于其直白的性描写而被英国列为禁书。劳伦斯作品中鲜明的性主题反映出战时文学对传统手法的突破,一些作家认为这是对一种人类基本价值和行为的深切关注。其他类型的探索可见于T. S. 艾略特的《荒原》(1922年)和弗吉尼亚·伍尔夫的反思小说,前者主要描绘出唯物主义无神时代的荒凉和黯淡。但从事文学工作的潮流却极其不同。马尔科姆·布拉德伯里曾说过,19世纪90年代至20世纪20年代期间的英国文学是"对现存本土文化的杂糅和对外来思潮的兼收"。1914年之前,一批杰出的英语作家曾聚集在伦敦,不仅有来自英国的,也有来自美国、英联邦和爱尔兰的,这种现象实在超乎寻常。从某种程度上而言,1925年后,作家聚集地从伦敦转移到了欧洲大陆(不包括英国和爱尔兰)。由于乔伊斯和劳伦斯移居国外,英国文学中的某种活力就此衰弱。但并不是所有作家都是从新视角进行创作的。约翰·高尔斯华绥仅在1922年就完成了《福尔赛世家》的创作,阿诺德·本涅特在一战期间也写出了《克莱汉格》三部曲。同样的,约克郡作家J. B. 普里斯特利以一部乐观开朗、积极向上的流浪汉小说,即1929年出版的《好伙伴》,而大获成功。两位最杰出的英语作家于20世纪20年代开始创作喜剧并留下了深远影响。P. G. 伍德豪斯笔下的人物伯蒂·伍斯特于1919年在《我的仆人吉夫斯》中问世,随后伍德豪斯创作的一连串喜剧都大获成功,直到二战后仍然深受欢迎。1928年,伊夫林·沃出版了《衰亡》一书,随后还出版了《邪恶的躯体》(1930)、《黑祸》(1932)和《一抔尘土》(1938)。

到目前为止,这一时期文学发展的总体趋势十分明显,而在20世纪20至30年代晚期,文学作品中的严肃性和作家的投入力度都不断加强。至少,1929年后反战文学的兴起和大量创作就证明了这一点。事实上,一些书籍的标题早已预示了这一点,比如菲利普·吉布斯早在1920年就出版的《战争的现实》。但1929年前后涌现出相当多评论文学和回忆录,其中大部分都尖锐抨击战争以及引发战争的社会。这不仅仅只是英国本土的一种现象，1929 年雷马克《西线无战事》和海明威《永别了，武器》的问世也表明了这一点。同年在英国出版的有罗伯特·格雷夫斯的《向一切告别》、理查德·阿尔丁顿的《英雄之死》、萨松的《乔治·舍斯顿回忆录》三部曲之二（1928—1930）、埃德蒙·布伦登的《战争的暗流》以及伦敦西区 R.C. 谢里夫的《末日旅途》。

但在 20 世纪 20 年代末 30 年代初，当文学作品似乎都倾向于谴责战前社会的腐败现象时，文学领域也出现了一些再次关注政治和价值问题的作品，与自视甚高、"轻浮无聊"的 20 年代作品形成对比。沃尔特·格林伍德《领救济金的爱情》一定程度上反映出经济大萧条的影响，是两次大战之间出现的少数真正的无产阶级小说之一。半纪实作品的数量逐渐增多，也反映出经济大萧条的影响，比如 J.B. 普里斯特利 1934 年的《英国旅行记》，乔治·奥威尔于 1937 年出版的《去维冈码头之路》。一些年轻的作家，比如普里斯特利和奥威尔，以及 W.H. 奥登、斯蒂芬·斯彭德、克里斯托弗·伊舍伍德、塞西尔·戴·刘易斯，他们的社会主义和共产主义理想或多或少都塑造了文学创作的手法和风格。而年老的作家则更关注世界重大事件。H.G. 威尔斯，一位早期费边主义者，在 20 世纪 20 年代强烈支持国际联盟，认为国际联盟能够开创完美的"理想国"。他于 1933 年创作《未来互联网纡》，预言未来的战争主要包括空战和大规模轰炸性战争。一些国际事件，比如经济大萧条、法西斯崛起和西班牙内战，都使 30 年代作品中的政治意识更加强烈，而 20 年代作品缺乏的正是这种政治意识。1936 年 7 月爆发的西班牙内战，为一大批作家和艺术家提供了更清晰的左派政治信仰，但只有少数作家能巧妙地运用这些丰富的题材。格雷厄姆·格林在 20 世纪 30 年代的电影和文学作品中吸取了纪实手法和现实主义手法，他善于洞悉当时的社会环境和政治格局，但他犀利的洞察力却主要源于天主教会信仰所衍生的思想斗争。T.S. 艾略特后期的作品也较少受到政治影响，他是一名虔诚的高派教会教徒（英国国教），宗教信仰和冥想对其作品的影响更为深刻。

尽管戏剧始终地位很高且深受人们欢迎，但这一时期杰出的戏剧却为数不多。萧伯纳、高尔斯华绥、毛姆、巴里和普里斯特利是最杰出的正剧剧作家，但面对来自电影院日益严峻的竞争压力，剧院逐渐倾向于出品音乐剧和轻喜剧。诺埃尔·科沃德、泰伦斯·拉提根和艾弗·诺韦洛的创作风格和内容始终保持符合大众口味,自然与"正剧"相差甚远。音乐剧通常精彩绝伦,十分有趣,是1918年后剧院真正吸引观众的剧目。然而,位于亚芬河畔斯特拉特福德镇的莎士比亚纪念剧院于1932年得以重建,表明传统剧目变得越来越重要。而在许多剧本中,正是那些相对过时却情感丰富的角色使两次大战之间的戏剧作品变得精彩绝伦。然而,有人却做出了与此不同且语气温婉的评论。比如乔恩·克拉克就认为1900至1939年是一个"戏剧作品种类丰富、形式多样、表现出惊人创造力"的时期。1908年安妮·霍尼曼小姐在曼彻斯特欢乐剧场建立了第一个保留剧目轮演剧团,揭开了此类剧院的扩张序幕。到20世纪40年代晚期,近两百个类似的"小剧院"得以建立。业余戏剧社团也繁荣发展。正如西伯姆·郎特里在1951年写的那样:"人们不为演出而聚集到一起,并定期表演各种剧目,这种现象在过去20到30年里出现的频率越来越高。因此,社区中心、青年俱乐部、妇女协会、社会体育俱乐部等群体,都将业余性戏剧演出作为他们的常规活动项目。"到20世纪30年代晚期,也有约三百个"左倾"戏剧团体表演戏剧和小品,其中最著名的是1936年于伦敦建立的社会主义团结剧场。重要的是,各种剧院都为表演天才持续提供了重要的发展平台。随着广播和电影的逐渐普及,英国塑造了一批享誉世界的舞台表演者和电影演员,为英国表演界赢得了极高声誉,直到1945年后仍是如此。英国戏剧被视为一门表演艺术,不仅由于其文学价值高,还因英国戏剧活灵活现,能持续吸引大量观众。

尽管电影也广受欢迎,但在两次大战之间,电影的地位却不如戏剧高。正如一位作家所说:"电影既不精妙也不深刻。"然而,电影却在两个特定方面扮演了重要角色,其一是促进了英国表演艺术和表演人才的发展,其二是孕育了纪录片运动,这一运动在20世纪40至50年代对英国电影业产生了极大影响。在20世纪20年代,整体看来,英国电影业呈现病态发展,令人难以置信。1926年,在英国电影院上映的英国电影比例降至5%以下,美国电影占比最重。尽管许多天赋异禀的英国演员和表演家,尤其是卓别林,已经横跨大西洋走向世界,但美国公司却在英国电影经销系统中占据主导地位,使得英国电影难以吸引大量观众。在1926年的世界电影贸易市场中,749部电影中只有

34部是英国的,而其中只有两部被美国电影经销公司引入美国。然而,1927年出台的电影法规定了影片出租商和参展商上映本国影片的最低比重。1928年至1929年该比重是7.5%,而到1935年上升至20%,进而推动了英国电影的制作和发展。阿尔弗雷德·希区柯克通过精心制作的惊悚悬疑片而开始声名远扬,包括《讹诈》(1929)和《三十九级台阶》(1935)。从欧洲其他地区涌入的大量难民给英国电影业注入了必不可少的活力,尤其是匈牙利科达兄弟。亚历山大·科达爵士创建的伦敦电影公司制作了一系列精彩绝伦、大获成功的古装戏剧,促进了英国表演艺术和相关技巧的发展,比如《亨利八世的私生活》(1933)、《猩红色的繁笺花》(1934)、《桑德斯河》(1935)和《四根白羽》(1939)。许多著名演员,尤其是查尔斯·劳顿、莱斯利·霍华德、劳伦斯·奥利弗和费雯·丽,都得以发挥他们的才能,尽管他们中的大部分人仍然渴望能去美国演艺圈发展。总体而言,到20世纪30年代,英国电影业有能力制作并上映技术含量高且能吸引大量观众的电影。然而,大部分英国电影仍然难以媲美那些最优秀的外语电影,这些外语电影一般在大城市的"艺术"电影院上映。而法国电影和谢尔盖·爱森斯坦和弗里兹·朗等导演的电影正是在"艺术"电影院吸引了部分知识分子的眼球。正如其他人所指出的那样,像刘易斯·迈尔斯通的《西线无战事》(1930)和让·雷诺阿的《大幻影》(1937)等题材严肃的外国电影确实对那些想探寻真相的人产生了相当大的影响。也许英国在电影方面最重要的贡献就是苏格兰人约翰·格里尔逊引领的纪录片运动。此次运动中,在帝国电影市场协会和邮政总局电影协会的先后资助下,非商业性电影开创了一种更理想化的表现手法,用以描述普通人的生活以及他们所遇到的问题。格里尔逊的《漂网渔船》(1929)、埃斯蒂和埃尔顿的《住房问题》(1935)、哈利·瓦特的《夜邮》(1936)等电影预示了战争题材类电影的出现,随后出现的此类电影包括瓦特的《今晚的目标》(1940)、汉弗莱·詹宁斯的《倾听不列颠》(1942)和《救火英雄》(1943)以及罗伊·博尔廷的《沙漠胜利》(1943)等。

与此相反,在严肃音乐的表演和欣赏方面,英国取得了很大进步。一战前建立的强大而丰富的音乐传统毫无疑问在其中扮演了重要角色。音乐演奏场所急剧增多,表演者和观众也随之增多。亨利·伍德爵士于1985年设立的

"逍遥音乐节"以及众多其他节日和比赛，都为音乐创作、演奏和欣赏提供了许多机会，而英格兰北部、威尔士和教堂城市大力创办的合唱传统也在英国音乐的发展中扮演了重要角色。度假乐队和管弦乐团也为音乐家提供了至关重要的机会。例如，1925年，年轻的马尔科姆·萨金特在兰迪德诺码头担任指挥，开启了他辉煌的职业生涯。到20世纪20年代，英国音乐最突出的特点是性质变化多端，其中古典音乐、歌剧主题、英国歌曲和宗教圣诗形成了"高雅"音乐和"低俗"音乐的混合体。活页乐谱和钢琴使大量音乐进入家家户户，也使一些流行乐曲销量达数十万，比如《失落的和弦》和《里明顿》。留声机也将更多音乐带给了更多听众。然而，收音机的作用无可比拟，它给严肃音乐带来了无数听众。BBC里斯讲座十分重视并不总是流行的古典音乐，将它送入了许许多多的家庭。菲利普·霍普-华勒斯认为20世纪20年代是一个"音乐品味得到极大提高"的时期；除了一批重要的本国作曲家，比如艾尔加、沃恩·威廉斯、沃尔顿、巴克斯、霍尔斯特、布利斯和兰伯特，英国也逐渐吸收了一些国外的当代和近现代音乐家。比如，亨利·伍德、托马斯·比彻姆、马尔科姆·萨金特、约翰·巴比罗利等指挥家为更多听众带来了欧洲的一些主流音乐。斯特拉文斯基、普罗科菲耶夫、托斯卡尼尼等外国作曲家和指挥家也为英国听众带来了其他国家的音乐，他们在BBC交响乐团工作，这一乐团创立于1930年，由艾德里安·博尔特担任指挥。和戏剧一样，英国音乐较少依赖本国原创人才，尽管他们也很重要，但英国音乐更重视表演者的全面发展和观众数量的增多。到1911年，音乐教师的数量几乎是30年前的两倍。而到1932年，亨利·哈多爵士宣称：

现今音乐教育的发展范围比以往任何时候都更宽广，而人们对音乐的兴趣也比以往任何时候都更深入。我们在伦敦的音乐学校，在伯明翰市和曼彻斯特的音乐学校，在苏格兰、威尔士和爱尔兰的音乐学校，都有极高的教学效率，尽管它们正和全国其他地区共同面对经济压力，但它们仍保持着高质量的教学和深远的影响力。

在经济大萧条期间，哈多竟然说音乐制作和欣赏的潮流"正攀上高峰"。除了新的交响乐团和演奏场所，BBC 还经常为作曲家和表演者提供必不可少的赞助；其中包括赞助两位英国主要的电影配乐作曲家威廉·沃尔顿和沃恩·威廉斯。戏剧也吸引了越来越多的观众。英国国家歌剧院于 1922 年建立，而 1934 年建立的格林德本歌剧院，为当时许多难得一见的戏剧提供了表演的平台。

这一时期另一个显著的特点是高雅文化之一——芭蕾舞得以发展。20 世纪 20 年代早期，狄亚格列夫的俄罗斯芭蕾舞团就已树立起舞蹈欣赏的新标准。作为前卫音乐、舞台装饰和道具布置的重要传播媒介，俄罗斯芭蕾舞团推动了英国芭蕾舞学校的发展。俄罗斯芭蕾舞团专为芭蕾舞者、舞蹈指导和作曲家而设立，其中两位最重要的创办人是妮内特·德瓦卢瓦和弗雷德里克·阿什顿。阿瑟·布利斯、康斯坦·兰伯特等作曲家创作了许多新芭蕾舞曲，而玛丽·兰伯特芭蕾舞俱乐部（即后来的兰伯特芭蕾舞团）、卡玛戈学会以及萨德勒威尔斯剧院的建立，都推动了芭蕾舞的发展。经济学家 J. M. 凯恩斯与芭蕾舞者莉迪亚·乐甫歌娃结婚，并对剑桥艺术剧院进行资助，这可以说是凯恩斯职业生涯中的一桩趣事。剑桥艺术剧院于 1936 年开业，开业剧目是维克威尔斯芭蕾舞团的《浪子历程》，由康斯坦·兰伯特担任指挥。到 1939 年，英国已拥有一批前途无量的舞蹈家，包括罗伯特·赫尔普曼和玛戈特·芳婷。最重要的是，在公众意识里，芭蕾舞已经成为一种公认的艺术形式和人们追随的焦点。

在视觉艺术方面，到 1914 年，英国人就已在罗杰·弗莱的后印象派大展中见识到了"新艺术的震撼"，同时也见识到了温德姆·路易斯、C. R. W. 内文森等艺术家的未来主义手法和涡旋主义手法。一战并未极大促进英国艺术的新发展，它只是强化了现存的趋势，并从 1916 年起通过官方战争艺术家组织，极大地鼓励了艺术活动的发展。约翰·纳什和保罗·纳什兄弟、亨利·兰姆、D. P. 罗伯特和斯坦利·斯宾塞等艺术家尝试通过描绘战争的现实，创作出能较大程度反映新风格和新手法的作品。抽象表现手法早在 1914 年之前就已经从欧洲其他地区流入了英国，而本·尼科尔森等艺术家则促进了抽象表现手法的发展。但在许多方面，英国艺术发展似乎都落后于欧洲整体发展趋势，只是欧洲整体发展主流中的支流。尽管如此，英国仍有一大批杰出的艺术家，他们通常围绕传统手法进行创作，为艺术学校增添了活力，并创造出不计其数的小规模设计和工艺作品。随着奥古斯都·约翰、威廉·奥宾等时髦艺术家出现的是极度崇尚个人主义的天才艺术家，比如斯坦利·斯宾塞、L.S.洛瑞以及同为印刷工、雕刻师和石雕师的埃里克·吉尔。在雕刻领域确实有一桩趣事，那就是在20世纪中期，英国雕刻几乎可以说是突然之间就享誉全世界。美国人雅各·埃伯斯坦，自1905年定居伦敦以来，由于擅长雕刻具有原始风格的石雕而臭名昭著。人们常嘲笑他的石雕不合情理，亵渎上帝，并给它们贴上了"现代"艺术的标签。到20世纪30年代，英国拥有了众多杰出的现代派艺术家，主要包括埃伯斯坦、吉尔以及更年轻的雕刻家亨利·摩尔和芭芭拉·赫普沃斯等人。

艺术的现代主义发展趋势在设计领域也有所体现。"装饰艺术风格"起源于20世纪20年代巴黎时尚沙龙的设计运动，成了战争年代的标志。"装饰艺术风格"的发展历程无章可循，它杂糅了各种不同的思想和理念，最显著的特点是使用规则的几何图案取代了曲线和新艺术风格，而后者直到一战时仍很流行。机械美学和几何图形的流行受到了埃及部分设计理念的影响，而埃及设计理念从1923年图坦卡蒙墓发掘之后开始流行。此外，机械美学和几何图形还受到了"现代主义"运动、原始艺术和异域风格的影响，保持兼收并蓄的本质。19世纪工艺美术运动强调以高超技巧和高标准工艺打造最小的物品，这一时期设计领域继承了这种传统，而"现代主义"特点主要体现在开始使用铬、玻璃和塑料等材料。小型装饰艺术风格作品也极受欢迎，比如克拉丽丝·克里夫设计的"奇异"和"幻想"系列餐具。它在百货公司出售，登上了时尚和家居杂志，并大量出口。总体而言，这一时期的家具、室内设计和交通工具体现出人们对生产速度和"流线型"设计的追求。

建筑是最具社会性的艺术。英国建筑始终混杂着传统风格和现代风格，十分奇特。大部分英国国内住宅都按传统方式建成，而一些"现代"房屋和公寓则体现了现代主义建筑师提倡的功能性和实用性。同样的，到1945年，许多大型公共建筑都体现了新古典主义风格、哥特式风格或英国本土风格。现代主义建筑师认为建筑应该是"居住的机器"，设计和装饰的唯一标准是"适用性"，但大部分新型商业建筑，比如舞厅、办公楼和商场，都没有遵循这一准则。

此后，英国建筑的发展进程略显奇特。各类建筑体现出迥然不同的风格特点，巴特西电站（1928）以雄伟壮观为主，位于佩里韦尔的胡佛工厂（1932）体现出奢华的装饰艺术风格，而曼彻斯特中央图书馆（1934）的圆形建筑则体现出新古典主义风格。越来越多的证据表明，现代建筑的"国际风格"逐渐变得越来越有影响力。到20世纪30年代，建筑领域日益呈现出现代主义特点，包括表面白漆，实用性设计，体现出装饰艺术风格的花哨图案以及使用钢铁、混凝土、玻璃等现代材料。20世纪30年代英国建造了新型"超级影院"，无论影院内部多么奢华奇异，其外部都越来越倾向于简单装修，注重实用性，展示出现代主义风格特点。一些重要的国际展览使英国受到"国际风格"的影响。比如1930年斯德哥尔摩举办展览，展示出风格特异的建筑物，从而为建筑风格设立了全新的标准。欧洲各地的难民所建筑师，比如格罗皮乌斯、孟德尔松和布劳耶，给英国建筑带来了许多新理念，就像曾经的俄裔建筑师鲁贝金一样。鲁贝金与泰克顿事务所合作，建造出两次大战之间英国最具现代主义风格的建筑，其中最著名的是1933年至1938年在高门建造的高点公寓以及用混凝土建成的伦敦动物园企鹅水池。同样的，一些本地机关出资建造了设计新颖的建筑物，包括1938年泰克顿事务所在伦敦芬斯贝利市建造的健康中心。其中对新工程最重要的资助机构之一是伦敦运输委员会。在1933年至1940年由弗兰克·皮克担任副主席期间，伦敦运输委员会促进了现代主义在广告、海报、印刷字体和车站设计等方面的发展，亚诺斯高夫（1932）等地铁站的建立就是例证。

因此，在第二次世界大战前夕，"国际风格"无疑对英国建筑产生了一定程度的影响。年轻建筑师于1931年组建现代建筑研究小组（MARS），并且对官方审美和公众审美都产生了越来越大的影响力。尽管如此，传统建筑风格向现代建筑风格转变的过程仍然十分曲折。在该时期，埃德温·鲁琴斯爵士是英国声望最高的建筑师。他是两次大战之间的一位典型人物，在1914年之前设计了一系列浪漫的乡村别墅，成就了辉煌的职业生涯。尽管他的一些作品，比如1919年竣工的纪念碑，体现了现代建筑简朴抽象的风格，但他的许多大型设计作品，比如为新德里设计的建筑以及利物浦未建成的罗马天主教大教堂，都保持了传统建筑的许多特点，而传统风格却越来越遭到新一代人的排斥。现代主义建筑师认为装饰是犯罪,建筑学应等同于工程学,但许多年老的建筑师和保守派建筑师并不赞同这一观点。结果,尽管自20世纪30年代以来,英国越来越多地受到现代主义"国际风格"的影响,但现代主义运动的进展却十分缓慢。

科　学

和其他发达国家一样,20世纪英国的社会史是由科学和技术产品塑造而成的。可以说,电和内燃机是两项对社会影响最大的发明,但它们只是人们不断探索和发展科技的实践成果。到第二次世界大战时,科学家分离出原子,发明了可靠的抗生素,制造出雷达、电视机和喷气推进技术,英国科学由此开始享誉全世界,直到战后仍是如此。然而,国内科学,尤其是应用科学,并没有攻克英国文化的中心地位;尽管许多人竭力推广科学,试图将它带给更多人,但它始终自成一个世界。在教育程度和社会声誉方面,科学和技术始终有些落后于艺术。到20世纪50年代,人们开始真正关注艺术和科学两者之间的分歧,进而促使新型"社会科学"得以出现,然而它在艺术和科学之间举步维艰。

在自然科学方面,物理学中涌现出一批最具革命性的成果。在牛顿机械宇宙观统治科学界近两百年后,人们开始认为爱因斯坦的"相对论"进一步完善了牛顿学说。1919年5月日全食的出现证实了爱因斯坦的相对论,并将"相对"的理念带给了更多人,尽管只有少数人能够理解。同样重要的是欧内斯特·卢瑟福爵士的研究,他先是在曼彻斯特,后来进入剑桥大学卡文迪许实验室进行原子核式结构模型的研究。他的团队,包括约翰·科克罗夫特、E. T. S. 沃尔顿、詹姆斯·查德威克爵士和P. M. S. 布莱克特,在1932年成功分离出原子,为原子弹的发明和核能的发展奠定了基础。生物科学方面也涌现出重要成果,尤其是在营养学和遗传学领域,而且两者都直接影响了医学研究。在第一次世界大战的大力推动下,无线电研究也在两次大战之间得到迅速发展。无线电不仅在广播方面具有明显的商业潜力,在电子科学方面的潜力也有待开发。早在1911年,苏格兰科学家A. A. 坎贝尔·斯温顿就提出在发射机和接收器中使用阴极射线管进行电子扫描。1925年,发明家约翰·罗杰·贝尔德继续研究机械扫描,最终制造出第一张电视图片。然而,贝尔德的系统是基于阴极射线管和数码相机建立的,而这种系统是俄国人艾萨克·休恩伯格在英国开创的。休恩伯格于 1931 年开始担任电子与音乐工业公司研究部主任,他的团队和马可尼无线电报公司合作,为首次向普通观众播放电视节目提供了设备,该节目由 BBC 于 1936 年在亚历山大宫首次开播。雷达的发明是无线电研究的另一成果,主要由国家物理实验室无线电部主管罗伯特·沃特森·瓦特爵士负责。1936 年,肯特海岸和艾塞克斯海岸竖立起首批无线电桅杆,用以侦查敌方飞机。

这些年以来,在促进科学和技术发展的众多因素中,最重要的因素之一是战争。在 1914 年之前,现存的科学机构呈现出衰弱的趋势,包括英国皇家学会、英国科学研究所和英国科学促进会,而且只有少数政府机构支持科学研究。一战不仅促使人们恢复了对科学的兴趣,也加大了政府对科学研究的资助力度。1915 年,在某咨询委员会的协助下,枢密院科学和工业研究委员会得以建立。到 1916 年,在资金充足的情况下,该委员会被组建成一个独立的政府部门。另一方面,政府极大地推动了医学研究委员会的发展。迫于战时需求,心理学和临床医学迅速发展,促使医学研究委员会于 1913 年成立。从 1920 年 4 月起,该委员会被授予永久医学研究理事会地位。

亚瑟·马克威认为这是一种"科学研究机构化"趋势,直到 1918 年后科学研究仍然具有这一特征。尽管两次大战之间政府对科研工作的投资受到了严格限制,但在其他方面,政府起到了至关重要的促进作用,比如 1935 年政府分拨 10 000 英镑用于研究无线电定位技术。同样的,由国家资助的 BBC 为收音机和电视机的发展提供了主要动力。然而,总体而言,政府"资助"意味着,除了少数低成本经营的永久性机构,大部分科学和技术性工作都交由私营企业负责。电子与音乐工业公司和马可尼有限公司等电子公司、工程和飞机制造商以及化工公司等为达到自身盈利目的而负责大部分科研工作。20 世纪 30 年代,英国公司在这些领域投入的费用急剧增多,仅在 1930—1938 年间就增加了三倍,同一时期他们聘用的高素质科学人才和技术人员超过 4 300 人。

随着第二次世界大战的到来,政府受到国家生存需求的极大刺激,再次开始投资科学发展,并极大地促进了科学发展。政府资金主要通过科学和工业研究部以及医学研究理事会流向科研工作,而许多咨询委员会,从 1942 年起主要是由科学咨询委员会,负责对科学工作研究和发展进行选择性激励。重要的是,在优先使用特定方法解决紧急问题的过程中,英美在第二次世界大战中为核武器的制造做出了贡献,为核能的发展铺平了道路,促进了青霉素、雷达和喷气推进技术的诞生。很多科学成果虽然由美国发明,但实际上英国早在战前就开始探索。亚历山大·弗莱明爵士发现青霉素,但由于英国自身没有足够资源充分开发这一成果,致使霍华德·弗洛里教授于1941年后在美国进一步开发了青霉素。同样的,卢瑟福核子物理团队的开创性成果主要应用于美国的曼哈顿工程和制造第一颗原子弹。但在雷达和喷气推进技术方面,英国能够在战争时期开发出先进成果。沃特森·瓦特的产品已被应用于南岸和东岸的雷达防御系统,并在不列颠之战中起到了相当重要的作用。厘米波雷达有利于海上和空中雷达系统的发展,同时也促使科学家发明出更先进的导航系统。1930年弗兰克·惠特尔爵士取得喷射发动机专利,到1944年夏天,喷射发动机成为格罗斯特"流星"喷气战斗机的组成部分。科学在战争时期迅速发展,在战后也是如此,因为不止战争需要科学,其他领域也同样需要科学。原子弹被发明后,核能也得以和平使用。1945年后英国决议进行独立的核武器计划,自此核能才开始作为副产品被开创出来,而医学、电子学和喷气推进等方面的许多先进成果直到1945年后才开始完全投入民用。

这一时代的科学发展越来越重视人文科学和社会科学的作用。在20世纪上半叶,人们逐渐意识到科学对社会的潜在影响力日益增大。在生物学、营养学和遗传学等领域,科学家已经提出了一些意义深远的伦理和政治问题。J. B. S. 霍尔丹的《代达罗斯,或科学与未来》(1924)和《可能世界》(1928)以及朱利安·赫胥黎的《生物学家随笔》(1923)和《大众科学论文》(1926),都将生物科学的某些先进成果带入了大众视野。而阿道司·赫胥黎在1932年撰写的小说《美妙的新世界》中预言,未来人类的生存将完全依靠试管制成的产品。

一战中"炮弹休克"的经历极大地提高了人们对心理学的兴趣,而哈夫洛克·霭和玛丽·斯普特等人则更新了人们对性心理学的看法。在两次大战之间,弗洛伊德这个名字在知识分子群体中知名度很高。早在1917年,弗洛伊德的心理学疗法就被用来治疗患有"炮弹休克"的病人,主要应用于靠近利物浦的马格尔和靠近爱丁堡的克雷格洛克哈特的专科医院。有些时髦的私人诊所可以提供"精神分析",而"神经衰弱""自卑情结""抑郁""自负""虐待狂""受虐狂"等心理学语言则逐渐成为通用语言。精神分析和智力测试对儿童发展和教育的影响也越来越大。1923年,英国医学会建议,在刑事诉讼中被告的陪审团应包括一名神经病学专家,以防被告患有精神病。尽管这一提议遭到抵制,但这种类型的医学证据在法庭上使用得越来越多。二战中武装部队招募新兵的一个重要特点也是对军官进行心理测试,可见军队医疗服务也全面认识到了战争所带来的心理压力。

英国社会学中最杰出的学术先锋是 L. T. 霍布豪斯(1864—1929),他是一位哲学家和政治科学家,是1929年前伦敦社会学领域的权威人士。他的作品《社会发展》(1924)致力于研究1914年之前的社会演化状况。英国社会学强调以观察或实验为依据,而这种方法实质上是基于维多利亚时代和爱德华时代的社会调查成果,查尔斯·布斯、西伯姆·郎特里、悉尼·韦伯和比阿特丽丝·韦伯夫妇所进行的社会调查都具有这一特点。1914年后,英国社会调查出现了前所未有的繁荣发展。西伯姆·郎特里一直致力于社会调查研究,取得了一系列成果,主要包括:《贫穷:对城市生活的研究》(1901)、《人类需要劳动》(1918)、《贫穷和进步》(1941)以及(与 G. R. 莱弗斯合作完成的)《英国生活与劳动》(1951)。而样本调查技术创始者 A. L. 鲍利,以及 H. 卢埃林·史密斯、赫伯特·陶特、约翰·博伊德·奥尔等人,则针对英国社会不同方面进行了一系列的"科学"研究。英国的社会结构、生活标准、贫穷、就业、失业、健康、住房、社区生活和犯罪等方面都得到了系统综合的调查研究,进而对英国社会产生了前所未有的重要影响。A. M. 卡尔·桑德鲁斯和 D. 卡拉多格·琼斯于1927年出版《英格兰和威尔士社会结构调查》,并于1937年出版新版本,于1958年出版姐妹篇(和 C. A. 摩瑟合作完成)《英格兰和威尔士的社会状况》,该调查涵盖20世纪30年代到50年代整个时期。布罗尼斯拉夫·马林诺夫斯基和 C. G. 塞利格曼在伦敦大学进行的人类学研究也引发了人们的兴趣。马林诺夫斯基的《西北美拉尼西亚的野蛮人性生活》(1929)等书,极大地影响了行为主义者对道德问题,尤其是对两性问题的思考。20世纪30年代业余人类学家汤姆·哈里森进行了民意测验,这类社会调查也体现出人类学的影响力。人类学,和心理学一样,似乎为人们提供了新视角来观察日常生活。经济和政治科学等领域的调查研究也有所发展。1921年牛津大学建立荣誉学院，将哲学、政治学和经济学结合起来（即PPE或"现代经学"）。此外，威廉姆·贝弗里奇于1919—1937年在伦敦政治经济学院担任理事，在20世纪30年代将其改造成"英国最大的社会科学研究中心"，吸引了许多来自世界各地的教师和学生。1937年，工业家纳菲尔德勋爵出资在牛津大学建立了一所研究生学院，即纳菲尔德学院，专门研究社会科学。

越来越多普通大众开始接触科学研究的相关知识。H. G. 威尔斯的《被盗的芽孢杆菌》(1895)和《时间机器》(1895)等浪漫主义作品都以战前科学为题材，使人们认识到十分前沿的科学研究成果。而在他后期的作品中，比如《生命科学》(1931)和《未来互联网纾》(1933)，威尔斯更多地扮演的是大众教育家的角色。这一时期具有一个显著的特点，即科普方面的书籍开始出售给普通大众。兰斯洛特·霍格本教授的《大众数学》和紧随其后的《公民科学》都成为畅销书，并使他获得了巨大的成功。天文学家、数学家亚瑟·爱丁顿爵士的《恒星和原子》(1927)和《膨胀着的宇宙》(1933)以及詹姆斯·琼斯爵士的《环绕我们的宇宙》(1929)和《神秘的宇宙》(1930)都达到了同样的效果。亚瑟·梅伊的《儿童百科全书》《儿童报》以及带插图的《我的杂志》则增强了青少年的科学意识。其中，《我的杂志》专为青少年定制，刊登了许多与科学研究相关的文章。月刊《探索频道》创办于1920年，主要刊登自然科学最新成果以及考古学、历史学和经济学等方面的内容。而首版"鹈鹕鸟"系列平装书则包括朱利安·赫胥黎的《大众科学论文》和琼斯的《神秘的宇宙》。

科学和技术的先进成果能够对其本身进行最有效的宣传。任何求知欲强或头脑聪明的人都不可能忽视发生在他们身边的变化。摆弄汽车、摩托车和电子设备为许多人提供了科学和技术的入门知识。R. V. 琼斯主要从事科学情报和"定向"战争领域的研究，在二战期间，他回忆起两次大战之间无线电对他本人和其他人的影响，并说道：

和许多同龄人一样，我在学生时代最主要的爱好就是制作无线电接收装置。无线电是物理学中最富想象力的发明成果，在20世纪20年代，它对普通人产生了前所未有的影响。它就像魔法一样，任何人都想象不到，只要将一些家用零件简单地连接到一起,就能变魔术般地在空中听见演讲或音乐。普通人都能制造无线电接收器,因此他们能为自己制造出一张通行证,去往永远无法涉足的国度。他们还能经常改进天线或接收器,并向朋友吹嘘。通过制作和操作接收器,我极大地提高了实践能力。最后,在1928年,当终于能买得起热离子管时,我制造了一个能接收墨尔本传输信号的接收器,而那个接收站寄给我一张有英格兰测试队签名的明信片以示感谢。

此外,随着第二次世界大战的到来,科学家、工程师和"技术专家"通常被认为是民族生存战争中至关重要的因素,并获得了全新的声望和公众认知度。在战后的书籍和电影中,设计出喷火战斗机的雷金纳德·米切尔以及在毁坝突袭中发明弹跳炸弹的巴恩斯·沃利斯,都成了民族英雄。然而,两次大战之间的科学成果与艺术和文学界的幻想破灭形成了强烈对比。作家的自信受到了严重打击,比如霍格本在《公民科学》中写道:"这不是作家的时代,这是工程师的时代,火花的力量强于笔杆的力量。谈吐流利、善于辩论、引经据典的人无法挽救民主。"同样的,C. P. 斯诺注意到,战争年代剑桥的科学家都非常积极乐观,而其他知识分子却不敢面对发生在他们身边的变化。斯诺写道:"科学家几乎都相信,科学、技术和工业革命迅速发展,将会产生无与伦比的好处。"

但从其他方面来看,这种观点却不正确。大部分公立学校和文法学校继续强调文学和人文教育,其中古罗马和古希腊文学仍然占据主要地位。在英国社会,科学的地位仍然无法与艺术匹敌。比如,1928年,诺伍德博士在《英国教育传统》中用了三个章节来讲述宗教教育,却只用了十页来讲述技术和管理培训。二战后,很多发明家都觉得,战争只是迫使人们开始认识英国科学真正的力量和成果。甚至在1945年后,科学和技术能否成为英国文化和教育的主流仍是人们争论和关注的焦点。

文化和社会

正如上文所述,伪造艺术、科学等智力活动的最高表现形式的发展趋势是毫无意义的。然而,这一时期英国文化生活的某些特点确实反映出许多重要的社会问题。首先,艺术表现形式呈现出过渡性特征。见多识广的评论员大多都能意识到,艺术领域正进行着全新的改革和发展。有些人物可能更加传统和保守,但他们在描写音乐和视觉艺术时,也发现有必要提及一些新发展趋势,哪怕只是进行批评。其中一位典型人物是亨利·哈多爵士(1859—1937),他是教育家、音乐学者和历史学家,也是《牛津音乐史》的编辑,并且提倡将音乐纳入人文教育范围。亨利·哈多在1932年提及勋伯格时说道,他是一个"积极的探索者,全身心研究自己的问题,以至于忽略了观众",而提到亨德密特时则说道,他是一位"艺术大师,却宣称不在乎如何表达情感"。对亨利·哈多而言,在探索音乐表现形式的过程中存在"真正的危险",会导致"艺术可能就此消亡"。另一位典型人物是画家、艺术教师亨利·唐克斯教授。他于1917—1930年担任斯雷德艺术教授,也在1932年写道:"不管参观哪种现代展览,参观者几乎都能看到艺术如今有多么畸形,艺术家有多么不尊重人体的比例和构造。""谁知道呢,"他悲叹道:"也许一百年后,当一个小孩试图用铅笔画出他看到的某些东西时,他会马上被带去见精神分析学家。"还有一位典型人物是有名的建筑师H.S.古德哈特-林德宪。在两次大战之间,他在建筑领域始终身居高位,担任过建筑协会主席(1924—1925)、英国皇家建筑师协会主席(1937—1939)、牛津大学斯雷德艺术教授(1933—1936)以及建筑协会建筑学院主任(1936—1938)。他在1934年坚决摈弃了"功利主义",并坚持认为纯粹的"功能主义"在建筑领域"简直毫无意义可言"。

上述三位典型人物并非缺乏才智或麻木不仁,他们的言论反映出的是更传统的艺术欣赏标准以及新和旧之间、年轻一代和年老一代之间不可避免的思想碰撞。此外,我们还可以从他们身上看到,仅从现代主义运动发展的角度书写20世纪前半部分的文化历史是不恰当的。在各个领域中,机构、学校和协会中最重要的职位通常由更年长的人物担任。而在文化方面,英国吸收新观念的速度通常落后于欧洲其他地区。1905年,年轻的雅各·埃格斯坦向威廉·罗森斯坦展示自己的画作。威廉·罗森斯坦后来在皇家艺术学院担任校长,对待艺术的态度较为开明。他建议雅各·埃格斯坦去巴黎寻求更多资助,而不是在伦敦。还有许多现代建筑师也是如此,他们于30年代早期从欧洲中部逃亡至英国,也常常觉得美国的工作环境更舒适,发展前景也更好。甚至在20世纪20年代,艺术界针对塞尚等后印象派画家的名誉和价值发生了一场激烈的争辩,彼时毕加索等人在欧洲的影响力已经超过立体派。

尽管如此,"前卫"艺术和艺术家日夜不息的探索仍然引起了巨大的轰动,并为未来艺术发展奠定了基调。埃格斯坦的雕塑常使大众媒体感到愤怒,然而在 1931 年,晨报"刊登了莱斯特美术馆亨利·摩尔先生的雕塑照片","哪怕只是刊登了最不令人反感的部分",晨报也为此道歉。无论如何,普通民众或学术界都不可能没有意识到,人们的艺术品位正发生着某种剧烈的变化。斯特拉文斯基于 1913 年在伦敦首次演奏《春之祭》,而听众和批评家都能很明显地感受到它与以往的音乐之间的差别。著名的 *Façade*(《立面》)也是如此,它包含"朗诵和乐器演奏",乐曲由威廉·沃尔顿谱写,于 1923 年首次公开上演。在此次表演中,在长笛、竖笛、喇叭、萨克斯风、大提琴和打击乐器的伴奏下,通过扩音器朗读了伊迪斯·西特韦尔的 21 首诗。在音乐以及艺术的其他方面,人们或多或少都对 19 世纪的惯例和价值感到排斥,正是这种排斥感促使他们不停地探索新形式。在各种各样的新风格和新氛围中,艺术的主线始终是否定早期审美标准。现代主义者可能无法完全确定自己追求的是什么,但他们至少知道自己反对的是什么。他们反对的是过于呆板的表现形式,而这种形式却是维多利亚时代小说和 19 世纪浪漫主义音乐的正式表现手法。为了表达新思想,必然需要在绘画、音乐、文学、雕塑和建筑领域探索新形式和新风格。艺术家如今通常认为他们的任务是表达自己的情感,而不仅仅是呈现他们所看到的外部世界。如果传统的自由主义价值观和宗教价值观是错误的,也不再需要表现得很理性,那么艺术家就能自由地发挥他们的灵感。他们可以从自己的内心世界发掘灵感,从机器美学和功能主义价值中探索新形式,也可以从原始世界或自然世界、从亚洲或非洲、从工艺运动及其强调的技艺和选材方面寻找灵感。

总之,从某种程度而言,英国艺术一直在探索具有现代主义特征的新价值和新形式,同时致力于探索和发展"前卫"风格,全然不顾普通大众或受教育群体的审美需求。孤独的艺术家在阁楼忍饥挨饿并创造大量杰作,这种浪漫主义的理念早在 19 世纪末就已得到公认;现代主义运动所孕育的更深层理念是"为艺术而艺术",艺术应该置身于外部评论之外。这种理念的重要性在于,它使得蓬勃发展的"前卫"风格越来越难以得到普通人的欣赏。早期被宣扬的传统智慧和绝对真理尚在普通人的价值和信仰范围之内，而"前卫"者所追求的个人前景，通常只能被少数人理解。然而，最能为人所理解的现代主义者仍然能够获得充足资金并走向成功。莱斯特广场和伯灵顿花园等地的画廊为现代艺术提供了展示平台，而时尚的梅费尔（伦敦西区高级住宅区）则提供了丰富的资金，并且是新作品的"最佳市场"。据当时的人所说，在梅费尔，"如果年轻人能在派对上给人留下深刻的印象，那些价值取向不明确的人就会购买他们的画作"。更重要的是，伦敦集中了许多好奇的观展者。1936年夏天，在一场为期四周的国际超现实主义画展上，两万多人参观了新伯灵顿画廊，参展的画作中有许多是欧洲和英国超现实主义者的作品。据报道，在画展开放日，邦德街和皮卡迪亚街上挤满了去看展览的"年轻人"。在这次展览中，萨尔瓦多·达利身穿潜水服，头顶汽车散热气盖，并把彩色泥塑手粘在身体上，还使用了"小道具"，包括一根台球杆和两只爱尔兰猎狼犬。他以这种造型用法语发表演讲，并通过扩音器转播到展览上。

在1914年前，伦敦就已经有艺术家和作家团体，他们围绕着传统审美标准的边缘进行创作，并且拥有赞助人、杂志、媒体和会场。尽管一些大名鼎鼎的团体在20世纪20年代被解散了，但他们在两次大战之间仍然蓬勃发展。其中最著名的是布鲁姆斯伯里团体，主要成员包括莱昂纳德、弗吉尼亚·伍尔夫、罗杰·弗莱、克莱夫·贝尔和李顿·斯特雷奇等人。还有本·尼科尔森加入的七五社团（七位画家和五位雕刻家）以及现代主义建筑师组成的现代建筑研究小组。切尔西、布鲁姆斯伯里和苏豪区成为艺术家和作家的"波希米亚风格"艺术中心，周围还有许多音乐和艺术学校、画廊、剧院以及图书杂志办公室。1936年，雕刻家杰森·格尼在去西班牙为共和国战斗之前，写到切尔西时说道：

那是个非常大的贫民区，其中大部分房间的出租价格是每周十先令（旧时英币，相当于现在的五便士），房间很邋遢，一般可当做卧室起居室两用房。斯隆街和德雷克科特街周围都是凄凉的贫民窟，房屋紧挨着房屋排列。但其中有好几百个工作室，都是艺术家用来创作的地方。他们如此冷漠孤苦，没有人能受得了他们，所以只能蜗居此地。切尔西理工大学里有一个繁荣发展的艺术学院,聚集了很多画家和雕刻家,而且由于费用便宜且氛围良好,还吸引了许多年轻作家。

然而,除了发展"波西米亚"风格,英国的艺术欣赏范围也逐渐扩大。越来越多的人开始观赏音乐会和戏剧,参观画廊和博物馆,在学校接受人文教育,并越来越渴望能够作为专业人员或业余选手参与其中。开始是靠钢琴和活页乐谱传播音乐,现在增加了留声机和收音机。在艺术方面,正如1932年亨利·唐克斯写道:"在过去五十年里,博物馆和画廊逐渐发展完善,使我们能够看到许多名画和藏品,能够近距离观摩世界各地的古代文明。"

从艺术欣赏方面而言,1914年后,文化逐渐成为一种休闲活动,并逐渐成为中上层阶级生活的标志性特点。重要的是,有证据表明公立学校里"运动员"和"艺术家"之间不再界线分明,人们也不再像以前一样坚持运动是绝对隐秘的活动。尤其是对妇女和女孩而言,艺术、文学和音乐成为培养"女性气质"的重要途径,并被设立为女子公立学校和文法学校的课程。一些先进的学校,尤其是达廷顿的学校,积极强调扩大人文学科课程,其中就包括艺术。

我们无法精确衡量艺术欣赏范围是如何被逐渐扩大的。上层阶级生活方式和一些公立学校始终充斥着庸俗的气息。而在富人圈,大多数人也不认为艺术象征着特定的生活方式或身份地位。例如,王室中部分成员对艺术丝毫不感兴趣。同样的,新旧贵族阶层的人感兴趣的则是更传统的国家追求。而其他社会阶层则难以进行归纳。英格兰北部、威尔士等地的唱诗班和音乐传统,工人阶级宣扬的自强精神以及精英教育系统,使部分工人阶级人群得以进入艺术的世界。人们只要想到D. H. 劳伦斯、沃尔特·格林伍德、L. S. 洛瑞、亨利·摩尔和凯瑟琳·费丽尔等人辉煌的职业生涯,就会知道家境平平的人在这一时期也有机会进入英国文化圈。然而,大部分艺术形式却仍然没有对公众开放。艺术欣赏范围逐渐扩大,却常常完全绕开了大部分工人阶级和中低层阶级人群。不管早期BBC出于何种目的将巴赫作品藏至幕后,毫无疑问的是,二战时期"主流文化"和"上流文化"之间仍然横亘着一道鸿沟。低价报刊和电影促进了大众文化的发展,却也加深了它与上流文化之间的隔阂。除了理查德·霍加特所说的"少数热忱的人",绝大部分工人阶级身处一个迥然不同的文化世界。在这个世界里,"工人阶级整体上对艺术家或知识分子不感兴趣;工人阶级知道他们的存在,但认为他们是很少见的怪人,就像吃蜗牛的法国男人一样,根本不存在于自己的生活圈子中"。正如霍加特、雷蒙·威廉斯等人所说的一样,大众文化基于大众消费产品和休闲产品逐渐得到发展并趋于统一,主要体现在 BBC 流行轻音乐、运动、大量发行的国家日报和星期日报、女性杂志和耐用消费品中。而占据大众文化圈的大多是查理·卓别林、汤姆·米克斯、秀兰·邓波儿、乔治·福姆比、格雷西·菲尔兹和薇拉·琳恩等人,而不是身穿潜水服的达利。

如果"上流文化"和大众文化之间存在共同点,那就是两者日益明显的都市化特点。如果说 19 世纪的文化发展中心是省辖市,那么 20 世纪的中心则是伦敦。到 1914 年,正如我们所看到的一样,伦敦的文化生活已经得到蓬勃发展,不仅吸收了不列颠群岛的文化特色,还吸纳了世界各地的人才。在 20 世纪 20 年代,文学领域的某些重要人物虽然离开了伦敦,但伦敦仍然在确立"上流文化"和大众文化的标准方面扮演着重要角色。众多音乐和艺术学院、画廊、管弦乐队、出版社、音乐出版商、文稿和戏剧代理、剧院、博物馆和音乐厅都聚集在伦敦。它拥有享誉世界、独一无二的全日制歌剧院,还是世界上唯一定期上演芭蕾舞的地方。BBC 总部一直设立在伦敦广播大楼,而 1936 年建立的德纳姆制片厂和松林制片厂都位于伦敦附近,它们是好莱坞工作室的强劲对手。在各个领域,伦敦都从英国各地引入人才。威尔弗雷德·皮克斯在曼彻斯特荣登无线电领域的第一把交椅,他在 20 世纪 30 年代末写道:"所有人才都去伦敦了,我在想这是为什么?"几年后,他也顺应潮流向南移居到伦敦,并开始从事播音员工作。许多记者、艺术家和表演家也有同样的经历,包括弗朗西斯·威廉斯、格弗雷·塔尔博特、亨利·摩尔、狄兰·托马斯和凯瑟琳·费丽尔。1942 年 5 月,在曼彻斯特的一家宾馆,凯瑟琳·费丽尔向马尔科姆·萨金特演唱了歌曲。随后,萨金特在交谈中给她提出了重要建议,并认为她前途无量,但只有去伦敦才能得到更好的发展。不出两个月,凯瑟琳·费丽尔就获得了一家伦敦代理公司(Ibbs and Tillett)的资助。年底,她在汉普斯特德得到一间公寓,并开启了辉煌的职业生涯,但 11 年后却不幸因罹患癌症提前结束了职业生涯。

伦敦在文化领域的统治地位是逐渐形成的。随着文化的发展，伦敦为积极进取的人才创造了越来越多的机会。皮克斯问为什么所有人才都去往伦敦，其实答案就是在伦敦工作前景好且薪资高。省级新闻记者弗朗西斯·威廉斯曾就职于利物浦的一家报社，而他在《每日先驱报》担任编辑时，也就是住在伦敦附近时，才在新闻领域取得了更大的成就。对于年轻作家薇拉·布里坦、威妮弗雷德·霍尔特比和年轻雕刻家杰森·格尼等人来说，伦敦能持续为他们提供少量却至关重要的精神滋养和物质资助，而这在其他区域是极难获得的。有些人已经意识到，在伦敦占据文化领域统治地位的情况下，其他地区如果想保持自身文化辨识度，则需要新的推动力。尽管保留剧目轮演剧院拥有良好的发展前景，但霍尼曼小姐在1921年被迫放弃了欢乐剧院，也被迫放弃资助曼彻斯特戏剧学院。曼彻斯特大剧院和除伦敦以外的其他地区一样，主要被用来试演前景颇好的伦敦西区作品，或是用来上演已经获得成功的作品。甚至在词曲创作和娱乐行业，伦敦也往往占据主导地位。伦敦的审美标准、新曲目和热舞都会很快呈现给全国观众，成为最新潮流。和文化领域一样，伦敦在艺术领域也占据主导地位。伦敦不仅能展现全世界的文学、音乐和艺术，还能首次公演最新电影，不管电影会长久流行还是风靡一时。因此，到了20世纪40年代，伦敦采取了一项重大举措，成立机构推动其他地区文化生活的发展，就像为推动工业发展而出台特别区域法和巴罗报告一样。1945年，艺术委员会得以成立。

广播也在很大程度上促进了英国文化的发展。从20世纪20年代起，BBC开发了地方无线电台，推动了地方文化的发展，尤其是威尔士文化的发展。然而，到20世纪40年代，地方广播都只是对国家广播内容稍做修改，并未创造任何作品。在20世纪40年代晚期，负责广播方面的贝弗里奇委员会对此进行调查并发现，地方广播之所以缺乏鲜明的特色，主要包括三个方面的原因：伦敦控制过严、资金短缺、地方主管缺乏主动性。而这些地区本身也确实不具备任何社区特点。它们面积宽广，分布在伦敦周围，主要通过伦敦来认识整个国家。设立这些地区并不是为了建立真正的社区，更多的是为了完善国家广播体系。与此相反，BBC作为为国家服务的机构，尤其是在总罢工、20世纪30年代王室事件和第二次世界大战等危难时期更注重为国家服务，往往倾向于给英国文化生活贴上统一的标签。BBC最重要的影响在于其播音员使用的都是南部地区上层阶级口音,这种口音虽然极度夸张,却对发音的标准化产生了重要的影响。对于像威尔弗雷德·皮克斯这样拥有地方口音的人来说,在二战早期能够成为一名国家播音员是相当困难的。更重要的是,BBC拒绝成为仅为娱乐服务的媒体。它精心编排节目,邀请众多名人,创造了一种包罗万象的共同文化,上至天气预报,下至孩子们的"麦克叔叔"。同时,BBC也以其节目特色趋于统一而闻名。1957年,理查德·霍加特提到过去40年里大众媒体的整体发展趋势,认为"一种更狭隘但也更真实的工人阶级文化正逐渐消失,转而关心公众舆论,推出群众性娱乐产品,并呼应大众的情感需求"。

大众文化不断发展的一个重要特点是其美国化趋势越来越明显。在20世纪20年代,英国书籍、电影和流行音乐中的美国化趋势就已十分明显。美国电影明星经常出现在最受欢迎票房明星榜上,而随着音乐厅的衰弱,英国本土表演者不可避免地被迫让步于好莱坞明星,虽然其中也包括一些英国人,比如在30年代最著名的电影《乱世佳人》(1939)中,在四名主演中有一名男演员和一名女演员是英国人。然而,虽然许多英国艺术家在大西洋彼岸获得了成功,却无法改变一个事实,即他们的作品是出自美国的。这是一部改编自美国小说的关于美国历史的美国电影,而且是由美国人出资、制作和导演的。即使到20世纪30至40年代,英国电影得到复兴后,也未能严重削弱好莱坞在电影领域的主导地位。同样的,流行音乐也极大地受到了美国拉格泰姆、爵士和后期摇摆乐的影响。和在电影方面一样,英国培养了成功的本土音乐表演者,但其风格和形式本质上都来源于美国。在二战期间,英国文化的美国化趋势得到了强化。成百上千美国军人在英国连续居住数月,使英国的书籍、电影和音乐具有了更鲜明的美国化特色。早在1914年,美国首创的大规模生产、广告宣传和营销技术就已被英国引进并模仿。美国式喜剧和低价杂志也开始流行。到20世纪40年代,好莱坞动画产业获得成功,米老鼠、唐老鸭、大力水手、猫和老鼠等卡通角色变得家喻户晓,吸引了许多英国观众,并被制作成儿童连环漫画。

早在19世纪,艺术领域就已经呈现出明显的国际化特征。也许除文学领域之外,英国文化都是欧洲文化的重要组成部分,其影响力遍及整个欧洲大陆

(不包括英国和爱尔兰),而不仅仅只在于英国本土。毫无疑问,得以复兴的"英国音乐"和举足轻重的英国语言文学都保留了鲜明的英国本土文化特色,但英国文学也受到了盎格鲁-爱尔兰作家和美国作家的影响,前者包括肖恩、乔伊斯、叶芝、奥凯西,而后者包括亨利·詹姆斯、欧内斯特·海明威、斯科特·菲茨杰拉德、约翰·斯坦贝克。然而,在音乐、艺术和建筑方面,英国越来越多地受到欧洲大陆(不包括英国和爱尔兰)的影响。20 世纪 20 年代前,法国一直在这些领域中占据主导地位。但由于大量欧洲纳粹党难民的涌入,中欧在这些领域中的地位也变得越来越重要。到 20 世纪 30 年代,鲍豪斯和勒·柯布西耶成为决定审美标准的权威人士,而到 20 世纪 40 年代,斯堪的纳维亚半岛才开始提供另一种时尚元素。尽管英国本土艺术表演和艺术欣赏蓬勃发展,但大部分领域的发展都是跟随着欧洲大陆(不包括英国和爱尔兰)的发展步伐。

到 20 世纪 40 年代,由于战乱的影响,英国文化未得到发展。也许其中最显著的特点是英国文化吸引了大量观众,并且观众都具有高超的艺术欣赏水平。最主要的原因可能是,相比 1914 年,1945 年英国人普遍拥有更高的文化水平。他们阅读了更多书籍,聆听了更多音乐,而且也许比以往任何时候都更尊重表演艺术。与此同时,大众文化也得到了发展,其普及范围越来越广,活跃程度越来越高,形式也越来越趋于统一。正如霍加特等人所说的那样,当人们有钱去消费且有时间去享受时,大众文化能够得到快速的发展,尤其是在严峻的战争过后,越来越多的人都有足够的时间和金钱。随着大众开始追求消费,文化产品逐渐趋于统一,再加上报刊、收音机、电影和后期的电视等传播媒介的逐渐发展,英国大众文化逐渐发展成了一种大都市化的文化,甚至是横跨大西洋的文化。1945 年后,英国"上流文化"和大众文化迅速发展,但两者之间仍然横亘着一道鸿沟。

索　引

A

阿利森（Allison, Jonathan）　62
阿伦特（Arendt, Hannah）　99,339
　　《人的境况》（*The Human Condition*, 1958）　99
阿诺德（Arnold, Matthew）　44,52,53,56, 99,114,169,172,174—176,179,180, 211,241,274,286,292,295,298—300, 334,340,341,351,353,362,389,479
　　《文学与科学》（"Literature and Science", 1882）　353
艾略特（Eliot, T. S.）　31,70—80,82—87,89,198,232,286,295,299,302, 478—480
　　《传统与个人才能》（"Tradition and the Individual Talent", 1919）　71—73
　　《荒原》（*The Waste Land*, 1922）　31, 70,71,73—80,82—87,479
　　《批评的功能》（"The Function of Criticism", 1923）　74
　　《〈尤利西斯〉：秩序与神话》（"*Ulysses*, Order and Myth", 1923）　72
　　《基督教与文化》（*Christianity & Culture*, 1939）　74,82,85,86,286, 295,299,302
　　《什么是基督教社会》（*The Idea of a Christian Society*, 1939）　85
　　《四个四重奏》（*Four Quartets*, 1945）　71,75,87
　　《关于文化的定义的札记》（*Notes towards the Definition of Culture*, 1948）　74
艾默生（Emerson, Ralph W.）　427
艾奇渥斯（Edgeworth, Maria）　244—246
埃文斯（Evans, D. Gareth）　59
　　《他用多种声音念警察报告》（"He Do the Police in Different Voices", 1971）　87
　　《威尔士历史：1906—2000》（*A History of Wales: 1906-2000*, 2000）　59
爱德华时代（The Edwardian Era）　4,24, 89,103,113,118,121,126—128,207, 279,284,332,341,477,478,490
爱略特（Eliot, George）　89,90,195,242—246
　　《米德尔马契：乡土生活的研究》（*Middlemarch: A Study of Provincial Life*, 1871-1872）　291
安德森（Anderson, Benedict）　88,92,104, 139,148—150,153,159,164,322
奥登（Auden, Wystan Hugh）　283,311—321,412,416,480
　　《思考》（"Consider", 1924）　314
　　《分水岭》（"The Watershed", 1928）　314
　　《家庭鬼魂》（"Family Ghost", 1930）　320
　　《没有变化的地点》（"No Change of Place", 1945/1976）　314
　　《让历史做我的法官》（"Let History Be My Judge", 1945/1976）　314,315

《颂歌》("Ode", 1945/1976) 312—
314
奥斯丁(Austin, Alfred) 290
《回归英格兰时》("On Returning to England", 1901) 290
奥斯汀(Austen, Jane) 122,242—246
《傲慢与偏见》(Pride and Prejudice, 1813) 244,291
奥特斯(Otis, Brooks) 389
奥威尔(Orwell, George) 103,104,129, 149—160,162—164,480
《缅甸岁月》(Burmese Days, 1934) 104,148—160,162,163
《射象》(Shooting an Elephant, 1936) 156
《一九八四》(Nineteen Eighty-Four, 1949) 170,179

B

巴尔赞(Barzun, Jacques Martin) 264
巴肯(Buchan, John) 291
《三十九级台阶》(The Thirty-nine Steps, 1915) 291
巴勒斯(Burroughs, Edgar Rice) 391
巴里(Barrie, James Matthew) 228,291, 480
《彼得·潘》(Peter Pan, 1911) 291
白璧德(Babbitt, Irving) 396
白芝浩(Bagehot, Walter) 300
《英国宪法》(The English Constitution, 1867) 300
班内特(Bennett, Arnold) 241
《希尔达·莱思维斯》(Hilda Lessways, 1911) 241
鲍德里亚(Baudrillard, Jean) 16,20,64, 358
鲍曼(Bauman, Zygmunt) 129,137,330, 331,379,422
鲍桑葵(Bosanquet, Bernard) 399
鲍温(Bowen, Elizabeth) 31,43—45,47, 50—54,56
《心之死》(The Death of the Heart, 1938) 31,43—45,47,50,52—56
《英国小说家》(English Novelists, 1942) 53
《一种生活方式》("A Way of Life", 2008) 56
贝恩(Behn, Aphra) 242,243,245
贝尔(Bell, Michael) 91,92,357—362, 424,425,487,495
贝克特(Beckett, Samuel) 189,190,377, 424—436
《论普鲁斯特》(Proust, 1930) 436
《莫菲》(Murphy, 1938) 425,428, 431,435
《马龙之死》(Malone Dies, 1951) 430,435
《莫洛伊》(Molloy, 1951) 429,435
《瓦特》(Watt, 1953) 432—435
《无法称呼的人》(The Unnamable, 1958) 430,435
《梦中佳人至庸女》(Dream of Fair to Middling Women, 1992) 431
贝拉米(Bellamy, Edward) 134,304,309
《回顾》(Looking Backward, 1888) 134
贝洛克(Belloc, Hilaire) 8—10
《巴黎与东方》("Paris and the East", 1912) 10
《英格兰之恋》("The Love of England", 1912) 8
边沁(Bentham, Jeremy) 55
伯冈兹(Bergonzi, Bernard) 130
伯克(Burke, Edmund) 144,295,358,367
伯尼(Burney, Fanny) 242,245
珀金斯(Perkins, David) 417
博格姆(Burgum, Edwin) 378
博雅教育 388,395—397,399
勃朗宁(Browning, Robert) 350,351
勃朗特(Brontë, Charlotte) 242,244,246

勃朗特（Brontë，Emily Jane） 242,246,
    416
布迪厄（Bourdieu，Pierre） 25,26
布拉德伯里（Bradbury，Malcolm） 181,
    340,479
    《现代英国小说》（*The Modern British
        Novel: 1878-2001*，2004） 181
布拉德利（Bradley，Andrew Cecil） 380
布朗宁（Browning，Elizabeth） 242
布里格斯（Briggs，Asa） 4,5,7,15,16,
    21—23,25
布鲁克（Brooke，Rupert） 6,383,389,478
    《战士》（"Soldier"，1915） 6
布鲁姆斯伯里文化圈 183—185,239
布罗姆（Bloom，Harold） 129

C

财富 10,16,18,19,79,83,116,117,119,
    120,123,125—127,134,135,176,195,
    206,212,218,253—255,260,277,303,
    329,333—335,337,342,345,350,357,
    368,369,371,372
财富共同体 123,336
城市共同体 122—124
崇高共同体 109
茨威格（Zweig，Stefan） 3,4

D

戴维斯（Davis，Margaret） 241
道德 4,7,14,15,18,21,25,33,39,51,53,
    55,56,74,76—79,90,107,117—119,
    121,123,127,134,138—142,144,147,
    154,163,170,182,185,205,206,208,
    209,211,212,234,235,238,243,269,
    274,277,283,292,309,312,314,317,
    332,334,346,351,352,354,356,365,
    367—369,371,382,389,397,398,402,
    403,422,423,439,478,490
道尔（Doyle，Arthur Ignatius Conan）
    291,297—299
    《夏洛克·福尔摩斯》（*Sherlock
        Holmes*，1887） 291
德里达（Derrida，Jacques） 429
笛福（Defoe，Daniel） 152,253,291,416
狄更斯（Dickens，Charles） 73,82,89,93,
    122,126,195,199,204,332,335,336,
    338,348,365,416
    《尼克拉斯·尼克比》（*Nicholas
        Nickleby*，1839） 348
    《艰难时世》（*Hard Times*，1854）
        332,335,337
狄斯累利（Disraeli，Benjamin） 295,332,
    335
    《西比尔》（*Sybil, or The Two Nations*，
        1845） 332,335
    《坦克雷德》（*Tancred*，1847） 295
帝国共同体 96,104,148—151,153,155—
    164
蒂奇菲尔德（Ditchfield，P. H.） 285,
    287,288,294
    《英格兰的老式乡绅》（*The Old
        English Country Squire*，1912）
        285,287
地域共同体 103,121,122
丁尼生（Tennyson，Alfred） 240,301
    《公主》（*The Princess*，1847） 240
杜威（Dewey，John） 415
多恩（Donne，John） 73,87

F

法农（Fanon，Frantz Omar） 149,151,
    152,158
    《黑皮肤，白面具》（*Black Skin, White
        Masks*，1952） 151,152
反乌托邦（dystopia） 103,104,129,132,
    133,136,138,167,168,180
菲茨杰拉德（Fitzgerald，Penelope） 167,
    181—192
    《诺克斯兄弟传》（*The Knox Brothers*,

1977) 182

《书店》(The Bookshop, 1978) 185, 189

《离岸》(Offshore, 1979) 185, 189

《夏洛特·缪和她的朋友们》(Charlotte Mew and Her Friends, 1984) 182

《早春》(The Beginning of Spring, 1988) 185, 189

《天使之门》(The Gate of Angels, 1990) 189

《蓝花》(The Blue Flower, 1995) 181

菲尔丁(Fielding, Henry) 247, 432

《约瑟夫·安德鲁斯》(The History of the Adventures of Joseph Andrews and His Friend, Mr. Abraham Abrams, 1742) 247

《乔纳森·怀尔德》(The Life and Death of Jonathan Wild, the Great, 1743) 247

非利士主义(Philistinism) 334, 339, 340, 353

非英雄共同体 411, 412, 414, 415, 417, 420, 423

福柯(Foucault, Michel) 68, 229, 232, 235

福斯特(Forster, E. M.) 11, 89, 167, 204—211, 213, 332, 340, 477

《霍华德庄园》(Howards End, 1910) 167, 204, 205, 208, 211, 213

福特(Ford, Madox Ford) 285, 289, 290, 295, 300—302

《好兵》(The Good Soldier, 1915) 283—286, 290, 296, 297, 299, 301

《亨利·詹姆斯批评》(Henry James, A Critical Study, 1915) 301

《检阅结束》(Parade's End, 1950) 289

弗莱(Frye, Northrop) 26, 27, 42, 48, 184, 190, 191, 207, 240, 389, 477, 482, 484, 489, 495

《现代百年》(The Modern Century, 1967) 26, 48

妇女文化共同体 239, 241, 244, 245, 248

G

盖勒夫(Galef, David) 192

《哥伦比亚英国小说史》(The Columbia History of the British Novel, 2005) 192

盖斯凯尔(Gaskell, Elizabeth Cleghorn) 195, 244, 245, 332, 335

《南方北方》(North and South, 1854-1855) 332, 335

冈恩(Gunn, James) 129

冈特(Gaunt, William) 3

《美的历险》(The Aesthetic Adventure, 1945) 3

高尔顿(Galton, Francis) 403

高尔斯华绥(Galsworthy, John) 89, 284, 331—342, 479, 480

《有产业的人》(The Man of Property, 1906) 284, 331—335, 337—342

《福尔赛世家》(The Forsyte Saga, 1922) 284, 331, 479

哥尔斯密(Goldsmith, Oliver) 228

格拉齐亚(Grazia, Victoria de) 20, 21

格雷欣(Gresham, Thomas) 390

格林(Greene, Graham) 23, 104, 138—148, 480

《没有地图的旅行》(Journey Without Maps, 1936) 146

《权力和荣耀》(The Power and the Glory, 1940) 146

《问题的核心》(The Heart of the Matter, 1948) 139, 145, 146

《文静的美国人》(The Quiet American, 1955) 104, 139—142, 144—146

《哈瓦那特派员》(Our Man in Havana, 1958) 146

《麻风病例》(*A Burnt-Out Case*, 1960) 146

《喜剧演员》(*The Comedians*, 1966) 146

《人性的因素》(*The Human Factor*, 1978) 139

《逃避之路》(*Ways of Escape*, 1980) 140

《吉诃德阁下》(*Monsignor Quixote*, 1982) 146

公民教育　251,262,263,265,266,269,271

工业文明　17,22,44,45,48,62,81,82,119,204—206,260,277,325,332

共同体　4,5,8,12—15,31,33,35,36,40,57—62,65,70—74,76—80,82—99,103—107,109,110,112—124,126—130,132,135—145,147—150,153,155,159,164,167—169,171,176,182,185—211,213,217,221,227—230,233—239,241,244,246—248,251—259,261,262,267—270,283,284,287,303,305,307,308,310—322,325,326,328—331,333—335,345,349,352—354,363—367,369,372,373,377—379,381,384,388,389,392,395,396,398—413,415,420,423—436,439

共同体冲动　105

共同体关怀　309,310

共同体建构　31,105,311,317,377,424

共同体焦虑　32,88,89,92,93,99,100

共同体瓦解　31,57,58,96,132

共同体危机　29,31,88

共同体文化　10,14,20,24,103,167,181,228,343,345—347,349,352,353,355,363—367,370,374,399,402,404,408,409,411

共同体文化演进　31

共同体想象　101,103,141,142,150,192,218,225,239,302,311,312,317—320,388

共同体形塑　33,73,107,118,165,167,168,170,180—183,186,188,189,192,193,204,238,239,262,283,284,302,311,314,321,332,373,377,388,395,402,405,409,439,472,474

共同体意识　10,80,84,165,167,193,205—208,210,213,310,325,373

共同体愿景　70,84,145,169,187,308,311,312,370,399,407—409,411

共同体真空　307

观念流变　24

过渡性阶段　10

H

哈伯曼(Haberman, Ina)　193,194,196,199,203

哈代(Hardy, Thomas)　89,90,130,199,289,380,413,417

《林地居民》(*The Woodlanders*, 1887) 289

《德伯家的苔丝》(*Tess of the d'Urbervilles: A Pure Woman Faithfully Presented*, 1891) 289

哈格德(Haggard, H. R.)　291

《所罗门王的宝藏》(*King Solomon's Mines*, 1885) 291

哈奇森(Hutcheson, Francis)　55

哈耶克(Hayek, Friedrich August)　272

海明威(Hemingway, Ernest)　233,480,500

《一个干净明亮的地方》(*A Clean, Well-Lighted Place*, 1933) 233

海上共同体　106,109,113,118

海伍德(Haywood, Eliza)　245

豪斯曼(Houseman, Alfred)　6

《军队的步伐在街上响》("The Street Sounds to the Soldiers' Tread", 1896) 6

赫胥黎(Huxley, Aldous Leonard)　103,129,130,167—177,180,489,491

《美妙的新世界》(*Brave New World*, 1932) 167,168,489

黑斯廷斯(Hastings, Selina) 347

后共同体(post-community) 182

华兹华斯(Wordsworth, William) 65,81, 190,247,354,436

　《远游》(*Excursion*, 1836) 354

怀特(White, Simon J.) 202

怀特海(Whitehead, Alfred North) 278, 280

婚姻共同体 35—39,77,124

霍布斯鲍姆(Hobsbawm, Eric) 3,26, 122,336,361

　《非凡小人物——反对、造反派及爵士乐》(*Uncommon People: Resistance, Rebellion and Jazz*, 1998) 26

J

机械时代 103,104,130,174,202,273, 348,371

机械式文明 45

吉本(Gibbon, Lewis Grassic) 284,321—323,325,327,329—331

　《苏格兰人的书》(*A Scots Quair*, 1946) 284,321—323,331

吉卜林(Kipling, Joseph Rudyard) 251, 262,263,266,268,271,340

　《勇敢的船长》(*Captains Courageous*, 1897) 251,262,263

吉福德(Gifford, Terry) 57,62

吉鲁阿尔(Girouard, Mark) 291—293

　《回归卡米洛——骑士风度与英国绅士》(*The Return to Camelot: Chivalry and the English Gentleman*, 1981) 291

加塞特(Gasset, José Ortega y) 174,396

　《大众的反叛》(*The Revolt of the Masses*, 1930) 174

《剑桥指南：英国小说家》(*The Cambridge Companion to English Novelists*, 2009) 43

焦虑 10,13,21,25,31—35,39,40,44—50,52,54,56—58,60—62,70,71,74,76—80,83,84,87—92,95,97,108,125,140,167,168,207,218—221,223,232,233,260,272,283,312,318,321,324,338,367,374,377,411,412,414,416,423

金斯利(Kingsley, Charles) 292,389

《金童》(*The Golden Child*, 1977) 182

进步的异化 48

精神的混种(mental miscegenation) 159

精神共同体 12,103,121,122,124,137,177,185,192,241,283,284,321,322,327,328,330,331,377,378,388

局内人 239,241

局外人 32,88,89,91,92,95,189,239,241

K

卡莱尔(Carlyle, Thomas) 49,52,53,56,111,113,114,172,176,179,180,195,199,201,202,207,211,284,292,332,348,350,351,363,365,371,389,421,422

　《文明的忧思》(*Past and Present*, 1965) 49,195,202,207,363,421

卡斯托里亚迪斯(Castoriadis, Cornelius) 327

凯恩(Kane, Michael) 399

康德(Kant, Immanuel) 55,275,358,360

康拉德(Conrad, Joseph) 16,79,103—111,113—118,147,266,368,369,423

　《海隅逐客》(*An Outcast of the Islands*, 1896) 16

　《进步前哨》("An Outpost of Progress", 1897) 115

　《黑暗的心》(*Heart of Darkness*, 1899) 79,115—117

　《莫斯托罗莫》(*Nostromo*, 1904) 115

　《间谍》(*The Secret Agent*, 1907)

368
《阴影线》(*The Shadow Line*，1917)
103—109,112,114,116—118
考德威尔(Caudwell, Christopher) 132
考利(Cowley, Malcolm) 252
科布登(Cobden, Richard) 295,301,302
柯勒律治(Coleridge, Sarah) 242,244
柯廷(Curtin, Mary Elizabeth) 50—52
《"恐怖的雅趣"：伊夫林·沃和伊丽莎白·鲍温笔下的室内装潢者与设计伦理》("'Ghastly Good Taste': The Interior Decorator and the Ethics of Design in Evelyn Waugh and Elizabeth Bowen", 2010) 50
克里斯蒂(Christie, Agatha) 22,23
《蓝色特快上的秘密》(*The Mystery of the Blue Train*，1928) 22
《东方快车谋杀案》(*Murder on the Orient Express*，1934) 22
克鲁特(Clute, John) 132
《科幻百科全书》(*The Encyclopedia of Science Fiction*，1979) 132
肯纳(Kenner, Hugh) 80
库奇(Couch, Arthur Quiller) 380

L

拉宾诺维奇(Rabinovich, Solomon) 378
拉金(Larkin, Philip) 377,411—423
《致生活，一个年轻人找寻职业》("Address to Life, by a Young Man Seeking a Career", 1940) 421
《吉尔》(*Jill*，1946) 422
《名人录》(*Who's in the World*，1959) 420
《下午》("Afternoon", 1959) 422
《这里》("Here", 1961) 422
《本质美》("Essential Beauty", 1962) 422
《到海滨去》("To the Sea", 1969) 423

拉客内姆(Raknem, Ingvald) 275
拉斯基(Laski, Harold Joseph) 182,296,301,302
赖尔(Lyell, Charles) 277
劳伦斯(Lawrence, D. H.) 9,32,88—100,179,181,184,204,412,479,482,496
《菊馨》("Odour of Chrysanthemum", 1911) 89,92
《逾矩者》(*The Trespasser*，1912) 89
《儿子与情人》(*Sons and Lovers*，1913) 89,90
《普鲁士军官》("The Prussian Officer", 1913) 89
《虹》(*The Rainbow*，1915) 89,91—94,181,479
《恋爱中的女人》(*Women in Love*，1920) 89,94,95
《亚伦的手杖》(*Aaron's Rod*，1922) 95
《英格兰，我的英格兰》(*England, My England*，1922) 9
《袋鼠》(*Kangaroo*，1923) 95—97,99
《羽蛇》(*The Plumed Serpent*，1926)，95
雷诺兹(Reynolds, David) 5—7,13,245
理查逊(Richardson, Dorothy Miller) 245,247
理查逊(Richardson, Samuel) 247
李(Lee, Hermione) 181,182,184,191
《佩内洛普·菲茨杰拉德的一生》(*Penelope Fitzgerald: A Life*，2014) 184
利维斯(Leavis, F. R.) 206,209,211,377—380,383,384,388—399
《多数人的文明和少数人的文化》(*Mass Civilization and Minority Culture*，1930) 388
《文化与环境》(*Culture and Environment*,

1933) 390

《教育与大学》(Education and the University, 1943) 388,389,391

《"英文学院"设计简述》("A Sketch for an 'English School'", 1948) 397

《大学的理念》("The Idea of a University", 1979) 392,393

利维斯夫人(Leavis, Q. D.) 390

《小说与读者大众》(Fiction and the Reading Public, 1932) 390

隆洛德(Lönnrot, Elias) 402

《卡勒瓦拉》(Kalevala, 1935) 402,405

伦理 14,33,50—56,74,78,113,118,194,217,229,230,233,235—238,251,317,334,339,367,439,489

伦理焦虑 50,54

罗伯茨(Roberts, Adam) 130

罗乐森(Rolleston, T. W.) 223

罗塞蒂(Rossetti, Christina) 242

罗斯金(Ruskin, John) 44,52,169,176,181,188,192,207,350,351,389

罗素(Russell, Bertrand Arthur William) 7,8,13—15

洛奇(Lodge, David) 127,208,378

M

马丁(Martyn, Edward) 224

马克思(Marx, Karl) 57,96,99,117,203,330,382,388,420,423

马林(Marin, Louis) 68,69,490

麦考莱(Macaulay, Thomas Babington) 291

《英国史》(The History of England from the Accession of James the Second, 1848) 322,323,326,347

曼德勒(Mandler, Peter) 60

曼甘那鲁(Manganaro, Marc) 70

芒福德(Mumford, Lewis) 81,82,132,135,136,338

《技术与文明》(Technics and Civilization, 1934) 132,135,136

毛姆(Maugham, William Somerset) 23,217,229,230,232—238,345—350,352—355,358,361—363,480

《人生的枷锁》(Of Human Bondage, 1915) 232,345—350,354

《月亮与六便士》(The Moon and Sixpence, 1919) 349

《寻欢作乐》(Cakes and Ale, 1930) 217,229,230,233,235,237,238,361

《刀锋》(The Razor's Edge, 1944) 345,355,356,361,362

《总结》(The Summing Up, 1946) 349

《作家笔记》(A Writer's Notebook, 1949) 238,354,361

梅(May, Rollo) 232

梅克约翰(Meiklejohn, Alexander) 393,395

梅里狄斯(Meredith, George) 243

门罗(Monro, Harold) 182—185

民族共同体 39,40,42,43,148,149,266,418,424,425

民族良心 221,439

民族意识 63,149,221,223,225

摩尔(Muir, Willa) 241

摩根(Morgan, Christopher) 57

摩根(Morgan, Kenneth O.) 4,5,56,232

莫克(Mokyr, Joel) 270

莫里斯(Morris, William) 124,169,172,182,188,192,199,228,389

默里(Murray, George Gilbert) 86

穆勒(Mill, John Stuart) 44,45,52,133,240,349

《论妇女的屈从地位》(The Subjection of Women, 1869) 240

N

尼采(Nietzsche, Friedrich Wilhelm) 217,

229,230,236,237,409,427
尼克斯(Nicholls, Peter) 132

O

欧文(Irving, Washington) 173,184,255,288,396,478
 《布雷斯布里奇田庄》(*Bracebridge Hall*, 1822) 288

P

帕林德(Parrinder, Patrick) 128
帕内尔(Parnell, Charles Stewart) 41,221,223,226
佩斯(Pace, Richard) 290
佩特(Pater, Walter) 258,350,351
蒲柏(Pope, Alexander) 387
 《论批评》(*An Essay on Criticism*, 1711) 387
普利斯特利(Priestley, John Boynton) 24
 《好伙伴》(*The Good Companions*, 1929) 167,193—199,202,203,479
 《大众化价格》("At Popular Prices", 1932) 17
 《英国游记》(*English Journey*, 1934) 198
普鲁斯特(Proust, Marcel) 246,427

Q

齐美尔(Simmel, Georg) 16,189
乔伊斯(Joyce, James) 31—43,73,92,184,236,237,425—427,430,432,436,478,479,500
 《爱尔兰乃圣贤之岛》(*Ireland, Island of Saints and Sages*, 1907) 40
 《悲痛的往事》("A Painful Case", 1914) 33
 《彼此般配》("Counterparts", 1914) 35
 《车赛之后》("After the Race", 1914) 33
 《都柏林人》(*Dubliners*, 1914) 33,35,41
 《两豪侠》("Two Gallants", 1914) 33
 《死者》("The Dead", 1914) 35,36
 《一片小云》("A Little Cloud", 1914) 33,35
 《遭遇》("Encounter", 1914) 33
 《一个青年艺术家的画像》(*A Portrait of the Artist as a Young Man*, 1916) 33,41,236
 《流亡者》(*Exiles*, 1918) 33
 《尤利西斯》(*Ulysses*, 1922) 31—34,36,38,39,42,73,478,479
切斯特顿(Chesterton, Gilbert Keith) 10,17—21,266,345,363—374
 《异教徒》(*Heretics*, 1905) 266
 《消逝的中产阶级》("The Disappearing Middle Class", 1906) 17
 《成功指南》("Books on How to Succeed", 1907) 370
 《英国乡间的布尔乔亚文化》("Bourgeois Culture in Rural England", 1910) 365
 《维多利亚时代的遗产》("Victorian Ease and Modern Miseries", 1920) 364
 《历史教育》("The Teaching of History", 1922) 370
 《英伦的美国化》("The Americanization of England", 1922) 20,364
 《论悠闲》("The Ideal of a Leisure State", 1925) 18
 《文化传统的遗失》("The Loss of Local Cultures and Customs", 1927) 366
 《识字不识字》("On Reading and Not Being Able To", 1928) 371

《完整教育和一半教育》("Education and Half-education", 1928) 371
《改变就是进步?》("Is Change Improvement?", 1929) 367
《现代人的思想惰性》("The Laziness of the Modern Intellect", 1930) 369
《职业教育观》("The Notion of Business Education", 1930) 372
《群虻的喧嚣》("On Casual Skepticism", 1932) 366
趣味 13,15,17,18,20,25,26,50—56,65,85,104,121,164,339,345—347,351,353,355—359,361—363

R

任璧莲(Jen, Gish) 179
 《莫娜在应许之地》(Mona in the Promised Land, 1996) 178
荣誉的异化 302,307
荣誉共同体 283,302,305,309,311
瑞恩(Wren, Christopher) 75
瑞恰慈(Richards, Ivor Armstrong) 378—384,388
 《美学基础》(Foundations of Aesthetics, 1922) 382
 《意义的意义》(The Meaning of Meaning, 1923) 382
 《文学批评原理》(The Principles of Literary Criticism, 1924) 382
 《科学与诗》(Science and Poetry, 1926) 382

S

塞尔登(Selden, Raman) 383
 《当代文学理论导读》(A Reader's Guide to Contemporary Literary Theory, 1985) 383
塞尔弗里奇(Selfridge, Harry Gordon) 15,16,20
塞托(Certeau, Michel de) 68
莎士比亚(Shakespeare, William) 73,87,177—179,224,242,254,273,276,416,418,481
 《李尔王》(King Lear, 1606) 387
社会变迁 3,14,22,25,101,103,104,130,181,218,278,279,284,303,322,323,327,386,437,439,440
社会分层 4,14,22,25
社会流动 14,24,25,122
社会转型 14,19,31,44,48,52,56—58,62,70,78—80,84,123,125,139,140,167,168,177,181,221,251,260,269,277,326,366
身份共同体 215,217
身份焦虑 155,219,223
身份追寻 218
身体伦理 215,217
绅士文化 301,346,347
审美趣味 26,90,340,343,345,347,349,355—358,360—363,412—414,417,423,439
生活 6,9—13,16,18—26,31—36,39,41,43—47,49,53,56,58,60—64,68,69,73,74,77,78,80—83,85,87—95,97—99,103,105—107,109,110,112—123,125,128—132,134—138,140,143,145,147,153,155,160,161,163,167,174,176,177,188—195,198—200,202,203,205—209,211—213,218,219,223,228,230—234,236—238,240,241,244,247,252—265,268—270,274,275,278,279,283—291,293—296,298,302,304—307,309,311—313,315—318,320—329,331,332,334,335,337—342,347—353,356—360,364—366,368,371—373,377,382—384,389,390,392,394,397—399,403,405—407,418,420—422,425,439,482,490,492,496—499

生活方式 11,14—17,22—26,35,52—54, 56,58,60,61,66,74,85,86,91,99,103, 104,107,116,122,125,145,147,149, 155—159,161,164,189,203,204,207, 235,260,261,277,281,283,284,286, 290,296,305,312,321—328,330—335, 338—342,350,358,359,361,390,420, 421,423,439

生命书写(life writing) 182

时代症候 23,32,249,251,273

时代景观 11

史密斯(Smith, Anthony) 402

《世界评论》(World Review) 185—188,192

斯珀林(Spurling, John) 147

斯蒂文森(Stevenson, Robert Louis) 294

斯凯勒(Schuyler, James) 350

斯彭德(Spender, Stephen) 262,480

斯特拉奇(Strachey, Ray) 241

斯威夫特(Swift, Jonathan) 130,295

苏恩文(Suvin, Darko) 131,132,136,137

T

特里维廉(Trevelyan, George M.) 242

    《英格兰史》(*History of England*, 1926) 242

特罗洛普(Trollope, Anthony) 287

    《如今世道》(*The Way We Live Now*, 1875) 287

特洛特(Trotter, David) 400

    《1896—1920年间的英国小说》(*The English Novel in History 1896-1920*, 1993) 400

滕尼斯(Tönnies, Ferdinand) 3,73,74, 84,86,105—107,109,112,114,116, 117,121,123,124,129,136,137,185, 195,201,204,228,233,241,252,324, 327,329,330

    《共同体与社会》(*Community and Civil Society*, 1887) 73,74,84, 86,106,107,121,123,124,129,137, 204,233,324,327,329,330

托尔金(Tolkien, John Ronald Reul) 377, 399—411

    《霍比特人》(*The Hobbit*, 1937) 405—407,410

    《论童话》("On Fairy Stories", 1939) 408,410

    《指环王》(*The Lord of the Rings*, 1954) 407,410,411

    《英语与威尔士语》("English and Welsh", 1955) 404

    《精灵宝钻》(*The Silmarillion*, 1977) 402,407,409

    《未完成的故事》(*Unfinished Tales*, 1980) 409

    《失落的传说》(*The Book of Lost Tales*, 1983) 402,409

托克维尔(Tocqueville, Alexis de) 206

托马斯(Thomas, Dylan Marlais) 7,416, 497

    《空袭之后的哀悼》("Ceremony after a Fire Raid", 1937) 7

    《羊齿山》("Fern Hill", 1945) 7

托马斯(Thomas, Ned) 61

托马斯(Thomas, Ronald Stuart) 31, 56—70,89

    《田间石头》(*The Stones of the Field*, 1946) 58

    《一亩地》(*An Acre of Land*, 1952) 58

    《岁末之歌》(*Song at the Year's Turning*, 1955) 58

    《稗草》(*Tares*, 1961) 58

    《回声慢慢》(*The Echoes Return Slow*, 1988) 57

    《记录在案》("For the Record", 1993/2012) 63

    《看羊》("Looking at Sheep", 1993/2012) 62

《陌生人》("Strangers", 1993/2012) 61

《拖拉机上的辛迪兰》("Cynddylan on a Tractor", 1993/2012) 63

《小调》("Mino", 1993/2012) 64

《一位农民》("A Peasant", 1993/2012) 63

拓展时期 3,15,19,104

W

瓦茨(Watts, George Frederic) 350,351

瓦萨里(Vasari, Giorgio) 350

威尔斯(Wells, Herbert George) 19,103,104,118—138,251,271—276,278—280,477,480,491

《时间机器》(*The Time Machine*, 1895) 130—133,135—137,491

《世界大战》(*War of the World*, 1898) 133,136

《爱情与路维宪先生》(*Love and Mr. Lewisham*, 1900) 251,271—273,276

《昏睡百年》(*When the Sleeper Wakes*, 1909) 103,104,128,129,133—138

《托诺-邦盖》(*Tono-Bungay*, 1909) 19,20,103,118,119,128

威廉斯(Williams, Raymond) 44,47,52,73,81,90,98,100,122,129,183,185,190,204,230,275,279,327,332,356,357,378,379,381,382,384,388,483,484,497,498

《文化与社会》(*Culture and Society*, 1958) 44,327,332

《乡村与城市》(*The Country and the City in the Modern Novel*, 1973) 81,90,98,100,275,279

《关键词》(*Keywords*, 1976) 52,230

威纳(Wiener, Martin Joel) 284,289,290,338,339

《英国文化与工业精神的衰落》(*English Culture and the Decline of the Industrial Spirit*, 1850–1980, 1981) 289,290,338,339

韦伯(Weber, Max) 238,490

文化观念 3—5,9,10,12,13,15,19—23,25—27,31—33,43—45,50,53,56,70,71,104,118,119,125,128,148,167,168,180,181,192,221,225,229,238,239,245,246,248,262,271,278,280,283,284,302,311,321—326,331—333,339,342,354,355,363,377,395,399,400,411,415,420,423,424,437,439

文化异化 57

文化意义 32,33,44

文化愿景 180,322,345,375,377

文学典籍 3

文学共同体 72,86,104,139,146,148,375,377

文学语言 86,381,384,412,413,417,439

沃(Waugh, Evelyn) 283,302—305,310,311,422,479

《衰落与瓦解》(*Decline and Fall*, 1928) 11

《邪恶的肉身》(*Vile Bodies*, 1930) 11

《荣誉之剑》(*Sword of Honour*, 1952–1961) 283,302—305

《武装的人》(*Men at Arms*, 1952) 302

《军官与绅士》(*Officers and Gentleman*, 1955) 302

《无条件投降》(*Unconditional Surrender*, 1961) 302

沃尔海姆(Wallheim, Richard) 284,285

沃尔玛尔(Wolmar, Christian) 22—24

乌托邦 25,31,58,64,66,68,69,137,168—170,172,180,182,217,256,340

乌托邦愿景 58,65,66,69,103,168,169

伍尔夫(Woolf, Virginia) 12,13,42,89,183,198,217,219,239—248,251,252,

255,256,258—262,279,478,479,495
《达罗卫夫人》(Mrs Dalloway, 1925) 239
《到灯塔去》(To the Lighthouse, 1927) 239
《一间自己的房间》(A Room of One's Own, 1929) 239,242,243,245
《回忆劳动妇女协会》("Memories of a Working Women's Guild", 1930) 241
《海浪》(The Waves, 1931) 239
《三枚金币》(Three Guineas, 1938) 239,241
《幕间》(Between the Acts, 1941) 12, 13,251,252,254,256—262

X

希伯德(Hibberd, Dominic) 183
希尔斯(Shils, Edward) 42,209,364
西佩(Shippey, Thomas Alan) 406
西苏(Cixous, Helene) 236
席格登(Higdon, David Leon) 338
现金联结 49,50,52,83,124,201,202,350
乡绅文化 284,286,290,296
想象共同体 73,123,138,167,195,199,204,213,267,304
萧伯纳(Shaw, George Bernard) 10,477,480
消费社会 12,15—17,20,21,25,123,230,358,361
消费文化 15,19,20,345,355,357,359—362
辛格(Synge, John) 226
心智焦虑 251,271—274,278,280
心智培育 104,164,167,190,192,211,212,249,251,252,256,262,263,266,271,280,340,346,347,353—355,377,389,439
休谟(Hume, David) 300
休斯(Hughes, Thomas) 292
《汤姆·布朗的学生时代》(Tom Brown's School Days, 1857) 292
喧嚣与愤怒 12

Y

雅斯贝斯(Jaspers, Karl) 231
燕卜荪(Empson, William) 377—388
《含混七型》(Seven Types of Ambiguity, 1930) 378,381
《复杂词的结构》(The Structure of Complex Words, 1951) 381,384,385,387
叶芝(Yeats, William Butler) 217—228,401,426,478,500
《爱尔兰乡村神话和民间故事集》(Fairy and Folk Tales of the Irish Peasantry, 1888) 224
《被拐走的孩子》("The Stolen Child", 1889) 220
《十字路口》(Crossways, 1889) 224
《爱尔兰神话故事》(Irish Fairy Tales, 1892) 224
《凯尔特的薄暮》(The Celtic Twilight, 1893) 224
《玫瑰》(The Rose, 1893) 224
《苇间风》(The Wind among the Reeds, 1899) 224
《爱尔兰诗歌集》(A Book of Irish Verse, 1900) 224
《帕内尔》("Parnell", 1913) 41,221,223,226
《1916年复活节》("Easter 1916", 1921) 225
《致时光十字架上的玫瑰》("To the Rose upon the Rood of Time", 1989) 222
伊格尔顿(Eagleton, Terry) 15,53,55,160,358—360,384,389,397
《美学意识形态》(The Ideology of the Aesthetic, 1990) 358

《文化观念》(The Idea of Culture, 2000) 53
《文化》(Culture, 2016) 53
印度独立联盟(India Independence League) 11
英格兰特性 193,194,196
英国特性 9,379,412,413,415—420,423
有机共同体 104,119,204—206,208,213,252,333
语言异化 57
愿景 8,11,19,25,27,31,66,68,70,71,84,87,103—105,117,118,148,167,168,180,218,262,277,283,303—305,314,330,331,340,345,373,405,413,439
约翰逊(Johnson, Samuel) 245,300

Z

扎米亚京(Zamyatin, Yevgeny Ivanovich) 103,129
《我们》(We, 1921) 179
詹姆斯(James, Henry) 53,56,140,246,416,500
秩序 8,14,21,31,69,71—76,78,84,87,88,94,104,121,122,125,128,142,149,150,153,155,161,162,164,170,179,181,182,204,207,209,210,220,261,272,274,283—285,288—290,293,300,305,306,312—314,335,345,348,367,397,398,424,427,429,439
朱斯伯里(Jewsbury, Geraldine) 245
朱特(Judt, Tony Robert) 4,16
《沉疴遍地》(Ill Fares the Land, 2010) 4,16
转型焦虑 13,29,31,43,44,48,50,52,56,58,61,62,70,83,400,439